# Zu diesem Buch

*Georgette Heyer, die eine ausgezeichnete Kennerin der Biedermeierzeit ist, versteht es auch in diesem Roman, eine amüsante Episode aus einem vergangenen Jahrhundert lebendig zu machen. Mit Temperament und gleichwohl trockenem Humor zeichnet sie uns in ihrer ‹Grand Sophy› eine gescheite und vorurteilslose junge Dame, deren eigensinnige Nonchalance nicht nur die steife Wohlanständigkeit englischer Landadeliger zu provozieren vermag, sondern darüber hinaus eine ganze Stadt in helle Aufregung geraten läßt. Keck, aber dennoch mit gewinnendem Charme setzt sie sich über die ungeschriebenen Gesetze einer sogenannten besseren Gesellschaft hinweg, mischt sich in alles und jedes ein, stiftet unentwegt erheiternde Verwirrung und entwirrt wiederum ein ganzes Knäuel seltsamer Mesalliancen und fehlgeratener Verlöbnisse. Am guten Schluß hat sie nicht nur die Lacher, sondern auch das Glück auf ihrer Seite, da sie sich als diplomatische Ehestifterin selbst nicht ausgenommen hat.*

*Mit siebzehn Jahren schrieb die Engländerin Georgette Heyer ihren ersten Roman. Zwei Jahre später wurde er veröffentlicht. Das war 1921. Seit dieser Zeit hat sie eine lange Reihe unterhaltender historischer Romane verfaßt, die ihren Namen weit über die Grenzen Englands bekannt machten. Ihre Bücher erreichten Auflagen von mehreren Millionen. 1925 heiratete Georgette Heyer und begleitete ihren Mann nach Ostafrika. Sie lebte dort bis 1928 und reiste dann für ein Jahr nach Jugoslawien. Heute wohnt sie in London. Weitere Romane der Autorin: «Die bezaubernde Arabella» (rororo Nr. 357), «Die Vernunftehe» (rororo Nr. 477), «Geliebte Hasardeurin» (rororo Nr. 569), «Der Page und die Herzogin» (rororo Nr. 643), «Die spanische Braut» (rororo Nr. 698), «Venetia und der Wüstling» (rororo Nr. 728), «Penelope und der Dandy» (rororo Nr. 736), «Die widerspenstige Witwe» (rororo Nr. 757), «Frühlingsluft» (rororo Nr. 790), «April Lady» (rororo Nr. 854), «Falsches Spiel» (rororo Nr. 881), «Serena und das Ungeheuer» (rororo Nr. 892), «Lord ‹Sherry›» (rororo Nr. 910), «Ehevertrag» (rororo Nr. 949), «Liebe unverzollt» (rororo Nr. 979), «Barbara und die Schlacht von Waterloo» (rororo Nr. 1003), «Der schweigsame Gentleman» (rororo Nr. 1053), «Heiratsmarkt» (rororo Nr. 1104), «Die galante Entführung» (rororo Nr. 1170), «Verführung zur Ehe» (rororo Nr. 1212), «Die Jungfernfalle» (rororo Nr. 1289), «Brautjagd» (rororo Nr. 1370), «Verlobung zu dritt» (rororo Nr. 1416), «Damenwahl» (rororo Nr. 1480), «Die Liebesschule» (rororo Nr. 1515), «Skandal im Ballsaal» (rororo Nr. 1618), «Ein Mord mit stumpfer Waffe» (rororo Nr. 1627), «Der schwarze Falter» (rororo Nr. 1689) und «Ein Mädchen ohne Mitgift» (rororo Nr. 1727).*

*Gesamtauflage der Werke von Georgette Heyer in den rororo-Taschenbüchern: Über 3,5 Millionen Exemplare.*

Georgette Heyer

# *Die drei Ehen der Grand Sophy*

Roman

Rowohlt

*Die Originalausgabe erschien bei Heinemann & Zsolnay, London,*
*unter dem Titel «The Grand Sophy»*
*Autorisierte Übertragung aus dem Englischen von* EDMUND TH. KAUER
*Umschlagentwurf Eva Kausche-Kongsbak*

| | |
|---|---|
| 1.– 35. Tausend | Januar 1963 |
| 36.– 50. Tausend | Dezember 1963 |
| 51.– 65. Tausend | Oktober 1964 |
| 66.– 80. Tausend | September 1965 |
| 81.– 95. Tausend | September 1966 |
| 96.–108. Tausend | September 1967 |
| 109.–125. Tausend | Oktober 1968 |
| 126.–135. Tausend | Mai 1970 |
| 136.–145. Tausend | Mai 1971 |
| 146.–158. Tausend | Mai 1972 |
| 159.–168. Tausend | September 1973 |
| 169.–178. Tausend | Juli 1974 |

*Ungekürzte Ausgabe*
*Veröffentlicht im Rowohlt Taschenbuch Verlag GmbH,*
*Reinbek bei Hamburg, Januar 1963, mit Genehmigung des*
*Paul Zsolnay Verlages GmbH, Hamburg/Wien*
*Gesetzt aus der Linotype-Aldus-Buchschrift*
*und der Palatino (D. Stempel AG)*
*Gesamtherstellung Clausen & Bosse, Leck/Schleswig*
*Printed in Germany*
*ISBN 3 499 10531 4*

# I

Wie der Kammerdiener nachher seinen minder scharfblickenden Untergebenen zu wissen gab, erkannte er den einzig überlebenden Bruder Ihrer Ladyschaft auf den ersten Blick; so erwies er Sir Horace die besondere Ehre einer tiefen Verneigung und versicherte ihm auf eigene Verantwortung, die Ladyschaft sei zwar für weniger eng dem Hause verbundene Personen nicht zu sprechen, werde aber gewiß erfreut sein, ihn zu empfangen. Wenig von diesem Wohlwollen beeindruckt, reichte Sir Horace dem einen Lakai seinen Kragenmantel, dem andern Hut und Stock, warf seine Handschuhe auf das Marmortischchen und sagte, nun, das hätte er sich auch nicht anders vorgestellt, und wie es Dassett übrigens ginge. Nicht recht gewiß, ob er sich freuen sollte, daß man sich seines Namens entsann, oder ob er Sir Horaces allzu freies Gehaben mißbilligen sollte, antwortete der Kammerdiener, er fühle sich so wohl, wie man das bei seinem Alter erwarten dürfe, besonders glücklich aber (wenn es ihm verstattet sei, das zu bemerken), Sir Horace nicht um einen Tag älter zu finden als damals, da er das letztemal den Vorzug gehabt, ihn Ihrer Ladyschaft zu melden. Dann schritt er dem Besuch in wahrhaft majestätischer Haltung voran, geleitete ihn die imposante Treppe hinauf zum blauen Salon, in dem Lady Ombersley in der Nähe des Kamins auf einem Sofa, einen Paisley-Schal um die Füße gewickelt, das Häubchen zur Seite gerutscht, vor sich hindöste. Dassett, dem keine dieser Einzelheiten entging, hüstelte und brachte dann seine Meldung in bestimmtem Ton vor: «Sir Horace Stanton-Lacy, Mylady!»

Lady Ombersley fuhr aus ihrem Schläfchen auf, starrte einen Moment lang verständnislos, tastete nach ihrem Häubchen und stieß einen unterdrückten Schrei aus: «Horace!»

«Hallo, Lizzie, wie geht es immer?» fragte Sir Horace und versetzte ihr einen aufmunternden Klaps auf die Schulter.

«Heiliger Himmel, hast du mich aber erschreckt!» seufzte Ihre Ladyschaft, griff nach dem Riechfläschchen, das immer in ihrer Reichweite stand, und zog den Stöpsel heraus.

Der Kammerdiener, der diese Ausbrüche ungedämpfter Gefühle duldsam mitangesehen, schloß hinter den wiedervereinigten Geschwistern die Tür und kehrte ins Dienerzimmer zurück, um seinen Untergebenen zu verraten, daß Sir Horace ein Gentleman sei, der zumeist im Auslande lebe; ihm, Dassett, sei bekannt, daß die Regierung ihn zu diplomatischen Missionen verwende, die wohl zu heikel wären, als daß man derlei ihresgleichen verständlich machen könnte.

Der Diplomat hatte sich mittlerweile an den Kamin gelehnt, um seine Frackschöße anzuwärmen; er erfrischte sich, indem er eine Prise aus der Dose nahm, und eröffnete daraufhin der Schwester, daß sie zugenommen hätte. «Ja, ja, wir werden auch nicht jünger, keiner von uns beiden», fügte er freundlich hinzu. «Obwohl ich dir um fünf Jahre voraus bin, Lizzie, wofern mich mein Gedächtnis nicht im Stich läßt, und das nehme ich keineswegs an.»

An der Wand gegenüber dem Kamin hing ein großer, goldgerahmter Spiegel, und Sir Horace erlaubte es seinem Blick, während er so sprach, nicht gerade dünkelhaft, aber in kritischer Anerkennung auf seinem Spiegelbild zu ruhen. Die fünfundvierzig Jahre, die er durchlebt hatte, hatten ihn nicht unfreundlich behandelt. Vielleicht hatte er ein wenig Embonpoint angesetzt, aber die sechs Fuß, die er maß, erlaubten es dem Kritiker, über eine gewisse Stattlichkeit hinwegzusehen. Er war wirklich ein ansehnlicher Mann und besaß, von seiner guten und wohlproportionierten Figur abgesehen, Haltung, eine gewisse Contenance, die durch seine braunschimmernden, noch von keinem Silberstreifen durchzogenen Locken gehoben wurde. Er trug stets gewählte Kleidung, war aber viel zu klug, modische Extravaganzen zu adoptieren, die eher geeignet waren, die Nachteile der mittleren Jahre hervorzuheben. «Seht euch doch den armen Prinny an», sagte Sir Horace gern zu minder vorsichtigen Freunden. «Er muß uns allen eine Lehre sein.»

Seine Schwester nahm die leise Kritik nicht übel auf. Siebenundzwanzig Jahre des Ehestandes waren nicht spurlos an ihr vorübergegangen; und daß sie ihrem unsteten und keineswegs dankbaren Gatten acht Pfänder ihrer Zuneigung geschenkt, hatte sie seit langem aller Prätention überhoben, für schön zu gelten. Ihre Gesundheit ließ nichts zu wünschen übrig, ihr Wesen war zu Nachgiebigkeit geneigt, und so hatte sie sich angewöhnt zu sagen, wenn man erst einmal Großmutter wäre, brauche man sich über sein Aussehen keine Gedanken zu machen.

«Und wie geht es Ombersley?» erkundigte sich Sir Horace mehr aus Höflichkeit als aus Interesse.

«Die Gicht macht ihm ein wenig zu schaffen, aber alles in allem fühlt er sich recht gut», erwiderte sie.

Sir Horace nahm, was wohl nur als Redensart gemeint war, in einem unerwünscht wörtlichen Sinn und bemerkte kopfnickend: «Er hat immer zuviel getrunken. Na, immerhin, er nähert sich jetzt auch den Sechzig, da hast du doch wohl wenigstens die anderen Sorgen nicht mehr, wie?»

«Aber nein, längst nicht mehr», versicherte sie hastig. Lord Omberslevs Seitensprünge, die er nur zu oft im vollen Lichte der Öffentlichkeit begangen, hatten ihr nie besonderen Kummer bereitet, aber sie hatte keine Lust, sich darüber offen mit ihren Verwandten auszusprechen, und so gab sie dem Gespräch mit der Frage, woher er käme, eine jähe Wendung.

«Aus Lissabon», erwiderte er und nahm wieder eine Prise.

Lady Ombersley war leicht verwundert. Es waren jetzt zwei Jahre vergangen, seit der lange Krieg in Spanien zu Ende gekommen war, und wenn sie sich nicht täuschte, so hatte sie von Sir Horace zuletzt aus Wien gehört, wo er ohne Zweifel eine geheimnisvolle Rolle bei dem Kongreß gespielt, der dann durch die Flucht dieses gräßlichen Scheusals aus Elba zu einem so jähen Schluß gekommen war. «Ach», sagte sie ein wenig ratlos, «natürlich, du hast ja ein Haus dort! Das hatte ich beinahe vergessen. Und wie geht es der lieben Sophia?»

«Es verhält sich in der Tat so», sagte Sir Horace, schüttelte seine Schnupftabaksdose und schob sie in die Tasche, «daß ich hierhergekommen bin, um mit dir über Sophy zu sprechen.»

Sir Horace war seit fünfzehn Jahren Witwer, doch hatte er all diese Zeit über weder die Hilfe seiner Schwester in Anspruch genommen, wenn Fragen der Erziehung seiner Tochter zu klären waren, noch hatte er unerbetenem Rat ein Ohr geliehen; bei seinen Worten empfand Lady Ombersley jetzt ein leises Unbehagen. «Ja, Horace? Die liebe kleine Sophia. Das ist auch wieder mindestens vier Jahre her, seit ich sie das letzte Mal gesehen habe. Wie alt ist sie jetzt? Sie muß doch beinahe erwachsen sein?»

«Erwachsen ist sie schon seit Jahren», erwiderte Sir Horace. «Sie war es eigentlich von jeher. Jetzt ist sie zwanzig.»

«Zwanzig!» rief Lady Ombersley. Sie rechnete nach, dann sagte sie: «Ja, das muß sie wohl sein, denn meine Cecilia ist eben neunzehn geworden, und ich erinnere mich, daß deine Sophia ihr fast um ein Jahr voraus war. Ach du lieber Himmel, ja, ja. Die arme Marianne! Was für ein reizendes Geschöpf sie doch war, weiß Gott!»

Es kostete Sir Horace eine leichte Anstrengung, sich das Bild seiner verstorbenen Frau vor Augen zu rufen. «Ja, das war sie wohl. Man vergißt mit der Zeit so vieles, nicht wahr? Sophy ist ihr übrigens nicht sehr ähnlich. Gott sei Dank!»

«Ich kann mir denken, daß sie dir ein großer Trost gewesen sein muß», seufzte Lady Ombersley. «Und gewiß muß die tiefe Zuneigung, die du ihr entgegenbrachtest, mein lieber Horace, sich dem Kind mitgeteilt haben.»

«Von so einer Zuneigung war nicht im geringsten die Rede», unterbrach Sir Horace die Schwester. «Ich hätte sie gar nicht bei mir behalten, wenn sie mir Ungelegenheiten bereitet hätte. Aber das hat sie nie getan. Nettes kleines Ding, die Sophy.»

«Nun ja, mein Lieber, ohne Zweifel, aber ein kleines Mädchen in Spanien und Portugal herumzuschleppen, wenn es doch eigentlich in ein anständiges Pensionat gehört . . .»

«Das wäre gar nichts für sie gewesen. Dort hätte sie höchstens gelernt, sich wie ein zimperlicher Backfisch zu benehmen», sagte Sir Horace zynisch. «Es hat übrigens keinen Sinn, mir jetzt deswegen Vorhaltungen zu machen. Dazu ist es zu spät. Die Sache ist die, Lizzie, daß ich ein wenig in Verlegenheit bin. Ich hätte gern, daß du Sophy in deine Obhut nimmst, für die Zeit, die ich nach Südamerika gehe.»

«Nach Südamerika?» Lady Ombersley schnappte nach Luft.

«Nach Brasilien. Ich nehme eigentlich nicht an, daß ich sehr lange dort bleibe, aber ich kann die kleine Sophy nicht mitnehmen, und bei Tilly kann ich sie auch nicht lassen, denn Tilly ist tot. Schon vor Jahren in Wien gestorben. Es war das verteufelt Unpassendste, was sie tun konnte, aber sie hat es ja wohl nicht absichtlich getan.»

«Tilly?» fragte Lady Ombersley, gänzlich ratlos.

«Großer Gott, Elizabeth, gewöhne dir doch nicht an, jedes Wort zu wiederholen, das ich sage! Eine abstoßende Gewohnheit. Miss Tillingham, Sophys Gouvernante.»

«Du meine Güte, willst du etwa sagen, daß das Kind seither ohne Gouvernante ist?»

«Natürlich ist sie ohne Gouvernante! Sie braucht auch keine. Als wir in Paris lebten, fand ich stets Chaperons für sie in Hülle und Fülle, und in Lissabon spielt das überhaupt keine Rolle. Aber in England kann ich sie unmöglich allein lassen.»

«Wahrhaftig, das scheint mir auch so. Aber, liebster Horace, wenn ich auch alles tun will, um dir gefällig zu sein, so weiß ich doch nicht recht —»

«Unsinn», sagte Sir Horace entschlossen. «Sie wird eine angenehme Gefährtin für dein Mädel sein — wie hieß sie doch? Cecilia? Ein liebes junges Ding, verstehst du: hat kein schwarzes Fleckchen auf ihrer Seele.»

Dieses väterliche Lob ließ seine Schwester schmunzeln und einen schwachen Protest äußern. Sir Horace kehrte sich nicht daran. «Was wichtiger ist, sie wird dir keinerlei Ungelegenheiten bereiten. Sie hat den Kopf genau dort, wo er hingehört, meine Sophy. Ich mache mir nie Sorgen um sie.»

Die genaue Kenntnis seines Charakters machte Lady Ombersley diese Feststellung durchaus glaubhaft; da sie indessen gutmütig war, kam keine scharfe Bemerkung über ihre Lippen. «Ich bin überzeugt, daß sie ein liebes Ding ist. Immerhin mußt du einsehen, Horace . . .»

«Des weiteren ist es an der Zeit, daß wir uns nach einem Gatten für sie umsehen», fuhr Sir Horace fort und ließ sich in einen Lehnstuhl auf der anderen Seite des Kamins fallen. «Ich weiß, daß ich mich in solchen Dingen auf dich verlassen kann. Bringe das in Ordnung, du bist schließlich ihre Tante. Und noch dazu meine einzige Schwester.»

«Es wäre mir nur eine Freude, sie in die Gesellschaft einzuführen», sagte Lady Ombersley versonnen. «Ich glaube nur nicht . . . ich fürchte geradezu . . . verstehst du, die Vorstellung Cecilias bei Hof, voriges Jahr, hat furchtbare Ausgaben mit sich gebracht, und das, nachdem wir die liebe Maria kurz vorher verheiratet haben, und Hubert schikken wir nach Oxford, das Geld gar nicht zu erwähnen, das uns der arme Theodore in Eton kostet.»

«Wenn dir bloß das Geld Sorgen macht, Lizzie, darüber brauchst du dir keine Gedanken zu machen, für diese Kleinigkeit komme ich auf. Bei Hof brauchst du sie nicht vorzustellen, das besorge ich alles, wenn ich zurückkomme. Und wenn es dir dann zu lästig ist, finde ich schon irgendeine Dame, die es übernimmt. Worauf es mir für den Augenblick ankommt, ist, daß sie im Kreis ihrer Vettern und Kusinen lebt, unter die richtigen Leute kommt — daß sie den richtigen Stil der Dinge erlernt.»

«Das verstehe ich schon, und lästig wäre es mir wohl auch nicht. Nur kann ich mir einfach nicht helfen, ich habe so das Gefühl, daß es vielleicht . . . daß es vielleicht nicht gutgehen würde . . . nicht das Richtige wäre. Viel Gesellschaft haben wir hier nicht.»

«Was denn, mit einer ganzen Ladung Mädchen auf dem Buckel müßtet ihr das aber», sagte Sir Horace unumwunden.

«Lieber Horace, ich habe keine ganze Ladung Mädchen auf dem Buckel», protestierte Lady Ombersley. «Selina ist erst sechzehn, und Gertrude und Amabel sind kaum aus den Kinderschuhen geschlüpft.»

«Ich sehe schon, was los ist», sagte Horace nachsichtig. «Du hast Angst, daß sie deine Cecilia aussticht. Nein, nein, meine Liebe! Meine kleine Sophy ist keine Schönheit. Sie ist nicht übel — ich möchte sogar sagen, daß sie ein recht hübsches Ding ist —, aber deine Cecilia fällt ja ganz aus dem Rahmen. Ich erinnere mich noch deutlich, daß mir das auffiel, als ich sie voriges Jahr sah. Es hat mich sogar in Staunen versetzt, denn du selbst, Lizzie, bist nie überdurchschnittlich gewesen, und Ombersley erschien mir immer ausgesprochen häßlich.»

Seine Schwester nahm diese scharfe Kritik geduldig hin, empfand es aber schmerzlich, daß er sie für fähig hielt, so unfreundliche Gedanken in bezug auf ihre Nichte zu hegen. «Sogar wenn ich so abscheulich wäre, besteht nun doch nicht mehr der geringste Anlaß zu solchen Verdächtigungen», bemerkte sie. «Es ist noch nichts formell bekanntgegeben, Horace, aber ich stehe nicht an, dir zu eröffnen, daß Cecilia im Begriff ist, eine sehr günstige Verbindung einzugehen.»

«Das ist gut», sagte Sir Horace. «So bleibt dir wenigstens Muße, dich um einen Gatten für Sophy umzusehen. Schwer wirst du es nicht haben: sie ist ein reizendes kleines Ding, und sie wird ein für heutige Begriffe solides Vermögen haben, ganz von dem zu schweigen, was ihre Mutter hinterlassen hat. Du brauchst auch nicht zu befürchten, daß ihre Wahl uns mißfallen wird, sie ist ein vernünftiges Mädchen, und sie ist genug in der Welt herumgekommen, um zu wissen, worauf es ankommt. Wen hast du übrigens für Cecilia bekommen?»

«Lord Charlbury hat Ombersley um die Erlaubnis gebeten, um sie anhalten zu dürfen», antwortete seine Schwester mit leisem Stolz.

«Charlbury, eh!» sagte Sir Horace. «Das ist wenigstens etwas, Elizabeth! Muß schon sagen, ich habe nicht erwartet, daß du einen so guten Fang machen würdest, denn das Aussehen allein macht es nicht, und nach der Art, wie Ombersley sein Vermögen durchbrachte, als ich ihn zuletzt sah . . .»

«Lord Charlbury», bemerkte Lady Ombersley ein wenig steif, «ist ein außerordentlich reicher Mann, und bestimmt liegen ihm solche vulgären Gedanken ganz fern. Tatsächlich hat er mir selbst gesagt, daß es ein Fall von Liebe auf den ersten Blick war . . .»

«Großartig! Und ich hatte gedacht, daß er schon seit einiger Zeit nach einer Frau herumsucht – dreißig ist er bestimmt, oder nicht? Aber wenn er wirklich für das Mädchen Zuneigung empfindet, um so besser. Das wird doch wohl sein Interesse für sie festigen.»

«Ja, und ich bin überzeugt, daß sie gut miteinander auskommen werden. Er ist die Liebenswürdigkeit und Verbindlichkeit selbst, ein vollendeter Gentleman, ungewöhnlich verständnisvoll, und sein Äußeres muß gefallen.»

Sir Horace, dem das Glück seiner Nichte nicht so sehr am Herzen lag, bemerkte nur: «Gut, gut. Er ist offenbar ein Spiegel aller Vorzüge, und Cecilia kann sich nur beglückwünschen, daß sie eine so gute Verbindung eingeht! Hoffentlich bringst du für Sophy auch etwas so Hübsches zustande.»

«Ich wollte, es gelänge mir», antwortete sie mit einem Seufzer. «Nur ist der Augenblick nicht gerade günstig, denn . . . die Sache ist die, verstehst du . . . ich fürchte, es wird Charles nicht recht sein.»

Sir Horace runzelte in der Bemühung, sich des Namens zu entsinnen, die Stirn. «Und ich dachte, er hieße Bernard. Warum sollte es ihm nicht recht sein?»

«Ich spreche ja gar nicht von Ombersley, Horace. Du wirst dich doch an Charles erinnern!»

«Wenn du den ältesten von deinen Jungen meinst, nun gewiß, natürlich erinnere ich mich seiner. Aber was hat er in dieser Sache mitzusprechen? Und warum, zum Teufel, sollte er etwas gegen meine Sophy haben?»

«Aber nein, doch nicht gegen sie! Das könnte er doch nicht! Ich fürchte nur, es könnte ihm nicht recht sein, wenn wir uns gerade jetzt in einen geselligen Trubel stürzen! Vermutlich hast du seine Verlobungsanzeige nicht bekommen, und so muß ich dir also sagen, daß er mit Miss Wraxton verlobt ist.»

«Was, doch nicht mit des alten Brinklow Tochter? Auf mein Wort,

Lizzie, du hast etwas geleistet! Hätte nie gedacht, daß du so verständig bist! Das ist einmal eine Wahl! Da kann man dir nur gratulieren.»

«Ja», bestätigte Lady Ombersley, «wahrhaftig! Miss Wraxton ist ein ganz ausgezeichnetes Mädchen, sie hat tausend hervorragende Eigenschaften. Eine vorzügliche Bildung und Prinzipien, die Achtung einflößen müssen.»

«Klingt, als ob sie entsetzlich langweilig wäre», äußerte Sir Horace freimütig.

«Charles», sagte Lady Ombersley und blickte trübe in das Kaminfeuer, «Charles macht sich nichts aus lebensprühenden jungen Mädchen ... er hat nichts übrig für irgendwelche extravagante Narrheiten. Mir wäre es nicht unlieb, wenn Miss Wraxton über etwas mehr Vivacité verfügte ... aber das bedeutet schließlich nichts, Horace, denn ich hab zwar zeitlebens keine Neigung gezeigt, aus mir einen Blaustrumpf zu machen, aber heutzutage, wo so viele junge Frauenspersonen ungebärdig sind, tut es einem wohl, eine zu finden, die ... nun, Charles findet jedenfalls, daß Miss Wraxton ihr Ernst gut ansteht!» beendigte sie fast überstürzt ihre Ausführungen.

«Weißt du, Lizzie, es ist eigentlich komisch, daß gerade ein Sohn von dir und Ombersley ein solcher Haubenstock sein soll», bemerkte Sir Horace gleichmütig. «Ich nehme doch an, du hast Ombersley nicht hintergangen, oder —?»

«Horace!»

«Nein, bestimmt hast du es nicht getan. Du brauchst nicht gleich den Mund zu verziehen! Bei deinem Ältesten schon gewiß nicht: dazu warst du zu gescheit! Trotzdem ist es merkwürdig ... mir ist das oft zu Bewußtsein gekommen. Von mir aus mag er seinen Blaustrumpf heiraten, mir ist das gleich, aber all das erklärt nicht, warum du einen Pfifferling dafür geben sollst, was ihm recht ist oder nicht!»

Lady Ombersley wandte ihren Blick wieder von den glimmenden Kohlen ihm zu. «Du verstehst nicht ganz, Horace.»

«Genau das habe ich eben festgestellt.»

«Ja ... nun, Horace ... Matthew Rivenhall hat Charles sein ganzes Vermögen hinterlassen.»

Sir Horace verstand im allgemeinen seine Fassung zu bewahren, aber jetzt fiel es ihm offenbar doch schwer, diese Mitteilung mühelos zu verdauen. Einen Augenblick lang starrte er seine Schwester an, dann fragte er: «Du meinst doch nicht diesen alten Onkel Ombersley?»

«Ja, gerade den meine ich.»

«Den Nabob?»

Lady Ombersley nickte, aber ihr Bruder schien immer noch nicht befriedigt. «Der Bursche, der in Indien ein Vermögen gemacht hat?»

«Ja, und wir meinten immer ... aber er sagte dann, Charles wäre außer ihm der einzige Rivenhall, der eine Spur Verstand hat, und so hinterließ er ihm alles, Horace! Alles!»

«Du lieber Gott!»

Dieser Ausruf schien Lady Ombersley durchaus passend, sie nickte wieder, sah ihren Bruder trübselig an und zerknitterte die Fransen ihres Schals zwischen den Fingern.

«Und jetzt ist es Charles, der hier den Ton angibt!» sagte Sir Horace.

«Niemand hätte großzügiger sein können als er», bemerkte Lady Ombersley unglücklich. «Wir müssen schließlich vernünftig sein.»

«So eine Frechheit!» brummte Sir Horace, jetzt selbst ganz und gar Vater. «Was hat er denn getan?»

«Nun, Horace, du weißt das wohl nicht, weil du ja immer im Ausland lebst. Der arme Ombersley hatte eine Menge Schulden.»

«Das weiß alle Welt! Hab ihn nie anders gekannt als in Bedrängnis. Du willst doch nicht sagen, daß der Junge so verrückt war, ihm die Schulden zu bezahlen?»

«Nun, Horace, einer mußte es ja schließlich tun!» protestierte sie. «Du kannst dir nicht vorstellen, wie schwierig die Lage bereits war! Und dabei hatten wir die jüngeren Burschen standesgemäß unterzubringen, und gar erst die lieben Mädchen . . . es ist schließlich kein Wunder, daß Charles darauf Wert legt, Cecilia gut verheiratet zu sehen.»

«Also er sorgt für das ganze Nest? Doppelter Narr! Und wie ist es mit den Hypotheken? Wenn nicht der größte Teil von Ombersleys Besitz ein unveräußerliches Erblehen wäre, hätte er gewiß längst das Ganze verspielt.»

«Ich verstehe nicht allzuviel von Fideikommißrechten», sagte seine Schwester, «aber ich fürchte, Charles hat in dieser Sache nicht immer ganz so gehandelt, wie er eigentlich sollte. Ombersley war es gar nicht recht. Und trotzdem werde ich immer sagen, daß es sich ganz und gar nicht schickt, seinen Erstgeborenen einen Schlangenzahn zu nennen! Vermutlich hätte Charles, als er großjährig wurde, seinem armen Papa manches erleichtern können, wenn er nur ein ganz klein wenig verständnisvoll gewesen wäre. Aber nichts konnte ihn dazu bringen, in eine Aufhebung des Fideikommißrechtes zu willigen, und so kam alles auf einen toten Punkt. Können wir Ombersley tadeln, daß er ärgerlich ist? Dann starb dieser widerwärtige alte Mann –»

«Wann?» fragte Sir Horace. «Wieso habe ich bis heute nie davon gehört?»

«Das war vor mehr als zwei Jahren, und . . .»

«Dann ist alles verständlich. Ich hatte damals verteufelte Mühe, mit Angoulême und der ganzen Bande fertig zu werden. Muß passiert sein, während ich in Toulouse war. Ich könnte es beschwören. Aber als ich voriges Jahr hier war, erwähntest du kein Wort davon, Lizzie.»

Dieser Vorwurf schien ihr ungerecht, und sie sagte ärgerlich: «Ich weiß wirklich nicht, wie ich damals an solche Läppereien hätte denken sollen, als das Ungeheuer gerade entsprungen war, und Champs de Mars und die Zahlungseinstellung der Banken und weiß Gott, was noch alles! Und gerade in einem solchen Moment kommst du ohne leiseste Vorankündigung aus Brüssel und sitzt bloß zwanzig Minuten hier. In meinem Kopf ging alles drunter und drüber, und wenn eine meiner Antworten zu deinen Fragen gepaßt hat, so ist das mehr, als ich mir zugetraut hätte!»

Sir Horace ging auf diese Belanglosigkeiten nicht ein, sondern sagte mit soviel echtem Gefühl, als er nur aufbrachte: «Eine Schmach! Ich will nicht ableugnen, daß bei Ombersley eine Schraube lose ist, es hat auch keinen Sinn, Tatsachen zu verhüllen, aber einen Menschen einfach aus seinem Testament herauswerfen und seinen Sohn in die Lage bringen, daß er dem Vater den Herrn zeigt... und das tut der doch gewiß!»

«Aber nicht doch», wehrte Lady Ombersley schwach ab, «Charles ist sich durchaus darüber im klaren, was er seinem Vater schuldet! Du mußt nicht denken, daß er es an Respekt fehlen läßt, bestimmt nicht! Es fällt dem armen Ombersley eben nur ein bißchen schwer, daß Charles jetzt alles in seine Hände genommen hat.»

«Famoser Stand der Dinge!»

«Nun ja, aber einen Trost haben wir — es ist nicht allgemein bekannt. Und ich will nicht ableugnen, daß es in gewisser Beziehung auch sein Gutes hat. Du wirst es kaum fassen, Horace, aber ich glaube, daß keine unbezahlte Rechnung im Haus ist!» Eine kurze Überlegung bewog sie, diese Behauptung wieder zurückzunehmen. «Ich will mich nicht für Ombersley verbürgen, aber all diese Haushaltsrechnungen, von denen Eckington — du erinnerst dich doch an unseren guten Eckington, Ombersleys Verwalter? — soviel Aufhebens zu machen pflegte; und die Kosten für Eton und Oxford . . . für alles, mein lieber Bruder, für alles sorgt Charles.»

«Du wirst mir doch nicht einreden wollen, daß Charles so verrückt ist, das Vermögen des alten Matt Rivenhall zum Fenster hinauszuwerfen, indem er alle Spesen dieses vollgestopften Hauses bezahlt!» rief Sir Horace.

«Nein, o nein! Ich habe gar keinen Geldverstand, es hat also keinen Sinn, von mir Erklärungen zu verlangen, aber ich glaube, daß Charles seinen Vater dazu gebracht hat, zu . . . nun, ihm zu erlauben, daß er das Vermögen verwaltet.»

«Fein hat er ihn erpreßt, das muß ich schon sagen», brummte Sir Horace grimmig. «Prächtige Zeiten, in denen wir leben! Versteh mich recht, ich begreife den Standpunkt des Jungen, Lizzie, aber du tust mir wahrhaftig leid.»

«Bitte, glaube doch nicht, daß es so ist!» rief Lady Ombersley niedergeschlagen. «Ich wollte keinesfalls, daß du denkst . . . ich wollte dir gewiß keinen Anlaß geben anzunehmen, daß Charles jemals unangenehm ist, er ist es wirklich nicht, oder höchstens, wenn er seine Ausbrüche hat, und auch da muß man ihm zugute halten, daß vieles an seiner Geduld zerrt! Und darum habe ich eben das Gefühl, lieber Horace, daß ich ihn nicht reizen darf, wenn es ihm nicht paßt, daß ich mich um Sophia kümmere.»

«Unsinn! Warum sollte ihm das nicht recht sein?»

«Wir . . . wir hatten uns vorgenommen, in dieser Saison gar keine Gesellschaften zu geben, oder nur die unvermeidlichen. Unglücklicherweise hat Charles' Heirat verschoben werden müssen, wegen des Trauerfalls, der Miss Wraxton betroffen hat. Eine von Lady Brinklows Schwestern. Miss Wraxton wird sechs Monate lang die schwarzen Handschuhe nicht ablegen. Du mußt wissen, daß die Brinklows in Sachen korrekten Benehmens ungemein heikel sind. Eugenia besucht nur ganz geschlossene Gesellschaften, und man darf natürlich erwarten, daß Charles auf ihre Empfindungen Rücksicht nimmt.»

«Du lieber Gott, Elizabeth, ein Mann muß doch nicht wegen der Tante einer Frauensperson, mit der er noch nicht einmal verheiratet ist, schwarze Handschuhe anziehen?»

«Natürlich nicht, aber Charles scheint es so zu empfinden . . .. und dann ist da auch noch Charlbury!»

«Was fehlt denn dem wieder?»

«Mumps», sagte Lady Ombersley tragisch.

«Ah!» Sir Horace platzte heraus. «Was kann das für ein Bursche sein, der Mumps bekommt, wenn er Cecilia heiraten soll!»

«Wahrhaftig, Horace, ich muß schon sagen, daß ich das sehr ungerecht von dir finde . . . wie hätte er es denn vermeiden sollen? Es ist doch so schrecklich unangenehm für ihn! Und was schlimmer ist, es ist ein gräßliches Unheil, denn er hätte ohne Zweifel Cecilia fesseln können — und er hätte es sicher getan, denn er ist der liebenswürdigste Mensch und hat untadelige Manieren, ganz comme il faut! Aber Mädchen sind doch so närrisch, setzen sich romantische Dinge in den Kopf, die verrücktesten Launen . . . nun, ich bin nur froh, daß Cecilia keines von diesen gräßlichen modernen Geschöpfen ist! Natürlich läßt sie sich von ihren Eltern leiten. Trotzdem kann man nicht ableugnen, daß es in diesem Augenblick nichts Unpassenderes gibt als Charlburys Mumps.»

Sir Horace klappte seine Schnupftabakdose auf und betrachtete seine Schwester belustigt und hintergründig. «Und was ist Miss Cecilias besondere verrückteste Laune?» erkundigte er sich.

Lady Ombersley wußte, daß ihr ältester Sohn ihr in diesem Augenblick striktestes Schweigen empfohlen hätte; doch der Drang, sich vor dem Bruder die Sorge von der Seele zu reden, war stärker. «Du wirst es doch gewiß nicht weitersagen, Horace! Nun, tatsächlich bildet sich das närrische Ding ein, daß sie Augustus Fawnhope liebt.»

«Einen von diesen Lutterworth-Jungen?» fragte Sir Horace. «Keine sonderlich glückliche Wahl, muß ich schon sagen.»

«Gott behüte, du sollst so etwas nicht einmal erwähnen! Und dabei ist es noch der Jüngste, hat überhaupt nichts zu erwarten! Aber er dichtet.»

«Sehr gefährlich», räumte Sir Horace ein. «Ich glaube nicht, daß ich dem Burschen jemals begegnet bin. Wie ist er denn?»

«Sehr schön», sagte Lady Ombersley niedergeschlagen.

«Wie, wohl in der Art wie Lord Byron? Der Kerl ist für vieles verantwortlich.»

«N . . . nein. Er ist so hübsch wie Cecilia, und hinken tut er nicht, und obwohl seine Gedichte sehr nett sind, in weißes Kalbleder gebunden, so scheinen sie doch nicht besonders zu wirken. Ich meine, keineswegs so wie die Lord Byrons. Mir kommt das sehr ungerecht vor, denn es hat, glaube ich, eine Menge Geld gekostet, sie zu drucken, und er mußte für das Ganze aufkommen . . . oder eigentlich Lady Lutterworth, soviel ich gehört habe.»

«Jetzt fällt es mir ein», sagte Sir Horace. «Ich kenne den Burschen. Er war voriges Jahr mit Stuart in Brüssel. Wenn du etwas auf meinen Rat gibst, dann verheiratest du deine Cecilia so schnell wie möglich mit Charlbury.»

«Nun ja, das möchte ich wohl, wenn . . . ich meine, natürlich . . . natürlich täte ich es, wenn ich dächte, daß sie eine Abneigung gegen ihn hat. Und vor allem mußt du einsehen, Horace, daß es einfach nicht in meiner Macht steht, etwas dergleichen zu tun, wenn er mit Mumps im Bett liegt.»

Sir Horace schüttelte den Kopf. «Sie wird diesen Poeten heiraten.»

«Sag doch so etwas nicht! Charles ist bloß der Ansicht, daß es richtig wäre, sie nirgends hinzubringen, wo sie den jungen Menschen treffen kann, und das ist ein weiterer Grund, warum wir jetzt so zurückgezogen leben. Und von allen der lästigste. Manchmal meine ich wirklich, alles wäre viel einfacher, wenn der Unglücksbursche gar nicht in Betracht käme . . . wenn er irgendein Mitgiftjäger wäre, der Sohn eines Kaufmanns oder irgend etwas in der Art! Dann könnte man ihm einfach das Haus verbieten, könnte Cecilia verbieten, mit ihm auf Bällen zu sprechen, und nicht einmal das wäre notwendig, denn in der guten Gesellschaft würde sie ihn ja nicht treffen. Aber den Fawnhopes begegnet man natürlich überall. Das ist ja die reinste Herausforderung des Unheils. Und obwohl Charles ihm so kühl wie möglich begegnet, sieht er doch selber ein, daß man nicht so zurückweisend sein darf, seine Familie zu verletzen. Almeria Lutterworth ist eine meiner ältesten Freundinnen.»

Sir Horace, den dieser Gegenstand zu langweilen begann, gähnte und sagte träge: «Ich glaube, deswegen brauchst du dir keine Sorgen zu machen. Die Fawnhopes sind arm wie Kirchenmäuse, und wahrscheinlich wünscht Lady Lutterworth diese Verbindung ebensowenig wie du.»

«Ganz und gar nicht», antwortete sie unmutig. «Sie ist närrischer, als es einer Frau erlaubt ist, Horace! Was Augustus sich in den Kopf setzt, das muß er bekommen. Sie macht die unmißverständlichsten Andeutungen, so daß ich gar nicht weiß, wo ich hinschauen soll, geschweige denn, was antworten, außer, daß Lord Charlbury gebeten hat, um Cecilia anhalten zu dürfen, und daß sie wohl ... nun, daß er ihr nicht gleichgültig ist! Mir wäre nie in den Sinn gekommen, daß Augustus so unschicklich handeln könnte, um Cecilia anzuhalten, ohne Ombersley vorher um Erlaubnis zu fragen, und denke dir, gerade das hat er getan!»

«Na ja, wenn sie so in ihn vernarrt ist, dann tätest du besser, ihn ihr zu lassen. Eine Mesalliance ist es ja keineswegs, und wenn sie sich einbildet, die Frau eines mittellosen jüngeren Sohnes zu werden, dann ist das schließlich ihre Angelegenheit.»

«Das würdest du wohl nicht sagen, wenn es sich um deine Sophia handelte», bemerkte seine Schwester.

«Sophy ist keine solche Närrin.»

«Cecilia ist auch keine Närrin», erklärte Lady Ombersley gekränkt. «Wenn du Augustus gesehen hast, dann kannst du dich nicht über sie wundern. Man muß ihm geradezu gut sein. Mir ist es auch so gegangen. Aber Charles hat ganz recht, das mußte ich nachher einsehen. Es würde nicht gut passen.»

«Nun ja, wenn sie ihre Kusine zur Gesellschaft hier hat, dann wird sie zweifellos auf andere Gedanken kommen», meinte Sir Horace tröstlich.

Dieser Gedanke schien Eindruck auf Lady Ombersley zu machen. Ihre Züge hellten sich auf. «Das könnte wohl so sein. Allerdings ist sie ein wenig scheu, weißt du, und schließt sich nicht leicht an jemanden an. Seit ihre beste Freundin, Miss Friston, geheiratet hat und in die Midlands gezogen ist, steht sie kaum mit irgendeinem Frauenzimmer auf vertrautem Fuß. Wenn wir allerdings jetzt die liebe Sophia im Hause hätten . . .» Sie versank in Schweigen und erwog offensichtlich den Plan. In diese Gedanken war sie noch versunken, als die Tür aufging und ihr ältester Sohn den Salon betrat.

Der Ehrenwerte Charles Rivenhall war sechsundzwanzig Jahre alt, hatte aber ein barsches und mürrisches Wesen, das ihn, zusammen mit einem Gehaben, das Selbstsicherheit und Zurückhaltung vereinigte, eher um einige Jahre älter erscheinen ließ. Er war ein hochgewachsener, kräftig gebauter junger Mann, dem man zutraute, daß er lieber über seines Vaters Acker ritt als im Salon seiner Mutter Höflichkeiten austauschte. Fast immer zog er seinen Reitanzug den modischeren Pantalons und Kanonenstiefeln vor; seine Krawatte band er in denkbar schlechtestem Stil; duldete zur Not, daß seine sehr bescheidenen Hemdspitzen mit ein klein wenig Stärke gesteift wurden; Läppereien gar, wie Siegel, Berlocken und Monokel, lehnte er ganz ab; seinen Schneider beleidigte er, indem er darauf bestand, seine Röcke so geschnitten zu bekommen, daß er ohne Hilfe eines Kammerdieners hineinschlüpfen konnte. Er hatte einmal die Hoffnung ausgesprochen, der Himmel würde nicht zulassen, daß man ihn irrtümlich zu der Dandy-Gesellschaft zähle; doch war, wie sein Freund Mr. Cyprian Wychbold ihm in aller Freundlichkeit auseinandersetzte, in dieser Sache der Wunsch nach himmlischem Eingreifen ganz überflüssig. Dandies wären, so legte Mr. Wychbold sehr ernsthaft dar, durch ihre guten Manieren ebenso ausgezeichnet wie durch ihre gepflegte Erscheinung, sie wären im allgemeinen eine recht liebenswerte Sorte von Männern und durch ihr tadelloses Benehmen und ihr gewinnendes Wesen in jedem Salon akzeptabel. Mr. Rivenhalls Auffassung dagegen, wie man sich in Gesellschaft angenehm zu machen habe, war die, daß er jeden, für den er keine besondere Vorliebe empfand, mit kalter Höflichkeit behandelte; zu seinem keineswegs gewinnenden Gehaben gehörte auch ein Trick, Leute, deren Prätentionen er mißbilligte, mit einem Blick aus der Fassung zu bringen und Bemerkungen fallenzulassen, die jedes Gespräch zu einem jähen Ende führten. So war er (wenigstens nach Mr. Wychbolds Meinung) eher in Gefahr, für einen groben Lackel zu gelten.

Als er die Tür hinter sich schloß, blickte seine Mutter auf, machte eine jähe Bewegung und sagte mit einem nervösen Unterton, der ihrem Bruder mißfiel: «Ach, Charles! Denk dir nur, unser Onkel Horace!»

«Dassett hat es mir schon gemeldet», antwortete Mr. Rivenhall. «Und wie steht Ihr Befinden, Sir?»

Er wechselte einen Händedruck mit seinem Oheim, zog sich einen Stuhl heran, setzte sich und begann ein höfliches Gespräch mit Sir Horace. Seine Mutter hatte zuerst mit den Fransen ihres Schals, dann mit ihrem Taschentuch gespielt, nun aber unterbrach sie dieses Geplauder: «Charles, du erinnerst dich an Sophia? Deine kleine Kusine?»

Mr. Rivenhall sah nicht aus wie einer, der sich einer kleinen Kusine erinnert, aber er sagte in seiner kühl-höflichen Art: «Gewiß. Sie befindet sich hoffentlich wohl?»

«Ist in ihrem Leben noch keinen Tag krank gewesen, von den Masern abgesehen», sagte Sir Horace. «Sie werden sie ja bald selbst sehen; Ihre Mutter wird sich ihrer annehmen, solange ich in Brasilien bin.»

Es lag auf der Hand, daß diese Art, mit der Nachricht herauszuplatzen, Lady Ombersley nicht ratsam schien; sie beeilte sich einzugreifen. «Nun, es ist natürlich noch nicht entschieden, aber mir scheint, daß mir nichts lieber sein könnte, als die Tochter meines lieben Bruders bei mir zu haben. Und ich dachte auch, Charles, daß es für Cecilia nett sein müßte. Sophia und sie sind, wie du weißt, annähernd gleich alt.»

«Brasilien?» fragte Mr. Rivenhall. «Das muß ja höchst interessant sein. Wahrhaftig. Werden Sie lange bleiben, Sir?»

«Ach, kaum», erwiderte Sir Horace vage. «Vermutlich nicht. Das hängt wohl von gewissen Umständen ab. Ich sagte Ihrer Mutter, daß ich ihr sehr verpflichtet sein werde, wenn sie einen passenden Gatten für meine Sophy findet. Es ist an der Zeit, daß sie heiratet, und Ihre Mutter scheint, nach allem, was ich höre, in dieser Beziehung eine Meisterin zu sein. Wenn ich mich nicht irre, darf ich Sie beglückwünschen, mein Junge?»

«Danke, ja», antwortete Mr. Rivenhall mit einer leichten Verneigung.

«Wenn es dir nicht unlieb ist, Charles . . . ich für mein Teil hätte Sophia gern hier», sagte Lady Ombersley besänftigend.

Er warf ihr einen ungeduldigen Blick zu und erwiderte: «Du wirst, bitte, ganz nach deinem Wunsch tun. Wüßte nicht, was mich das anginge.»

«Ich habe deinem Onkel natürlich auseinandergesetzt, daß wir ein sehr zurückgezogenes Leben führen.»

«Daran stößt sich meine Kleine gewiß nicht», sagte Sir Horace gutlaunig. «Sie ist ein nettes Ding, findet sich immer selbst eine Beschäftigung. War in einer spanischen Stadt genau so glücklich wie in Wien und Brüssel.»

Bei dieser Bemerkung setzte Lady Ombersley sich mit einem Ruck auf. «Du willst doch nicht sagen, daß du sie voriges Jahr in Brüssel mit hattest?»

«Natürlich war sie in Brüssel. Wo, zum Teufel, hätte sie sonst sein sollen?» antwortete Sir Horace gereizt. «Hätte ich sie etwa in Wien lassen sollen? Übrigens hat es ihr Vergnügen gemacht. Wir haben eine Menge alter Freunde dort getroffen.»

«Aber die Gefahr!»

«Pah, Unsinn! Gar keine Gefahr, wo doch Wellington den Oberbefehl hatte.»

«Und wann, Sir, dürfen wir meine Kusine erwarten?» unterbrach ihn Mr. Rivenhall. «Hoffentlich wird sie unser eintöniges Londoner Leben nach all dem Aufregenden auf dem Kontinent nicht zu enttäuschend finden.»

«Die nicht», entgegnete Sir Horace. «Wenn Sophy sich nicht sofort irgendeine Beschäftigung findet, dann kenne ich sie schlecht. Laßt sie nur machen! Ich tue das immer, und dabei passiert ihr nie etwas. Genau weiß ich nicht, wann sie hier eintreffen kann. Natürlich möchte sie gern so lange mit mir zusammenbleiben wie möglich, aber sie wird nach London fahren, sobald ich an Bord gehe.»

«Nach London fahren, sobald du — Horace, du wirst sie mir doch selbst herbringen!» rief seine Schwester empört. «Ein Mädchen ihres Alters, und allein reisen! Hab so etwas noch nie gehört!»

«Allein wird sie ja nicht sein. Sie hat doch ihre Magd bei sich — einen richtigen Drachen . . . ist mit uns durch ganz Europa gezogen! Und John Potton obendrein!» Er bemerkte, daß sein Neffe die Brauen hochzog, und so fühlte er sich verpflichtet, hinzuzufügen: «Groom — Bote — Faktotum. Hat Sophy betreut, seit sie ein Baby war.» Er zog die Uhr und warf einen Blick darauf. «Schön, da wir ja alles besprochen haben, muß ich wohl gehen, Lizzie. Ich verlasse mich auf dich, daß du auf meine Sophy aufpaßt und für eine Heirat sorgst. Es ist wichtig, denn . . ., aber ich habe nicht mehr Zeit, dir das zu erklären. Sie wird das vermutlich selbst besorgen.»

«Aber, Horace, es ist noch gar nicht alles geregelt», protestierte seine Schwester. «Und Ombersley wird sehr enttäuscht sein, wenn er dich verfehlt. Ich hoffte, du würdest zum Dinner bleiben.»

«Nein, ich kann leider nicht», erwiderte er. «Ich speise im Carlton House, meine Empfehlungen an Ombersley . . . ich denke, ich begegne ihm noch dieser Tage.»

Er küßte sie flüchtig, gab ihr einen herzlichen Klaps auf die Schulter und verließ, von seinem Neffen gefolgt, den Salon.

«Sonst habe ich mir gerade nichts gewünscht», sagte Lady Ombersley ärgerlich, als Charles zurückkam. «Und ich habe nicht die leiseste Ahnung, wann das Kind eintreffen soll.»

«Es spielt keine Rolle», sagte Charles mit einem Gleichmut, der ihr auf die Nerven fiel. «Du wirst Anweisung geben, ein Zimmer für sie vorzubereiten, und dann mag sie kommen, wann sie will. Hoffentlich findet Cecilia an ihr Gefallen, denn sie wird sich wohl am meisten mit ihr abgeben müssen.»

«Die arme Kleine!» seufzte Lady Ombersley. «Offen gesagt, ich will sie gern ein wenig bemuttern, Charles. Was für ein sonderbares, einsames Leben muß sie doch führen!»

«Sonderbar wohl; einsam kaum, wenn sie bei meinem Onkel Dame des Hauses ist. Vermutlich hat sie irgendeine ältere Dame bei sich gehabt, eine Gouvernante oder etwas dergleichen.»

«Das möchte man wohl annehmen, aber dein Onkel hat mir eben erzählt, daß die Gouvernante starb, als sie in Wien waren! Ich sage so etwas nicht gern über meinen Bruder, aber Horace scheint völlig ungeeignet, eine Tochter in Obhut zu haben.»

«Äußerst ungeeignet», antwortete er trocken. «Hoffentlich hast du deine Freundlichkeit nicht noch zu bedauern, Mama.»

«Ach nein, das gewiß nicht. Dein Onkel hat von dem Mädchen so gesprochen, daß ich geradezu Sehnsucht danach habe, sie hier zu begrüßen. Die arme Kleine, sie ist, fürchte ich, nicht gewöhnt, daß ihre Wünsche oder ihre Behaglichkeit berücksichtigt werden! Ich war fast böse auf Horace, als er mir sagte, sie wäre ein nettes Ding und hätte ihm nie die leiseste Sorge bereitet. Er hat niemals jemandem erlaubt, ihm Sorgen zu bereiten, einen selbstsüchtigeren Menschen gibt es wohl kaum. Sophia muß die Sanftmut ihrer Mutter geerbt haben: ohne Zweifel wird sie eine angenehme Gesellschaft für die arme Cecilia sein.»

«Ich hoffe so. Das erinnert mich übrigens daran, Mama, daß ich eben wieder eine der Blumensendungen jener Zierpuppe an meine Schwester abgefangen habe. Dieses Billett war darangeheftet.»

Lady Ombersley nahm den Brief, der ihr dargeboten wurde, und betrachtete ihn unlustig. «Was soll ich damit tun?» fragte sie.

«Wirf ihn ins Feuer», riet er.

«Ach nein, das könnte ich nicht, Charles! Vielleicht ist es etwas Besonderes! Übrigens kann er auch eine Botschaft seiner Mutter für mich enthalten.»

«Höchst unwahrscheinlich, aber wenn du das meinst, solltest du den Brief eben lesen.»

«Natürlich, ich weiß, es ist meine Pflicht», sagte sie unglücklich.

Er setzte eine geringschätzige Miene auf, äußerte aber nichts. Nach kurzem Zögern erbrach sie das Siegel und entfaltete ein Blatt. «Sieh doch, ein Poem!» verkündete sie. «Und wirklich hübsch, muß ich sagen! Hör nur, Charles! ‹Wenn deiner Augen mildes Blau, o Nymphe, mein rastlos Herze überglänzt —› »

«Vielen Dank, ich finde keinen Geschmack an Versen», unterbrach Mr. Rivenhall sie ärgerlich. «Wirf es ins Feuer und sage Cecilia, daß sie ohne deine Erlaubnis keine Briefe annehmen darf.»

«Nun gewiß, aber soll ich es wirklich verbrennen, Charles? Bedenke doch, wenn es die einzige Niederschrift des Poems ist? Vielleicht möchte er es drucken lassen?»

«Er wird keineswegs solches Zeug über eine Schwester von mir drucken lassen», sagte Mr. Rivenhall grimmig und streckte herrisch seine Hand aus.

Lady Ombersley, die stets jedem stärkeren Willen erlag, wollte ihm eben das Blatt reichen, als eine zitternde Stimme von der Tür her sagte: «Nicht! Mama!»

## II

Lady Ombersley ließ die Hand sinken; Mr. Rivenhall wandte sich scharf um, die Stirn gerunzelt. Seine Schwester warf ihm einen Blick bitteren Vorwurfs zu, lief zu ihrer Mutter und sagte: «Gib mir das, Mama! Welches Recht hat Charles, an mich gerichtete Briefe zu verbrennen?»

Lady Ombersley warf ihrem Sohn einen hilflosen Blick zu, aber er äußerte nichts. Cecilia riß das offene Papierblatt aus den Fingern ihrer Mutter und drückte es an ihren wogenden Busen. Erst diese Geste brachte Mr. Rivenhall zum Sprechen. «Um Gottes willen, Cecilia, kein Theaterspiel!»

«Wie kannst du dich unterstehen, meine Briefe zu lesen?» fuhr sie ihn an.

«Ich habe deinen Brief gar nicht gelesen. Ich habe ihn Mama gegeben, und ihr wirst du doch das Recht wohl nicht bestreiten, ihn zu lesen.»

In ihren sanften blauen Augen schwammen Tränen. «Nur du bist schuld! Mama würde nie — ich hasse dich, Charles! Ich hasse dich!»

Er zuckte die Achseln und wandte sich ab. Lady Ombersley sagte matt: «So solltest du nicht reden! Du weißt, daß es sich nicht für dich schickt, ohne mein Wissen Briefe anzunehmen. Ich weiß nicht, was Papa davon halten würde, wenn er es erführe.»

«Papa», rief Cecilia ärgerlich, «nicht! Nur Charles macht sich ein Vergnügen daraus, mich ins Unglück zu treiben!»

Er gab ihr einen Blick über die Achsel. «Es wäre wohl unnütz, scheint mir, zu betonen, daß es mein ernster Wunsch ist, dich nicht ins Unglück getrieben zu sehen.»

Sie erwiderte nichts, faltete den Brief mit bebenden Händen zusammen, schob ihn in den Busenausschnitt und warf Charles dabei einen herausfordernden Blick zu. Und dieser Blick begegnete einem der Geringschätzung; Mr. Rivenhall lehnte seine Schulter gegen den Kaminsims, schob die Hände in die Hosentaschen und wartete mit sardonischem Lächeln auf ihre weiteren Äußerungen.

Sie aber trocknete nur ihre Augen und suchte ihr Schluchzen zu bemeistern. Cecilia war ein sehr hübsches Mädchen, trug die lichtgoldenen Locken in Ringeln um ihr feingeschnittenes Gesicht, dessen zarter Teint im Augenblick, keineswegs zu seinen Ungunsten, von Zornröte überzogen war. Im allgemeinen zeigte es den Ausdruck liebenswürdiger Versonnenheit, aber die Erregung hatte einen kriegerischen Funken in ihre Augen gezaubert, und sie hatte die Unterlippe zwischen die Zähne gepreßt — das verlieh ihr etwas Leidenschaftliches. Der Bruder, dem dieser Reiz nicht entging, bemerkte spöttisch, sie solle sich angewöhnen, öfter aus der Fassung zu geraten, denn es stehe ihr ganz gut und verleihe ihrem Gesicht, das sonst ganz hübsch, aber ein wenig schal wirke, Leben.

Diese unfreundliche Bemerkung ließ Cecilia kalt. Es konnte ihr unmöglich entgangen sein, daß sie überall Bewunderung erregte, aber sie war bescheiden, schlug ihre Schönheit nicht hoch an und hätte es bei weitem vorgezogen, wenn sie, der Mode entsprechend, dunkelhaarig gewesen wäre. Sie seufzte, entspannte ihre Lippe, setzte sich neben dem Sofa der Mutter auf einen Schemel und sagte in beherrschtem Ton: «Du kannst nicht leugnen, Charles, daß diese unverständliche Abneigung Mamas gegen Augustus dein Werk ist.»

«Nun aber still», sagte Lady Ombersley, «du bist im Unrecht, Liebste, ich hege gar keine Abneigung gegen ihn. Ich halte ihn nur eben nicht für einen passenden Ehemann.»

«Darauf kommt es mir nicht an», erklärte Cecilia. «Er ist der einzige Mann, für den ich eine solche Zuneigung empfinden könnte, daß ich — kurz, ich bitte dich, bilde dir nur ja nicht ein, daß ich jemals Lord Charlburys äußerst schmeichelhaften Antrag annehmen könnte, denn ich werde es nie tun!»

Lady Ombersley brachte einen mißmutigen, jedoch wirkungslosen Protest hervor; Mr. Rivenhall aber stellte in seiner prosaischen Art fest: «Wenn ich mich nicht täusche, war dir Charlburys Bewerbung gar nicht so unangenehm, als du davon erfuhrst.»

Cecilia wandte ihm ihren flammenden Blick zu und antwortete: «Damals war ich Augustus noch nicht begegnet.»

Lady Ombersley schien von der Logik dieses Arguments beeindruckt, aber ihr Sohn zeigte sich weniger nachgiebig. «Vergeude nicht deine großen Redensarten auf mich, bitte! Du kennst den jungen Fawnhope seit neunzehn Jahren.»

«Das war nicht derselbe», antwortete Cecilia einfach.

«Damit hat sie aber recht, Charles», sagte Lady Ombersley als Schiedsrichterin. «Er war ein ganz unauffälliger Bursche, und als er in Oxford war, hatte er entsetzlich viele Sommersprossen — niemand hätte annehmen können, daß er ein so hübscher junger Mensch werden würde! Die Zeit, die er in Brüssel mit Sir Charles Stuart verbrachte, hat ihm über Erwarten gutgetan! Ich hätte ihn selber kaum wiedererkannt.»

«Ich frage mich manchmal», erwiderte Mr. Rivenhall, «ob Sir Charles jemals wieder in Ordnung kommen wird! Wie Lady Lutterworth es mit ihrem Gewissen vereinbaren konnte, einem Manne, der in der Öffentlichkeit steht, einen solchen Einfaltspinsel als Sekretär anzuhängen — nun, das mag sie selber verantworten! Wir wissen wenigstens, daß dein kostbarer Augustus nicht mehr im Amt ist, weder in diesem noch in einem anderen», fügte er schneidend hinzu.

«Augustus ist ein Dichter», sagte Cecilia sanft. «Er ist gewiß ganz ungeeignet für die langweilige Arbeit eines Gesandtschaftssekretärs.»

«Das leugne ich nicht. Und er ist ebenso ungeeignet, eine Frau zu erhalten, liebe Schwester. Bilde dir nur nicht ein, daß ich dich in eine solche Narrheit hineinrennen lasse, denn ich werde es nicht tun, das sage ich dir! Und gib dich nicht der Täuschung hin, daß du die Einwilligung Vaters zu diesem höchst unüberlegten Schritt erlangen wirst, denn solange ich ein Wort mitzureden habe, wirst du das nicht!»

«Ich weiß schon, daß nur du in diesem Haus etwas zu reden hast», rief Cecilia, und dicke Tränen traten unter ihren Lidern hervor. «Hoffentlich bist du befriedigt, wenn du mich in Verzweiflung getrieben hast.»

Am Zucken seines Mundes konnte man sehen, daß Mr. Rivenhall eine löbliche Anstrengung unternahm, die Antwort, die gewiß nicht allzu liebenswürdig ausgefallen wäre, zu unterdrücken. Seine Mutter beobachtete ihn ängstlich, aber die Stimme, mit der er antwortete, war fast beunruhigend ausgeglichen. «Willst du so gütig sein, liebe Schwester, deinen Cheltenhamer tragischen Ton für Augenblicke aufzusparen, da ich nicht in Hörweite bin? Und bevor Mama in die Strömung deiner Rodomontade gerät, möchte ich dich mit deiner freundlichen Erlaubnis daran erinnern, daß du, keineswegs in eine verhaßte Heirat hineingedrängt, deine Bereitwilligung ausgesprochen hast, wohlwollend anzuhören, was du nun selbst Lord Charlburys äußerst schmeichelhafte Bewerbung nennst.»

Lady Ombersley neigte sich vor, um eine von Cecilias Händen in die ihre zu nehmen und sie innig zu drücken. «Doch, Liebe, das stimmt», sagte sie. «Auch ich hatte den Eindruck, daß er dir sehr gut gefiel. Du mußt dir nicht einreden, daß Papa oder ich auch nur im entferntesten die Absicht hegen, dich zu einer Heirat zu drängen, gegen die du dich sträubst, denn das wäre doch wohl höchst abstoßend! Und auch Charles würde das nicht tun, nicht wahr, lieber Charles?»

«Gewiß nicht. Aber ebensowenig würde ich dareinwilligen, daß sie eine solche Zierpuppe wie Augustus Fawnhope heiratet.»

Cecilia erhob herausfordernd das Kinn. «Von Augustus wird man lange noch sprechen, wenn du bereits vergessen bist.»

«Du meinst die Gläubiger? Das bezweifle ich nicht. Wird dich das dafür entschädigen, daß du ein ganzes Leben von Mahnern behelligt sein wirst?»

Lady Ombersley konnte einen Schauder nicht unterdrücken. «Ach, meine Liebe, wie recht er hat! Du kennst diese Pein nicht – aber sprechen wir nicht davon!»

«Es hat gar keinen Sinn, mit meiner Schwester über etwas zu sprechen, was nicht in den Umschlägen einer Leihbibliothek steckt», sagte Charles. «Ich hätte angenommen, daß sie dafür dankbar sein würde, nach allem, worauf sich unsere Familie beschränkt sah, nun doch noch eine respektable Ehe eingehen zu können! Aber nein! Da wird ihr eine ... nein, nicht eine respektable ... eine glänzende Ehe geboten, sie aber benimmt sich wie eine Mondsüchtige und schwärmt einen Poeten an! Ein Dichter! Großer Gott, Mama, wenn diese Talentprobe, die vorzulesen du unvorsichtig genug warst — aber nein, ich bringe nicht die Geduld auf, auch nur dagegen zu argumentieren! Wenn du sie nicht dazu bringen kannst, sich so zu benehmen, wie es ihrer Herkunft entspricht, dann soll man sie lieber nach Ombersley schicken. Mag sie eine Weile auf dem Land leben, vielleicht bringt sie das zu Verstand.»

Mit dieser schrecklichen Drohung verließ er das Zimmer, überließ es seiner Schwester, sich in Tränen aufzulösen, und seiner Mutter, ihre Fassung mit Hilfe des Riechfläschchens wiederzugewinnen.

Schluchzend tadelte Cecilia die Grausamkeit eines Schicksals, das sie mit einem Bruder bestraft, der ebenso herzlos wie tyrannisch war, und mit Eltern, die sich nicht in ihr Fühlen hineindenken konnten. Lady Ombersley hatte zwar Mitgefühl, konnte aber diesen Vorwurf nicht passieren lassen. So versicherte sie Cecilia, ohne irgendwelche Haftung für ihren Gatten zu übernehmen, daß sie selbst äußerst verständnisvoll sei, ja sie räumte sogar die Möglichkeit ein, daß ihr die Seelenpein einer verbotenen Liebe vertraut sei.

«Als ich ein junges Mädchen war, Liebste, ist mir etwas Ähnliches zugestoßen», sagte sie seufzend. «Er war nicht gerade ein Poet, natürlich, aber ich habe mir doch eingeredet, daß ich ihn furchtbar lieb hätte. Doch es ging eben nicht, und so wurde ich zum Schluß mit deinem Vater verheiratet, und das konnte für eine glänzende Heirat gelten, denn damals hatte er noch nicht begonnen, sein Vermögen zu vergeuden, und —» sie unterbrach sich, schien zu fühlen, daß diese Erinnerungen sie in eine ungünstige Richtung führten. «Kurz, Cecilia — eigentlich brauchte ich dir das gar nicht zu sagen —, Personen unseres Standes heiraten eben nicht zu ihrem Vergnügen.»

Cecilia war zum Schweigen gebracht, ließ nur den Kopf hängen und betupfte ihre Augen mit dem bereits feuchten Taschentuch. Sie wußte gut genug, daß ihr infolge der herzlichen Zuneigung des einen und des wohlwollenden Gleichmuts des anderen Elternteiles manches durchging, und begriff auch, daß Lady Ombersley, indem sie ihre Meinung einholte, bevor sie Lord Charlbury seine Werbung vorbringen ließ, mehr Rücksicht gezeigt hatte, als die meisten ihrer Zeitgenossinnen gebilligt hätten. Cecilia las gern Romane, aber es war ihr klar, daß es ihr nicht zukam, das exaltierte Gehaben ihrer Lieblingsheldinnen nachzuahmen. Was ihr bevorstand, war die Altjüngferlichkeit; und dieser Gedanke war so betrübend, daß sie noch mehr in sich zusammensank und wieder das Taschentuch an die Augen führte.

«Denk dir nur, wie glücklich deine Schwester ist», sprach Lady Ombersley ihr ermutigend zu. «Nichts kann wohltuender sein, als sie in ihrem Heim zu sehen, mit ihrem Kind und mit James, der immer so aufmerksam und zuvorkommend ist — und überhaupt alles, wie man es sich nur wünschen kann. Ich glaube einfach nicht, daß irgendeine Liebesehe besser ausgehen könnte — und damit will ich nun keineswegs sagen, daß Maria James nicht aufrichtig gern hat. Aber sie hatte ihn kaum ein halb dutzendmal gesehen, als er sich Papas Erlaubnis erbat, mit ihr zu sprechen, und ihre Gefühle waren gewiß noch nicht gebunden. Natürlich hatte sie eine ausgesprochene Zuneigung zu ihm, wenn ich jemals für so etwas einen Blick gehabt habe — nun, Maria war ein so gutes, wohlerzogenes Mädchen! Sie selbst hat mir gesagt, daß sie es einfach für ihre Pflicht hielt, ein so günstiges Angebot anzunehmen, da Papa doch in solchen Schwierigkeiten war und noch vier von euch untergebracht werden mußten.»

«Mama, ich bin hoffentlich keine unnatürliche Tochter, aber ich möchte lieber tot als mit James verheiratet sein», erklärte Cecilia und hob den Kopf. «Er hat überhaupt nur für die Jagd Gedanken, und wenn sie abends nicht gerade Gäste haben, geht er schlafen und schnarcht.»

Von dieser Eröffnung eingeschüchtert, fand Lady Ombersley zunächst keine Erwiderung. Cecilia schneuzte sich und fügte hinzu: «Und Lord Charlbury ist noch älter als James.»

«Gewiß, aber uns ist nicht bekannt, daß er auch schnarcht, meine Liebe», machte Lady Ombersley geltend. «Wir können sogar beinahe sicher sein, daß er es nicht tut, denn er hat die Manieren eines vollendeten Gentleman.»

«Einem Mann, der Mumps bekommt, ist alles zuzutrauen», erklärte Cecilia.

Lady Ombersley fand an dieser Behauptung nichts Unvernünftiges, war auch nicht eigentlich überrascht, daß Seiner Lordschaft unromantisches Wesen Cecilia Widerwillen eingeflößt hatte. Sie selbst hatte eine bittere Enttäuschung erlitten, denn auch sie hatte ihn für einen vernünftigen Menschen gehalten und nicht für einen Mann, der im allerunpassendsten Moment eine Kinderkrankheit bekam. So fand sie nicht die richtigen Worte, seinen Verstoß zu entschuldigen, und da Cecilia offenbar nichts weiter zur Sache zu bemerken hatte, herrschte eine Weile lang unbehagliches Schweigen. Cecilia brach es erst, um ziemlich gleichmütig zu fragen, ob es wahr wäre, daß ihr Onkel nachmittags hier gewesen sei. Lady Ombersley atmete auf, einen erfreulicheren Gesprächsgegenstand zu finden, und berichtete ihr sogleich von der Annehmlichkeit, die ihr hier geboten wurde; und sie sah mit Befriedigung, daß sich die Stirn ihrer Tochter ein wenig entwölkte. Es war nicht schwierig, Cecilias Sympathie für die Kusine zu gewinnen;

gewiß konnte sich Cecilia kaum ein schrecklicheres Geschick vorstellen, als auf unbestimmte Zeit zu Verwandten gesandt zu werden, die man kaum kannte. Warmherzig versprach sie, alles mögliche zu tun, damit Sophia sich auf dem Berkeley Square zu Hause fühle. Zwar entsann sie sich ihrer Kusine nur sehr undeutlich, denn es war Jahre her, seit sie ihr begegnet war; doch hatte sie zuweilen gemeint, Europa so zu bereisen, müsse recht aufregend sein, zugleich aber geargwöhnt, daß es höchst unbequem sein möge; bestimmt, darin war sie mit Lady Ombersley einig, war ein so unkonventionelles Leben kaum die ideale Vorbereitung auf ein Londoner Debut. Der Gedanke, Sophias Kommen werde die fast klösterliche Enge lockern, die Charles' Sparwut der Familie auferlegte, brachte sie zu dem Entschluß, sich, nun schon viel besserer Laune, zum Dinner umzukleiden.

An diesem Abend waren viele Mitglieder der Familie um den Tisch versammelt, denn Seine Lordschaft hatte geruht, seine Gattin einer seiner so seltenen Anwesenheiten am Familientisch zu würdigen. Er war der einzige Unbefangene in dieser Gesellschaft, denn er erfreute sich der glücklichen Veranlagung, selbst die offenkundigsten Zeichen des Unbehagens seiner Tischgefährten übersehen zu können. Das gleiche Talent ermöglichte es ihm auch, mit erstaunlichem Geschick, ja mit Heiterkeit die Demütigung zu ertragen, daß er eigentlich kaum mehr als der Kostgänger seines Sohnes war. Das einzige, was er scheute, war der Zwang, in mißlaunige Gesichter zu blicken, und darum gestattete er sich selbst niemals, an Mißliches auch nur zu denken; das gelang ihm gut und verhalf ihm sogar in Zeiten unentrinnbarer Besorgnis dazu, sich einzureden, daß alle Peinlichkeit, die ihm durch seine eigenen Narrheiten oder durch die überlegene Willenskraft seines Sohnes aufgezwungen wurde, eigentlich das Ergebnis freien Entschlusses und kluger Berechnung sei. Solange Charles ihm den Respekt des Sohnes bezeigte, vermochte Seine Lordschaft mühelos zu vergessen, daß ihm die Zügel entwunden waren; ließ aber sogar der Respekt des Sohnes, wie es zuweilen geschah, zu wünschen übrig, so dauerten diese bedauerlichen Mängel nicht lang, und für einen Mann seines sanguinischen Temperaments war es nicht schwer, sie wieder zu vergessen. Er trug seinem Sohn nichts nach, obwohl er ihn für einen öden und witzlosen Burschen hielt. Solange das Glück ihm hold war, und es erwartete ja niemand von ihm, daß er sich in der Führung der Familie überanstrenge, schickte er sich recht wohl in sein Los.

Es konnte ihm nicht ganz entgangen sein, daß es Zerwürfnisse in seinem Hause gab, denn das Verlangen seiner Frau, er solle seine väterliche Autorität gegenüber Cecilia geltend machen, hatte ihn vor knapp vierzehn Tagen zu einer übereilten Fahrt nach Newmarket bewogen. Doch entlockten ihm jetzt weder die gerunzelte Stirn des Sohnes noch die geröteten Augenlider der Tochter die geringste Bemerkung. Er schien sogar ein gewisses Vergnügen daran zu finden, eine Mahlzeit in der Gesellschaft einer nervösen Frau, einer gekränkten Tochter und eines mürrischen Sohnes in die Länge zu ziehen. «Ja, ja», sagte er, «das muß schon wahr sein, es ist wirklich ein Vergnügen, einmal en famille gemütlich zu speisen! Und die Köchin mag wissen, Lady Ombersley, daß ich ihre Art, eine Ente anzurichten, schätze. So gut bekomme ich eine Ente nicht einmal bei White.» Dann begann er Gesellschaftsklatsch zu erzählen und erkundigte sich wohlwollend, wie seine Kinder den Tag verbracht hatten.

«Wenn du mich meinst, Papa», sagte Cecilia, «so habe ich den Tag so verbracht, wie ich eben jeden verbringe. Erst habe ich Mama bei ihren Einkäufen begleitet; dann war ich mit meinen Schwestern und Miss Adderbury im Park; und dann habe ich Klavier geübt.»

Ihr Ton suchte nicht vorzutäuschen, daß sie diese Amüsements aufheiternd gefunden habe, aber Lord Ombersley sagte «Kapital!» und wandte seine Aufmerksamkeit seiner Frau zu. Sie berichtete vom Besuch ihres Bruders und von seinem Vorschlag, Sophia ins Haus zu nehmen; sofort gab Lord Ombersley seine wohlmeinende Zustimmung. Nichts könne im Augenblick willkommener sein, und seine Tochter wäre nur zu beglückwünschen, daß sich ihr da eine reizende Gesellschaft böte. Charles war über all diesen leeren Unsinn so ärgerlich, daß er mürrisch bemerkte, es läge noch gar kein Grund vor anzunehmen, daß Sophia charmant sei. Doch darauf erwiderte Lord Ombersley, in dieser Beziehung hege er keinerlei Zweifel, und sie alle müßten es sich angelegen sein lassen, der Kusine den Aufenthalt angenehm zu machen. Dann erkundigte er sich, ob Charles die Absicht hätte, morgen zu den Rennen zu fahren. Charles, der genau wußte, daß das Rennen unter der Patronanz des Herzogs von York stattfand und daß dabei für die Freunde dieser jovialen Persönlichkeit mehrere Abende in Oatlands herausspringen würden, Abende, an denen Whist mit einem Pfund als Point gespielt wurde, sah abweisender drein als je und erklärte, daß er für einige Tage nach Ombersley Park fahren wolle.

«Natürlich doch!» stimmte der Vater freudig zu. «Habe ganz vergessen, daß da noch die Sache mit dem Waldstück zu erledigen ist. Gut, gut, ist mir nur recht, wenn du dich darum kümmerst, mein Junge.»

«Das werde ich tun», erwiderte Mr. Rivenhall höflich. Dann warf er der Schwester über den Tisch einen Blick zu und fragte: «Möchtest du mich begleiten, Cecilia? Ich nehme dich sehr gern mit, wenn es dir recht ist.»

Sie zögerte. Das konnte eine Versöhnungsgeste sein, andererseits aber auch ein hinterhältiger Versuch, ihre Gedanken von Mr. Fawnhope abzulenken. Die Überlegung, daß Charles' Abwesenheit, wenn man es nur ein bißchen schlau anstellte, eine Möglichkeit bieten würde,

Mr. Fawnhope zu begegnen, entschied. «Nein», sagte sie, «ich danke. Ich wüßte nicht, was ich um diese Zeit auf dem Land anfangen könnte.»

«Mit mir ausreiten», gab Charles zu bedenken.

«Da reite ich lieber in den Park. Wenn du Gesellschaft haben willst, könntest du doch die Kinder einladen: die kämen sicher gern mit.»

«Wie du meinst», erwiderte er gleichmütig.

Das Dinner war beendet, und Lord Ombersley zog sich aus dem Familienkreise zurück. Charles, der keine Verabredung für den Abend hatte, geleitete Mutter und Schwester in den Salon, und während Cecilia auf dem Klavier klimperte, plauderte er mit der Mutter über Sophias Besuch. Zu ihrer großen Beruhigung schien er sich mit der Notwendigkeit abgefunden zu haben, wenigstens eine, wenn auch bescheidene Gesellschaft zu Ehren Sophias zu geben, aber er widerriet ihr aufs ernsteste, sich mit der Aufgabe zu belasten, einen passenden Gatten für die Nichte ausfindig zu machen.

«Nun, der Onkel hat zugesehen, wie sie das Alter von – zwanzig, nicht wahr? erreichte, und er hat sich um diese Sache nicht gekümmert. Jetzt setzt er es sich plötzlich in den Kopf, dir dieses Geschäft aufzuhalsen. Ich verstehe so etwas einfach nicht.»

«Es ist merkwürdig», wandte Lady Ombersley ein, «aber ich könnte mir vorstellen, daß er einfach nicht bemerkt hat, wie die Zeit verfliegt. Zwanzig! Weiß Gott, sie ist beinahe schon an der Grenze! Zugegeben, Horace war da sehr nachlässig! Schwierig konnte es doch nicht sein, denn sie erbt eine Menge. Selbst wenn sie ausgesprochen häßlich sein sollte, was ich keinen Augenblick für möglich halte, denn auch du wirst zugeben, daß Horace ein hübscher Mann ist, und die arme Marianne war überaus schön, wenn du dich ihrer auch nicht erinnern kannst . . . nun, selbst wenn sie häßlich wäre, müßte es doch die leichteste Sache von der Welt sein, eine standesgemäße Ehe für sie zu arrangieren.»

«Sehr leicht, aber du überläßt das doch lieber meinem Onkel.» Mehr äußerte er darüber nicht.

In diesem Augenblick hielt die Gesellschaft aus dem Kinderzimmer ihren Einzug im Salon, von Miss Adderbury geleitet, einem grauen Mäuschen, das ursprünglich engagiert worden war, Lady Ombersleys zahlreiche Kinder in ihre Obhut zu nehmen, als Charles und Maria alt genug befunden wurden, der eifersüchtigen Pflege der Amme entzogen zu werden. Ein zwanzigjähriges Leben in diesem Haushalt unter der Ägide einer wohlwollenden Herrin und überdies ermutigt durch die Zuneigung ihrer Zöglinge hätte seit langem genügen müssen, Miss Adderburys Nervosität zu heilen, aber diese hatte die Jahre überdauert. Alle ihre Fähigkeiten – und diese umfaßten außer einer hinreichenden Beschlagenheit im Lateinischen, um sogar kleine Jungen auf die höhere Schule vorzubereiten, die gründliche Kenntnis des Globus, eingehende

Kenntnisse in der Musiktheorie, ausreichendes Können auf dem Klavier und der Harfe, um nicht unbescheidenen Ansprüchen zu genügen, und beträchtliches Talent im richtigen Gebrauch der Wasserfarben – all das zusammen gab ihr nicht genug Rückhalt, ohne inneres Erbeben den Salon zu betreten oder gar mit ihrer Dienstherrin auf ebenbürtiger Basis zu plaudern. Waren ihre Zöglinge ihr einmal entwachsen, so fanden sie diese Scheu und dieses Streben, zu Diensten zu sein, langweilig, vergaßen aber doch nie die Freundlichkeit, die sie im Kinderzimmer erfahren, und behandelten sie weiterhin mit etwas mehr als Höflichkeit. So lächelte Cecilia ihr jetzt zu, und Charles fragte: «Nun, Addy, wie geht es heute?» Soviel Aufmerksamkeit ließ sie vor Entzücken erröten und sich bei der Antwort mehrmals verhaspeln.

Ihrer Schützlinge waren jetzt nur mehr drei, denn Theodore, der jüngste Sohn des Hauses, war unlängst nach Eton geschickt worden. Selina, ein scharfäugiges Jüngferchen von sechzehn Jahren, setzte sich neben ihre Schwester auf die Klavierbank; Gertrude, die schon mit zwölf Jahren mit Cecilia an Schönheit wetteiferte, und Amabel, eine kräftige Zehnjährige, gruppierten sich um den Bruder, bekundeten laut ihre Freude, ihn zu sehen, und erinnerten ihn noch lauter an sein Versprechen, mit ihnen eine Partie Lotterie zu spielen, wenn er nächstens einmal einen Abend zu Hause verbrächte. Miss Adderbury, von Lady Ombersley freundlich eingeladen, zu ihr ans Feuer zu rücken, protestierte mit leisen, glucksenden Lauten gegen ein solches Übermaß an Auszeichnung. Sie durfte nicht hoffen, daß ihr nun weitere Aufmerksamkeit geschenkt würde, stellte aber aufatmend fest, daß Lady Ombersleys Blick mit wohlwollendem Lächeln auf der Gruppe um Charles ruhte. In der Tat hätte Lady Ombersley nur gewünscht, daß Charles, der mit den Kindern so gut auskam, sich ebenso freundlich zu dem Bruder und der Schwester einstellte, die ihm dem Alter nach näherstanden. Zu Weihnachten hatte es eine recht peinliche Szene gegeben, als des armen Hubert Oxforder Schulden ans Tageslicht kamen.

Der Kartentisch wurde aufgestellt, und Amabel zählte bereits die Perlmutterjetons auf die grüne Bespannung. Cecilia bat, dem Spiel fernbleiben zu dürfen, und Selina, die gern mitgespielt hätte, aber immer dem Beispiel der größeren Schwester folgte, behauptete, sie fände das Lotteriespiel todlangweilig. Charles schenkte dem keine Beachtung, neigte sich aber, als er hinter der Klavierbank vorbeikam, um die Spielkarten aus dem Marketerieschränkchen zu holen, zu Cecilias Ohr und murmelte etwas. Lady Ombersley, die ihn nicht aus den Augen ließ, verstand nicht, was es war, bemerkte aber – und ihr Herz sank –, daß es die Wirkung hatte, Cecilia bis zu den Haarwurzeln erröten zu machen. Trotzdem stand sie auf, kam an den Tisch und sagte, schön, eine kleine Weile könne sie ja mitspielen. Nun wurde auch Selina weich, und nach ein paar Minuten spielten die beiden jungen

Ladies mit ebensoviel lärmendem Eifer wie ihre jüngeren Schwestern und lachten dabei so laut, daß ein unparteiischer Beobachter hätte meinen mögen, die eine hätte ihr vorgeschrittenes Alter vergessen, die andere aber ihre verletzten Empfindungen. Nun konnte Lady Ombersley endlich ihre Aufmerksamkeit von dem Tisch abwenden und einen gemütlichen Plausch mit Miss Adderbury beginnen.

Miss Adderbury hatte schon von Cecilia gehört, daß Sophia kommen würde, und so ging sie eifrig daran, die Angelegenheit mit Lady Ombersley zu erörtern. Sie konnte sich sehr wohl in die Gefühle Ihrer Ladyschaft hineindenken, konnte mit ihr über die beklagenswerte Lage eines mit fünf Jahren mutterlos gewordenen Mädchens seufzen, ihre Pläne für Sophias Unterbringung und Zerstreuung billigen, und, bei allem Bedauern, daß Sophia so planlos herangewachsen, dem sicheren Gefühl Ausdruck verleihen, daß das Mädchen sehr lieb sein werde.

«Ich weiß immer, daß ich mich auf Sie verlassen kann, Miss Adderbury», sagte Lady Ombersley. «Das ist mir ein solcher Trost!»

Miss Adderbury hatte zwar keine klare Vorstellung davon, worin man sich auf sie verlassen konnte, aber sie forderte keine Aufklärung, und das war gut getan, denn Ihre Ladyschaft hatte auch keine präzise Vorstellung davon, sondern äußerte die verbindliche Redensart mehr aus dem Wunsche, etwas Angenehmes zu sagen. So stammelte Miss Adderbury: «Oh, Lady Ombersley, so gütig! Wirklich so wohlgeneigt!» und war nahe daran, bei dem Gedanken in Tränen auszubrechen, daß solches Vertrauen auf eine so Unwürdige wie sie vergeudet wurde. Aus ganzer Seele hoffte sie, Ihre Ladyschaft würde nie finden, daß sie eine Schlange an ihrem Busen genährt habe; und grausam bereute sie die Unentschlossenheit, die es ihr unmöglich machte, dem Schmeicheln der lieben Miss Rivenhall zu widerstehen. Erst vor zwei Tagen hatte sie dem jungen Mr. Fawnhope gestattet, sich im Green Park der kleinen Gesellschaft anzuschließen, und hatte – weit schlimmer noch – keinen Einwand dagegen erhoben, daß er ihr mit Cecilia in einem Abstand von einigen Schritten folgte. Zwar hatte Lady Ombersley vor ihr der unseligen Neigung Cecilias nicht Erwähnung getan, geschweige denn ausdrücklich befohlen, Mr. Fawnhope zurückzuweisen, aber Miss Adderbury war die Tochter eines Pastors (Gott habe ihn selig!) von strengen Auffassungen, und so war sie sich darüber klar, daß solche Ausflüchte die Verwerflichkeit ihres Verhaltens nur noch verschlimmerten.

Diese Gedanken wurden durch eine Bemerkung unterbrochen, die Ihre Ladyschaft mit gedämpfter Stimme und mit einem Seitenblick auf den Spieltisch am anderen Ende des Zimmers fallen ließ. «Ich brauche Ihnen gegenüber, Miss Adderbury, gewiß nicht zu erwähnen, daß wir in letzter Zeit ein wenig in Sorge waren wegen einer dieser Launen, denen junge Frauenzimmer nun einmal unterworfen sind.

Ich brauche nicht mehr zu sagen, Sie werden ermessen, wie froh ich bin, meine Nichte hier zu begrüßen. Cecilia ist zuviel allein gewesen, und ihre Schwestern sind noch nicht in dem Alter, um ihr eine Vertraute zu sein, wie es ihre Kusine wohl werden wird. Ich hoffe recht sehr, daß die Aufgabe, Sophia bei uns heimisch zu machen – das arme junge Ding wird inmitten einer so zahlreichen Familie wohl schrecklich verloren sein – und sie in das Londoner Leben einzuführen, Cecilia beschäftigen und ihren Gedanken eine andere Richtung geben wird.»

Dieser Gesichtspunkt hatte sich Miss Adderbury noch nicht dargeboten, aber sie griff ihn gierig auf und hatte das sichere Empfinden, daß alles genau so eintreffen würde, wie Lady Ombersley es voraussah. «Ach ja», sagte sie, «nichts Besseres könnte eintreffen. Zu gütig von Eurer Ladyschaft, zu . . . ich entnahm es schon aus Äußerungen der lieben Miss Rivenhall . . . sie ist ja ein so liebes Mädchen, gewiß wird sie sich gern ganz ihrer weniger glücklichen Kusine widmen. Wann erwarten Sie Miss Stanton-Lacy, liebe Lady Ombersley?»

«Sir Horace konnte darüber nichts Genaueres sagen», erwiderte Lady Ombersley, «aber ich habe ihn so verstanden, daß er in allernächster Zeit nach Südamerika zu fahren gedenkt. Meine Nichte wird also ohne Zweifel schon bald in London sein. Was mir da einfällt, ich muß morgen der Haushälterin Anweisung geben, ein Schlafzimmer für sie vorzubereiten.»

## III

DANN ABER WAREN DIE OSTERN schon eine Woche vorüber, als Sophia in dem Haus am Berkeley Square eintraf. Die einzige Nachricht, die ihre Tante in den dazwischenliegenden zehn Tagen erhielt, war ein bekritzelter Zettel, auf dem Sir Horace sie informierte, daß seine Mission sich etwas verzögere, ihre Nichte aber binnen kurzem eintreffen werde. Die Blumen, die Cecilia im Zimmer ihrer Kusine arrangiert hatte, welkten und mußten weggeworfen werden; und Mrs. Ludstock, eine peinlich genaue Haushälterin, hatte zweimal die Bettwäsche gelüftet, bevor an einem hellen Frühlingsnachmittag eine kotbespritzte vierspännige Postchaise vor dem Tor hielt.

So traf es sich, daß Cecilia und Selina, die mit Mama in den Park gefahren, erst vor fünf Minuten heimgekommen waren. Die drei waren eben im Begriff, die Treppe hinaufzusteigen, als Mr. Hubert Rivenhall ihnen entgegengelaufen kam und rief: «Es muß die Kusine sein, denn es ist ein Berg Gepäck auf dem Dach! Und was für ein Pferd! Bei Jupiter, solch ein hochmodisches Stück Fleisch und Blut hab ich noch nie gesehen!»

Diese ungewöhnliche Sprechweise ließ die drei Ladies ihn verstört anstarren. Der Kammerdiener, der erst vor einer Minute aus der Vorhalle verschwunden war, eilte mit seinen Lakaien wieder herbei, lief über die Marmorfliesen zum Tor und meldete dann mit einer Verneigung vor seiner Herrin, er habe soeben vernommen, daß Miss Stanton-Lacy eingetroffen sei. Die Lakaien öffneten mittlerweile die Flügeltüren, und so gewannen die Ladies einen ungehinderten Ausblick nicht nur auf den Wagen, der auf der Straße stand, sondern auch auf die betroffenen und fragenden Gesichter der jüngeren Familienmitglieder, die im Garten des Square Schlagball gespielt hatten und sich jetzt am Gitter drängten, um trotz Miss Adderburys Abmahnung das Tier zu betrachten, das Hubert in so überstürzter Eile die Stufen herauftrug.

Miss Stanton-Lacys Ankunft war wirklich eindrucksvoll. Vier stampfende Pferde zogen die Chaise, zwei berittene Lakaien begleiteten sie, und hinterdrein ritt ein schon bejahrter Groom, der einen prächtigen Rappen führte. Nun wurde das Trittbrett des Wagens heruntergelassen, der Schlag geöffnet, heraus sprang ein italienischer Windhund, und diesem folgte einen Augenblick später ein dürres Frauenzimmer, das einen Handkoffer, drei Schirme und einen Vogelkäfig schleppte. Zuletzt tauchte Miss Stanton-Lacy auf, dankte dem Lakaien für die gebotene Stütze und bat ihn, einstweilen lieber den armen kleinen Jacko zu halten. Und nun erwies sich der kleine Jacko als ein Affe, der in einer roten Jacke steckte, und kaum war diese ungeheuerliche Tatsache geklärt, als die ganze Kinderschar an der fassungslosen Gouvernante vorbeistürzte, die Gartentüre aufriß, auf die Straße hinausstürmte und schrie: «Ein Aff! Sie hat einen Affen mitgebracht!»

Lady Ombersley, die wie angewurzelt auf der Schwelle stand, erkannte mit beträchtlichem Unmut, daß die Auffassung eines sehr hochgewachsenen Gentleman von der Größe seiner Tochter zu Mißverständnissen führen konnte. Sir Horaces kleine Sophy maß, nur bestrumpft, ohne Stöckelschuhe, ihre fünf Fuß neun Zoll und war körperlich groß angelegt, ein langbeiniges Geschöpf mit einem lustigen Gesicht und einer Unmenge schimmernder brauner Locken, die unter dem aufsehenerregendsten aller Hüte hervorquollen. Ein seidener Überwurf war bis zum Hals zugeknöpft, eine lange Zobelstola glitt ihr von den Schultern, und sie trug einen riesigen Zobelmuff. Den reichte sie jetzt dem zweiten Lakaien, um Amabel, die als erste auf sie zukam, besser begrüßen zu können. Die verdutzte Tante sah, wie sich Sophia freundlich über das kleine Mädchen beugte, ihre Hände nahm und lachend sagte: «Ja, natürlich bin ich deine Kusine Sophia, aber willst du nicht lieber Sophy zu mir sagen? Wenn jemand zu mir Sophia sagt, glaube ich immer, er ist böse auf mich, und das ist gar nicht gemütlich. Und wie heißt du?»

«Ich bin Amabel, und bitte, darf ich mit dem Affen reden?» stammelte die jüngste Miss Rivenhall.

«Natürlich darfst du das. Dazu habe ich ihn ja mitgebracht. Nur mußt du anfangs recht nett zu ihm sein, er ist ein bißchen scheu, verstehst du?»

«Du hast ihn mir mitgebracht?» rief Amabel, blaß vor Erregung und nach Luft schnappend.

«Für euch alle», sagte Sophy und schloß Gertrude und Theodore in ihr warmes Lächeln ein. «Und auch den Papagei. Habt ihr Tiere nicht lieber als Puppen und Bücher? Ich schon, und darum nahm ich von euch dasselbe an.»

«Kusine!» rief Hubert und brach sich quer durch seine jüngeren Geschwister Bahn, die der neuen Verwandten in einer Erwachsenen gegenüber bisher unbekannten Offenheit ihre Neigungen bekundeten. «Ist das dein Pferd?»

Sie wandte sich ihm zu, maß ihn mit unbewußter Harmlosigkeit, und das Lächeln spielte noch immer um ihren Mund. «Ja, das ist Salamanca. Gefällt er dir?»

«Bei Jupiter, und ob! Ein Spanier? Hast du ihn aus Portugal mitgebracht?»

«Kusine Sophy, wie heißt dein kleiner Hund? Was für eine Art Hund ist das?»

«Kusine Sophy, kann der Papagei sprechen? Addy, können wir ihn ins Schulzimmer hinaufnehmen?»

«Mama, Mama, Kusine Sophy hat uns einen Affen gebracht!»

Dieser Ruf Theodores ließ Sophy sich umwenden. Sie gewahrte ihre Tante und die beiden älteren Geschwister auf der Schwelle, eilte die Stufen hinauf und rief: «Liebste Tante Elizabeth! Entschuldige! Ich habe mich gleich mit den Kindern angefreundet! Ich bin so glücklich, bei euch zu sein! Vielen Dank, daß du mich hast kommen lassen!»

Lady Ombersley war immer noch verdutzt, hielt mit letzter Kraft das zergehende Bild der scheuen kleinen Nichte fest, die in ihren Vorstellungen gelebt hatte, aber bei den letzten Worten schwand der unbeholfene Backfisch endgültig, unbeweint und für immer in der Rumpelkammer der Irrtümer. Sie zog Sophy in die Arme, zog das Gesichtchen des Mädchens an das ihre und sagte mit zitternder Stimme: «Liebe, liebe Sophy, ich freue mich so! Ganz wie dein Vater! Sei mir willkommen, Kind, willkommen!»

Sie war so überwältigt, daß ein paar Augenblicke verstrichen, bevor sie sich fassen und Sophy Cecilia und Selina zuführen konnte. Sophy sah Cecilia an und rief: «Bist du Cecilia? Bist du aber hübsch! Wieso habe ich das vergessen?»

Cecilia, bis jetzt ganz benommen, begann zu lachen. Jedenfalls war Sophy nicht zuzutrauen, daß sie etwas sagte, nur um sich angenehm zu machen: sie redete eben, wie es ihr in den Sinn kam. «Nun ja, ich habe mich deiner auch nicht erinnert. Ich dachte, du wärst ein kleines braunes Ding, lauter Beine und wirres Haar.»

«Bin ich doch – nicht mehr haarverweht, vielleicht, aber lauter Beine, bestimmt, und furchtbar braun! Aus mir ist keine Schönheit geworden! Sir Horace sagt immer, ich soll solche Hoffnungen aufgeben – und er hat ein Urteil, glaub es mir!»

Sir Horace hatte recht: eine Schönheit würde Sophy nie werden. Dazu war sie viel zu groß; Nase und Mund waren viel zu breit; und die ausdrucksvollen grauen Augen konnten diese Mängel nicht vergessen machen. Man konnte Sophy überhaupt nicht vergessen, selbst wenn man sich ihres Gesichtsschnittes und der Farbe ihrer Augen nicht entsann.

Jetzt wandte sie sich wieder an die Tante. «Werden die Leute John Potton anweisen, wo er Salamanca in den Stall stellen kann? Nur für eine Nacht! Und ein Zimmer für ihn? Ich besorge schon alles, wenn ich mich erst ein bißchen auskenne.»

Mr. Hubert Rivenhall machte sich eiligst erbötig, John Potton zu den Ställen zu führen. Lächelnd dankte sie ihm, und Lady Ombersley erklärte, es wäre überreichlich Platz für Salamanca in den Ställen, darüber brauche sie sich nicht den Kopf zu zerbrechen. Doch Sophy schien entschlossen, sich den Kopf zu zerbrechen, denn sie antwortete schlagfertig: «Nein, nein, meine Pferde fallen dir nicht zur Last, liebe Tante! Sir Horace hat mir eigens aufgetragen, sie selbst unterzubringen und mir einen eigenen Stall zu besorgen, und so will ich es auch tun. Nur für eine Nacht, das wäre so gütig von dir!»

Das war genug, um das Gehirn ihrer Tante schwindeln zu machen. Was für eine Art Nichte war das, die einen eigenen Stall hielt, alles selber arrangierte und ihren Vater Sir Horace nannte? Nun aber brachte Theodore Ablenkung, der, den Affen in den Armen, herbeigeeilt kam und bat, man möge Addy doch sagen, daß der Affe ins Schulzimmer dürfe, denn Kusine Sophy habe ihn ihnen geschenkt. Lady Ombersley zuckte vor dem Affen zurück und sagte schwach: «Liebling, ich glaube nicht . . . o du lieber Himmel, was wird Charles sagen!»

«Charles ist doch kein solcher Muck, daß er vor einem Affen Angst hat!» erklärte Theodore. «Bitte, Mama, sag doch Addy, daß wir ihn behalten dürfen!»

«Jacko wird keinen beißen», versicherte Sophy. «Ich habe ihn schon eine ganze Woche, er ist das sanfteste Geschöpf von der Welt. Sie werden ihn doch nicht verbannen, Miss – Addy? Nein –?»

«Miss Adderbury – aber wir alle rufen sie kurz Addy», erklärte Cecilia.

«Verzeihen Sie.» Sophy streckte ihr die Hand entgegen. «Es war wohl impertinent, aber ich wußte es ja nicht. Erlauben Sie den Kindern doch, Jacko zu behalten!»

Schwankend zwischen dem Unbehagen, die Verantwortung für einen Affen zu übernehmen, und ihrem Verlangen, diesem strahlenden Mädchen zu gefallen, das so freundlich lächelte und ihr so harmlos die Hand bot, verlor sich Miss Adderbury in ein Gewirr unvollendeter Sätze. Schließlich entschied Lady Ombersley, man müsse Charles fragen, eine Bemerkung, die sofort als Erlaubnis verstanden wurde, Jacko ins Schulzimmer zu schleppen, denn keines von den Kindern hatte von dem ältesten Bruder die schlechte Meinung, daß er etwas gegen ihren neuen Liebling haben könnte. Nun wurde Sophy in den blauen Salon geführt, wo sie alsogleich ihre Zobelstola auf einen Stuhl warf, den Umhang aufknöpfte und den modischen Hut abnahm. Die Tante zog sie neben sich auf das Sofa und fragte, ob sie nicht von der langen Reise müde wäre und nach einer Erfrischung verlange.

«Nein, wirklich nicht, danke, ich bin nie müde, und obwohl es ein bißchen lästig war, konnte man es wohl nicht eine Reise nennen», antwortete Sophy. «Ich hätte schon heute morgen hier sein sollen, aber ich mußte zuerst noch nach Merton.»

«Zuerst nach Merton?» wiederholte Lady Ombersley. «Aber warum nur, Liebste? Hast du dort Bekannte?»

«Nein, aber Sir Horace wollte es unbedingt.»

«Meine Liebe, nennst du deinen Papa immer Sir Horace?»

Die braunen Augen begannen zu irrlichtern. «Nein, wenn er mich wütend macht, nenne ich ihn Papa. Das kann er absolut nicht vertragen. Der arme Engel, es ist schlimm für ihn, daß er mit einer solchen Hopfenstange von Tochter behaftet ist, und man kann von ihm wirklich nicht erwarten, daß er es aushält.» Sie bemerkte, daß die Tante ein wenig entsetzt war, und so fügte sie mit einer Offenheit, die allen Widerstand brach, hinzu: «Das gefällt dir nicht. Schade, aber er ist wirklich ein idealer Vater, ich habe ihn sehr gern. Doch das ist einer seiner Grundsätze, weißt du, unsere Parteilichkeit soll uns niemals gegen die Fehler eines Menschen blind machen.»

Der verblüffende Gedanke, daß eine Tochter ermutigt werden konnte, die Fehler ihres Vaters zu kritisieren, entsetzte Lady Ombersley so, daß sie keinen Gedanken und keinen Satz zuwege brachte. Selina, die gern allen Dingen auf den Grund ging, fragte, warum es gerade Sir Horaces besonderer Wunsch gewesen sei, daß Sophy zuerst nach Merton führe.

«Ich mußte bloß Sancia in ihr neues Heim bringen», erklärte Sophy. «Darum habe ich auch diese absurden Reitburschen bei mir. Niemand kann die arme Sancia überzeugen, daß es auf englischen Landstraßen nicht von Banditen und Guerilleros wimmelt.»

«Wer ist aber Sancia?» fragte Lady Ombersley verstört.

«Ach, die Marquesa de Villacañas! Hat Sir Horace nicht ihren Namen erwähnt? Du wirst sie liebhaben – wirklich, du mußt sie liebhaben. Sie ist schrecklich blöd und völlig indolent, wie alle Spanierinnen, aber so hübsch und wirklich gutmütig.» Sie bemerkte, daß ihre Tante nun völlig perplex war, und so zog sie die Brauen zusammen. «Weißt du es denn nicht? Hat er dir gar nicht von ihr gesprochen? Wie unanständig von ihm! Sir Horace heiratet Sancia.»

«Was?» stöhnte Lady Ombersley auf.

Sophy beugte sich vor, nahm ihre Hand und drückte sie einschmeichelnd. «Ja, wirklich, und du mußt froh sein, denn sie paßt prächtig zu ihm. Sie ist eine Witwe und entsetzlich reich.»

«Eine Spanierin! Kein Wort hat er von ihr erwähnt!»

«Sir Horace sagt immer, daß Erklärungen so lästig sind», versuchte Sophy ihn zu entschuldigen. «Vielleicht hatte er das Gefühl, es würde zu lang dauern. Oder», fügte sie mit einem schlauen Blick hinzu, «daß ich es ja doch für ihn besorgen würde.»

«Hab so etwas noch nie gehört!» sagte Lady Ombersley nun wahrhaft grimmig. «Das sieht Horace wieder ähnlich! Und wann, bitte, meine Liebe, gedenkt er diese Marquesa zu heiraten?»

«Nun ja», antwortete Sophy, ernst geworden, «wahrscheinlich hat er darum nicht davon reden wollen. Sir Horace kann Sancia nicht heiraten, bevor er mich nicht los ist. Es ist so lästig für den armen Liebling! Ich habe versprochen, mein Bestes zu tun, aber ich kann mich doch nicht verpflichten, jemanden zu heiraten, den ich nicht mag. Und er versteht diese Empfindungen vollkommen. Das muß ich zugunsten Sir Horaces sagen, er ist nie unverständig.»

Lady Ombersley war zwar entschieden der Meinung, daß dies nicht für die Ohren ihrer Töchter passe, aber sie wußte nicht, wie sie sie fortschaffen sollte. Selina, immer noch auf der Suche nach dem Urgrund der Dinge, fragte: «Warum kann dein Papa nicht heiraten, bevor du nicht verheiratet bist, Sophy?»

«Eben wegen Sancia», erwiderte Sophy schlagfertig. «Sancia will absolut nicht meine Stiefmutter werden.»

Dieses Geständnis schnitt Lady Ombersley ins Herz. «O du armes Kind!» sagte sie und legte eine Hand auf Sophys Knie. «Du bist tapfer und brav, aber mir kannst du vertrauen! Die ist eifersüchtig auf dich: dem Vernehmen nach haben alle Spanier ein abscheulich eifersüchtiges Temperament! Wie gräßlich von Horace! Wenn ich das geahnt hätte – ist sie unfreundlich zu dir, Sophy? Mag sie dich nicht?»

Sophy brach in ein schallendes Gelächter aus. «Aber nein doch, nein, nein, nein! Sie hat überhaupt in ihrem Leben noch nie jemanden gehaßt! Aber wenn sie Sir Horace heiratet, solange ich im Hause bin, wird alle Welt erwarten, daß sie die Mama spielt, und dazu ist sie viel zu faul! Außerdem, beim besten Willen, werde ich mir nicht abgewöhnen können, Sir Horace und sein Haus in Ordnung zu halten, wie ich es seit jeher gewöhnt bin. Wir haben das besprochen, und ich muß wirklich einsehen, daß etwas daran ist, was sie sagt. Aber Eifersucht? Keine Spur! Sie ist viel zu hübsch, um auf mich eifersüchtig zu sein, und überdies viel zu gutmütig. Sie sagt, daß sie die denkbar größte Zuneigung zu mir hegt, aber das Haus mit mir teilen will sie nicht. Ich nehme es ihr nicht übel: bitte, glaube nur nicht, daß ich es ihr übelnehme.»

«Scheint eine höchst sonderbare Frau zu sein», bemerkte Lady Ombersley mißbilligend. «Aber was veranlaßt sie, in Merton zu leben?»

«Oh, Sir Horace hat dort eine allerliebste Villa für sie gemietet! Dort will sie ganz zurückgezogen leben, bis er nach England heimkommt. Weißt du», fügte Sophy auflachend hinzu, «sie ist eben so entsetzlich faul. Sie wird im Bett liegen, bis der Morgen halb vorüber ist, dann eine Menge Süßigkeiten naschen, eine Unmenge Romane lesen und völlig zufrieden sein, irgendwelche Bekannte zu sehen, die die Mühe auf sich nehmen, zu ihr zu kommen. Sir Horace sagt, daß sie die ruhevollste Frau ist, die er je gesehen.» Sie beugte sich zu ihrem kleinen Hund hinab, der sich zu ihren Füßen niedergelegt hatte, und tätschelte ihn. «Mit Ausnahme von Tina, natürlich! Ich hoffe, du hast doch nichts gegen Hunde? Tina ist sehr brav, das kann ich versprechen, und ich könnte mich nicht von ihr trennen.»

Lady Ombersley erklärte, gegen Hunde hätte sie nichts, aber eine Vorliebe für Affen sei ihr fremd. Darüber lachte Sophy. «Ach, Liebste, war es falsch von mir, daß ich ihn für die Kinder mitbrachte? Als ich ihn in Bristol sah, dachte ich, das wäre gerade das Richtige! Und jetzt, nachdem die Kinder ihn haben, wird es schwer sein, ihnen den Affen wieder auszureden.»

Lady Ombersley war sogar der Meinung, dies würde ganz unmöglich sein, und da zu diesem Gegenstand kaum mehr etwas zu sagen war, sie sich auch durch die mannigfachen Mitteilungen ihrer Nichte arg durcheinandergebracht fühlte, schlug sie vor, Cecilia solle Sophy auf ihr Zimmer bringen, wo sie ohne Zweifel gern einen Moment lang der Ruhe pflegen werde, bevor sie sich fürs Dinner umkleidete.

Cecilia erhob sich munter, bereit, dem Zuspruch der Mutter ihren hinzuzufügen, falls es notwendig würde. Daß Sophy der Ruhe bedürftig wäre, schien ihr bereits nach dem wenigen, was sie von ihrer Kusine gesehen, kaum wahrscheinlich, denn ein Geschöpf so voll Lebendigkeit konnte wohl nicht der Rast bedürfen. Sie fühlte sich seltsam zu Sophy hingezogen und verlangte danach, sie so rasch wie möglich zu ihrer Freundin zu machen. Und als sich herausstellte, daß Sophys Magd gerade im Schlafzimmer die Koffer auspackte, bat sie Sophy, zu einem Plausch in ihr Zimmer zu kommen. Selina zog zwar ein Mäulchen, als sie sich von diesem Tête-à-Tête ausgeschlossen sah, verschwand aber und tröstete sich einigermaßen damit, daß ihr nun die angenehme Aufgabe zufiel, Miss Adderbury alle Einzelheiten von Sophys Gespräch im blauen Salon zu berichten.

Cecilia war von scheuem Wesen, und obwohl ihrem Betragen die zurückweisende Reserviertheit fehlte, die dem älteren Bruder eigentümlich war, hatte sie doch nichts Zutrauliches. Dennoch ertappte sie sich schon nach wenigen Minuten darüber, wie sie ihrer Kusine wenigstens einige der Mißlichkeiten ihrer Lage ins Ohr flüsterte. Sophy hörte ihr mit Interesse und Sympathie zu, schien sich aber darüber zu wundern, daß Mr. Rivenhalls Name immer wieder auftauchte, und schließlich unterbrach sie Cecilia: «Aber entschuldige doch, bitte, dieser Charles – ist er denn nicht dein Bruder?»

«Mein ältester Bruder.»

«Schön, das habe ich begriffen. Aber was hat er eigentlich dabei zu entscheiden?»

Cecilia seufzte. «Du wirst bald dahinter kommen, Sophy, daß in diesem Hause ohne Charles' Sanktion nichts geschieht Er erteilt die Befehle, er ordnet alles, sein Wille ist hier Gesetz.»

«Laß mich das richtig verstehen!» sagte Sophy. «Mein Onkel ist doch nicht gestorben? Sir Horace hat mir bestimmt nichts dergleichen gesagt.»

«O nein! Aber Papa – ich sollte wohl nicht über ihn reden, und gewiß weiß ich auch nichts Bestimmtes – ich meine eben, der arme Papa muß in Schwierigkeiten gewesen sein. Bestimmt war es so, denn einmal fand ich Mama in großer Bestürzung, und da hat sie ein wenig davon gesprochen, obwohl sie so verstört war, daß sie kaum begriff, was sie tat. Sonst würde sie nie vor uns ein Wort über Papa fallen lassen – höchstens von Charles oder von Maria abgesehen, die ja jetzt eine verheiratete Frau ist. Dann starb mein Großonkel Matthew und hinterließ sein ganzes Vermögen Charles. Genau weiß ich nicht, wie das war, aber ich glaube, Charles hat da irgend etwas mit Hypotheken gemacht. So oder so, Papa scheint dabei ganz in seine Macht geraten zu sein. Ganz sicher ist, daß Charles für Hubert und Theodore aufkommt, von der Regelung der Schulden zu schweigen, das hat Mama mir selbst gesagt.»

«Mein Gott, wie unbequem muß das für deinen Papa sein! Mein Cousin Charles scheint mir äußerst ungemütlich.»

«Er ist einfach hassenswert», versicherte Cecilia. «Manchmal glaube ich, daß er sein Vergnügen daran findet, alle Leute unglücklich zu machen, er mißgönnt uns das geringste Vergnügen, und sein einziger Wunsch ist, uns an respektable Männer mit großem Vermögen zu verheiraten, die schon bejahrt, trostlos nüchtern sind und nichts weiter zustande bringen als Mumps.»

Sophy war viel zu schlau, diese bitteren Worte für eine Verallgemeinerung zu halten, und so drängte sie Cecilia, ihr mehr über den respektablen Mann mit dem Mumps zu erzählen; nach kurzem Zögern und etlichen Umschweifen verriet Cecilia ihr, daß nicht nur eine Ehe mit Lord Charlbury arrangiert, wenn auch noch nicht bekanntgegeben war, sondern sie entwarf auch ein Bild von dem Ehrenwerten Augustus Fawnhope, das jedermann wie ein Fiebertraum erscheinen mußte, der nicht bereits den Vorzug genossen hatte, diesen schönen jungen Mann zu sehen. Sophy aber war Mr. Fawnhope begegnet, und so nötigte sie ihre Kusine nicht ins Bett und empfahl ihr kalte Umschläge, sondern erklärte ganz sachlich: «Ja, das stimmt. Ich habe Lord Byron nie gesehen, aber gegen Mr. Fawnhope soll er gar nichts sein. Gewiß ist Fawnhope der hübscheste Mensch, dem ich je begegnet bin.»

«Du kennst Augustus!» rief Cecilia und preßte ihre Hände an den Busen.

«Ja, ich bin mit ihm bekannt. Ich habe, glaube ich, ein paarmal mit ihm auf Brüsseler Bällen getanzt, voriges Jahr. War er nicht in irgendeiner Weise Sir Charles Stuart attachiert?»

«Er war einer seiner Sekretäre, aber Augustus ist ein Dichter, er hat natürlich keinen Kopf für Diplomatengeschäfte und dergleichen, und das nimmt ihm Charles, glaube ich, noch mehr übel als alles übrige. Ach, Sophy, als wir einander begegneten – das war in Almacks Club, ich trug ein ganz hellblaues Seidenkleid, mit seidenen Rosenblüten bestickt und mit Schleifen aus Silberfäden – kaum hatten wir einander gesehen . . . er hat mir später versichert, daß es bei ihm genau so war! Wie hätte ich annehmen sollen, daß sich da auch nur der geringste Einwand erheben könnte? Die Fawnhopes, ich bitte dich! Sie sollen doch seit Wilhelm dem Eroberer hier sein oder etwas dergleichen! Und wenn ich mich um Vermögen und Titel nicht mehr kümmere als um einen Knopf, was geht das Charles an?»

«Überhaupt nichts», versicherte Sophy. «Weine doch nicht, Cecilia, ich bitte dich! Sage mir nur – hat deine Mama etwas dagegen, daß du Mr. Fawnhope heiratest?»

«Mama ist so feinfühlig, gewiß empfindet sie mit mir», erklärte Cecilia und trocknete gehorsam ihre Augen. «Das hat sie mir ziemlich unumwunden gesagt, aber sie wagt es nicht, Charles zu widersprechen! Darauf, Sophy, beruht doch seine Herrschaft im Hause!»

«Sir Horace hat doch immer recht», sagte Sophy, stand auf und strich ihren Rock glatt. «Ich habe ihn so gebeten, mich nach Brasilien mitzunehmen, denn, aufrichtig gesagt, ich habe mir nicht vorstellen können, womit ich mich in London beschäftigen sollte, ganz auf meinen eigenen Witz angewiesen im Hause meiner Tante! Aber er hat mir versichert, daß ich schon etwas finden würde, um mich zu beschäftigen, und da siehst du es, wieder hat er ins Schwarze getroffen! Ich frage mich nur, ob er von alldem eine Ahnung hat. Liebe Cecilia – oh, darf ich dich lieber Cecy nennen? Cecilia – da hat man den ganzen Mund voll! –, du mußt mir nur vertrauen! Du bist da in einen Zustand des Kleinmuts geraten, des Verzagens, und dazu hast du doch gar keinen Grund. Nichts kann fataler sein, in jedweder Lage! Da redet man sich ein, daß einfach nichts getan werden kann, wenn oft ein kleiner Entschluß genügt, alles zu einem guten Ende zu bringen. Aber jetzt muß ich in mein Zimmer und mich umkleiden, sonst komme ich zu spät, und nichts ist abscheulicher als ein Gast, der zu den Mahlzeiten unpünktlich kommt.»

«Aber was meinst du denn nur, Sophy?» brachte Cecilia hervor. «Wie kannst du mir denn helfen?»

«Davon habe ich nicht den leisesten Begriff, aber gewiß kann ich es auf hundertfältige Weise. Alles, was du mir gesagt hast, beweist nur, daß ihr allesamt in einen höchst anstößigen Zustand des Trübsalblasens geraten seid. Dein Bruder! Barmherziger Gott, wie konntet ihr zulassen, daß er sich zu einem solchen Tyrannen auswuchs? Wahrhaftig, ich erlaube nicht einmal Sir Horace, sich so diktatorisch zu geben, und das ist ein Fehler, in den sogar die besten Männer verfallen, wenn die Frauenzimmer in ihrer Familie närrisch genug sind, sie dazu zu ermutigen! Es ist gar nicht gesund für sie, ganz davon abgesehen, daß sie dadurch so trostlos langweilig werden. Ist Charles nicht tödlich langweilig? Er muß es doch sein! Mach dir nichts daraus! Wenn er sich einbildet, Ehen stiften zu müssen, dann soll er mir einen Mann suchen, das wird ihn zerstreuen. Cecy, komm in mein Schlafzimmer mit! Sir Horace hat mir aufgetragen, Mantillas für dich und meine Tante auszuwählen, und Jane wird sie wohl schon ausgepackt haben. Wie gescheit von mir, daß ich eine weiße Mantilla für dich gewählt habe! Ich mit meiner braunen Haut kann mir Weiß nicht leisten, aber du wirst bezaubernd darin aussehen.»

So lotste sie Cecilia in ihr Zimmer hinüber, suchte die sorglich in Silberpapier eingeschlagenen Mantillas hervor und trug sofort eine in Lady Ombersleys Ankleideraum mit der Meldung, daß Sir Horace sie beauftragt habe, das Geschenk mit besten Grüßen der lieben Schwester zu überbringen. Lady Ombersley war mit der Mantilla, einem besonders hübschen schwarzen Umhang, sehr zufrieden; noch mehr aber war sie (das sagte sie nachher Cecilia) mit der Meldung einverstanden, von der sie zwar kein Wort glaubte, die aber doch zeigte, wie aufmerksam und zartfühlend die Nichte war.

Mittlerweile hatte Sophy ihr Reisekleid mit einem Abendkleid aus lichtgrünem Krepp, am Busen reichlich mit Seide garniert und in der Taille mit einer Quastenschnur zusammengehalten, vertauscht; Cecilia war mit ihrer Toilette fertig und erwartete sie, um sie ins Wohnzimmer hinunterzugeleiten. Sophy bemühte sich, ein Perlenband um ihren Hals zu schließen, während die hagere Magd sie beschwor, doch nicht so zappelig zu sein, und sich abplagte, die Handkrausen ihrer langen, weiten Ärmel zuzuknöpfen. Cecilia, die geschmackvoll, aber nicht auffallend in mit Zweigmustern bestickten Musselin gekleidet war, wozu sie eine blaue Schärpe trug, argwöhnte sofort, daß Sophys Kleid in Paris angefertigt worden war. Und damit hatte sie vollkommen recht; fast die ganze Garderobe Sophys stammte aus Paris.

«Einen Trost haben wir», sagte Cecilia naiv, «Eugenia wird es verabscheuen.»

«Gütiger Gott, wer ist Eugenia?» rief Sophy und wandte sich auf ihrem Hocker um. «Und warum sollte sie es mißbilligen? Findest du es denn häßlich?»

«Miss Sophy, still doch, können Sie nicht ruhig sitzen?» rief Jane Storridge dazwischen und gab ihrer Herrin einen Puff.

«Nein, natürlich ist es nicht häßlich», erwiderte Cecilia, «aber Eugenia trägt nie modische Kleider. Sie sagt, daß es Wichtigeres gibt, woran man denken muß, als Kleider.»

«Wie kann man nur solchen Unsinn reden! Natürlich gibt es Wichtigeres, aber nicht in dem Augenblick, da man sich zum Dinner ankleidet. Wer ist diese Frau?»

«Miss Wraxton: Charles ist mit ihr verlobt, und Mama hat mir eben erst bestellen lassen, daß sie heute bei uns speist. Wir hatten es alle im Trubel deiner Ankunft vergessen. Bestimmt ist sie schon im Salon, denn sie ist immer pünktlich. Bist du so weit? Gehen wir hinunter?»

«Wenn sich meine liebe Jane nur ein bißchen beeilen wollte!» sagte Sophy, hielt ihr den anderen Arm hin und begegnete Miss Storridges mißbilligendem Blick mit einem schalkhaften Lächeln.

Die Zofe gab dieses Lächeln fast grimmig zurück, äußerte aber nichts. Sie preßte die winzigen Knöpfe in die Löcher, schlang einen goldbordierten Schal um die Ellbogen ihrer Herrin und nickte Beifall. Sophy beugte sich zu ihr nieder, küßte sie auf die Wange und sagte: «Vielen Dank! Geh jetzt zu Bett und bilde dir nur nicht ein, daß du mich nachher auskleiden kannst, ich erlaube es nicht. Gute Nacht, Jane!»

Einigermaßen verwundert fragte Cecilia auf der Treppe: «Du hast sie wohl schon sehr lang? Mama würde Augen machen, wenn sie sähe, wie du deine Zofe küßt.»

Sophy zog die Brauen hoch. «Meinst du? Jane war die Zofe meiner Mutter und, als Mutter starb, meine Amme. Hoffentlich passiert mir nichts Schlimmeres, als daß Tante Augen macht.»

«Oh, das würde sie natürlich verstehen», versicherte Cecilia eilfertig. «Es sah nur so sonderbar aus, wir sind es nicht gewöhnt, nicht wahr?»

Ein Aufflammen in den Augen der Kusine schien anzudeuten, daß sie Kritik an ihrem Betragen nicht gern mochte, aber da man die Tür des Salons erreicht hatte, sagte sie nichts mehr, sondern ließ sich hineingeleiten.

Lady Ombersley, ihre beiden älteren Söhne und Miss Wraxton saßen in einer Gruppe um den Kamin. Alle wandten sich jetzt der Tür zu, die beiden Männer aber erhoben sich, Hubert mit einem Blick unverhohlener Bewunderung, Charles abschätzend.

«Komm nur näher, liebe Sophy», sagte Lady Ombersley aufmunternd. «Siehst du, daß ich die schöne Mantilla statt eines Schals trage? Die herrlichen Spitzen! Miss Wraxton hat sie sehr bewundert. Darf ich dich mit Miss Stanton-Lacy bekannt machen, liebe Eugenia – Cecilia wird dir gesagt haben, Sophy, daß wir bald die Freude haben werden, Miss Wraxton zur Familie zu zählen.»

«Ach ja», sagte Sophy lächelnd und streckte ihr die Hand entgegen. «Ich wünsche Ihnen alles Glück, Miss Wraxton, und meinem Cousin gleichfalls.» Sie berührte Miss Wraxtons Hand und wandte sich dann Charles zu.

Charles mußte feststellen, daß ihr Blick mindestens ebenso kritisch war wie sein eigener. Das überraschte ihn, belustigte ihn aber auch, und er lächelte. «Ich kann nicht behaupten, daß ich mich deiner gut erinnere, Kusine, gewiß hat keiner von uns sich den andern richtig eingeprägt.»

«Bestimmt!» lachte sie. «Nicht einmal Tante Elizabeth hat mich erkannt. Cousin – Hubert, nicht wahr? – sag mir, bitte, was aus Salamanca und John Potton geworden ist. Sind beide unter Dach und Fach?»

Sie trat ein wenig zur Seite, um mit Hubert zu plaudern. Lady Ombersley, die ihren Sohn gespannt beobachtet hatte, stellte mit einem Aufatmen fest, daß er freundlich, ja sogar beifällig lächelte. Dieses halbe Lächeln verblieb auf seinen Lippen, bis die Verlobte seine Aufmerksamkeit wieder in Anspruch nahm.

Die Ehrenwerte Eugenia Wraxton war eine schlanke, junge Frauensperson, übermittelgroß, und sie galt für ein elegantes Mädchen. Ihre Züge waren adelig, und alle Welt fand sie gutaussehend, wenn auch ein bißchen farblos. Ihr Kleid, von taubengrauem Krepp, dessen Nüchternheit auf den Trauerstand hinweisen mochte, war adrett, aber höchst bescheiden. Ihr Haar, in das sie Bänder eingeflochten hatte, war zwischen Gold und Braun getönt; sie hatte lange, schmale Hände und Füße und einen zarten Busen, von dem indessen nur selten etwas zu sehen war, weil Mama Wraxton äußerst gegen ausgeschnittene Leibchen eingenommen war, wie (zum Beispiel) Miss Stanton-Lacy sie trug. Eugenia war die Tochter eines Viscount, und wenn sie es auch streng vermied, stolz zu erscheinen, durchaus ihres Ranges bewußt. Ihre Manieren waren anmutig, gewiß wollte sie in den Leuten kein Unbehagen aufkommen lassen. So war es bestimmt auch ihr Vorsatz,

Sophy wohlwollend zu begegnen, aber als sie beim Händeschütteln in Sophys Gesicht geblickt, hatte sie es keineswegs freundlich gefunden. Sie hatte sogar ein unangenehmes Gefühl gehabt, es aber wieder überwunden und leise, mit ruhigem Lächeln zu Charles bemerkt: «Wie groß Miss Stanton-Lacy ist! Ich komme mir neben ihr wie ein Zwerg vor.»

«Ja, zu groß», erwiderte er.

Und ein wenig froh war sie doch, daß er seine Kusine offenbar nicht bewunderte, denn wenn sie bei näherem Hinsehen auch fand, daß Sophy keineswegs so hübsch war wie sie selbst, so war der erste Eindruck doch jedenfalls verblüffend. Wahrscheinlich hatte sie sich durch die Größe und den Glanz von Sophys Augen blenden lassen: das übrige war weniger beachtlich. So sagte sie: «Vielleicht ist sie ein bißchen zu groß, aber doch sehr anmutig.»

Sophy setzte sich neben ihre Tante, und jetzt erst bemerkte Charles den hübschen kleinen Windhund, der sich, von so vielen Fremden eingeschüchtert, gegen ihren Rock drückte. Er zog die Brauen hoch: «Wir haben also zwei Gäste. Wie heißt sie, Kusine?»

Er tastete nach dem Windspiel, und Sophy erwiderte: «Sie heißt Tina. Aber sie wird dir wohl nicht zugehen, sie ist sehr scheu.»

«Doch, sie wird», sagte er und schnippste mit den Fingern.

Sophy fand diese kühle Sicherheit unangenehm, vergab ihm aber wieder, als sie sah, daß er recht behielt und daß ihr Liebling kokett freundschaftliche Beziehungen anknüpfte; nun, demnach konnte der Cousin nicht gar so schlimm sein, wie man ihn ihr geschildert.

«Was für ein reizendes Geschöpf», bemerkte Miss Wraxton freundlich. «Ich bin im allgemeinen nicht für Tiere im Hause – meine Mama würde nicht einmal eine Katze dulden –, aber zugunsten dieses Windspiels muß man wohl eine Ausnahme machen.»

«Unsere Mama liebt Hunde», sagte Cecilia. «Wir haben immer welche gehabt, nicht wahr?»

«Fette, überfütterte Möpse», sagte Charles und schnitt eine Grimasse. «Da gefällt mir diese elegante junge Dame allerdings besser.»

«Oh, sie ist bei weitem noch nicht das Sensationellste von Kusine Sophys Lieblingen», verkündete Hubert. «Warte nur, Charles, bis du gesehen hast, was sie noch alles aus Portugal mitgebracht hat!»

Lady Ombersley rutschte unruhig auf dem Stuhl herum, denn sie hatte ihrem ältesten Sohn noch nicht berichtet, daß ein Affe in einer roten Jacke der unumstrittene Herr des Schulzimmers geworden war. Charles aber sagte: «Hab schon gehört, Kusine, daß du dein Pferd mitgebracht hast. Hubert redet von nichts anderem mehr. Spanisch?»

«Ja, von Mameluken aufgezogen. Ein sehr schöner Hengst.»

«Und bestimmt bist du auch eine prächtige Reiterin, Kusine!» rief Hubert.

«Das weiß ich nicht. Hab jedenfalls viel reiten müssen.»

Die Tür ging auf, aber nicht, wie Lady Ombersley angenommen, damit der Kammerdiener melde, daß serviert sei. Ihr Gatte trat ein, um, wie er verkündete, einen Blick auf das Nichtchen zu werfen, bevor er zu White ging. Lady Ombersley war der Meinung, es wäre schon schlimm genug, daß er sich geweigert hatte, mit Miss Wraxton zu speisen, und solch weiteren gleichmütigen Übersehens habe es nicht mehr bedurft, aber sie ließ ihren Verdruß nicht merken, sondern sagte: «Gar so klein ist das Nichtchen nun nicht, wie du wohl siehst!»

«Du lieber Gott!» rief Seine Lordschaft, als Sophy sich erhob, um ihn zu begrüßen. Dann brach er in Lachen aus, zog Sophy in die Arme und sagte: «Na, na, na, bist ja fast so groß wie dein Vater, liebes Kind! Sie ist ihm überhaupt verteufelt ähnlich, wenn man sie näher ansieht.»

«Miss Wraxton, Lord Ombersley», mahnte seine Frau vorwurfsvoll.

«Eh? Ach ja, wie geht's, wie steht's?» sagte Seine Lordschaft und nickte Miss Wraxton freundlich zu. «Zähle Sie schon zur Familie, da braucht es keine Zeremonie. Setz dich zu mir, Sophy, erzähle mir, was dein Vater treibt.»

Er lotste Sophy zu einem Sofa, zog sie in ein angeregtes Gespräch, lachte in der Erinnerung an Vorfälle, die sich vor dreißig Jahren ereignet, und schien seine Verabredung im Klub völlig vergessen zu haben. Hübschen jungen Frauen war er immer zugeneigt, und wenn zum Charme noch Lebendigkeit kam, wußte er recht gut, wie ein Flirt einzuleiten war, fühlte sich dabei prächtig und hatte keine Eile, sich davonzumachen. Dassett, der eben eintrat, um zu Tisch zu bitten, erfaßte die Situation alsogleich, wechselte einen Blick mit seiner Herrin und befahl dem servierenden Diener, ein weiteres Gedeck aufzulegen. Als er dann doch seine Meldung erstattete, rief Lord Ombersley: «Was, schon Dinnerzeit? Nun, dann speise ich heute zu Hause.»

Er nahm Sophys Arm, ohne Miss Wraxtons höhere Ansprüche auf diese Ehre zu beachten, und als man endlich bei Tisch saß, erkundigte er sich laut, was für eine Grille denn in ihres Vaters Kopf geschlüpft sei, daß er nach Peru reise.

«Nicht Peru, Brasilien, Sir», erwiderte Sophy.

«Kommt auf dasselbe heraus, Liebste, auch nur Ausland! Bin so einer Weltreisewut noch nie begegnet! Nächstens wird er nach China gehen!»

«Nein, Lord Amherst geht nach China», berichtigte Sophy. «Ich glaube, im Februar. Sir Horace hat man für Brasilien gewählt, weil er sich auf portugiesische Angelegenheiten versteht, und weil man hofft, daß er den Regenten überreden wird, nach Lissabon zurückzukehren. Marshall Beresford hat sich dort schrecklich unbeliebt gemacht. Kein Wunder! Er hat so gar nichts Verbindliches, keine Spur von Takt.»

«Marshall Beresford ist ein Freund meines Vaters», bemerkte Miss Wraxton gedämpft zu Charles.

«Da müssen Sie mir nicht böse sein, daß ich ihm Takt abgesprochen habe», sagte Sophy mit einem raschen Lächeln. «Es stimmt zwar, aber sonst bezweifelt wohl niemand seine hervorragenden Eigenschaften. Wirklich schade, daß er so einen Brummbären aus sich macht!»

Darüber mußten Lord Ombersley und Hubert lachen, Miss Wraxton aber wurde ein wenig steifer, und Charles warf über den Tisch einen Blick auf seine Kusine, als müßte er seinen ersten günstigen Eindruck revidieren. Seine Verlobte, die sich immer strengstens an die Regeln hielt, brachte es nicht einmal in einer zwanglosen Familiengesellschaft übers Herz, quer über den Tisch zu sprechen, und sie demonstrierte ihre bessere Erziehung, indem sie Sophys Bemerkung überhörte und mit Charles über Carys Dante-Übersetzung zu sprechen begann. Höflich hörte er ihr zu, und als Cecilia dem Vorbild ihrer Kusine folgte und sich gegen alle gute Sitte in die Konversation mengte, um zu erklären, daß ihr Lord Byrons Stil besser gefalle, versuchte er nicht, sie kurz abzuweisen, sondern schien eher froh, daß man ihm die Mühe des Gesprächs abnahm. Sophy unterstützte enthusiastisch Cecilias Auffassung und erklärte, ihr Exemplar des «Korsar» wäre so zerlesen, daß es fast schon auseinandergehe. Miss Wraxton hatte darauf nur zu erwidern, daß sie kein Urteil über die Vorzüge dieses Poems habe, da Mama die Werke Seiner Lordschaft nicht im Hause wünsche. Da Lord Byrons Eheschwierigkeiten gerade zu den skandalösesten *ondits* Londons gehörten und sogar das Gerücht umlief, seine Freunde drängten Lord Byron, das Land zu verlassen, drohte das Gespräch peinliche Formen anzunehmen, und alle Welt war froh, als Hubert erklärte, für Poesie nichts übrig zu haben, und sich für diesen neuen Roman «Waverley» begeisterte. Und wieder konnte Miss Wraxton keine Kritik beisteuern, bemerkte aber freundlich, dem Vernehmen nach sei das fragliche Werk für einen Roman nicht eben außergewöhnlich. Darauf erwiderte Lord Ombersley, sie wären alle nur Bücherwürmer, ihm genüge Ruffs Führer zum Turf als Lektüre, und dann begann er Sophy nach einer Menge alter Freunde auszufragen, die zur Zierde verschiedener Botschaften gehörten und denen sie begegnet sein mochte.

Nach dem Dinner kam Lord Ombersley nicht in den Salon, denn offenbar war die Lockung einer Partie Pharao unwiderstehlich geworden. Miss Wraxton bat für die Kinder um die Erlaubnis, herunterzukommen, und bemerkte mit einem Lächeln zu Charles, daß sie ihren Freund Theodore noch nicht gesehen habe, der doch auf Osterferien zu Hause sei. Als ihr kleiner Freund Theodore dann aber mit Jacko auf der Schulter erschien, schreckte sie zurück und ließ einen Laut des Unwillens hören.

So kam der bittere Augenblick, dank Miss Adderburys beklagenswertem Mangel an Aufsicht, wie Lady Ombersley unmutig feststellte, gerade im ungünstigsten Zeitpunkt. Charles hatte zunächst belustigt gelächelt, war aber dann bald durch Miss Wraxtons offene Mißbilligung zur Räson gebracht worden. So erklärte er, ein Affe sei wohl in einem Kinderzimmer möglich — darüber werde man noch sprechen —, im Salon seiner Mutter aber nicht; und er befahl Theodore in einem Ton, der Widerspruch ausschloß, Jacko hinauszuschaffen.

Theodores mürrischer Blick ließ die Mutter für einen Moment eine peinliche Szene befürchten. Doch Sophy warf sich ins Mittel und sagte: «Wirklich, Theodore, schaff ihn hinaus. Ich hätte dir das sagen sollen, ihm ist Gesellschaft auch höchst unangenehm! Und mach schnell, denn ich will euch ein Kartenspiel zeigen, das ich in Wien erlernt habe.»

Damit schob sie ihn hinaus und schloß die Tür hinter ihm. Dann wandte sie sich Charles zu, dessen Blick frostig war, und sagte: «Bin ich in Ungnade gefallen, weil ich den Kindern ein Spielzeug gebracht habe, das dir mißfällt? Glaub mir, der Affe ist sehr gelehrig und gutmütig. Du brauchst keine Angst vor ihm zu haben.»

«Ich habe weiß Gott keine Angst vor ihm», erwiderte Charles heftig. «Im übrigen war es besonders nett von dir, ihn den Kindern zu schenken.»

«Charles», sagte Amabel und zupfte ihn am Ärmel, «einen Papagei hat sie uns auch gebracht, und was der alles redet! Addy hat einen Schal über seinen Käfig gebreitet, denn sie sagt, schrecklich rohe Matrosen haben ihm das Sprechen beigebracht. Sie soll das aber nicht tun.»

«Du lieber Gott, das hat mir noch gefehlt!» rief Sophy in komischem Entsetzen. «Und der Mann hat mir heilig versprochen, daß der Unglücksvogel kein Wort weiß, über das man erröten müßte. Was tun wir jetzt?»

Aber Charles lachte schon wieder.

«Weißt du, Amabel», sagte er, «du mußt ihm jeden Abend dein Nachtgebet vorsprechen, damit er zu besseren Gesinnungen heranreift. Kusine, Onkel Horace hat uns erklärt, du wärst ein nettes kleines Ding und würdest uns nie in Verlegenheit setzen. Du bist noch nicht einmal einen halben Tag hier: mich schaudert bei dem Gedanken, was bis zum Ende einer Woche noch alles passieren wird!»

## IV

Man hätte nicht sagen können, daß Lady Ombersleys Familiendinner ein voller Erfolg war, aber in den meisten seiner Teilnehmer löste es eine ganze Reihe von Betrachtungen aus. Miss Wraxton hatte, als die übrige Gesellschaft sich um den Spieltisch sammelte, die Gelegenheit wahrgenommen, näher an ihre künftige Schwiegermutter heranzurücken und sie in eine Konversation zu verwickeln, die mit leiser Stimme geführt wurde; sie kehrte mit der Überzeugung heim, von Sophy wäre wohl nicht gerade Schlimmes zu erwarten, aber sie sei sehr schlecht erzogen und bedürfe taktvoller Führung. Lady Ombersley hatte sie erklärt, daß sie bedauere, ihre Hochzeit durch den Trauerfall in ihrer Familie verschoben zu sehen, denn, das fühle sie aufrichtig, in den jetzigen Schwierigkeiten hätte sie der Schwiegermutter Stütze und Trost sein können. Und als Lady Ombersley ihr ziemlich abweisend entgegnete, sie erblicke in dem Besuch ihrer Nichte keine Schwierigkeit, lächelte Miss Wraxton ihr zum Zeichen zu, wie gut sie den Mut verstand, mit dem jemand der Welt die Stirne bot, drückte ihre Hand und versicherte, sie sehne schon die Zeit herbei, da sie der lieben Lady Ombersley so manche ihrer Pflichten werde abnehmen können. Diese Äußerung bezog sich offenbar auf den Plan des jungen Paares, ein Stockwerk des Familienhauses zu beziehen, und so überkam Lady Ombersley tiefe Niedergeschlagenheit. Ungewöhnlich war ein solches Arrangement nicht, aber Lady Ombersley entsann sich vieler Beispiele, daß derlei sich nachher als Fehlschlag erwiesen, sonderlich im Melbourne-Haushalt. Miss Wraxton würde gewiß das Ombersleysche Haus nicht mit hysterischen Krämpfen und entsetzlichen Skandalen heimsuchen, aber auch daraus zog Lady Ombersley nur geringen Trost. Miss Wraxtons Entschluß, wohltuenden Einfluß auf ihre jungen Schwäger und Schwägerinnen auszuüben, würde kaum weniger unerträglich sein als Lady Caroline Lambs unmögliches Gebaren; bedrohlich war auch Miss Wraxtons Überzeugung, daß es ihre Pflicht wäre, viele Lasten von Lady Ombersleys Schultern zu nehmen, die diese doch gar nicht abzuladen wünschte.

Charles, der einige Minuten ernsten Gesprächs mit seiner Verlobten genossen hatte, bevor er sie zum Abschluß des Abends zu ihrem Wagen brachte, ging mit gemischten Gefühlen zu Bett. Er konnte die Berechtigung von Eugenias Kritik nur anerkennen, fühlte sich aber wegen seines eigenen geraden Wesens zu Sophys freier, offener Art hingezogen und wollte keineswegs zugeben, daß sie sich auf unpassende Weise in den Vordergrund drängte. Er fand überhaupt nicht, daß sie sich vordrängte, und das machte es wiederum schwer herauszubringen, wie sie es bewirkte, daß die ganze Atmosphäre im Hause verändert schien. Und doch hatte sie das unzweifelhaft zuwege gebracht: ob er damit einverstanden war, wußte er selber nicht recht.

Sophy selbst hatte, als sie sich in ihr Schlafzimmer zurückzog, mehr zu überdenken als ihre Gastgeber. Ihr erster Eindruck war, daß sie in einem unglücklichen Haushalt ihre Residenz aufgeschlagen hatte. Cecilia hielt Charles für den Schuldigen, und das war er wohl auch. Doch hatte Sophy keine Schulmeistergesichtspunkte, und so hatte sie keine zehn Minuten gebraucht, um sich mit Lord Ombersley auszukennen.

Unzweifelhaft hatte Charles von dieser Seite her viele Lasten auf sich zu nehmen; und da die übrige Familie einfach nur Angst vor ihm hatte, war es weiter nicht verwunderlich, daß ein von Natur aus ernstes und autokratisches Temperament, solchermaßen uneingedämmt, ihn zum Haustyrannen werden ließ. Sophy glaubte nicht, daß diesem Übel nicht abzuhelfen wäre, denn nicht nur hatte Tina sich mit Charles angefreundet, mehr noch: wenn er lachte, unterlag seine ganze Persönlichkeit einer sonderbaren Wandlung. Das Schlimmste, was sie von ihm wußte, war, daß er ein Mädchen, das einem sehr auf die Nerven gehen konnte, zu seiner Braut gemacht hatte. Sie fand es bedauerlich, daß ein vielversprechender junger Mann an eine Frauensperson vergeudet werden sollte, die es sich angelegen sein lassen würde, die minder angenehmen Züge seines Charakters zur Entfaltung zu bringen.

Wegen der Kinder, fand sie, brauchte man sich noch keine Sorgen zu machen, obwohl ihre rasche Auffassungsgabe ihr im Lauf des Abends bewiesen hatte, daß mit Hubert Rivenhall nicht alles zum besten stand. Sie hegte den Argwohn, daß irgendeine geheime Sorge an ihm nagte. Wenn er Salamanca bewunderte oder wenn er mit seinen jüngeren Geschwistern ein dummes Spiel spielte, mochte er das vergessen. Aber wenn nichts ihn ablenkte, fiel er in seine Bedrücktheit zurück, wurde schweigsam, bis irgendein Blick auf ihn fiel; dann begann er sofort wieder zu sprechen, wobei er sich eines übertriebenen, auffälligen Stils befleißigte, wie er wohl unter seinen Freunden üblich war. Sophy, die mit jungen Offizieren Erfahrungen gemacht hatte, meinte, daß er vielleicht in irgendeiner Patsche sitze, die sich weniger ernst erweisen mochte, als ihm selber schien. Natürlich hätte er mit seinem älteren Bruder darüber sprechen sollen, denn wer Mr. Rivenhall nur ansah, konnte nicht mehr bezweifeln, daß er mit jeder Schwierigkeit fertig wurde; Hubert aber war offensichtlich zu scheu, dies zu tun, und da war es vielleicht das Richtige, sein Vertrauen zu seiner Kusine zu ermutigen.

Und gar erst Cecilia: so liebenswert und so hilflos! Es mochte weit schwieriger sein, ihre Angelegenheiten befriedigend zu ordnen, denn Sophy, in einer ganz anderen Schule herangewachsen, hielt es zwar für ungeziemend, ein Mädchen zu einer unerwünschten Ehe zu zwingen, war aber doch keineswegs entschlossen, Augustus Fawnhopes Wünsche zu fördern. Sie war ein praktischer Mensch und hielt Mr. Fawnhope durchaus nicht für einen wünschenswerten Ehemann, denn offenbar fehlte es ihm an den nötigsten Mitteln, und wenn er unter dem Einfluß seiner Muse stand, war ihm zuzutrauen, daß er so irdische Angelegenheiten wie die Verpflichtung, zum Essen nach Hause zu kommen oder irgendeine Sache zu regeln, darüber vergaß. Gewiß war er einem älteren Herrn mit Mumps vorzuziehen, und wenn Cecilias Leidenschaft sich als ernster herausstellte und nicht nur eine vorübergehende Verblendung war, dann mußten ihre Freunde eben für Mr. Fawnhope einen gutbezahlten und angenehmen Posten finden, bei dem sein gutes Aussehen und sein Charme seine unsteten Gewohnheiten ausglichen. Sophy sann noch über einen solchen Posten nach, als sie einschlummerte.

Das Frühstück wurde in Ombersley House in einem kleinen, nach rückwärts gelegenen Sitzzimmer serviert. Nur die drei Damen versammelten sich gegen neun Uhr um den Tisch, denn Lord Ombersley, ein Mann langer Nächte, verließ sein Schlafzimmer nie vor Mittag und seine beiden älteren Söhne hatten eine Stunde früher gefrühstückt und waren ausgeritten.

Lady Ombersley, in deren Leben durchschlafene Nächte selten waren, hatte einen Teil der durchwachten Stunden damit verbracht, Zerstreuungen für ihre Nichte auszudenken. Als sie nun dünne Schnitten trockenen Toasts in den Tee tunkte, entwarf sie das Programm eines kleinen Hausballs. Cecilias Augen leuchteten auf, aber sie sagte zweifelnd: «Wenn Charles nur damit einverstanden ist!»

«Liebste, dein Bruder hat gegen vernünftige Vergnügungen nichts einzuwenden. Ich hatte ja natürlich nicht gemeint, daß wir einen großen Ball veranstalten würden.»

Sophy, die mit einiger Betrübnis zugesehen hatte, wie lustlos Lady Ombersley ihren Tee-Toast verzehrte, sagte: «Mir wäre es unsäglich lieber, wenn ihr euch nicht um meinetwillen Unannehmlichkeiten zuziehen wolltet.»

«Ich bin aber fest entschlossen, dir zu Ehren eine Gesellschaft zu geben», sagte Lady Ombersley entschieden. «Ich habe es deinem Vater ausdrücklich versprochen. Außerdem habe ich Geselligkeit sehr gern. Du kannst es mir glauben, wir leben sonst nicht so ruhig, wie es jetzt bei uns zugeht. Als ich Maria in die Gesellschaft einführte, haben wir einen Ball, zwei Routs, ein venezianisches Frühstück und einen Maskenball gegeben. Aber damals», fügte sie mit einem Seufzer hinzu, «nun, damals lebte meine arme Kusine Mathilda noch, sie versandte die Einladungen und regelte alles mit Gunter. Sie fehlt mir schrecklich. Sie ist an einer Lungenentzündung gestorben, mußt du wissen.»

«Wenn das die ganzen Schwierigkeiten sind, dann wende bitte, keine Gedanken mehr darauf», sagte Sophy. «Cecy und ich werden alles arangieren, und du hast weiter nichts zu tun, als das Kleid für dich auszuwählen und deine Gäste zu begrüßen.»

«Aber, Liebste, das könnt ihr doch nicht!»

«Ob ich das kann!» Sophy lächelte ihr warm zu. «Seit meinem siebzehnten Lebensjahr habe ich alle Gesellschaften Sir Horaces arrangiert. Aber da fällt mir etwas ein, was ich sofort erledigen muß. Wo ist eigentlich Hoares Bank, Tante Lizzie?»

«Hoares Bank?» wiederholte Lady Ombersley fassungslos.

«Wozu, um Himmels willen, willst du das wissen?» fragte Cecilia.

Sophy sah sie verwundert an. «Wozu? Ich muß Sir Horaces Kreditbrief präsentieren, das ist doch klar. Und zwar muß ich das gleich tun, sonst sitze ich bald auf dem Trockenen.» Sie bemerkte, daß Tante und Kusine sie nur noch fassungsloser anstarrten, und zog die Brauen hoch. «Habe ich etwas Dummes gesagt?» fragte sie halb belustigt, halb erschrocken. «Hoare! Er erledigt Sir Horaces Geschäfte.»

«Gut, meine Liebe, das mag so sein, aber du hast doch kein Bankkonto!» brachte Lady Ombersley hervor.

«Nein, leider nicht. Das ist so lästig. Wir haben es aber so geregelt, daß ich von Sir Horaces Fonds nach Bedarf abheben kann. Und was die Haushaltskosten betrifft . . . aber augenblicklich führen wir ja kein Haus», schloß Sophy und strich reichlich Butter auf ihre vierte Brotscheibe.

«Aber, Liebste, junge Ladies können doch nicht — sogar ich habe in meinem ganzen Leben nie die Bank deines Onkels betreten», sagte Lady Ombersley tief erschüttert.

«Nicht? Nun, vielleicht erledigt er seine Rechnungen lieber selbst? Nichts ärgert Sir Horace mehr, als ewig um Geld angesprochen zu werden. Er hat mich schon vor Jahren gelehrt, diese Dinge zu erledigen, und so halten wir es seither.» Sie zwinkerte. «Ich hoffe, Sancia lernt das, das arme Engelchen. Ihm wird es gar kein Vergnügen machen, wenn er Rechnungen durchsehen und Löhne auszahlen soll.»

«So etwas habe ich noch nie gehört», sagte Lady Ombersley. «Also hat Horace wirklich . . . Aber denken wir nicht daran! Liebes Kind, du brauchst doch nichts von deinem Guthaben abzuheben, solange du bei mir bist.»

Sophy konnte nur darüber lachen, daß ihre Tante Hoares Bank offenbar für eine Lasterhöhle hielt, und sie sagte: «Und ob ich das brauchen werde! Hast du eine Ahnung, wie kostspielig ich bin? Und Sir Horace hat mir ausdrücklich verboten, euch zur Last zu fallen.»

Celia machte runde Augen: «Zieht dein Papa dem, was du ausgibst, keine Grenzen?»

«Nein, wie soll er es denn, wenn er außer Reichweite ist und nicht wissen kann, was ich plötzlich brauche? Er weiß schon, daß ich dem Faß nicht den Boden ausschlage. Bitte, ich wollte euch bestimmt nicht mit meinen Angelegenheiten langweilen. Nur: in welchem Teil der Stadt mag wohl Hoares Bank liegen?»

Glücklicherweise, denn keine der anderen Damen kannte irgendeine Bankadresse, trat Mr. Rivenhall ein. Er trug einen Reitanzug und warf nur einen Blick herein, um die Mutter zu fragen, ob er irgend etwas für sie in der City besorgen könne. Sie hatte keine Aufträge, zögerte aber (trotz seinem zu erwartenden Mißfallen) nicht, Sophys außerordentliche Frage nach Hoares Bank weiterzuleiten. Er nahm das gleichmütig hin und bewahrte auch seine wundervolle Gelassenheit, als ihm eröffnet wurde, daß Sophy beliebig vom Konto ihres Vaters abheben dürfe. «Ungewöhnlich», sagte er, schien aber mehr belustigt als unwillig. «Hoares Bank ist am Temple Bar», erklärte er. «Wenn du dringend hin willst — ich fahre heute morgen in die City und werde dich gern hinbringen.»

«Danke. Wenn meine Tante nichts dagegen hat, begleite ich dich gern. Wann möchtest du fahren?»

«Wie es dir genehm ist, Kusine», erwiderte er höflich.

Dieses Betragen war ein günstiges Omen für die Expedition und ließ Lady Ombersley, die immer zum Optimismus neigte, die Hoffnung nähren, daß Charles eine bei ihm sonst seltene Zuneigung zu seiner Kusine gefaßt hatte. Es sprach weiter zu ihren Gunsten, daß sie ihn nicht warten ließ; und sie ihrerseits konnte von einem Mann nicht schlecht denken, der ein Paar so guter Pferde fuhr. So setzte sie sich vergnügt im Wagen an seine Seite, der Groom schwang sich auf den Rücksitz, und Sophy, die selber recht gut kutschierte, bewahrte ein kritisches, anerkennendes Schweigen, während Charles das erste Ausgreifen seiner Traber kontrollierte. Sie hielt zwar ihr endgültiges Urteil zurück, bevor sie ihn ein Tandem oder einen Viererzug hatte lenken gesehen, sagte sich aber doch bereits, daß sie sich auf ihn würde verlassen können, wenn sie Pferde für sich kaufte, und so bemerkte sie: «Ich muß mir auch einen Wagen besorgen, und ich weiß noch nicht, ob ich eine Karriole oder einen Phaeton mit erhöhtem Sitz wählen soll. Was würdest du empfehlen, Cousin?»

«Keines von beiden», erwiderte er und lenkte die Pferde in langsamer Gangart um eine Wegbiegung.

«Oh?» fragte Sophy überrascht. «Was dann?»

«Du meinst das doch nicht ernst, wie?»

«Nicht ernst? Natürlich meine ich es ernst.»

«Wenn du kutschieren willst, nehme ich dich einmal in den Park mit», sagte er. «Ich werde im Stall schon ein Pferd oder ein Paar Pferde finden, sanft genug für die Hand einer Lady.»

«Oh, das wird, fürchte ich, nicht ausreichen», sagte Sophy und schüttelte den Kopf.

«So? Und warum nicht?»

«Ich könnte die Pferde überanstrengen», sagte Sophy süß.

Im Moment fand er keine Erwiderung. Dann lachte er auf und sagte: «Bitte um Verzeihung, ich wollte dich nicht beleidigen. Aber in London brauchst du keinen Wagen. Du wirst ohne Zweifel mit Mama ausfahren, und wenn du einen besonderen Weg hast, brauchst du immer nur einen Wagen zu bestellen, sie stehen zur Verfügung.»

«Ich bin dir sehr verpflichtet, aber mir wird das nicht passen. Wo kauft man in London eine Karriole?»

«Du kannst unmöglich in der City in einer Karriole allein herumfahren. Auch ein hochsitziger Phaeton ist kein passendes Fahrzeug für eine Lady. Sie sind auch schwer zu kutschieren. Ich möchte es nicht erleben, daß eine meiner Schwestern so etwas nur versucht.»

«Du darfst nicht vergessen, es ihnen ausdrücklich zu sagen», bemerkte Sophy freundlich. «Halten sie sich an das, was du ihnen sagst? Ich habe nie einen Bruder gehabt, darum weiß ich das nicht.»

Eine kleine Pause folgte, während Mr. Rivenhall, an jähe Attacken nicht gewöhnt, seine Fassung wiedergewann. Sehr lange brauchte er nicht dazu. «Es hätte dir gutgetan, wenn du einen gehabt hättest», sagte er grimmig.

«Scheint mir nicht so», meinte Sophy unerschüttert. «Das wenige, das ich bisher von Brüdern zu sehen bekommen habe, läßt mich Sir Horace dafür dankbar sein, daß er mir eine solche Last nicht aufgehalst hat.»

«Schönen Dank! Jetzt weiß ich wenigstens, woran ich mich zu halten habe.»

«Weißt du, du magst allerlei veraltete Ideen haben, aber ich finde dich nicht eigentlich blöde, nein, das nicht.»

«Sehr verbunden! Noch eine Kritik zu äußern?»

«Ja, du sollst den Eckstein nicht streifen und Kurven nicht schneiden, wenn du scharfe Pferde kutschierst.»

Da Mr. Rivenhall unter Trabfahrern für einen Nonpareil galt, drang auch dieser Pfeil nicht durch seinen Panzer. «Was für ein abscheuliches Mädchen du doch bist!» sagte er freundlicher. «Los, wir können nicht den ganzen Weg bis Temple Bar zanken! Schließen wir Waffenstillstand.»

«Gern», sagte sie herzlich. «Reden wir lieber über meinen Wagen. Soll ich wegen der Pferde zu Tattersall gehen?»

«Bestimmt nicht!»

«Lieber Cousin Charles, habe ich den Namen falsch gesagt, oder empfiehlst du mir einen besseren Händler?»

«Keines von beiden. Was ich dir begreiflich machen möchte, ist, daß Frauenzimmer Tattersall nicht frequentieren.»

«Nun, ist das wieder eine von den Sachen, von denen du nicht möchtest, daß deine Schwestern sie tun, oder ist es unschicklich, daß ich hingehe?»

«Höchst unschicklich!»

«Und wenn du mich begleitest?»

«So etwas tue ich eben nicht.»

«Wie soll ich es dann anfangen?» fragte sie. «John Potton ist ein tadelloser Groom, aber einen Pferdekauf kann ich ihm doch nicht anvertrauen. Tatsächlich verlasse ich mich darin auf niemand als auf Sir Horace, denn der weiß genau, worauf es mir ankommt.»

Jetzt war es ihm klar, daß sie es ernst meinte und ihn nicht, wie er angenommen, bloß reizen wollte. «Kusine, wenn du unbedingt selbst kutschieren mußt, so stelle ich dir meinen Tilbury zur Verfügung und gebe dir ein passendes Pferd zwischen die Deichseln.»

«Eines von deinen eigenen?» fragte Sophy.

«Keines meiner Pferde eignet sich für dich.»

«Nun, denke weiter nicht daran. Ich habe lieber doch meinen eigenen Phaeton und ein Paar Pferde.»

«Hast du auch nur die geringste Ahnung, was du für ein gutgewähltes Paar bezahlen mußt?»

«Nein, sage es mir! Doch nicht über drei- oder vierhundert Pfund?»

«Kleinigkeit! Dein Vater hätte natürlich nicht das geringste dagegen, daß du drei- oder vierhundert Pfund für ein Paar Pferde hinauswirfst!»

«Nicht das geringste, solange ich mich dabei nicht wie eine Gans düpieren und mir ein aufgeschminktes Tier andrehen lasse, das einen Auswuchs am Schienbein hat, oder einen Hochtraber, dem nach einer Meile die Luft ausgeht.»

«Dann empfehle ich dir zu warten, bis er nach England zurückkommt. Er wird schon das Richtige für dich wählen!» war alles, was Mr. Rivenhall darauf antwortete.

Zu seiner Überraschung nahm Sophy das gutlaunig hin, äußerte nichts dazu und fragte gleich nachher nach dem Namen der Straße, die sie gerade durchfuhren. Sie kam auch nicht mehr auf den Phaeton zu sprechen, und Mr. Rivenhall, dem klar wurde, daß sie nur ein verwöhntes kleines Ding war, das man auf den rechten Platz setzen mußte, dämpfte die Zurechtweisung, die er ihr erteilt hatte, indem er sie auf interessante Plätze aufmerksam machte, die sie überquerten, und stellte auch einige Fragen über Portugal. Als sie Temple Bar erreichten, brachte er den Wagen vor dem schmalen Eingang von Hoares Bank zum Stehen und hätte sie gewiß hineinbegleitet, wenn sie nicht abgelehnt und gesagt hätte, er solle lieber die Pferde in Gang halten, denn sie wisse nicht, wie lange es dauern werde, und es wehe ein scharfer Wind. So wartete er denn draußen und vergegenwärtigte sich, daß es zwar ungewöhnlich war, eine junge und unbegleitete Dame Geschäfte in einer Bank erledigen zu sehen, daß ihr dabei aber eigentlich nichts Schlimmes zustoßen konnte. Als sie nach etwa zwanzig Minuten wieder auftauchte, war sie in Begleitung eines älteren Bankbeamten, der ihr ehrerbietig in den Wagen half. Sie schien mit diesem Mann recht vertraut zu sein, erklärte aber auf die sardonische Frage des Cousins, daß sie ihn zum erstenmal gesehen habe.

«Du überraschst mich», sagte Mr. Rivenhall. «Ich hätte angenommen, daß er dich als Baby auf seinen Knien geschaukelt hat.»

«Glaube ich kaum. Er hat jedenfalls nichts dergleichen erwähnt. Wohin fahren wir?»

Er sagte ihr, daß er etwas Geschäftliches in der Nähe von St. Paul zu erledigen habe, doch werde er sie nicht über fünf Minuten warten lassen. Wenn das ein Pfeil war, der auf die Länge ihres Aufenthalts in der Bank zielte, so war es ein Fehlschuß, denn Sophy antwortete freundlich, es mache ihr gar nichts aus, zu warten. Das war ein wirkungsvoller Pfeil: Mr. Rivenhall begann einzusehen, daß er in Miss Stanton-Lacy einen Gegner gefunden hatte, mit dem man rechnen mußte.

Als er in der Nähe von St. Paul in eine Straße einbog, streckte Sophy die Hand aus und sagte: «Ich übernehme sie.» So gab er die Zügel in ihre Hand, denn wenn er ihr auch nicht zutraute, daß sie mit seinen heißblütigen Pferden fertig würde, war doch der Groom zur Hand, so daß kaum etwas zu befürchten stand.

Sophy sah ihm nach, als er in ein hohes Haus trat, und streifte dann einen ihrer lavendelfarbenen Ziegenlederhandschuhe ab. Der Ostwind blies scharf: jedenfalls scharf genug, einen Damenhandschuh in den Rinnstein auf der anderen Straßenseite zu wehen. «Ach, mein Handschuh!» rief Sophy. «Laufen Sie rasch, bitte, sonst wird er ganz fortgeweht! Keine Angst wegen der Pferde, die habe ich schon in der Hand!»

Der Groom war in Verlegenheit. Gewiß hielt sein Herr es nicht für möglich, daß er die Grauschimmel unbewacht ließ; anderseits mußte er Miss Stanton-Lacys Handschuh herbeischaffen, und die Straße war im Moment menschenleer. Nach dem Gespräch, das er mit angehört, konnte er annehmen, daß sie genug vom Kutschieren verstand, um die Grauen eine Minute im Zaum zu halten. Sie standen ganz ruhig da. So berührte der Groom seinen Zylinder und eilte auf die Straße.

«Und sagen Sie Ihrem Herrn, daß man bei diesem Frost Pferde nicht stehenlassen darf», rief Sophy ihm nach. «Ich fahre ein Paar Minuten durch die Straßen und bin rechtzeitig wieder da.»

Der Groom, der sich gerade zu dem Handschuh herabbeugte, fiel beinahe vornüber, so scharf sauste sie an ihm vorbei. Er konnte genau sehen, wie Miss Stanton-Lacy die Straße in smartem Galopp nahm. Er machte einen kühnen, viel zu späten Versuch, hinten aufzuspringen, aber an der Straßenecke blies ihm der Wind den Hut vom Kopf, ließ den Zylinder über den Damm rollen.

Eine halbe Stunde war herum, als die Karriole wieder in Sicht kam. Mr. Rivenhall, der, die Arme gekreuzt, bereitstand, hatte reichlich Gelegenheit zu beobachten, wie präzis seine Kusine die Ecke nahm und wie geschickt sie Zügel und Peitsche handhabte, aber er schien ihr diese Kunst kaum hoch anzurechnen, denn seine Stirn war in Falten gezogen und seine Zähne hatte er zusammengepreßt. Von seinem Groom war nichts zu sehen.

Miss Stanton-Lacy, die exakt vor ihm stehenblieb, sagte freundlich: «Bitte um Verzeihung, ich habe dich warten lassen. Ich kenne mich nämlich nicht in London aus, habe die Richtung verloren und mußte dreimal fragen. Wo ist der Groom?»

«Ich habe ihn nach Hause geschickt», erwiderte Mr. Rivenhall.

Sie sah ihn an, Belustigung stand in ihren ausdrucksvollen Augen. «Wie klug von dir!» sagte sie mit tiefer Billigung. «Ein Mann muß an alles denken, das habe ich gern. Wir können doch gar nicht richtig zanken, wenn dieser Mensch hinter uns steht und jedes Wort, das wir sprechen, mit anhört.»

«Wie konntest du es wagen, meine Pferde zu fahren?» fragte Mr. Rivenhall wütend. «Gib mir sofort die Zügel!» Sie gab ihm Zügel und Peitsche und sagte mit entwaffnender Freundlichkeit: «Ganz richtig war das ja nicht von mir, aber anders konnte ich mich nicht dagegen wehren, daß du zu mir sprachst, als wäre ich ein dummer Backfisch, dem man keinen Esel anvertrauen kann.»

Mr. Rivenhalls ungeduldiger Mund war streng gezogen, und niemand hätte angenommen, daß er gerade irgendwelche Erkenntnisse verarbeitete.

«Du wirst wenigstens zugeben, daß ich dein Paar gut in der Hand habe», sagte Sophy.

«Dein Glück, daß ich ihnen die Trense gelockert hatte.»

«Wie wenig großmütig von dir!» rief Sophy.

Er war in der Tat nicht großmütig gelaunt, und er wußte es selbst. Wütend sagte er: «In der Stadt herumkutschieren, ohne Groom! Feines Benehmen, das muß ich schon sagen! Ein Jammer, daß du dich nicht besser aufführst! Oder sind das portugiesische Manieren?»

«O nein! In Lissabon, wo mich alle Welt kennt, könnte ich mir solche Streiche nicht erlauben, natürlich. Furchtbar war das, nicht? Ich kann dir versichern, die ganze City hat sich nach mir den Hals ausgereckt! Aber deswegen brauchst du dich nicht aufzuregen — es kennt mich ja kein Mensch in London.»

«Ohne Zweifel hätte Sir Horace solchem Benehmen Beifall gezollt», sagte er sardonisch.

«Nein. Sir Horace hätte eher erwartet, daß du mir anbietest, deine Pferde zu probieren. Dann hättest du dir ja ein Urteil bilden können, ob ich vollblütige Pferde kutschieren kann.»

«Ich lasse niemanden — keinen Menschen! — an meine Pferde heran! Niemand lenkt sie, nur ich selbst!»

«Im großen und ganzen ein gutes Prinzip. Es ist erstaunlich, wie rasch eine ungeschickte Hand ein weichmäuliges Pferd verdirbt.»

Mr. Rivenhall knirschte fast hörbar mit den Zähnen.

Plötzlich lachte Sophy auf. «Sei doch nicht ohne Grund ärgerlich, Cousin!» bat sie. «Du weißt ganz gut, daß deine Pferde keinen Schaden genommen haben. Wirst du mir jetzt dazu verhelfen, daß ich mir ein Paar geeignete Pferde anschaffe?»

«Ich will nicht das geringste mit diesem verrückten Projekt zu tun haben», sagte er unwirsch.

Sophy nahm auch das gleichmütig hin. «Auch gut», sagte sie. «Vielleicht liegt dir die Aufgabe besser, einen geeigneten Gatten für mich zu suchen. Ich bin guten Willens und, wie ich höre, hast du Talent zu solchen Dingen.»

«Fehlt dir jegliches Feingefühl?» fragte Mr. Rivenhall.

«Oh, durchaus nicht. Du würdest staunen, wieviel ich davon aufbringe!»

«Staunen allerdings!»

«Aber dir gegenüber, lieber Cousin, habe ich doch keine Reserviertheit nötig! Finde mir doch, bitte, einen passenden Mann! Ich habe gar keine übertriebenen Wünsche und werde mich mit bescheidenen Vorzügen eines Partners zufriedengeben.»

«Nichts würde mich mehr befriedigen», erklärte Mr. Rivenhall, der seiner Kusine an der Ecke von Haymarket vorführte, wie man haarscharf durchs Gedränge kam, «nichts würde mir mehr Befriedigung gewähren, als dich mit einem Mann verheiratet zu sehen, der dir deine Mucken austreibt.»

«Nicht schlecht gefahren», sagte Sophy billigend. «Aber wie wäre das ausgegangen, wenn irgendein Hund oder gar ein armer Mensch in diesem Augenblick die Straße überquert hätte?»

Mr. Rivenhalls Sinn für Humor gewann die Oberhand. Er mußte ein Lachen unterdrücken, bevor er antwortete: «Daß dich noch keiner erwürgt hat, kann nur auf ganz besondere Umstände zurückgeführt werden.»

Aber er mußte bemerken, daß die Aufmerksamkeit seiner Kusine sich von ihm abgewendet hatte. Bevor er erkennen konnte, was ihr Interesse gefesselt hatte, sagte sie hastig: «Oh, möchtest du nicht halten, bitte? Ich habe da einen Bekannten gesehen.»

Er entsprach dieser Bitte und sah zu spät, wer ihnen da auf dem Bürgersteig entgegenkam. Dieses liebenswürdige Antlitz, diese Locken, golden wie eine Guinea, die sichtbar wurden, als die Bibermütze gelüpft wurde – das war nicht zu verkennen. Mr. Augustus Fawnhope hatte die vorbeifahrende Dame winken sehen, war stehengeblieben und hatte die Pelzmütze abgenommen; so stand er nun da und blickte fragend auf Sophy.

Er war in der Tat ein schöner junger Mensch. Das Haar umwallte eine Alabasterstirn; die tiefblauen Augen waren ein wenig verträumt, aber unter kühn geschwungenen Jochbögen exquisit an ihrem Platz, so groß und leuchtend, daß jede Kritik vor ihnen verstummte; sein Mund bildete eine Kurve, die einem Bildhauer den Meißel in die Hand zwang. Er war nicht übermäßig groß, doch von vollendeten Proportionen, und mußte sich nicht an Essigkartoffeln als Diät halten, um schlank zu bleiben. Nicht daß es ihm je in den Sinn gekommen wäre, dergleichen zu tun: es gehörte zu Mr. Fawnhopes Reizen, es war der geringste davon, daß er sich seines guten Aussehens gar nicht bewußt war. Man hätte annehmen können, daß er die Bewunderung merkte, die er überall auf sich zog, aber sein Ehrgeiz, ein großer Poet zu werden, beschäftigte ihn so sehr, daß er sich kaum darum kümmerte, was man zu ihm, geschweige denn, was man über ihn sprach. Sogar Übelgesinnte wie Mr. Rivenhall oder Sir Charles Stuart mußten zugeben, daß diese Bewunderung noch nicht bis in das Wolkenkuckucksheim eingedrungen war, in dem er lebte.

Doch es war mehr als Weltabgewandtheit in dem Blick, der nun auf Miss Stanton-Lacy ruhte, und das entging auch Mr. Rivenhall nicht, der die Ungewißheit auf Mr. Fawnhopes Lippen richtig interpretierte. Mr. Fawnhope hatte sichtlich nicht die leiseste Ahnung, wer die junge Dame war, die ihm so freundlich die Hand hinstreckte. Immerhin nahm er die Hand und sagte mit seiner weichen, vagen Stimme sein «How do you do».

«Brüssel», half Sophy ihm nach. «Wir haben auf dem Ball der Herzogin von Richmond die Quadrille getanzt, erinnern Sie sich? Sie kennen doch meinen Cousin, Mr. Rivenhall? Sie müssen wissen, daß ich über die Saison bei meiner Tante in Berkeley Square lebe. Sie müssen uns unbedingt besuchen: meine Tante wird entzückt sein.»

«Natürlich erinnere ich mich», sagte Mr. Fawnhope, weniger wahrheitsgetreu als manierlich. «Ich bin entzückt, Sie wiederzusehen — noch dazu so unerwartet! Und gewiß werde ich mir das Vergnügen nehmen, in Berkeley Square vorzusprechen.»

Er verneigte sich und trat zurück. Die Grauschimmel, denen sich Mr. Rivenhalls Ungeduld mitgeteilt hatte, griffen aus. Mr. Rivenhall sagte: «Wie nett für dich, gleich nach der Ankunft einen alten Freund zu treffen!»

«Ja, nicht wahr?» bestätigte Sophy.

«Hoffentlich gelingt es ihm, sich deines Namens zu entsinnen, bevor er sich aufrafft, deiner Einladung Folge zu leisten.»

Ihre Lippen schürzten sich, aber sie antwortete gelassen: «Verlaß dich darauf, er findet schon jemand, der es ihm sagt.»

«Schamlos!» brummte er.

«Unsinn! Du sagst das nur, weil ich deine Pferde kutschiert habe. Denk nicht mehr daran! Ich verpflichte mich, es nicht wieder zu tun.»

«Dafür werde ich sorgen. Und noch etwas will ich dir sagen, liebe Kusine: es wäre mir lieber, wenn du dich zurückhalten würdest, in meine Familienangelegenheiten einzugreifen.»

«Oh, das ist mir wirklich lieb zu wissen, denn wenn ich jemals den Wunsch hegen sollte, dir zu gefallen, werde ich wenigstens wissen, wie ich das anstellen muß. Es wird wohl kaum dazu kommen, aber man ist gern auf alles vorbereitet, selbst auf das Unwahrscheinliche.»

Er wandte ihr sein Gesicht zu, die Augen zusammengekniffen, und alles andere als freundlich. «Solltest du so unklug sein, mit mir den Degen kreuzen zu wollen? Ich will nicht tun, als ob ich dich mißverstanden hätte, Kusine, und du sollst auch über meine Gedanken nicht im unklaren sein. Wenn du dir einbildest, daß ich diesem Zieraffen jemals erlauben werde, meine Schwester zu heiraten, dann wirst du mich noch kennenlernen.»

«Och», sagte Sophy, «paß auf deine Pferde auf, Charles, und rede kein schwülstiges Zeug.»

## V

«FÜR EINEN MORGEN ein ganz hübsches Stück Arbeit», sagte Sophy.

Mr. Rivenhall war weniger befriedigt. Seine Mutter mußte zu ihrem Mißbehagen entdecken, daß er keineswegs eine Sympathie zu seiner Kusine gefaßt hatte, sondern den bloßen Gedanken entsetzlich fand, monatelang mit ihr zusammenleben zu müssen. «Ich sage es dir ganz offen, ich will das nicht! Gott weiß, wie lang der Onkel fernbleibt! Hoffentlich bedauerst du nicht schon bald den Tag, an dem du darauf eingegangen bist, seine Tochter ins Haus zu nehmen. Je früher du seinen Wunsch erfüllst und sie an irgendeinen Bedauernswerten verheiratest, um so besser für uns alle.»

«Heiliger Himmel, Charles», sagte Lady Ombersley, «was hat sie getan, dich so in Wut zu versetzen?»

Er beschränkte sich auf die Antwort, Sophy wäre naseweis, dreist, dickschädelig und so schlecht erzogen, daß kein Mann närrisch genug sein werde, sich um sie zu bewerben. Seine Mutter drang nicht weiter in ihn, sondern benützte die Gelegenheit, um als Einleitung zur Gattenwahl die Erlaubnis zu erbitten, eine Abendgesellschaft mit Tanz zu geben. «Ich meine nichts Großes», beeilte sie sich hinzuzufügen. «Allenfalls zehn Paare oder so. Nur im Salon.»

«Gut, das überhebt dich der Notwendigkeit, den jungen Fawnhope einzuladen.»

«Ach ja, gewiß.»

«Ich muß dich darauf aufmerksam machen, Mama, daß wir ihn heute morgen trafen. Meine Kusine begrüßte ihn als einen lieben alten Bekannten und lud ihn ein, sie hier zu besuchen.»

«Ach du lieber Gott!» seufzte Lady Ombersley. «Was für ein Mißgeschick! Aber sie kennt ihn natürlich, Charles, denn sie war ja mit deinem Onkel voriges Jahr in Brüssel.»

«Sie kennt ihn!» sagte Charles mit einem vernichtenden Blick. «Er kannte sie nicht näher als den Kaiser von China! Aber kommen wird er bestimmt! Ich muß es dir überlassen, damit fertig zu werden.»

Mit diesen wahrhaft unbilligen Worten verließ er das Zimmer seiner Mutter, und ihr blieb nichts übrig, als darüber nachzudenken, wie sie das wohl anstellen sollte, den Vormittagsbesuch eines jungen Mannes von einwandfreier Geburt, der noch dazu der Sohn einer ihrer ältesten Freundinnen war, abzuwehren. Schließlich kam sie zu der Schlußfolgerung, daß Charles davon keine klarere Vorstellung habe als sie selbst, und so verbannte sie diesen Gedanken aus ihrem Kopf und wandte sich dem angenehmeren Problem zu, wen sie zu ihrer ersten Gesellschaft nach zwei Monaten einladen sollte.

Darin wurde sie durch das Eintreten ihrer Nichte unterbrochen. Charles' unheildrohende Worte fielen ihr ein, und sie fragte Sophy mit einer gewissen Strenge, was sie denn angestellt habe, ihn so zu verärgern. Sophy lachte und brachte sie mit der Antwort aus der Fassung, sie habe ihm bloß seine Karriole entwendet und sei eine halbe Stunde durch die City kutschiert.

«Sophy! Charles' Grauschimmel? Du konntest sie unmöglich zügeln!»

«Um der Wahrheit die Ehre zu geben», räumte Sophy ein, «es war verteufelt schwer. Oh, nicht böse sein, ich wollte das nicht so sagen, Tante Lizzie! Nicht schelten! Das kommt davon, wenn man mit Sir Horace zusammenlebt: ich weiß, daß ich mir eine unmögliche Redeweise angewöhnt habe, aber ich werde versuchen, mich zu beherrschen! Nein, wegen der Pferde Charles' brauchst du dir keine Gedanken zu machen! Übrigens wäre er auch sonst ganz umgänglich, und wenn er sich nicht in den Kopf gesetzt hätte, dieses gräßliche Mädchen zu heiraten, so wäre er gar nicht so stocksteif.»

«Ach, Sophy», sagte Lady Ombersley unbeherrscht, «auch ich mag Miss Wraxton nicht, so sehr ich mich auch bemühe.»

«Die mögen! Könnte ich mir auch nicht vorstellen.»

«Aber man müßte es doch tun», sagte Lady Ombersley unglücklich. «Sie ist so gut, und bestimmt möchte sie mir eine pflichtbewußte Tochter sein, und es ist so schlecht von mir, daß ich mir nicht eine pflichtbewußte Tochter wünsche. Aber wenn ich mir vorstelle, daß ich sie binnen kurzem hier im Hause haben werde -- doch ich darf doch nicht so reden! Es ist höchst ungeziemend, und du mußt es, bitte, sofort vergessen, Sophy!»

Sophy ging auf diesen Wunsch nicht ein, sondern fragte: «Du wirst sie hier im Haus haben? Das meinst du doch nicht im Ernst?»

Lady Ombersley nickte. «Es ist nichts Ungewöhnliches an einer solchen Regelung, das verstehst du doch, Liebste? Sie werden natürlich ihr eigenes Appartement haben, aber . . .» Sie seufzte.

Sophy sah sie eine Weile lang aufmerksam an, sagte aber zu Lady Ombersleys Überraschung nichts. Die Tante versuchte ihre melancholischen Gedanken fortzuscheuchen und begann von der geplanten Gesellschaft zu sprechen. Auf diese Vorbereitungen ging ihre Nichte mit solchem Enthusiasmus und solcher Energie ein, daß Lady Ombersley ganz außer Atem geriet. Was sie eigentlich mit Sophy verabredete, vermochte sie nachher weder Charles noch sich selbst in Erinnerung zu rufen, aber nach einem langen Gespräch, in dem sie zu der Überzeugung gelangte, daß es keine liebenswertere und aufmerksamere Nichte als Sophy geben konnte, hatte sie dareingewilligt, daß Sophy mit Cecilia alle Vorbereitungen traf, und hatte auch gestattet, daß Sir Horace durch seine Tochter die Kosten der Veranstaltung übernahm.

«Und nun», verkündete Sophy strahlend Cecilia, «wirst du mir sagen, wo wir die Einladungskarten bestellen und wo ihr im allgemeinen das Büfett in Auftrag gebt. Ich glaube nicht, daß wir das dem Koch überlassen dürfen, denn er würde tagelang für nichts anderes mehr Zeit finden, und das wäre für alle eine große Unbequemlichkeit, die ich keinesfalls wünsche.»

«Aber, Sophy, Mama sagte doch, daß es eine sehr kleine Gesellschaft sein soll!»

«Nein, Cecy, dein Bruder war es, der das sagte», erwiderte Sophy. «Es wird eine sehr große Gesellschaft sein.»

Selina, die an dieser Beratung teilnahm, fragte schlau: «Weiß Mama das?»

Sophy lachte. «Noch nicht», gestand sie. «Glaubst du, daß sie große Gesellschaften nicht leiden kann?»

«Das nicht! Es waren über vierhundert Leute zu dem Ball eingeladen, den Mama für Maria gab. Stimmt's nicht, Cecilia? Und Mama hatte das größte Vergnügen daran, denn der Abend war ein so wunderbarer Erfolg, und alle beglückwünschten sie dazu. Kusine Mathilda hat mir das gesagt.»

«Ja, aber die Kosten!» wandte Cecilia ein. «Mama wird es nicht wagen. Charles wird außer sich sein.»

«Kümmert euch darum nicht», rief Sophy. «Sir Horace trägt die Kosten, nicht Charles. Macht eine Liste all eurer Bekannten, und ich will eine aller meiner Freunde, die in England sind, anlegen, und dann verschicken wir die Karten. Wir werden über fünfhundert brauchen.»

«Sophy», sagte Cecilia mit schwacher Stimme, «wollen wir fünfhundert Einladungen verschicken, ohne Mama zu fragen?»

Mutwillen tanzte in ihren Augen. «Natürlich tun wir das, du Gänschen. Wenn wir sie erst verschickt haben, kann euer abscheulicher Bruder sie auch nicht mehr zurückholen.»

«Famos! Famos!» schrie Selina und begann im Zimmer herumzutanzen. «Schön wütend wird der sein!»

«Ob ich das wage?» seufzte Cecilia eingeschüchtert und verlockt.

Die Schwester redete ihr zu, kein Hasenfuß zu sein, aber schließlich war es Sophy, die alles damit abschloß, daß sie erklärte, es habe ja nicht Cecilia die Verantwortung zu tragen; von dem Bruder habe sie keine Vorwürfe zu befürchten, denn der würde die Schuld schon dort suchen, wo sie wirklich lag.

Mr. Rivenhall hatte sich inzwischen zu seiner Verlobten begeben. Der Zorn kochte noch in ihm, als er in dem etwas freudlosen Hause der Brinklows in Brook Street eintraf; doch war er so undankbar und widernatürlich veranlagt, daß er, kaum sah er seine Empfindungen geteilt und sich in seinem Tadel bestärkt, auch schon eine Wendung in die umgekehrte Richtung nahm und erklärte, man müsse einem Mädchen viel nachsehen, das seine Grauschimmel zügeln konnte, wie Sophy es getan. Von einem Frauenzimmer, das unter alles Maß normalen Tadels herabgesunken war, wurde Sophy plötzlich zu einem außergewöhnlichen Mädchen, dessen unaffektiertes Gehaben in einem Zeitalter der albernen Geziertheit und hochtrabender Phrasen erfrischend wirkte. Das war nun nicht nach Miss Wraxtons Geschmack. Unbegleitet durch die City zu kutschieren, entsprach nicht ihrer Vorstellung von Schicklichkeit, und sie sprach das offen aus. Mr. Rivenhall lächelte. «Sicher nicht, da hast du recht. Aber in gewissem Sinn war es auch wieder meine Schuld: ich habe ihren Trotz herausgefordert. Schaden ist ja keiner passiert: wenn sie meine Grauschimmel in der Hand behielt, so frisch wie sie waren, ist sie eine erstklassige Fahrerin. Trotzdem wird sie, solange ich etwas zu sagen habe, keinen eigenen Wagen bekommen, während sie unter der Aufsicht meiner Mutter steht. Du lieber Gott, wir würden von einem Augenblick zum andern nicht wissen, wo sie ist, denn wenn ich eine Vorstellung von meiner schrecklichen Kusine Sophy habe, so begnügt sie sich keineswegs damit, die Runde im Park zu fahren.»

«Du nimmst das mit einer Fassung hin, die dir Ehre macht, lieber Charles.»

«Hab ich leider nicht getan», sagte er mit einem Auflachen des Bedauerns. «Sie hat mich in furchtbare Wut versetzt.»

«Das wundert mich weiter nicht, denn jemandes Pferde ohne seine Erlaubnis zu kutschieren, ist ein Verstoß, zeigt einen Mangel an Lebensart, den man nicht mehr bloß amüsant finden kann. Nicht einmal ich habe dich jemals darum gebeten, die Zügel nehmen zu dürfen.»

Er sah sie belustigt an. «Meine liebe Eugenia, du wirst das hoffentlich auch nie verlangen, denn ich müßte sie dir verweigern. Du könntest meine Pferde nicht halten.»

Wäre Miss Wraxton nicht so wohlerzogen gewesen, diese taktlose Bemerkung hätte eine scharfe Antwort herausgefordert, denn auch

Eugenia rühmte sich, die Zügel führen zu können; und wenn sie auch nie in London selbst kutschierte, so besaß sie doch einen eleganten Phaeton, in dem sie ausfuhr, wenn sie daheim in Hampshire war. Einen Moment mußte sie sich fassen, bevor sie etwas sagen konnte. In dieser kurzen Zeitspanne löste sie flink das Problem, wie es Charles und seiner nicht gerade einwandfreien Kusine begreiflich zu machen sei, daß eine nach den strengsten Prinzipien der Schicklichkeit erzogene Lady genau soviel Pferdeverstand besitzen konnte wie irgendein ungeschliffenes Ding, das seine Jugend damit verbracht hatte, sich auf dem Kontinent herumzutreiben. Man hatte Miss Wraxton zu öfteren Malen Komplimente darüber gemacht, daß sie gut zu Pferde saß, und sie wußte, daß ihr Reitstil untadelig war. So sagte sie: «Wenn Miss Stanton-Lacy gern will, kann sie doch einmal mit mir nachmittags im Park ausreiten. Das wird ihren Gedanken eine andere Richtung geben und sie von so närrischen Ideen, wie der Anschaffung eines Wagens, wieder abbringen. Bilden wir doch eine kleine Reitergesellschaft, Charles! Die gute Cecilia macht sich nichts aus dem Reiten, ich weiß – sonst würde ich sie bitten, sich uns anzuschließen. Aber Alfred wird gern mitkommen, und du kannst deine Kusine mitbringen. Morgen? Lade sie doch ein, bitte, mit uns zu kommen!»

Mr. Rivenhall, der keineswegs ein toleranter Mann war, hegte keine Zuneigung zu Eugenias jüngerem Bruder und wich ihm aus, wo immer er nur konnte, aber Miss Wraxtons Großmut, einen Verkehr anzubahnen, an dem sie vermutlich wenig Vergnügen fand, rührte ihn; sofort nahm er an, brachte auch seine Dankbarkeit zum Ausdruck. Sie lächelte und vergaß nicht zu erwähnen, daß sie es schließlich für ihre Aufgabe halte, in seinem Interesse ihr möglichstes zu tun. Mr. Rivenhall war zwar sonst kein Mann einschmeichelnder Gebärden, aber nun küßte er ihr sogar die Hand und versicherte, es sei ihm durchaus klar, daß er sich in allem ganz auf sie verlassen könne. Nun wiederholte Miss Wraxton die Bemerkung, die sie schon zu Lady Ombersley getan, daß es ihr ungemein leid tue, wenn gerade in dieser für die Ombersley keineswegs angenehmen Lage Umstände eingetreten wären, die zum Aufschub der Hochzeit zwängen. Auch sei Lady Ombersleys Gesundheitszustand keineswegs so geartet, daß sie allein den Haushalt so leiten könne, wie Charles es wünschte. Ihr gütiges Herz lasse Lady Ombersley vielleicht in die Richtung übermäßiger Toleranz ausschweifen, und eine gewisse Mattigkeit, eben die Folge ihres Kränkelns, mache sie gegen bestimmte Dinge blind, mit denen eine hilfsbereite Schwiegertochter gar schnell fertig würde. Miss Wraxton gestand, sie sei ein wenig überrascht gewesen, als sie erfahren habe, daß Lady Ombersley sich von ihrem Bruder, einem sehr sonderbaren Herrn, wie ihr Papa ihr gesagt, habe überreden lassen, seine Tochter auf unbestimmte Zeit in Obhut zu nehmen. Und davon ging sie in der geschmeidigsten Art zu einer sanften Kritik Miss Adderburys über, die zwar ohne Zweifel eine kreuzbrave Person sei, aber es empfindlich an Fähigkeiten fehlen lasse und ihre ungebärdigen Zöglinge nicht im Zaum halte. Doch da hatte Miss Wraxton einen Fehler begangen: Kritik an Addy, die seine ersten Schritte gelenkt, duldete Mr. Rivenhall absolut nicht; und auch die Äußerung Lord Brinklows über seinen Onkel reizte seine Empfindlichkeit und rief ihn zur Verteidigung des Verwandten auf den Plan. Sir Horace, so gab er Miss Wraxton zu wissen, war ein hervorragender Mensch, ein diplomatisches Genie.

«Aber kein Genie in der Erziehung von Töchtern», bemerkte Miss Wraxton spöttisch.

Darüber mußte er lachen, sagte aber einlenkend: «Nun, nun, etwas wirklich Schlimmes ist ja mit Sophy schließlich noch nicht passiert.»

Als Miss Wraxtons Einladung Sophy übermittelt wurde, nahm sie mit Freuden an und verlangte nur sofort, daß Miss Jane Storridge ihr Reitkleid plätte. Dieses Kleid erfüllte, als Sophy am nächsten Nachmittag darin erschien, Cecilia mit bewunderndem Neid, machte aber den Bruder bedenklich, der kaum hoffte, ein hellblaues Tuchkleid mit Epauletten und bortenbesetzten Schnurverschlüssen, die reinste Husarenuniform, und mit Litzen in halber Höhe der Ärmel könne Miss Wraxtons Beifall finden. Blaue Ziegenlederhandschuhe, Halbstiefelchen, ein hochgeschlagener, spitzenbesetzter Kragen, eine Musselinkrawatte und eine Art Tschako, vorn keck in die Höhe strebend, dazu noch eine Straußenfedergarnitur komplettierten diese tollkühne Toilette. Das enganliegende Kleid bot Sophys prächtige Figur der Bewunderung dar; unter dem Schirm ihrer Kopfbedeckung entrollten sich die braunen Locken bezaubernd; nun, als seine Schwester Mr. Rivenhall aufforderte, in ihr Entzücken einzustimmen, verneigte er sich kurz, erwähnte aber, daß er sich auf solche Dinge nicht verstehe.

Wenn das auch stimmte, so war er dafür ein um so kritischerer Pferdekenner, und als sein Blick auf Salamanca fiel, den John Potton auf der Straße auf und ab führte, hielt er mit seiner Anerkennung nicht zurück, sondern gestand offen, daß er sich über Huberts Begeisterung jetzt nicht mehr wundere. John Potton half seiner Herrin in den Sattel, und nachdem sie Salamancas Verspieltheit ein paar tänzelnde Schritte erlaubt hatte, lenkte sie ihn an Mr. Rivenhalls Seite, und sie ritten in ruhiger Gangart dem Hydepark zu. Salamanca vermerkte zunächst die vielen Sedans, Hunde und Straßenkehrer übel und erhob gegen ein Posthorn Einwendungen, aber Mr. Rivenhall, der von seinen Ausritten mit Cecilia her wohl auf der Hut war, beging nicht den Fehler, seiner Kusine voreilig Rat und Hilfe anzubieten. Übrigens ergab sich bald, daß sie ihr Reittier sehr wohl in der Hand hatte, und das mußte Mr. Rivenhall ihr um so höher anrechnen, als Salamanca keineswegs für ein Damenpferd gelten konnte.

Dies war auch Miss Wraxtons erster Eindruck, die mit ihrem Bruder bereits am Parkeingang wartete. Sie gab Sophys Kleid nur einen flüchtigen Blick, wandte ihre Aufmerksamkeit dann Salamanca zu und sagte: «Ein prächtiges Tier! Aber ist es nicht doch ein bißchen zu kräftig für Sie, Miss Stanton-Lacy? Vielleicht könnte Charles ein gefügigeres, für eine Dame der Gesellschaft geeigneteres Pferd besorgen!»

«Ich möchte annehmen, daß er das nur zu gern täte, aber ich habe schon festgestellt, daß wir, er und ich, was Pferde betrifft, sehr verschiedene Ansichten haben», erwiderte Sophy. «Übrigens ist Salamanca zwar ein bißchen lebhaft, aber gar nicht tückisch, er hat, wie der Herzog es nannte, gute Weite – hat mich, ohne nur ein bißchen schlapp zu werden, unzählige Meilen getragen.» Sie beugte sich vor, Salamancas schimmernd schwarzen Hals zu tätscheln. «Auf mein Wort, auch nach einem langen Tag ist er nicht müde geworden, während Wellington mir doch versichert, daß sogar sein berühmter Copenhagen nach Waterloo Zeichen von Ermattung gab.»

«Nein, wirklich?» sagte Miss Wraxton, der es mißfiel, daß man auf Englands Helden so gleichmütig anspielte. «Dann darf ich Ihnen jetzt meinen Bruder vorstellen, Miss Stanton-Lacy. Alfred!»

Mr. Wraxton, ein bläßlicher junger Mann mit einem zurücktretenden Kinn, einem weichlichen Mund und wissenden Augen, verneigte sich und sagte, es sei ihm eine große Ehre. Dann erkundigte er sich, ob sie zur Zeit der großen Schlachten in Brüssel gewesen sei, und erwähnte, daß er damals im Sinn gehabt habe, sich als Freiwilliger zu melden. «Aber immer kam etwas dazwischen, bald dies, bald das. Kennen Sie den Herzog gut? Ein unvergleichlicher Mann, nicht? Und so leutselig, sagt man. Gewiß stehen Sie auf vertrautem Fuß mit ihm, denn Sie kennen ihn doch wohl schon aus Spanien?»

«Mein lieber Alfred», mischte sich die Schwester ein, «Miss Stanton-Lacy muß dich für recht albern halten, wenn du solches Zeug redest. Und sie wird dir sagen, daß der Herzog wohl Wichtigeres zu tun hat, als sich um uns arme Frauenzimmer zu kümmern, die ihn doch so sehr bewundern.»

Sophy sah sie amüsiert an. «Nein, so etwas würde ich wohl kaum sagen. Aber ich war nie einer seiner Flirts, wofern Sie das meinen, Miss Wraxton. Ich bin gar nicht sein Geschmack.»

«Wollen wir reiten?» schlug Miss Wraxton vor. «Sie müssen mir etwas über Ihr Pferd sagen. Ein Spanier, nicht wahr? Sehr hübsch, aber für meinen Geschmack etwas zu nervös. Ich bin eben verwöhnt. Mein Dorcas ist so manierlich!»

«Salamanca ist nicht nervös, er hat nur Sinn für Humor», sagte Sophy. «Was seine Manieren betrifft, so sind sie unvergleichlich. Wollen Sie einmal sehen, wie ich ihn durch die Gangarten bringe? Passen Sie auf! Er ist von Mameluken eingeritten, verstehen Sie?»

«Um Himmels willen, Sophy, doch nicht hier im Park!» sagte Charles.

Sie gab ihm einen ihrer keck-spöttischen Blicke und ließ ihr Tier karakolieren.

«Vorsicht!» rief Miss Wraxton. «Das sind gefährliche Scherze! Charles, erlaube das nicht! Alle Welt wird uns anstarren!»

«Es macht Ihnen doch nichts, wenn ich ihm die Unruhe ein wenig aus den Beinen treibe», rief Sophy, «er lechzt nach einem Galopp!»

Damit riß sie Salamanca herum und ließ ihn in vollem Galopp den Reitweg, der parallel zur Fahrbahn lief, entlangfliegen.

«Halali!» schrie Mr. Wraxton und fegte hinterdrein.

«Mein lieber Charles, was soll man mit ihr anfangen?» fragte Miss Wraxton. «Galoppiert hier im Park, und in diesem Kleid! Ich würde erröten, wenn ich so etwas tragen sollte! Ich habe mich noch nie so geniert!»

«Na ja», räumte er ein und sah der in der Ferne entschwindenden Gestalt nach, «aber weiß Gott, reiten kann sie!»

«Nun, wenn du sie zu solchen Scherzen zu ermutigen gedenkst, habe ich weiter nichts zu sagen.»

«Tu ich ja nicht», erwiderte er kurz.

Sie war verärgert und bemerkte kühl: «Offen gestanden, ihr Stil gefällt mir gar nicht. Sie erinnert mich allzu sehr an die Kunstreiterinnen in Astleys Zirkus. Wollen wir einen leichten Galopp nehmen?»

In dieser beherrschten Gangart ritten sie Seite an Seite den Reitpfad entlang, bis sie Sophy, immer noch von Mr. Wraxton gefolgt, heranjagen sahen. Sophy zog die Zügel an, wendete und kam an die Seite ihres Cousins. «Das war einmal ein Vergnügen», sagte sie, und ihre Wangen glühten. «Bin seit mehr als einer Woche nicht auf Salamancas Rücken gesessen. Aber habe ich etwas Falsches getan? Eine Menge von diesen Zierpuppen hier hat mir Blicke zugeworfen, als könnten sie ihren Augen nicht trauen.»

«Du solltest hier im Park nicht so auf Teufel komm heraus herumreiten», antwortete Charles. «Ich hätte es dir sagen müssen.»

«Das hättest du! Hab mir schon so etwas gedacht! Na, schadet nichts! Jetzt bin ich brav, und wenn jemand dir gegenüber eine Bemerkung macht, so sagst du eben, daß ich nur diese Kusine aus Portugal bin, die so unerzogen ist, daß man darüber überhaupt kein Wort zu verlieren braucht.» Sie beugte sich vor und wandte sich über ihn hinweg an Miss Wraxton. «Ich wende mich an Sie, Miss Wraxton! Sie sind doch eine passionierte Reiterin! Ist es nicht einfach unerträglich, wie eine Pilgerprozession zu reiten, wenn einem nach einem meilenweiten Galopp zumut ist?»

«Gewiß ist das höchst verdrießlich», räumte Miss Wraxton ein.

Jetzt holte Alfred Wraxton sie ein und rief: «Donnerwetter Miss

Stanton-Lacy, Sie stechen aber die alle aus! Gegen sie bist du gar nichts, Eugenia!»

«Wir können nicht zu viert in einer Reihe reiten», überging Miss Wraxton diese Unart. «Charles, bleibe mit Alfred zurück. Ich kann nicht durch dich hindurch mit Miss Stanton-Lacy plaudern.»

Er gehorchte, Miss Wraxton ritt an Salamanca heran und sagte mit allem Takt, dessen sie sich rühmte: «Sicher erscheint Ihnen unsere Londoner Art zunächst recht sonderbar.»

«Nun, gar so anders als die Pariser, Wiener oder Lissaboner Art wird es wohl nicht sein!» antwortete Sophy.

«Ich war nie in einer dieser Städte, aber ich bin denn doch überzeugt, daß die Londoner Lebensart bei weitem überlegen ist.»

Die Sicherheit, mit der sie das vorbrachte, schien Sophy so komisch, daß sie in helles Gelächter ausbrach. «Bitte um Verzeihung», brachte sie mühsam hervor, «aber das war zu komisch!»

«Es mag Ihnen so scheinen», räumte Miss Wraxton ein, ohne mit der Wimper zu zucken. «Man hat mir gesagt, daß auf dem Kontinent den Frauen allerlei gestattet ist. Hier ist das nicht so. Ganz im Gegenteil. Der bloße Verdacht, daß man sich im Ton vergriffe, wäre hier entsetzlich, liebe Miss Stanton-Lacy. Sie nehmen es mir gewiß nicht übel, wenn ich Ihnen einen Wink gebe. Sie legen doch gewiß höchsten Wert darauf, zum Beispiel zu den Almack-Gesellschaften eingeladen zu werden. Seien Sie versichert, es brauchte den Patronessen nur die leiseste Kritik zu Ohren zu kommen, und Sie können der Hoffnung, dort angenommen zu werden, für alle Zeiten entsagen. Sie wissen, daß man ohne Einladung keine Karten bekommen kann. Es ist das Exklusivste, was wir in London haben! Die Regeln sind sehr streng, und sie dürfen nicht um Haaresbreite verletzt werden.»

«Sie erschrecken mich! Sie wollen doch nicht sagen, daß man mich ausballotieren wird?»

Miss Wraxton lächelte. «Wohl kaum, da Sie ja Ihr Debüt unter Lady Ombersleys Ägide haben werden! Sie wird Ihnen ohne Zweifel sagen, wie Sie sich dabei benehmen müssen, vorausgesetzt, daß ihre Gesundheit es ihr erlaubt, Sie selbst einzuführen. Es ist ein rechtes Unglück, daß Umstände mich verhindern, den Platz einzunehmen, an dem ich in der Lage wäre, Lady Ombersley einiges von ihren Pflichten abzunehmen.»

«Verzeihen Sie», fiel Sophy, deren Aufmerksamkeit abgelenkt worden war, Miss Wraxton ins Wort, «aber mir scheint, das ist Madame von Lieven, die mir da winkt – das kann ich wohl höflicherweise nicht übersehen.»

Sie ritt zu einem eleganten Landauer, der an den Reitweg herangefahren war, und beugte sich aus dem Sattel, um eine Hand zu ergreifen, die ihr müde entgegengehoben wurde.

«Sophie», sagte die Gräfin, «Sir Horace sagte mir schon, daß ich Sie hier treffen würde. Ich sah Sie ventre à terre galoppieren — das dürfen Sie nicht wieder tun! Mistress Burrell, darf ich Sie mit Miss Stanton-Lacy bekannt machen?»

Die Lady, die neben der Botschaftersgattin saß, neigte leicht den Kopf und gestattete es ihren Lippen, sich zu einem flüchtig angedeuteten Lächeln zu verziehen. Dieses Lächeln wurde ein wenig deutlicher, als sie Miss Wraxton bemerkte, die Sophy gefolgt war, und sie neigte tatsächlich den Kopf, ein ganz ungewöhnliches Zeichen der Herablassung.

Gräfin Lieven nickte Miss Wraxton zu, schwatzte aber weiter auf Sophy ein: «Also Sie wohnen bei Lady Ombersley — ich bin bekannt mit ihr, werde einmal bei Ihnen vorsprechen, einmal wird sie Sie mir doch für einen Abend abtreten? Haben Sie die Prinzessin Esterházy schon gesehen? Oder Lady Jersey? Ich werde erzählen, daß ich Sie getroffen habe, sie werden begierig sein, etwas von Sir Horace zu hören. A propos, was habe ich Sir Horace nur versprochen? Ach richtig, Almack! Ich schicke Ihnen eine Einladung, ma chère Sophie, aber im Hydepark dürfen Sie nicht mehr galoppieren.» Damit gab sie ihrem Kutscher ein Zeichen weiterzufahren, schloß Sophys ganze Gesellschaft in ein flüchtiges Lächeln des Abschieds und nahm das unterbrochene Geplauder mit Mrs. Drummond Burrell wieder auf.

«Ich wußte gar nicht, daß Sie mit der Gräfin Lieven bekannt sind», sagte Miss Wraxton.

«Sie mögen sie wohl nicht?» Der kalte Ton in Miss Wraxtons Frage war ihr nicht entgangen. «Das geht vielen Leuten so, ich weiß. Sir Horace nennt sie *la grande intrigante*, aber gescheit ist sie, und man kann sich mit ihr prächtig amüsieren. Sie hat ein *tendre* für ihn, das haben Sie wohl bemerkt. Mir ist, aufrichtig gesagt, die Prinzessin Esterházy lieber, und Lady Jersey lieber als alle zusammen, denn die ist soviel aufrichtiger, trotz ihrer unruhigen Art.»

«Eine gräßliche Frau», sagte Charles. «Wenn sie einmal spricht, gibt es kein Aufhören. In ganz London heißt sie Silence, sei still!»

«Nein wirklich? Bestimmt macht sie sich, wenn sie das weiß, nichts daraus, sie hat Sinn für Spaß.»

«Sie sind in der glücklichen Lage, eine Menge der Patronessen von Almack zu kennen», bemerkte Miss Wraxton.

Sophy unterdrückte ihr Auflachen gar nicht. «Ehrlich gesagt, ich verdanke mein Glück wohl der Tatsache, daß ich einen Vater habe, der sich so vollkommen aufs Flirten versteht.»

Darüber kicherte Mr. Wraxton, seine Schwester aber blieb zurück, bis ihr Pferd mit dem Mr. Rivenhalls Schritt hielt, und sagte leise, gedeckt durch einen Scherz, den Mr. Wraxton Sophy laut erzählte: «Es ist ein rechter Jammer, die Leute werden sie auslachen, wenn ihre

Lebhaftigkeit sie verführt, Dinge zu sagen, die nicht gerade passend sind. Man wird zu sehr auf sie aufmerksam, und das ist doch wohl die Wurzel allen Übels.»

Er zog die Brauen hoch. «Du urteilst streng. Magst du sie nicht?»

«Aber nein», wehrte sie hastig ab, «ich finde nur keinen rechten Geschmack an dieser Sorte sportlicher Verspieltheit.»

Er machte eine Miene, als hätte er gern noch etwas gesagt, aber in diesem Augenblick kam eine Kavalkade von sehr militärischem Aussehen in Sicht, die in kurzem Galopp auf sie zu ritt. Die Gruppe bestand aus vier Herren, deren kecke Schnurrbärte und soldatische Haltung erraten ließen, wer sie waren. Mit gleichmütigen Blicken streiften sie Mr. Rivenhalls Gesellschaft. Gleich darauf aber gab es einen Aufschrei, die Pferde wurden gezügelt, und eine Stimme rief schallend: «Das ist aber großartig — es ist wahrhaftig die Grand Sophy!»

Dann folgte ein wirres Durcheinander, die vier Herren umdrängten Sophy, schüttelten ihr die Hand und bestürmten sie mit Fragen. Aus welchem Himmel sie gefallen sei? Seit wann in England? Warum man davon so gar nichts wisse? Und wie es Sir Horace ginge.

«Nein wirklich, Sophy, Sie zu sehen, da werden traurige Augen fröhlich!» versicherte Major Quinton, der sie als erster angerufen hatte.

«Und Sie haben Salamanca! Großer Gott, erinnern Sie sich, wie Sie damals auf ihm über die Pyrenäen ritten! Und wie Soults Patrouillen hinter Ihnen her waren und Sie beinahe abgefangen hätten?»

«Sophy, was haben Sie hier vor? Bleiben Sie in London? Wo ist Sir Horace?»

Lachend versuchte sie, alle Fragen gleichzeitig zu beantworten, während ihr Pferd seitwärts tänzelte, am Zügel zerrte und den Kopf schüttelte. «Nach Übersee gefahren. Keine Sorge um mich! Was treiben Sie alle in England? Ich glaubte Sie noch in Frankreich! Jetzt erzählen Sie mir nur nicht, daß Sie abgemustert haben!»

«Debenham ja, der Glückspilz! Ich bin auf Urlaub, Wolvey ist in England in Garnison — dazu muß man eben so einen Papa haben! Und Talgarth ist ganz was Großes geworden, fast ein Tier! Ja, wirklich! Flügeladjutant beim Herzog von York. Merken Sie nicht gleich, wie wichtig er ausschaut? Aber er ist die Leutseligkeit selbst! Keine Spur von Herablassung, vorläufig!»

«Still, Schwätzer!» sagte das Opfer dieses Spottes, ein etwas älterer, aber hübscher Reiter von sehr selbstsicherer, ein wenig müder Haltung. «Liebe Sophy, lange können Sie noch nicht in London sein, mir ist noch kein Gerücht über vulkanische Erschütterungen zu Ohren gekommen, und ich weiß so etwas immer sehr schnell.»

Sie lachte. «Nein, so etwas dürfen Sie wirklich nicht sagen, Sir Vincent! Ich verursache keine vulkanischen Erschütterungen, das wissen Sie.»

«Wie können Sie behaupten, daß ich das weiß, liebes Kind! Als ich Sie das letzte Mal traf, waren Sie gerade damit beschäftigt, die Angelegenheiten der auseinandergeratensten Familie von ganz Belgien zu arrangieren, der ich je begegnet bin. Die Leute hatten meine volle Sympathie, aber ich konnte einfach nicht helfen. Ich kenne meine Grenzen.»

«Ach, die armen Le Bruns! Nun, irgendwer mußte ihnen aus dieser Lage heraushelfen. Und wissen Sie, alles ist auf das denkbar beste geordnet worden! Aber nein, da vergesse ich vor Freude meine ganze Erziehung! Miss Wraxton, verzeihen Sie, bitte, darf ich Sie mit dem Oberst Sir Vincent Talgarth bekannt machen, mit Oberst Debenham – dies hier ist Major Titus Quinton, und dies – o du meine Güte, Sie hätte ich doch zuerst nennen müssen, Francis? Da finde ich mich nie zurecht, na, schadet auch nichts! – dies ist Captain Lord Francis Wolvey! Mein Cousin, Mr. Rivenhall. Oh, und Mr. Wraxton, hier!»

Miss Wraxton neigte höflich den Kopf. Mr. Rivenhall nickte den übrigen zu und wandte sich an Lord Francis. «Ich glaube, ich bin Ihnen noch nicht begegnet, aber ich war mit Ihrem Bruder zusammen in Oxford.»

Lord Francis beugte sich im Sattel vor, um ihm die Hand zu schütteln. «Oh, jetzt weiß ich, wer Sie sind! Sie sind Charles Rivenhall! Da ist kein Irrtum möglich! Boxen Sie noch? Freddy behauptete immer, er wüßte keinen Amateur mit einer so furchtbaren Rechten wie Sie.»

Mr. Rivenhall lachte. «Hat er das gesagt? Ja, zu spüren hat er sie oft bekommen, aber darauf brauche ich mir nichts einzubilden, er war immer himmelschreiend unvorbereitet.»

Major Quinton, der ihn aufmerksam betrachtet hatte, ließ einfließen: «Dann weiß ich auch, woher ich Sie kenne. Von Jackson! Er behauptete immer, er hätte aus Ihnen einen Boxchampion gemacht, wenn Sie nicht ein Gentleman wären.»

Diese Bemerkung lockte das Gespräch der drei Männer auf sportliches Gebiet. Mr. Wraxton war ausgeschaltet, warf gelegentlich eine Bemerkung dazwischen, blieb aber unbeachtet. Sophy lächelte wohlwollend, als sie ihre Freunde und den Cousin so ins Gespräch vertieft sah; Oberst Debenham, der Wohlerzogene, wußte, was er zu tun hatte, und zog Miss Wraxton ins Gespräch. In unausgesprochenem Einvernehmen schloß sich die militärische Gesellschaft der Gruppe Mr. Rivenhalls auf dem Reitweg an, und die ganze Kavalkade setzte sich in Bewegung.

Sir Vincent hatte sein Pferd an das Sophys herangelenkt. Plötzlich sagte sie: «Sir Vincent, Sie kommen mir gerade recht, ich brauche Sie! Reiten wir ein wenig voraus!»

«Ich wüßte nichts, bezaubernde Juno, was ich mit mehr Vergnügen täte. Hab für Sport nichts übrig. Verraten Sie das um keinen Preis irgend jemandem! Es ist meiner so unwürdig! Werden Sie mich in den

Himmel stürzen, indem Sie ein Herz annehmen, das Ihnen so oft zu Füßen gelegt wurde und das Sie so oft grausam mit Füßen traten? Mir ahnt, daß ich meinen Optimismus zu weit treibe — gewiß werden Sie von mir einen Ritterdienst verlangen, der mich in gräßliche Ungelegenheiten stürzt und durch den ich zuletzt gezwungen werde, meinen Dienst zu quittieren.»

«Nichts von alldem!» antwortete Sophy. «Aber ich kenne, von Sir Horace abgesehen, niemand, auf den ich mich verlassen kann wie auf Sie, wenn ich ein Pferd kaufen will. Sir Vincent, ich brauche ein paar Pferde für meinen Phaeton.»

Sie waren ein gutes Stück den anderen vorausgekommen. Sir Vincent zügelte seinen Rotschimmel und sagte gebrochen: «Lassen Sie mich einen Moment Atem holen, um wieder vor mir als Mann dazustehen! Also das ist die einzige Verwendung, die Sie für mich haben?»

«Reden Sie doch kein absurdes Zeug! Welchen besseren Gebrauch könnte ich von einem Mann machen?»

«Unvergleichliche Juno, ich habe es Ihnen oft genug gesagt, jetzt tue ich es nicht mehr!»

«Sir Vincent», sagte Sophy streng, «Sie sind, seit ich Sie kenne, noch jeder Erbin nachgelaufen, die Ihnen in den Weg gekommen ist.»

«Seit Sie mich kennen — werde ich das je vergessen? Sie hatten sich einen Vorderzahn ausgeschlagen und das Kleid zerrissen.»

«Sehr wohl möglich. Ohne Zweifel erinnern Sie sich in Wirklichkeit gar nicht daran und haben das jetzt nur erfunden. Sie flirten sogar hartnäckiger als Sir Horace. Und Anträge machen Sie mir nur, weil Sie genau wissen, daß ich sie nicht annehme. Mein Vermögen kann unmöglich groß genug sein, Sie zu verlocken.»

«Wohl wahr», gestand Sir Vincent, «aber schon bessere Männer als ich, meine liebe Sophy, haben sich bekanntlich den Hals abgeschnitten, weil sie sich etwas in den Kopf setzten.»

«Ja, aber Sie setzen sich gar nicht mich in den Kopf, und Sie wissen genau, daß Sir Horace, so nachgiebig er auch sein mag, nie erlauben würde, daß ich Sie heirate, selbst wenn ich es wollte, und ich will es doch gar nicht.»

«Ach», seufzte Sir Vincent, «auch gut, reden wir also von den Pferden!»

«Die Sache ist die», gestand Sophy, «daß ich meine Pferde verkaufen mußte, als wir Lissabon verließen, und Sir Horace fand keine Zeit, sich mit der Sache zu beschäftigen, bevor er nach Brasilien segelte. Er meinte, mein Cousin würde mich beraten, aber der tut es nicht, will einfach nicht.»

«Charles Rivenhall», sagte Sir Vincent und blickte sie unter müden Lidern an, «gilt für einen guten Pferdekenner. Was für einen schlimmen Streich brüten Sie da wieder aus, Sophy?»

«Gar keinen. Er will einfach nichts damit zu tun haben, sagt er, und angeblich schickt es sich nicht für mich, zu Tattersall zu gehen. Stimmt das?»

«Nun, es wäre gewiß höchst ungewöhnlich.»

«Dann werde ich es nicht tun. Meine Tante würde sich kränken, und sie hat schon genug auf sich. Wo treibe ich aber ein paar passende Pferde auf?»

Versonnen blickte er zwischen den Ohren seines Pferdes auf den Weg nieder. «Vielleicht möchten Sie zwei von Manningtrees Masse kaufen, bevor sie zur Versteigerung kommen?» murmelte er. «Total erledigt, der arme Junge, verkauft seinen ganzen Stall aus. Was wollen Sie ausgeben, Sophy?»

«Sir Horace meinte, nicht über vierhundert, es wäre denn, mir käme ein Paar unter, das nicht zu kaufen einfach ein Verbrechen wäre.»

«Manningtree würde Ihnen sein bestes Paar für weniger als das geben. Ein Paar, wie man es sich nur wünschen kann: würde es selbst kaufen, wenn ich gerade flüssig wäre.»

«Wo kann man sie sehen?»

«Überlassen Sie das mir, ich arrangiere es. Wo sind Sie untergebracht?»

«Bei Lord Ombersley, Berkeley Square. Das große Haus an der Ecke.»

«Richtig ja, natürlich. Er ist Ihr Onkel, wie?»

«Nein, aber seine Frau ist meine Tante.»

«Demnach ist Charles Rivenhall Ihr Cousin. Na schön. Amüsieren Sie sich gut, liebe Sophy?»

«Offen gesagt, ich wüßte nicht, wie, aber nun steckt die ganze Familie in lauter Problemen, die guten Leutchen, und ich hoffe, ich kann ihnen ein wenig helfen.»

«Ich mag Ihren Onkel nicht besonders, er ist einer der besten Freunde meines hochgeehrten Chefs; das einzige Mal, daß ich Ihre schöne Kusine bei Almack zum Tanz bat, hat mich ihr lästiger Bruder geradezu grausam abfallen lassen – jemand müßte ihm erklären, daß ich mich nur für Erbinnen interessiere; bin schon am Ende meiner Geduld. Trotzdem greift mir die Sache ans Herz. Rennt diese Familie blindlings ins Verderben, Sophy, oder hat sie willentlich einen Feuerbrand in ihre Mitte aufgenommen?»

Sophy lachte auf. «Sie rennen blindlings hinein – aber ich bin kein Feuerbrand.»

«Nein, ich habe mich wohl falsch ausgedrückt. Sie sind wie eine von Whinyates' Raketen. Man weiß nie, wann Sie losgehen.»

# VI

«Kommt der Türklopfer gar nicht mehr zur Ruhe?» fragte Charles seine Mutter, als der vierte morgendliche Besuch an diesem Tag gegangen war.

«Nie!» antwortete sie stolz. «Seit du Sophy in den Park mitgenommen hast, haben sieben Gentlemen sich bei mir gemeldet – nein, wenn man Augustus Fawnhope mitzählt, acht. Die Prinzessin Esterházy, die Gräfin Lieven, Lady Jersey und Lady Castlereagh haben Karten abgeben lassen; und –»

«War Talgarth unter den Besuchern?»

Sie zog nachdenklich die Stirne kraus. «Talgarth? O ja, ein sehr netter junger Mensch mit Backenbart! Doch, bestimmt war er es!»

«Vorsicht», warnte er, «diese Verbindung ist nicht wünschenswert.»

Sie war verwundert.

«Wieso denn, Charles? Er schien mit Sophy auf sehr vertrautem Fuß zu stehen, und sie sagte mir, Sir Horace kenne ihn seit vielen Jahren.»

«Mag sein, aber wenn mein Onkel Sophy einem solchen Mann geben will, dann ist er nicht der, für den ich ihn halte. Talgarth ist als Mitgiftjäger verschrien, und nebenbei ist er ein Spieler, hat mehr Schulden, als er Vermögen zu erwarten hat, einer mit so libertinischen Neigungen, daß man ihn wirklich nicht für eine gute Partie halten kann.»

«Du lieber Himmel», sagte Lady Ombersley, peinlich berührt. Sollte sie ihrem Sohn sagen, daß seine Kusine erst gestern mit Sir Vincent ausgefahren war? Nein, an Geschehenem ließ sich nicht mehr rütteln. «Nun, vielleicht werde ich Sophy etwas ins Ohr sagen.»

«Ich bezweifle, daß du Gehör finden wirst. Eugenia hat schon die Rede darauf gebracht. Meine Kusine hat sie nur der Antwort gewürdigt, das wäre ihr gleichgültig, und sie werde sich nicht von Sir Vincent oder sonst jemandem verführen lassen.»

«Du lieber Himmel!» erwiderte Lady Ombersley. «So etwas sollte sie wirklich nicht aussprechen.»

«Es war wörtlich so.»

«Immerhin . . . ich möchte dich nicht verletzen, Charles, aber ich habe doch das Gefühl, daß es von Eugenia nicht klug war, etwas darüber zu sagen. Schließlich ist sie doch nicht mit Sophy verwandt.»

«Nur Eugenias strenges Pflichtgefühl», erklärte er steif, «und, wenn ich das hinzufügen darf, Mama, ihr ernster Wunsch, dir Unangenehmes zu ersparen, konnte sie bewegen, etwas auf sich zu nehmen, was ihr gewiß selbst höchst unangenehm war.»

«Es ist äußerst nett von ihr, gewiß», sagte seine Mutter bedrückt.

«Wo ist meine Kusine übrigens?» fragte er abrupt.

Lady Ombersleys Miene hellte sich auf, denn auf diese Frage wußte sie eine einwandfreie Antwort. «Sie ist im Landauer mit Cecilia und deinem Bruder ausgefahren.»

«Nun, das ist wenigstens einigermaßen harmlos.»

Doch wäre er nicht dieser Ansicht gewesen, hätte er gewußt, daß die Insassen des Landauers Mr. Fawnhope, dem sie in der Bond Street begegneten, in den Wagen genommen hatten und im Augenblick in Longacre gerade sportgerechte Wagen besichtigten. Es gab eine große Auswahl davon, zusammen mit allen anderen Abarten von Fahrzeugen, in dem Lager, in das Hubert seine Kusine geführt hatte; und obwohl Sophy unerschütterlich dabei blieb, einen Phaeton zu bevorzugen, hatte Cecilia sich in einen rohrgeflochtenen Whiskey verguckt, und Hubert, hell von einer Karriole begeistert, drang in seine Kusine, diese zu kaufen. Mr. Fawnhope, um seine Meinung befragt, war nicht aufzufinden und wurde darüber ertappt, wie er in staunende Betrachtung versunken vor einer stattlichen Berline stand, einer Reisekutsche, die wie eine Riesenterrine auf allzu breiten Federungen aussah. Sie war mit einem mächtigen Dach bedeckt, üppig vergoldet, und über den Vorderrädern war ein Kutschbock angebracht, von dessen blauem Velvetbezug goldene Fransen herabhingen. «Aschenbrödel», murmelte Mr. Fawnhope verträumt.

Der Verkäufer meinte, die Berline, die eigentlich nur für Schaustellungen bereitgehalten werde, sei doch wohl nicht ganz, was die Dame suche.

«Ein Gefährt für eine Prinzessin», sagte Mr. Fawnhope unbeirrt. «Diesen Wagen mußt du haben, Cecilia, darin sollst du fahren. Und sechs Pferde mußt du dazu haben, mit Federbüschen als Kopfputz und blauen Decken.»

Cecilia hatte gegen ein solches Programm nichts einzuwenden, erinnerte ihn aber daran, daß man eigentlich gekommen sei, Sophy bei der Auswahl eines Sportwagens zu helfen. So ließ er es zu, daß man ihn von der Berline fortschleppte, konnte aber, als er für Karriole oder Phaeton seine Stimme abgeben sollte, nur murmeln: «Was braucht T. O. nun zweifelsohn'? Zweipferdig einen Phaeton! Kann klein T. O. noch mehr kutschieren? Doch, einen Phaeton zu vieren!»

«Gut und schön», sagte Hubert ungeduldig, «aber meine Kusine ist nicht Tommy Onslow, und ich für mein Teil finde, daß ihr die Karriole bessere Dienste leisten wird!»

«Die Linien eines Wagens kann man nicht skandieren, nicht reimen und nicht gehörig messen, doch haben auch sie ihr eigenes schönes Maß», bestätigte Mr. Fawnhope. «Wie schön ist doch diese Karriole! Wie anmutig und doch würdevoll! Apollo aber, Apollo wählt den Phaeton! Diese Wagen machen mich ganz verwirrt. Gehen wir lieber!»

«Wer ist eigentlich Tommy Onslow?» fragte Sophy, in deren Augen der Schelm blitzte. «Fuhr er wirklich einen Phaeton-Viererzug? Das wäre allerdings ein Argument! Jammerschade, daß ich gerade ein Paar gekauft habe! Für viere wird es nicht mehr langen, fürchte ich.»

«Du könntest dir ja Charles' Eisengraue ausleihen», schlug Hubert mit einem boshaften Lächeln vor. «Bei Jupiter, das gäbe einen Heidenspaß!»

Sophy lachte, aber schüttelte den Kopf. «Nein, das darf ich nun wirklich nicht. Ich nehme den Phaeton da, hab mich endgültig entschlossen.»

Der Verkäufer sah betroffen drein, denn das Fahrzeug, auf das sie jetzt zeigte, war gar nicht der Phaeton, von dem er gemeint hatte, sie würde ihn nehmen, ein elegantes Wägelchen, gerade das richtige für eine Lady, sondern ein hochgebautes Modell mit riesigen Hinterrädern, so daß der Wagenkorb, der direkt über der Vorderachse schwebte, volle fünf Fuß über dem Boden hing. Immerhin war es nicht seine Aufgabe, einem Kunden eine teure Anschaffung auszureden, und so verneigte er sich und behielt die Gedanken, die sich ihm aufdrängten, für sich.

Hubert, nicht so taktvoll, wandte ein: «Nun, Sophy, ein Damenwagen ist das gerade nicht. Ich hoffe, daß du damit nicht schon an der nächsten Ecke umwirfst.»

«Ich bestimmt nicht!»

Mr. Fawnhope, der den Phaeton aufmerksam betrachtet hatte, verkündete unvermittelt: «Cecilia darf nie in diesem Ding fahren!»

Er sprach mit so ungewohnter Entschiedenheit, daß alle erstaunt aufblickten, und Cecilia wurde vor Freude über soviel Fürsorge ganz rot.

«Sie können mir glauben, ich werfe schon nicht um», versicherte Sophy.

«Jedes Gefühl müßte beleidigt sein beim Anblick eines so exquisiten Geschöpfs in einem derart aufgemachten Fahrzeug», beharrte Mr. Fawnhope. «Die Proportionen sind absurd. Dieser Wagen ist für äußerste Geschwindigkeit gebaut und sollte, wenn überhaupt, nur von einem Rennfahrer kutschiert werden, von einem im Radmantel mit Umhang und mit einem getüpfelten Halstuch. Für Cecilia ist das nichts.»

«Gut, gut, ich dachte schon, Sie hätten Angst, ich könnte umwerfen, wenn sie im Wagen sitzt!»

«Natürlich fürchte ich so etwas», erwiderte Mr. Fawnhope. «Der bloße Gedanke an solch einen unseligen Vorgang muß verletzen! Jawohl, er verletzt mich! Seine Plumpheit zerrt an meinen Nerven, mißhandelt das Bild, das ich mir von einer Porzellannymphe mache. Wir wollen unverzüglich von hier fortgehen!»

Cecilia, die zwischen der Freude, mit einer Porzellannymphe verglichen zu werden, und dem Verdruß schwankte, ihre Sicherheit bagatellisiert zu sehen, erklärte, man müsse doch wohl warten, bis Sophy ihren Kauf getätigt habe; doch die belustigte Sophy schlug vor, Cecilia möge mit ihrem anmutigen Schäfer so lange im Landauer warten.

«Weißt du», gestand Hubert zutraulich, als das Paar verschwunden war, «irgendwie nehme ich es Charles nicht übel, daß ihm der Bursche im Magen liegt. Er ist doch ein rechter Waschlappen!»

Drei Tage nach diesem Vorfall hielt Mr. Rivenhall, der seine Grauen gerade im Park ausfuhr, vor der Reithalle, um seinen Freund Mr. Wychbold aufzunehmen, der im Glanz hellgelber Pantalons, schimmernder Kanonenstiefel und eines Mantels von extravagantem Schnitt herbeigeeilt war. «Großer Gott», rief er, «siehst du wieder einmal aus! Herein mit dir, Modenarr, hör auf, den Frauen Augen zu machen! Wo hast du denn die ganze Zeit über gesteckt?»

Mr. Wychbold kletterte in die Karriole, legte seine wohlgeformten Beine anmutsvoll übereinander und seufzte: «Lauter Pflichterfüllung, mein lieber Junge! Wieder einmal daheim auf dem alten Ahnensitz gewesen! Ich tue wirklich, was sich mit Lavendelwasser nur tun läßt, aber dieser Pferde- und Kuhstallgeruch ist nicht loszuwerden. Charles, so gern ich dich habe, aber wenn ich dieses Halstuch gesehen hätte, bevor ich dareinwilligte, mich von dir im Park ausführen zu lassen ...»

«Bei mir kannst du dir solchen Unsinn ersparen», empfahl sein Freund. «Wo stimmt's nicht bei deinen Nußbraunen?»

Mr. Wychbold, eine der Leuchten des Vier-Pferde-Klubs, seufzte kummervoll. «Total lahm. Nein, nicht beide, der eine, aber das kommt auf dasselbe heraus. Würdest du es glauben? Ich habe meiner Schwester erlaubt, sie zu kutschieren! Nimm's als Maxime von mir, Charles, man darf die Zügel keiner Frau in die Hand geben.»

«Du kennst eben meine Kusine noch nicht», erwiderte Mr. Rivenhall mit einem schwachen Lächeln.

«Glatter Irrtum», antwortete Mr. Wychbold gelassen. «Bin ihr an dem Galaabend bei Almack begegnet. Das wäre dir bekannt, mein lieber Junge, wenn du dich nicht ferngehalten hättest.»

«Oh, du warst natürlich dort? Ich habe für schale Vergnügungen nichts übrig.»

«Hätte dir auch nichts genützt, wenn du dort gewesen wärst», erwiderte Mr. Wychbold. «An deine Kusine war gar nicht heranzukommen, du hättest dich bestimmt nicht durch das Gedränge geschoben. Mir ist es natürlich gelungen, aber ich bin auch sehr geschickt in solchen Dingen. Habe den Boulanger mit ihr getanzt. Tadelloses Mädel!»

«Bitte schön, höchste Zeit, daß du ans Heiraten denkst — bewirb dich doch um sie! Ich werde dir sehr verpflichtet sein.»

«Sonst alles für dich, mein Junge, aber zum Heiraten tauge ich nicht», antwortete Mr. Wychbold mit Festigkeit.

«War auch nicht ernst gemeint. Ganz aufrichtig gesprochen, wenn etwas dergleichen dir in den Sinn käme, würde ich mein Äußerstes tun, es dir wieder auszureden. Hoffe, in meinem ganzen Leben nie mehr einem Frauenzimmer zu begegnen, das einem so auf die Nerven geht. Das einzige, was ich zu ihren Gunsten sagen kann, ist, daß sie zollscharf kutschieren kann. Sie war so unverschämt, mir meine Karriole zu stehlen, als ich ihr einen Moment den Rücken kehrte.»

«Wie, sie hat deine Grauen kutschiert?»

«Hat sie. Und tadellos obendrein. Und alles nur, damit ich ihr helfe, einen zweispännigen Phaeton zu wählen, damit sie sich darin aufspielen kann. Ich tue es natürlich nicht, aber sehen möchte ich doch gern, wie sie so einen Bravourwagen fährt!»

«Ich möchte keine falschen Hoffnungen erwecken», sagte Mr. Wychbold, in dessen Blickfeld eben ein toller, hochgebauter Phaeton aufgetaucht war, «aber mir schwant beinahe, du wirst dieses Vergnügen gleich haben, mein lieber Junge! Möchte nur wissen, warum deine Kusine gerade Manningtrees Jagdpferde fährt!»

«Was?» fragte Mr. Rivenhall scharf. Sein ungläubiger Blick fiel auf den Phaeton, der sich ihnen in smartem Trab näherte. In dem gefährlichen Vehikel bereits ganz eingelebt, thronte hoch über den Pferden, den Groom an der Seite, die Peitsche in streng korrektem Winkel gehalten, Miss Stanton-Lacy. Und wenn dieser Anblick Mr. Rivenhall Vergnügen bereitete, so ließ er es sich jedenfalls nicht anmerken. Er sah drein, als hätte der Blitz ihn getroffen, und sein Mund verriet mehr Grimm als gewöhnlich. Als der Wagen näher kam und sein Tempo verringerte, hielt auch er die Zügel an. Die Wagen hielten genau auf gleicher Höhe.

«Cousin Charles!» rief Sophy. «Guten Morgen, Mister Wychbold! Nun, Cousin, wie findest du die beiden? Ich glaube, ich habe gut gekauft.»

«Wo hast du diese Pferde her?» fragte Mr. Rivenhall.

«Nun, Charles, spiele nicht den Ahnungslosen!» sagte Mr. Wychbold und schickte sich an, aus der Karriole zu klettern. «Du mußt doch Manningtrees Wallachen erkennen! Übrigens habe ich es dir ja vor einer Minute gesagt. Aber lassen Sie doch hören, Miss Stanton-Lacy — verkauft Manningtree aus?»

«Scheint so», lächelte sie.

«Bei Jupiter, die haben Sie mir ausgespannt, denn auf dieses Paar war ich scharf, seit Manningtree sie nach London brachte! Wie haben Sie nur Wind davon bekommen?»

«Hand aufs Herz, ich hatte keine Ahnung! Sir Vincent Talgarth hat mir den Wink gegeben.»

«Dieser Bursche», brummte Mr. Rivenhall wütend, «hätte ich mir denken können!»

«Ja, das hättest du», räumte sie ein. «Er ist doch dafür berühmt, daß er solche Dinge weiß, bevor ein anderer auch nur etwas davon ahnt. Darf ich Sie einladen, Mr. Wychbold? Wenn ich Ihnen schon eine Chance verdorben habe, so ist es die geringste Sühne, daß ich Ihnen anbiete, mein Paar einmal zu fahren.»

«Möchtest du mir vielleicht sagen, welche von Mutters oder meinen Pferden ich aus unseren Ställen entfernen soll, um Platz für diese beiden zu schaffen?» fragte Mister Rivenhall mit eisiger Höflichkeit. «Es wäre denn, daß du dir eigene Ställe besorgst.»

«Lieber Cousin Charles, wie könnte ich es mir beifallen lassen, dich in so peinliche Verlegenheit zu bringen? John Potton hat für alles vorgesorgt. Dich werden meine Pferde nicht stören. Steigen Sie aus, John: keine Angst, Sie können Mr. Wychbold Ihren Platz ruhig abtreten, denn wenn die beiden mir durchgehen, wird er besser mit ihnen fertig als Sie oder ich.»

Der Groom, ein Mann in mittleren Jahren, hatte Mister Wychbold prüfend angesehen, doch schien das Ergebnis befriedigend, denn er gehorchte ohne Widerrede. Leichtfüßig sprang Mr. Wychbold in den Phaeton. Sophy nickte ihrem Cousin zu, und die Jagdpferde griffen aus. Mr. Rivenhall sah dem Phaeton einen Moment lang nach, dann richtete sich sein Blick auf den Groom. «Wie konnten Sie nur erlauben, daß Ihre Herrin einen so verdammt gefährlichen Wagen kauft?»

«Über Miss Sophy dürfen Sie sich nie wundern», sagte John väterlich. «Auch Sir Horace kann sie nicht halten, wenn sie sich etwas einbildet. Hab oft genug Sir Horace gesagt, daß er sie beizeiten hätte zügeln müssen, aber er hat es nie getan und nicht einmal versucht.»

«Nun, wenn ich –», Mr. Rivenhall unterbrach sich, denn es wurde ihm klar, wie unziemlich ein solches Geplauder war. «Verdammte Unverschämtheit!» brummte er und brachte seine Grauen mit einem Schwung in Gang, der seine ganze Laune verriet.

Inzwischen weigerte sich Mr. Wychbold ritterlich, die Zügel aus Miss Stanton-Lacys Hand zu übernehmen. «Hab nicht gedacht, daß ich so etwas einmal sagen werde, aber es ist ein Vergnügen, sich von einer Lady kutschieren zu lassen, die ihre Pferde so in der Hand hat wie Sie. Gehen übrigens prächtig, die beiden! Soll mich nicht wundern, wenn Charles ein Auge auf die beiden geworfen hätte. Das setzt bei ihm gewiß wieder eine verdammte Teufelslaune.»

«Nein, nein, da tun Sie ihm unrecht! Er ist bloß mißlaunig, weil ich es gegen seinen Rat getan habe – geradezu gegen seinen ausdrücklichen Befehl. Kennen Sie meinen Cousin gut?»

«Seit wir zusammen in Eton waren.»

«Dann sagen Sie mir doch: hat er immer schon die große Geige spielen wollen?»

Mr. Wychbold überlegte, kam aber zu keinem rechten Schluß. «Ich weiß nicht», sagte er, «einer gibt immer den Ton an, natürlich, aber seinen Freunden hat ein Mann doch nichts zu befehlen, schließlich.» Er überlegte wieder. «Nun, seine Launen sind nicht gerade bequem, aber er ist ein verteufelt guter Freund. Ich habe ihm oft gesagt, daß er seine unangenehme Redeweise zügeln soll, aber Tatsache bleibt, daß ich keinem lieber aus einer Klemme heraushelfen würde als Charles Rivenhall.»

«Das ist eine große Anerkennung», sagte sie nachdenklich.

Mr. Wychbold hüstelte gleichmütig. «Er hat das mir gegenüber nie erwähnt, aber der arme Junge hat allerlei zu schleppen, wenn nur die Hälfte von dem wahr ist, was man zu hören bekommt. Dadurch ist ihm der Wein sauer geworden, hab das immer so aufgefaßt. Weiß der Teufel, warum er sich darauf eingelassen hat, sich ausgerechnet mit dieser —», er unterbrach sich, in beträchtliche Verlegenheit geraten. «Jetzt hätte ich mich beinahe ordentlich verplappert», sagte er.

«Dann ist alles klar», sagte Sophy, senkte die Hände leicht und ließ die Pferde schneller ausgreifen.

«Was ist Ihnen klar?» fragte Mr. Wychbold.

«Nun, Cecilia hat mir gesagt, Sie wären sein bester Freund, und wenn Sie dieser Meinung sind, dann brauche ich auch keine Bedenken zu haben. Stellen Sie sich nur vor, Mr. Wychbold, was für ein Jammer das für meine arme Tante und diese Kinder sein wird, wenn solch ein Fasttagsgesicht bei ihnen daheim tonangebend wird! Wenn so etwas unter dem selben Dach lebt und, darauf können Sie sich verlassen, Charles dazu bringt, zu allem seine übelste Miene aufzusetzen!»

«Unerträgliche Vorstellung!» sagte Mr. Wychbold betroffen.

«Man muß etwas tun», sagte Sophy entschlossen.

«Hat keinen Sinn mehr», erwiderte Mr. Wychbold kopfschüttelnd. «Verlobung hat schon vor Wochen in allen Zeitungen gestanden. Sie wären schon verheiratet, hätte das Mädchen nicht die Trauerschleife am Arm. Ist natürlich eine sehr gute Partie: beste Familie, famose Aussteuer, ausgezeichnete Verbindungen.»

«Gut», sagte Sophy großzügig, «wenn sein Herz daran hängt, dann mag es bekommen, wonach es verlangt, aber meiner Meinung nach darf das nicht an der Familie ausgehen! Ich glaube aber nicht, daß sein Herz dabei im Spiel ist, und was sie betrifft, so hat sie gar keines. So etwas erledigt einen Charakter.»

Mr. Wychbold, durch diese Äußerungen ermutigt, fuhr in vertraulichem Ton fort: «Soll ich Ihnen etwas verraten? Die hat zwei volle Jahre auf dem Heiratsmarkt ausgelegen! Tatsache! Voriges Jahr hatte sie es auf Maxstoke abgesehen, aber der ist ausgebogen. Stand schon eins zu eins in den Klubs, aber er ist noch mit heiler Haut davongekommen.» Er seufzte. «Aber Charles gelingt das nicht. Nachdem es schon in den Zeitungen gestanden hat. Der arme Junge kann nicht mehr absagen, auch wenn er möchte.»

«Nein», räumte Sophy ein. «Aber sie könnte.»

«Könnte schon, aber sie wird nicht wollen», sagte Mr. Wychbold, seiner Sache gewiß.

«Wollen sehen», meinte Sophy. «Auf jeden Fall muß ich verhindern, und ich werde es tun, daß sie diese armen Leutchen unglücklich macht! Denn das tut sie, darauf verlassen Sie sich! Sie will ganz auf den Berkeley Square ziehen und alle dort in Trübsal stürzen. Erst einmal meine Tante, die schon jetzt mit Kopfweh ins Bett muß, wenn dieses Geschöpf auch nur eine halbe Stunde da war; dann Miss Adderbury, der sie mit dieser unangenehmen süßen Stimme die gräßlichsten Dinge sagt — so redet sie immer, wenn sie Unheil stiften will! Sie wundert sich, daß Miss Adderbury versäumt hat, den Kindern Italienisch beizubringen. Sie ist überrascht, daß Miss Adderbury nicht auf bessere Haltung beim Sitzen drängt, und redet Charles ein, daß die kleine Amabel runde Schultern bekommt. Solch ein Unsinn! Jetzt soll er den Kindern sogar den Affen wieder wegnehmen. Das Schlimmste ist, daß sie ihn gegen den armen Hubert aufhetzt. Das kann ich ihr nicht verzeihen. Und die schäbige Art, wie sie das tut! Gestern mußte ich mich sehr zurückhalten, nicht auf sie loszugehen; der dumme Junge hatte eine neue Weste an — scheußlich, aber er war so stolz auf sie! —, und da hatte sie nichts anderes zu tun, als Charles darauf aufmerksam zu machen! Hat so getan, als ob sie Hubert nur neckte, aber dabei sollte herauskommen, daß er sein Geld auf Garderobe verschwendet und es für Unsinn zum Fenster hinauswirft.»

«Teuflisches Frauenzimmer!» murrte Mr. Wychbold. «Hätte nicht gedacht, daß Charles so etwas zahm und ergeben hinnimmt! Sonst ließ er sich solche Einmischungen nicht gefallen.»

«Oh, das wird ja alles mit so sichtlicher Fürsorge getan, daß er gar nicht merkt, was dahintersteckt!»

«Sehr böse Sache. Aber leider läßt sich da nichts tun.»

«Das sagen die Leute immer», erwiderte Sophy streng, «wenn sie zu träge oder zu scheu sind, einen Anlauf zu nehmen und einzugreifen! Ich habe eine Menge Fehler, aber träge und scheu bin ich nicht — darf es mir allerdings, das weiß ich wohl, nicht als Tugend anrechnen, denn ich bin, wie Vater sagt, ohne Nerven geboren und fast unempfindlich. Ich weiß selber noch nicht, was ich tun soll, bin mir darüber noch nicht im klaren, aber vielleicht werde ich Ihre Hilfe nötig haben, um diese verrückte Verlobung auseinanderzubringen.» Ein Seitenblick sagte ihr, daß er betroffen aussah, und so fügte sie beschwichtigend hinzu: «Aller Wahrscheinlichkeit nach brauche ich Sie nicht, aber Sicheres weiß man nie, da muß man gerüstet sein. So, und jetzt muß ich Sie absetzen, dort wartet Cecilia auf mich, und sie hat versprochen, daß ich sie ausfahren darf, sobald sie sich überzeugt hat, daß ich den Phaeton nicht umwerfe.»

«Nun, das ist nicht zu besorgen», sagte Mr. Wychbold, und dabei kam ihm der Gedanke, daß dieses beunruhigende junge Frauenzimmer, während es auf dem Berkeley Square wohnte, wohl mehr als einen Wagen zum Kippen bringen könnte.

Er drückte ihr die Hand und versicherte, daß er ihre Kandidatur unterstützen würde, wenn einmal Frauen zum Vier-Pferde-Klub zugelassen würden, sprang aus dem Phaeton und begrüßte Cecilia, die mit Miss Adderbury und den Kindern an den Fahrweg herangetreten war. Gertrude, Amabel und Theodore erhoben natürlich Anspruch darauf, vor ihrer älteren Schwester den Platz neben der Kusine einnehmen zu dürfen, aber nachdem ihnen mit Festigkeit begegnet worden war, hob Mr. Wychbold Cecilia in den Wagen, verneigte sich und schritt davon.

Es fiel Sophy sofort auf, daß Cecilia blaß aussah, während die kleine Gouvernante sichtlich mit einer nur mühsam unterdrückten Erregung kämpfte; und da Sophy meinte, daß man immer ohne Umschweife auf den Grund der Dinge gehen müsse, fragte sie unumwunden: «Nun, Cecy, warum siehst du aus wie die leibhaftig gewordene Migräne?»

Tina, die sich, solange Mr. Wychbold den Sitz neben ihrer Herrin eingenommen, hinter ihren Füßen verkrochen hatte, kam jetzt unter der Decke hervor und sprang auf Cecilias Knie. Cecilia tätschelte sie gedankenlos, streichelte sie und sagte gedämpft: «Eugenia.»

«Hol doch der und jener dieses Geschöpf!» rief Sophy. «Was hat sie denn schon wieder angestellt?»

«Sie ist mit Alfred hier spazierengegangen und auf uns gestoßen.»

«Nun gut», bemerkte Sophy vernünftig, «zugegeben, ich mache mir nichts aus ihr, und Alfred ist gewiß die Abscheulichkeit in Person, aber darum sehe ich doch noch nicht ein, warum dich das so aus der Fassung bringt. Er kann nicht versucht haben, den Arm um deine Hüften zu legen, solange seine Schwester dabei war.»

«Och, Alfred —!» sagte Cecilia geringschätzig. «Nicht, daß er es nicht versuchen würde, mir den Arm zu drücken und Augen zu machen und Zeug zu reden, daß ich ihm am liebsten eins hinter die Ohren gäbe! Er ist mir gleichgültig. Aber Augustus war doch bei mir, Sophy!»

«Na, und?»

«Gut, wir waren ein wenig hinter Addy zurückgeblieben, denn man kann doch nichts Vernünftiges reden, wenn die Kinder immerfort dazwischenschwätzen, nicht? Aber es stimmt nicht, daß wir außer Sehweite waren, und wir hatten uns auch nicht auf einen einsamen Pfad ‹gestohlen› — es war jedenfalls ein sehr begangener Pfad, und Addy war immer in der Nähe, also was soll das Ganze? Jedenfalls ist es abscheulich ungerecht, zu behaupten, daß ich mich heimlich mit Augustus treffe! Wer das hört, müßte ja rein glauben, daß er weiß Gott was für ein Abenteurer ist, und nicht jemand, den ich von klein auf gut kenne!

Darf er vielleicht nicht im Park spazierengehen? Und wenn ich ihn treffe, bitte schön, warum soll ich nicht mit ihm sprechen?»

«Ich wüßte keinen Grund. Hat das abstoßende Geschöpf dich gescholten?»

«Nicht eigentlich mich, sondern die arme Addy. Addy ist ganz verzweifelt, denn Eugenia hat, scheint es, gesagt, daß sie Mamas Vertrauen mißbraucht und mich zu meiner Geheimtuerei ermutigt. Auch mich hat sie gräßlich behandelt, aber sie konnte nicht recht etwas sagen, weil Augustus dabei war. Dann aber mußte er mit ihr gehen, und Alfred mußte mich führen, und ich bin mir wie beschmutzt vorgekommen, richtig beschmutzt.»

«Das würde jedem mit Alfred so gehen.»

«Es war nicht nur das! Aber Eugenias ganze Art! Als ob ich, ich weiß nicht, so etwas wie eine Verworfene wäre! Und das ist noch gar nicht das Schlimmste. Charles fährt gerade aus, und einen Augenblick, bevor ihr kamt, ist er mit Eugenia neben sich an uns vorbeigefahren. Diesen kalten Blick, den er mir zuwarf, hättest du sehen sollen! Sie hat ihm natürlich alles erzählt, verlaß dich darauf, und nun wird er wütend sein und Mama so traktieren, daß es einfach gräßlich wird!»

«Nein, das wird es nicht», sagte Sophy kühl. «Es würde mich gar nicht überraschen, wenn dabei etwas sehr Gutes herauskäme. Ich kann dir das nicht gleich erklären, aber laß, bitte, jetzt nur nicht den Kopf hängen, Cecy! Das ist ganz unnötig: ich versichere dir, du hast keinen Grund dazu. Charles wird höchstwahrscheinlich kein Wort darüber reden.»

Cecilia sah sie ungläubig an. «Charles wird kein Wort darüber reden? Da kennst du ihn schlecht! Ein Gesicht wie eine Gewitterwolke!»

«Kann ich mir vorstellen. Solch ein Gesicht schneidet er oft, und du bist gleich ein solches Gänschen, daß du zitterst wie Flammeri. Warte, ich setze dich jetzt ab, und du wirst mit der armen kleinen Addy weiterspazieren. Ich aber fahre heim, und dort finde ich sicher deinen Bruder, denn wir haben jetzt die große Runde ausgefahren und noch keine Spur von ihm gesehen. Und gewiß ist er nach Berkeley Square gefahren, denn ich hörte ihn vor Onkel erwähnen, daß jemand namens Eckington um fünf Uhr kommen würde.»

«Das ist Papas Agent», antwortete Cecilia unbefriedigt. «Ich verstehe nicht recht, liebste Sophy, was das bedeuten soll, ob du Charles zu Hause findest oder nicht, denn mit dir wird er ja nicht darüber sprechen. Warum sollte er auch?»

«Oh, wird er nicht? Verlasse dich darauf, inzwischen hat er sich davon überzeugt, daß dies alles meine Schuld ist, von A bis Z! Außerdem ist er wütend auf mich, weil ich diesen Umschmeißer von Wagen gekauft habe, ohne ihn um Rat zu fragen; ja, und weil ich mir einen eigenen Stall gemietet habe. Gewiß sehnt er sich geradezu danach, daß ich heimkomme, damit wir ungestört zanken können. Der Arme! Ich glaube, ich muß dich jetzt gleich absetzen. Cecy.»

«Wie couragiert du bist!» wunderte sich Cecilia. «Wie du das alles aushältst!»

«Was? Die schlechten Launen deines Bruders? Warum sollte ich davor Angst haben?»

Cecilia erschauerte. «Angst ist nicht das richtige Wort, ich halte es einfach nicht aus, wenn Leute zornig sind und auf mich losschreien! Ich kann einfach nichts dawider, Sophy, ich weiß, daß es erbärmlich ist, aber mir schlottern die Knie, und ich fühle mich elend!»

«Nun, heute werden sie nicht schlottern», sagte Sophy freundlich. «Ich fahre jetzt heim und vernagle Charles' Kanonen. Du wirst sehen! Schau nur, da kommt Francis Wolvey! Gerade der Richtige! Er soll dich zu Addy zurückbringen.»

Sie machte kehrt, und Lord Francis, der mit zwei Ladies in einer Landaulette plauderte, kam an den Phaeton heran: «Sophy, das ist aber einmal ein Wagen! 'Diener, Miss Rivenhall! Kann nur staunen, daß Sie sich in einen solchen Wagen trauen! Mich hat sie einmal in einem Gig umgeschmissen. In einem Gig!»

«Was für ein Gerede!» sagte Sophy empört. «Als ob ich auf einer solchen Straße anders gekonnt hätte! Frenada! Mein Gott, lang ist das her! Ich kam mit Sir Horace hin und wohnte bei Mistress . . . Mistress . . .»

«Scovell», half Lord Francis nach. «Sie war damals die einzige Lady, die den ganzen Winter im Hauptquartier aushielt, erinnern Sie sich noch?»

«Und ob! Und an die Fliegen in diesem gräßlichen Ort! Francis, ich muß John Potton aufnehmen und heimfahren — wollen Sie meine Kusine zu ihren Geschwistern führen? Sie spazieren mit ihrer Gouvernante irgendwo die Fahrbahn entlang.»

Lord Francis, auf den Cecilias Schönheit schon bei seinem Besuch in Berkeley Square großen Eindruck gemacht hatte, versicherte, er wüßte kein größeres Vergnügen, und streckte seine Hände aus, ihr aus dem Phaeton zu helfen. Hoffentlich, sagte er, würden sie der Kindergesellschaft nicht allzu bald begegnen, und Cecilia, für seine unbefangene Freundlichkeit und offene Bewunderung nicht unempfindlich, begann heiterer dreinzublicken. Befriedigt sah Sophy ihnen nach und fuhr zum Stanhope-Tor, an dem ihr Groom wartete. Er meldete, Mr. Rivenhall sei erst vor einigen Minuten hier durchgefahren, und fügte mit einem trockenen Auflachen hinzu, der junge Herr sei wohl noch in voller Rage. «Er hat mich unverschämt genannt, Miss Sophy, und seine Grauen hat er ganz gehörig angetrieben.»

«Was haben Sie denn gesagt, um ihn in Wut zu bringen?»

«Weiter nichts, als daß noch keiner Sie gezügelt hat, Fräuleinchen, und da er das auch fand, es aber nicht sagen wollte, blieb ihm nichts übrig, als mich anzufahren und davonzurasen. Ich mache ihm keinen Vorwurf daraus. Sie gehen scharf drauflos, Miss Sophy, das muß man sagen.»

Als Sophy auf dem Berkeley Square eintraf, war Mister Rivenhall eben erst, von den Ställen heimkommend, in das Haus getreten. Er war noch im Reitanzug und stand an dem Tisch in der Halle, einen Brief zu lesen, den einer seiner Freunde geschickt hatte. Er blickte auf und runzelte die Stirn, als Dassett Sophy einließ, äußerte aber nichts. Tina, die (nach der Ansicht ihrer Herrin) eine unkluge Vorliebe für ihn gefaßt hatte, eilte auf ihn zu und gebrauchte alle ihre Künste, seine Aufmerksamkeit auf sich zu lenken. Er blickte tatsächlich zu ihr herab, ermutigte aber ihre Zärtlichkeiten nicht, sondern sagte kurz: «Ruhig!»

«Bist du also doch vor mir heimgekommen», sagte Sophy und streifte die Handschuhe ab. «So, und jetzt sage mir aufrichtig deine Meinung über diese Pferde. Mister Wychbold meint, du hättest selber ein Auge auf sie geworfen. Stimmt das?»

«Die sind nicht in meiner Reichweite, bei weitem nicht, Kusine», erwiderte er.

«Wirklich? Ich habe vierhundert Guineen für sie gegeben, und ich halte es für einen guten Kauf.»

«Hast du das ernst gemeint, als du mir zu verstehen gabst, du hättest dir einen eigenen Stall besorgt?»

«Natürlich habe ich das ernst gemeint. Wäre ja noch schöner, meiner Tante meine Pferde aufzuhalsen! Außerdem werde ich wohl noch zwei kaufen, wenn ich ein Paar auftreibe, das zu den beiden paßt! Man sagt mir, daß es das Herrlichste sei, einen Phaeton im Viererzug zu fahren. Allerdings müßte man dazu die Deichsel auswechseln, und das wäre lästig.»

«Ich bin für dein Verhalten nicht verantwortlich, Kusine», sagte er kalt, «und wenn es dir richtig scheint, dem Publikum im Park ein Schauspiel zu geben, magst du es ruhig tun. Nur wirst du, wenn's gefällig ist, meine Schwestern aus dem Spiel lassen.»

«Das ist mir keineswegs gefällig», erwiderte sie. «Hab Cecilia schon auf eine Runde mitgenommen. Du hast recht veraltete Anschauungen, nicht wahr? Ich habe da einige äußerst smarte Sportwagen gesehen, die von Damen der höchsten Gesellschaft gefahren wurden.»

«Ich habe nichts gegen einen zweipferdigen Phaeton», antwortete er noch kühler, «aber solch ein hochgebautes Modell ist für eine Lady einfach unmöglich. Du wirst schon verzeihen, aber ich muß dir sagen, bei der Wahl dieses Modells bist du zu weit gegangen.»

«Wer auf Erden kann nur so ekelhaft gewesen sein, dir das einzureden?» wunderte sich Sophy.

Er errötete, antwortete aber nicht.

«Hast du Cecilia gesehen?» fragte Sophy. «Sie sah bezaubernd aus mit dem neuen Hut, den eure Mama für sie ausgesucht hat.»

«Ja, ich habe Cecilia gesehen», erwiderte er grimmig, «und ich weiß so gut wie du, womit sie ihre Zeit verbracht hat. Und ich werde sehr eindeutig mit dir darüber reden.»

«Wenn du das willst, komm doch in die Bibliothek. Es ist höchst unschicklich, Familienangelegenheiten hier, wo man uns zuhören kann, zu besprechen. Ich habe dir übrigens auch etwas recht Heikles zu sagen.»

Sofort trat er zur Tür der Bibliothek und öffnete. Sie ging voraus, er folgte ihr und schloß, bevor Tina ihnen nachkommen konnte. Das zwang ihn, gleich noch einmal zu öffnen, denn Tina äußerte ihre Befehle laut und herrisch. Diese Antiklimax trug nicht gerade dazu bei, seine Laune aufzuhellen, und seine Stimme klang keineswegs freundlich, als er sagte: «Wir wollen mit offenem Visier kämpfen, Kusine Sophy. Ob du es nun warst oder nicht, die im Park ein Rendezvous zwischen meiner Schwester und dem jungen Fawnhope arrangierte, ich bin mir durchaus darüber im klaren, daß du —»

«Cecilia ist schneidig, wie?» sagte Sophy beifällig. «Erst sah ich sie mit Fawnhope, dann mit Alfred Wraxton, und jetzt überließ ich sie Lord Francis. Siehst du, lieber Charles, darüber wollte ich gerade mit dir sprechen. Es liegt mir fern, durchaus fern, mich in deine Familienangelegenheiten einzumischen, aber einen Wink möchte ich dir doch geben. Ich weiß, es fällt dir nicht leicht, in deiner Lage, aber du wirst Cecy etwas beibringen müssen.»

Dieser unerwartete Schachzug brachte ihn aus der Fassung, und er starrte sie an. «Wovon, zum Teufel, redest du?»

«Ich spreche nicht gern davon», sagte Sophy tückisch, «aber du weißt, wie sehr ich von Cecy eingenommen bin. Ich bin in der Welt herumgekommen und habe gelernt, auf mich aufzupassen. Aber Cecy ist eine solche Unschuld. Da ist kein Arg an Augustus Fawnhope, und Francis Wolvey ist ein viel zu vollendeter Gentleman, um seine Grenzen nicht zu wissen. Aber du solltest ein so liebreizendes Mädchen wie deine Schwester nicht ermutigen, mit einer so fragwürdigen Gestalt wie diesem Alfred herumzugehen.»

Er war so betroffen, daß er kein Wort hervorbrachte. Dann forderte er eine Erklärung.

«Eine widerliche Kröte, küßt sich mit Hausmädchen auf Treppen herum», erklärte Sophy offen heraus.

«Meine Schwester ist kein Dienstbote.»

«Nein, und sie wird den Abstand von ihm zu wahren wissen.»

«Darf man wissen, welchen Grund du hast, solche Beschuldigungen gegen Wraxton vorzubringen?»

«Wenn du meinst, daß ich ihn dabei ertappt habe, wie er ein Stubenmädchen küßt — nein, Charles, das habe ich nicht. Wenn du aber meinst, daß er es mit mir versucht hat, nun ja, mein teurer Charles, das hat er. Hier, in diesem Zimmer.»

Er sah zornig und gequält aus. «Es tut mir außerordentlich leid, daß man dich unter diesem Dach so belästigt hat», brachte er hervor.

«Oh, mach dir nichts daraus! Ich sage es dir ja, ich kann auf mich aufpassen. Nur weiß ich nicht, ob auch jede andere seiner Art, den Arm zu drücken, und seinem unschicklichen Plauderton begegnen kann.»

Sie hatte ihren Überwurf im Sprechen abgenommen, legte ihn zur Seite und rückte sich einen Stuhl an den Kamin. Ein Augenblick verstrich, dann sagte er gedämpft: «Ich will nicht behaupten, daß ich etwas für Wraxton übrig habe — nein, beileibe nicht. Soweit das in meiner Macht liegt, werde ich ihn gewiß nicht ermutigen, hierherzukommen. Nur ist meine Position, wie du selbst sagtest, schwierig. Ich möchte um keinen Preis, daß etwas davon zu Miss Wraxtons Ohren kommt.»

«Gott behüte!» sagte sie herzlich. «Das wäre wohl das allerschäbigste, wenn du Miss Wraxton Geschichten über ihren Bruder erzählen würdest!»

Er hatte seinen Arm auf den Kaminsims gelegt und ins Feuer geblickt, jetzt aber hob er den Kopf und sah Sophy durchbohrend an. Sie las viel Verständnis in seinen Augen, er sagte aber nur: «Recht so, Kusine.»

«Du brauchst auch über die Sache nicht nachzugrübeln», riet sie freundlich. «Ich habe keineswegs sagen wollen, daß Cecy ein *tendre* für ihn hat, im Gegenteil, sie findet ihn sogar noch abstoßender als ich.»

«Ich weiß, daß sie kein *tendre* für ihn hat. Sie ist in diese Zierpuppe, in diesen Fawnhope vernarrt.»

«Natürlich ist sie das», bestätigte Sophy.

«Ich weiß auch, daß du es von dem Tag an, da du in dieses Haus kamst, zu deiner Aufgabe gemacht hast, sie mit allen Mitteln, die dir zu Gebote stehen, in dieser Narrheit zu bestärken. Du und Cecilia, ihr werdet beständig in Fawnhopes Gesellschaft gesehen. Du hast ihn für einen alten Bekannten ausgegeben, nur um ihm einen Vorwand zu liefern, sechsmal wöchentlich hier vorzusprechen. Du hast —»

«Mit einem Wort, Charles, ich habe sie zusammengebracht. Und wenn du nur ein Gran Verstand hättest, so hättest du es getan, lange bevor ich nach London gekommen bin.»

Er war einen Augenblick betroffen, dann fragte er: «Bildest du dir ein, Cecilia so heilen zu können, oder willst du mich glauben machen, das wäre deine Absicht?»

«Nun, das weiß ich selber nicht», antwortete sie und überlegte einen

Moment. «Eines von beiden muß jedenfalls geschehen. Entweder wird ihr Augustus langweilig — und das ist wohl das Wahrscheinlichere, denn er ist zwar hübsch und kann, wenn er will, bezaubernd sein, aber er geht einem empörend auf die Nerven, und er vergißt einfach, daß Cecilia existiert, gerade wenn er aufmerksam sein sollte — oder, das ist die andere Möglichkeit, sie wird ihn trotz seiner Fehler weiter lieben. Dann wirst du wissen, lieber Charles, daß das keine Verliebtheit ist, und du wirst mit ihrer Verbindung einverstanden sein.»

«Nie!» sagte er aufbrausend.

«Und doch wirst du es», beharrte sie. «Es wäre abscheulich, sie zu einer anderen Ehe zwingen zu wollen, der bloße Versuch wäre eine Grausamkeit.»

«Ich werde sie zu keiner Ehe zwingen», fuhr er auf. «Vielleicht ist es interessant für dich, zu wissen, daß ich sehr an Cecilia hänge, und darum, nicht aus irgendeiner Laune, werde ich eine Verbindung mit einem Mann von Fawnhopes Art nicht dulden. Und was diese deine abgedroschene Idee betrifft, man müsse sie zusammenbringen, damit Cecilia ihn los wird — da bist du ganz auf dem Holzweg! Cecilia wird seiner Gesellschaft nicht müde, im Gegenteil, sie sucht jede Gelegenheit, mit ihm allein zu sein! Sie hat sogar allen Sinn für das Schickliche verloren und ist so weit gegangen, Addys Harmlosigkeit zu mißbrauchen. Heute nachmittag ist Miss Wraxton ihr im Park auf einem stillen Seitenpfad begegnet, allein mit Fawnhope, und Addy hatten sie abgeschüttelt. Ein geheimes Stelldichein! Feines Benehmen für eine Miss Rivenhall of Ombersley, muß ich schon sagen!»

«Mein lieber Charles», erwiderte Sophy unbeirrbar, «du weißt recht gut, daß du übertreibst.»

«Durchaus nicht! Oder bildest du dir ein, daß ich Geschichten über meine Schwester erfinde?»

«Um dir die volle Wahrheit zu sagen, ich glaube, daß du, wenn du einen deiner Wutanfälle hast, zu allem fähig bist», antwortete sie lächelnd. «Nichts Geheimnisvolles ist daran, daß sie mit Fawnhope spazierengegangen ist, alles Weitere aber hat dir deine Wut eingegeben. Und sage nur ja nicht, daß Miss Wraxton das so dargestellt hat, denn gewiß konnte sie nicht so häßlich über Cecilia klatschen. Addy abschütteln! So etwas! Sie war keinen Moment aus Addys Sehweite. Kennst du Cecilia nicht gut genug, um zu wissen, daß sie keine Geheimnisse hat? Überhaupt, was ist das für eine vulgäre Ausdrucksweise! Mach dich doch nicht schlechter, als du bist! Nächstens wirst du Cecy einen Vorwurf daraus machen, daß sie einem Mann aus bester Familie, den sie von klein auf kennt, erlaubt hat, im Park mit ihr zu gehen, unter den Augen ihrer Gouvernante!»

Sein Blick ruhte forschend auf ihr. «Weißt du das bestimmt?» fragte er in verändertem Ton.

«Gewiß weiß ich das, denn Cecy selbst hat mir gesagt, was vorgefallen ist. Anscheinend hat Miss Wraxton Addy irgend etwas sehr Kränkendes gesagt — ohne Zweifel war es ein Mißverständnis. Vielleicht war Miss Wraxton der Ansicht, Addy hätte Augustus fortschikken sollen, aber wie sie das hätte tun sollen, das weiß ich wirklich nicht! Sie ist sehr empfindlich und regt sich leicht auf.»

Er sah bedrückt drein. «Addy kann man überhaupt keinen Vorwurf machen», sagte er. «Cecilia steht nicht unter ihrer Aufsicht, und was das betrifft, daß sie Mama hätte davon berichten müssen — nun, geklatscht hat sie nie über uns.»

Sie drängte ihn: «Du mußt ihr zeigen, daß du nicht böse auf sie bist, Charles, und daß du sie nicht nach all den Jahren von hier vertreiben willst.»

«Vertreiben?» fragte er verwundert. «Was ist das für Unsinn?»

«Habe ich doch gleich gesagt! Sie aber bildet sich ein, sie wäre nicht genug modern in ihrer Erziehungsmethode. Sie bildet sich sogar ein, es würde von ihr verlangt, den Kindern Italienisch beizubringen, und lauter solches übertriebenes Zeug.»

Eine kurze Pause folgte. Mr. Rivenhall setzte sich auf die andere Seite des Kamins und begann Tinas Ohren zu kraulen. Dann runzelte er die Stirn und sagte kurz angebunden: «Ich mische mich nicht in die Erziehung meiner Schwestern. Das ist die Sache meiner Mutter, und ich wüßte nicht, wer sich sonst dareinmischen sollte.»

Sophy hielt es nicht für richtig, dieses Thema weiterzuspinnen, und nickte. Er beobachtete sie von der Seite, aber sie schien es nicht zu merken. Schließlich sagte er: «All das hat nichts mit dem zu tun, was ich dir gesagt habe. Hier stand alles zum besten, Kusine, bevor du es dir in den Kopf setztest, das Unterste zuoberst zu kehren. Ich wäre dir sehr dankbar, wenn du in Zukunft —»

«Was habe ich denn getan?» rief sie.

Er fand es nicht ganz leicht, in Worte zu fassen, was sie getan, und so mußte er auf die einzige greifbare Schuld zurückkommen: «Zunächst einmal hast du einen Affen ins Haus gebracht. Sicher mit den besten Absichten! Aber ein Affe ist das denkbar unpassendste Geschenk für Kinder, und jetzt werden sie das Gefühl haben, daß man ihnen weiß Gott was wegnimmt, wenn er fort muß — und fort muß er.»

Ihre Augen begannen zu tanzen. «Charles, du willst dich unangenehm machen! Du kannst nicht an einem Tag Jacko mit Äpfeln füttern, ihm Tricks beibringen und am nächsten Tag sagen, daß er fort muß.»

Er biß sich auf die Lippen, konnte aber ein beschämtes Lächeln nicht ganz unterdrücken. «Wer hat dir denn das wieder erzählt?»

«Theodore. Und du hast ihn auf deiner Schulter hinuntergetragen, als Miss Wraxton zu Besuch kam, und hast ihn ihr gezeigt. Ich muß offen sagen, daß es recht närrisch von dir war, denn du weißt, daß sie kein Mensch ist, der Lieblinge verzärtelt, das hat sie uns selbst gesagt. Warum sollte sie auch? Es war unfreundlich von dir, sie damit zu belästigen. Ich würde Tina nie erlauben, an sie heranzugehen.»

«Du irrst dich», sagte er, «sie mag keine Affen, aber diese Abneigung gegen Hunde hat nur Lady Brinklow.»

«Vermutlich empfindet sie ebenso», sagte Sophy und strich über ihren Rock. «Man beobachtet das doch immer wieder, wie oft Töchter nach ihren Müttern geraten. Nicht nach den Gesichtszügen, aber nach der Charakteranlage. Du mußt das doch auch bemerkt haben.»

Er schien etwas betreten. «Nein, das habe ich eigentlich nicht. Ich glaube auch nicht, daß du recht hast.»

«Aber ja, schau nur Cecy an! Sie wird, wenn sie älter ist, Tante Lizzies Ebenbild sein.» Sie sah, daß dieses Argument auf ihn Eindruck machte, und damit, so schien ihr, hatte sie ihm genug gegeben, einen Tag daran zu würgen. So stand sie auf und ging zur Tür. «Jetzt muß ich mich umkleiden.»

Er stand abrupt auf. «Nein, warte noch!»

Sie blickte über die Schulter auf ihn. «Nun?»

Er schien vergessen zu haben, was er sagen wollte. «Nichts — es ist nicht der Rede wert. Wenn du nächstes Mal Pferde kaufen willst, so sage es lieber mir! Fremde in Anspruch zu nehmen, ist höchst unschicklich.»

«Aber du hast mir doch selbst gesagt, daß du nichts damit zu tun haben wolltest!»

«Du findest wohl das höchste Vergnügen darin, mich ins Unrecht zu setzen, ja?»

Sie lachte, antwortete aber nicht. Oben wartete schon Cecilia auf sie, begierig zu hören, wessen sie gewärtig sein mußte.

«Wenn er überhaupt ein Wort vor dir fallen läßt, so wird er dich vor Alfred Wraxton warnen», sagte Sophy auflachend. «Ich habe ihm gesagt, wie diese Kröte sich benimmt, und ihn gebeten, auf dich aufzupassen.»

«Das hast du nicht getan!»

«Und ob! Ich habe ein ganz hübsches Stück Arbeit geleistet, und ganz skrupellos. Sage Addy, daß Charles gar nichts gegen sie hat. Er wird auch vor Tante kein Wort verlieren, und vor dir wohl auch nicht. Die einzige Person, die vielleicht etwas zu hören bekommt, ist seine kostbare Eugenia. Hoffentlich versetzt sie ihn gehörig in Wut!»

# VII

Cecilia konnte gar nicht fassen, daß sie ungescholten von ihrem Bruder davonkommen sollte, und als sie ihm später auf dem Treppenabsatz gegenüberstand, schnappte sie nach Luft und mußte ihre nachgebenden Knie steif machen. Er betrachtete ihr schönes Ballkleid aus zarter Gaze über Satin. «Hübsch siehst du aus! Wohin gehst du?»

«Lady Sefton will Sophy und mich nach dem Essen zu Almack abholen», antwortete sie dankbar. «Mama ist nicht recht in der Verfassung, heute abend auszugehen.»

«Du wirst alle ausstechen», sagte er. «Siehst prächtig aus.»

«Warum kommst du nicht mit?» fragte sie mit neuerwachtem Mut.

«Wenn ich das täte, hätte Fawnhope dich nicht den ganzen Abend in der Tasche», bemerkte er trocken.

Sie hob das Kinn. «Ich werde auf keinen Fall den ganzen Abend in der Tasche eines Herrn verbringen», gab sie zurück.

«Trotzdem, Cilly, ich habe keine rechte Lust. Bin übrigens für heute abend schon verabredet.»

Daß er den fast vergessenen Namen aus dem Kinderzimmer gebrauchte, gab ihr neuen Mut: «Daffy Club.»

Er schmunzelte. «Nein: Cribb's.»

«Wie abscheulich du bist! Natürlich werdet ihr wieder über die neueste Sensation von Bloomsbury oder den Schwarzen Diamanten plaudern oder –»

«Oder ein Wunder von Mayfair! Nein, nichts so Interessantes. Ich will nur eine gemütliche Stunde im Rauchzimmer mit ein paar Freunden sitzen. Was weißt du übrigens von Bloomsbury-Sensationen, Mädchen?»

Sie warf ihm einen spöttischen Blick zu: «Nur was mir meine Brüder darüber zutragen.»

Er lachte und ließ sie vorbei, aber bevor sie unten angekommen war, lehnte er sich ans Geländer und rief herrisch: «Cecilia!»

Fragend blickte sie zu ihm auf.

«Wird dir dieser Wraxton lästig?»

Sie fürchtete fast, ihren Ernst zu verlieren. «Och, der –! Den schaffe ich mir leicht vom Hals, wenn . . . wenn es nötig ist.»

«Du brauchst dich da nicht durch irgendwelche Rücksichten hemmen zu lassen. Ich muß wohl nicht erst sagen, daß Eugenia die erste wäre, sein Betragen zu verurteilen, wenn sie davon wüßte.»

«Natürlich», sagte sie.

Ob er Miss Wraxton seine Meinung sagte, konnte niemand wissen. Wenn er es tat, so mußte er es, wie Sophy fand, in recht mildem Ton getan haben, denn sie schien keineswegs eingeschüchtert. Trotzdem erlangte Sophy eine Genugtuung. Als Miss Wraxton die Frage Jacko aufs Tapet brachte und Lady Ombersley gestand, sie lebe in beständiger Angst zu hören, der Affe habe eines der Kinder gebissen, warf Charles ungeduldig dazwischen: «Unsinn!»

«Ich höre, der Affenbiß wäre giftig.»

«In diesem Fall hoffe ich, daß er Theodore beißt.»

Lady Ombersley erhob dagegen Einspruch, aber Theodore, der gerade ein paar Klapse gefangen hatte, weil er vom Vorgarten aus einen Kricketball ins Fenster eines Nachbarhauses geworfen, grinste nur. Miss Wraxton, der eine solche Strafe für eine derartige Ruchlosigkeit nicht angemessen schien, hatte bereits ernst ihre Meinung darüber geäußert, doch Charles hatte nur gesagt: «Stimmt, aber es war ein tadelloser Wurf. Ich habe es selbst gesehen.» Daß man ihre Meinung so überging, verletzte Miss Wraxton, und so hielt sie Theodore mit der Geschraubtheit, die sie im Gespräch mit Kindern oft übte, eine halb scherzhafte Predigt und gab ihm zu bedenken, wie gut er weggekommen sei, daß ihm nicht zur Sühne für sein Vergehen der neue Liebling weggenommen wurde. Er warf ihr nur einen zornigen Blick zu, äußerte aber nichts. Dafür platzte Gertrude heraus: «Du magst den Jacko bloß nicht, weil Sophy ihn uns geschenkt hat.»

Die Wahrheit dieser peinlich eindeutigen Feststellung machte auf alle Anwesenden Eindruck. Auf Miss Wraxtons Wangen erschienen rote Flecken. Lady Ombersley seufzte, Cecilia unterdrückte ein Auflachen. Nur Charles und Sophy rührten sich nicht; Sophy blickte nicht von ihrer Näharbeit auf, und Charles bemerkte: «Eine dumme und kecke Bemerkung, Gertrude! Geh ins Kinderzimmer, wenn du dich nicht schicklicher benehmen kannst.»

Gertrude, die gerade in das Alter eingetreten war, in dem Kinder sich selbst noch mehr in Verlegenheit setzen als ihre Eltern, war bereits über und über errötet und trat den Rückzug an. Lady Ombersley wechselte rasch das Thema und kam auf den geplanten Ausflug zu sprechen, eine Visite bei der Marquesa de Villacañas in Merton in Gesellschaft Sophys und Cecilias.

«Man möchte da in keiner Beziehung unaufmerksam sein», sagte sie, «darum wollen wir uns der Anstrengung unterziehen. Hoffentlich regnet es nicht, sonst wird es recht unangenehm. Mir wäre es lieb, Charles, wenn du mit uns kämst. Du weißt, daß es die Verlobte deines Onkels ist. Offen gesagt, ich fahre nicht gern ohne Herrenbegleitung aus der Stadt, obwohl man sich auf Radnor verlassen kann, da passiert schon nichts. Natürlich nehme ich Diener mit.»

«Liebe Mama, drei rüstige Männer sollten doch genügen, dich auf dieser tollkühnen Fahrt zu schützen», erwiderte er belustigt.

«Dränge Charles nicht, Tante Lizzie», sagte Sophy und biß ihren Faden ab. «Sir Vincent hat versprochen, zu Pferd mitzukommen, denn er hat Sancia seit den Madrider Tagen nicht mehr gesehen. Damals lebte ihr Mann noch, und sie gaben den englischen Offizieren wundervolle Abende.»

Eine kleine Pause verstrich, dann sagte Charles: «Wenn du es wünschest, Mama, komme ich natürlich mit. Ich kann die Kusine in meine Karriole nehmen, dann habt Ihr es in eurem Wagen nicht so eng.»

«Oh, und ich dachte in meinem Phaeton zu fahren», sagte Sophy gleichmütig.

«Ich dachte, du hättest den Ehrgeiz, meine Grauen zu kutschieren?»

«Wie, du würdest das erlauben?»

«Vielleicht.»

Sie lachte auf. «O nein, auf ‹Vielleicht› lasse ich mich nicht ein! Nimm doch Cecilia in den Wagen.»

«Cecilia wird weit lieber in Mamas Landaulette fahren. Du kannst ja für einen Teil des Weges die Zügel übernehmen.»

Ihr Ton war spöttisch: «Das ist einmal etwas! Ich bin überwältigt, Charles! Das kann doch nicht dein Ernst sein?»

«Es wird ein entzückender Ausflug werden», meinte Miss Wraxton freundlich. «Ich fühle mich fast versucht, liebe Lady Ombersley, um einen Platz in Ihrem Wagen zu bitten.»

Lady Ombersley war zu wohlerzogen, ihre Enttäuschung zu zeigen, äußerte aber mit leisem Zweifel: «Aber natürlich, meine Liebe — wenn Sophy nicht meint, daß wir dann zuviel für die Marquesa werden. Ich möchte sie natürlich auch nicht überrumpeln.»

«Keine Sorge», erwiderte Sophy augenblicklich, «Sancia aus der Fassung zu bringen, das steht nicht in unserer Macht, Tante Lizzie. Sie wird sich nicht inkommodieren, sondern alles ihrem Majordomo überlassen. Er ist ein Franzose und wird mit Vergnügen alles für eine so kleine Gesellschaft anordnen. Ich will nur Sancia schreiben, Onkel wird mir ein Postbillett geben, und alles ist getan — sie hat nicht mehr Mühe, als den Brief Gaston weiterzureichen.»

«Wie interessant das sein wird, eine wirkliche Spanierin kennenzulernen!» bemerkte Miss Wraxton.

(«Als ob Sancia eine Giraffe wäre!» bemerkte Sophy nachher zu Cecilia.)

«Wenn ich gewußt hätte, daß du Mutter zu begleiten gedenkst», sagte Mr. Rivenhall, als er Miss Wraxton zum Wagen geleitete, «dann hätte ich dir einen Platz in meinem Wagen angeboten. Jetzt kann ich das nicht mehr rückgängig machen, aber es ist lästig. Ich hätte gar nicht gesagt, daß ich mitkomme, wenn Talgarth nicht dabei wäre. Mir ist es weiß Gott gleichgültig, wen meine Kusine heiratet, aber ich denke, wir sind es unserem Onkel schuldig, nicht gerade eine solche Verbindung zu unterstützen.»

«Ich fürchte, dieser Besuch bereitet euch mancherlei Sorgen, lieber

Charles. Einem Mädchen, das nie die sorgliche Hand einer Mutter gefühlt hat, muß viel nachgesehen werden, aber ich hatte doch, offen gesagt, gehofft, sie würde sich unter der Anleitung deiner Mama englischen Begriffen von Schicklichkeit anpassen.»

«Die nicht! Ich bin überzeugt, daß es ihr Spaß macht, uns beständig in Atem zu halten. Niemand kann erraten, was sie demnächst tun wird, und dabei steht sie mit jedem Faiseur, der jemals den roten Rock trug, auf vertrautem Fuß – nun, mir ist das gleichgültig. Aber Talgarth zu ermutigen, daß er ihr nicht von der Seite weicht, das geht wirklich nicht. Ist ja gut und schön, zu sagen, daß sie auf sich selber aufpassen mag: gewiß kann sie es, aber wenn sie erst einmal zu oft in seiner Gesellschaft gesehen wird, werden alle Klatschbasen und Skandalschwätzer von London darüber reden.»

Miss Wraxton prägte sich diese flüchtige Bemerkung ein und beging die Ungeschicklichkeit, das Wesentliche davon Sophy weiterzuerzählen, bevor achtundvierzig Stunden herum waren. Als sie mit ihrer Zofe zur vorgeschriebenen Promenadestunde im Park spazierenging, begegnete sie Sophys Phaeton, und Sophy hatte gerade angehalten, um mit dem bedenklichen Sir Vincent ein paar Worte zu wechseln. Er hatte eine Hand nachlässig auf das Trittbrett des Phaetons gelegt, und sie beugte sich gerade ein wenig herab, um etwas zu sagen, was beide sehr zu belustigen schien. Jetzt bemerkte sie Miss Wraxton und nickte ihr lächelnd zu, schien aber überrascht, als Eugenia auf den Phaeton zusteuerte und sagte: «Also das ist der Wagen, von dem ich so viel höre! Na, die Pferde sind auf jeden Fall prächtig. Und Sie fahren Tandem! Meinen Glückwunsch: ich würde mir das nicht zutrauen.»

«Sie kennen wohl Sir Vincent Talgarth», sagte Sophy.

Sir Vincent empfing die knappste der Verneigungen, die kühlste Andeutung eines Lächelns.

«Ich glaube», sagte Miss Wraxton und starrte Sophy an, «ich muß Sie wirklich bitten, mich auf eine Runde einzuladen. Ich beneide Sie zu sehr um Ihre Geschicklichkeit, wirklich.»

Sophy gab John einen Wink abzusteigen und antwortete höflich: «Steigen Sie, bitte, ein, Miss Wraxton. Ich werde natürlich mein Bestes tun. Also Freitag, Sir Vincent! Sie holen uns am Berkeley Square ab.»

Miss Wraxton erklomm, von John Potton unterstützt, mit beträchtlicher Anmut das unbequem hohe Gefährt, setzte sich neben Sophy, glättete ihr Kleid und notierte Tinas Gegenwart mit der Bemerkung «Das nette kleine Hündchen!», einer Anrede, die das Windspiel erschauern und enger an seine Herrin rücken ließ. «Ich bin sehr froh, bei dieser Gelegenheit mit Ihnen sprechen zu können, Miss Stanton-Lacy. Es schien ja geradezu unmöglich, einmal mit Ihnen allein zu sein. Sie haben ja so schrecklich viel Bekannte.»

«Ja, ist das nicht ein Glück?»

«Allerdings», wandte Miss Wraxton zuckersüß ein, «allerdings, meine liebe Miss Stanton-Lacy, wenn man gar so viele Freunde hat, ist man vielleicht manchmal nicht so wachsam, wie man sein sollte. Darf ich Ihnen einen kleinen Hinweis geben? In Paris oder Wien könnten Sie mich gewiß beraten, aber hier in London bin ich mehr zu Hause als Sie.»

«Oh, ich wäre nie so ungezogen, Ihnen zu sagen, was Sie tun sollen», sagte Sophy harmlos.

«Nun, vielleicht wäre es nicht notwendig», bestätigte Miss Wraxton würdevoll. «Meine Mama war eine sehr sorgsame Mutter und äußerst heikel in der Wahl unserer Gouvernanten. Ich habe solches Verständnis für Sie und Ihre Lage, Miss Stanton-Lacy, so viel Mitgefühl. Wie oft müssen Sie die Mutter entbehrt haben!»

«Aber gar nicht. Verschwenden Sie Ihr Mitgefühl nicht auf mich – ich habe nie nach einer Mutter verlangt, denn ich hatte ja Sir Horace.»

«Männer sind doch nicht dasselbe», meinte Miss Wraxton.

«Dagegen läßt sich nichts sagen. Wie gefallen Ihnen meine Pferde?»

Miss Wraxton legte ihr die Hand auf das Knie. «Darf ich ohne Rückhalt sprechen?» bat sie.

«Wenn ich den Wagen nicht umwerfen will, kann ich Sie kaum hindern», gestand Sophy. «Aber Sie täten klüger, es bleiben zu lassen. Ich bin schwer zu zügeln, und wenn ich außer Rand und Band gerate, dann tue ich vielleicht etwas, was ich nachher bedauern muß.»

«Aber ich muß sprechen», sagte Miss Wraxton ernst. «Das bin ich Ihrem Cousin schuldig.»

«Nein, wirklich! Und was ist es?»

«Sie werden verstehen, daß er die Sache nicht selbst vor Ihnen erwähnen möchte. Sein Zartsinn –»

«Ach, und ich dachte, Sie sprechen von Charles! Welchen meiner Cousins meinen Sie?»

«Ich spreche von Charles.»

«Unsinn! Den behindert sein Zartsinn nie.»

«Glauben Sie mir, Miss Stanton-Lacy, diese gewollte Art, Dinge leichtzunehmen, steht Ihnen nicht», sagte Miss Wraxton, nun schon weniger süß. «Sie wissen offenbar nicht, was hier von einer Frau von Stand erwartet wird. Oder – verzeihen Sie! – wie fatal es werden kann, Anlaß zu Klatsch zu geben, der den Rivenhalls ebenso peinlich sein muß wie doch wohl auch Ihnen.»

«Was, um Himmels willen, kommt jetzt?» fragte Sophy verwundert. «Sie können doch nicht so vorsintflutlich sein, sich einzubilden, daß ich Anlaß zu Klatsch gebe, wenn ich einen etwas hochgebauten Phaeton fahre?»

«Nein, obwohl man es zweifellos vorgezogen hätte, Sie in einem weniger sportlichen Fahrzeug zu sehen. Aber die Gepflogenheit lässigen Umgangs mit Leuten vom Militär – Faiseuren in roten Jacken, wie Charles sich unlängst erst ausdrückte – und besonders mit dem Mann, mit dem ich Sie eben erst traf, muß den Eindruck erwecken, daß Sie ein wenig . . . emanzipiert sind, meine liebe Miss Stanton-Lacy, und darauf können Sie es doch unmöglich abgesehen haben. Der Umgang mit Sir Vincent kann zu keinen wünschenswerten Folgen führen, ganz im Gegenteil! Eine bestimmte Lady – eine sehr tonangebende – ließ erst heute vor mir eine Bemerkung darüber fallen, daß er sich so auffällig an Sie anschließt.»

«Die Dame ist wohl selbst interessiert?» fragte Sophy. «Ja, ja, er ist unleidlich, und die Art, wie er flirtet! Und hat mein Cousin Charles Sie gebeten, mich vor diesen Faiseuren zu warnen?»

«Nicht ausdrücklich gebeten», antwortete Miss Wraxton, peinlich bemüht, nicht von der Wahrheit abzugehen, «aber er hat sich in diesem Sinn geäußert, und ich weiß, wie er empfindet. Die Gesellschaft wird harmlose Streiche, wie die Spritztour in Charles' Karriole, mit wohlwollendem Lächeln hinnehmen, solange Lady Ombersleys Schutz Sie feit.»

«Habe ich ein Glück!» sagte Sophy. «Finden Sie es eigentlich vorsichtig, sich in meiner Gesellschaft sehen zu lassen?»

«Sie spötteln, Miss Stanton-Lacy.»

«Nein, ich fürchte ernstlich, daß Sie Schaden nehmen könnten, wenn man Sie in einem solchen Vehikel sieht und in Gesellschaft einer Emanzipierten, wie ich es bin.»

«Kaum», sagte Miss Wraxton freundlich. «Vielleicht wird man es ein wenig sonderbar an mir finden, denn ich selbst kutschiere nie in London, aber mein Charakter ist hinlänglich anerkannt, ich kann mir etwas erlauben, sofern ich es will, was andere klugerweise lieber vermeiden.»

Sie kamen gerade in Sicht des Ausgangs bei Apsley House. «Lassen Sie mich also der Sache auf den Grund gehen», bat Sophy. «Wenn ich zum Beispiel in Ihrer Gesellschaft etwas ganz Unmögliches täte, wäre Ihre Position sicher genug, um auch mich zu decken?»

«Wir wollen sagen: das Ansehen meiner Familie, Miss Stanton-Lacy. Da könnte ich ohne Zögern antworten: ja.»

«Kapital!» sagte Sophy und lenkte ihre Pferde zum Tor.

Miss Wraxton verlor ein wenig ihre Sicherheit und fragte: «Was tun Sie da, bitte?»

«Ich will jetzt etwas tun, was ich immer schon habe tun wollen, seit man mir gesagt hat, ich dürfte es um meiner selbst willen nicht. Wissen Sie, so etwas lockt mich wie Blaubarts Kammer.»

Der Phaeton schwankte auf die Straße hinaus und machte eine jähe Wendung nach links, entging dabei mit knapper Not einem Zusammenstoß mit einem schweren Lastwagen. Miss Wraxton stieß einen schrillen Schrei aus und klammerte sich an ihren Sitz. «Vorsicht! Halten Sie, bitte, sofort! Ich will keineswegs so durch die Straßen fahren! Sind Sie von Sinnen?»

«Nein, nein, keine Angst, ich bin ganz bei Trost! Bin nur schrecklich froh, daß Sie mir Ihre Begleitung angeboten haben! Solch eine Chance kommt einem nicht zweimal in den Weg.»

«Miss Stanton-Lacy, ich weiß nicht, worauf Sie hinauswollen, und ich muß Sie noch einmal bitten, anzuhalten. Dieser Scherz amüsiert mich gar nicht, und ich will augenblicklich aussteigen.»

«Wie, und unbegleitet durch Piccadilly spazieren? Das kann nicht Ihr Ernst sein!»

«Halt!» befahl Miss Wraxton in fast schrillem Ton.

«Ausgeschlossen! Du lieber Himmel, was für ein Verkehr hier! Sie sollten lieber nicht plaudern, bis ich mir einen Weg zwischen all diesen Fahrzeugen hindurch gebahnt habe.»

«Um Himmels willen, fahren Sie wenigstens langsam!» flehte Miss Wraxton in äußerster Bestürzung.

«Gleich hinter der nächsten Ecke», versprach Sophy und kam zollscharf zwischen einer Postkutsche und einem Lastwagen durch. Ein Aufstöhnen ihrer Begleiterin ließ sie freundlich hinzufügen: «Kein Anlaß zur Sorge! Sir Horace ließ mich Einfahrten im Galopp nehmen, bis man sicher sein konnte, daß ich kein Stückchen Verputz abkratze.»

Sie nahmen jetzt in voller Fahrt die Steigung auf Piccadilly zu. Mit äußerster Selbstbeherrschung fragte Miss Wraxton: «Wohin wollen Sie mich bringen?»

«St. James's Street», antwortete Sophy kühl.

«Was?» keuchte Miss Wraxton und wurde blaß. «Das kann nicht Ihr Ernst sein! Keine Lady könnte dort durchfahren, an all den Klubs vorbei — ein Schauobjekt für alle Flaneure! Sie ahnen wohl nicht, was man von Ihnen sagen wird! Halten Sie sofort!»

«Nein, ich möchte einmal dieses Bogenfenster sehen, von dem man soviel redet, und all die Dandies, die dort herumsitzen. Wie dumm, daß Brummell gerade verreist ist! Wissen Sie, daß ich ihm noch nie im Leben begegnet bin? Sind Sie in der Lage, mir die einzelnen Klubs zu bezeichnen? Werden wir White erkennen, oder gibt es noch andere Häuser mit solchen Erkerfenstern?»

«Sie spotten, Miss Stanton-Lacy. Das ist nicht Ihr Ernst!»

«Mein völliger Ernst. Natürlich hätte ich es nicht gewagt, wenn Sie nicht an meiner Seite wären, um mich mit Ihrem Ansehen zu decken, aber Sie sind doch unantastbar, also brauche ich keine Bedenken zu tragen, meinen alten Ehrgeiz zu befriedigen. Ihre Geltung wird genügen, und von nun an wird das eine fashionable Ausfahrt für Ladies sein. Wollen sehen!»

Kein Argument, das Miss Wraxton vorbrachte, und sie brachte viele vor, konnte Sophy von ihrem Vorhaben abbringen. Unerbittlich fuhr sie weiter. Wilde Pläne, einfach aus dem Phaeton zu springen, durchzuckten Miss Wraxtons Gehirn, wurden aber gleich wieder verworfen. Derlei war zu gefährlich, als daß man es versuchen konnte. Hätte sie einen Schleier getragen, so hätte sie ihn über das Gesicht gezogen und gehofft, unerkannt zu bleiben, aber sie trug ein Hütchen ohne alle Zierde, nur mit einem bescheidenen Bänderputz. Nicht einmal einen Schirm hatte sie zur Hand, mußte aufrecht dasitzen und starr vor sich hinblicken, die ganze Länge der höchst unziemlichen Straße entlang. Sie äußerte kein Wort, bis die Pferde in Pall Mall einbogen, und da sagte sie leise, von Zorn und Niedergeschlagenheit gedämpft: «Das verzeihe ich Ihnen nie!»

«Wie erbarmungslos von Ihnen», sagte Sophy leichthin. «Soll ich Sie jetzt absetzen?»

«Sie werden es nicht wagen, mich in dieser Gegend —»

«Schön, also fahre ich Sie zum Berkeley Square. Ich weiß nicht, ob Sie zu dieser Stunde meinen Cousin vorfinden, aber Sie können sich ja auf jeden Fall bei meiner Tante beklagen, und danach verlangt es Sie doch gewiß.»

«Sprechen Sie nicht mit mir», sagte Miss Wraxton mit zitternder Stimme.

Sophy lachte.

Erst vor Ombersley House brach sie das Schweigen. «Kommen Sie ohne Hilfe hinunter? Da ich meinen Groom abgesetzt habe, muß ich den Phaeton wohl selbst zum Stall hinüberbringen.»

Miss Wraxton kletterte hinunter, ohne Sophy eines Wortes zu würdigen, und hastete die Stufen zum Tor hinan.

Eine halbe Stunde verging, bis Dassett Sophy in das Haus einließ. Sie begegnete Mr. Rivenhall, der eben die Treppe herabkam, und begrüßte ihn: «Ach, du bist zu Hause! Das ist mir lieb.»

Er sah sehr ernst aus, erwiderte aber in ruhigem Ton: «Kommst du, bitte, auf ein paar Minuten in die Bibliothek?»

Sie folgte ihm und begann mit Händen, die nicht ganz sicher waren, ihre Handschuhe abzustreifen. Ihre Augen sprühten noch, und eine Röte, die ihr nicht schlecht stand, färbte die Wangen.

«Kusine, was, um Gottes willen, ist in dich gefahren?» fragte Mr. Rivenhall.

«Hat es dir Miss Wraxton nicht erzählt? Ich habe einen alten Ehrgeiz befriedigt.»

«Du mußt verrückt sein. Weißt du denn nicht, wie unschicklich so etwas ist?»

«Aber natürlich weiß ich das, und nie hätte ich es gewagt, wenn ich nicht unter dem Schutz Miss Wraxtons gestanden hätte! Mache doch kein so angewidertes Gesicht! Sie selber hat mir versichert, daß ich in ihrer Gesellschaft das Unmöglichste tun könnte – ihr Ansehen würde genügen, mich zu decken. Daran zweifelst du doch nicht?»

«Sophy, so etwas kann sie nicht gesagt haben.»

Sie zuckte die Achseln und wandte sich ab. «Nein? Nun, wie du willst.»

«Was ist geschehen? Welchen Grund hattest du, ihr solch eine Kränkung zuzufügen?»

«Mag Miss Wraxton dir doch sagen, was ihr beliebt! Ich habe schon zuviel gesprochen. Ich mag keine Geschichtenerzähler, ich will nicht auf dieses Niveau herabsinken. Was ich tue, geht dich nichts an, Cousin Charles, und noch weit weniger geht es Miss Wraxton an.»

«Was du da getan hast, geht sie doch wohl sehr an.»

«Schön. Zugegeben.»

«Und mich geht es auch an, denn ich darf nicht zulassen, daß du Schaden leidest, solange du Gast in diesem Haus bist. Ein Benehmen, wie du es heute nachmittag gezeigt hast, kann dir großen Schaden zufügen, das muß ich dir schon sagen.»

«Darum brauche ich mich nicht mehr zu kümmern, mein lieber Charles, ich, die ich auf so vertrautem Fuß mit Faiseuren und eleganten Müßiggängern stehe.»

Er wurde starr. «Wer hat das gesagt?»

«Du, wie ich höre, nur warst du viel zu zartsinnig, es mir ins Gesicht zu sagen. Aber du durftest nicht erwarten, daß ich mir so etwas von Miss Wraxton geduldig anhöre.»

«Und du solltest wissen, daß ich Kritik, die ich äußere, nicht durch Miss Wraxtons oder irgend jemandes Mund übe.»

Sie hob eine Hand an die Wange, und er sah, daß sie eine Träne fortwischte. «Sei doch still! Siehst du denn nicht, daß ich zu zornig bin, um noch mit Mäßigung zu sprechen? Meine verdammte Zunge! Aber wenn du auch nicht gewünscht hast, mich durch Miss Wraxton zu tadeln, so hast du doch mit ihr über mich diskutiert, gibst du das zu, Charles?»

«Wenn ich etwas gesagt habe, so war es gewiß nicht mein Wunsch, daß sie es dir wiederholt. Gewiß war es höchst unschicklich von mir, gegenüber Miss Wraxton Kritik an dir zu üben. Ich bitte um Entschuldigung.»

Sie zog ein Taschentuch aus dem Ärmel und putzte sich die Nase. Die Röte wich aus ihren Wangen. «Jetzt bin ich entwaffnet. Wie du mich wieder reizt! Warum überläßt du dich nicht wieder einem deiner Wutanfälle? Du machst es einem so unbequem. Was ist schon Schlimmes daran, durch die St. James's Street zu fahren?»

«Du wußtest, daß es unpassend war, denn Miss Wraxton hat es dir gesagt. Du hast ihr eine sehr große Peinlichkeit bereitet, Sophy.»

«Ach, mein Lieber, ich tue so schreckliche Dinge, wenn ich die Geduld verliere! Es war natürlich falsch von mir – sehr falsch! Muß ich sie um Verzeihung bitten?»

«Du mußt wenigstens einsehen, daß du ihr das schuldig bist. Wenn eine ihrer Äußerungen dich verletzt hat, so war es gewiß nicht ihre Absicht. Sie wollte nur freundlich sein und ist fassungslos über das Ergebnis. Ich bin zu tadeln, denn ich habe ihr Anlaß gegeben zu glauben, daß dies alles in meinem Sinn wäre.»

Sie lächelte. «Wie geschickt du doch bist, Charles! Es tut mir leid, ich habe eine unbehagliche Situation geschaffen. Wo ist Miss Wraxton? Im Salon? Bringe mich zu ihr, ich will tun, was ich kann, um das in Ordnung zu bringen.»

«Ich danke dir», sagte er und öffnete ihr die Tür.

Miss Wraxton hatte sich offenbar schon von ihrer Erregung erholt und blätterte in «The Gentleman's Magazine». Sie warf Sophy einen kalten Blick zu und beugte sich wieder über die Zeitschrift. Sophy ging geradenwegs auf sie zu und sagte freimütig: «Wollen Sie mir verzeihen? Ich bitte Sie um Entschuldigung, es tut mir leid. Ich habe mich abscheulich benommen.»

«So abscheulich, Miss Stanton-Lacy, daß ich lieber nicht darüber sprechen möchte.»

«Wenn das bedeutet, daß Sie es vergessen wollen, so werde ich Ihnen sehr dankbar sein.»

«Gewiß werde ich das tun.»

«Danke! Sehr gütig von Ihnen.»

Sie machte kehrt und ging zur Tür. Mr. Rivenhall, der die Tür offenhielt, trat ihn in den Weg und sagte herzlicher, als sie es je von ihm gehört: «Wenn jemand die Sache vor mir erwähnen sollte, so werde ich sagen, daß dir mit diesen Pferden, die du gegen meinen Rat gekauft hast, nur recht geschehen ist, denn sie sind mit dir durchgegangen.»

Sie lächelte, sagte aber: «Ich hoffe, du wirst alles mögliche tun, das Unheil, das ich angerichtet habe, ungeschehen zu machen.»

«Meine Liebe, denke nicht zuviel daran – es ist wirklich nicht nötig.»

Sie warf ihm einen dankbaren Blick zu und ging hinaus.

«Sehr großmütig warst du nicht, Eugenia», bemerkte Mr. Rivenhall.

«Ich finde ihr Betragen unverzeihlich.»

«Es ist unnütz, mir das zu sagen. Du hast mir schon klargemacht, daß du es so auffaßt.»

Ihr Busen hob sich. «Ich hätte nicht erwartet, daß du gegen mich ihre Partei ergreifen würdest, Charles!»

«Das habe ich nicht getan, aber die Schuld liegt nicht ganz bei ihr. Du hattest kein Recht, sie zur Rede zu stellen und ihr Verweise zu erteilen, Eugenia, geschweige denn, unbedachte Worte zu wiederholen, die ich geäußert haben mag. Ich wundere mich nicht, daß sie ärgerlich wurde. Ich selbst bin reizbar.»

«Du scheinst gar nicht in Erwägung zu ziehen, welche Demütigung ich ausstehen mußte! Was würde Mama sagen, wenn sie wüßte –»

«Genug davon!» sagte er ungeduldig. «Du machst zuviel Aufhebens davon. Laß uns die Sache um Himmels willen vergessen!»

Sie war verletzt, begriff aber, daß sie in seinen Augen verlieren mußte, wenn sie weiter auf ihrem Standpunkt beharrte. Es ärgerte sie, daß sie bei der kleinen Szene weniger vorteilhaft abgeschnitten hatte als Sophy. So zwang sie sich zu einem Lächeln und sagte großsprecherisch: «Du hast recht: ich habe mich zu sehr aus der Fassung bringen lassen. Sage, bitte, deiner Kusine, daß ich keinen Gedanken mehr auf die Sache wende.»

Und sie wurde belohnt, denn er ergriff ihre Hand und sagte: «Das sieht dir schon eher ähnlich! Ich wußte, ich konnte mich nicht in dir getäuscht haben.»

## VIII

Die beiden Damen begegneten einander erst am Tage des Ausflugs nach Merton, denn Miss Wraxton hatte es, überzeugt, Gesprächsstoff von ganz London zu sein, vorgezogen, ihrer älteren Schwester einen ausgedehnten Besuch abzustatten; diese Schwester lebte in Kent und war dafür berühmt, daß sie ihre Gäste auszunützen verstand. Eugenia war keineswegs entzückt, Lady Ealings Besorgungen zu erledigen und mit ihren zahlreichen Kindern zu spielen, aber es war nun einmal ihre feste Überzeugung, daß es klug wäre, sich von London fernzuhalten, bis das unvermeidliche Geflüster verstummt war. So genossen die Rivenhalls sieben volle Tage lang Immunität gegen Miss Wraxtons Strafexpeditionen, und das war ein Vorteil, der die Nachteile von Sophys unmöglichem Betragen durchaus aufwog. Zwar kam Lady Ombersley nichts zu Ohren, aber die jüngeren Mitglieder des Haushalts erfuhren natürlich davon, und einige waren schockiert, während andere, darunter Hubert und Selina, fanden, ihre Kusine hätte einen glänzenden Streich gespielt. Jedenfalls hatte der Vorfall keine erkennbaren Folgen, und obwohl Sophy von ihren jungen Verwandten allerlei Spott einstecken mußte, fanden auch die Späße bald ein neues Ziel. Eine ergiebigere Zielscheibe für Scherze bot sich in Gestalt des jungen Lord Bromford, der unerwartet im Hause Rivenhall auftauchte und ihnen allen wie Manna vom Himmel fiel.

Lord Bromford war in der großen Welt so gut wie unbekannt, denn er war erst unlängst, nach dem Tode seines Vaters, zu einer bescheidenen Baronie gelangt. Er war das einzige überlebende Kind seiner Eltern, denn alle seine Geschwister (nach umgehenden Gerüchten schwankte die Zahl zwischen sieben und siebzehn) waren im zarten Alter gestorben. Dies mag der Grund gewesen sein, warum seine Mutter ihn von Anfang an nicht von ihrer Rockfalte gelassen hatte. Ein anderer Grund dafür ließ sich nicht finden, obwohl, wie Sophy, um gerecht zu bleiben, ihren Vettern und Kusinen auseinandersetzte, ein rosiger Teint und eine massive Körperlichkeit nicht unfehlbare Zeichen einer robusten Konstitution sein mußten. Der junge Mensch war zu Hause erzogen worden, und obwohl einmal der Plan erörtert worden war, ihn nach Oxford zu schicken, hatte eine von der Vorsehung gesandte Erkältung ihn zuletzt doch vor den Gefahren des Universitätslebens bewahrt. Lord Bromford hatte gewußt, daß die Lungen seines Erben zart waren, und so hatte Lady Bromford nur einige Wochen lang täglich alles Schlimme an die Wand malen müssen, was Henry von den Härten des Oxforder Lebens drohte, um den Gatten von solch einem Plan wieder abzubringen. Henry wurde in Begleitung eines Geistlichen, dem Lady Bromford ihr ganzes Vertrauen schenkte, nach Jamaica gesandt, um den Onkel, der dort Gouverneur war, zu besuchen. Das Klima dort sollte Leuten mit schwacher Lunge bekömmlich sein, und Henry war schon vier Tage auf hoher See, als seine Mama erfuhr, daß die Insel periodisch die Beute furchtbarer Wirbelstürme wurde. Nun war es zu spät, Henry zurückzuberufen, der seine Reise fortsetzte und zwar grausam an der Seekrankheit litt, aber bei der Ankunft in Port Royal den Husten ganz vergessen hatte, der sonst Anlaß zu schlimmen Befürchtungen bot. Kein Hurrikan ließ es sich während seines Aufenthalts beifallen, ihn davonzufegen, und als er einige Monate vor seiner Großjährigkeit wieder in England eintraf, war er so fett, daß seine Mama sich zum Erfolg ihres Unternehmens gratulieren konnte. Sie begriff auch nicht alsogleich, daß diese achtzehn Monate währende Trennung die Wirkung hervorgebracht hatte, ihn gelegentlich widerspenstig gegen ihre wohlmeinenden Vorschriften zu machen. Auf ihren leisesten Wunsch wechselte er die Strümpfe, wickelte den Hals in Tücher, hüllte die Beine in warme Decken und unterwarf sich den härtesten Diätvorschriften; als sie aber entschied, er dürfe seine Person nicht in den Trubel der Londoner Gesellschaft bringen, erklärte er nach geziemender Überlegung, daß er doch gern in London leben wolle; und als sie eine sehr günstige Partie für ihn arrangierte, sagte er, er wäre ihr gewiß sehr dankbar, doch sei ihm noch gar nicht klar, was für eine Art Frau er zu heiraten wünsche. Erörterungen gab es nicht; er kehrte einfach der Braut, die man ihm angesonnen hatte, den Rücken und schlug seinen Wohnsitz in London auf. Seine Mutter aber erzählte ihren Freundinnen, Henry sei wohl zu lenken, doch dürfe man ihn nicht drängen. Sein Kammerdiener, ein

Mann, der ein Ding gern frisch von der Leber weg beim Namen nannte, behauptete, Seine Lordschaft wäre eigensinnig wie ein Esel.

Er war schon einige Zeit in der Stadt, bevor die Rivenhalls seine Existenz zur Kenntnis nahmen. Seine intimen Freunde (nach Huberts Ansicht ein Rudel Tröpfe) gehörten nicht zum engeren Kreis, und erst als Seine Lordschaft Sophy bei Almack begegnet war und mit ihr einmal getanzt hatte, ging der Glanz seiner Persönlichkeit über dem Hause auf. Denn Lord Bromford, blind gegen Cecilias Schönheit wie gegen die Reize des Mädchens, das seine Mutter für ihn gewählt, hatte sich in den Kopf gesetzt, daß Sophy eine geeignete Frau für ihn wäre. So erschien er auf dem Berkeley Square in einem Augenblick, da Hubert und Selina gerade bei Lady Ombersley waren. Er blieb eine halbe Stunde und unterhielt seine Gastgeber mit so unterschiedlichen Gegenständen wie der Vegetation von Jamaika und der Wirkung schmerzlindernder Mittel auf den menschlichen Organismus. Mit wachsendem Unmut hörten die Rivenhalls zu, bis Sophy eintrat. Dann fielen ihnen die Schuppen von den Augen, sie begriffen, warum Seine Lordschaft ihnen die Ehre dieses morgendlichen Besuchs erwiesen hatte, und ihre Langeweile wandelte sich in höchst ungeziemende Heiterkeit. Sophys «Beau» wurde im Nu die solide Grundlage, auf der eine lebhafte Gesellschaft junger Leute tollkühne Konstruktionen aufbauten. Kein Straßensänger konnte unten auf dem Square seine Stimme erheben, ohne daß Hubert oder Cecilia aufbrachten, Lord Bromford bringe Sophy ein Ständchen dar; als er einmal drei Tage lang durch eine Magenverstimmung ans Bett gefesselt war, hieß es sogleich, er hätte sich um ihrer schönen Augen willen duelliert; und die Berichte von seinen Abenteuern in Westindien, aus der Phantasie dreier fruchtbarer Gehirne üppig genährt, nahmen solche Ausmaße an, daß Lady Ombersley und Miss Adderbury Protest erheben mußten. Doch wenn Lady Ombersley auch einen solchen Übermut mißbilligte, konnte sie auch nur darüber schmunzeln, wie zäh Lord Bromford seinen Plan verfolgte. Der geringste Vorwand genügte ihm, am Berkeley Square aufzutauchen; er erging sich im Hydepark, nur um Sophy aufzulauern und von ihr in den Phaeton gebeten zu werden; er erstand sogar einen billigen Gaul und ritt jeden Morgen die Row hinauf und hinunter, nur in der Hoffnung, Sophy würde Salamanca dort einreiten. Das Wundersamste war, daß er sogar seine Mama zwang, Verkehr mit Lady Ombersley zu pflegen und Sophy in ein Konzert alter Meister einzuladen. Anzüglichkeiten merkte er nicht, und als seine Mama eine Andeutung wagte, Sophy wäre doch kaum eine passende Frau für einen ernsten Mann, denn sie überlasse sich ganz ihren frivolen Neigungen, erklärte er, daß er wohl fähig sein würde, ihre Gedanken in ernstere Bahnen zu lenken.

Der Gipfel des Spaßes für die jungen Rivenhalls war, daß Charles, der sonst für prätenziöses Wesen nichts übrig hatte, aus unerforschlichen Gründen Seine Lordschaft ermutigte. Charles behauptete ernsthaft, es wäre mancherlei Gutes an Lord Bromford. Seine Konversation lasse ihn als vernünftigen Mann erkennen, und was er von Jamaika zu berichten wisse, sei äußerst interessant. Nur Selina (die sich, wie Charles sagte, zu einem lästigen Frechdachs auswuchs) erlaubte sich die Bemerkung, daß Lord Bromfords Auftauchen immer das Signal zu Charles' Flucht in den Klub wäre.

So war das Leben in dem Hause auf dem Berkeley Square durch die Bewerbung Seiner Lordschaft, durch die Vorbereitungen zu dem Ball, durch den Zustrom der Besucher und sogar durch Sophys Verstöße gegen den guten Ton heiter und abwechslungsreich geworden. Sogar Lord Ombersley bemerkte das. «Weiß Gott», sagte er, «was über euch gekommen ist! Früher war man hier immer wie lebendig begraben. Ich will dir etwas sagen, Lady Ombersley: du kannst fest damit rechnen, daß York zu unserem Ball kommt. Nicht formell, verstehst du, aber er hält sich jetzt in Stableyard auf, und es wird ihm vermutlich Vergnügen bereiten, eine halbe Stunde bei uns einzutreten.»

«Der Herzog von York kommt zu meinem Ball?» fragte Lady Ombersley in höchstem Erstaunen. «Mein lieber Ombersley, du bist offenbar nicht bei Verstand! Zehn, allenfalls zwölf Paare, die im Wohnzimmer tanzen, und ein paar Spieltische, die wir im Roten Salon aufstellen! Du wirst, ich bitte dich, doch nicht auf solche Ideen verfallen!»

«Zehn oder zwölf Paare? Nein, nein, Dassett würde nicht von roten Teppichläufern und einem Schirmdeck für die Auffahrt reden, wenn es bei einer solchen Kleinigkeit bliebe!» sagte Seine Lordschaft.

Diese ominösen Worte ließen Lady Ombersley erschauern. Bisher hatte sie nur den Tag für den Ball festgesetzt und Cecilia gebeten, bei der Versendung der Einladungen keinesfalls ein sehr törichtes junges Mädchen zu vergessen, das ihr Patenkind war und darum nicht übergangen werden konnte; darüber hinaus hatte sie sich keine Gedanken über die Angelegenheit gemacht. Jetzt raffte sie sich auf, ihre Nichte zu fragen, wieviel Gäste eigentlich erwartet würden. Und die Antwort versetzte sie beinahe in Krämpfe. Sie mußte Hirschhornsalz in Wasser trinken, das ihr Cecilia prompt reichte, bevor sie die Kraft fand, zu protestieren. Dann saß sie da, nippte abwechselnd am Hirschhornsalz und schnüffelte an dem Riechfläschchen, und dazu jammerte sie, sie erschauere bei dem Gedanken daran, was Charles sagen würde. Sophy brauchte zwanzig Minuten, sie zu überzeugen, daß er nicht gebeten worden sei, die Kosten zu tragen, die Sache ihn also nichts anginge; und auch dann noch fürchtete Lady Ombersley den unvermeidlichen Moment, da dies alles herauskommen mußte, und vermochte, als Charles ins Zimmer trat, ein nervöses Zusammenzucken nicht zu unterdrücken.

Es war günstig für den Erfolg der kleinen Expedition, daß die Wahrheit Charles noch nicht bekannt war, als die Ombersley-Gesellschaft zu dem Besuch bei der Marquesa de Villacañas aufbrach. Die Vorzeichen schienen glücklich: die Marquesa hatte Lady Ombersley einen sehr netten Brief geschrieben, hatte ihre Freude an dem vorgeschlagenen Besuch bekundet und die Lady gebeten, nur immer so viele von ihren interessanten Kindern mitzubringen, als da Lust hätten zu kommen; die Sonne schien, der Tag war warm; keine Aprilschauer standen zu befürchten; Miss Wraxton, die beizeiten in die Metropole zurückgekehrt war, um an dem Ausflug teilzunehmen, war in bester Stimmung und schloß nicht einmal Sophy von ihrer Huld aus. Im letzten Moment gab Hubert plötzlich zu wissen, daß er sich der Gesellschaft anzuschließen gedächte, denn auch er wünsche die Giraffe zu betrachten. Sophy schüchterte ihn mit einem Stirnrunzeln ein, und da seine Mutter die Bemerkung nicht verstanden hatte, aber Freude an seiner Begleitung äußerte, ging der peinliche Moment unbemerkt vorüber. Mr. Rivenhall begrüßte Sir Vincent Talgarth mit vollendeter Höflichkeit und plauderte ungezwungen mit ihm, während die drei Ladies sich in der Landaulette einrichteten; Miss Wraxton bat, man möge ihr den Rücksitz zuweisen, und Cecilia wollte das unbedingt nicht zulassen. So schien alles auf einen freudvollen Tag zu weisen, als Mr. Fawnhope um die Ecke bog, der Gesellschaft ansichtig wurde und auf sie zueilte.

Mr. Rivenhalls Gesicht wurde hart; ein anklagender Blick traf Sophy, doch sie schüttelte den Kopf. Mr. Fawnhope drückte Lady Ombersley die Hand und fragte, wohin es ginge. Sie erwiderte, man führe nach Merton, und darauf sagte er hintergründig: «Die Statuten. Nolumus leges Angliae mutari.»

«Das mag wohl so sein», erwiderte Lady Ombersley fast unfreundlich.

Miss Wraxton widerstand der Versuchung nicht, ihre höhere Bildung in Szene zu setzen, sie lächelte Mr. Fawnhope freundlich zu und sagte: «Sehr wahr. Es heißt doch, daß König Johann, bevor er die Magna Charta unterzeichnete, in der Priorei übernachtet haben soll. Es ist ein historisch sehr bedeutsamer Ort, dem Vernehmen nach war es der Schauplatz der Ermordung Cenulphs, Königs von Wessex. Übrigens hat der Ort auch neuere historische Momente», fügte sie hinzu, aber nun schon widerstrebend, denn bedauerlicherweise gehörte zu diesen frischeren Andenken eine gänzlich unerwähnbare Frau.

«Nelson!» rief Mr. Fawnhope. «Das romantische Merton! Ich komme mit!» Er kletterte in den Wagen, nahm neben Cecilia Platz und lächelte Lady Ombersley an wie ein Seraph. Und er verkündete: «Jetzt weiß ich wenigstens, was ich mir gewünscht habe. Es war mir nicht klar, als ich heute morgen aufstand, aber ich fühlte solch ein vages Unbehagen. Ich will nach Merton fahren.»

«Sie können nicht wünschen, nach Merton zu fahren», sagte Lady Ombersley fassungslos und zugleich besorgt, Charles könnte sie in noch größere Verlegenheit setzen, indem er diesen lästigen jungen Menschen scharf anließ.

«Ja», sagte Mr. Fawnhope, «dort wird es grün sein, und danach lechzt meine Seele! Mit Cecilien, der holden, will ich gen Merton ziehn, dort duften zart die Dolden, Narziß und Sommergrün. Häßliches Wort, Sommergrün! Und der unreine Reim! Warum ziehen Sie die Stirn in Falten? Soll ich nicht mitkommen?»

Diese plötzliche Verwandlung des verzückten Poeten in einen einschmeichelnden Knaben warf Lady Ombersley aus dem Gleichgewicht, und sie erwiderte besänftigt: «Wir würden Sie gewiß gern mitnehmen, Augustus, aber wir besuchen die Marquesa de Villacañas, und sie wird nicht auf Ihren Besuch vorbereitet sein.»

«Was für ein schöner Name!» sagte Mr. Fawnhope. «Villacañas! Wieviel Musik, wieviel Melodie in diesem Namen! Und wie paßt er zu solch spanischer Dame – in heiter üppigem Brokat, Juwelen, Gold, Jaspis, Achat!»

«Ich weiß wirklich nicht . . .», sagte Lady Ombersley ärgerlich.

Sophy, der Mr. Fawnhopes Verständnislosigkeit für alle Andeutungen, daß er unerwünscht sei, Vergnügen bereitete, sagte lachend: «Ja, Juwelen hat sie genug, um damit das Lösegeld für einen König zu bezahlen. Und ganz wie im Gedicht liebt sie wirklich einen Engländer: meinen Vater.»

«Großartig!» sagte Mr. Fawnhope. «Ich bin so froh, daß ich mitkommen kann!»

Wenn man ihn nicht kurzerhand aus dem Wagen werfen wollte, gab es kaum eine Möglichkeit, sich ihn vom Hals zu schaffen. Lady Ombersley warf ihrem ältesten Sohn einen verzweifelten, Cecilia warf ihm einen flehenden Blick zu; Miss Wraxton lächelte ermutigend, um ihr Verständnis anzudeuten und begreiflich zu machen, wie unbeirrbar sie in ihrem Entschluß sei, Cecilia im Auge zu behalten.

«Wer ist dieser Adonis?» fragte Sir Vincent Mr. Rivenhall. «Er und Ihre Schwester, Seite an Seite, da bleibt einem ja der Atem weg!»

«Augustus Fawnhope», erwiderte Mr. Rivenhall kurz. «Kusine, wenn du so weit bist, helfe ich dir in den Wagen.»

Lady Ombersley verstand diese Antwort als stillschweigendes Einverständnis und gab dem Kutscher einen Wink, loszufahren. Sir Vincent und Hubert schlossen sich dem Wagen an, und Mr. Rivenhall murmelte Sophy zu: «Wenn du das wieder angezettelt hast –»

«Auf mein Wort, nein. Aber wenn er auch nur die entfernteste Ahnung davon hat, wie feindlich du ihm gesinnt bist, dann kann ich nur sagen, Charles, daß er dich geschlagen hat: mit Mann und Roß und Wagen!»

Er mußte lachen. «Ich bezweifle, daß er von irgend etwas eine Ahnung hat und irgend etwas begreift, es sei denn einen Schlag mit einem Prügel. Wie ihr diesen Burschen ertragen könnt . . .»

«Ich sage dir doch, daß ich es gar nicht auf so etwas abgesehen hatte. Aber reden wir nicht davon! Ich habe einen heiligen Eid geschworen, heute nicht mit dir zu streiten.»

«Du setzt mich in Erstaunen! Warum denn?»

«Sei doch kein solcher Affe! Ich möchte deine Grauen kutschieren, das ist doch klar!»

Er nahm in der Karriole neben ihr Platz und nickte dem Groom zu, daß er den Halfter der Grauen freigeben könne. «Ach ja! Wenn wir aus London hinaus sind, magst du deinen Willen haben.»

«Diese Bemerkung ist darauf berechnet, mich aus der guten Laune zu bringen. Es wird dir nicht gelingen.»

«Ich zweifle an deiner Geschicklichkeit nicht.»

«Ein hübsches Geständnis. Und da du es gewiß nicht gern ablegst, doppelt wertvoll. Aber wir haben hier in England gute Straßen, da ist keine große Geschicklichkeit vonnöten. Du solltest die spanischen Straßen kennen!»

«Von langer Hand vorbereitete Provokation, Sophy», erwiderte Mr. Rivenhall.

Sie lachte, gab es auf und begann von der Jagd zu plaudern. Sobald man die engen Straßen hinter sich hatte, lockerte er die Zügel und überholte die Landaulette. Miss Wraxton plauderte angeregt mit Mr. Fawnhope, während Cecilia ärgerlich vor sich hinstarrte. Warum, das erklärte Hubert, der einen Moment neben der Karriole herritt und berichtete, im Wagen stünde Dantes Inferno zur Diskussion. «Und das muß ich zugunsten Fawnhopes sagen», fügte er hinzu, «er kennt dieses italienische Zeug weit besser als deine Eugenia, Charles, stundenlang kann er davon reden, kommt nicht in Verlegenheit! Und noch so einen anderen Knaben, Uberti oder so, den kennt er auch. Fades Zeug, wenn du mich fragst, aber Talgarth – übrigens, famoser Bursche, nicht? – findet ihn ungeheuer belesen. Cecilia ist gar nicht entzückt. Ich würde schrecklich lachen, wenn Eugenia sie bei dem Poeten ausstechen sollte!»

Da er von seinem Bruder nicht ermutigt wurde, dieses Thema weiter auszuspinnen, blieb er zurück und schloß sich wieder Sir Vincent an. Mr. Rivenhall übergab Sophy die Zügel und ließ die Bemerkung fallen, er wäre nur froh, nicht in der Landaulette sitzen zu müssen.

Aber sie bemerkte dazu nichts, und der Rest der Fahrt verlief sehr vergnüglich, und kein Zwischenfall trübte das gute Einvernehmen.

Das Haus, das Sir Horace für die Marquesa gewählt hatte, war ein geräumiger Landsitz im Stil Palladios, reizend in Gärten eingebettet, mit einem angrenzenden Hain, der von den Wiesengründen durch ein

Gatter abgetrennt war, aber durch schöne Schmiedeeisentore betreten werden konnte, die ein früherer Besitzer aus Italien mitgebracht hatte. Einige niedrige Stufen führten von der Auffahrt zum Haupteingang. Das Tor wurde, als die Karriole anrollte, weit geöffnet, und ein kleiner schwarzgekleideter Mann trat mit einer Verneigung vor. Sophy begrüßte ihn in ihrer gewohnten freundlichen Art und erkundigte sich, wo Mr. Rivenhall seine Pferde abstellen könne. Der Kleine hob mit Befehlshabergebärde Daumen und Zeigefinger, fast wie zum Verschwörereid, und plötzlich kam, wie aus dem Nichts, ein Groom angesprungen und stand schon neben den Grauen.

«Ich möchte sehen, Sophy, wie meine Pferde untergebracht werden, und dann zusammen mit Mutter eintreten», sagte Mr. Rivenhall.

Sophy nickte, stieg die Stufen hinan und sagte: «Es sind zwei Leute mehr mitgekommen, als Sie erwarteten, Gaston. Ihnen macht das doch gewiß nichts aus.»

«Es spielt keinerlei Rolle, Mademoiselle», sagte er großartig. «Madame erwartet Sie im Salon.»

Die Marquesa hatte sich in einem Salon, der südwärts auf die Rasenflächen hinausging, auf einem Sofa ausgestreckt. Die Frühlingssonne war noch keineswegs grell, aber die Jalousien waren halb herabgelassen, um sie auszuschließen. Da dic Jalousien grün waren wie die Bezüge der Stühle, lag der ganze Raum in einem gedämpften Licht, als wäre er unter Wasser. Sophy zog sofort die Vorhänge zur Seite und rief: «Sancia, du kannst unmöglich schlafen, wenn deine Gäste schon fast vor der Türe sind!»

Eine schwache Stimme antwortete vom Sofa her: «Mein Teint, Sophy! Nichts schadet dem Teint so sehr wie Sonnenschein! Wie oft habe ich dir das schon gesagt!»

Sophy trat zu ihr und beugte sich herab, um sie zu küssen. «Gewiß, teuerste Sancia, aber meine Tante wird dich ziemlich verrückt finden, wenn du hier im Dunkeln liegst, so daß sie sich zu dir nur herantasten kann. Steh auf!»

«Bien entendido, ich stehe auf, wenn deine Tante nah ist», erklärte die Marquesa mit Würde. «Sobald sie da ist, werde ich auf sein. Ich mag keine jähen Anstrengungen.»

Und zum Beweis löste sie einen wundervoll gestickten Schal von ihren Füßen, warf ihn auf den Boden und gestattete Sophy, ihr beim Aufstehen behilflich zu sein.

Sie war eine opulente Brünette, eher französisch als englisch gekleidet, und ihr schimmerndschwarzes Haar wurde nur von einer Mantilla überragt, die über einen hohen Kamm arrangiert war. Ihr Kleid war aus Gaze über Satin, unterhalb der vollen Brust knapp anliegend, und es zeigte weit mehr von ihrer Figur, als Lady Ombersley schicklich finden konnte. Doch wurde dieser Eindruck wieder durch die zahlreichen Schals und Schleier aufgehoben, die sie zum Schutz gegen tückische Zugluft rund um sich drapiert hatte. Die Mantilla war mit einer großen Smaragdbrosche über dem tiefausgeschnittenen Mieder befestigt; weitere Smaragde in massiver Goldfassung baumelten von ihren Ohrläppchen nieder; ihre weithin berühmten Perlen trug sie in einer zweifach um den Hals geschlungenen Kette, die bis zur Taille reichte. Sie war außerordentlich schön, hatte große, verschlafene, dunkle Augen und eine milchweiße Haut, von der Hand eines Künstlers zart getönt. Sie mochte nicht viel mehr als fünfunddreißig Jahre zählen, schien aber durch die Fülle ihres Körpers älter. Wie eine Wittfrau sah sie keineswegs aus, und das war auch der erste Gedanke, der Lady Ombersley kam, als sie den Raum betrat und die müd erhobene Hand ergriff.

«Com' está?» sagte die Marquesa mit ihrer wohlklingenden, trägen Stimme.

Das schüchterte Hubert ein, der sich vergewissert hatte, daß sie glänzend Englisch sprach. Er warf Sophy einen vorwurfsvollen Blick zu, und sie rief ihre künftige Stiefmutter sofort zur Ordnung. Die Marquesa lächelte sanft und sagte: «De seguro! Ich spreche Französisch und Englisch, beides recht gut. Und auch Deutsch, nicht ganz so gut, aber doch besser als die meisten Leute. Ich bin überaus glücklich, die Schwester von Sir Horace kennenzulernen. Ähnlich sehen Sie ihm allerdings nicht, Señora. Valgamé! Sind das alles Ihre Söhne und Töchter?»

Lady Ombersley beeilte sich, dies zu berichtigen und die Gäste vorzustellen. Die Marquesa verlor bald das Interesse an ihnen, lächelte ihnen aber, alle mit einem Blick umfassend, zu und bat sie, Platz zu nehmen. Sophy erwähnte, daß Sir Vincent doch ein alter Bekannter sei, so reichte sie ihm die Hand und sagte, sie entsinne sich sehr wohl. Niemand glaubte ihr, und am wenigsten Sir Vincent; als aber dann ein bestimmter Abend im Prado erwähnt wurde, begann sie zu lachen und sagte, jawohl, jetzt entsänne sie sich seiner, pechero, der er war! Mittlerweile hatte sie Zeit gehabt, die vollendete Schönheit Cecilias zu bemerken. Sie beglückwünschte Lady Ombersley dazu und versicherte, das wäre die vollendete englische Schönheit, die auf dem Kontinent so viel bewundert werde. Offenbar empfand sie, daß nun auch etwas über Miss Wraxton gesagt werden mußte, sie lächelte ihr freundlich zu und meinte, sie wäre wohl sehr englisch. Miss Wraxton, die Cecilia die Schönheit nicht neidete (denn man hatte sie dazu erzogen, Schönheit für etwas Oberflächliches zu halten, das nicht unter die Haut ging), erwiderte, sie wäre wohl nur ein Normaltyp, und in England wären jetzt Dunkelhaarige in Mode.

Nachdem dieser Gesprächsstoff erschöpft war, trat Schweigen ein, die Marquesa ließ sich auf ihr Sofa zurücksinken, und Lady Ombersley überlegte, mit welchen Themen man wohl das Interesse dieser lethargischen Dame wecken könnte. Mr. Fawnhope, der sich in einem brokatüberzogenen Fensterstuhl niedergelassen hatte, blickte auf den grünen Rasen hinaus, nach dem seine Seele lechzte; Hubert betrachtete die Gastgeberin mit fasziniertem Blick; und Mr. Rivenhall, der sich der allgemeinen Situation anpassen wollte, nahm von einem Tisch, der in Reichweite stand, eine Zeitschrift und blätterte darin. So mußte Miss Wraxton und ihrem feinen gesellschaftlichen Takt die Aufgabe zufallen, in die Bresche zu treten, und sie tat das, indem sie der Marquesa versicherte, sie sei eine große Bewunderin des Don Quijote.

«Alle Engländer sind das», erwiderte die Marquesa, «aber darum spricht doch keiner von ihnen den Namen richtig aus. Als die englische Armee in Spanien war, gab sich jeder Offizier für einen Bewunderer des Cervantes aus, aber meist steckte nichts dahinter. Übrigens haben wir auch Quevedo, Espinel und Montelban, um nur einige wenige zu nennen. Und in der Poesie . . .»

«El Fenix de España», warf Mr. Fawnhope ein.

Die Marquesa betrachtete ihn wohlwollend. «Sehr richtig. Sind Sie mit den Werken des Lope de Vega vertraut? Sophy», wandte sie sich spanisch an das junge Mädchen, «dieser junge Mann mit dem Engelsgesicht liest Spanisch!»

«Leidlich», bestätigte Mr. Fawnhope, den die Beschreibung seines Gesichts keineswegs verletzte.

«Wir wollen miteinander plaudern», sagte die Marquesa.

«Keineswegs», entschied Sophy mit Festigkeit. «Zumindest nicht spanisch!»

Es war für den Erfolg des Besuches von Vorteil, daß Gaston eintrat und meldete, im Speisesaal stünden Erfrischungen bereit. Nun stellte sich heraus, daß die Marquesa zwar eine indolente Gastgeberin war, ihr maître d'hôtel aber nichts dem Zufall überließ. Eine Unmenge leckerer ausländischer Gerichte, mit Aspik garniert, mit köstlichen Saucen gewürzt und mit verschiedenen leichten Weinen serviert, erwarteten die Gäste. Gelees, Appetitbissen, Sillabub aus Milch, Wein, Zucker und Zitrone, Vierfruchtkonfitüren und Kaffeecreme in Mandelteigschälchen bildeten einen Imbiß, den die Marquesa eine leichte Marienda nannte. Aus der zurückhaltenden Art, wie Miss Wraxton von diesen Köstlichkeiten nahm, war unschwer zu erkennen, daß sie so schwelgerische Gastfreundschaft vulgär fand; Hubert aber langte herzhaft zu und begann zu finden, die Marquesa sei doch, alles in allem, eine ganz passable Person. Und als er sah, wieviel Kaffeecremetörtchen, italienische Biskotten und Likörkirschen sie selbst in der harmlosesten Weise verzehrte, spiegelte sich in seinem Antlitz ein Respekt, der an Schrecken grenzte.

Als die Mahlzeit zu Ende ging, neigte sich Gaston zum Ohr seiner

Herrin und brachte in Erinnerung, daß der Zugang zum Hain geöffnet sei. «Ach ja», sagte sie, «der Glockenblumenwald! Ein hübsches Fleckchen! Die jungen Leute werden sich gern darin ergehen und wir, Señora, können uns einstweilen ausruhen.»

Lady Ombersley wäre es im Leben nicht eingefallen, einem Besuch eine Siesta anzutragen, da sie aber gern am Nachmittag ein Schläfchen absolvierte, hatte sie gegen dieses Programm nichts einzuwenden und folgte der Marquesa in den Salon. Zunächst versuchte sie die Marquesa in ein Gespräch über ihren Bruder zu verwickeln, aber ohne nennenswerten Erfolg. Die Marquesa sagte nur: «Die Witwenschaft ist nicht amüsant, und außerdem ziehe ich England Spanien vor, seit dort alles so verarmt ist. Aber Sophiens madrusta sein — nein, und tausendmal nein!»

«Wir alle sind sehr von meiner lieben Nichte eingenommen», sagte Lady Ombersley abwehrend.

«Ich auch, aber sie ermüdet mich allzu sehr. Man weiß nie, was sie im nächsten Augenblick tut, oder, schlimmer noch, ob sie einen nicht zu etwas bringen will, was man doch gar nicht zu tun wünscht.»

Lady Ombersley vermochte der Versuchung nicht ganz zu widerstehen, einen leisen Spott zu äußern. «Meine Liebste, ich bin überzeugt, daß meine Nichte Sie nie überreden könnte, sich zu etwas aufzuraffen, wozu Sie keine Lust haben.»

«Aber ja, doch», sagte die Marquesa einfach, «Sie kennen offensichtlich Sophy noch gar nicht. Ihr Widerstand entgegenzusetzen, ist noch viel, viel ermüdender.»

Mittlerweile war der Gegenstand dieses Gesprächs im Garten damit beschäftigt, in Huberts Knopfloch eine Blume zu befestigen. Mr. Rivenhall hatte sich in der Richtung nach den Ställen verflüchtigt, und die vier übrigen zogen durch den Strauchgarten zum Glockenblumenhain; Mr. Fawnhope spürte bereits die Inspiration, die, wie er behauptete, erst der Anblick Cecilias in dem Hain fruchtbar machen konnte. Bisher war ihm erst eine Zeile eines Gedichts gelungen, doch fand er sie vielversprechend: «Wenn zwischen blauen Glocken sanft Cecilia wandelt», murmelte er.

«Ganz im karolinischen Stil», bemerkte Miss Wraxton.

Mr. Fawnhopes Verse waren immer angelehnt an klassische Vorbilder, aber er hörte das so wenig gern wie nur je ein Poet, und so nahm er Ceciliens Hand und hätte sie davongeführt, wäre nicht Miss Wraxton auf der Hut gewesen, dergleichen zu verhindern. Energisch schloß sie sich den Liebenden an, und durch eine geschickte Anspielung auf Cowper gelang es ihr, Mr. Fawnhopes Aufmerksamkeit von Cecilia abzulenken. Sir Vincent, der sich über die Langeweile hinwegtröstete, indem er die Komik dieser Situation genoß, wartete nur einen günstigen Augenblick ab, und nun wurde er entschädigt. Cecilia, die an solch gehobener Unterhaltung nicht teilzunehmen vermochte, denn sie war keine große Bücherkennerin, blieb sacht zurück. Sir Vincent trat an ihre Seite, und gar bald hatte er sie nicht nur aus ihrem Verdruß, sondern auch aus dem Hain herausgelockt. Zwar, so sagte er, bewunderte er Miss Wraxtons Geist zutiefst, doch sei ihm ihre Konversation beschwerlich. Bäume und Blumen übten eher eine auflockernde Wirkung auf seinen Verstand aus. Auch wäre der Boden hier feucht. Für eine zarte Dame gewiß nicht das richtige. So führte er Cecilia zum Taubenschlag, und da er in der Kunst des Flirtens bewandert war, sie ihrerseits aber ein kleines Getändel nicht von sich wies, wenn man damit einen öden Nachmittag vertreiben konnte, verbrachten sie zusammen eine recht angenehme Stunde.

Und während all dies vor sich ging, spazierten Sophy und Hubert im Strauchgarten herum. Es war Sophy nicht entgangen, daß er in den letzten Tagen zwischen jauchzendem Glücksgefühl und tiefster Niedergeschlagenheit geschwankt hatte. Sie hatte dieser Tatsache sogar vor Cecilia Erwähnung getan, aber die meinte nur, Hubert sei immer launisch gewesen, und schien nicht geneigt, tiefer darüber nachzudenken. Sophy aber duldete es nie, daß jemand Kummer litt, ohne sofort den Gründen nachzugehen und sie, wenn möglich, zu beheben. Immerhin war sie ihm nun nahe genug gekommen, um eine Andeutung riskieren zu können, und tatsächlich blieb er, wenn er ihr auch nicht gerade sofort sein Vertrauen entgegentrug, wenigstens nicht, wie sie befürchtet hatte, auf dem hohen Roß sitzen. Ja, er bekannte offen, daß er ein wenig in Sorgen sei, doch handle es sich dabei um keine große Angelegenheit und er hoffe die Sache binnen weniger Tage beizulegen.

Sophy, die ihn zu einer Rasenbank geleitet hatte, nötigte ihn, sich neben sie zu setzen. Während sie mit dem Sonnenschirm ein Muster in den Sand zeichnete, sagte sie: «Wenn es dabei um Geld geht – und es geht doch fast immer um Geld, denn Geld ist das ekelhafteste Ding auf der ganzen Welt! – und wenn du deinen Papa nicht darum bitten magst, dann glaube ich, dir helfen zu können.»

«Was das schon hülfe, meinen Vater darum zu bitten!» sagte Hubert. «Der kann sich selber nicht rühren, und darum ist es doppelt ungerecht, aber glaube mir, das einzige Mal, daß ich ihn jemals um Geld bat, geriet er ärger in Wut als Charles.»

«Gerät Charles denn manchmal in Wut?»

«Na weißt du –! Nein, seine Wut, die wäre mir noch nicht das Schlimmste!» erwiderte Hubert bitter.

Sie nickte. «Also du möchtest dich nicht an ihn wenden. Sag es mir doch, bitte!»

«Das tue ich bestimmt nicht», erwiderte Hubert würdevoll. «Schrecklich nett von dir, Sophy, aber so weit hab ich es noch nicht gebracht.»

«Wie weit?» fragte sie.

«Geld von Frauen ausleihen! Ist auch nicht nötig. Ich bringe das schon noch zustande, und noch bevor ich nach Oxford zurückfahre, gottlob!»

«Aber wie?»

«Mach dir keine Gedanken darüber, es kann nicht schiefgehen! Und wenn es schiefgeht – aber das tut's ja nicht! Bestimmt nicht! Ich habe zwar einen Vater, der – na, von dem zu reden hat ja gar keinen Sinn! Und ich habe vielleicht einen verdammt widerlichen Bruder, der den Geldbeutel zugeschnürt hält, daß man ihn für einen Juden halten möchte, aber glücklicherweise habe ich noch ein paar gute Freunde – da kann Charles sagen, was er will!»

«Oh!» sagte Sophy und dachte über diese Eröffnung nach. Charles mochte unangenehm sein, aber sie erriet, daß wohl etwas daran sein mochte, wenn er von diesen Freunden Huberts nichts wissen wollte. «Also er kann deine Freunde nicht leiden?»

Hubert lachte kurz auf. «Na eben! Bloß weil sie Verstand haben und hie und da sich einen Jux leisten, darum predigt er schon wie ein Methodist, und – hör einmal, Sophy, du wirst doch nicht etwa mit Charles reden?»

«Natürlich tu ich so was nicht!» versicherte sie empört. «Für wen hältst du mich eigentlich?»

«Nein, ich denke nicht so von dir, nur ... na, es ist ja gleichgültig! Heute in acht Tagen bin ich munter wie ein Fisch im Wasser, und noch einmal laufe ich in so was nicht hinein, das sag ich dir!»

Damit mußte sie sich zufriedengeben, mehr wollte er nicht sagen. Sie machte noch eine Runde mit ihm um den Strauchgarten, dann ging sie zum Haus zurück.

Sie fand Mr. Rivenhall mit Tina, die zu seinen Füßen lag und schlafend eine üppige Mahlzeit verdaute, unter einer Ulme sitzen. «Wenn du ein köstliches Bild sehen willst, Sophy», sagte er, «so wirf einen Blick durch das Fenster in den Salon! Mutter im tiefsten Schlaf auf dem einen, die Marquesa auf dem anderen Sofa.»

«Nun, wenn ihnen das Vergnügen macht, sollten wir sie nicht stören», meinte sie. «Mir wäre es keines, aber ich versuche mir vor Augen zu halten, daß manche Leute ihr halbes Leben so vertrödeln.»

Er rückte zur Seite, um ihr Platz zu machen. «Nun, Trägheit ist wohl nicht deine hervorstechendste Sünde», räumte er ein. «Manchmal frage ich mich, ob es für uns nicht besser wäre, wenn du ein wenig zur Faulheit neigtest, aber wir haben ja verabredet, heute nicht zu streiten, also will ich diesen Gedanken nicht weiter verfolgen. Sag, Sophy, wie ist mein Onkel nur auf die Idee gekommen, diese Frau zu heiraten?»

Sie zog die Brauen hoch. «Sie hat ein sehr liebenswürdiges Naturell, weißt du, und Sir Horace hat etwas für geruhsame Frauen übrig.»

«Komisch, daß du mit einer so unmöglichen Verbindung einverstanden bist!»

«Unsinn! Ich habe da nichts dreinzureden.»

«Meiner Ansicht nach hast du da sehr viel dreinzureden! Spiel doch nicht die Harmlose, Kusine! Ich kenne dich jetzt genug, um zu wissen, daß du meinen Onkel fest in den Zügeln hast. Vermutlich hast du ihn im Lauf der Zeit schon vor Dutzenden von Marquesas bewahrt.»

Sie lachte. «Na, das wohl», gestand sie. «Aber von denen hätte keine dem armen Menschen ein behagliches Leben bereitet, und das wird Sancia doch wohl tun. Ich bin mir schon lange darüber klargeworden, daß er wieder heiraten sollte.»

«Jetzt wirst du gleich behaupten, daß du diese Ehe gestiftet hast.»

«Ach wo! Für Sir Horace braucht man so etwas nicht zu arrangieren», sagte sie freimütig, «ich kenne keinen Menschen, der so zart besaitet ist wie er, und die Gefahr ist die: wenn eine hübsche Frau sich an seiner Schulter ausweint, kann sie ihn zu allem bringen.»

Er antwortete nicht, und sie bemerkte, daß seine Aufmerksamkeit auf Cecilia und Sir Vincent gerichtet war, die gerade um die gestutzte Eibenhecke bogen. Seine Stirn verdüsterte sich ein wenig, und so sagte Sophy streng: «Werde nur nicht gleich wieder mißlaunig, weil Cecy ein wenig mit Sir Vincent flirtet! Du solltest froh sein, daß sie sich noch für einen anderen Mann als Mr. Fawnhope interessiert. Aber dir ist ja gar nichts recht!»

«So eine Verbindung wäre mir gewiß nicht recht.»

«Kein Anlaß zur Beunruhigung! Sir Vincent ist nur auf Erbinnen aus, er wird Cecy bestimmt keinen Antrag machen.»

«Das ist es auch nicht, was ich fürchte», erwiderte er.

Mehr konnte sie nicht sagen, denn nun kam das Paar bereits näher. Cecilia, hübscher als je, berichtete, wie Sir Vincent einen Lakaien gefunden hätte, der ihnen Mais für die Tauben brachte. Sie hatte die Tauben gefüttert, und offenbar hatte sie mehr Vergnügen daran gefunden, die Tauben dazu zu bringen, daß sie die Maiskörner von ihren Lippen pickten, als auf Sir Vincents wohlerprobte Komplimente zu hören.

Bald stieß auch Hubert zu ihnen. Er warf Sophy einen so hinterlistigen Blick zu, daß er ihr trotz seines hohen Kragens, seines sorgfältig gelegten Plastrons und der modischen Weste wie ein Schuljunge erschien und nicht wie der junge Dandy, für den er sich hielt. Sie konnte sich nicht vorstellen, welchen Streich er in der kurzen Zeit ausgeheckt haben mochte, seit sie sich von ihm getrennt, und bevor sie über dieses Problem noch ernsthaft nachdenken konnte, wurde ihre Aufmerksamkeit von der Marquesa abgelenkt, die am Fenster auftauchte und durch Zeichen zu verstehen gab, sie sollten alle ins Haus kommen. Die Höflichkeit verpflichtete sogar Mr. Rivenhall, dieser

Aufforderung zu folgen. Sie fanden die Marquesa durch den kurzen Schlummer so erfrischt, daß sie geradezu angeregt wirkte. Lady Ombersley hatte, als sie aus ihrem Schlaf erwachte, die geheimnisvollen Worte gemurmelt: «Lotion der dänischen Hofdamen», und diese hatten auf ihre Gastgeberin einen so tiefen Eindruck gemacht, daß sie sich auf ihrem Sofa aufsetzte und rief: «Aber nicht doch! Das Destillat von grünen Fichtenzapfen ist weit besser, glauben Sie mir!» Als die jungen Leute ins Haus traten, hatten die beiden Damen bereits alle Mittel, den Teint frisch zu erhalten, erörtert, und wenn sie auch in so gewichtigen Fragen, wie dem Auflegen von rohem Kalbfleisch auf das Gesicht, um die Runzelbildung zu verhindern, weit auseinandergingen, waren sie sich doch über die wohltätige Wirkung von Kerbelwasser und zerdrückten Erdbeeren einig.

Da nun seit der leichten Marienda gute zwei Stunden verstrichen waren, bedurfte die Marquesa dringend weiterer Atzung und lud ihre Gäste herzlich zu Tee und Bischofsbrot ein. Erst jetzt bemerkte Lady Ombersley, daß Miss Wraxton und Mr. Fawnhope ferngeblieben waren, und erkundigte sich, wo sie wohl steckten. Cecilia erwiderte mit einem Achselzucken, daß sie miteinander sicher im Hain Verse rezitierten; als die beiden aber auch nach zwanzig Minuten nicht auftauchten, wurde nicht nur Lady Ombersley, sondern auch ihr ältester Sohn ein wenig nachdenklich. Jetzt erst entsann sich Sophy Huberts listigen Blickes. Sie warf ihm einen Seitenblick zu und entdeckte eine durchaus unglaubwürdige Gleichgültigkeit in seiner Miene. Ahnungsvoll nahm sie einen Vorwand wahr, ihren Platz zu wechseln und sich neben ihn zu setzen. Gedeckt durch das allgemeine Geplauder, flüsterte sie ihm zu: «Was hast du angestellt, du scheußliches Geschöpf?»

«Die Tür zu dem Hain abgesperrt», flüsterte er ihr zu. «Die können nicht mehr heraus. Das wird Eugenia lehren, ewig mit ihren Anstandsregeln aufzutrumpfen!»

Sie mußte ein Auflachen unterdrücken, brachte aber doch den angemessenen Ernst auf, zu sagen: «Das geht nicht! Wenn du den Schlüssel hast, gib ihn mir so, daß niemand es merkt.»

Er brummte etwas von Spielverderberei, fand aber dann doch bald eine passende Gelegenheit, den Schlüssel in ihren Schoß gleiten zu lassen. Vor einer Stunde war es ihm als glänzender Einfall erschienen, den Zugang zum Hain zu verschließen, nun aber war ihm doch klargeworden, daß es vielleicht schwieriger sein würde, das eingeschlossene Paar unauffällig wieder herauszulassen.

«Es sieht der lieben Eugenia so gar nicht ähnlich!» sagte Lady Ombersley. «Ich kann mir gar nicht vorstellen, wo sie nur sein mag!»

«En verdad, das kann man wohl erraten», erwiderte die Marquesa belustigt. «Ein so schöner junger Mann und eine so romantische Szenerie!»

«Ich will doch einmal nach ihnen sehen», sagte Mister Rivenhall und stand auf.

Hubert begann ein wenig beunruhigt dreinzusehen, aber da rief Sophy: «Ob vielleicht einer der Gärtner gemeint hat, wir wären alle schon zurück und das Gittertor abgeschlossen hat? Entschuldige, Sancia!»

Sie holte Mr. Rivenhall im Strauchgarten ein und rief: «So eine Dummheit! Sancia hat in ihrer ewigen Angst vor Dieben ihre Diener darauf gedrillt, keines der Tore jemals unverschlossen zu lassen. Einer der Gärtner hat geglaubt, wir wären schon alle im Haus, und hat den Zugang zum Hain versperrt. Gaston hatte den Schlüssel: hier ist er!»

Eine Biegung des Kiespfades brachte den Zugang zum Hain in Sicht. Miss Wraxton stand an dem Gittertor, und es gehörte kein Scharfsinn dazu, ihre Mißlaune zu erraten. Weiter rückwärts saß, in eine metrische Komposition vertieft und offensichtlich der Welt weit entrückt, Mister Fawnhope.

Während Mr. Rivenhall den Schlüssel ins Schloß schob, sagte Sophy: «Was für ein Mißgeschick! Daran ist nur Sancias absurde Furchtsamkeit schuld! Sie haben sich gewiß furchtbar gelangweilt, nicht wahr? Oder ist Ihnen gar kalt, Miss Wraxton?»

Miss Wraxton hatte eine böse halbe Stunde hinter sich. Als sie sich in den Hain eingeschlossen fand, hatte sie zunächst Mr. Fawnhope aufgefordert, über das Gitter zu steigen, und als er das kurz und bündig ablehnte, hatte sie verlangt, er möge rufen. Inzwischen aber hatte die Ode, die sich in seinem Kopf formte, Besitz von ihm ergriffen, und er hatte versichert, dies wäre gerade der silvane Hintergrund, den er zu seiner Inspiration benötige. Er hatte sich auf eine Bank gesetzt, Bleistift und Papier hervorgezogen, und als sie ihn bat, doch etwas zu unternehmen, damit sie aus der Einsperrung herauskäme, hatte er nur mit einer Stimme, die erraten ließ, wie weit er in seinen Gedanken bereits entfernt war, geantwortet: «Pst!» Demgemäß trug sie Mord im Herzen, als die Hilfstruppe anrückte, und hatte, weiß vor Zorn, Sophy die unbedachte Beschuldigung entgegengeschleudert: «Das haben Sie getan!»

Sophy, der es leid tat, sie in einer so lächerlichen Situation zu finden, antwortete beschwichtigend: «Ein törichter Diener dachte, wir wären schon alle im Haus. Ärgern Sie sich nicht! Sancias wunderbarer Tee wird Sie anwärmen.»

«Ich glaube Ihnen nicht! Sie sind prinzipienlos, vulgär und —»

«Eugenia!» mahnte Mr. Rivenhall scharf.

Sie seufzte unmutig auf, äußerte aber nichts mehr. Sophy war mittlerweile beschäftigt, Mr. Fawnhope aus seiner Versunkenheit zu wekken, und Mr. Rivenhall sagte: «Es war nur ein mißlicher Zufall, man braucht ihn nicht aufzubauschen.»

«Ich bin überzeugt, daß deine Kusine das getan hat, um mich dem Gelächter preiszugeben», antwortete sie gedämpft.

«Unsinn!»

Sie begriff, daß er nicht auf ihrer Seite war. «Ich brauche dir wohl nicht zu erklären, daß ich nur die Absicht hatte, deine Schwester daran zu hindern, daß sie den ganzen Nachmittag in Gesellschaft dieses gräßlichen jungen Mannes verbrachte.»

«Mit dem Ergebnis, daß sie den ganzen Nachmittag in Gesellschaft Talgarths blieb», erwiderte er kalt. «Du hättest dich nicht zu plagen brauchen, Eugenia. Die Gegenwart meiner Mutter, von der meinen ganz zu schweigen, läßt deine Bemühung . . . ich möchte sagen: unnötig erscheinen.»

Man hätte erwarten mögen, daß diese harte Kritik Miss Wraxtons Topf zum Überlaufen brachte, aber es kam noch schlimmer, sie mußte im Salon noch die Kommentare der Marquesa erdulden. Die Marquesa unterhielt ihre Gäste mit einer Betrachtung über die erstaunlichen Freiheiten, deren sich die jungen Damen Englands erfreuten, sehr im Gegensatz zu den streng behüteten Edelfräulein Spaniens; alle, mit Ausnahme Mr. Rivenhalls, der betont schwieg, litten mit Miss Wraxton und suchten ihre Lage zu erleichtern, ja, Sophy ging so weit, ihr für die Heimkehr den Platz in der Karriole zu überlassen. Das besänftigte Miss Wraxton, aber als sie im Wagen ihr Verhalten vor ihrem Verlobten zu rechtfertigen suchte, schnitt er ihr kurz das Wort ab und erklärte, über diesen banalen Vorfall sei nun wohl genug geredet.

«Ich kann einfach nicht glauben, daß einer von den Lakaien schuld war», beharrte sie.

«Du solltest lieber so tun, als ob du es glaubtest.»

«Also glaubst du es selber auch nicht!»

«Nein, ich glaube, daß Hubert es war», erwiderte er kalt. «Und wenn ich recht habe, dann solltest du meiner Kusine dafür danken, daß sie dich so geschickt aus der Sache befreit hat.»

«Hubert! Warum sollte er sich so gar nicht gentlemanlike benehmen?»

Er zuckte die Achsel. «Vermutlich ein Scherz; möglich, daß er dir dein Verhalten gegenüber Cecilia übelgenommen hat, meine liebe Eugenia. Er hängt sehr an seiner Schwester.»

Sie erwiderte tief gekränkt: «Dann wirst du ihn doch hoffentlich zur Rede stellen!»

«Ich werde keinerlei derartige Ungeschicklichkeiten begehen», erwiderte Mr. Rivenhall vernichtend.

## IX

Kurz nach diesem nicht ganz gelungenen Ausflug aufs Land tat Mr. Rivenhall seine Absicht kund, für einige Zeit nach Ombersley zu fahren. Seine Mutter hatte dagegen nichts einzuwenden, begriff aber, daß der lange gefürchtete Augenblick nun gekommen war, da sie Farbe bekennen mußte, und sagte mit einer Ruhe, die sie bei weitem nicht wirklich empfand, es sei nur ihre Hoffnung, daß er rechtzeitig zu Sophys Abendgesellschaft wieder in London sein würde.

«Ist das so wichtig?» fragte er. «Ich bin kein enragierter Tänzer, Mama, und solch ein Abend ist das Langweiligste, das ich mir nur vorstellen kann.»

«Es ist doch wichtig», gestand sie, «man würde deine Abwesenheit übel vermerken, lieber Charles.»

«Du lieber Himmel, Mama, ich bin derartigen Veranstaltungen im Hause immer ferngeblieben.»

«Nun, die Gesellschaft wird ja doch wohl ein wenig größer werden, als wir zuerst dachten», meinte sie mit verzweifelter Entschlossenheit.

Er richtete seinen Blick, der sie so sehr in Verwirrung setzen konnte, auf sie. «Wirklich? Es sollten doch nur etwa zwanzig Leute eingeladen werden?»

«Nun, ein paar mehr werden es doch wohl werden.»

«Wieviel mehr?»

Sie war ganz damit beschäftigt, die Fransen ihres Schals, die sich um die Armlehne geschlungen hatten, aufzulösen. «Wir dachten, es wäre vielleicht doch das beste . . . es ist ja die erste Gesellschaft für deine Kusine, und dein Onkel hat solchen Wert darauf gelegt, sie in die Gesellschaft einzuführen . . . nun, wir dachten, man sollte doch einen Ball geben! Dein Vater hat versprochen, den Herzog von York mitzubringen, wenn auch nur für eine halbe Stunde. Der Herzog scheint mit Horace recht gut zu stehen. Gewiß ist das eine große Auszeichnung.»

«Wieviel Personen hast du eingeladen?» fragte Mr. Rivenhall, auf den diese Auszeichnung keinen Eindruck zu machen schien.

«Nun . . . nicht über vierhundert», stammelte die Mutter zerknirscht. «Aber es kommen ja sicher nicht alle.»

«Vierhundert! Wer das wieder angerichtet hat, brauche ich wohl nicht zu fragen. Und wer bezahlt dieses Vergnügen?»

«Sophy . . . das heißt natürlich der Onkel. Nichts davon fällt auf dich.»

Dies beschwichtigte ihn nicht etwa, sondern setzte ihn in Zorn. «Und du bildest dir ein, daß ich diesem verdammten Ding erlauben werde, unsere Bälle zu bezahlen? Wenn du schon ungeschickt genug warst, auf so etwas einzugehen —»

Lady Ombersley suchte ihre Zuflucht bei den Tränen und tastete nach dem Riechsalz. Ihr Sohn betrachtete sie verwirrt: «Weine nicht, Mama, ich weiß sehr wohl, wem ich dafür zu danken habe!»

Eine Unterbrechung bot sich Lady Ombersley höchst willkommen in Gestalt Selinas dar, die ins Zimmer gelaufen kam: «Ach, Mama, als wir den Ball für Cecilia gaben, haben wir doch –» Jetzt erst bemerkte sie ihren ältesten Bruder und blieb erschrocken im Satz stecken.

«Sprich doch weiter!» sagte Mr. Rivenhall grimmig. «Was war, als wir den Ball für Cecilia gaben?»

«Nun, du weißt ja jetzt wohl alles über Sophys Ball. Tun kannst du auch nichts mehr, denn die Einladungen sind ausgeschickt, und dreihundertachtzig Personen haben schon zugesagt! Mama, Sophy sagt, bei ihren großen Empfängen in Wien hat Sir Horace immer die Polizisten verständigt, damit sie die Straße freihalten, den Kutschern den Weg weisen und so weiter. Haben wir das bei Cecilias Ball nicht auch getan?»

«Ja . . . und die Fackelträger auch», erwiderte Lady Ombersley, die einen Moment hinter ihrem Taschentuch hervorkam, aber alsogleich wieder in seinen Schutz flüchtete.

«Ja, und dann der Champagner», sagte Selina, entschlossen, alles in einem zu ordnen. «Soll man ihn bei Gunter bestellen wie das übrige oder –?»

«Du magst meine Kusine informieren», fiel Mr. Rivenhall ihr ins Wort, «daß der Champagner aus unserem eigenen Keller sein wird.» Dann kehrte er der kleinen Schwester den Rücken und wandte sich wieder an die Mutter: «Wie kommt das nur, daß Eugenia die Sache nicht vor mir erwähnt hat? Ist sie denn nicht zu eurem Ball gebeten?»

Ein verzweifelt fragender Blick kam hinter dem Taschentuch hervor und suchte bei Selina Aufklärung.

«Du lieber Gott, Charles, hast du denn vergessen, daß die Wraxtons in Trauer sind? Sie hat uns doch ein dutzendmal erklärt, daß ihr der Anstand verbietet, an irgendwelchen größeren Gesellschaften teilzunehmen.»

«Also auch das hat meine Kusine zuwege gebracht!» Sein Mund wurde hart. «Ich muß schon sagen, daß ich erwarten durfte, du würdest wenigstens, wenn du schon diese Narrheiten mitmachst, meiner angetrauten Verlobten eine Einladung schicken.»

«Aber natürlich, Charles! Wenn das nicht geschehen ist, so war es nur ein bedauerliches Versehen. Übrigens hat Eugenia uns wirklich gesagt, daß sie, solange sie schwarze Handschuhe trägt –»

«Ach, Mama, um Gottes willen nicht!» rief Selina heftig. «Sie wird uns mit ihrem langen Pferdegesicht alles verpatzen!»

«Wie kannst du dich unterstehen?» rief Mr. Rivenhall wütend.

Ein wenig eingeschüchtert stammelte Selina: «Was du auch davon denkst, Charles – sie verpatzt alles!»

«Nur so weiter in den Fußstapfen meiner Kusine!»

Selina errötete und blickte zu Boden. Mr. Rivenhall wandte sich wieder seiner Mutter zu: «Du hast vielleicht die Güte, mir zu sagen, wie das zwischen dir und Sophy arrangiert worden ist. Hat sie dir eine Anweisung auf die Bank meines Onkels gegeben oder –?»

«Ich . . . ich weiß nicht. Wir haben noch gar nicht davon gesprochen. Ich habe ja selbst vor kurzem erfahren, Charles, daß man so viele Leute eingeladen hat.»

«Aber ich weiß es, Mama», mischte sich Selina ein. «Die Rechnungen gehen direkt an Sophy. Du brauchst dich gar nicht darum zu kümmern.»

«Danke», sagte Charles und verließ abrupt das Zimmer.

Er fand seine Kusine in dem kleinen Salon an der Gartenfront, der allgemein das Zimmer der jungen Damen hieß. Sie stellte gerade eine Liste zusammen, blickte aber auf, als die Tür sich öffnete, und lächelte Charles an. «Du suchst Cecilia? Sie ist mit Miss Adderbury in die Bond Street gefahren, Einkäufe zu besorgen.»

«Nein, ich suche nicht Cecilia, ich habe mit dir zu reden, Kusine, und lange werde ich dazu nicht brauchen. Wie ich höre, gibt meine Mutter am Dienstag dir zu Ehren einen Ball, und infolge irgendeines sonderbaren Mißgriffs gehen die Rechnungen an dich. Willst du so gütig sein, sie zusammenzusuchen und mir zu geben?»

«Wieder hoch zu Roß, Charles? Das ist Sir Horaces Ball, nicht der meiner Tante. Es ist kein Mißgriff unterlaufen.»

«Sir Horace mag in seinem Haus der Herr sein – wenngleich ich das bezweifle –, aber hier ist er es nicht. Wenn meine Mutter einen Ball geben will, dann tut sie es eben, und auf keinen Fall belasten die Kosten meinen Onkel. Es ist unerträglich, daß du meine Mutter beredet hast, auf so etwas einzugehen. Gib mir alle Rechnungen, die du hast, wenn's gefällig ist!»

«Es ist mir gar nicht gefällig. Weder Sir Horace noch du, lieber Vetter, bist Herr in diesem Hause. Ich habe die Einwilligung Onkel Ombersleys zu allem erhalten.» Mit Befriedigung sah sie, daß er niedergeschmettert war. «An deiner Stelle, lieber Charles, würde ich jetzt einen Spaziergang in den Park unternehmen. Ich habe immer gefunden, daß nichts der guten Laune so förderlich ist wie frische Luft.»

Er bewahrte mühsam die Fassung. «Kusine, ich spreche im Ernst! Ich kann und werde so etwas nicht dulden!»

«Es hat dich niemand gebeten, etwas zu dulden! Wenn Onkel und Tante mit meinem Arrangement einverstanden sind, was hast du da, bitte, zu sagen?»

Er sprach durch die Zähne: «Kusine, ich glaube, ich habe schon einmal erwähnt, daß hier alles zum besten stand, bevor du es durcheinanderbrachtest.»

«Ja, das hast du, und du meintest damit, Charles, daß dir früher hier niemand zu widersprechen wagte. Du solltest mir dankbar sein — zumindest sollte es Miss Wraxton, denn bevor ich zu deiner Mutter kam, hättest du wohl einen recht unerquicklichen Ehemann abgegeben.»

Das brachte ihm einen Vorwurf ins Gedächtnis, den er ihr mit Recht machen konnte. Er sagte steif: «Da du Miss Wraxton erwähnst — ich wäre dir verpflichtet, Kusine, wenn du es vermeiden wolltest, meinen Schwestern zu sagen, daß sie ein Pferdegesicht hat.»

«Das ist doch kein Vorwurf gegen Miss Wraxton! Dafür kann sie nichts, und darauf habe ich deine Schwestern immer hingewiesen.»

«Ich finde Miss Wraxtons Gesicht außerordentlich edelrassig.»

«Gewiß, aber es war auch immer nur von einem edelrassigen Pferd die Rede.»

«Du willst also, wie ich sehe, Miss Wraxton herabwürdigen!»

«Ich, die ich eine solche Pferdeliebhaberin bin!» sagte Sophy ernst.

Unbeherrscht ging er auf dieses Argument ein. «Selina, die es mir hinterbrachte, ist keineswegs eine Pferdeliebhaberin, und sie —»

Er unterbrach sich, denn es wurde ihm bewußt, auf welche Absurdität er sich da eingelassen hatte.

«Sie wird es gewiß werden, wenn sie erst einige Monate mit Miss Wraxton zusammengelebt hat», meinte Sophy ermutigend.

Mr. Rivenhall überwand eine starke Versuchung, seiner Kusine eine Ohrfeige zu versetzen, stürzte hinaus und schlug die Türe hinter sich zu. Auf dem Treppenabsatz stieß er auf Lord Bromford, der dem Diener Hut und Mantel reichte. Sofort ersah Mr. Rivenhall seine Chance, an Sophy Rache zu nehmen, begrüßte ihn herzlich, erkundigte sich, ob er an dem Ball teilnehmen werde, und fuhr, als Seine Lordschaft versicherte, sich auf das große Ereignis schon sehr zu freuen, fort: «Sie sind wohl gekommen, sich meine Kusine für den Kotillon zu sichern? Sehr klug! Sie wird sicher sehr belagert sein! Dassett, Miss Stanton-Lacy ist im gelben Salon. Führen Sie Seine Lordschaft zu ihr!»

«Meinen Sie, daß ich das soll?» fragte Lord Bromford beunruhigt. «In Jamaica wurde nie Kotillon getanzt, ich habe jetzt zwar Lektionen genommen, zwei der Schritte kann ich einigermaßen. Wird man auch Walzer tanzen? Ich kann den Walzer nicht, finde ihn auch nicht schicklich. Ich hoffe, Miss Stanton-Lacy tanzt keinen Walzer. Ich mag eine Lady nicht dabei sehen.»

«Heutzutage tanzen alle Walzer», sagte Mr. Rivenhall, zum Äußersten entschlossen. «Sie sollten Lektionen nehmen, Bromford, sonst werden Sie an die Wand gedrückt.»

Lord Bromford überdachte die Sache ernsthaft. «Ich meine nicht, daß man seinen Prinzipien untreu werden soll, um Weiberlaunen nachzugeben. Gegen die Quadrille wüßte ich nichts einzuwenden, obwohl es noch immer Häuser gibt, in denen sie nicht zugelassen ist. Beim Reigentanz stelle ich meinen Mann. Gewisse Autoritäten haben den Rund- oder Reigentanz sogar in den Werken der Alten wiedergefunden. Wie sie wissen, empfahl Plato, daß schon die Kinder zum Tanzen angehalten werden; mehrere klassische Autoren empfahlen den Tanz als schickliche Erholung nach ernstem Studium.»

Jetzt entsann sich Mr. Rivenhall einer dringenden Verpflichtung und floh. Lord Bromford folgte Dassett, der sich über die Schicklichkeit, einzelne Herren in das Zimmer der jungen Damen zu führen, seine eigenen Gedanken machte, in den gelben Salon. Als Sophy Lord Bromford, geziemend von Selina begleitet, entgegentrat, verlor er keine Zeit, sie um den Kotillon zu bitten. Sophy verließ sich darauf, daß einer ihrer Freunde aus Spanien ihr zu Hilfe kommen würde, und lehnte bedauernd mit den Worten ab, sie sei schon engagiert. Er sah traurig und sogar ein wenig beleidigt aus, als er sagte: «Wie ist das möglich, wenn Ihr Cousin mir doch riet, mich zu beeilen, damit ich der erste wäre?»

«Charles? Hat er das wirklich getan?» fragte Sophy mit anerkennender Miene. «Er muß keine Ahnung davon haben, daß ich schon seit drei Tagen engagiert bin. Aber vielleicht können wir bei einem der Reigentänze Partner werden.»

Er verneigte sich: «Ich erwähnte eben vor Ihrem Cousin, daß wir uns auf gute Autoritäten stützen können, wenn wir dem Reigentanz huldigen. An ihm ist wirklich nichts Verletzendes zu finden. Den Walzer dagegen kann ich nicht billigen!»

«Sie sind gegen den Walzer? Wie mich das freut! Ich meine, man kann sich schwer vorstellen, daß Sie einer solchen Frivolität huldigen, Lord Bromford!»

Diese Wendung schien ihm zu gefallen. Er machte es sich in seinem Stuhl bequemer und sagte: «Sie stellen da eine interessante These auf, Gnädigste. Der Satz ist bekannt: Sage mir, mit wem du umgehst, und ich sage dir, wer du bist. Kann man einen Menschen nicht auch nach den Tänzen beurteilen, denen er huldigt?»

Da keine der beiden Damen die Neigung bezeigte, auf dieses Thema einzugehen, blieb seine Frage rein rhetorisch. Er verließ das gefundene Thema aber keineswegs und wurde erst durch Mr. Wychbold unterbrochen, der um den Vorzug bitten kam, Sophy und ihre Kusinen zu einer Raubtierschau zu begleiten, und dann um die Ehre des Kotillons nachsuchte. Sie mußte ablehnen, sehr zu ihrem Bedauern, denn Mr. Wychbold war ein vorzüglicher Tänzer und wußte jeden Part des Kotillons mit Anmut und Eleganz auszuführen.

Als aber der Dienstag kam, hatte sie einen keineswegs schlechteren Partner in Lord Francis Wolvey gefunden. Daß er zuerst um Miss

Rivenhalls Partnerschaft geworben hatte, nahm sie mit großer Gelassenheit hin: Cecilia mußte eben, so meinte Sophy, darauf bedacht sein, keine Zeit zu verlieren, und sich selbst an den Mann bringen, damit alle anderen Frauenzimmer Partner fänden.

Von Beginn an stand es fest, daß dieser Ball einer der großen Erfolge der Saison sein würde. Sogar das Wetter war ihm günstig. Von der einbrechenden Dämmerung bis zur Dinnerzeit war Ombersley House die Szene unermüdlicher Tätigkeit; vor dem Haus war ein beständiges Kommen und Gehen der Lieferanten, und die Botenjungen liefen einander in die Quere. Mr. Rivenhall traf, zurück vom Lande, gerade in dem Augenblick ein, als zwei Männer in Hemdärmeln und mit Lederschürzen das Schirmdach über dem Zugang zum Hause errichteten; ein anderer, der eine grüne Schürze trug, breitete unter Dassetts hochnäsiger Aufsicht einen Läufer über die Stufen. Im Hause stieß Mr. Rivenhall fast gegen einen Lakaien, der eine riesige Topfpalme in den Tanzsaal schleppte; und er entging diesem Zusammenstoß nur, um alsogleich von der Haushälterin mit kläglicher Stimme verwarnt zu werden, die einen Stapel feinsten Tischdamastes in den Speisesaal trug. Dassett, der Mr. Rivenhall ins Haus gefolgt war, meldete ihm stolz, daß dreißig Personen sich um acht Uhr zu Tisch setzen würden. Und er fügte hinzu, daß Ihre Ladyschaft sich, um nachher dem Ansturm der Gäste gewachsen zu sein, zu Bett begeben habe, Seine Lordschaft aber persönlich die Weinsorten wähle, die zum Dinner serviert werden sollten. Mr. Rivenhall schien sich eher ins Unvermeidliche zu fügen, als Vergnügen an der Sache zu finden. Er fragte nur, ob Post für ihn bereitläge.

«Nein, Sir», erwiderte Dassett. «Ich darf erwähnen, daß eine Kapelle der Scots Greys zum Souper aufspielen wird. Miss Sophy ist mit dem Oberst bekannt, er wird unter den Gästen sein. Wenn ich mir die Bemerkung erlauben darf, so ist das nach den Pandean-Dudelsackpfeifern, die seit Miss Cecilias Ball im vorigen Jahr recht üblich geworden sind, eine sehr beträchtliche Novität. Miss Sophy ist, wenn mir eine solche Bemerkung gestattet wäre, eine Lady, die sehr genau weiß, wie solche Dinge arrangiert werden. Es ist, wenn ich mir die Freiheit nehmen darf, es zu erwähnen, ein großes Vergnügen, im Dienst Miss Sophys zu wirken, denn sie denkt wirklich an alles, und ich glaube ernstlich, daß mit keinem unerwarteten Zwischenfall mehr zu rechnen ist.»

Mr. Rivenhall brummte vor sich hin und zog sich in seine Gemächer zurück, aus denen er erst wieder auftauchte, um sich wenige Minuten vor acht mit der Familie im Salon zu vereinigen. Seine jüngsten Schwestern, die sensationsgierig am Geländer der Treppe hingen, welche zum Kinderzimmer hinaufführte, flüsterten ihm zu, er sehe prächtig aus — kein anderer Gentleman werde ihn ausstechen. Lachend nickte er ihnen zu, denn er hatte zwar eine gute Figur und hatte sich geziemend mit schwarzseidenen Eskarpins, einer weißen Weste und einem langschwänzigen Frack herausgeputzt, wußte aber doch recht gut, daß er, vom Standpunkt der modischen Schneider, mindestens von der Hälfte der männlichen Gäste ausgestochen werden mußte. Trotzdem hellte die unverhohlene Bewunderung seiner kleinen Schwestern seine Laune auf, er versprach, einen Diener mit Eiscreme ins Kinderzimmer hinaufzuschicken, und war bei seinem Eintritt in den Salon sogar in der richtigen Stimmung, seiner Schwester und seiner Kusine über ihre Toiletten Komplimente zu machen.

Sophy hatte eine Robe aus dem von ihr bevorzugten pomonagrünen Krepp gewählt, die sie über einem Unterkleid von weißer Seide trug. Die Robe hatte Puffärmel aus Spitzen und Zuchtperlen und war verschwenderisch mit Spitzen garniert. Brillantengehänge waren an ihren Ohrläppchen befestigt, ihr Perlenhalsband war um den Hals geschlungen; auf der Haarkrone, auf einem kunstvoll geschlungenen Knoten, thronte der Opernkamm. Jane Storridge hatte ihre Korkzieherlocken gebürstet und pomadisiert, bis sie im Kerzenlicht wie Kastanien glänzten. Grünabgesetzte Atlasschuhe, armlange Handschuhe und ein Fächer von eisgrauem Seidenkrepp auf Elfenbeinstäben vollendeten ihre Toilette. Doch auch bei aller Anerkennung dieses wirkungsvollen Ensembles konnte Lady Ombersley nicht umhin, auf Cecilia mit mütterlichem Stolz zu blicken. Alle Jugend und alle Schönheit der oberen Zehntausend, so dachte sie, würden heute auf ihrem Ball vereinigt sein, und doch war unter all den schönen Mädchen und Frauen keine einzige, die nicht von Cecilia in den Schatten gestellt wurde; sie war eine Märchenprinzessin in spinnwebfeiner weißer Gaze, ein wenig glitzernd bei jeder Bewegung, wenn das Licht sich in den Silberpailletten brach, die in das zarte Material eingewebt waren. Cecilias Lokken, nur mit einem Silberband zusammengehalten, glichen gesponnenem Gold; ihre Augen waren von einem klaren, durchsichtigen Blau, ihr Mund von edelgeschwungener Form. Neben Sophy wirkte sie ätherisch; selbst der Vater, der sie mit jovialem Wohlwollen betrachtete, äußerte, sie lasse ihn an eine Fee denken: war es Königin Mab, oder war's Titania? Eugenia Wraxton mußte ihn berichtigen.

Er sollte ihr Partner sein. Nach langem Hin und Her hatte Miss Wraxton sich entschlossen, an Sophys Ball teilzunehmen, und sie hatte die Einwilligung ihrer Mama erlangt, nachdem sie versichert hatte, sie würde ganz gewiß an keinem Tanz teilnehmen. Nun erschien sie als erste der Dinnergäste in Begleitung ihres Bruders Alfred, der Cecilia und Sophy durch sein Einglas musterte und ihnen so extravagante Schmeicheleien sagte, daß Cecilia leicht errötete und Sophys Augen zu sprühen begannen. Miss Wraxton, in diskretem, lavendelfarbenem Krepp, war entschlossen, zu gefallen und es sich gefallen zu lassen, und machte den Kusinen ihre Komplimente. Die waren nun weit geschmackvoller als die des Bruders, und so wurden sie von einem warmen Blick Charles' belohnt. Bei der ersten Gelegenheit, die sich ergab, schob er ihr einen Sessel heran und sagte: «Ich hatte nicht gewagt zu hoffen, daß du kommen würdest. Ich danke dir.»

Sie lächelte und drückte leicht seine Hand. «Mama war es gar nicht recht, aber sie fand dann doch, daß es unter den gegebenen Umständen richtig wäre. Daß ich nicht tanzen werde, brauche ich wohl nicht zu sagen.»

«Ich bin entzückt, das zu hören: du lieferst mir damit eine kapitale Ausrede, deinem Beispiel zu folgen.»

Ihr Blick drückte Billigung aus, doch sie sagte: «Nicht doch, du wirst deine Pflicht tun müssen, Charles, ich bestehe darauf.»

«Die Marquesa de Villacañas», meldete Dassett.

«Du lieber Gott!» seufzte Charles.

Die Marquesa hielt prunkvoll ihren Einzug in den Salon, in goldfarbener Seide, über die Maßen exotisch und reichlich mit rubin- und smaragdbesetzten Broschen, Kettchen und Armbändern behangen. Ein riesengroßer spanischer Kamm, auf den eine Mantilla drapiert war, stak in ihrem Haar; der Duft schweren Parfüms umwogte sie, und sie zog eine sehr lange Schleppe hinter sich her. Lord Ombersley schöpfte tief Atem und eilte herbei, einen so bemerkenswerten Gast mit echtem Enthusiasmus zu begrüßen.

Mr. Rivenhall vergaß, daß er eigentlich mit seiner scheußlichen Kusine nicht sprach, und flüsterte ihr zu: «Wie hast du sie zu einem solchen Entschluß gebracht?»

Sie lachte. «Ach, sie wollte ohnedies ein paar Tage in London verbringen, also brauchte ich nur Zimmer für sie im Pulteney-Hotel zu mieten und Pepita zu beauftragen, sie heute abend hierher zu schleppen.»

«Mich setzt es in Erstaunen, daß man sie dazu bringen konnte, eine solche Anstrengung auch nur ins Auge zu fassen!»

«Oh, sie wußte, daß ich sie selbst hergeholt hätte, wäre sie nicht gekommen.»

Weitere Gäste trafen ein. Mr. Rivenhall eilte, seine Eltern bei der Begrüßung zu unterstützen; der große Salon begann sich zu füllen; wenige Minuten nach acht konnte Dassett melden, daß serviert sei.

Die Gäste, die sich zum Dinner versammelt hatten, mochten wohl den Busen jeder Gastgeberin vor Stolz schwellen lassen: viele Mitglieder des diplomatischen Korps und zwei Kabinettsminister waren mit ihren Damen erschienen. Lady Ombersley konnte ihre Empfangsräume mit so viel Angehörigen des Hochadels füllen, als einzuladen ihr beliebte, aber seit ihr Gatte sich von der Politik fernhielt, waren die Regierungskreise nicht mehr in ihrer Reichweite. Sophy indessen, mit den hochgeborenen, aber undistinguierten Leuten kaum vertraut, die

die breite Masse der vornehmen Welt stellten, war in politischem Kreis aufgewachsen, und seit dem Tage, da sie ihr Haar hinaufgesteckt und lange Röcke angezogen, stand sie mit den berühmtesten Leuten auf vertrautem Fuß. So bildeten ihre oder eigentlich Sir Horaces Bekannte jetzt am Tische ihrer Tante die Mehrheit, und nicht einmal Miss Wraxton, die nichts aus dem Auge ließ, konnte an ihrem Betragen etwas Unziemliches finden. Man durfte erwarten, daß sie sich, nachdem die ganze Vorbereitung ihr Werk gewesen, sichtbarer in den Vordergrund drängen würde, als ihr anstand, aber sie war weit davon entfernt, schien eher zurückhaltend, beteiligte sich nicht am Empfang der Gäste und beschränkte sich bei Tisch, ganz nach der strengen Regel, nur am Gespräch, indem sie mit ihrem Tischherrn plauderte. Miss Wraxton, die Sophy einmal ein ungeschliffenes Geschöpf genannt hatte, konnte nicht umhin zuzugeben, daß ihre gesellschaftlichen Formen über jeden Tadel erhaben waren.

Der Ball, der um zehn Uhr begann, fand in dem hohen Saal statt, der an der Rückfront des Hauses zu diesem Zweck bereitstand. Der Raum war durch Hunderte von Kerzen erleuchtet, die in einem mächtigen Kristallüster staken; vor drei Tagen hatte man ihn aus seiner Umhüllung aus holländischer Leinwand geschält, die beiden Läufer und der Küchenjunge hatten die Kristallgehänge gewaschen und blankgerieben, daß sie jetzt blitzten und funkelten wie Riesendiamanten. An den Schmalseiten des Saales waren Unmengen von Blumen in Behältern arrangiert, und eine vortreffliche Kapelle war (zu Mr. Rivenhalls Erbitterung) ohne Rücksicht auf die Kosten bestellt worden.

Doch so geräumig der Saal auch war, bald war er so mit eleganten Leuten gefüllt, daß kein Zweifel mehr möglich war: die Zeremonie würde zuletzt mit der Akkolade enden, das heißt, alle würden sagen, daß man erbärmlich zusammengequetscht worden war. Und mehr konnte eine Gastgeberin ja gar nicht wünschen.

Eröffnet wurde der Ball mit einem altenglischen Reigentanz, den Mr. Rivenhall mit seiner Kusine anführte. Er entledigte sich seiner Aufgabe mit Schicklichkeit, sie oblag der ihren mit Anmut; und Miss Wraxton, die von ihrem bequemen Sessel an der Längswand die beiden beobachtete, lächelte ihnen wohlwollend zu. Mr. Fawnhope, ein unvergleichlich schöner Tänzer, folgte mit Cecilia – ein Umstand, der Mr. Rivenhall beträchtlich verstimmte. Seiner Ansicht nach hätte Cecilia den Eröffnungstanz einem bedeutsameren Gast vorbehalten müssen, und er zog auch keinen Trost daraus, als er von allen Seiten Worte der Bewunderung für das anmutige und schöne Paar vernahm. Nirgends zeigte sich Mr. Fawnhope vorteilhafter als im Ballsaal, und die Dame, die er führte, durfte sich beglückwünschen. Neidvolle Blicke folgten Cecilia, und manch eine dunkle Schönheit wünschte, da Mr. Fawnhope, selber engelhaft blond, unbegreiflicherweise Goldhaar dem schwarzen vorzog, ihre Farbe nach seinem Geschmack tauschen zu können.

Lord Bromford war unter den ersten Gästen gewesen, hatte aber trotz Mr. Rivenhalls Hilfe Sophys Hand nicht für den ersten Tanz erlangt, und da dem Reigen ein Walzer folgte, mußte er geraume Zeit warten, bis er ihr Tanzpartner wurde. Während des Walzers stand er unter den Zuschauern, trat an Miss Wraxtons Stuhl und unterhielt sie, indem er ihr seine Ansichten über den Walzer kundtat. In gewissem Maße war sie gleicher Meinung wie er, doch drückte sie sich zurückhaltender aus und sagte, sie selber tanze ihn wohl nicht, doch müsse ein Tanz nicht ganz abgelehnt werden, der nun auch schon bei Almack sanktioniert sei.

«Im Gouverneurspalais habe ich ihn nie tanzen gesehen», versicherte Lord Bromford.

Darauf erwiderte Miss Wraxton, die eine große Liebhaberin von Reisebeschreibungen war: «Oh, Jamaika! Wie sehr beneide ich Sie um Ihren Aufenthalt auf dieser interessanten Insel! Gewiß ist Jamaika eine der romantischsten Gegenden, die man sich nur vorstellen kann!»

Lord Bromford, der keine Abenteuerromane aus der Zeit der spanischen Weltmacht gelesen hatte, erwiderte darauf, es lasse sich jedenfalls vieles zugunsten Jamaikas sagen, rühmte die Heilquellen und die Vielfalt der Marmorsorten, die man in den Bergen Jamaikas fand, und Miss Wraxton, die ihm aufmerksam zuhörte, äußerte nachher zu Mr. Rivenhall, Seine Lordschaft verfüge zweifellos über einen wohlgepflegten Verstand.

Der Abend war bereits halb herum, als Sophy, noch atemlos von einem mitreißenden Walzer, den sie mit Mr. Wychbold getanzt, sich fächelnd an der Wand stand und die noch auf der Tanzfläche kreisenden Paare betrachtete, während ihr Partner sich um ein Glas geeister Limonade für sie bemühte; plötzlich wurde sie von einem sympathisch aussehenden Gentleman angesprochen, der auf sie zutrat und lächelnd sagte: «Mein Freund, Major Quinton, hat mir hoch und heilig versprochen, mich der Grand Sophy vorzustellen, aber jetzt läuft der Unheilsbursche von einem zum andern und hat mich ganz vergessen! Sie werden mir doch die Formlosigkeit vergeben, Miss Stanton-Lacy! Zwar habe ich hier eigentlich nichts zu suchen, denn ich bin nicht einmal eingeladen, aber Charles versichert, daß ich bestimmt eine Einladung bekommen hätte, wäre man nicht der Meinung gewesen, daß ich noch auf dem Krankenbett läge.»

Freimütig, wie es ihre Art war, sah sie ihn abschätzend an, und er gefiel ihr: ein Mann am Anfang der Dreißiger, nicht eigentlich hübsch, aber gefällig anzuschauen und dank einem Paar lustiger grauer Augen keineswegs gewöhnlich. Er war etwas überdurchschnittlich groß, hatte kräftige Schultern und Beine, die für Reitstiefel wie geschaffen schienen.

«Das ist nicht nett von Major Quinton», sagte Sophy lächelnd, «aber Sie wissen ja, daß nicht viel gilt, was er so in den Tag hineinspricht! Hätten wir Ihnen eine Einladung senden müssen? Sie dürfen uns nicht böse sein! Ich hoffe, Ihre Krankheit war nicht von ernster Natur.»

«Ach, sie war eher schmerzhaft und beschämend! Würden Sie glauben, daß ein Mann meines Alters von solch einer Kinderkrankheit befallen werden kann, Gnädigste? Mumps!»

Sophy ließ ihren Fächer fallen: «Wie sagten Sie, bitte? Mumps?»

«Mumps», wiederholte er, hob den Fächer auf und reichte ihn ihr. «Und ich kann mich über Ihr Staunen nicht einmal wundern.»

«Also sind Sie Lord Charlbury?»

Er verneigte sich. «Das bin ich, und ich sehe wohl, daß mein übler Ruf mir vorausgeeilt ist. Zugegeben, ich hätte in Ihren Gedanken nicht als der Mann mit Mumps figurieren mögen, aber nun ist es einmal so.»

«Setzen wir uns», sagte Sophy.

Er sah belustigt aus, geleitete sie aber zu dem Sofa. «Soll ich Ihnen nicht zuerst ein Glas Limonade besorgen?»

«Mr. Wychbold – Sie kennen ihn wohl? – ist schon danach unterwegs. Ich möchte lieber mit Ihnen plaudern, denn ich habe natürlich so viel von Ihnen gehört.»

«Nichts wäre mir lieber, denn ich habe meinerseits viel über Sie gehört und brenne seither danach, Sie kennenzulernen.»

«Major Quinton ist ein arger Spötter, gewiß hat er Ihnen ein ganz falsches Bild von mir gegeben.»

«Darauf kann ich nur erwidern, daß wir beide in der gleichen Lage sind, denn mich hat man Ihnen nur als den Mann mit Mumps geschildert, und auf die Gefahr hin, für einen eitlen Gecken zu gelten, muß ich Ihnen versichern, daß Sie auch eine falsche Vorstellung von mir gewonnen haben.»

«Damit haben Sie wohl recht», sagte Sophy ernst. «Ich habe mir von Ihnen eine ganz falsche Vorstellung gemacht.» Ihr Blick suchte Cecilia und Mr. Fawnhope, sie seufzte und sagte: «Manches mag ein wenig schwierig sein.»

Lord Charlbury folgte ihrem Blick und sagte: «Das ist mir inzwischen auch klargeworden.»

«Ich verstehe auch wirklich nicht», sagte Sophy entschieden, «was in Sie gefahren ist, Sir, daß Sie sich gerade in einem solchen Moment Mumps zuzogen.»

«Absichtlich habe ich es ja nicht getan», gestand Seine Lordschaft bedrückt.

«Sie waren dabei höchst übel beraten.»

«Nicht übel beraten! Es war mein Mißgeschick.»

Eben jetzt tauchte Mr. Wychbold mit Sophys Limonade auf. «Hallo,

Everard!» begrüßte er Lord Charlbury. «Ich wußte gar nicht, daß Sie schon wieder unter Menschen gehen. Wie steht das Befinden, mein Lieber?»

«Seelisch verletzt, Cyprian, seelisch verletzt! Die Leiden, die mir die Krankheit gebracht, waren nichts gegen das, was ich jetzt ausstehen muß. Ob ich das je überlebe?»

«Na wissen Sie», tröstete Mr. Wychbold, «es ist natürlich ein verdammtes Pech, aber London hat ein kurzes Gedächtnis. Erinnern Sie sich an den armen Bolton, der just über den Kopf seines Pferdes in die Serpentine flog? Eine Woche lang war von nichts anderem die Rede. Der arme Bursche mußte eine Weile aufs Land verschwinden, aber dann war alles vorüber.»

«Also muß ich auch aufs Land?» fragte Lord Charlbury.

«Keineswegs», entschied Sophy. Und da Mr. Wychbolds Aufmerksamkeit jetzt von einer Dame in flohfarbener Seide in Anspruch genommen wurde, wandte sie sich ihrem Begleiter zu und fragte unumwunden: «Sind Sie ein sehr guter Tänzer?»

«Wohl kaum über dem Durchschnitt. Gewiß nicht mit dem vortrefflichen jungen Mann zu vergleichen, den wir beide nicht aus den Augen lassen.»

«Dann würde ich an Ihrer Stelle Cecilia nicht zum Walzer engagieren.»

«Ich habe es bereits versucht, aber Ihre Warnung ist unnütz: sie ist schon für alle Walzer und auch für die Quadrille vergeben. Ich darf höchstens hoffen, sie für einen Reigentanz zu bekommen.»

«Tun Sie es nicht», warnte Sophy. «Man soll auch nicht mit einem zu reden versuchen, wenn man seine ganze Aufmerksamkeit auf den Tanzpas richten müßte. Das ist immer verhängnisvoll.»

Er wandte ihr das Gesicht zu und gab ihren freimütigen Blick zurück. «Miss Stanton-Lacy, Sie sind sich über meine Lage im klaren. Wollen Sie mir offen sagen, wie es um mich steht, und wer der Adonis ist, der Sonderrechte auf Miss Rivenhall geltend macht?»

«Er heißt Augustus Fawnhope und ist ein Poet.»

«Der Name hat einen ominösen Klang. Ich kenne natürlich die Familie, aber diesem Sprößling bin ich noch nicht begegnet.»

«Sehr begreiflich, denn er war mit Sir Charles Stuart in Brüssel. Lord Charlbury, Sie sehen mir wie ein vernünftiger Mann aus.»

«Und mir wäre es lieber, ich hätte einen Kopf wie auf einer griechischen Münze», beklagte er sich.

Sophy überhörte diese Frivolität. «Sie müssen begreifen, daß die Hälfte aller jungen Damen Londons in Mr. Fawnhope vernarrt ist.»

«Das glaube ich gern, und ich neide ihm eigentlich nur eine seiner Eroberungen.»

Darauf hätte sie geantwortet, wenn sie nicht unterbrochen worden wäre. Lord Ombersley, der nach dem Dinner verschwunden war, tauchte nun in Gesellschaft eines ältlichen und äußerst korpulenten Mannes auf, in dem man unschwer ein Mitglied der königlichen Familie erkannte. Es war in der Tat der Herzog von York, jener von «Farmer Georges» Söhnen, der ihm am meisten ähnlich war. Er hatte die gleichen vorquellenden blauen Augen, die Schnabelnase, die Pausbacken und den aufgeworfenen Mund, nur war er noch weit größer und umfangreicher als sein Vater. Immer schien er in unmittelbarer Gefahr, seine allzu engen Pantalons zu sprengen, beim Sprechen keuchte er, war aber ansonsten ein recht jovialer Fürst, nicht schwer zu befriedigen, wenig auf Zeremoniell erpicht und gemütlich mit jedem schwatzend, der ihm vorgestellt wurde. Cecilia und Sophy wurden nun dieser Ehre teilhaftig. Cecilias Schönheit wurde von Seiner Königlichen Hoheit nicht minder rühmlich hervorgehoben als zuvor von Mr. Wraxton, und ohne Zweifel wäre, hätte der Herzog die Bekanntschaft an einem anderen Orte gemacht, sein Arm gar bald um ihre Taille gelegen. Sophy weckte keine solchen amourösen Neigungen in ihm, doch sprach er recht jovial mit ihr, erkundigte sich nach dem Papa und versicherte mit lautem Auflachen, gewiß sei Sir Horace eben dabei, sich an allen Schönheiten Brasiliens zu ergötzen, der verdammte Kerl! Dann wechselte er noch Grüße mit mehreren Freunden, machte eine Runde durch den Saal und zog sich schließlich mit seinem Gastgeber und zwei anderen intimen Freunden auf eine Partie Whist in die Bibliothek zurück.

Cecilia kam mit brennenden Wangen von der Vorstellung zurück, denn sie haßte es, der Gegenstand plumper Komplimente zu sein, doch Mr. Fawnhope äußerte nur: «Sie sind heute schöner, als ich es für möglich gehalten hätte.»

«Ach, lassen Sie doch!» sagte sie unmutig. «Unerträglich heiß ist es in diesem Saal!»

«Ihre Wangen sind gerötet, aber es steht Ihnen gut. Ich führe Sie auf den Balkon hinaus.»

Dagegen hatte sie keine Bedenken, denn das Wort Balkon umschrieb in diesem Falle nur die schmalen Vorbauten vor jedem der zwölf Fenster des Ballsaales, die mit niedrigen Geländern vergittert waren. Mr. Fawnhope zog die schweren Portieren, die das Fenster verhüllten, zur Seite, und sie traten auf den schmalen Vorbau hinaus, nachdem Augustus den Kampf mit dem Riegel bestanden und die Doppelflügel geöffnet hatte. Eine kühle Brise fächelte ihre Wangen. «Was für eine Nacht», sagte sie, «diese Sterne!»

«Der Abendstern, der liebe Herold», zitierte Mr. Fawnhope und gönnte dem Himmel einen flüchtigen Blick.

Doch dieses Idyll wurde jäh unterbrochen. Mr. Rivenhall hatte den Abgang des jungen Paares beobachtet, war ihnen gefolgt, zog die schweren Brokatvorhänge zur Seite und sagte rauh: «Cecilia, hast du allen Sinn für Schicklichkeit verloren? Du kommst augenblicklich in den Saal zurück!»

Cecilia wandte sich betroffen um. Die Begegnung mit Lord Charlbury hatte sie bereits in Erregung versetzt, nun versagten ihre Nerven. «Was erlaubst du dir, Charles?» fragte sie mit bebender Stimme. «Welcher Unschicklichkeit mache ich mich schuldig, wenn ich in Begleitung meines Verlobten an die frische Luft trete?»

Dabei nahm sie Mr. Fawnhopes Hand und trat ihrem Bruder mit erhobenem Kinn und geröteten Wangen entgegen. Lord Charlbury hatte den Vorhang mit einer Hand gehoben und stand regungslos da, so blaß wie sie errötet.

«Oh», sagte Cecilia schwach, entzog ihre Hand Mister Fawnhope und drückte sie an die Wange.

«Darf ich fragen, Cecilia, ob, was Sie da gesagt haben, die volle Wahrheit ist?» fragte Seine Lordschaft, und keine Spur von Erregung war in seiner Stimme.

«Ja», stammelte sie.

«In Dreiteufelsnamen nein!» schrie Mr. Rivenhall.

«Dann muß ich Ihnen wohl meinen Glückwunsch aussprechen», sagte Lord Charlbury mit einer Verneigung, ließ die Portiere fallen und schritt quer durch den Ballsaal zur Tür.

Sophy, die eben mit Major Quinton zum Tanz antrat, rief ihrem Partner nur ein Wort der Entschuldigung zu und holte Seine Lordschaft im Vorzimmer ein. «Lord Charlbury!»

«Miss Stanton-Lacy! Wollen Sie so gütig sein, mich bei Lady Ombersley zu entschuldigen, daß ich mich nicht formell verabschiede? Sie ist augenblicklich nicht im Ballsaal.»

«Ach, wer denkt daran! Was ist geschehen, daß Sie schon weggehen?»

«Ich bin nur zu einem einzigen Zweck hierher gekommen. Dieser Zweck ist verfehlt, ich brauche nicht zu bleiben, nachdem Ihre Kusine eben ausgesprochen hat, daß sie mit dem jungen Fawnhope verlobt ist.»

«Mein Gott, was ist sie für eine Gans!» sagte Sophy herzlich. «Ich habe sie doch mit Augustus verschwinden und Charles nachlaufen gesehen. Verlassen Sie sich darauf, das hat alles er angerichtet. Ich möchte ihn ohrfeigen! Reiten Sie manchmal in den Park?»

«Ob ich – was?»

«Ob Sie in den Park reiten?»

«Gewiß, aber –»

«Dann tun Sie es morgen früh! Das heißt, nicht allzu früh, denn vor vier Uhr werde ich kaum ins Bett kommen. Also um zehn: seien Sie pünktlich!»

Sie wartete die Antwort nicht ab, sondern eilte in den Ballsaal zurück und ließ ihn in beträchtlicher Verwirrung stehen. Bei jeder anderen Gelegenheit hätte er über ihr abruptes Wesen gelächelt, aber er war ein Liebender, der eben einen schweren Schlag empfangen, und wenn er auch seine Gelassenheit bewahrte, so vermochte er im Augenblick doch keine Belustigung zu empfinden.

## X

Als Lord Charlbury am nächsten Morgen sein Pferd satteln ließ und in den Hydepark ritt, erwartete er nicht ernstlich, Sophy dort zu treffen, denn eine junge Lady, die eben eine Nacht durchgetanzt, würde wohl kaum um zehn Uhr morgens im Park erscheinen. Aber kaum hatte er die Row einmal durchritten, als er schon ein schönes schwarzes Pferd herankommen sah, in dessen Sattel Sophy saß. Er zog die Zügel an, nahm den Hut ab und sagte: «Ich war fest überzeugt, Sie wären noch im Bett und im tiefsten Schlaf. Sind Sie aus Eisen, Miss Stanton-Lacy?»

Sie brachte Salamanca zum Stehen, der tänzelte und ausschlug. «Oho», sagte sie, «halten Sie mich für ein so armseliges Geschöpf, daß ich nach einem einzigen Ball erschöpft bin?»

Er lenkte sein Pferd an ihre Seite. John Potton folgte in diskretem Abstand. Lord Charlbury glaubte, Salamanca ein Wort des Lobes zu schulden, aber sie ließ ihn nicht aussprechen.

«Gewiß, er ist ein Prachtpferd, aber wir haben uns nicht verabredet, um über Pferde zu plaudern. Gott, war das eine Geschichte auf dem Berkeley Square! Natürlich ist Charles an allem schuld! Und das Komischste daran – Sie müssen es auch so nehmen! Sie brauchen wirklich kein so ernstes Gesicht zu machen –, das Komischste war, daß Augustus Fawnhope mindestens ebenso niedergeschmettert war wie Sie oder Charles.»

«Wollen Sie damit etwa sagen, daß er Cecilia gar nicht zu heiraten wünscht?»

«Oh! Irgendeinmal in nebelhafter Zukunft! Gewiß nicht gleich. Er ist ein Poet und möchte viel lieber das Opfer einer hoffnungslosen Leidenschaft sein!» sagte Sophy lustig.

«Solch ein Geck!»

«Wie Sie meinen. Ich habe gestern mit ihm einen Walzer getanzt, als Sie gegangen waren, und vielleicht war es nützlich, denn ich habe ihm ein paar standesgemäße Beschäftigungen, die auch einträglich sind, empfohlen und habe versprochen, mich nach irgendeinem großen Mann umzusehen, der einen Sekretär braucht.»

«Hoffentlich hat er es Ihnen gedankt.»

«Nicht im entferntesten! Augustus mag gar nicht irgend jemandes Sekretär werden, seine Seele schwebt hoch über so irdischen Angelegenheiten. Ich habe ihm seine Zukunft in leuchtenden Farben geschildert! Liebe in einer Hütte und ein Dutzend hoffnungsvoller Kinder, die auf seinen Knien herumklettern.»

«Sie sind ganz unberechenbar, Sophy! Hat das Bild ihn gelockt?»

«Natürlich, denn er ist ja ritterlich, und jetzt sind seine Gedanken auf eine rasche Heirat gerichtet. Wenn ich mich nicht sehr täusche, erwägt er eine Flucht an die Grenze.»

«Was?»

«Keine Besorgnis! Cecilia ist viel zu wohlerzogen, um sich auf so ärgerniserregende Dinge einzulassen! Reiten wir jetzt einen Galopp! Ich weiß, es schickt sich nicht, aber heute morgen scheinen ja nur Bonnen im Park zu sein. Du lieber Gott, schon wieder ein Irrtum! Da kommt Lord Bromford auf seinem kurzbeinigen, fetten Gaul! Sie müssen wissen, daß er den Ball schon um Mitternacht verlassen hat, denn langes Aufbleiben bekommt der Gesundheit nicht. Jetzt müssen wir galoppieren, sonst schließt er sich an und erzählt von Jamaika.»

Sie flogen den Reitpfad entlang, Salamanca immer um eine Kopflänge vor Charlburys langschweifigem Grauen. Lord Charlbury war begeistert: «Bei Gott, das ist einmal ein Pferd! Unbegreiflich, wie Sie es im Zaum halten! Ist es nicht doch zu kräftig für Sie?»

«Es könnte sein, aber Salamanca hat eine sanfte Seele, das werden Sie gleich sehen. Und jetzt wollen wir ruhiger reiten! Haben Sie eigentlich etwas dagegen, mir zu sagen, ob Sie meine Kusine noch immer zu heiraten wünschen? Sie können meine Frage natürlich zurückweisen, wenn Sie wollen.»

«Werden Sie schlecht von mir denken, wenn ich mit Ja antworte?»

«Durchaus nicht. Es wäre närrisch von Ihnen, den Vorfall von gestern abend zu überschätzen. Nur müssen Sie sich alles richtig überlegen! Bedenken Sie doch: zunächst einmal haben Sie sich gar nicht an Cecilia gewendet, nicht alle Ihre Aufmerksamkeit auf sie gerichtet, sondern bloß meinen Onkel gebeten, sich bewerben zu dürfen.»

«Aber das ist doch so üblich!»

«Es mag das streng Korrekte sein, aber darum bleibt es doch die größte Narrheit, die man sich nur denken kann, besonders wenn Sie sich gleichzeitig beifallen lassen, noch an Mumps zu erkranken, ehe Sie eine Gelegenheit finden, Ihre Werbung anzubringen!»

«Wahrscheinlich ist es nutzlos, Ihnen zu versichern, daß ich nicht absichtlich Mumps bekommen habe! Immerhin hatte ich Grund zu glauben, daß ich ihr nicht unangenehm wäre.»

«Vermutlich war sie Ihnen sehr wohlgeneigt», räumte Sophy herzlich ein. «Aber damals hatte sie Augustus Fawnhope noch nicht gesehen. Oder sie hatte es wohl, aber da trug er noch Pickeln im Gesicht, und so konnte sie sich nicht in ihn verlieben.»

«Kein sehr tröstlicher Gedanke, Miss Stanton-Lacy!»

«Sagen Sie doch Sophy zu mir! Alle tun es, und wir werden ja doch sehr gute Freunde werden.»

«Werden wir das? Ich meine, es freut mich natürlich, das aus Ihrem Mund zu hören . . .»

Sie lachte. «Erschrecken Sie doch nicht gleich! Wenn Sie Cecilia also noch heiraten wollen — offen gesagt, ich war anderer Ansicht, bevor ich Sie kennenlernte, aber jetzt finde ich, daß Sie prächtig zu ihr passen —, nun, dann will ich Ihnen sagen, wie Sie weiter agieren müssen.»

Er konnte ein Lächeln nicht unterdrücken. «Ich bin Ihnen zutiefst verpflichtet, aber wenn sie den jungen Fawnhope liebt —»

«Überlegen Sie doch einen Moment, bitte», sagte Sophy ernst. «Denken Sie bloß nach, wie das gekommen ist. Kaum hatten Sie sich meinem Onkel erklärt, da bekamen Sie diese komische Krankheit. Ihr hat man kurzerhand mitgeteilt, daß sie Ihre Frau zu werden hatte — höchst mittelalterlich, gegen allen Sinn und Verstand! —, und just da läuft ihr Augustus Fawnhope in den Weg, sieht, das können Sie nicht bestreiten, wie ein Märchenprinz aus, kehrt all den armen Frauenzimmern den Rücken, die nach ihm angeln, und vernarrt sich in Cecilias Schönheit! Schreibt Gedichte zu ihrem Ruhm! Nennt sie eine Nymphe, sagt, daß ihre Augen die Sterne beschämen, und derlei mehr!»

«Großer Gott!» sagte Seine Lordschaft.

«Da haben Sie es! Können Sie sich noch wundern, daß sie den Boden unter den Füßen verliert? Sie haben sich gewiß nie beifallen lassen, sie eine Nymphe zu nennen!»

«Miss Stanton — Sophy! Sogar um Cecilia zu gewinnen, kann ich nicht Verse schreiben, und wenn ich es könnte, dann will ich verflucht sein, wenn ich solche . . . nun, sprechen wir nicht darüber! Ich habe kein Talent in dieser Richtung.»

«Nein, Sie dürfen auch nicht versuchen, Augustus auf diesem Feld zu schlagen. Ihre Stärke liegt darin, daß Sie der Mann sind, der einen Wagen zu bieten hat, wenn es einmal regnen sollte.»

«Wie, bitte?»

«Oder können Sie das nicht?» Sie sah ihn unter hochgezogenen Brauen prüfend an.

«Vermutlich könnte ich es, aber —»

«Glauben Sie mir, es ist weit wichtiger, als Verse schmieden zu können! Augustus kann es auf keinen Fall, das weiß ich, denn er hat in Chelsea Gardens jämmerlich versagt. Einmal habe ich ihn bewogen, Cecilia und mich dorthin zu begleiten, an einem Tag, an dem man sehen konnte, daß es in Strömen regnen würde. Unsere Kleider wurden durchnäßt, und wir hätten wohl eine Lungenentzündung bekommen, hätte nicht einer unserer alten Freunde eine Lohnkutsche aufgetrieben, um uns heimzuschaffen. Die arme Cecy! Es hat sie bitter gekränkt. Beinahe wäre sie mit Augustus fertig gewesen.»

Er brach in Gelächter aus. «Major Quinton hat wirklich die reine Wahrheit über Sie gesagt. Ich bekomme geradezu Angst vor Ihnen.»

Sie lächelte. «Das brauchen Sie nicht, ich will Ihnen ja helfen.»

«Das ist es ja, was mich einschüchtert.»

«Unsinn! Sie wollen sich über mich lustig machen! Wir haben also klargestellt, daß Sie fähig sind, bei Gewitterregen einen Wagen zu beschaffen. Ich bin auch der Ansicht, daß die Kellner Ihnen, wenn Sie Leute zu einem Souper in der Piazza einladen, nicht gerade einen Tisch anweisen, an dem es zieht.»

«Nein», versicherte er und betrachtete sie aufmerksam.

«Augustus kann uns nicht zu einem Souper in der Piazza einladen, denn meine Tante würde uns nicht erlauben, die Einladung anzunehmen, aber einmal führte er uns hier im Park zum Tee, und da habe ich beobachtet, daß er genau der Typus Mann ist, den die Kellner zuletzt bedienen. Ich bin überzeugt, daß ich mich auf Sie verlassen kann — gewiß geht alles wie am Schnürchen, wenn Sie uns ins Theater und hernach zum Souper einladen. Natürlich werden Sie auch meine Tante mit einladen müssen, aber —»

«Um Himmels willen, Sie können doch nicht glauben, daß Cecilia bei dem jetzigen Stand der Dinge einverstanden wäre, eine Einladung von mir anzunehmen?»

«Gewiß glaube ich das», sagte sie kühl. «Und Sie werden obendrein auch noch Augustus einladen.»

«Das werde ich bestimmt nicht tun», sagte er.

«Dann sind Sie ein großer Dummkopf. Verstehen Sie doch, daß man Cecilia in diese Lage hineingetrieben hat, in der sie sich darauf versteifte, Augustus zu heiraten! Sie waren nicht zur Stelle, Cecys Sympathien auf sich zu ziehen; Augustus schrieb Schmachtverse an ihre Augenwimpern; und um alles auf die Spitze zu treiben, benahm sich mein Cousin Charles wie der ärgste Tyrann, verbot ihr, an Augustus zu denken, und befahl ihr rund heraus, Sie zu heiraten! Glauben Sie mir, es wäre höchst erstaunlich gewesen, wenn sie sich nicht widersetzt hätte.»

Er ritt eine Weile schweigend neben ihr einher und überlegte. «Ich sehe wohl», sagte er schließlich, «nun ja . . . Sie raten mir jedenfalls, nicht zu verzweifeln.»

«Ich glaube kaum», erwiderte Sophy aufrichtig, «daß ich jemals irgendwem raten werde zu verzweifeln, denn ich kann solch armseliges Verhalten nicht leiden.»

«Was raten Sie mir also? Ich bin anscheinend ganz in Ihrer Hand.»

«Ziehen Sie Ihre Werbung zurück.»

Er sah sie scharf an. «Nein, ich möchte im Gegenteil einen Vorstoß versuchen —»

«Sie sprechen heute nachmittag am Berkeley Square vor», sagte Sophy mit äußerster Geduld, «und bitten um den Vorzug, ein paar Minuten mit Cecilia allein sprechen zu dürfen. Wenn Sie ihr gegenüberstehen —»

«Sie wird sich verleugnen lassen», sagte er bitter.

«Sie wird Sie empfangen, denn ich werde ihr begreiflich machen, daß sie Ihnen das schuldig ist. Vielleicht hören Sie auf, mir ununterbrochen ins Wort zu fallen!» Er bat demütig um Vergebung, und sie fuhr fort: «Nun, Sie werden ihr zunächst versichern, daß es nicht Ihr Wunsch ist, sie in Verlegenheit zu setzen, und daß Sie der Sache nie wieder Erwähnung tun wollen. Sie werden ungemein edel sein, und Cecy wird fühlen, daß Sie mit ihr empfinden. Wenn Sie ihr begreiflich machen können, daß Ihr Herz gebrochen ist, obwohl Sie das zu verbergen suchen — um so besser!»

«Ich komme immer mehr zu der Ansicht, daß Major Quinton Sie noch unterschätzt hat.»

«Wohl möglich. Gentlemen begreifen nie so recht, wann ein kleines Doppelspiel nötig ist. Sie zum Beispiel würden ohne Zweifel, wenn ich Sie Ihrem eigenen Ratschluß überließe, Cecilia eine Szene machen, so daß alles in Streit ausliefe, und dann fänden Sie es unmöglich, das Haus noch einmal zu betreten. Entdeckt Cecy aber, daß Sie es nicht auf Tragödien abgesehen haben, so wird sie Sie gern sehen, sooft es Ihnen beliebt, nach Berkeley Square zu kommen.»

«Wie kann ich dorthin kommen, wenn sie mit einem anderen verlobt ist? Wenn Sie sich einbilden, daß ich den kummervollen Anbeter spiele, um Mitleid in Cecilias Herz zu wecken, so kennen Sie mich schlecht. Ein Schoßhündchen bin ich nicht.»

«Um so besser», sagte Sophy. «Sie kommen also auf den Berkeley Square, um mich zu besuchen. Natürlich können Sie nicht Ihr ganzes Interesse sofort auf mich übertragen, aber es wäre ein schöner Anfang, wenn Sie schon heute Gelegenheit fänden, Cecilia zu sagen, wie drollig und unterhaltsam Sie mich finden.»

«Sie sind wirklich das erstaunlichste Frauenzimmer, dem mich mein Geschick in den Weg geführt hat», sagte er ernst. «Beachten Sie, bitte, daß ich weder von einem guten noch von einem Mißgeschick gesprochen habe, denn ich habe nicht die entfernteste Ahnung, was dabei herauskommen wird.»

Sie lachte. «Sie werden aber doch tun, was ich Ihnen empfehle?»

«Ja, so gut ich es kann. Nur möchte ich den dunklen Plan, den Sie in Ihrem Kopf wälzen, kennen.»

Sie wandte ihm ihre ausdrucksvollen Augen zu. «Aber ich habe Ihnen doch alles gesagt!»

«Ich habe die Vorstellung, daß mehr dahinter steckt, als Sie mir gesagt haben.»

Sie hatte eine schlaue Miene aufgesetzt, schüttelte aber den Kopf. Nun hatten sie das Stanhope-Tor erreicht, sie zügelte ihr Pferd und streckte Lord Charlbury die Hand entgegen. «Jetzt muß ich heim. Bitte, haben Sie keine Angst vor mir! Ich tue niemals Leuten Böses — wirklich nicht! Leben Sie wohl! Und um vier Uhr, vergessen Sie nicht!»

Als sie auf dem Berkeley Square eintraf, fand sie das Haus in beträchtlicher Verwirrung. Lord Ombersley, von seiner Frau benachrichtigt, daß Cecilia sich mitten in der Nacht verlobt erklärt hatte, war in einen Wutausbruch über die Narrheit, Undankbarkeit und Selbstsucht von Töchtern geraten; gerade diesen höchst ungünstigen Moment hatten Hubert und Theodore benützt, Jacko aus dem Kinderzimmer entwischen zu lassen. So sah Sophy sich bei ihrem Eintreffen von verstörten Leuten umringt, die ihr unverzüglich ihre Beschwerden oder Nöte anvertrauen wollten. Cecilia, noch von dem Gespräch mit dem Vater erschüttert, wollte sie in die Abgeschiedenheit ihres Schlafzimmers fortschleppen; Miss Adderbury wollte ihr erklären, daß sie Mr. Hubert unaufhörlich gewarnt hatte, den Affen zu erregen; Theodore wollte aller Welt beweisen, daß es nur Huberts Verschulden war; Hubert seinerseits verlangte, sie solle ihm helfen, den Affen wiederzufinden, bevor Charles von der Sache erfuhr; und Dassett, der mit Mißbilligung wahrgenommen hatte, daß die übrigen Bediensteten sich mit Begeisterung des Falles annahmen, gab einen eisig höflichen Monolog zum besten, dessen Pointe darauf hinauslief, er sei nicht gewöhnt, wilde Tiere als Mitbewohner adeliger Häuser anzuerkennen oder zu dulden. Aus seiner Rede klang eine dunkle Drohung heraus, er wolle Seiner Lordschaft unverzüglich Meldung erstatten. So hielt es Sophy für ihre dringendste Aufgabe, Dassett zu beruhigen, denn ein Halbdutzend Personen hatten ihr versichert, daß Lord Ombersley übelster Laune war. Sie versprach Cecilia also, bald in ihr Zimmer zu kommen, und stimmte den Kammerdiener zunächst dadurch mild, daß sie die Dienste der Lakaien zurückwies. Cecilia, die nicht nur mit Lord Ombersley, sondern auch in Kürze mit ihrem älteren Bruder und eine halbe Stunde mit Lady Ombersley gesprochen hatte, war nicht in der Verfassung, sich für Affen zu interessieren, und erklärte ziemlich aufgeregt, sie hätte wohl erraten sollen, daß Jacko hier eine wichtigere Person sei als sie selbst. Selina, die an der dramatischen Atmosphäre und den über dem Haus hängenden Gewitterwolken ihre Freude hatte, zischte: «Pst! Charles ist in der Bibliothek!» Darauf erwiderte Cecilia, ihr wäre völlig gleichgültig, wo Charles sich aufhielte, und eilte die Treppe hinauf.

«Ein schöner Trubel!» sagte Sophy belustigt.

Ihre Stimme drang durch die geschlossene Tür der Bibliothek und bis zu den Ohren Tinas, die sich, wenn ihre Herrin nicht zu Hause war, an Mr. Rivenhall hielt. Sofort strebte sie zu ihrer Herrin, und ihr Drängen brachte Mr. Rivenhall, der ihr die Tür öffnen mußte, auf die Bildfläche. Als er sah, daß ein beträchtlicher Teil der Familie in der Halle versammelt war, fragte er einigermaßen kühl nach dem Grund. Bevor jemand ihm antworten konnte, wurde aus dem Kellergeschoß ein warnender Schrei Amabels hörbar, Jacko kam aus den tieferen Regionen in die Halle gejagt, erschrak vor Tina und kletterte die Fenstervorhänge hinauf, um sich in Sicherheit zu bringen. Nun tauchte auch Amabel auf, von der Haushälterin gefolgt, die einen leidenschaftlichen Protest an Mr. Rivenhall richtete. Der gottverdammte Affe, so erklärte sie, habe aus purem Mutwillen zwei der besten Tischtücher zerrissen und ein Glas voll Rosinen auf den Küchenboden verstreut.

«Wenn es nicht möglich ist, diesen verdammten Affen an seinem Platz zu halten», sagte Mr. Rivenhall, ohne sich wegen der Heftigkeit seiner Sprechweise zu entschuldigen, «so muß er eben fort.»

Theodore, Gertrude und Amabel richteten darauf heftige Anklagen gegen Hubert, der, wie sie behaupteten, Jacko mutwillig gereizt hatte. Hubert zog sich in den Hintergrund zurück, und Mr. Rivenhall, der seine jüngeren Geschwister mit Mißbehagen betrachtet hatte, trat an das Fenster, hob seine Hand und sagte ruhig: «Komm, komm!»

Jackos Antwort kam zwar schnell, war aber unverständlich. Dagegen war sein Benehmen zur allgemeinen Überraschung nicht so widerspenstig wie sonst, denn auf Mr. Rivenhalls wiederholte Aufforderung begann er den Vorhang herunterzuklettern. Tina ihrerseits war durchaus der Meinung Dassetts und der Haushälterin, daß Affen in adeligen Häusern unerwünscht seien, und verursachte durch ihr Gebell einen Rückzug, doch Sophy bekam sie zu fassen und jagte sie hinaus, bevor Jacko wieder zur Gardinenstange hinaufgeklettert war. Mr. Rivenhall hieß nun die Anwesenden Lärm und jähe Bewegungen vermeiden und befahl Jacko neuerlich herunterzukommen. Jacko überzeugte sich, daß Tina unter strenger Obhut war, und kam widerstrebend herabgeklettert. Er ließ sich greifen und legte seine haarigen Arme um Mr. Rivenhalls Hals. Von diesem Beweis der Zuneigung ungerührt, reichte Mr. Rivenhall den Affen Gertrude mit dem Auftrag, ihn nicht wieder entwischen zu lassen. Die ganze Gesellschaft aus dem Kinderzimmer zog sich vorsichtig zurück, konnte noch immer nicht glauben, daß man ihnen ihren Liebling nicht wegnehmen wolle; Sophy aber lächelte Mr. Rivenhall warm zu und sagte: «Ich danke dir. Du hast irgend etwas an dir, scheint es, was die Tiere zutraulich macht. Wenn ich mich noch so sehr über dich ärgere, fällt mir das immer ein.»

«Der ganze Zaubertrick, liebe Kusine, liegt darin», erklärte er abweisend, «daß ich ein bereits erschrecktes Tier nicht noch weiter einschüchtere.» Damit zog er sich in die Bibliothek zurück und schloß die Tür hinter sich.

«Puh!» sagte Hubert und kam aus der Nische neben der Kellertreppe hervor. «Schau nur, Sophy, was das Biest meinem neuen Rock getan hat!»

«Gib her, ich nähe ihn dir — und laß uns um Himmels willen für heute mit deinen Streichen ungeschoren, du Unglücksgeschöpf!»

Er grinste, zog den Rock aus und reichte ihn ihr. «Was ist nun wirklich heute nacht passiert? Ich kann mich nicht erinnern, meinen Vater je in solcher Wut gesehen zu haben. Heiratet Cecilia nun Fawnhope?»

«Frage sie doch! Ich habe deinen Rock in zwanzig Minuten fertig, du kannst ihn dir in meinem Zimmer abholen.»

Sie eilte die Treppe hinauf und setzte sich, ohne ihr Reitkleid zu wechseln, ans Fenster, um den Riß zu vernähen, den Jacko in seiner Wut verschuldet hatte. Sie war recht gewandt mit der Nadel, und so war die Hälfte bereits mit winzigen Stichen vernäht, als Cecilia eintrat. Cecilia war der Meinung, Hubert könne für solche Flickarbeit jemand anderen finden, und bat Sophy, den Rock wegzulegen. Doch Sophy lehnte ab. «Ich kann dir doch zuhören, während ich nähe. Was bist du gestern abend für eine Gans gewesen, Cecy!»

Sofort hob Cecilia das Kinn und verkündete mit feierlichem Ernst: «Ich bin verlobt mit Augustus, und wenn ich ihn nicht heiraten darf, dann heirate ich keinen!»

«Schön, aber einen solchen Entschluß verkündet man doch nicht inmitten eines Balles!»

«Und ich dachte, du würdest mit mir fühlen, Sophy!»

Es leuchtete Sophy ein, daß es für Cecilia um so besser war, je weniger Leute ihre Partei ergriffen, und so blieb sie über ihre Arbeit gebeugt und bemerkte nur leichthin: «Nun, das tue ich ja, aber ich finde, du hast einen lächerlichen Augenblick gewählt, solch eine Erklärung abzugeben.»

Wieder setzte Cecilia ihr auseinander, wie Charles sie herausgefordert hatte; Sophy stimmte gleichmütig zu, schien sich aber mehr für Huberts Rock als für Cecilias Herzensnöte zu interessieren. Sie schüttelte ihn aus, strich die Nahtstelle glatt, und als Hubert an die Tür klopfte, fiel sie Cecilia ins Wort und stand auf, ihm das gerettete Kleidungsstück zu reichen. Die Folge war, daß Cecilia, als Lord Charlbury um vier Uhr seine Karte heraufsandte, nachgeben mußte und in ihm fast den einzigen Menschen fand, der ein Herz für sie zeigte. Ein Blick auf ihr blasses Gesicht und ihren schmerzlich verzogenen Mund verbannte alle Gedanken an ein Doppelspiel. Er trat vor, nahm die Hand, die ihm scheu geboten wurde, und sagte mitfühlend: «Sehen Sie doch nicht so unglücklich drein! Ich bin doch wirklich nicht gekommen, um Sie auch noch zu kränken.»

Ihre Augen füllten sich mit Tränen; ihre Hand erwiderte, bevor sie zurückgezogen wurde, leise den Druck; mit gepreßter Stimme brachte sie ein paar Worte über seine Freundlichkeit und ihr Bedauern hervor. So drängte er sie zu einem Stuhl, zog sich einen Schemel heran und sagte: «An meinen Gefühlen hat sich nichts geändert. Ich glaube auch kaum, daß sie sich je ändern können. Aber man hat mir gesagt – und ich begreife das wohl –, daß die Ihren nie gebunden waren. Glauben Sie mir, wenn Sie schon meine Gefühle nicht erwidern können, daß ich den Mut ehre, mit dem Sie Ihren Willen aussprechen. Daß man Sie zwingen sollte, meine Werbung anzunehmen, wenn Ihr Herz einem andern gehört, ist mir durchaus unerträglich. Verzeihen Sie mir! Sie haben um dieser Sache willen mancherlei erdulden müssen, was ich nicht beabsichtigt und nicht einmal geahnt hatte. Aber schon habe ich genug gesagt! Ich möchte Ihnen nur versichern, daß ich alles, was in meiner Macht liegt, tun werde, um Ihre Lage erträglicher zu machen.»

«Sie sind so rücksichtsvoll – so gütig –», brachte Cecilia hervor. «Es tut mir so leid, daß . . . daß Erwartungen in Ihnen geweckt wurden, die ich nicht erfüllen kann. Wenn meine Dankbarkeit für Ihr Feingefühl, das Ihnen auch jetzt noch für mich zu empfinden erlaubt, für eine Ritterlichkeit, die . . .» Ihre Stimme erstickte in Tränen. Sie konnte sich nur abwenden und mit einer Gebärde sein Verständnis erheischen.

Er nahm ihre Hand und küßte sie: «Sagen Sie kein Wort mehr! Ich habe Sie immer für ein unerreichbares Ziel gehalten. Und wenn Sie mir auch den Bund verweigern, den ich so heiß ersehnte, werden wir doch Freunde bleiben? Und wenn ich Ihnen in irgendeiner Form dienen kann, werden Sie es mich wissen lassen? Es wäre eine Freude für mich.»

«Sagen Sie das doch nicht! Sie sind so gut.»

Die Türe ging auf, und Mr. Rivenhall erschien auf der Schwelle, blieb wie angewurzelt stehen, als er Charlbury erkannte, schien sich aber dann wieder zurückziehen zu wollen. Doch Charlbury erhob sich und sagte: «Ich freue mich, daß Sie zu Hause sind, Charles, denn dies alles läßt sich besser mit Ihnen als mit sonst jemand regeln. Ich habe also mit Ihrer Schwester verabredet, daß ich mich nicht bewerbe.»

«Ich verstehe», sagte Rivenhall trocken. «Ich kann dazu weiter nichts sagen, als daß es mir leid tut. Nun wollen Sie also meinen Vater verständigen, daß Sie von der Werbung zurücktreten?»

«Lord Charlbury war äußerst freundlich – höchst großherzig», flüsterte Cecilia.

«Das glaube ich wohl», erwiderte Mr. Rivenhall.

«Unsinn», sagte Charlbury und nahm ihre Hand. «Ich ziehe mich jetzt zurück, aber ich hoffe, daß ich als Freund in diesem Hause willkommen bin. Ihre Freundschaft wird mir immer viel bedeuten. Ich werde wohl nicht gerade zu Ihrem Hochzeitsball kommen, aber ich werde immer Ihr Glück wünschen.»

Er drückte ihre Hand, ließ sie frei und stieg, von Mister Rivenhall gefolgt, die Treppe hinab. «Eine verdammte Geschichte, Everard», brummte Charles. «Sie ist nicht bei Trost. Aber wenn sie sich einbildet, diese Zierpuppe zu heiraten — bei Gott, nein!»

«Ihre Kusine meint, es ist meine Schuld, weil ich mutwillig Mumps bekommen habe», sagte Charlbury niedergedrückt.

«Sophy!» rief Mr. Rivenhall, und aus seiner Stimme klang keine Zärtlichkeit. «Ich glaube, wir haben keinen friedlichen Tag erlebt, seit dieses Mädchen ins Haus gekommen ist.»

«Sie werden wohl auch keinen erleben», sagte Seine Lordschaft nachdenklich. «Die sonderbarste Frauensperson, der ich je begegnet bin, aber ich muß es offen sagen, ich mag sie gern. Tun Sie es denn nicht?»

«Nein, ich tue es nicht», sagte Mr. Rivenhall.

Er geleitete Charlbury vor das Haus und trat gerade wieder in die Halle zurück, als Hubert in mächtigen Sätzen die Treppe herabkam. «Hallo, wohin so eilig?» fragte er.

«Ach, nirgendshin! Ich gehe nur aus.»

«Wann fährst du denn wieder nach Oxford?»

«Nächste Woche. Warum?»

«Möchtest du morgen mit mir nach Thorpe Grange fahren? Ich werde wohl eine Nacht bleiben.»

Hubert schüttelte den Kopf. «Ich kann nicht. Muß für ein paar Tage zu Harpenden, verstehst du?»

«Nein, das wußte ich nicht. Nach Newmarket?»

Hubert lief rot an. «Verdammt, warum soll ich nicht nach Newmarket, wenn ich Lust habe?»

«Kein Grund, warum du nicht solltest, nur wünschte ich, du wähltest dir deine Gesellschaft besser. Bist du fest verabredet? Wir könnten von Thorpe hinüberreiten, wenn du es möchtest.»

«Sehr lieb von dir, Charles, aber ich habe zugesagt und kann nicht mehr absagen», erwiderte Hubert mürrisch.

«Nun gut, nur treibe es nicht zu arg!»

Hubert zuckte die Achseln. «Hab ich mir denken können, daß du das sagen wirst.»

«Und ich will noch etwas sagen, und du kannst dich darauf verlassen! Wenn du beim Rennen Schulden hast, so kann und werde ich sie nicht bezahlen. Wette also nur, soweit es deine Mittel erlauben.»

Er wartete die Antwort nicht ab, sondern stieg wieder die Treppe hinauf und trat in den Salon, in dem er seine Schwester vorfand, wie er sie verlassen hatte: in ihr Taschentuch schluchzend. Er warf ihr sein Tuch in den Schoß. «Wenn es schon nicht ohne soviel Wasser abgeht, dann nimm das auch noch», sagte er. «Bist du jetzt zufrieden? Du kannst es wohl sein! Nicht jedes Mädel kann sich rühmen, einen Mann wie Charlbury abgewiesen zu haben.»

«Ich rühme mich ja gar nicht», fuhr sie auf. «Aber ich mache mir nichts aus Reichtum und Stellung! Wenn mein Gefühl nicht gebunden ist —»

«Du könntest immerhin auf Charakter Wert legen! Du kannst ganz England durchsuchen, und du wirst keinen besseren Menschen finden, Cecilia. Schmeichle dir nur nicht, daß du in diesem Poeten einen gefunden hast! Ich wünsche dir nur, daß du nie den Tag erleben mußt, an dem du bedauerst, was du heute getan hast!»

«Ich bin mir durchaus darüber im klaren, daß Lord Charlbury alle schätzenswerten Eigenschaften hat», sagte sie gepreßt und betupfte ihre Wangen mit dem Taschentuch. «Gewiß ist er der vollendetste Gentleman unter allen meinen Bekannten, und wenn ich jetzt weine, tue ich es, weil es mir weh tut, daß ich ihn verletzen mußte.»

Er trat ans Fenster und blickte die Straße hinab. «Es hat keinen Sinn, dir jetzt Vorwürfe zu machen. Nach deiner Eröffnung von heute nacht würde Charlbury dich wohl gar nicht heiraten wollen. Was möchtest du nun? Ich kann dir sagen, daß Vater deine Verbindung mit Fawnhope nicht dulden wird.»

«Weil du ihm nicht erlaubst einzuwilligen! Kannst du dich denn nicht damit zufriedengeben, Charles, daß du eine Konvenienzehe eingehst? Muß ich es denn unbedingt auch tun?»

Er erstarrte. «Es ist unschwer zu sehen, daß hier wieder der Einfluß meiner Kusine am Werk ist. Bevor sie hierher kam, hättest du nicht so zu mir gesprochen. Die Achtung, die ich für Eugenia hege —»

«Wenn du sie liebtest, Charles, würdest du nicht von Achtung sprechen.»

Und in diesem höchst ungeeigneten Augenblick führte Dassett Miss Wraxton herein. Cecilia schaffte rasch das Taschentuch ihres Bruders außer Sehweite; karmesinrot liefen ihre Wangen an; Mr. Rivenhall wandte sich vom Fenster ab und sagte mit einiger Mühe: «Eugenia! Wir waren nicht darauf gefaßt, dieses Vergnügen zu haben!»

Sie gab ihm die Hand, dann wandte sie sich Cecilia zu: «Sage, daß das nicht wahr ist! Ich war in meinem ganzen Leben noch nie so entsetzt wie in dem Augenblick, da Alfred mir erzählte, was gestern nacht geschehen ist.»

Unwillkürlich traten Bruder und Schwester näher zusammen. «Alfred?» wiederholte Mr. Rivenhall.

«Er hat mir auf der Heimfahrt erzählt, daß er unfreiwillig mit angehört hat, was Cecilia zu dir sagte. Und Lord Charlbury! Ich konnte es einfach nicht glauben!»

Wenn es nicht die Bande der Zuneigung waren, so zwang jetzt die Treue Mr. Rivenhall, seiner Schwester zur Seite zu stehen. Trotzdem sah er ärgerlich genug drein, denn er fand es unentschuldbar, daß Cecilia ihn in eine solche Situation gebracht hatte. So sagte er Einhalt gebietend: «Wenn du meinst, daß Cecilia und Lord Charlbury beschlossen haben, sich nicht zu verbinden, so bist du im Recht. Was das allerdings Alfred angeht, weiß ich nicht, und noch weniger, warum er dir hinterbringen muß, was er — belauscht hat!»

«Lieber Charles, er weiß doch, daß alles, was deine Familie betrifft, auch mich angeht.»

«Sehr verbunden, aber ich wünsche diese Angelegenheit nicht zu erörtern.»

«Entschuldige mich! Ich muß zu meiner Mutter!» sagte Cecilia.

Sie floh aus dem Zimmer. Miss Wraxton warf Mr. Rivenhall einen vielsagenden Blick zu und erklärte: «Es wundert mich nicht, daß du verärgert bist. Das ist eine arg verfahrene Angelegenheit, und wir brauchen wohl nicht weit zu suchen, wenn wir herausbringen wollen, unter welchem Einfluß die liebe Cecilia in einer Weise gehandelt hat, die ihr doch so gar nicht ähnlich ist.»

«Ich verstehe absolut nicht, was du meinst.»

Sein abweisender Ton hätte sie warnen müssen, aber ihre Abneigung gegen Sophy war bereits zu einer derartigen Besessenheit ausgeartet, daß sie das Thema nicht zu wechseln vermochte.

«Es kann dir nicht entgangen sein, lieber Charles, daß unsere liebe sanfte Schwester ganz unter den Einfluß ihrer Kusine geraten ist. Meiner Ansicht nach kann das nur zu einem Unglück führen. Miss Stanton-Lacy verfügt zweifellos über viele hervorragende Eigenschaften, aber ich muß dir doch recht geben, wenn du sagst, daß es ihr allzu sehr an Zartgefühl gebricht.»

Mr. Rivenhall, der völlig überzeugt war, daß alle Schuld an dem Verhalten seiner Schwester auf Sophy fiel, erwiderte ohne Zögern: «Da bist du ganz im Irrtum. Ich habe nie eine derartige Äußerung getan.»

«So, hast du das nicht? Und ich dachte, du hättest etwas dergleichen zu mir selbst gesagt, Charles, aber darauf kommt es ja jetzt nicht an. Es ist jammerschade, daß die liebe Lady Ombersley sie gerade jetzt als Gast ins Haus nehmen mußte. Sooft ich das Haus betrete, werde ich mir der Veränderung hier bewußt. Sogar die Kinder —»

«Es geht jedenfalls jetzt hier lebhafter zu», fiel er ihr ins Wort.

Sie lachte gekünstelt. «Gewiß ist es weniger friedvoll!» Sie begann die Falten ihrer Handschuhe zu glätten. «Weißt du, Charles, ich habe den Ton in diesem Hause immer so bewundert. Dieser Ton war dein Verdienst, ich weiß es wohl. Und ich kann nicht umhin, eine leise Traurigkeit zu empfinden. wenn ich sehe, daß diese wohlgeordnete Ruhe . . . eine gewisse Würde, möchte ich sagen . . . durch Ungebärdigkeit gestört worden ist. Erst gestern fiel mir das auf: die arme kleine Amabel wächst uns ganz aus den Händen! Natürlich ermutigt Miss Stanton-Lacy sie nur unabsichtlich. Man darf nicht vergessen, daß sie selbst keine geordnete Erziehung genossen hat.»

«Meine Kusine war sehr freundlich zu den Kindern», sagte Mr. Rivenhall abschließend, «und meine Mutter hängt sehr an ihr. Auch mir, das muß ich sagen, ist es nur lieb, daß Mutter durch Sophys Gegenwart so sehr belebt ist. Hast du in diesem Teil der Stadt Besorgungen? Kann ich dich irgendwohin bringen? Ich muß in zwanzig Minuten in der Bond Street sein.»

Gegenüber einer so deutlichen Zurückweisung vermochte Miss Wraxton nichts mehr zu sagen. Röte stieg ihr in die Wangen, sie preßte die Lippen zusammen, unterdrückte aber eine scharfe Entgegnung und brachte wenigstens mit dem Anschein der Nachgiebigkeit hervor: «Danke, ich muß nur in der Buchhandlung etwas für Mama besorgen. Ich habe meinen Landauer mit und will dich gern an dein Ziel bringen.»

Da dieses Ziel Jacksons Boxhalle war, stand kaum zu erwarten, daß sie das gern tat, denn sie schätzte keinerlei Sport und hielt Boxen für eine besonders niedrige Abart der Leibesübungen. Doch unterdrückte sie eine spöttische Bemerkung über Mr. Rivenhalls Passion, sich in Gesellschaft widerwärtiger Preiskämpfer zu begeben, und äußerte nichts.

Cecilia war inzwischen zwar nicht zu Lady Ombersley, aber zu ihrer Kusine geflüchtet, die vor ihrem Ankleidetisch saß und über einem Stück Papier brütete. Jane Storridge räumte gerade das Reitkleid in den Schrank, schien aber, als Cecilia eintrat, zu empfinden, daß sie störte, denn sie schnüffelte hörbar, nahm Sophys Reitstiefel unter den Arm und verschwand.

«Was mag das wohl sein, Cecy?» fragte Sophy und beugte sich wieder über das Blatt Papier. «Jane sagt, sie hätte es in der Fensternische gefunden und gedacht, es gehöre mir. Komischer Name, nicht? Goldhanger, Bear Alley, Fleet Lane. Ich kenne die Schrift nicht und begreife nicht . . . ach, wie dumm! Es muß aus Huberts Rock gefallen sein.»

«Sophy», sagte Cecilia, «ich hatte eine schreckliche Unterredung mit Charlbury.»

Sophy ließ das Blatt auf den Tisch fallen. «Du lieber Gott, was gibt es denn nun wieder?»

«Ich bin ganz überwältigt», sagte Cecilia und ließ sich in den Stuhl fallen. «Niemand – also niemand hätte empfindsamer handeln können! Wenn du mir doch nicht zugeredet hättest, ihn zu empfangen! Es war so quälend.»

«Ach, denke nicht mehr daran», sagte Sophy aufmunternd. «Wir wollen lieber darüber nachdenken, was geschehen soll, um eine standesgemäße Beschäftigung für Augustus zu finden.»

«Wie kannst du nur so herzlos sein?» fragte Cecilia. «Er war so gütig, und ich konnte nun sehen, wie weh ich ihm getan hatte.»

«Nun, er wird sich rasch genug davon erholen», meinte Sophy gleichmütig. «Ich wette zehn zu eins, daß er sich in ein anderes Mädchen verliebt, bevor der Monat herum ist.»

Cecilia sah nicht aus, als ob ihr diese Prophezeiung tröstlich erschiene, aber nach einem Augenblick sagte sie: «Gewiß wäre mir das nur lieb, denn es ist nicht angenehm, einem Mann das Leben zu verpfuschen, das kann ich dir sagen.»

«Glaubst du, daß wir Regen bekommen? Kann ich es riskieren, meinen neuen Strohhut aufzusetzen? Ich habe im Sinn, selber ein wenig mit Charlbury zu flirten. Er hat mir gut gefallen.»

«Hoffentlich gelingt es dir», sagte Cecilia ein wenig steif. «Eigentlich ist er mir nie als ein Mann erschienen, der auf Flirt aus ist. Seine ganze Art läßt wohl kaum zu, daß er nach einem Vorfall wie diesem an eine solche Zerstreuung denkt.»

Sophy lachte. «Wir wollen sehen! Sag mir, welchen Hut ich aufsetzen soll! Der Strohhut ist bezaubernd, aber wenn wir doch Regen bekommen . . .»

«Es ist mir völlig gleichgültig, was für einen Hut du aufsetzt», gab Cecilia zurück.

## XI

Der übrige Tag verlief ereignislos, Sophy brachte Cecilia in ihrem Phaeton in den Hydepark und setzte sie ab, damit sie sich mit Mr. Fawnhope ergehen konnte, den man, wie vorher verabredet, am Reithaus getroffen; Sophy ihrerseits ließ Sir Vincent Talgarth Cecilias Platz einnehmen, der sich erst wieder von ihr trennte, als der Landauer der Marquesa de Villacañas hinter dem Gitter sichtbar wurde, das die Rotten Row von der Promenade abgrenzt. Die Marquesa war weithin erkennbar und erregte nicht geringes Aufsehen durch die Zahl und Größe der Straußenfedern, die ihren Hut schmückten; sie begrüßte Sir Vincent mit einem trägen Lächeln und erklärte Sophy, die Londoner Laden könnten denen von Paris bei weitem nicht das Wasser reichen. Einfach nichts habe sie in der Bond Street gefunden, was sie in Versuchung hätte führen können, die Schnur ihres Geldbeutels aufzuziehen. Sir Vincent dagegen wußte von einer Modistin in der Bruton Street, die auf den ersten Blick Stil und Qualitätsansprüche einer solchen Kundin erraten würde, und machte sich anheischig, die Marquesa hinzugeleiten.

Sophy zog dabei die Stirn ein wenig in Falten, doch bevor sie diesem Gedanken größere Aufmerksamkeit widmen konnte, wurde sie von

Lord Bromford in Beschlag genommen. Da war es nun eine einfache Höflichkeitspflicht, zu einer Rundfahrt durch den Park einzuladen. Er kletterte in den Phaeton, und nachdem er des Vergnügens Erwähnung getan, das ihm der Ball bei den Ombersleys bereitet, machte er ihr in aller Form einen Heiratsantrag. Ohne Zögern und ohne die geringste Verlegenheit lehnte Sophy ab. Darüber zeigte sich Lord Bromford nicht im geringsten enttäuscht; Übereifer und Begeisterung hätten ihn, so sagte er, zu einer überstürzten Handlungsweise verführt, aber er gebe die Hoffnung auf einen glücklichen Ausgang noch keineswegs auf. «Wenn Ihr Vater wieder im Lande ist», so erklärte er, «werde ich ihn in aller Form um die Erlaubnis bitten, mich um Sie zu bewerben. Sie hatten ganz recht, auf der Wahrung des Anstandes zu bestehen, und ich muß um Verzeihung bitten, daß ich gegen die Regeln der Etikette verstoßen habe. Nur die überstarke Leidenschaft, deren ich nicht Herr werde ... nicht einmal die Vorhaltungen meiner Mutter, eines Wesens, dem ich einen tiefen Respekt zolle, wie dies ja wohl meine Sohnespflicht ist ... nicht einmal ihre Vorhaltungen vermochten mich von diesem Schritt abzubringen ... wirklich, wie schon gesagt, nur diese überstarke Leidenschaft konnte mich dazu bringen, die Regeln zu vergessen ...»

«Ich glaube», unterbrach ihn Sophy, «daß Sie Ihren Platz im Hause der Lords einnehmen sollten. Haben Sie das schon getan?»

«Wie sonderbar», erwiderte Seine Lordschaft, ein wenig in seinem Selbstgefühl gehoben, «daß Sie gerade jetzt diese Frage an mich stellen, denn ich bin wirklich eben im Begriff, es zu tun. Ich werde den Vorzug haben, unter der Ägide, der Patenschaft eines Mannes meinen Platz im Oberhaus einzunehmen, der durch seine hohe Abkunft nicht weniger ausgezeichnet ist als durch seine parlamentarischen Qualitäten, und ich bin sicher ...»

«Ohne Zweifel sind Sie dazu berufen, ein großer Mann zu werden. Wie lang auch Ihre Sätze, wie kompliziert auch Ihre Perioden sein mögen, Sie verlieren sich niemals in ihnen! Sehen Sie nur, ist das Laub dieser Birken nicht bezaubernd? Gibt es einen Baum, der sich an Schönheit mit der Birke messen kann? Gewiß nicht!»

«Unbestreitbar ist die Birke ein anmutvoller Baum», räumte Lord Bromford ein, «doch vermag er, was das Majestätische betrifft, an den Mahagoni nicht heranzureichen, der auf den Inseln Westindiens wächst, und was die Nutzbarkeit angeht, bleibt die Birke hinter der Oxandra lanceolata, aus der man das Speerholz schneidet, weit zurück.»

«In den südlichen Provinzen Spaniens», machte Sophy dagegen geltend, «gedeiht die Korkeiche in großer Üppigkeit.»

«Ein anderer beachtlicher Baum, der in Jamaika gefunden wird», meinte Seine Lordschaft, «ist die Balata. In diesem Zusammenhang wäre noch der Rosenholzbaum, des weiteren der Ebenus aus dem genus

Diospyros, woraus man das Ebenholz gewinnt, und Lignum vitae, der Guajakbaum, zu erwähnen —»

«Im nördlichen Spanien», nahm Sophy die Herausforderung auf, «sind die mannigfaltigen Straucharten beachtlich, die dort wachsen, darunter die sogenannten Jarales und die Gummipflanze Ladanum, ferner — halt, dort kommt Lord Francis! Nun muß ich Sie wohl absetzen, Lord Bromford.»

Es widerstrebte ihm, auszusteigen, aber da Lord Francis schon von weitem winkte und Zeichen gab, daß er mit Sophy zu sprechen wünschte, konnte er sich nicht weigern. Als der Phaeton an den Wegrand heranfuhr, kletterte er umständlich aus dem Wagen, den Lord Francis ebenso flink erklomm. Seine ersten Worte waren: «War das ein kapitaler Ball gestern, Sophy! Bezauberndes Geschöpf, Ihre Kusine! Donnerwetter!»

Sophy setzte ihre Pferde wieder in Gang. «Francis, wächst die Korkeiche in den südlichen Provinzen Spaniens?»

«Du lieber Himmel, Sophy, wie soll ich das wissen? Sie waren doch in Kadiz. Erinnern Sie sich nicht? Wer schert sich um Korkeichen?»

«Ich hoffe», sagte Sophy warm, «daß Sie dereinst, wenn Sie aufgehört haben, der unbeholfenste Flirt in ganz Europa zu sein, eine sehr schöne Frau gewinnen werden. Sie verdienen sie wirklich! Wissen Sie etwas über die Balata?»

«Nie gehört! Was ist das? Ein neuer Tanz?»

«Nein, ein Baum, der in Jamaika wächst. Und ich hoffe, diese Frau wird ebenso gutartigen Gemüts sein wie schön.»

«Darauf können Sie sich verlassen! Aber das muß ich Ihnen sagen, Sophy, es steht Ihnen gar nicht, einen harmlosen Menschen mit Bäumen zu langweilen! Was ist Ihnen denn passiert?»

«Lord Bromford», seufzte Sophy.

«Ach, der lederne Bursche, der eben erst neben Ihnen saß? Gestern hat er Sally Jersey auseinandergesetzt, daß Guineagras sich sowohl für Pferde als auch für Rinder als Futter eignet. Hab es selbst gehört! So hat das ‹Große Schweigen› noch nie den Mund gehalten!»

«Mir wäre es lieber gewesen, sie hätte ihn gehörig gedämpft, sie kann das. Beim Reithaus muß ich Sie absetzen, Cecilia erwartet mich schon.»

In der Tat standen Cecilia und ihr Anbeter am verabredeten Platz. Lord Francis sprang aus dem Phaeton, und er war es auch, der Cecilia in den Wagen hob, denn Mister Fawnhope war in die Betrachtung einer Gruppe von Narzissen versunken und murmelte gerade: «Wagmutig sproßt Narzissus, eh' die Schwalbe sich erkühnt . . .»

Cecilias Stimmung schien durch die Begegnung mit ihrem Galan nicht sehr gehoben. Seine Zukunftspläne waren ein wenig ungewiß, denn er trug sich gerade mit einer epischen Dichtung, die ihn mit einem

Schlage berühmt machen sollte. Während sein Werk sich in ihm formte, würde er wohl, so sagte er, nichts dagegen einzuwenden haben, irgendwo als Bibliothekar Dienst zu nehmen. Cecilia ihrerseits konnte sich schwer vorstellen, daß ihr Vater oder ihr Bruder sonderliche Neigung zeigen würden, sie einem Bibliothekar zum Weibe zu geben, und als Mr. Fawnhope dazu nur nickte, konnte sie in seiner Bereitschaft, jenen Dienst anzunehmen, aber auch auf ihn sofort wieder zu verzichten, nichts Ermutigendes erblicken. Sie war sogar so weit gegangen, ihm eine politische Tätigkeit anzusinnen, aber sein Ausruf: «Was für ein schmutziges Tun!» verhieß keine günstige Entwicklung. Auch fand er, seit dem Tode von Mr. Fox, vor zehn Jahren, wäre kein Staatsmann hervorgetreten, dem sich ein Mann von Geist und Empfindsamkeit willig attachieren würde; diese Bemerkung bewies nur, daß Augustus mit seinen politischen Anschauungen bei ihrer Familie kaum mehr Anklang finden würde als mit seinem poetischen Ehrgeiz.

Sophy zog aus Cecilias etwas ausweichenden Bemerkungen rasch das Resultat und sagte schwungvoll: «Nun ja, wir müssen eben einen Mann von Ansehen finden, der bereit ist, ihn unter seine Fittiche zu nehmen!» Daraus schloß Cecilia, daß Sophy die Lage nicht ganz richtig erfaßt hatte.

Später fand Sophy Gelegenheit, Hubert das Stück Papier, das aus seiner Tasche gefallen war, zurückzugeben. Sie hatte inzwischen der Sache nicht viele Gedanken gewidmet, doch die Betretenheit, mit der er das Blatt entgegennahm, regte sie geradezu zu Erwägungen an, die er gewiß nicht wünschte. Er riß ihr den Zettel beinahe aus der Hand und rief: «Wo hast du das gefunden?» Sanft erwiderte sie ihm, das Papierstück müsse wohl aus der Tasche des Rockes gefallen sein, den sie für ihn ausgebessert, und darauf erwiderte er: «Ja, es gehört mir, ich wußte nur nicht, daß ich es in den Rock gesteckt hatte! Ich kann dir das nicht näher erklären, aber erwähne es, bitte, vor niemandem.»

Sie konnte ihm nur versichern, dies wäre gar nicht in ihrer Absicht gelegen, doch gab ihr seine Betretenheit allerlei Zweifel und Besorgnisse ein. Zur Erkenntnis reiften diese Besorgnisse allerdings erst, als Hubert von seinem Besuch bei seinem Freunde Harpenden zurückkehrte; da glich er einem Menschen, der einen schweren Schlag empfangen hat, so aufs Haar, daß sie die erste Gelegenheit, allein mit Hubert zu sprechen, benützte, ihn zu fragen, was schiefgegangen wäre. Mr. Rivenhall war am Tag vorher nach Thorpe Grange, dem Gut in Leicestershire, das er von seinem Großonkel geerbt, gefahren und war noch nicht wieder nach London zurückgekehrt; doch Hubert machte Sophy klar, daß er selbst in bitterster Bedrängnis und wenn der ältere Bruder auch in London wäre, nie mit einem Anliegen zu ihm gehen würde.

«Er hat mir das deutlich genug gesagt! Klipp und klar: er tut es nicht! Schön! Spielt keine Rolle!»

«Ich könnte mir vorstellen», erwiderte Sophy in ihrer gelassenen Art, «daß Charles mehr sagt, als er meint. Das beste wäre, Hubert, du sagtest mir, was schiefgegangen ist. Vermutlich hast du in Newmarket eine Menge Geld verspielt.»

«Wenn das alles wäre!» rief er unbedachtsam.

«Nun, wenn das nicht alles ist, dann solltest du mir eben das übrige auch noch sagen, Hubert», erwiderte sie mit freundlichem Lächeln. «Du kannst dich darauf verlassen, daß es bei mir gut aufgehoben ist, denn Sir Horace hat mich zu der Überzeugung erzogen, daß es nichts Scheußlicheres gibt, als Geheimnisse auszuplaudern. Du bist offenbar in irgendwelchen Schwierigkeiten, und wenn du mir nichts sagst, werde ich deinem Bruder eine Andeutung machen müssen, denn ich möchte zehn zu eins wetten, daß du noch tiefer in das Unheil hineinreitest, wenn niemand dir mit Rat und Tat beisteht.»

Er wurde blaß. «Sophy, du wirst doch nicht –»

«Natürlich werde ich nicht! Du bist wirklich ein ekelhafter Kerl, willst absolut nichts sagen und läßt mich fragen. Steckt vielleicht eine Frau dahinter? Etwa von der Sorte, für die Sir Horace den Ausdruck Schleiergeheimnisse gebraucht?»

«Sophy, auf mein Wort – nichts dergleichen!»

«Also doch Geld?»

Er antwortete nicht, und nach einer Weile deutete sie einladend auf das Sofa und sagte: «Komm, setz dich zu mir! Es ist gewiß nicht halb so schlimm, wie du fürchtest.»

Er lachte kurz auf, ließ sich aber doch bereden, neben ihr Platz zu nehmen, und vergrub die Stirn in den Fäusten. «Ich ziehe mich schon heraus. Kommt es zum Schlimmsten, so kann man immer noch zur Armee.»

«Das stimmt, aber mit der Armee kenne ich mich einigermaßen aus, und ich glaube nicht, daß dir der Truppendienst behagen würde. Übrigens würde meine Tante sehr traurig sein, das ist dir doch klar?»

Es galt nicht gerade als geziemend, daß ein junger Gentleman von Huberts Rang seine Schwierigkeiten einem Frauenzimmer anvertraute, und noch dazu einem, das nicht ganz so alt war wie er selbst; aber nach einiger Mühe brachte Sophy das Geständnis doch aus ihm heraus. Es war nicht gerade ein sehr zusammenhängender Bericht, sie mußte ihn mehrere Male unterbrechen, aber schließlich war es klar, daß er in die Klauen eines Wucherers gefallen war. Hubert hatte im Vorjahr in Oxford Schulden gemacht, die er seinem Bruder nicht zu gestehen wagte und die er, wie es seit Menschengedenken die Art der Jugend ist, irgendwie selber zu tilgen hoffte. Freunde führten ihn in Londoner Spielsalons ein; ein wenig Glück im Bakkarat oder an der Roulette hätte gewiß alles in Ordnung gebracht; als er aber dann während der Weihnachtsferien auf diesem Weg die Rettung suchte, war er von einer unvorstellbaren Pechsträhne verfolgt gewesen. Noch jetzt liefen ihm Schauer über den Rücken, wenn er sich dieses gräßlichen Mißgeschicks entsann, und seine lebenskluge Kusine schloß daraus, daß Hubert eigentlich kein echter Spieler war. Immerhin, hohe Ehrenschulden lasteten auf ihm, nachdem sein schrecklicher Bruder schon um viel geringerer Beträge willen siedendes Öl auf ihn ausgegossen. Was blieb übrig? Man konnte nur ins Wasser springen oder zum Wucherer gehen. Und doch hätte er sich auch jetzt nicht entschlossen, bei einem gottverdammten Halsabschneider seine Zuflucht zu suchen, hätte er nicht gehofft, die Sache binnen sechs Monaten in Ordnung bringen zu können.

«Du meinst, wenn du demnächst großjährig wirst?»

«Nein, eigentlich habe ich das nicht gemeint», gestand er errötend. «Allerdings scheint auch der alte Goldhanger die Sache so aufgefaßt zu haben, als er mir das Geld lieh. Ich selber habe nie darauf Bezug genommen. Hab nur gesagt, daß ich bestimmt demnächst eine Menge Geld in die Hand bekomme – und ich war vollkommen sicher! Es konnte gar nicht fehl gehen! Bob Gilmorton, einer meiner besten Freunde, kannte den Besitzer des Stalles gut. Das Pferd mußte kommen!»

Sophy, von ihrem Gedächtnis selten im Stich gelassen, erkannte sofort den Namen Goldhanger, den sie auf jenem Zettel gelesen, tat aber keine Erwähnung, sondern fragte nur, ob das verhängnisvolle Pferd denn nun versagt habe.

«Nicht einmal Platz!» stöhnte Hubert.

Sie nickte verständnisvoll. «Nach Sir Horaces Ansicht kommt ein Pferd, auf dessen Sieg du deine Zukunft gründest, nie auch nur auf Platz», bemerkte sie. «Seiner Meinung nach darf man überhaupt nie spielen, wenn man in Geldverlegenheit ist. Nur mit vollen Taschen hat man eine gewisse Aussicht zu gewinnen. Und Sir Horace hat immer recht.»

Hubert erging sich nun minutenlang in bitteren Anschuldigungen und äußerte Verdächtigungen gegen den Besitzer des Stalles, den Trainer und Jockei, Leute, die wegen betrügerischer Machenschaften vor Gericht gehörten; Dinge sagte er, die nicht gerade für das Ohr einer weniger diskreten Person als seiner Kusine bestimmt waren. Sie hörte ihm geduldig zu, und erst, als sein Zorn verraucht war, brachte sie die Rede wieder auf einen Gegenstand, der ihr wichtiger erschien.

«Hubert, du bist noch nicht volljährig. Es ist unerlaubt, Minderjährigen Geld zu leihen. Als der junge – nun, der Name tut nichts zur Sache, wir kennen ihn beide gut! –, als ein junger Mann meiner Bekanntschaft in solch eine Verlegenheit geriet, wandte er sich an Sir Horace um Rat, und da erklärte ihm Sir Horace das. Ich glaube, es sind auf erpresserischen Kredit an Minderjährige sehr hohe Strafen gesetzt.»

«Weiß ich auch», sagte Hubert. «Die meisten tun es ja auch nicht, aber einer meiner Freunde hat mich eben an Goldhanger gewiesen und hat mir geraten, was ich sagen sollte, hat mich auch informiert, wie ich es mit den Zinsen zu halten hätte. Mir schien das damals ganz gleichgültig, denn ich dachte ja –»

«Sind es sehr hohe Zinsen?» fragte Sophy.

Er nickte. «Nun ja, ich habe ihn über mein Alter belogen, ihm war natürlich ganz klar, daß ich noch nicht einundzwanzig bin, aber – nun ja, jetzt hat er mich in der Hand. Ich habe eben gedacht, ich würde alles beim Rennen zurückgewinnen.»

«Wieviel hast du dir denn ausgeliehen, Hubert?»

«Fünfhundert», murmelte er.

«Um Himmels willen, das alles hast du beim Kartenspiel verloren?» rief sie.

«Nein, aber ich wollte hundert haben, um mir etwas zurückzuholen, verstehst du? Es genügte ja nicht, daß ich meine Schulden zahlte, ich mußte ja auch irgendwie Geld zustande bringen, um Goldhanger zu befriedigen.»

Sophy mußte unwillkürlich über diese geniale Finanzierungsmethode lachen, aber Hubert sah sie so gekränkt an, daß sie um Verzeihung bat und sagte: «Jedenfalls begreife ich, daß dein Mister Goldhanger ein schändlicher Kerl ist.»

«Das stimmt schon», gestand Hubert niedergeschlagen. «Er ist ein alter Satan, und ich könnte mir die Haare ausreißen, daß ich je in seine Nähe gekommen bin. Natürlich wußte ich damals noch nicht, was ich jetzt von ihm weiß, aber schon auf den ersten Blick – na, jetzt ist es zu spät, jetzt hat es keinen Sinn mehr, sich über Geschehenes zu ärgern.»

«Ja, dazu ist es viel zu spät, aber darum braucht man auch noch nicht zu verzweifeln! Angst brauchst du bestimmt keine zu haben, denn er weiß natürlich, daß er das Geld nicht von einem Minderjährigen eintreiben kann. Er würde es nie wagen, mit dieser Forderung zu Gericht zu gehen.»

«Denk nicht daran, Sophy, zurückbekommen muß er sein Geld. Die Sache ist übrigens weit schlimmer. Er hat von mir Sicherheit verlangt, ein Pfand – ich hab ihm etwas überschrieben.»

Seine Zerknirschung spiegelte Sophy haarsträubende Möglichkeiten vor. «Hubert, du hast doch nicht Familienerbgut oder etwas dergleichen verpfändet?»

«Nein, so schlimm ist es nicht», sagte er empört. «Was ich gegeben habe, war mein Eigentum, und Erbgut in dem Sinn kann man es wohl nicht nennen. Wenn aber je herauskäme, daß ich es verloren habe, dann wäre der Teufel los, und gewiß würde man ein Geschrei davon machen, als ob ich der reinste Taschendieb wäre! Großvater Stanton-

Lacy hat es mir vererbt: dummes Zeug, heutzutage trägt man so etwas gar nicht mehr. Er hat es allerdings getragen, und Mutter sagt immer, daß nichts auf der Welt sie so sehr an den alten Herrn erinnert, denn sie hat ihn nie gesehen, ohne daß er das Ding an der Hand gehabt hätte — male dir also aus, was es gäbe, wenn sie wüßte, daß ich es zum Pfand gegeben habe! Es ist ein Ring, verstehst du, ein Riesensmaragd mit Diamanten rundherum. Auch eine Idee, so etwas am Finger zu tragen! Aussehen würde man damit wie Romeo Coates oder irgendein reicher Spießbürger, der aufprotzen will! Mama hatte den Ring immer in Verwahrung, und ich wußte nicht einmal, daß er mir gehört, bis Mama ihn mir voriges Jahr zu einem Maskenball gab — da hat sie mir gesagt, daß er eigentlich mir gehört. Als Goldhanger ein Pfand forderte, da . . . mir ist einfach nichts anderes eingefallen . . . und ich wußte eben, wo Mama den Ring verwahrt, und so habe ich ihn genommen. Sage nicht, daß ich ihn gestohlen habe, so ist das nicht, sie hat ihn ja nur für mich verwahrt, weil ich keine Verwendung dafür hatte.»

«Nein, natürlich würdest du nichts stehlen», beschwichtigte sie ihn.

Er betrachtete aufmerksam seine Knöchel. «Nein. Versteh mich richtig, ich sage ja nicht, daß ich recht hatte, den Ring aus Mutters Schatulle zu nehmen, aber — er war schließlich mein Eigentum.»

«Gewiß hättest du es nicht tun sollen. Sie würde es dir bestimmt sehr übelnehmen, wir müssen den Ring sofort wieder herbeischaffen.»

«Ja, wenn ich es nur könnte! Jetzt besteht keine Aussicht mehr! Ich weiß wirklich nicht weiter! Als dieses Pferd versagte, hätte ich mir am liebsten eine Kugel durch den Kopf geschossen! Tun werde ich es natürlich nicht, denn damit würde die Sache auch nicht besser, es käme nur ein schrecklicher Skandal heraus.»

«Ein Glück, daß du mir alles gesagt hast! Ich weiß wenigstens, was du tun sollst. Du sprichst dich einmal ganz ehrlich mit deinem Bruder aus. Er wird dich furchtbar schelten, aber verlaß dich auf ihn, er hilft dir heraus.»

«Du kennst ihn nicht! Schelten, ja, ja! Auf den kann man sich verlassen! Kann man! Sei sicher, daß er mich sofort von Oxford zurückholt und in die Armee steckt oder etwas dergleichen. Da versuche ich alles andere, bevor ich mit ihm rede.»

«Schön, ich leihe dir die fünfhundert Pfund.»

Er errötete. «Du bist eine Mordskanone, Sophy — entschuldige, nicht übelnehmen, ein kapitales Mädel! Ich bin dir verteufelt dankbar, aber ich kann natürlich nicht von dir Geld leihen! Nein, bitte, rede nicht mehr darüber! Das kommt gar nicht in Betracht! Übrigens verstehst du das nicht! Der alte Blutsauger hat mich unterschreiben lassen, daß ich ihm fünfzehn Prozent monatlich bezahle.»

«Gütiger Gott, du bist doch nicht auf so etwas eingegangen?»

«Was hätte ich denn sonst tun sollen? Das Geld mußte ich einfach haben, um meine Spielschulden zu bezahlen, und zu solch einer Firma wie Howard und Gibbs konnte ich ja nicht gehen, die hätten mir einfach die Tür gewiesen.»

«Hubert, ich bin überzeugt, daß er nicht einen Penny Zinsen aus dir herauspressen kann! Nach dem Gesetz kann er nicht einmal die Hauptsumme zurückverlangen! Nimm meine fünfhundert Pfund, bringe sie ihm und bestehe darauf, daß er dir deine Unterschrift und den Ring zurückgibt. Sage ihm einfach, daß er das Schlimmste zu erwarten hat, wenn er sich nicht mit der Grundsumme zufrieden gibt!»

«Und dann bringt er ganz Oxford gegen mich auf, sagt es allen Leuten. Ich sage dir doch, Sophy, er ist ein ganz durchtriebener Schuft! Er wird mir antun, was er mir nur antun kann. Er ist kein gewöhnlicher Geldverleiher. Ich bin mir klar darüber, daß er ist, was man bei uns einen Würger nennt, einer, der den Leuten das Halstuch zusammenzieht, ein Hehler und Erpresser ist er, einer, der alle Schliche weiß. Er wird sich einfach weigern, mir den Ring zurückzugeben, und wenn ich ihn zur Rechenschaft ziehe, so hat er den Ring einfach verkauft, und Schluß.»

Sophy mochte sagen, was sie wollte, nichts fruchtete. Er hatte entsetzliche Angst vor Mr. Goldhanger, und da ihr diese Angst unbegreiflich war, konnte sie nur annehmen, daß noch schlimmere Gefahr, als er ihr eingestanden, über seinem Haupt schwebte. Sie versuchte nicht einmal herauszubringen, was es wäre, sondern fragte nur, was er zu tun gedächte, um sich aus seinen Schwierigkeiten herauszuwinden, wenn er weder mit dem Bruder sprechen noch ihr Darlehen annehmen wolle. Sehr klar war seine Antwort nicht, denn Hubert war noch jung genug, dem Glauben seines Alters an zeitgerecht eintreffende Wunder zu huldigen. Er erwähnte einige Male, daß ihm ja ein Monat Zeit bleibe, bis die Lage verzweifelt würde; widerstrebend räumte er ein, daß er schließlich dann immer noch zu seinem Bruder gehen könnte, aber offensichtlich gab er sich der Illusion hin, daß inzwischen etwas eintreten könne, was diesen Schritt unnötig machte. In einer Anwandlung von Leichtsinn bat er Sophy, sie solle sich um seinetwillen nicht den Kopf zerbrechen, und da es aussichtslos schien, weiter mit ihm darüber zu reden, gab sie es auf.

Als er aber gegangen war, saß sie eine Weile, das Kinn in die Hand gestützt, und erwog die Angelegenheit. Ihr erster Impuls war es gewesen, die ganze Sache in die Hände von Sir Horaces Anwalt zu legen, aber diesen Gedanken verwarf sie sofort wieder. Sie kannte Mr. Meriden genug, um zu wissen, daß er sich ihrem Wunsch widersetzen würde, einem Wucherer fünfhundert Pfund in den Rachen zu stopfen. Von ihm war nur solcher Rat zu erwarten, der unweigerlich dazu führen mußte, daß Huberts Torheit an den Tag kam, und das durfte natürlich nicht geschehen. Im Geist ließ sie alle ihre Freunde Revue passieren, fand aber, daß auch sie aus dem gleichen Grund gemieden werden mußten. Da es aber nicht ihre Art war, eine Sache einfach fortzuschieben, kam sie nicht eine Sekunde lang auf den Gedanken, den jungen Vetter in seinen Schwierigkeiten im Stich zu lassen. Nun schien ihr, daß es keinen anderen Ausweg gab, als sich selber mit diesem schändlichen Mr. Goldhanger auseinanderzusetzen. Sie faßte diesen Entschluß nicht ohne reifliche Überlegung, denn wenn sie auch keine Angst vor Mr. Goldhanger hatte, war sie sich doch darüber im klaren, daß junge Ladies nicht gerade Wucherer besuchen sollten, und daß ein solches Betragen höchst anstößig war. Anderseits war nicht einzusehen, wie jemals irgendwer außer Hubert davon erfahren sollte, und so kam sie zu dem Schluß, daß es blöde und feig wäre, sich jetzt von jungmädchenhaften Zimperlichkeiten lenken zu lassen. Gewiß war das nicht das Verhalten, das man von Sir Horace Stanton-Lacys Tochter erwarten durfte.

Nachdem sie aber einmal den Entschluß gefaßt hatte, sich für Hubert einzusetzen, war es charakteristisch für sie, daß sie sich nun nicht länger mit Überlegungen quälte. Und ebenso bezeichnend für sie war, daß sie gar nicht versuchte sich einzureden, sie dürfe mit Fug und Recht Huberts Schulden aus Sir Horaces Kasse decken. Ihrer Ansicht nach, und Sir Horace hätte diese Ansicht zweifellos geteilt, war es ein Ding, fünfhundert Pfund für einen Ball auszugeben, der ihrer Einführung in die Londoner Gesellschaft galt, und ein ganz anderes, ihm eine großspurige Geste einem Neffen gegenüber aufzuzwingen, von dessen bloßer Existenz er wahrscheinlich gar nichts wußte. Sie schloß ihre Schatulle auf, schüttete den Inhalt heraus und wählte die Diamantenohrringe, die Sir Horace ein Jahr vorher bei Rundell & Bridge für sie gekauft. Es waren wundervolle Steine, und das Herz tat ihr weh, sich von ihnen zu trennen; aber alles übrige, was sie an Juwelen besaß, war Muttererbe, und obwohl sie nicht den Schimmer einer Erinnerung an ihre Mutter bewahrte, schien es ihr doch ganz ungebührlich, sich von dem Schmuck der Mutter zu trennen.

Am nächsten Tag machte sie sich von der Verpflichtung frei, Lady Ombersley und Cecilia in ein Seidenhaus am Strand zu begleiten, und fuhr statt dessen unbegleitet zu den Juwelieren Rundell & Bridge. Es waren keine Kunden im Laden, als sie eintrat; doch brachte der bloße Anblick einer jungen Lady von so eindrucksvoller Erscheinung und überzeugender Eleganz den Verkaufschef dazu, diensteifrig herbeizueilen. Das war ein Geschäftsmann, der stolz von sich sagen konnte, daß er jeden Kunden von Rang, den er einmal gesehen, stets wiedererkannte. So erkannte er auch Miss Stanton-Lacy auf den ersten Blick, brachte eigenhändig einen Sessel heran und erkundigte sich, was er der Lady zeigen dürfe. Mit ihrem Anliegen vertraut gemacht, sah er wie vom Blitz getroffen aus, meisterte aber rasch seine Verblüffung und brachte einen Untergebenen mit einem Zucken seiner Augenlider dazu, Mr. Bridge persönlich auf die Bildfläche zu bringen. So erschien Mister Bridge im Laden und verneigte sich höflich vor der Tochter eines Kunden, der so manches kostbare Schmuckstück bei ihm gekauft, wenn auch zumeist für eine ganz andere Klasse von Frauen; er bat Sophy, ihm in sein Privatbüro zu folgen, das sich an den Verkaufsraum anschloß. Was er davon hielt, daß sie Ohrringe verkaufen wollte, die sie ein Jahr vorher sorgfältig ausgewählt hatte, äußerte er wohlweislich nicht. Eine höfliche Frage nach Sir Horaces Befinden ergab, daß dieser zur Zeit in Brasilien weilte; nun konnte Mr. Bridge sich alles zusammenreimen, und er entschloß sich sofort, die Ohrringe für einen ansehnlichen Betrag zurückzunehmen, statt, wie es vielleicht seine erste Absicht gewesen war, geltend zu machen, die Diamantenpreise wären in letzter Zeit entsetzlich gefallen. Es war auch nicht seine Absicht, die Ohrringe wieder zu verkaufen; er würde sie einfach in Verwahrung nehmen, bis Sir Horace aus Brasilien zurückkam. Gewiß würde Sir Horace sie zurückkaufen; und seine Dankbarkeit, dies ohne nennenswerten Aufschlag tun zu können, würde in Zukunft darin ihren Ausdruck finden, daß er viele und weit kostspieligere Stücke von einem Juwelier kaufte, der sich seiner einzigen Tochter gegenüber so ritterlich benommen hatte. So kam der Verkauf zwischen Miss Stanton-Lacy und Mr. Bridge in liebenswürdigster Form zustande, beide Teile waren zufrieden, und Mr. Bridge, die Diskretion in Person, behielt Miss Stanton-Lacy in seinem Privatkontor, bis zwei später eingetretene Kunden den Laden wieder verlassen hatten. Schließlich mochte es Sir Horace unlieb sein, wenn bekannt wurde, daß seine Tochter genötigt gewesen war, Schmuck zu verkaufen. Ohne Wimperzucken fand er sich bereit, Sophy fünfhundert Pfund in Noten auszubezahlen; und mit einem Respekt, der nicht die leiseste Minderung erfahren hatte, komplimentierte er sie aus dem Laden.

Sophy hatte die Banknoten in ihren Muff gestopft, rief eine Mietkutsche an und ließ sich nach Bear Alley fahren. Der Wagen, den sie wählte, war keineswegs der eleganteste, dem sie begegnete, aber sein Kutscher war ohne Zweifel der originellste seiner Klasse. Ein stattlicher Mensch mit einem beträchtlichen Embonpoint, in mittleren Jahren, mit einem geröteten Gesicht, das Jovialität ausstrahlte — das war der Typ, der Sophy einiges Vertrauen einflößte und diesen Glauben noch durch die Art bestärkte, wie er den Befehl entgegennahm. Er betrachtete sie aufmerksam, rieb sich mit der behandschuhten Hand das Kinn und äußerte dann die Vermutung, hier läge wohl ein Irrtum vor, denn seiner Ansicht nach sei die Bear Alley keineswegs ein Ort, wohin eine Dame ihrer Art zu fahren wünschte.

«Wie, ist es ein Elendsquartier?» erkundigte sich Sophy.

«Es ist jedenfalls kein Aufenthalt für eine junge Lady», meinte der Kutscher und fügte freundlich hinzu, er habe, mit Verlaub, selber Töchter.

«Nun, Spelunke oder nicht, ich will jedenfalls hin», sagte Sophy «Ich habe dort mit einem Mr. Goldhanger zu tun, der, wie ich anneh- me, ein Erzlump ist; und Sie sehen mir so aus, als ob Sie nicht der Mann wären, mir einfach davonzufahren und mich an einem solchen Ort im Stich zu lassen.»

Damit stieg sie in die Kutsche; der Kutscher schloß den Schlag hinter ihr, kletterte auf den Bock und vertraute den Lüften seinen Wunsch an, aufs Maul gehaut zu werden, wenn er sich noch einmal in seinem Leben so in einem Frauenzimmer täuschte; und damit brachte er dann seinen Gaul in Gang.

Bear Alley, ostwärts von Fleet Market gelegen, erwies sich als eine enge, übelriechende Gasse, deren Katzenkopfpflaster mit Unrat jeglicher Art überhäuft war. Der Schatten des großen Gefängnisses schien über dem ganzen Distrikt zu lagern, und die Leute, die sich in den Straßen herumtrieben oder vor den Hauseingängen lungerten, zeigten eine Bedrücktheit, die nicht nur auf ihre betrüblichen Lebensumstände zurückzuführen war. Der Kutscher fragte einen Menschen, der einen abgerissenen und fettigen Mantel trug, ob er wisse, wo Mr. Goldhanger hause, und wurde zu einem Eingang in der halben Länge der Gasse gewiesen; der diese Auskunft erteilte, hatte eine Weile gezögert, bevor er antwortete, und schien auch sonst nicht gerade geneigt, sich in ein Gespräch einzulassen.

Eine Kutsche, die einstmals der Wagen eines Mannes von Stand gewesen sein mochte, erregte nicht allzuviel Aufsehen, aber als sie anhielt und eine hochgewachsene, gutgekleidete junge Dame ihr entstieg, die ihren Rock sorgsam raffte, um den Saum nicht mit den herumliegenden Gemüseresten zu beschmutzen, traten zwei Männer, die Maulaffen feilhielten, und zwei kleine, zerlumpte Burschen näher heran, um sie anzustarren. Es fielen auch Bemerkungen, doch wurden sie glücklicherweise in einem Dialekt geäußert, den Sophy nicht verstand. Sie war so oft in spanischen und portugiesischen Städten Gegenstand plumper Neugierde gewesen, daß sie sich durch solche Aufmerksamkeit nicht einschüchtern ließ. So sah sie sich kritisch um und wandte sich dann mit freundlichem Lächeln an einen der Knaben: «Sag, wohnt ein Mann namens Goldhanger in diesem Haus?»

Der Gassenjunge glotzte sie nur an, aber als sie ihm einen Shilling reichte, blieb ihm sichtlich der Atem weg, seine Hand zuckte nach der Münze, und er brachte stammelnd hervor: «Erster Stock!» Dann jagte er davon, bevor ein Älterer ihm die Münze wieder abjagen konnte.

Solche Großspurigkeit bewog die anderen, näher heranzurücken, aber nun kletterte der Kutscher von seinem Bock, die Peitsche in der

Hand, und lud gutmütig jedermann, der es auf eine Tracht abgesehen hätte, ein, heranzukommen. Niemand nahm diese Einladung an, und so sagte Sophy: «Vielen Dank, aber machen Sie hier, bitte, kein Aufsehen. Warten Sie auf mich, bitte!»

«Ich, an Ihrer Stelle, Fräuleinchen», sagte der Kutscher ernst, «ich täte mich nicht in eine solche Höhle wagen, das muß ich schon sagen! Da wissen Sie nie, was Ihnen alles passieren kann.»

«Wenn mir etwas passiert», erwiderte Sophy freundlich, «dann werde ich laut rufen, und dann kommen Sie mir zu Hilfe. Ich glaube, Sie werden nicht allzulange warten müssen.»

Damit bahnte sie sich den Weg durch die Leute und betrat das Haus, das man ihr bezeichnet hatte. Das Tor stand weit offen, eine mit keinem Läufer belegte Treppe lag am Ende eines kurzen Korridors. Sie stieg diese Treppe hinauf und gelangte auf einen Absatz. Zwei Türen gingen auf diesen Flur, sie klopfte energisch an beide. Eine Weile verging, und sie hatte das unangenehme Gefühl, daß jemand sie beobachtete. Sie blickte sich um, sah aber niemand. Erst als sie sich wieder zurückwandte, gewahrte sie, daß aus einem kleinen Loch in der Türfüllung ein Blick unmißverständlich auf sie gerichtet war. Das forschende Auge verschwand sofort, dann war zu hören, wie ein Schlüssel im Schloß umgedreht wurde. Die Tür wurde sacht geöffnet, und ein kleines, dunkelhaariges Individuum mit fettigen schwarzen Haaren, einer Hakennase und einem einschmeichelnden Lächeln wurde sichtbar. Die fragliche Person trug einen verschossenen schwarzen Anzug, und nichts an ihr deutete auf einen derartigen Wohlstand, daß angenommen werden konnte, sie vermöge irgend jemandem fünfhundert Pfund zu leihen. Die unter schweren Lidern halbgeschlossenen Augen nahmen blitzschnell jede Einzelheit von Sophys Erscheinung auf, von den gekräuselten Straußenfedern des Hutes bis zu den Chevreaulederstiefelchen.

«Guten Morgen», sagte Sophy. «Sind Sie Mister Goldhanger?»

Er stand ihr leicht vorgeneigt gegenüber und rieb die Hände. «Und was würde die Lady von Mister Goldhanger wünschen?» fragte er.

«Ich habe geschäftlich mit ihm zu sprechen», erwiderte Sophy. «Falls Sie es etwa sind, dann lassen Sie mich, bitte, nicht länger auf diesem schmutzigen Korridor stehen. Warum niemand hier wenigstens ausfegt, verstehe ich nicht.»

Mr. Goldhanger war sichtlich eingeschüchtert, und das war ihm wohl seit langem nicht geschehen. Er war an Besucher der verschiedensten Herkunft und Lebensweise gewöhnt, von scheuen Gestalten, die sich unter dem Schutz der Dunkelheit in das Haus schlichen und sonderbare Ware auf den Tisch warfen, auf dem eine Öllampe brannte, bis zu verschreckten jungen Herren von Stand, die sich aus irgendeiner drückenden Klemme zu befreien wünschten, aber noch nie hatte

Mr. Goldhanger einer selbstbewußten jungen Lady die Tür geöffnet, die ihm ansann, den Korridor fegen zu lassen.

«Vielleicht schauen Sie mich nicht länger so töricht an», sagte Sophy «Sie haben mich lange genug durch das Guckloch in Ihrer Türe betrachtet und könnten bereits zu der Überzeugung gelangt sein, daß ich kein verkleideter Polizist bin.»

Mr. Goldhanger protestierte. Das Ansinnen, ein Polizist wäre ihm ein unwillkommener Besuch, schien ihn zu verletzen. Immerhin trat er zurück, um Sophy den Eintritt freizugeben, und lud sie ein, auf einem Stuhl Platz zu nehmen, der an einem langen Tisch inmitten des Raumes stand.

«Gern, aber ich wäre Ihnen zu Dank verpflichtet, wenn Sie ihn erst abstauben würden», sagte sie.

Mr. Goldhanger erledigte sich dieser Aufgabe mit Hilfe eines seiner langen Rockschöße. Dann hörte er, wie der Schlüssel im Schloß umgedreht wurde, und wandte sich betroffen um.

«Sie haben doch wohl nichts dagegen, daß ich abschließe», sagte Sophy. «Ich möchte nicht gerade von einem Ihrer Bekannten gestört werden. Und da ich auch nicht gern beobachtet werden möchte, gestatten Sie wohl, daß ich mein Taschentuch in dieses Guckloch stopfe.» Damit zog sie eine Hand aus ihrem Schwanenpelzmuff und drückte ihr Taschentuch in das Loch.

Mr. Goldhanger hatte ein unbehagliches Gefühl, die Welt wäre auf den Kopf gestellt. Seit Jahren war es sein besonderes Geschick gewesen, Situationen auszuweichen, denen er nicht gewachsen war, und seine Besucher hatten eher die Gepflogenheit, ihn mit Wünschen zu bedrängen, als die Türe zu verschließen und von ihm zu verlangen, daß er die Möbel abstaube. Daß Sophy den Schlüssel umdrehte, erschien ihm eigentlich nicht gefährlich, denn sie war zwar eine junge Dame von hohem Wuchs, doch traute er sich immerhin zu, ihr den Schlüssel nötigenfalls wieder zu entwinden. Sein Instinkt ließ es ihm nach Tunlichkeit wünschenswert erscheinen, urbane Manieren zur Schau zu stellen; so lächelte er also, verneigte sich und äußerte, Mylady möge in seinem bescheidenen Heim nach Belieben schalten. Dann nahm er ihr gegenüber an der anderen Seite des Tisches Platz und fragte, wie er ihr zu Diensten sein könne.

«Das ist eine sehr einfache Sache», erwiderte Sophy. «Ich will nur Mr. Rivenhalls Schuldschein und den Smaragdring, den er verpfändet hat, auslösen.»

Mr. Goldhangers Lächeln wurde einschmeichelnd. «Das ist eine einfache Sache. Es wird mir ein Vergnügen sein, Ihnen zu dienen. Ich brauche doch wohl nicht zu fragen, ob Sie das Geld gebracht haben, denn eine so geschäftstüchtige und weltkundige junge Lady —»

«Das trifft sich gut», unterbrach ihn Sophy gemütlich. «Viele Leute bilden sich merkwürdigerweise ein, daß ein Frauenzimmer keinen Geldverstand hat, und das führt natürlich zu bedauerlichem Zeitverlust. Ich muß Ihnen also zunächst sagen, daß Sie mit den fünfhundert Pfund, die Sie Mister Rivenhall liehen, Geld an einen Minderjährigen verliehen haben. Ich brauche Ihnen wohl nicht auseinanderzusetzen, was das bedeutet.»

Bei diesen Worten lächelte sie ihm wohlwollend zu, Mr. Goldhanger lächelte seinerseits und sagte sanft: «Was für eine weltkundige junge Dame Sie doch sind! Wenn ich Mr. Rivenhall um dieses Geld verklagen würde, bekäme ich es wohl kaum zurück. Aber ich glaube auch nicht, daß es Mr. Rivenhall angenehm wäre, wenn ich eine solche Klage einreichte.»

«Natürlich wäre ihm das nicht angenehm. Und obwohl es von Ihnen außerordentlich unrecht war, ihm überhaupt Geld zu leihen, so wäre es anderseits ungerecht, Ihnen nicht wenigstens die Schuldsumme zurückzugeben.»

«Höchst ungerecht», bestätigte Mr. Goldhanger. «Es bliebe dann nur noch die Kleinigkeit der Zinsen zu erledigen, Mylady.»

Sophy schüttelte den Kopf. «Nein, ich werde Ihnen nicht einen Penny Zinsen bezahlen, und das mag Ihnen eine Lehre sein, in Zukunft bedachtsamer zu handeln. Ich habe fünfhundert Pfund in Banknoten hier, und wenn ich Schuldschein und Ring in Händen habe, werde ich sie Ihnen geben.»

Mr. Goldhanger konnte sich ein Lachen nicht verkneifen, denn obwohl er sonst keinen ausgesprochenen Sinn für Humor besaß, belustigte ihn doch der Gedanke, daß er auf Befehl einer jungen Dame auf Zinsen verzichten sollte. «Ich glaube, dann ziehe ich doch wohl den Schein und den Ring vor.»

«Das habe ich erwartet», sagte Sophy.

«Sie sollten in Betracht ziehen, daß ich Mr. Rivenhall allerlei Ungelegenheiten bereiten kann», stellte Mr. Goldhanger fest. «Er ist doch in Oxford, nicht? Nun, die wären nicht gerade erbaut, wenn sie von seiner kleinen Transaktion mit mir erführen. Oder —»

«Die wären gar nicht erbaut», sagte Sophy. «Es wäre aber trotzdem ziemlich peinlich für Sie, nicht? Vielleicht gelänge es Ihnen doch, denen in Oxford glaubhaft zu machen, daß Sie das Alter Mr. Rivenhalls völlig falsch geschätzt haben.»

«Was für eine gescheite junge Lady!» lächelte Mr. Goldhanger.

«Nicht das, aber ich habe einen recht gesunden Verstand, und der sagt mir, daß ich, falls Sie Schein und Ring nicht herausgeben, am besten gleich nach Bow Street fahre und die Angelegenheit dort vor die Behörde bringe.»

Das Lächeln schwand von Mr. Goldhangers Zügen, er kniff die Augen zusammen. «Ich glaube nicht, daß das sehr klug wäre.»

«Nein? Mir scheint es das Klügste, was ich tun könnte, und ich habe stark das Gefühl, daß man in der Bow Street gern Neues von Ihnen hören würde.»

Mr. Goldhanger teilte zwar dieses Gefühl, glaubte aber nicht, daß Sophy es ernst meinte, denn seine Kundschaft liebte im allgemeinen kein Aufsehen. So sagte er: «Ich glaube, Lord Ombersley wird lieber meine Forderungen begleichen.»

«Das würde er vermutlich, und darum habe ich ihm auch nichts davon gesagt, denn ich halte es für unvernünftig, sich von einem Menschen wie Sie erpressen zu lassen, einzig und allein aus Mangel an Courage.»

Dieser ungewohnte Gesichtspunkt war geeignet, in Mr. Goldhanger eine Abneigung gegen seine Besucherin aufkeimen zu lassen. Mit Frauen, das wußte er, kannte man sich nie ganz aus. So beugte er sich vor und versuchte Sophy einige der peinlichen Folgen auseinanderzusetzen, mit denen Mr. Rivenhall zu rechnen hatte, wenn er auch nur einen Teil seiner Schuld abstritt. Mr. Goldhanger war redegewandt, und was er an Unheildrohendem vorzubringen wußte, verfehlte selten die Wirkung auf seine Zuhörer. Aber an diesem Tag versagte er.

«Alles das ist Unsinn», unterbrach ihn Sophy, «und Sie wissen das so gut wie ich. Was Mr. Rivenhall passieren würde, wäre alles in allem eine Standpauke, sein Vater würde ihm einige Wochen grollen, aber daß er von Oxford weg müßte, davon ist gar nicht die Rede! Die in Oxford werden von der Sache hier gar nichts erfahren, denn Sie tun doch, weiß Gott, Schlimmeres, als Geld zu Wucherzinsen an junge Herren verleihen, und wenn ich erst in der Bow Street war, dann bringt man Sie, da wette ich zehn zu eins, noch mit anderen Beschuldigungen ins Gefängnis. Vergessen Sie auch nicht, daß Sie, sobald die Behörden wissen, daß Sie einem Minderjährigen Geld geliehen haben, nie wieder einen Penny davon sehen. Reden Sie also, bitte, keinen Unsinn. Ich habe nicht die geringste Angst vor Ihnen oder vor irgend etwas, was Sie tun könnten.»

«Sie sind wirklich sehr couragiert», sagte Mr. Goldhanger freundlich. «Sie haben auch einen gesunden Verstand, wie sie richtig zu bemerken beliebten. Aber ich habe auch gesunden Verstand, Mylady, und der sagt mir, daß Sie nicht mit der Einwilligung oder auch nur mit Wissen Ihrer Eltern oder auch nur Ihrer Zofe, ja nicht einmal mit Wissen Mr. Hubert Rivenhalls hier sind. Vielleicht hätten Sie wirklich Lust, in der Bow Street gegen mich auszusagen. Ich weiß nicht. Vermutlich würde sich Ihnen kaum die Gelegenheit dazu bieten. Ich möchte aber nicht zu einer so schönen jungen Lady unfreundlich sein – wie wäre es wohl mit einem kleinen Kompromiß? Sie geben mir die fünfhundert Pfund, die Sie mitgebracht haben, und diese netten kleinen Perlen, die Sie an den Ohren tragen, ich gebe Ihnen Mr. Rivenhalls Schuldschein, und wir sind beide befriedigt.»

Sophy lachte. «Kann mir denken, daß Sie außerordentlich befriedigt wären! Ich gebe Ihnen fünfhundert Pfund für den Schuldschein und den Ring, und nicht einen Penny mehr.»

«Vielleicht haben Sie aber liebevolle Eltern, die willens wären, mir weit, weit mehr zu geben, wenn ich Sie ihnen lebendig und unbeschädigt zurückgebe, Mylady?»

Bei diesen Worten stand er auf, aber seine unliebsame Besucherin zeigte keineswegs heimlichen Schrecken, sondern zog gelassen die rechte Hand aus dem Muff. Und diese Hand hielt eine kleine, aber recht handliche Pistole. «Bitte, nehmen Sie wieder Platz, Mr. Goldhanger», sagte sie.

Er setzte sich. Er war zwar der Meinung, daß keine Frau lauten Knall vertrage, geschweige denn einen Abzug hantieren könne, aber er hatte inzwischen genug von Sophy gesehen, um diese Überzeugung nicht mutwillig auf die Probe zu stellen. So bat er sie denn, nicht unsinnig zu handeln.

«Sie müssen sich nicht einbilden, daß ich mit einer Pistole nicht umgehen kann», sagte Sophy ermutigend. «Ich bin in der Tat die reinste Kunstschützin. Vielleicht interessiert es Sie zu hören, daß ich einen Teil meines Lebens in Spanien verbracht habe, wo man zuweilen recht unliebsamen Begegnungen ausgesetzt ist, zum Beispiel solchen mit Banditen. Darum hat mein Vater mir das Schießen beigebracht. Ich bin nicht ein so guter Schütze wie er, aber auf diese Entfernung könnte ich eine Kugel genau an der Stelle von Ihnen placieren, die ich wähle.»

«Sie wollen mich einschüchtern», sagte Mr. Goldhanger unmutig, «aber ich fürchte Schußwaffen in Frauenhänden nicht, und ich weiß recht wohl, daß die Pistole nicht geladen ist.»

«Nun, wenn Sie sich von Ihrem Stuhl entfernen, werden Sie bemerken, daß sie geladen ist», sagte Sophy. «Das heißt, Sie werden zwar tot sein, aber vermutlich werden Sie gerade noch bemerken, wie es passiert ist.»

Mr. Goldhanger ließ ein unbehagliches Lachen vernehmen. «Und wie würde es dann Ihnen ergehen, Mylady?» fragte er.

«Ich nehme nicht an, daß mir viel passieren würde. Aber keinesfalls ist das für Sie von Interesse, denn Sie sind ja dann schon tot. Falls es Sie aber doch interessiert, will ich Ihnen gern erklären, was ich dem Gericht sagen werde.»

Mr. Goldhanger vergaß seine Urbanität und erklärte, daß er das nicht zu hören wünsche.

Sophy zog leicht die Stirn kraus. «Wenn ich es recht bedenke, meine ich fast, es ist das beste, ich schieße Sie auf jeden Fall tot. Ich hatte eigentlich nicht die Absicht, als ich herkam, denn im Grunde genommen billige ich Mord nicht, aber jetzt sehe ich, daß Sie ein recht übler Mensch sind. Ein Mensch, der Mut im Leibe hat, sollte eigentlich schießen und die Welt von einem Menschen befreien, der sicher viel Übles darin angerichtet hat.»

«Tun Sie die dumme Pistole weg, und lassen Sie uns vom Geschäft sprechen!» bat Goldhanger.

«Darüber zu reden hat gar keinen Sinn, mir ist wohler zu Mut, wenn ich die Waffe in der Hand habe. Wollen Sie mir jetzt geben, was ich zu holen gekommen bin, oder soll ich nach der Bow Street fahren und anzeigen, daß Sie mich gewaltsam festhalten wollten?»

«Mylady», sagte Mr. Goldhanger jämmerlich, «ich bin nur ein armer Mann! Sie –»

«Sie werden viel reicher sein, wenn Sie Ihre fünfhundert Pfund wieder haben», warf Sophy ein.

Seine Miene hellte sich auf, denn es hatte eben erst den Anschein gehabt, als sollte er auch dieses Geld verlieren. «Sehr wohl», sagte er, «ich mag keine Unannehmlichkeiten haben, darum gebe ich Ihnen den Schein zurück. Den Ring kann ich Ihnen nicht geben, denn er ist mir gestohlen worden.»

«In diesem Fall muß ich also doch nach der Bow Street, denn die werden dort ebensowenig wie ich glauben, daß er gestohlen worden ist. Wenn Sie ihn nicht mehr haben, dann haben Sie ihn eben verkauft, und das bedeutet, daß Ihnen der Prozeß gemacht wird. Ich habe mich erst heute morgen bei einem höchst ehrbaren Juwelier erkundigt, welcher Art der Rechtsschutz für verpfändete Gegenstände ist.»

Solch unweibliche Kenntnisse auf dem Gebiet der Gesetzespflege mißfielen Mr. Goldhanger, sein Blick verriet Abscheu und er sagte: «Ich habe den Ring nicht verkauft.»

«Nein, und gestohlen ist er Ihnen auch nicht worden. Vermutlich liegt er in einer der Schubladen des Tisches, zusammen mit dem Schuldschein, denn ich kann mir kaum vorstellen, wozu Sie sich ein so hübsches Möbelstück angeschafft hätten, es wäre denn, um wertvolle Gegenstände darin einzuschließen. Es ist auch sehr wohl möglich, daß Sie in diesem Tisch Ihrerseits eine Waffe verwahren, darum möchte ich Sie auf etwas aufmerksam machen, für den Fall, daß Sie den Hahn schneller abziehen als ich. Ich habe nämlich zu Hause einen Brief hinterlassen, um meine . . . Angehörigen zu verständigen, wohin ich gegangen bin, und zu welchem Zweck.»

«Wenn ich eine Tochter wie Sie hätte, ich tät mich schämen», sagte Mr. Goldhanger mit echtem Gefühl.

«Unsinn! Sie wären wahrscheinlich sehr stolz auf mich und hätten mich in der Kunst ausgebildet, Leuten die Börse aus der Tasche zu ziehen. Und wenn Sie eine Tochter wie mich hätten, würde sie den

Boden fegen und Ihr Hemd waschen, und Sie würden weit besser aussehen als jetzt. Lassen Sie mich bitte nicht länger warten, ich habe es satt, mit Ihnen zu schwatzen, Sie gehen mir auf die Nerven, Sie langweilen mich.»

Mr. Goldhanger war in seinem Leben schon ein Schurke, ein Blutsauger und Betrüger, ein Teufel und ein Vampir genannt worden; man hatte ihn mit allen möglichen schlimmen Namen belegt, aber daß er eine langweilige Gesellschaft sei, hatte ihm noch niemand gesagt, und keines seiner Opfer hatte ihn mit ironischer Geringschätzung angesehen. Gewiß hätte er gern seine langen knochigen Finger um Sophys Hals gelegt, aber Sophy hielt eine Pistole in der Hand, und so zog er eine Schublade auf und tastete mit zitternden Fingern nach dem Gegenstand, den er suchte. Er warf einen Ring und ein Blatt Papier auf den Tisch und sagte: «Geben Sie her! Das Geld!»

Sophy nahm den Schuldschein, warf einen Blick darauf; dann schob sie Schein und Ring in ihren Muff, entnahm ihm ein Bündel Banknoten und legte es auf den Tisch. «Hier.»

Mechanisch begann er die Banknoten zu zählen. Sophy erhob sich. «Und jetzt werden Sie mir, bitte, die Gefälligkeit erweisen, Ihren Stuhl so umzudrehen, daß Ihr Rücken der Tür zugewandt ist.»

Goldhanger warf ihr einen höhnischen Blick zu, erfüllte aber auch diesen Wunsch. Über die Schulter aber sagte er: «Keine Angst, ich bin froh, wenn Sie draußen sind!» Die Wut bebte in seiner Stimme, als er sagte: «Dirne!»

Sophy lachte. Sie drehte den Schlüssel um, wandte sich noch einmal zu Mr. Goldhanger und sagte: «Nun ja, wenn ich keine andere Wahl hätte, wäre ich lieber eine Dirne als ein in einen Fetzen gewickelter Kürbis, mit dem man dumme Jungen erschreckt!»

«Kürbis?» wiederholte Mr. Goldhanger in höchstem Erstaunen. «Kürbis —?»

Doch sein unwillkommener Besuch war bereits gegangen.

## XII

Hubert stieg gerade zu seinem Zimmer hinauf, als er seiner Kusine begegnete, die aus dem Kinderzimmer kam. «Hubert», sagte sie, «eben dich suche ich! Ich habe was für dich.» Sie zog sich in ihr Zimmer zurück, kam nach einer Minute wieder zum Vorschein und sagte mit schelmischem Lächeln: «Mach die Augen zu und strecke die Hand aus!»

«Ist es irgend etwas Abscheuliches, Sophy?» fragte er argwöhnisch.

«Natürlich nicht.»

«Du siehst nämlich aus, als ob du mir einen Tort antun wolltest», sagte er, schloß aber gehorsam die Augen und hielt die Hand auf. Sophy legte Ring und Schuldschein darein und hieß ihn die Augen öffnen. Er erschrak so, daß der Ring zu Boden fiel. «Sophy!»

«Du bist wirklich sehr unaufmerksam», tadelte sie. «Vergiß nicht auch noch, das dumme Papier zu verbrennen. Ich hätte es beinahe selbst getan, denn bei dir kann man nie sicher sein, daß du es nicht in der Rocktasche vergißt. Aber dann habe ich mir überlegt, daß du das Papier vielleicht selbst gern sehen würdest, um ganz sicher zu sein, daß es ausgelöst ist.»

Er bückte sich, den Ring aufzuheben. «Aber, Sophy . . . wie . . . wer . . . wie ist das in deine Hände gelangt?»

«Ich habe es von Mr. Goldhanger, natürlich.»

Er schnappte nach Luft. «Hast es von — du bist doch nicht in das Haus des Teufels gegangen? Das kannst du doch nicht getan haben!»

«Doch, das habe ich. Wer hätte mich daran hindern sollen?»

«Großer Gott!» Er packte ihr Handgelenk, fragte scharf: «Wieso hat er das herausgerückt? Hast du ihm etwa das Geld gegeben?»

«Mach dir darüber keine Gedanken. Ich hatte zufällig gerade fünfhundert Pfund bei mir. Du gibst sie mir gelegentlich zurück. Deswegen brauchst du nicht so die Augen aufzureißen, närrischer Junge!»

«Sophy, das kann ich nicht hinnehmen», sagte er mit gepreßter Stimme. «Übrigens hat er mir das Geld zu fünfzehn Prozent monatlich geliehen, und ich kenne ihn zu gut, um nicht zu wissen, daß er keinen Penny von den Zinsen nachgelassen hat. Du sagst mir sofort die Wahrheit, Sophy!»

«Hab ich bereits getan. Natürlich hat er die Sachen nicht sehr gern herausgegeben, aber er mußte es wohl, ich habe ihm mit der Bow Street gedroht. Übrigens ist dein Urteil über ihn ziemlich richtig, Hubert! Vermutlich ist er mit jedem Beutelschneider von London im Bund, meine Drohung hat tiefen Eindruck auf ihn gemacht, gewiß mag er die Aufmerksamkeit der Behörden nicht auf sich lenken.»

«Goldhanger soll so ins Bockshorn gejagt worden sein, daß er die Sachen herausrückte? Goldhanger?» fragte er ungläubig.

«Was blieb ihm denn anderes übrig? Ich habe ihm zu bedenken gegeben, wie unsinnig seine Annahme war, daß dir viel passiert, wenn die Sache auffliegt; und er war sich auch klar darüber, daß er keinen Penny von dem Geld retten würde, wenn ich nach Bow Street ging.»

«Du und dieser schleimige Schuft! Hast du denn keine Angst gehabt?»

«Nicht ein bißchen.» Entschuldigend fügte sie hinzu: «Weißt du, ich bin nicht gerade sehr empfindsam. Schon Sir Horace sagte, es wäre geradezu shocking und höchst unweiblich. Um die volle Wahrheit zu sagen, dein Goldhanger ist eine ganz lächerliche Figur. Da hab ich schon vor El Moro ganz andere Angst gehabt! Das war einer von den

Guerrilleros, ein entsetzlicher Bandit! Der ist mit seinen Leuten bei uns eingebrochen, als Sir Horace eines Nachts nicht zu Hause war — na, reden wir nicht davon! Leute, die ihre Abenteuer immer wieder aufwärmen, sind die denkbar langweiligste Gesellschaft.»

«Sophy ... er hätte dir etwas zufügen können ...»

«Ich hatte meine Pistole bei mir, so kam er bald von solchen Gedanken ab», erklärte sie.

«Sophy, Sophy, was soll ich nur tun?»

«Gar nichts. Ist alles erledigt. Und jetzt muß ich gehen, sonst komme ich unpünktlich zu Tisch. Vergiß nicht, das Papier zu verbrennen!»

Sie verschwand in ihr Zimmer und zog damit seinen gestammelten Dankesworten eine Grenze; und da er am gleichen Abend keine Gelegenheit mehr fand, mit ihr allein zu sein, konnte er seinen Dank auch nicht mehr wiederholen. Er hatte Besuch, doch seine Freunde fanden ihn an diesem Abend recht ungesellig. Tatsächlich war er die Beute verwirrender Gefühle, und obwohl das Bewußtsein, die Schuld los zu sein, zunächst überwältigend war, folgte dann doch, als er sich einigermaßen gefaßt hatte, ein höchst unbehagliches Schuldgefühl. Sophy, alles in allem nur ein Frauenzimmer (und obendrein jünger als er), hatte nicht nur seine Schuld bezahlt, sondern um seinetwillen einen Menschen wie diesen Goldhanger aufgesucht und dazu gebracht, sich wie ein Wurm zu winden. Auch «Blue Ruin» klärte seine Gedanken nicht, und als die Nacht sich zum Morgen neigte, war er einer Lösung des neuen Problems nicht nähergekommen: der einzige zusammenhängende Gedanke, der sich in seinem Kopf formen wollte, war, daß er auf irgendeine, noch nicht näher erkennbare Weise der Kusine die fünfhundert Pfund zurückgeben mußte.

Mr. Rivenhall kam am nächsten Tag aus Leicestershire zurück und traf in einem recht ungünstigen Augenblick auf dem Berkeley Square ein. Jane Storridge, deren Wachsamkeit Sophy nicht hoch genug in Rechnung gestellt hatte, war sogleich dahintergekommen, daß die Diamantenohrgehänge im Schmuckkästchen ihrer Herrin fehlten. Sie hatte darauf in den Bedientenzimmern ein solches Geschrei erhoben, daß Mrs. Ludstock, die Haushälterin, sich verpflichtet fühlte, Lady Ombersley zu erklären, man wisse zwar heutzutage nie, was für Dienstboten einem ins Haus geschneit würden, aber auf die Mädchen, die unter ihrer Aufsicht stünden, wolle sie gern einen Eid nehmen, daß keine Miss Sophys Ohrringe berührt hatte; auch wäre ihrer Ansicht nach eine Zofe, die ihren Titel verdiene, verhalten, besser auf die Juwelen ihrer Herrin aufzupassen, als Miss Storridge es wohl getan habe. Dassett seinerseits identifizierte sich im wesentlichen mit dieser Auffassung, und sein ganzes Gehaben zeigte so unverhohlene Gekränktheit, daß Lady Ombersley die Fassung verlor: offenbar stand man vor einer häuslichen Katastrophe. So schickte sie nach Jane Storridge, und Mr. Rivenhall kam gerade rechtzeitig, um das Ende einer mit eisiger Höflichkeit geführten Unterredung der drei Dienstboten mit anzuhören, die genug verschleierte Andeutungen enthielt, um die arme Lady Ombersley völlig aus der Fassung zu bringen. Bevor er fragen konnte, was das alles zu bedeuten habe, trat Sophy in ihrem Straßenkostüm ein und sagte, sie wolle mit Cecilia Besorgungen erledigen, und ob die Tante vielleicht Aufträge hätte? Lady Ombersley atmete auf und fragte, warum sie selbst nicht den Verlust ihrer Ohrgehänge gemeldet habe.

Sophy erschrak nicht, nur eine ganz leichte Röte stieg in ihre Wangen. Mit vollendeter Fassung antwortete sie: «Mir sind keinerlei Ohrgehänge verlorengegangen, liebste Tante. Was soll das?»

«Aber meine Gute, deine Zofe sagt, daß deine Diamantengehänge aus der Schatulle verschwunden sind, und so etwas kann doch unmöglich passiert sein!»

Sophy beugte sich über sie und küßte sie auf die Wange. «Es tut mir leid, Tante Lizzie! Es ist natürlich meine Schuld, es war dumm, daß ich vergaß, Jane davon zu sagen. Die Gehänge sind gar nicht verloren: ich habe sie zur Säuberung und Neufassung zum Juwelier getragen. An einem war der Haken ein wenig lose. Wie töricht von dir, Jane, Ihre Ladyschaft zu beunruhigen! Du hättest mich erst fragen sollen!»

«Säubern?» rief Miss Storridge. «Miss Sophy, Sie reden, als ob ich nicht selbst alle Ihre Juwelen zu Rundell & Bridge zum Säubern gebracht hätte, gleich nachdem wir angekommen waren.»

«Ich fand sie bei unserem Ball ziemlich matt», erwiderte Sophy. «Geh jetzt, Jane: du hast Ihre Ladyschaft genug geplagt!»

Sie fühlte, daß die Blicke ihres Cousins auf ihr ruhten, und ein flüchtiger Seitenblick verriet ihr, daß ein unbehaglich forschender Ausdruck in seinen Augen war. Doch sagte er nichts, und so schickte sie ihre Zofe fort, nachdem sie festgestellt hatte, daß ihre Tante keine Aufträge für sie hatte; ihre Hoffnung war nun, daß weder die Tante noch Mr. Rivenhall darauf achten würden, wenn die Diamantengehänge nicht wieder auftauchten.

Am nächsten Tag jedoch, als sie bei einem leichten Lunch mit Lady Ombersley, Cecilia, Selina und Hubert beisammensaß, trat Mr. Rivenhall ein und schob ihr ein kleines Päckchen hin. «Deine Ohrgehänge, Kusine», sagte er kurz. «Ich hoffe, sie sind jetzt zu deiner Zufriedenheit gesäubert.»

Zum erstenmal in ihrem Leben fand Sophy keine Worte. Glücklicherweise schien er auch keine Antwort zu erwarten, denn er beugte sich über die Schüssel, um eine Scheibe Schinken abzuschneiden, und zog seine Mutter ins Gespräch; es ging darum, ob sie diesen Sommer in Brighton zu verbringen gedächte. Lady Ombersley gab die Frage an Sophy weiter. Brighton bekam ihr nicht eigentlich gut, aber der Regent hatte den Ort so in Mode gebracht, daß die ganze große Welt im Juni dorthin kommen würde, und vielleicht wollte Sophy für einen Teil der season ein Haus dort mieten?

Cecilia, die ihre besonderen Gründe hatte, lieber in London zu bleiben, sagte: «Mama, du weißt doch, daß du dich in Brighton nie gut fühlst! Bitte, fahren wir doch nicht hin! Es gibt nichts Dümmeres als diese Gesellschaften im Pavillon, man kommt bei der Hitze fast um.»

Sophy erklärte sofort, nichts für den Ort übrig zu haben; das Ende der Mahlzeit verstrich mit der Erörterung der rivalisierenden Reize von Ombersley, Thorpe Grange und Scarborough, worein Lady Ombersley Erinnerungen an einen Sommer flocht, den man in Ramsgate verbracht, bevor die Vorliebe des Regenten für Brighton diesen Badeort in den Schatten gestellt hatte.

Als man sich vom Tisch erhob, fragte Hubert, der mehrmals versucht hatte, seine Kusine allein zu sprechen: «Hast du etwas vor, Sophy? Möchtest du nicht für einen Moment mit mir in den Garten kommen?»

«Gern, später vielleicht! Charles, kann ich mit dir vorher sprechen?»

Ihre direkte Anrede zwang ihm kein höfliches Lächeln ab. «Gewiß! Gleich, wenn du willst.»

Lady Ombersley sah etwas überrascht aus, und Selina rief: «Hier gibt's Geheimnisse! Brütet ihr etwas aus? Sollen wir das erlauben?»

«Es lohnt die Aufregung nicht», erwiderte Sophy leichthin. «Charles hat nur etwas für mich erledigt.»

Sie folgte ihm durch die Halle in die Bibliothek. Es war nicht ihre Art, Umschweife zu machen, und so sagte sie ohne weitere Einleitung, kaum daß er die Türe hinter ihnen geschlossen hatte: «Jetzt sage mir, bitte, was das bedeuten soll! Woher wußtest du, daß ich meine Ohrringe verkauft habe, und warum hast du sie — wie ich annehme — für mich zurückgekauft?»

«Weil ich mir nur zwei Gründe denken kann, warum du sie verkauft haben solltest.»

«Wirklich? Und welche Gründe wären das, Cousin Charles?»

«Man hat mir nicht erlaubt, in die Rechnungen für deinen Ball Einsicht zu nehmen, aber ich bin nicht ohne Erfahrung in solchen Dingen und kann mir den Gesamtbetrag vorstellen. Wenn das die Erklärung ist, so wirst du wohl keine mehr von mir fordern. Die Art, wie das arrangiert worden ist, hat mir vom ersten Augenblick an widerstrebt, das weißt du.»

«Mein lieber Charles, ich habe allerlei Ausgaben, von denen du nichts weißt. Du bist absurd!»

«Ich kann mir nicht denken, daß du Ausgaben hast, mit denen dein Vater nicht gerechnet hätte.»

Sie schwieg einen Augenblick. Dann sagte sie: «Du hast den zweiten möglichen Grund noch nicht gesagt.»

Er warf einen Blick auf ihre gerunzelte Stirn. «Ich fürchte, du hast Hubert Geld geliehen.»

«Du lieber Gott! Schlag dir das aus dem Kopf! Warum nur, bitte, sollte ich so etwas tun?»

«Hoffentlich hast du es nicht. Der junge Narr war mit einem Rudel von Burschen, die ich ins Pfefferland wünschen möchte, in Newmarket. Hat er viel Geld dort verloren?»

«Sicher hätte er das, wenn dem so wäre, eher dir als mir gesagt.»

Er trat an seinen Tisch, blätterte geistesabwesend in Papieren, die darauf lagen. «Vielleicht hatte er Angst», sagte er. Dann blickte er auf. «War das so?»

«Ich habe das Geld zu Zwecken benötigt, die nicht deine Sorge sein können», erwiderte sie. «Du hast meine andere Frage noch immer nicht beantwortet, Charles. Wie hast du erraten können, daß ich die Ohrringe verkauft habe?»

«Das war nicht eine Kombination – ich wußte es.»

«Wie wäre das möglich? Du warst doch nicht in dem Laden versteckt.»

«Das nicht, aber ich war gestern in der Brook Street und habe Miss Wraxton meine Aufwartung gemacht.» Er zögerte, sah seiner Kusine wieder in die Augen. «Versteh mich richtig, Miss Wraxton hielt es für ihre Pflicht, mir zu sagen, daß sie in Sorge war, du könntest Schwierigkeiten haben! Sie war mit Lady Brinklow bei Rundell & Bridge, als du den Verkauf besprachst. Scheinbar hat Bridge die Tür zu seinem Privatkontor nicht gut geschlossen, Miss Wraxton erkannte deine Stimme und konnte nicht umhin, einige Worte aufzufangen.»

Ihre Hand, die auf der Sessellehne lag, schloß sich um das polierte Holz, lockerte sich aber alsogleich wieder. Nicht die leiseste Erregung war in ihrer Stimme, als sie sagte: «Miss Wraxtons Fürsorge ist unerschöpflich! Ich bin ihr wirklich für das Interesse, das sie meinen Angelegenheiten entgegenbringt, sehr zu Dank verpflichtet! Vermutlich war es ihr Zartsinn, der sie bewogen hat, mit dir statt mit mir zu sprechen.»

Er errötete. «Du darfst nicht vergessen, daß ich mit Miss Wraxton verlobt bin. Unter diesen Umständen hielt sie es für ihre Pflicht, mir gegenüber der Sache Erwähnung zu tun. Offenbar sagte ihr ein Gefühl, daß sie mit dir nicht so steht, eine Erklärung von dir fordern zu können.»

«Nun, in diesem Punkt hat sie recht», sagte Sophy. «Keiner von euch beiden, mein lieber Vetter, steht so mit mir. Und wenn ihr euch einbildet, von mir eine Erklärung für irgend etwas fordern zu dürfen, was zu tun mir beliebt, so muß ich dir sagen: geh zum Teufel!»

Er lächelte: «Dann war es wohl doch richtig, daß Eugenia es sich nicht beifallen ließ, mit dir selbst zu sprechen, denn ihr wäre es nicht lieb gewesen, wenn man ihr gesagt hätte, sie möge zum Teufel gehen! Gebrauchst du immer die Redeweise deines Vaters, wenn du zornig bist, Sophy?»

«Nein, nicht immer. Entschuldige, bitte, aber es war ganz unerträglich!»

«Mag sein, aber ich hätte diese Erklärung wohl nicht verlangt, wenn du nicht eine Unterredung mit mir gewünscht hättest.»

«Du hättest gar nicht auf Miss Wraxtons Rede achten sollen. Mit diesem Rückkauf meiner Ohrringe, du lieber Gott, da hast du mich in eine feine Geschichte hineingebracht!»

Während sie so sprach, ging hinter ihr die Tür, und Hubert trat ein. Er war außerordentlich blaß, sah aber zum Äußersten entschlossen aus und sagte entschieden: «Entschuldigt, den ganzen Tag über wollte ich schon mit dir sprechen, Sophy – mit dir und mit Charles! Darum bin ich jetzt gekommen.»

Mr. Rivenhall äußerte nichts, gab ihm nur flüchtig einen seiner durchdringenden Blicke, Sophy aber lächelte: «Bitte, komm nur herein, Hubert!»

Er nahm ihre Hand und drückte sie krampfhaft. «Cecilia hat mir von der Geschichte mit deinen Ohrringen erzählt und von dem ganzen Trubel – Sophy, was soll das? Auf jeden Fall kann ich das nicht länger ertragen! Da will ich lieber Charles alles sagen.»

Ihre Hand erwiderte den Druck, bevor sie die seine freigab. Dann sagte sie gelassen: «Nun ja, Hubert, ich habe dir immer gesagt, daß ich es für falsch hielt, Charles nicht ins Vertrauen zu ziehen. Mr. Wychbold sagte mir, daß er in einer Verlegenheit zu niemandem lieber ginge als zu Charles. Wenn Mr. Wychbold Charles traut, wieviel mehr mußt du es tun! Aber da du das sicher lieber ohne mich erörterst, verlasse ich euch.»

Sie sah Mr. Rivenhall nicht an, um die Wirkung ihrer Worte zu überprüfen, sondern verließ unverzüglich das Zimmer.

Nun, die Wirkung war eingetreten. Mr. Rivenhall fragte ruhig: «Ich kann mir ja denken, was es ist, aber sag es nur! Newmarket?»

«Schlimmer noch! Ja, ich habe in Newmarket verloren, aber das ist noch das wenigste.»

Mr. Rivenhall deutete auf einen Stuhl. «Setz dich! Was ist dann das meiste?»

Hubert folgte der Einladung nicht. Die Angst zwang ihm einen trotzigen Ton auf, der in keiner Weise seinen wirklichen Gefühlen entsprach. «Du magst also wissen, daß ich dir voriges Jahr nicht alle meine Schulden gebeichtet habe.»

«Junger Narr!» brummte sein Bruder ohne merkliche Erbitterung.

«Nun gut, doch du sagtest damals . . . nun, darüber brauchen wir ja jetzt nicht zu reden.»

«Du könntest wissen, daß man nicht alles meint, was man im Zorn sagt. Immerhin, wenn meine Zunge zu tadeln ist – es soll mir leid tun. Sprich weiter!»

«Ich weiß, daß ich es dir hätte sagen müssen», murmelte Hubert. «Und ich wollte, ich hätte es getan, statt . . .», er unterbrach sich und schöpfte Atem. «Ich habe mir eben eingebildet, ich würde mich herauswinden können. Ich . . . du wirst so etwas nicht verstehen. Und du brauchst mir auch nicht zu sagen, daß ich unrecht hatte, ich weiß es selbst! Aber die anderen Burschen . . .»

«Schön, ich werde dir also nicht sagen, daß es unrecht war. Aber gieß mir wenigstens reinen Wein ein, denn bis jetzt sehe ich noch immer nicht klar.»

«Ich bin also mit . . . mit einem Bekannten . . . zu . . . zu jemandem nach Pall Mall gegangen. Und dann einmal nach St. James' Place. Roulette und Bakkarat! Und ich habe eine verteufelte Summe verloren.»

«Mein Gott», seufzte Mr. Rivenhall, «haben wir nicht schon genug davon in der Familie?»

Die Bitterkeit in Charles' Stimme, die plötzlich hart geklungen hatte, ließ Hubert zusammenzucken, und er zog sich hinter den Schutzwall seines Trotzes zurück.

«Schön, ich war mir ja im klaren darüber, daß du wütend sein würdest, aber gar so Schlimmes kann ich daran nicht finden. Solch niederträchtiges Pech hätte ich natürlich nicht haben sollen, aber spielen . . . das tun doch schließlich alle.»

Einen Moment lang sah es aus, als ob der Bruder eine scharfe Antwort geben würde, dann aber faßte sich Charles wieder, trat ans Fenster und starrte hinaus. Nach einer Weile fragte er unvermittelt: «Weißt du eigentlich, wie hoch Vaters Spielschulden sind?»

Hubert war überrascht, denn dieser Gegenstand war noch nie zwischen ihnen zur Sprache gekommen. «Nein. Ich kann mir denken, daß sie hoch sind, aber genau weiß ich es nicht.»

Mr. Rivenhall nannte ihm die Summe.

Ein Schweigen folgte. Endlich brach Hubert es. «Aber . . . mein Gott, Charles . . . du bindest mir doch nicht etwas auf?»

Mr. Rivenhalls Antwort war ein kurzes Auflachen.

«Was, du hast das doch nicht alles bezahlt?»

«Wie hätte ich es können? Ich habe einen Teil gedeckt, aber das Gut ist noch immer schwer belastet. Ich will dich nicht in all das hineinziehen. Vater hat mir nun die Führung der Familienangelegenheiten in die Hände gelegt, und so darf ich hoffen, uns über das Schlimmste hinwegzubringen. Aber das bedeutet, daß ich mit Gläubigern unterhandle, mein ganzes Leben darauf wende, mit unserem Agenten Mittel und Wege auszusinnen – ein Teufelsvergnügen!»

«Guter Gott, das kann ich mir denken! Höre, Charles, es tut mir verdammt leid, daß ich dir da noch Sorgen bereitet habe.»

Mr. Rivenhall kehrte an den Tisch zurück. «Ja, ich weiß. Deine Schulden sind keine große Angelegenheit, aber wenn dir das Spiel im Blut steckt –»

«Tut es ja gar nicht. Du brauchst das nicht zu fürchten, ich mache mir gar nicht so viel aus den Karten, und ich kann dir versichern, daß mir die Besuche in diesen verteufelten Spielhöllen kein Vergnügen gemacht haben.» Er ging im Zimmer auf und ab, eine Falte sprang zwischen seinen Brauen auf. Plötzlich blieb er vor dem Bruder stehen: «Warum hast du mir das nicht gesagt? Ich bin doch schließlich kein Kind! Du hättest mir das sagen müssen.»

Mr. Rivenhall hatte ein halbes Lächeln um die Lippen. «Vielleicht hätte ich das sollen», sagte er sanft. «Aber je weniger Leute davon wissen, desto besser. Nicht einmal meine Mutter hat einen vollen Überblick.»

«Mama! Bestimmt nicht, das kann ich mir denken! Ich aber hatte ein Recht darauf zu wissen, statt daß man mir erlaubte, drauflos zu leben, als ob . . . das ist wieder ganz deine Art, Charles! Nimmst alles auf deinen Buckel, redest dir ein, daß sonst keiner was tragen kann, nur du! Ich hätte dir auf alle mögliche Weise helfen können! Ich kann natürlich sofort von Oxford abgehen und mir irgendwo einen passenden Posten suchen, ich kann auch zur Armee gehen . . . nein, das wäre wohl nichts, da müßtest du wieder für das Patent zahlen, und wenn ich auch nicht gleich zur Kavallerie oder zur Garde ginge . . .»

«Gewiß geht das nicht», unterbrach ihn sein Bruder belustigt und ein wenig gerührt. «Du wirst mir den Gefallen tun, zu bleiben, wo du bist. Wir pfeifen noch beileibe nicht auf dem letzten Loch! Kannst du denn nicht einsehen, du junger Idiot mit deinem Kalbshirn, daß ich nichts anderes erstrebe, als daß du und Theodore und die Mädchen nicht die Zeche für Vaters verdammte Narrheit bezahlen müssen? Wenn es dir in den Sinn käme, mir bei der Bewirtschaftung des Gutes zu helfen, das wäre etwas, dafür wüßte ich dir Dank, denn Eckington ist der Sache nicht mehr gewachsen. Loswerden kann ich ihn nicht, er ist so lange in unserem Dienst, daß es ihm wohl das Herz brechen würde, aber von Nutzen ist er kaum mehr, und in den jungen Badsey setze ich nicht allzuviel Vertrauen. Hast du denn einen Kopf für solche Dinge?»

«Das weiß ich nicht, aber ich werde es doch wohl lernen. Wenn ich zu den großen Ferien heimkomme, magst du mich einweisen. Aber eins gilt zwischen uns, Charles – du läßt mich jetzt nicht mehr im Dunkeln!»

«Nein, schon recht. Aber du läßt mich immer noch ein wenig im Dunkeln, stimmt's? Wann hast du dieses ganze Geld verloren? Doch nicht in allerletzter Zeit?»

«Zu Weihnachten. Schön, es ist besser, ich sage dir gleich alles! Ich bin zu einem Erzschurken von Wucherer gegangen und habe fünfhundert von ihm genommen, auf sechs Monate. Hab mir gedacht, ich würde alles und noch was drauf in Newmarket gewinnen. Aber die verdammte Schandmähre bekam nicht einmal Platz!» Er sah seinem Bruder ins Gesicht und fuhr fort: «Du brauchst kein solches Gesicht zu machen! Ich schwöre dir, ich tu es in meinem Leben nicht mehr! Natürlich hätte ich früher zu dir kommen sollen, aber —»

«Daß du es nicht getan hast, war wohl mehr meine Schuld als deine.»

«Das will ich nicht sagen», wehrte Hubert ab. «Wenn ich dich nur ein bißchen besser gekannt hätte, wäre ich bestimmt zu dir gekommen. Sophy meinte, ich hätte es gleich tun sollen, und wenn ich nur die leiseste Ahnung gehabt hätte, was sie vorhatte, so wäre ich zu dir gelaufen!»

«Also hast du sie nicht um das Geld gebeten?»

«Du lieber Himmel, nein! Charles, du kannst doch nicht glauben, daß ich mir von Sophy Geld ausgeliehen habe!»

«Ich habe es nicht angenommen. Aber ich nahm auch nicht an, daß wir so wenig miteinander bekannt waren — na, reden wir nicht mehr davon! Wie hat Sophy davon erfahren, und wenn du dir das Geld nicht von ihr ausgeliehen hast, warum hat sie ihre Ohrringe verkauft?»

«Sie hat gemerkt, daß ich fertig war. So hat sie mich zum Reden gebracht, und als ich ihr sagte, daß ich mit dir nicht sprechen wollte, hat sie mir das Geld angeboten. Ich hab natürlich abgelehnt! Aber sie hat dabei Goldhangers Namen herausbekommen, und ohne mir ein Wörtchen zu sagen, was sie vorhatte, ist sie zu ihm gegangen und hat meinen Schuldschein und meinen Ring ausgelöst. Ich hatte Großvater Stanton-Lacys Smaragdring zum Pfand gegeben, du verstehst? Ich weiß nicht, wie sie das gemacht hat, aber sie behauptet, daß sie dem verfluchten Teufel keinen Penny Zinsen gezahlt hat. Ein Mädel ist sie — Angst könnte man bekommen! Aber ich habe das alles natürlich nicht hinnehmen können, verstehst du?»

«Sophy ist selbst zu dem Wucherer gefahren?» wiederholte Mr. Rivenhall ungläubig. «Unsinn! So etwas kann sie nicht getan haben!»

«Nun, sie ist nicht gerade eine, die flunkert, und sie hat es mir selber gesagt», erklärte Hubert.

Einige Minuten später wurde Sophy, die im Gelben Salon saß und las, von Mr. Rivenhall unterbrochen, der eintrat, sorgsam die Tür hinter sich schloß und unvermittelt sagte: «Ich bin, scheint es, sehr in deiner Schuld, Kusine. Ja, Hubert hat mir alles gestanden. Ich weiß gar nicht, was ich dazu sagen soll.»

«Du bist gar nicht in meiner Schuld», erwiderte Sophy. «Du hast mir ja die Ohrringe zurückgebracht! Wir brauchen wirklich nicht mehr darüber zu sprechen. Weißt du übrigens, daß Miss Wraxton bei deiner Mutter im Salon ist? Lord Bromford ist auch da, darum habe ich mich hierher geflüchtet.»

«Doch, es ist eine Menge zu sagen», erwiderte er abwehrend. «Es wäre mir lieb, wenn du offen zu mir gewesen wärst!»

«Du kannst nicht ernsthaft erwarten, daß ich Huberts Vertrauen zu mir enttäuschte. Übrigens brauchst du nicht zu glauben, daß ich ihn ermutigt habe, dich im dunkeln zu lassen. Ich habe ihm sehr eindringlich geraten, dir zu sagen, in welcher Klemme er war, aber er schien solche Angst zu haben, daß ich nicht darauf bestehen wollte.» Sie sah den harten Zug in seinem Gesicht und fügte hinzu: «Derlei findet man wohl oft bei Brüdern, die ein größerer Altersunterschied trennt. Und du kannst einen Menschen schon einschüchtern, wie?»

«Anscheinend ist das so. Glaube nicht, daß ich dir nicht dankbar bin, Sophy. Ich weiß nicht, wie du hinter die Schwierigkeiten gekommen bist, in die er sich da verwickelt hatte –»

«Nun, das war keine Kunst. Der arme Junge sah ja, seit ich nach London gekommen bin, ganz verstört aus! Und als er aus Newmarket zurückkam, mußte jeder merken, daß ihm etwas Katastrophales zugestoßen war. Er wollte mich gar nicht ins Vertrauen ziehen, aber als ich ihm drohte, ich würde dir meinen Verdacht mitteilen, kam die ganze dumme Geschichte heraus.»

Seine Augen waren hart und blank. «Ich weiß recht wohl, daß ich zuerst etwas hätte merken müssen.»

Sichtlich lag eine schwere Last auf ihm; so sagte sie: «Du hast wohl alles mögliche andere zu bedenken. Männer merken nicht so schnell etwas wie Frauen. Ich bin sehr froh, daß er dir alles gesagt hat. Mache ihm nicht zuviel Vorwürfe! Bestimmt war das eine Lektion, die er nicht so leicht wieder vergißt.»

«Ich glaube, du hast recht. Früher dachte ich immer, er wäre so leichtsinnig wie – nun, ich dachte, er wäre leichtsinnig, aber nach allem glaube ich jetzt hoffen zu dürfen, daß ich geirrt habe. Nur, Sophy, weiß ich noch immer nicht alles von dieser schmerzlichen Angelegenheit. Wen hast du damit beauftragt?»

«Niemanden, Ehrenwort! Ich habe die Sache von allen Seiten erwogen, und obwohl ich zuerst geneigt war, Vaters Anwalt zu Rate zu ziehen, sah ich bald, daß das kein Ausweg war. Ich konnte mich einfach an niemand wenden, ohne Hubert bloßzustellen. So habe ich die ganze Sache auf mich selbst genommen.»

«Sophy, du kannst doch nicht zu diesem Menschen gegangen sein!»

«Ja, ich hab es getan. Gewiß war es schrecklich voreilig und dreist von mir, aber ich dachte, es würde nie jemand etwas davon erfahren!

Und dann meinte ich auch, daß es dir sehr unangenehm sein würde, wenn irgendwelche Gerüchte über Huberts Angelegenheiten über unseren engsten Kreis hinausdrängen.»

Sie erriet den Unglauben in seinem Blick und zog fragend die Brauen hoch.

«Hubert hat mir genug über diesen Goldhanger gesagt, daß ich mir ein Bild davon machen kann, was für eine Sorte Mensch er ist», sagte er. «Und jetzt behauptest du, daß er einen Schuldschein und ein kostbares Pfand für die bloße Grundsumme hergegeben hat.»

Sie lächelte. «Er hat es ja höchst unfreiwillig getan! Aber überlege nur, wie unvorteilhaft seine Position war! Er hatte Geld an einen Minderjährigen verliehen, konnte also mit gesetzlichen Mitteln keinen Penny davon zurückholen. Wahrscheinlich war er zuletzt froh, seinen Einsatz zurückzubekommen. Als ich sagte, ich würde in die Bow Street gehen – von mir war es auch ein gewagter Bluff –, sah ich gleich, daß er die Fassung verlor. Lieber Charles, ich kann nicht recht begreifen, was Hubert an einem solchen Menschen so beunruhigend fand! Alles in allem ein Kinderschreck!»

Er sah sie aufmerksam an, die Brauen zusammengezogen. «Alles das, Sophy, klingt so phantastisch! Soviel ich begreife, handelt es sich nicht um einen zugelassenen Geldverleiher, sondern um einen durchtriebenen Schurken! Und da willst du mir sagen, daß du ihn mühelos dazu gebracht hast, auf seine Zinsen zu verzichten?»

«Ganz im Gegenteil, er hat versucht, mich einzuschüchtern, wollte erst Geld und dann meine Perlenohrringe. Aber Hubert hat mir ja gesagt, mit was für einem Menschen ich da zu tun haben würde, und so habe ich die Vorsichtsmaßregel gebraucht, meine Pistole mitzunehmen.»

«Was?»

Sie war betroffen und runzelte die Stirn. «Meine Pistole», wiederholte sie.

Sein Entsetzen suchte einen Ausweg im Zweifel. «Das kann doch nur Unsinn sein! Sag doch lieber die Wahrheit! Du willst mich doch nicht glauben machen, daß du eine Pistole mit dir herumträgst! Ich erkläre dir kurz und bündig, daß ich das nicht glaube!»

Sie stand hastig auf, in ihren Augen sprühte das Feuer. «Wirklich? Abwarten! Eine Minute!»

Sie lief aus dem Zimmer, nur um einen Moment später mit der silbereingelegten Pistole in der Hand zurückzukommen. «Glaubst du es jetzt, Charles? Oder noch immer nicht?»

Er starrte die Waffe an. «Großer Gott, du?» Er griff danach, aber sie zog die Hand zurück.

«Vorsicht! Sie ist geladen!»

«Laß sehen!» sagte er ungeduldig.

«Sir Horace hat mir immer befohlen», antwortete sie herausfordernd, «vorsichtig zu sein und sie nicht jemandem in die Hand zu geben, von dem ich nicht bestimmt weiß, daß er mit ihr umgehen kann.»

Einen atemlosen Moment lang starrte Mr. Rivenhall sie an. Dann gewannen die Gefühle, die er in seiner Brust eingezwängt hatte, das Übergewicht. Er trat hastig an den Kamin, riß vom Sims eine Einladungskarte, die in einer Ecke des großen vergoldeten Spiegels stak. «Halt das hoch, bleib stehen und gib mir die Pistole!»

Sophy lachte, gehorchte, blieb gelassen an der Wand stehen und hielt die Karte an einer Ecke. «Du bist gewarnt, die Pistole zieht leise nach links», bemerkte sie kühl.

Er war blaß vor Zorn, einem Zorn, der nicht allzuviel mit ihrem Zweifel an seiner Fähigkeit zu tun hatte, eine Pistole handhaben zu können; als er die Waffe aber hob, gewann er die Fassung, er ließ sie wieder sinken und sagte: «Unmöglich! Nicht mit einer Pistole, die ich nicht kenne!»

«Hasenherz!» spottete Sophy.

Er warf ihr einen wütenden Blick zu, trat vor, riß ihr die Karte aus der Hand und schob sie in die Ecke eines Wandgemäldes. Interessiert sah Sophy ihm zu, wie er zum anderen Ende des Raumes schritt, die Wendung machte, den Arm hob und schoß. Ein Krach, in der Enge des Raumes doppelt betäubend, durchriß die Stille, und die Kugel, die eine Ecke der Karte abgerissen hatte, bohrte sich in die Wand.

«Ich sagte dir ja, daß sie links zieht», erinnerte ihn Sophy und betrachtete kritisch die Zielscheibe. «Soll ich laden und dir zeigen, was ich kann?»

Sie maßen einander mit Blicken. Plötzlich kam das Ungeheuerliche seines Betragens Mr. Rivenhall zu Bewußtsein, und er lachte hell auf. «Sophy, du bist ja der reine Teufel!»

Darüber lachte auch sie, so daß sich die aufgeregten Leute, die eine Minute später hereinstürzten, nur einer Szene von unbekümmerter Heiterkeit gegenübersahen. Lady Ombersley, Cecilia, Miss Wraxton, Lord Bromford, Hubert, einer der Lakaien und zwei Hausmägde drängten durch die Tür, offensichtlich darauf gefaßt, den Spuren einer furchtbaren Tragödie gegenüberzutreten. «Ich konnte dich umbringen, Sophy», sagte Mr. Rivenhall.

«Hab ich denn verlangt, daß du es tust?» wehrte sie ab. «Liebe Tante Lizzie, mach kein so erschrockenes Gesicht! Charles wollte sich ... wollte sich nur überzeugen, daß meine Pistole in Ordnung ist.»

Die übrigen hatten inzwischen das Loch in der Wand entdeckt. Lady Ombersley, die sich auf Huberts Arm stützen mußte, sagte mit schwacher Stimme: «Bist du wahnsinnig, Charles?»

Die Verwirrung, die er angerichtet, weckte sein Verantwortungsgefühl. «Wohl möglich. Nun, der Schaden läßt sich wohl beheben. Sie zieht wirklich links, Sophy. Ich möchte dich gern schießen sehen. Ewig schade, daß ich dich nicht zu Manton mitnehmen kann!»

«Ist das Sophys Pistole?» fragte Hubert interessiert. «Bei Jupiter, Sophy, du bist wirklich ein außergewöhnliches Geschöpf! Aber was ist in dich gefahren, Charles, daß du hier in der Bibliothek herumschießt? Du mußt einfach verrückt sein!»

«Es war natürlich ein Mißgeschick», entschied Lord Bromford. «Ein Mann, der bei Trost ist, und es steht doch außer Zweifel, daß Rivenhall solch ein Mann ist – nun, solch ein Mann kann unmöglich in der Gegenwart von Damen schießen. Meine teuerste Miss Stanton-Lacy, Ihren Nerven ist wohl viel zugemutet worden! Wollen Sie sich nicht doch ein wenig hinlegen?»

«Ich bin kein solch armseliges Geschöpf», erwiderte Sophy, in deren Augen noch die Lustigkeit funkelte. «Charles muß, wenn er kein ausgemachter Lügner ist, bestätigen, daß ich nicht mit der Wimper gezuckt habe. Sir Horace hat mir solch schlechte Gewohnheiten frühzeitig ausgetrieben, ich bekam für jedes Wimpernzucken Ohrfeigen.»

«Sie sind wirklich für uns alle ein Vorbild», sagte Miss Wraxton säuerlich. «Man kann Ihre eisernen Nerven nicht genug bewundern! Ich bin leider aus weicherem Stoff geformt und muß zugeben, daß mich ein solches Getöse, das in diesem Hause gewiß ganz ohne Präzedenzfall ist, zutiefst erschreckt hat. Ich kann mir auch nicht denken, was du im Sinn hattest, Charles. Oder ist das wirklich Miss Stanton-Lacys Pistole, und hat sie dir eine Probe ihres Geschicks gegeben?»

«Im Gegenteil, unglücklicherweise war ich es, der das Ziel verfehlte. Darf ich die Pistole für dich reinigen, Sophy?»

Sie schüttelte den Kopf und griff nach der Waffe. «Danke, das Putzen und Laden besorge ich immer selber.»

«Laden!» schrie Lady Ombersley auf. «Sophy, du willst doch dieses abscheuliche Ding nicht noch einmal laden?!»

Hubert lachte. «Hab ich es euch nicht gesagt, daß sie ein Mädel ist, das einem Angst einflößen kann? Ist sie immer geladen, deine Pistole, Sophy?»

«Ja, denn man weiß nie, wann man sie braucht, und wozu wäre eine ungeladene Pistole gut? Aber eine heikle Angelegenheit ist es auf jeden Fall! Charles schießt im Nu, ich kann das nicht so schnell!»

Er gab ihr die Waffe zurück. «Wenn wir in diesem Sommer nach Ombersley fahren, wollen wir zwei um die Wette schießen», sagte er. Ihre Hände berührten einander, und als sie die Pistole nahm, hielt er ihr Gelenk einen Augenblick fest. «Fein habe ich mich nicht benommen», murmelte er. «Bitte um Verzeihung – und ich danke dir.»

# XIII

Niemand konnte annehmen, daß dieser Vorfall nach Miss Wraxtons Geschmack war. Das Einverständnis zwischen Mr. Rivenhall und seiner Kusine erreichte einen Grad, der ihr mißfiel, denn wenn sie ihn auch nicht liebte, ja, ein derartiges Gefühl geradezu ihrer gesellschaftlichen Stellung unwürdig hielt, war sie doch gesonnen, ihn zu heiraten, und empfand weiblich genug, die leiseste Aufmerksamkeit, die er einer anderen Frau erwies, zu verargen.

Das Glück war Miss Wraxton nicht hold gewesen. Noch nicht der Schule entwachsen, war sie einem Edelmann von einwandfreiem Stammbaum und beachtlichem Reichtum versprochen gewesen, der aber dann einer Blatternepidemie erlag, bevor sie das Alter erreicht hatte, ihm in aller Form angelobt zu werden. Mehrere, sehr wohl in Betracht kommende Gentlemen hatten während der beiden ersten Seasons, die sie auf dem Heiratsmarkt lag, vage Zeichen von Interesse gegeben, denn sie war ein hübsches Geschöpf, und hübsch war ihr Heiratsgut; aus unerfindlichen Gründen hatte keiner, wie ihr älterer Bruder sich nur zu vulgär ausdrückte, angebissen. Mr. Rivenhalls Bewerbung war in dem Augenblick erfolgt, da sie eine erste Furcht empfinden mußte, sitzenzubleiben, und war darum freundlich aufgenommen worden. Miss Wraxton, nach den strengsten Grundsätzen der Korrektheit erzogen, hatte nie in ihrem Denken unerwünschten romantischen Vorstellungen Raum gegeben, und so hatte sie ohne Zögern ihren Papa wissen lassen, daß ihr Mr. Rivenhalls Aufmerksamkeiten genehm waren. Lord Brinklow, der eine tiefe Abneigung gegen Lord Ombersley empfand, hätte Mr. Rivenhalls Bewerbung gewiß keine Minute lang ernstlich erwogen, hätte nicht die Vorsehung den Tod Matthew Rivenhalls beschlossen. Das Vermögen des alten Mannes konnte selbst der scheinheiligste und abgebrühteste aller Pairs nicht verachten. So ließ Lord Brinklow seine Tochter wissen, daß Charles Rivenhall seinen Segen erhoffen dürfe; und Lady Brinklow, eine noch strengere Sittenrichterin als ihr Gatte ein Moralist, hatte Eugenia verstehen lassen, welches ihre Pflichten waren und mit welchen Mitteln man Charles von seiner anstößigen Familie abzusondern hoffen durfte. Eine gelehrige Schülerin, hatte Miss Wraxton in der Folgezeit keine Gelegenheit versäumt, Charles auf die taktvollste Weise die Verfehlungen seines unerwünschten Vaters unter die Nase zu reiben, die charakterlichen Mängel seiner Brüder und Schwestern. Dabei folgte sie den lautersten Absichten; es lag für sie auf der Hand, daß Lord Ombersleys und Huberts Leichtfertigkeit den Interessen Charles' abträglich war; sie verabscheute Lady Ombersley aus tiefstem Herzen; und aus ebenso tiefem Herzen mißbilligte sie das unbändige Gefühl, das Cecilia bewog, die Ehe mit einem mittellosen jüngeren Sohn in

Erwägung zu ziehen. Charles einer solchen Familie zu entfremden, war also ihr Hauptziel, doch sah sie sich dabei gelegentlich gezwungen, eine Rolle zu spielen, als ob sie Haus Ombersley vor Abgründen zurückzureißen hätte, in das es zu stürzen drohte. Mit Mr. Rivenhall gerade in dem Augenblick verlobt, da ihn die Ausschweifungen seines Vaters vergrämt hatten, war es ihr ein leichtes gewesen, ihre Worte auf fruchtbaren Boden fallen zu lassen. Von Natur aus freudlos, nach düster strengen Prinzipien erzogen, konnte sie dem Verlangen einer lebensfreudigen Familie nach Belustigung nur die schlimmsten Tendenzen unterstellen. Charles, der sich mit aufgehäuften Stapeln von Rechnungen herumquälte, war einigermaßen geneigt, ihr recht zu geben. Erst Sophys Auftauchen hatte einen Wandel seiner Empfindungen eingeleitet. Miss Wraxton unterlag keineswegs der Täuschung, Sophys verderblichen Einfluß auf Charles' Charakter zu unterschätzen; und da sie zwar gut geschult, aber nicht eigentlich gescheit war, suchte sie diesem Einfluß mit Mitteln entgegenzuwirken, die eher dazu dienten, seinen Rücken zu stärken. Als sie fragte, ob Sophy ihm eine Erklärung für ihren Besuch bei Rundell & Bridge gegeben, und als er sich billigerweise verpflichtet fühlte, ihr so viel von der Wahrheit zu sagen, als zur Ehrenrettung seiner Kusine nötig war, verführte ein böser Geist sie, sich über die Verwerflichkeit von Huberts Charakter zu äußern, auf die Ähnlichkeit zwischen Hubert und seinem Vater hinzuweisen und auch das Verfehlte in der Gutmütigkeit, die Sophy in dieser Angelegenheit bewiesen, zu mißbilligen. Mr. Rivenhall wand sich damals aber bereits in den Fesseln seines eigenen Gewissens, und da er, bei all seinen Fehlern, keineswegs der Mann war, vor klaren Folgerungen zurückzuschrecken, ging er nun auf ihre Gedanken nicht mehr ein. «Ich muß mir selber Vorwürfe machen», sagte er. «Daß ich durch meine übereilten Worte Hubert so weit gebracht habe, in seinen Schwierigkeiten jedem anderen mehr zu vertrauen als mir, ist ein bitterer Vorwurf! Meiner Kusine schulde ich Dank dafür, daß sie mir die Augen geöffnet und meinen Irrtum gezeigt hat! Hoffentlich werde ich mich in Zukunft besser bewähren. Es war nicht meine Absicht, aber ich sehe jetzt selbst, wie widerwärtig ich ihm gewesen sein muß. Ich werde dafür sorgen, daß der arme kleine Theodore nicht auch in dem Glauben heranwächst, jede seiner kleinen Sünden unbedingt vor einem tyrannischen Bruder verbergen zu müssen!»

«Mein lieber Charles, das ist übertriebene Empfindlichkeit! Niemand kann dich für das Betragen deiner Brüder verantwortlich machen.»

«Da bist du vollkommen im Unrecht, Eugenia. Ich bin sechs Jahre älter als Hubert, und da ich nur zu gut weiß, daß mein Vater sich über keinen von uns Gedanken macht, ist es meine Pflicht, mich der Jüngeren anzunehmen! Das darf ich vor dir offen aussprechen, denn du weißt, unter welchen Verhältnissen wir leben.»

Darauf erwiderte sie ohne Zögern: «Ich bin überzeugt, daß du immer deine Pflicht getan hast. Ich habe gesehen, wie du bestrebt warst, strengere Lebensregeln, ein höheres Maß von Disziplin und häuslicher Ordnung durchzusetzen. Hubert kann nie über deine Auffassungen im unklaren gewesen sein, und sein Verhalten, das ich höchst anstößig finde, durch Duldsamkeit zu ermutigen, wäre äußerst unziemlich. Miss Stanton-Lacys Eingreifen entsprang natürlich der freundlichsten Absicht, doch war es eher von einem augenblicklichen Impuls als von ihrem Gewissen diktiert. Es mag ihr noch so peinlich gewesen sein, ihre Pflicht war es, dir die volle Wahrheit zu sagen, und zwar sofort! Huberts Schulden auf diese Weise zu decken, hieß seine lästerliche Spielleidenschaft noch ermutigen. Ich bin überzeugt, daß selbst eine kurze Überlegung sie zu dieser Einsicht gebracht hätte, aber leider ist Miss Stanton-Lacy bei all ihren vortrefflichen Eigenschaften nicht geneigt, vernünftigen Erwägungen Raum zu geben!»

Er starrte sie an, und in seinen Augen war ein sonderbarer Ausdruck, den sie nicht zu deuten verstand. «Wenn Hubert sich dir anvertraut hätte, Eugenia, wärst du sofort mit der Sache zu mir gekommen?»

«Ohne Zweifel! Ich hätte nicht eine Sekunde gezögert.»

«Nicht eine Sekunde gezögert?» wiederholte er. «Auch wenn das Geständnis in dem Glauben gemacht worden wäre, daß du das Vertrauen nicht täuschen würdest?»

Sie lächelte. «Lieber Charles, das ist doch nichts als Unsinn! Vor so etwas zurückzuschrecken, wenn die Pflicht doch klar auf der Hand liegt – nein, dafür habe ich kein Verständnis! Die Zukunft deines Bruders, seine weitere Laufbahn liegen mir so am Herzen, daß es für mich keine andere Wahl geben könnte, als dir seine Verfehlungen zu offenbaren. Solch verhängnisvolle Neigungen müssen eingedämmt werden, und da dein Vater, wie du ja selbst sagtest, sich über euch keine Gedanken macht –»

Ohne sich zu entschuldigen, fiel er ihr ins Wort. «Solche Auffassungen erweisen deinem Verstand Ehre, aber nicht deinem Herzen, Eugenia. Du bist eine Frau, verstehst darum vielleicht nicht, daß Vertrauen, das man dir schenkt, unbedingt – unbedingt! – heilig sein muß! Ich habe gesagt, daß ich wünschte, sie hätte mir etwas gesagt, aber es war die Wahrheit nicht! Ich konnte nicht wirklich wünschen, daß jemand ein Vertrauen täuscht! Großer Gott, täte ich es denn selbst?»

Diese rasch hervorgestoßenen Worte trieben ihr die Röte in die Wangen. Sie sagte scharf: «Demnach versteht Miss Stanton-Lacy – sie ist doch wohl auch eine Frau! – derlei besser?»

«Ja, das tut sie. Vielleicht ist das eine Folge ihrer Erziehung. Eine ausgezeichnete Erziehung! Vielleicht wußte sie, welche Folgen ihr Verhalten haben mußte; vielleicht kam sie Hubert wirklich nur aus Großherzigkeit zu Hilfe: mag sein, ich weiß das nicht, hab sie auch nicht gefragt. Der Ausgang war jedenfalls weit besser, als er gewesen wäre, wenn sie sich an mich gewendet hätte! Hubert ist viel zu sehr ein Mann, um sich hinter dem Rock seiner Kusine zu verstecken: er hat mir alles selbst gestanden.»

Sie lächelte. «Ich fürchte, deine Parteilichkeit macht dich hier etwas blind. Seit du wußtest, daß Miss Stanton-Lacy ihren Schmuck verkauft hatte, konntest du das übrige leicht erraten! Wenn ich nicht zufällig in der Lage gewesen wäre, dich davon in Kenntnis zu setzen – glaubst du, daß Hubert auch dann gestanden hätte?»

Er sagte ernst: «Solches Reden steht dir nicht gut! Ich weiß nicht, warum du gegen Hubert ungerecht sein oder warum du beständig wünschen solltest, daß ich schlecht von ihm denke. Jawohl, ich habe schlecht von ihm gedacht, und ich bin widerlegt worden. Der Fehler lag auf meiner Seite. Ich habe ihn behandelt, als wäre er ein Kind und ich sein Schulmeister. Ich hätte besser getan, mich mit ihm zu beraten. Wenn wir beide besser miteinander gestanden hätten, wäre all das nicht passiert. Er selbst hat das ja ausgesprochen: wenn wir einander gekannt hätten –! Du kannst dir vorstellen, wie mir zumute war, als ich solche Worte von meinem Bruder hörte.» Er lachte kurz auf. «Das war einmal eine gerade Rechte! Jackson selbst hätte sie mir nicht besser servieren können!»

«Ich fürchte», sagte Miss Wraxton mit ihrer süßesten Stimme, «daß ich dich nicht verstehen werde, Charles, wenn du dich der Sprache des Boxringes bedienst. Ohne Zweifel würde deine Kusine mit ihrer umfassenderen Bildung eine solche Sprechweise besser würdigen.»

«Überraschen würde es mich auch nicht mehr», gab er zurück.

All ihre Selbstbeherrschung bewahrte sie nun nicht vor der Bemerkung: «Du scheinst eine außerordentliche Neigung zu Miss Stanton-Lacy zu fassen.»

«Ich?» fragte er betroffen. «Für Sophy? Du lieber Himmel! Ich glaube, wie ich zu ihr stehe, das ist einigermaßen klar! Ich wollte, wir wären sie los, aber darum darf man sich nicht gegen ihre guten Eigenschaften blind stellen!»

Diese Erklärung wirkte besänftigend. «Gewiß nicht, und ich bin, so hoffe ich, auch nicht blind dagegen. Es ist ein rechter Jammer, daß sie nicht auf Lord Bromfords Bewerbung eingeht. Ein vortrefflicher Mann, verständnisvoll, und sein nüchternes Urteil kann, finde ich, auf jede Frau nur einen wohltätigen Einfluß ausüben.» Sie bemerkte, daß er sie belustigt ansah, und fügte hinzu: «Ich hatte den Eindruck, daß du geneigt warst, seine Bemühungen zu ermutigen.»

«Mir ist das ganz gleichgültig, wen Sophy heiratet. Den Bromford nimmt sie bestimmt nicht, und das ist ein Glück für ihn!»

«Leider scheint Lady Bromford das ebenso anzusehen», sagte Miss

Wraxton. «Sie und Mama sind befreundet, wie du weißt, und so hatte ich Gelegenheit, mit ihr über die Sache zu sprechen. Eine vortreffliche Frau! Sie sprach mir von Lord Bromfords heikler Gesundheit und ihren Besorgnissen. Ich konnte ihr das so nachfühlen! Da muß man wirklich sagen, daß deine Kusine nicht die geeignete Frau wäre ...»

«Die denkbar ungeeignetste», sagte er lachend. «Es ist unerfindlich, wie solch ein Bursche darauf verfallen konnte, sich in Sophy zu verlieben! Du kannst dir vorstellen, wie Cecilia und Hubert sie deswegen hänseln. Aus seinen Erlebnissen in Westindien machen sie Geschichten, daß sogar meine Mutter Tränen lacht! Er ist ja auch höchst absonderlich!»

«Da kann ich dir nicht beipflichten. Und sogar wenn ich es täte, so empfände ich es doch peinlich, die Empfindsamkeit eines Mannes zu verspotten.»

Dieser Vorwurf hatte die Wirkung, daß Mr. Rivenhall sich einer dringenden Verabredung entsann, die seinen raschen Aufbruch erzwang. Noch nie war er mit seiner Verlobten so wenig eins gewesen.

Anderseits hatte er noch nie so gut mit seiner Kusine gestanden, und diese erfreulichen Beziehungen erstreckten sich über eine ganze Woche. Sie bewogen ihn sogar, einem ausgesprochenen Wunsch Sophys, Kemble spielen zu sehen, nachzugeben. Doch machte er kein Hehl daraus, daß er die Affektiertheit des Theaterhelden unerträglich fand; allein schon Kembles abnorme Aussprache und Betonung stünden der Wirkung seiner glanzvollsten histrionischen Leistung im Wege; trotzdem nahm er eine Loge in Covent Garden und begleitete Sophy zusammen mit Cecilia und Mr. Wychbold. Sophy war ein wenig enttäuscht von dem Schauspieler, dessen Lob sie so oft gehört, doch verstrich der Abend recht angenehm und endete in dem modischen Hotel in der Henrietta Street, das unter dem Namen «The Star» bekannt war. Hier erwies sich Mr. Rivenhall als vortrefflicher Gastgeber, er bestellte ein Separée und ein Souper, das den höchsten Anforderungen entsprach. Seine Stimmung war so vortrefflich, daß er sich nicht einmal eine abträgliche Bemerkung über Kembles Spiel leistete. Mr. Wychbold war schwatzhaft und verbindlich; Cecilia sah wunderhübsch aus; Sophys Lebendigkeit ließ den Ball des Geplauders fröhlich hin und her rollen. Als Cecilia ihrem Bruder hernach gute Nacht sagte, versicherte sie ihm, daß sie sich seit Monaten nicht so gut amüsiert hätte.

«Ich auch nicht», erwiderte er. «Ich sehe nicht ein, warum wir nicht öfter zusammen ausgehen, Cilly. Meinst du, daß unsere Kusine Kean gern sehen würde? Er tritt demnächst in einem neuen Stück im Lane auf.»

Cecilia zweifelte nicht daran, doch bevor Mr. Rivenhall Zeit fand, diesen Plan ins Werk zu setzen, traten Hemmnisse ein, und das gute Einvernehmen zwischen ihm und Sophy erlitt eine merkliche Einbuße.

Lord Charlbury hatte, den Befehlen seiner Instruktorin getreu, Lady Ombersley gebeten, ihre Tochter und ihre Nichte zu einer Haustheaterveranstaltung zu bringen. Mr. Rivenhall war damit durchaus einverstanden, aber sein Gleichmut versagte, als nachher zutage trat, daß auch Mr. Fawnhope sich der Gesellschaft angeschlossen hatte. Und dabei war der Abend so hübsch gewesen! Sogar Lady Ombersley, deren gute Laune unter der unerwarteten Gegenwart Mr. Fawnhopes gelitten, vermochte sich der Aufmerksamkeit des Gastgebers und ihres alten Freundes General Redford nicht zu entziehen, der eigens eingeladen worden war, um ihr Gesellschaft zu leisten. Das Stück, «Bertram», war äußerst rührend, Keans Spiel über jedes Lob erhaben; ein höchst vergnügliches Souper im Piazza rundete den Abend. Einiges darüber erfuhr Mr. Rivenhall von seiner Mutter, anderes von Cecilia, die in arger Verlegenheit war, ihm begreiflich zu machen, wie gut sie sich unterhalten hatte. Sie beschränkte sich darauf zu sagen, daß Sophy bester Laune gewesen sei, unterließ es aber zu erwähnen, daß diese Laune Sophys die Gestalt eines Flirts mit ihrem Gastgeber angenommen hatte. Cecilia hatte mit Vergnügen festgestellt, daß ihr zurückgewiesener Bewerber nicht an gebrochenem Herzen litt, und hatte es auch angenehm empfunden, daß sie selbst nicht zu einer Art von Amüsement neigte, bei dem sich ihre sonst so charmante Kusine nicht im besten Licht zeigte. Als Lord Charlbury Sophy vorführen wollte, wie sein Vater, ein alter Schürzenjäger, von der Hand einer Lady Schnupftabak aufzunehmen liebte, hatte Sophy ihm sofort ihre Hand hingehalten. Das war nun, fand Cecilia, mehr als genug! Ihr tat es wohl, zu bedenken, daß Augustus sich wohl nie so gewagt benehmen würde. Und gar an diesem Abend zeigte er keinerlei ähnliche Neigung. Die Tragödie, die er auf der Bühne gesehen, hatte in ihm den Ehrgeiz geweckt, seinerseits ein lyrisches Drama zu schreiben, und obwohl an seinem Betragen als Gast nichts auszusetzen war, hatte Cecilia doch Verdacht gehegt, daß seine Gedanken in weiter Ferne schweiften.

War dieser Abend schon übel gewesen, so sollte, wenigstens nach Mr. Rivenhalls Auffassung, noch Schlimmeres folgen. Bis zu Lord Charlburys Rückkehr aus dem Krankenzimmer war Sophys bevorzugter Kavalier (oder, wie Mr. Rivenhall ihn unfreundlich kennzeichnete, ihr Cicisbeo) Sir Vincent Talgarth gewesen. Nun aber hatte Lord Charlbury Sir Vincent sichtlich verdrängt. Morgens ritt er mit ihr im Park aus; zur Promenadestunde saß er im Phaeton an ihrer Seite; bei Almack war er ihr Partner in aufeinanderfolgenden Tänzen; er brachte sie in seiner Karriole zu einer Militärparade; er war sogar ihr Begleiter, als sie nach Merton fuhr. Seine Lordschaft machte kein Geheimnis daraus, daß ihm dieser Ausflug enormes Vergnügen bereitet hatte, denn die üppige und sonderbare Persönlichkeit der Marquesa hatte seinen humoristischen Sinn angeregt. Offen gestand er Sophy, daß er gern länger geblieben wäre. Eine Lady, so erklärte er, die, beim Empfang morgendlicher Besucher von Müdigkeit überkommen, unter deren verwunderten Blicken die Augen schloß und einfach einschlief, war etwas Ungewöhnliches und mußte mit Aufmerksamkeit behandelt werden. Sophy lächelte, widersprach auch nicht, empfand aber insgeheim ein gewisses Unbehagen. Es hatte sie ein wenig verletzt, daß Sir Vincent den Platz neben der Marquesa innegehabt hatte. Und er war keineswegs ihr einziger Besucher gewesen: der kurze Aufenthalt der Marquesa in Pulteney hatte die Verbindung mit verschiedenen Gentlemen erneuert, die einst in Madrid ihre Gastfreundschaft genossen: Sir Vincent aber war offenkundig ihr aufmerksamster Besucher. Major Quinton war dort gewesen, Lord Francis Wolvey und sogar Mr. Fawnhope. Seine Gegenwart war allerdings leicht zu erklären: er trug sich mit dem Gedanken einer Tragödie, in deren Mittelpunkt Don Juan d'Austria stand, dessen meteorhaft kurze und glorreiche Lebensbahn für ein lyrisches Drama besonders geeignet schien. Schon waren einige ergreifende Verse fertig, die der Held fiebergeschüttelt auf dem Totenbett sprechen sollte, und da war es nur zu naheliegend, daß die Marquesa interessante Einzelheiten über Leben und Bräuche in Spanien beibringen konnte, die ihm bei der Vollendung seines Meisterwerks von Nutzen waren. Es ergab sich allerdings, daß die Kenntnisse der Marquesa über die Sittengeschichte des sechzehnten Jahrhunderts weit hinter seinen eigenen zurückblieben, doch mochte sie einen so hübschen jungen Menschen nicht entmutigen, bei ihr vorzusprechen, und so lud sie ihn mit müdem Lächeln ein, wiederzukommen und mit ihr über Spanien zu plaudern, wenn er sich keine bessere Gesellschaft wüßte.

Sophy, die Mr. Fawnhope nie in männlichen Tugenden brillieren gesehen, mußte zu ihrem Erstaunen entdecken, daß er auf einem Vollblutpferd zum Besuch der Marquesa ritt, das zu besitzen auch sie nicht verschmäht hätte. Er folgte ihrem Phaeton auf der Rückfahrt nach London zu Pferd und behandelte das schöne, verspielte Tier durchaus sachkundig. Lord Charlbury gegenüber bemerkte sie, daß es für ihn nur von Vorteil war, wenn Cecilia ihren Poeten nie zu Pferd sah. Er seufzte. «Sie müssen nicht denken, liebste Sophy, daß ich an Ihrer Gesellschaft kein Vergnügen finde, aber wohin führt das alles? Wissen Sie es? Ich weiß es nicht.»

«Es führt Sie genau dorthin, wohin Sie zu gelangen wünschen», antwortete sie ernst. «Vertrauen Sie mir doch! Cecilia sieht die Aufmerksamkeit, die Sie mir widmen, gar nicht gern, das mögen Sie mir glauben!»

Doch war Cecilia keineswegs die einzige Person, die an diesem Schauspiel keine Freude fand. Mr. Rivenhall, der vielleicht noch immer Hoffnungen hegte, daß zwischen Charlbury und seiner Schwester eine

Verbindung zustande käme, zeigte tiefes Mißbehagen; und Lord Bromford, der sich zurückgesetzt sah, entwickelte ein solches Maß von Gehässigkeit gegen seinen Nebenbuhler, daß er kaum noch den Schein gesellschaftlicher Höflichkeit wahrte.

«Mir scheint das wirklich sonderbar», äußerte er gegenüber Miss Wraxton, deren Sympathie ihm sicher war, «daß ein Mann, der länger, als ich sagen kann, um eine Frau geworben hat — so lautet doch die übliche Redensart —, daß solch ein Mann so wetterwendisch sein sollte, binnen kurzer Frist seine Aufmerksamkeit einer anderen zuzuwenden! Ich muß zugeben, daß ich für solch ein Gehaben kein Verständnis aufbringe. Wäre ich, meine teuerste Miss Wraxton, nicht ein wenig in der Welt herumgekommen und hätte dabei einigen Einblick in die Gebrechlichkeit und Unzulänglichkeit menschlichen Wesens gewonnen, so stünde ich jetzt verständnislos da! Doch nehme ich nicht Anstand, Ihnen offen zu sagen, daß Charlbury mir nie sympathisch war. Sein Benehmen setzt mich nicht in Verwunderung. Ich bin nur traurig und, wenn ich das hinzufügen darf, überrascht, daß Miss Stanton-Lacy darauf eingeht.»

«Ohne Zweifel», erwiderte Miss Wraxton darauf freundlich, «sieht eine Lady, die immer auf dem Kontinent gelebt hat, solche Dinge in anderem Licht als eine arme Daheimhockerin wie ich. Wie ich höre, ist solches Flirten bei den Damen auf dem Kontinent weiter nichts als ein Zeitvertreib.»

«Dazu muß ich Ihnen sagen, Verehrteste», entgegnete Seine Lordschaft, «daß ich keineswegs ein Fürsprecher des Reisens für Damen bin. Für die Erziehung des schwachen Geschlechts scheinen mir Reisen keineswegs nötig, während sie für die geistige Entwicklung eines Mannes wohl unerläßlich sind. Es sollte mich nicht wundern, wenn ich hörte, daß Charlbury unsere Insel nie verlassen hat. Anderseits ist gerade das ein Umstand, der mir Miss Stanton-Lacys Vergnügen an seiner Gesellschaft erst recht unverständlich macht.»

Lord Bromfords Feindseligkeit war dem Manne, der ihre Zielscheibe war, keineswegs unbekannt. Einmal äußerte Charlbury zu Sophy, als er an ihrer Seite über die Row ritt: «Wenn ich mit heiler Haut aus diesem Maskenball heimkomme, kann ich mir selber gratulieren. Haben Sie es darauf abgesehen, daß ich erschlagen werde, Sophy, Sie Hexe?»

Sie lachte. «Bromford?»

«Er oder Charles. Hoffentlich ist es von den beiden Bromford, der mich fordert. Er kann bestimmt auf zwölf Schritt keinen Heuschober treffen, aber Rivenhall ist ein ausgezeichneter Schütze.»

Sie sah ihn überrascht an. «Meinen Sie wirklich?»

Er erwiderte ihren Blick, blinzelte ihr spöttisch zu. «Nun ja, Sie Unschuld! Zweifellos wegen der Vernachlässigung seiner Schwester! Sagen Sie mir – Sie sprechen doch immer alles so offen aus –, ist das eine besondere Praxis von Ihnen, daß sich überall, wo Sie auftauchen, Paare bilden?»

«Nein», erwiderte sie, «ich tue das nur, wenn ich überzeugt bin, daß es so besser für die Leute ist.»

Er lachte noch immer, als sie Mr. und Miss Rivenhall begegneten, die auf sie zugeritten kamen.

Sophy begrüßte Cousin und Kusine mit aufrichtiger Freude, obwohl sie ihre Überraschung darüber unterdrücken mußte, daß Cecilia neuerdings einem Sport huldigte, dem sie bisher so wenig zugeneigt. Sophy und Charlbury wendeten ihre Pferde, um sich den Rivenhalls anzuschließen, und sie erhob auch keinen Einwand, als Mr. Rivenhall sie nach einer kurzen Weile nötigte, hinter den anderen beiden zurückzubleiben und in gemächlichem Schritt dem Reitpfad zu folgen. «Dein Pferd gefällt mir, Charles», sagte Sophy.

«Es mag dir gefallen», erwiderte Mr. Rivenhall unfreundlich, «aber reiten wirst du es nicht.»

Sie warf ihm einen Seitenblick zu, in dem alle Teufel lauerten. «Nein, liebster Charles?»

«Sophy», sagte Mr. Rivenhall, der unvermittelt vom herrischen zum drohenden Ton überging, «wenn du dich unterstehen solltest, deinen Sattel auf meinen Thunderer zu legen, so erwürge ich dich und werfe deinen Leichnam auf die Serpentine.»

Sie antwortete mit einem girrenden Lachen, das nie versagte, ihm ein Lächeln abzuzwingen. «Nein wirklich, Charles, würdest du das? Nun, ich tadle dich deswegen nicht! Wenn ich dich einmal auf meinem Salamanca erwische, schieße ich dich bestimmt herunter – und ich kann mich auf eine Pistole, die ein wenig links zieht, verlassen.»

«Nun, liebe Kusine, wenn wir nach Ombersley fahren, wird es mir ein Vergnügen sein, mich von deiner Schießkunst zu überzeugen. Wollen sehen, was du mit meinen Duellpistolen zuwege bringst! Die ziehen weder links noch rechts. Ich wähle sie sorgfältig aus.»

«Duellpistolen!» sagte Sophy tief beeindruckt. «So etwas hätte ich mir von dir nicht erwartet, Charles! Wie oft hast du dich schon geschlagen? Tötest du deinen Gegner immer?»

«Höchst selten. Das Duell ist ganz betrüblich aus der Mode gekommen, liebe Sophy. Ich muß dich leider enttäuschen.»

«Nein», sagte sie und schüttelte den Kopf, «ich habe nicht wirklich gedacht, daß du etwas so Wildes tätest.»

Darüber mußte er lachen. Mit einer Handbewegung ahmte er die Gebärde eines Fechters nach. «Nun ja, Sophy, touché!»

«So bist du Fechter?»

«Ohne besondere Qualitäten. Warum?»

«Ach, das ist etwas, wovon ich nichts verstehe.»

«Wie ist das möglich? Ich hätte mir doch vorgestellt, daß Sir Horace dich gelehrt hat, den Degen zu führen.»

«Nein», erwiderte Sophy mit gespitztem Mund. «Und boxen hat er mich auch nicht gelehrt, es gibt also schon zwei Dinge, in denen du mir überlegen bist.»

«Dennoch übertriffst du mich in vielem», räumte er ein. «Besonders in der Kunst des Liebesgetändels.»

Sofort brachte sie ihn aus der Fassung, indem sie zum direkten Angriff überging. «Liebesgetändels? Ich hoffe, Charles, du beschuldigst mich nicht der Neigung, zu flirten?»

«Nicht?» sagte er grimmig. «Dann kläre mich doch, bitte, über die Natur deines Umgangs mit Charlbury auf.»

Sie zeigte ihm eine Unschuldsmiene. «Was soll das nun, Charles? Du hast mich doch gewiß nicht mißverstanden? Zwischen ihm und Cecilia besteht doch nichts mehr! Du kannst mir doch nicht unterstellen, daß ich ihn ermutigen würde, wenn es anders wäre?»

Das Pferd ging in Galopp über, wurde aber gezügelt. Rivenhall sagte wütend: «Verrückter Unsinn! Mach mir doch nichts vor, Sophy! Charlbury und du! Für was für einen Einfaltspinsel hältst du mich wohl?»

«Ich halte dich überhaupt nicht für einen Einfaltspinsel», erklärte Sophy seelenvoll. «Aber es gäbe einfach nichts, was ich nicht täte, um Sir Horace gefällig zu sein, und ich würde eher Charlbury heiraten als Bromford.»

«Manchmal habe ich den Eindruck», sagte Mr. Rivenhall, «daß Delikatesse ein Gefühl ist, das dir gänzlich unbekannt geblieben ist!»

«Ja, sprich mir doch davon», bat sie herzlich.

Er ging auf diese Einladung nicht ein, sondern sagte unmutig: «Vielleicht sollte ich dich aber darauf aufmerksam machen, daß Charlburys Bemühungen dich bereits zum Stadtgespräch machen. Ob dir etwas daran liegt, weiß ich nicht, aber da meine Mutter die Verantwortung für dich übernommen hat, muß ich dir gestehen, daß ich dir dankbar wäre, wenn du dich ein wenig zurückhaltender benehmen wolltest.»

«Du hast mir schon einmal gesagt, daß ich etwas tun könnte, wenn ich dir gefällig sein wollte», bemerkte Sophy nachdenklich. «Hoffentlich kommt mich dieser Wunsch nie an, denn sosehr ich es auch versuche, ich kann und kann mich nicht erinnern, was es war!»

«Du hattest es wohl vom ersten Augenblick darauf abgesehen, mich dazu zu bringen, daß ich dich nicht ausstehen kann», fuhr er sie an.

«Eigentlich nicht: du bedurftest dazu keiner Ermutigung von meiner Seite.»

Er ritt eine Weile schweigend neben ihr her, dann sagte er mit beherrschter Stimme: «Du irrst. Ich habe nichts gegen dich. Ich muß sogar sagen, daß es Zeiten gegeben hat, da ich eine starke Zuneigung zu dir empfand. Du sollst dir auch nicht einreden, daß ich vergesse, wie tief ich in deiner Schuld stehe.»

Sie fiel ihm ins Wort: «Das tust du nicht! Laß mich das nicht wieder hören, bitte! Erzähle mir lieber von Hubert! Ich hörte dich der Tante sagen, daß du einen Brief von ihm bekommen hast. Geht es ihm gut?»

«Tadellos, soviel ich höre. Er wollte nur von mir, daß ich ihm ein Buch nachsende, das er zu Hause vergessen hat.» Er schmunzelte. «Offenbar sollte ich daraus entnehmen, daß er sich sehr in die Arbeit vergräbt und alle Vorträge anhört! Wenn ich nicht wüßte, daß aus diesem Entschluß doch nichts wird, würde ich mich sehr mit der Buchsendung nach Oxford beeilen! Nun, solcher Eifer könnte höchstens dazu führen, daß er nachher in den wüstesten Exzessen Erholung sucht. Ich will dir etwas sagen, Sophy! Ich habe es noch nie ausgesprochen – wir wurden unterbrochen, bevor ich dazu kam, und seither hat sich keine Gelegenheit mehr ergeben. Ich werde dir ewig dafür dankbar sein, daß du mir gezeigt hast, wie unrichtig ich Hubert behandelte – und das hast du mir gezeigt.»

«Das ist Unsinn, aber ich könnte dir, wenn du es wünschest, zeigen, wie unrichtig du Cecilia behandelst», erwiderte sie.

Sofort wurde seine Miene streng. «In dieser Sache werden wir wohl kaum jemals einer Meinung sein.»

Mehr sagte sie nicht, ließ aber zu, daß Salamanca in Galopp überging und alsbald Lord Charlbury und Cecilia einholte.

Die beiden waren in ein angenehmes Gespräch verwickelt, denn es war ihm gelungen, die Verlegenheit, die Cecilia empfand, als sie mit ihm allein blieb, durch seine freundliche Unbefangenheit rasch zu überwinden. Mit keinem Wort und keinem Blick erinnerte er sie an die vergangenen Dinge, sondern lenkte das Gespräch alsogleich auf irgendeinen unbedenklichen Gegenstand, von dem er annehmen konnte, daß er sie interessieren würde. Eine solche Abwechslung tat ihr wohl, denn Mr. Fawnhopes Unterhaltung beschränkte sich zur Zeit fast ganz auf Idee und Aufbau seiner großen Tragödie. Einem Poeten zuzuhören, der mit sich selbst (denn sie gab in einer solchen Diskussion keinen guten Partner ab) über die Vorteile des Blankverses als eines dramatischen Kunstmittels herumstritt, war allerdings ein Vorrecht, auf das jede junge Lady stolz sein durfte, aber Cecilia konnte doch nicht ableugnen, daß es für sie, wenn nicht ein Aufatmen, so doch eine willkommene Abwechslung war, einmal eine halbe Stunde mit einem Mann zu plaudern, den auch ihre Erwiderungen interessierten. Nicht umsonst weilte Seine Lordschaft bereits um zehn Jahre länger auf Erden als der jüngere Rivale. Mr. Fawnhopes hübsches Gesicht und bezauberndes Lächeln mochten das Auge einer Frau entzücken, aber Mr.

Fawnhope hatte noch nicht die Kunst erlernt, auf eine Dame den wohltuenden Eindruck zu machen, daß er sie für ein zartes und gebrechliches Wesen hielt, das man verwöhnen und auf jegliche Weise umsorgen mußte. Gewiß war Lord Charlbury seiner leiblichen und geistigen Konstitution nach unfähig, sie für eine Nymphe zu halten oder Glockenblumen zu deren Nachteil mit ihren Augen zu vergleichen, dafür aber würde Lord Charlbury unfehlbar einen Mantel für sie bereit haben, wenn das Wetter unsicher schien, würde sie über Hindernisse hinwegheben, die ihr in den Weg kamen, und sie auf jede Weise fühlen lassen, daß sie in seinen Augen eine Kostbarkeit war, die man nicht sorgsam genug behüten konnte.

Es wäre zuviel gesagt gewesen, hätte man behauptet, daß Cecilia bedauerte, die Werbung Seiner Lordschaft ausgeschlagen zu haben, aber als Sophy und Charles sie einholten, empfand sie ein leises Bedauern, daß dies angenehme Tête-à-tête unterbrochen wurde.

Später versuchte sie, diese Angelegenheit auf leidenschaftslose Weise mit Sophy zu erörtern, fand sich aber seltsam unfähig, die Gefühle zum Ausdruck zu bringen, die zu hegen sie doch überzeugt war. So begnügte sie sich, tief über ihre Stickarbeit gebeugt, zu fragen, ob Lord Charlbury schon um sie angehalten habe.

Sophy lachte hell auf.

«Aber nein, du Gänschen – Charlbury hat keineswegs ernste Absichten auf mich.»

Cecilia behielt den Kopf gesenkt. «Nein? Und ich hatte den Eindruck, daß er ein großes Faible für dich bekundet.»

«Meine liebe Cecy, ohne allen Spott, ich bin überzeugt, daß es keineswegs Charlburys Herz ist, das er ständig auf den Lippen trägt. Es sollte mich nicht wundern, wenn er dereinst als Junggeselle stirbt.»

«Glaube ich nicht», sagte Cecilia und schnitt ihren Seidenfaden ab. «Und du wirst wohl auch nicht so enden, Sophy. Er wird sich um dich bewerben und – und ich hoffe, du wirst ihn annehmen, denn wenn ich nicht einen anderen liebte, könnte ich mir wohl keinen würdigeren Gentleman vorstellen als ihn.»

«Nun, wir wollen sehen.»

## XIV

Nachdem der Entschluss, eine Tragödie zu schreiben, von Mr. Fawnhopes Gedanken Besitz ergriffen hatte, schien ihn der näherliegende Plan, sich um eine einträgliche Beschäftigung zu bemühen, nicht mehr zu interessieren. Mehrmals präsentierte er sich am Berkeley Square, gänzlich fühllos für Mr. Rivenhalls kalte Ablehnung, zog die jüngst geschriebene Szene seines Dramas aus der Tasche und las sie Cecilia und Sophy vor; einmal tat er das sogar mit Lady Ombersley, die sich nachher bitter beklagte, sie hätte kein Wort davon verstanden. Anscheinend verbrachte er auch viele Nachmittage in Merton, aber wenn Sophy ihn fragte, wer sonst bei Sancia zu Gast gewesen sei, konnte er sich nicht erinnern. Nur Sir Vincent machte kein Geheimnis daraus, daß er sich oft in Merton zeigte. Sophy, die eine unumwundene Sprechweise liebte, sagte ihm rund heraus, daß sie bösen Argwohn gegen ihn hege, und er möchte sich doch, bitte, der Tatsache erinnern, daß Sancia mit Sir Horace verlobt wäre.

Sir Vincent lachte belustigt, kniff sie ins Kinn, das er einen Moment zu lange in der Hand hielt, und neigte sich nah zu ihrem Gesicht herab. «Wären Sie mir dafür dankbar, Sophy?» sagte er schelmisch. «Aber als ich mich in Ihre Zügel fügen wollte, hatten Sie keine Lust! Vernünftig sein, Juno! Wenn Sie mich zurückweisen, können Sie auch nicht erwarten, daß ich mich sonst von Ihnen gängeln lasse.»

Sie hob ihre Hand, um die seine fortzuschieben. «Sir Vincent», sagte sie, «Sie sollen sich nicht Sir Horaces als Deckmantel bedienen!»

«Warum nicht?» fragte er kühn. «Würde er nicht das gleiche tun, wenn ich in seiner Lage wäre? Sie sind so bezaubernd unschuldig, anbetungswürdige Juno!»

Da Mr. Rivenhall gerade in diesem ungelegenen Augenblick den Salon betrat, konnte Sophy nicht mehr sagen. Ganz und gar nicht in Verlegenheit geratend, gab Sir Vincent sie frei und wandte sich dem jungen Herrn des Hauses zu. Die Miene, mit der er begrüßt wurde, war höchst frostig; keine Ermutigung, den Besuch zu verlängern, war aus ihr zu lesen. Und kaum war er gegangen, sagte Mr. Rivenhall seiner Kusine vorbehaltlos, was er von ihrem Betragen hielt: sie ermutige einen notorischen Schürzenjäger zu Vertraulichkeiten. Sophy hörte ihm sehr aufmerksam zu, doch wenn er gehofft hatte, sie niederzuschmettern, so erfuhr er eine Enttäuschung, denn ihre einzige Antwort war: «Im Schelten bist du wirklich groß, Charles, da gehen dir wahrhaftig die Worte nicht aus! Hältst du mich für eine unverbesserliche Kokette?»

«Ja, das tue ich. Du ermutigst jeden Rotrock, dem du jemals irgendwo begegnet bist, hier ins Haus zu kommen! Du machst dich zum Gerede der ganzen Stadt, indem du schamlos Charlburys Aufmerksamkeiten annimmst, und selbst damit gibst du dich noch nicht zufrieden, sondern gestattest einem Burschen wie Talgarth, dich zu behandeln, als wärst du eine Kellnerin in einer Kneipe!»

Sie schlug groß die Augen auf. «Charles! Ist das dort üblich? Kneifst du dort Mädchen ins Kinn? Ich war noch nie so erstaunt! Ich hätte nie gedacht, daß du so etwas tätest!»

«Stell meine Geduld nicht zu sehr auf die Probe, Sophy», sagte er drohend. «Wenn du wüßtest, wie sehr es mir in den Händen juckt, dir ein paar Ohrfeigen zu geben, würdest du vorsichtiger sein.»

«Oh, das würdest du gewiß nie tun», sagte sie lächelnd. «Du weißt, daß Sir Horace es versäumt hat, mich im Boxen ausbilden zu lassen – es wäre also höchst unfair! Übrigens, liegt dir denn auch nur das Geringste daran, was ich tue? Ich bin doch nicht eine deiner Schwestern!»

«Gott sei Dank!»

«Ja, das muß man wohl sagen, denn du bist ein Scheusal von einem Bruder! Gib dich doch nicht so ledern! Sir Vincent ist ein schwerer Fall, gewiß, aber er würde mich nicht kränken, das kannst du mir glauben. Das wäre gegen seine Spielregeln, denn er kannte mich schon als ganz kleines Mädchen und ist ein Freund Sir Horaces. Übrigens ein höchst merkwürdiger Mensch! Bei Sancia gelten seine Spielregeln gewiß nicht, das möchte ich beschwören. Ich habe gehörig Angst, daß er da etwas anrichtet. Vielleicht sollte ich ihm doch vorschlagen, daß wir heiraten?»

«Was? Diesen Menschen? Nicht, solange du unter diesem Dach lebst!»

«Schön, aber ich muß mir doch sagen, daß ich es Sir Horace eigentlich schuldig bin», erklärte sie. «Zugegeben, es wäre ein Opfer, aber er hat mir Sancia sozusagen für die Dauer seiner Abwesenheit anvertraut, und ich sehe gar nicht recht, wie ich Sir Vincent davon ablenken soll, es wäre denn, ich heirate ihn selbst. Er wird Sir Horace die Gefühle Sancias stehlen – er ist darin so geschickt.»

«Du bist offenbar vollkommen von Sinnen! Du mutest mir doch nicht ernsthaft zu, deine Heirat mit diesem Menschen auch nur für möglich zu halten?»

«Ich finde dich wirklich schrecklich unvernünftig, Charles. Es ist noch keine Woche her, da hast du erklärt, je früher ich verheiratet und aus dem Hause wäre, desto besser; als ich aber dann sagte, ich würde vielleicht Charlbury heiraten, wurdest du wütend, und jetzt willst du von dem armen Sir Vincent auch nichts hören.»

Mr. Rivenhall würdigte diese Äußerung keiner Antwort. Er warf nur einen düsteren Blick auf seine Kusine und sagte: «Jetzt würde es mich höchstens noch verwundern, wenn ich hörte, daß Talgarth sich um dich beworben hat.»

«Diese Überraschung kann ich dir bereiten», antwortete sie, «er hat es unzählige Male getan. Es ist bei ihm geradezu zur Gewohnheit entartet. Aber ich weiß schon, was du meinst, und du hast sogar recht: er käme in arge Verlegenheit, wenn ich ihn einmal beim Wort nähme. Ich könnte mich allerdings verloben und die Verlobung dann wieder zurückziehen, sobald Sir Horace heimkommt, aber das wäre vielleicht doch nicht ganz damenhaft, was meinst du?»

«Er wäre äußerst unanständig.»

Sophy seufzte. «Ja, und er ist ja so schlau, er würde es sofort durchschauen. Anderseits könnte ich auch nach Merton übersiedeln, und das würde Sir Vincent die Sache verleiden. Nur Sancia wäre gar nicht entzückt, fürchte ich.»

«Das kann ich ihr nachfühlen.»

Sophy blickte ihn an. Unter ihren erschrockenen und erstaunten Augen traten große Tränen hervor und liefen ihr über die Wangen. Sie schluchzte nicht, schnüffelte nicht einmal; duldete nur, daß ihr die Tränen herabliefen.

«Sophy!» schrie Mr. Rivenhall entsetzt, tat einen Schritt auf sie zu, erstarrte wieder und sagte zusammenhanglos: «Bitte nicht! Ich hab es nicht so gemeint — es war bestimmt nicht meine Absicht — du weißt, wie ich mich manchmal fortreißen lasse! Ich sage Dinge, die ich gar nicht meine, wenn ich — Sophy, um Gottes willen, weine doch nicht!»

«Du sollst mich nicht daran hindern», bat Sophy. «Sir Horace sagt, daß es das einzige ist, was ich bis zur Vollkommenheit kann.»

Mr. Rivenhall starrte sie an.

«Was?»

«Nur ganz wenig Leute können es», versicherte Sophy. «Ich entdeckte es, als ich knapp sieben Jahre alt war. Sir Horace sagte schon damals, ich sollte es üben, es würde sich im Leben bewähren.»

«Du — du —», Mr. Rivenhall fand keine Worte. «Hör sofort auf!»

«Ich habe ja schon aufgehört», sagte Sophy und trocknete sich die Augen. «Ich kann gar nicht weiter, wenn ich nicht betrüblichen Gedanken nachhänge, zum Beispiel der Vorstellung, daß du unfreundlich zu mir sprichst oder —»

«Ich glaube nicht, daß du auch nur die geringste Neigung hattest, zu weinen. Du hast es nur getan, um mich in Verlegenheit zu setzen. Du bist die abscheulichste, schamloseste — Fang nicht schon wieder an!»

Sie lachte. «Nun ja, wenn ich so abscheulich bin, wäre es vielleicht doch das beste, ich zöge zu Sancia.»

«Merke dir etwas», sagte Mr. Rivenhall, «mein Onkel hat dich ausdrücklich unter die Obhut meiner Mutter gestellt, und in der bleibst du, bis er nach England zurückkehrt! Was deine unsinnigen Gedanken über die Marquesa betrifft, so bist du für nichts verantwortlich, was sie tut.»

«Wenn das Wohl der Personen in Frage steht, an die man mit dem Herzen gebunden ist, dann ist man eben verantwortlich», sagte Sophy schlicht. «Man sollte wenigstens versuchen, sich nützlich zu machen. Was ich in diesem Fall tun soll, weiß ich allerdings wirklich nicht. Wenn es wenigstens möglich gewesen wäre, daß Sancia in Sir Horaces Haus wohnte!»

«In Ashtead? Wozu sollte das gut sein?»

«Es ist nicht so nahe von London.»

«Auch nur sechzehn oder siebzehn Meilen, scheint mir.»

«Immerhin mehr als doppelt so weit wie Merton. Aber das nützt uns nichts, deswegen verdrießlich zu sein. Sir Horace meint, das Haus wäre in elendem Zustand und einfach unbewohnbar. Er will es erst wieder herrichten lassen, wenn er nach England zurückkommt. Hoffentlich ist es dann nicht zu spät.»

«Warum sollte es zu spät sein?» mißverstand Mr. Rivenhall sie absichtlich. «Lacy Manor steht doch nicht ganz leer. Hat mein Onkel nicht einige Dienstboten dort gelassen?»

«Nur die Claverings und einen Mann, der den Garten betreut. Aber das hatte ich doch nicht gemeint, wie du weißt.»

«Wenn du meinen Rat annimmst», sagte Mr. Rivenhall, «so wirst du dich nicht in die Angelegenheiten der Marquesa mischen!» Und kaustisch fügte er hinzu: «Oder in die irgend jemandes andern. Du brauchst übrigens nicht erst zu erwähnen, daß dir mein Rat nichts gilt, denn das weiß ich sowieso.»

Sophy legte die Hände in den Schoß und begann die Daumen zu drehen. Die Miene der Fügsamkeit, die sie annahm, war so absurd, daß sogar Mr. Rivenhall lächeln mußte.

Allmählich aber wurde dieses Lächeln seltener. Da Sophy noch nicht bei Hof vorgestellt war, wurde sie auch zum großen Fest des Regenten in Carlton House nicht eingeladen, aber sonst gab es kaum ein gesellschaftliches Ereignis, an dem sie nicht teilnahm. Mr. Rivenhall mußte seine Mutter und ihre beiden Schützlinge zu mancherlei Veranstaltungen begleiten. Aber da er bei diesen Gelegenheiten seine Schwester mit Mr. Fawnhope tanzen und seine Kusine hemmungslos mit Charlbury flirten sah, konnte es niemanden wundern, daß er schließlich erklärte, er werde aufatmen, wenn im Juli der ganze Haushalt nach Ombersley Court verlegt würde. Er verstieg sich sogar zu der Äußerung, es sei sein Wunsch, daß Sophy unter ihren verschiedenen Bewerbern wähle, damit das Haus eines Tages wieder frei von Gästen wäre. Miss Wraxton meinte hoffnungsvoll, Sir Horace werde vielleicht nicht mehr lange von England fernbleiben, aber der einzige Brief, der von diesem in der Welt herumschweifenden Gentleman kam, deutete keine Absicht an, Brasilien zu verlassen.

«Wenn sie noch im September in der Obhut der lieben Lady Ombersley sein sollte», sagte Miss Wraxton und blickte verschämt zu Boden, «dann wirst du sie wohl bitten müssen, Charles, eine meiner Brautjungfern zu werden. Das ist eine Höflichkeitspflicht.»

Er nickte, aber erst nach einer kurzen Überlegung. «Ich hoffe immer noch, daß mein Onkel bis dahin zurück ist. Gott allein weiß, was sie wieder aushecken wird, mir — oder uns — in Ombersley Verdruß zu bereiten. Etwas wird sie schon ausbrüten.»

Als es aber dann Juli wurde, war von Ombersley gar nicht die Rede. Mr. Rivenhall hatte ein altes Versprechen eingelöst und führte die drei jüngeren Schwestern zur Feier von Gertrudes Geburtstag in Astleys Amphitheater. Eine Woche nach dieser Vergnügung mußte Dr. Baillie ins Haus kommen, um Amabel ein Rezept zu verschreiben.

Gleich nach dem Theaterbesuch hatte sie Zeichen von gestörter Gesundheit gegeben, und obwohl der Arzt Mr. Rivenhall nachher versicherte, niemand könne sagen, wo sie sich das Fieber zugezogen, machte er sich doch die heftigsten Vorwürfe. Die Kleine war unbestreitbar ernstlich krank, sie litt ständig unter Kopfschmerzen, und nachts stieg das Fieber bedrohlich an. Das unheimliche Gespenst des Typhus tauchte auf, und auch Dr. Baillies Versicherung, Amabels Leiden wäre eine sehr milde Form, weder so ansteckend noch so gefährlich, beschwichtigte Lady Ombersleys Sorgen nicht. Miss Adderbury wurde mit Selina und Gertrude nach Ombersley geschickt; Hubert, der die ersten Wochen der langen Ferien bei Verwandten in Yorkshire verbrachte, wurde durch einen Eilbrief gewarnt, nach dem Berkeley Square zu kommen, bevor die Gefahr vorüber war. Lady Ombersley hätte auch Cecilia und Sophy aus dem Haus verbannt, wenn die Mädchen dazu zu bewegen gewesen wären, auf ihre Bitten zu hören. Aber Cecilia und Sophy blieben fest. Sophy erklärte, sie habe viel gefährlichere Fieber als dieses erlebt und nie irgendeine Ansteckung erfahren, von den Masern abgesehen; und Cecilia, herzlich der Mutter zugetan, versicherte, man würde sie jetzt nur mit Gewalt von ihrer Seite reißen. So blieb der armen Lady Ombersley nichts übrig, als sie in die Arme zu schließen und zu schluchzen. Ihre eigene Gesundheit war nicht kräftig genug, daß sie die Krankheiten ihrer Kinder mühelos hätte überstehen können. So gern sie auch Amabel eigenhändig gepflegt hätte, ertrug sie doch den Anblick der Leiden des Kindes nicht. Ihre Empfindsamkeit war stärker als ihre Entschlußkraft. Der bloße Anblick der hektisch geröteten Wangen Amabels machte sie zur Beute von Nervenkrämpfen, so daß Cecilia sie hinausführen und zu Bett bringen mußte. Und an Dr. Baillie erging die Bitte, nach ihr zu sehen, ehe er das Haus verließ. Lady Ombersley konnte nicht vergessen, daß die kleine Tochter, die nach Maria als nächste gekommen, unter ähnlichen Umständen gestorben war, und so gab sie von Anfang an alle Hoffnung auf, Amabel wieder gesund zu sehen.

Es war ein Mißgeschick, daß Mr. Rivenhall zu seiner Tante nach Yorkshire hatte reisen müssen, denn seine Nähe wirkte in kritischen Zeiten immer beruhigend auf seine Mutter; auch verlangte die fiebernde Amabel oft nach Charles. Da man hoffte, die Stimme eines Mannes werde auf sie beruhigend wirken, wurde ihr Vater in das Kinderzimmer geführt und versuchte unbeholfen, sie zur Vernunft zu bringen. Vor der Ansteckung hatte er nicht Angst, denn der Arzt hatte ihm versichert, daß Erwachsene kaum jemals von dieser Krankheit befallen würden; nun wirkte der Anblick seiner kranken kleinen Tochter betrüblich auf ihn, aber da er sonst seinen Kindern kaum Aufmerksamkeit geschenkt, vermochte er sie jetzt nicht zu beruhigen. Tatsächlich strömten seine Tränen so hemmungslos, daß er das Zimmer verlassen mußte.

Dr. Baillie betrachtete die alte Amme mit Mißtrauen, schüttelte den Kopf und bestellte Mrs. Pebworth nach dem Berkeley Square. Mrs. Pebworth war eine beleibte Frau, sie hatte wässerige Augen und trug eine riesengroße Haube; sie lächelte den beiden jungen Damen, die sie in Empfang nahmen, freundlich zu und bat sie mit gedämpfter Stimme, ganz unbesorgt zu sein: gewiß würde die liebe Kleine unter ihrer Aufsicht bald genesen. Schon zwölf Stunden nach ihrem Eintreffen war sie wieder aus dem Hause und warf dem Tor, das hinter ihr ins Schloß fiel, schmähende Worte zu; auf Befehl Miss Stanton-Lacys war sie von der energischen Jane Storridge hinausbefördert worden. Eine Pflegerin, so erklärte Sophy Dr. Baillie rund heraus, sei zu nichts nutz, wenn sie sich ununterbrochen aus einer Flasche stärkte und nachts am Kamin in einem Lehnstuhl schlummerte, während die Patientin ächzte und jammerte. Als Mr. Rivenhall auf die schlimmen Nachrichten hin in Berkeley Square eintraf, fand er seine Mutter von Nervenkrämpfen geschüttelt, der Vater war zu White oder Wattier geflüchtet, um Trost zu suchen, seine Schwester hatte sich für eine Stunde aufs Bett gelegt, und seine Kusine betreute das Krankenzimmer.

Wenn Wirrnis im Hause herrschte, vergaß Lady Ombersley Charles' minder angenehme Züge, und war geneigt, ihn für ihre einzige Stütze zu halten. So war ihre Freude, ihn eintreten zu sehen, nur von der Besorgnis aufgewogen, auch er könnte sich anstecken. Sie richtete sich auf dem Sofa auf, legte ihre Arme um seinen Hals und seufzte: «Gott sei Dank, daß du da bist! Es ist so schrecklich, ich weiß, ich werde sie verlieren, so wie ich die kleine Clara verloren habe.»

Ein Tränenstrom erstickte diese Rede, und einige Minuten wurden darauf verwandt, sie zu beruhigen. Als sie dann die Fassung wiedergewonnen, konnte er wenigstens nach Amabels Krankheit fragen. Ihre Antworten waren unzusammenhängend, aber er zog aus ihnen die Überzeugung, daß der Fall verzweifelt wäre und daß die Kleine die Krankheit sich wohl in Astleys Amphitheater zugezogen hatte. Er war so niedergeschmettert, daß er zunächst kein Wort hervorbrachte. Er erhob sich von dem Stuhl, den er ans Sofa gerückt hatte, und trat ans Fenster, um hinauszustarren. Seine Mutter trocknete sich die Augen und sagte: «Wenn ich nur nicht ein so jämmerlicher Schwächling wäre! Du kannst dir vorstellen, Charles, wie sehr es mich verlangt, am Bett meines Kindes zu weilen! Aber ihr bloßer Anblick, so gequält und fiebergerötet, bereitet mir Krämpfe, und wenn sie mich erkennt, so hilft es ihr auch nicht, sie wird nur noch unglücklicher! Jetzt erlaubt man mir kaum, das Krankenzimmer zu betreten.»

«Das ist auch nichts für dich», sagte er mechanisch. «Wer pflegt sie? Ist Addy hier?»

«Nein, Dr. Baillie hielt es für klüger, die anderen Kinder nach Ombersley zu schicken. Er hat uns eine gräßliche Frauensperson hergeschickt – ich selber habe sie nie gesehen, aber Cecilia sagte, es wäre eine betrunkene alte Hexe gewesen! –, und Sophy hat sie hinausgeworfen. Die alte Amme tut jetzt wieder Dienst, und du weißt, wie zuverlässig sie ist! Die Mädchen helfen ihr, und Dr. Baillie meint, daß ich in dieser Beziehung ganz beruhigt sein kann. Er sagt, daß unsere liebe Sophy eine wunderbare Pflegerin ist und daß die Krankheit ihren normalen Verlauf nimmt, aber ich kann nicht glauben, Charles, daß wir das Kind behalten!»

Er trat wieder an ihre Seite und tröstete sie mit mehr Geduld, als von seinem heftigen Temperament zu erwarten war. Als er sich endlich freimachen konnte, eilte er die Treppe hinauf, seine Schwester zu suchen. Sie war eben aufgestanden und trat gerade aus ihrem Zimmer. Sie sah blaß und abgespannt aus. Ihre Züge erhellten sich aber bei seinem Anblick, und sie sagte gedämpft: «Charles! Ich habe alle Hoffnung auf dein Kommen gesetzt! Bist du schon bei Mutter gewesen? Sie hat so sehr nach dir verlangt!»

«Ich komme gerade von ihr. Ach, Cilly, sie sagt mir, daß Amabel gleich nach diesem unseligen Besuch bei Astley zu fiebern begann.»

«Still! Komm in mein Zimmer! Amabel ist im blauen Fremdenzimmer, du darfst hier nicht so laut sprechen! Wir alle dachten das zuerst, aber Dr. Baillie hält nichts davon. Bedenke doch, daß die anderen beiden gesund blieben! Addy hat erst gestern wieder geschrieben.» Sacht zog sie die Tür ihres Schlafzimmers zu. «Ich kann nur eine Minute bleiben. Mama braucht mich so sehr.»

«Armes Ding, du siehst ja todmüde aus!»

«Ich bin es gar nicht. Ach, ich tue ja gar nichts. Manchmal bin ich ganz unglücklich, wenn ich so sehe, wie Sophy und ihre gute, freundliche Zofe die ganze Plage auf ihre Schultern genommen haben! Die Amme ist viel zu alt, um etwas tun zu können, und es bedrückt sie auch so sehr, wenn die arme kleine Amabel leidet. Wenn eine von uns nicht bei Mama ist, bekommt sie gleich ihre Krämpfe – du kennst das doch! Jetzt, da du hier bist, wirst du mich wenigstens da ablösen!» Sie lächelte und drückte ihm die Hand. «Wie froh ich bin, dich hier zu sehen! Auch Amabel wird sich freuen! Sie verlangt so oft nach dir und fragt, wo du denn bist. Wenn ich nicht gewußt hätte, daß du heimkommen wirst, hätte ich nach dir gesandt! Du fürchtest dich doch nicht vor der Ansteckung?» Er machte eine ungeduldige Gebärde. «Nein, das wußte ich, daß du nicht daran denkst. Sophy ist ausgegangen. Dr. Baillie besteht darauf, daß wir manchmal frische Luft schöpfen, und wir sind alle sehr folgsam. Nachmittags ist immer die Amme bei Amabel.»

«Darf ich zu ihr? Es wird sie doch nicht aufregen?»

«Nein, im Gegenteil, sie wird ruhiger werden. Wenn sie gerade wach ist und — bei Bewußtsein. Willst du jetzt zu ihr kommen? Du wirst sie allerdings schrecklich verändert finden, die arme Kleine!»

Sie führte ihn zum Krankenzimmer und trat geräuschlos ein. Amabel war sehr unruhig und fieberte, aber als sie ihren Lieblingsbruder erkannte, wurden ihre Augen heller, und ein schwaches Lächeln glitt über ihr gerötetes Gesichtchen. Sie streckte ihre Hand aus, er nahm sie und sprach zärtlich auf sie ein. Das schien ihr wohlzutun. Sie wollte ihn nicht fortlassen, aber auf einen Wink Cecilias löste er seine Hand aus der schwachen Umklammerung, versprach aber wiederzukommen, wenn Amabel brav sei und die Medizin nähme, die ihr die Amme gerade brachte.

Ihr Anblick hatte ihn erschüttert, und er vermochte Cecilias Versicherung kaum zu glauben, daß die Patientin, wenn das Fieber gesunken war, rasch ihr Gewicht wiedererlangen würde. Auch hatte er nicht den Eindruck, daß die alte Amme geeignet wäre, dem Krankenzimmer vorzustehen. Cecilia pflichtete ihm bei, tröstete ihn aber, daß ja Sophy das Kommando führe.

«Dr. Baillie sagt, daß niemand das besser verstünde, und du würdest gar nicht daran zweifeln, Charles, wenn du sähest, wie Amabel an ihr hängt! Sophy ist so energisch, so fest! Die gute Amme bringt die Kleine zu nichts, was sie nicht will, auch hat sie viel zu altmodische Anschauungen. Aber unsere Kusine, die setzt ihre Wünsche durch. Man könnte sie gar nicht von Amabel trennen. Die Kleine härmt sich, wenn Sophy länger dem Zimmer fernbleibt.»

«Wir sind Sophy sehr verpflichtet», sagte er, «aber richtig ist das nicht! Ganz von der Infektionsgefahr abgesehen, ist sie doch schließlich nicht als Krankenpflegerin zu uns gekommen.»

«Nein, das natürlich nicht, aber . . . weißt du . . . sie gehört jetzt so zu uns, daß man eigentlich gar nicht daran denkt!»

Er wurde schweigsam, und sie ging zu ihrer Mutter. Als er später Sophy gegenübertrat und ihr Vorhaltungen machen wollte, hieß sie ihn schweigen.

«Ich bin froh, daß du gekommen bist, lieber Charles, nichts konnte Amabel besser helfen. Auch deine arme Mama braucht dich. Wenn du aber Unsinn reden willst, werde ich dich tausend Meilen fortwünschen.»

«Du hast schließlich deine eigenen Angelegenheiten», beharrte er. «Ich habe ein gutes Dutzend Einladungen auf dem Kaminsims im Gelben Salon liegen sehen. Ich finde es nicht richtig, daß du wegen meiner kleinen Schwester auf alles verzichtest.»

Sie lachte ihn aus. «Nein wirklich! Wie entsetzlich, daß ich ein paar Bälle versäume! Werde ich das überleben? Und was für ein reizender Gedanke, mich von meiner Tante auf Bällen chaperonieren zu lassen, während im Haus alles drunter und drüber geht! So, laß mich jetzt solches Zeug nicht mehr hören, sondern versuche Tante aufzuheitern, statt dich selbst mit solchen Absurditäten zu quälen. Du weißt, wie nervös sie ist und wie alles sie gleich aufregt! Die Mühe, sie zu beruhigen, fällt ganz auf die arme Cecy, denn dein Papa ist, wenn ich das sagen darf, ohne dich zu verletzen, in einer solchen Lage ganz unbrauchbar.»

«Das weiß ich. Ich werde mein Bestes versuchen. Kann mir vorstellen, daß Cecilia es nicht leicht hat! Ich war entsetzt über ihr Aussehen.» Er zögerte, dann sagte er ein wenig steif: «Vielleicht wäre Miss Wraxton von Nutzen? Ich möchte ihr nicht ansinnen, Amabels Zimmer zu betreten, aber wenn sie gelegentlich bei meiner Mutter säße, wäre es vielleicht eine Ablenkung. Sie ist so geartet, daß –» Er gewahrte die Veränderung in der Miene seiner Kusine und sagte nicht ohne Bitterkeit: «Ich weiß, daß du Miss Wraxton nicht leiden kannst, aber auch du wirst einsehen, daß ihr ruhiger Verstand in einer solchen Lage von Nutzen sein kann.»

«Lieber Charles, schau mich nicht so an! Es wird schon so sein, wie du sagst. Versuche doch, ob sie hierherkommen will!»

Mehr äußerte sie darüber nicht, aber gar bald mußte Mr. Rivenhall feststellen, daß seine Verlobte zwar bezüglich der Heimsuchung seiner Familie aufrichtiges Mitgefühl hegte, aber darum doch keineswegs gesonnen war, sich den Gefahren einer Ansteckung auszusetzen. Sie tätschelte seine Hand und versicherte ihm, seine Mama habe ihr ausdrücklich verboten, das Haus zu betreten, bis alle Gefahr vorüber sei. Und das war tatsächlich der Fall: Lady Brinklow bestätigte es Mr. Rivenhall. Als sie erfuhr, daß er so unvorsichtig gewesen war, Amabel zu besuchen, war sie sichtlich alarmiert und bat ihn, es nicht wieder zu tun. Auch Miss Wraxton schloß sich dieser Meinung an. «Wirklich, Charles, es ist unvorsichtig! Und es hat ja keinen Sinn, daß du dich dieser Gefahr aussetzt! Männer sind im Krankenzimmer fehl am Platz.»

«Hast du Angst, daß auch ich krank werde und dich anstecke?» fragte er grob. «Entschuldige, ich hätte nicht hierherkommen sollen. Ich werde es nicht tun, solange Amabel krank ist.»

Lady Brinklow atmete sichtlich auf und rühmte diesen Entschluß Doch ging sie darin nach dem Geschmack ihrer Tochter zu weit, die Mr. Rivenhall versicherte, dies sei Unsinn und er werde stets in der Brook Street ein willkommener Besuch sein. Er dankte, zog sich aber gleich darauf zurück.

Seine Meinung über ihr Verhalten erfuhr auch keine Änderung, als er bei seiner Rückkehr Lord Charlbury bei seiner Mutter fand. Es erwies sich, daß er regelmäßig ins Haus kam, und welches seine Motive auch sein mochten, Mr. Rivenhall mußte seinen Gleichmut gegenüber der Ansteckungsgefahr anerkennen.

Ein anderer regelmäßiger Besucher war Mr. Fawnhope, aber da er ja nur kam, um Cecilia zu sehen, erlag Mister Rivenhall nicht der Versuchung, ihm diese Unerschrockenheit hoch anzurechnen. Doch sah Cecilia so abgemüdet und verängstigt aus, daß Mr. Rivenhall mit ungewohnter Zurückhaltung seine Zunge meisterte und nichts über die häufigen Besuche des Dichters äußerte.

Er ahnte ja nicht, daß Mr. Fawnhopes Besuche Cecilia nur recht wenig Vergnügen bereiteten. Dies war nun die zweite Woche von Amabels Krankheit, und daß es eine ernste Erkrankung war, stritt Dr. Baillie im Gespräch mit den Pflegerinnen nicht ab. Cecilia hatte schon unter normalen Umständen wenig Sinn für Liebesgetändel, und für das lyrische Drama interessierte sie sich nicht. Sie brachte Trauben ins Krankenzimmer und erklärte Sophy leise, Lord Charlbury habe sie für Amabel mitgebracht und er habe eigens darum nach seinem Landhaus gesandt. Man sagte, daß er eines der schönsten Treibhäuser im Lande besitze, sogar eines für Ananas, das die köstlichsten Früchte für Amabel liefern würde, sobald sie wieder Obst essen durfte.

«Wie aufmerksam!» sagte Sophy und stellte den Teller auf den Tisch. «Ich wußte gar nicht, daß Charlbury gekommen ist. Dachte, es wäre Augustus.»

«Sie waren beide hier. Augustus brachte mir ein Gedicht auf ein krankes Kind.»

Der Ton, in dem sie sprach, war nicht gerade vertraulich. Sophy bemerkte nur: «Du lieber Gott! Ich wollte sagen: wie reizend! War es hübsch?»

«Vermutlich. Ich mache mir nichts aus Gedichten über einen solchen Gegenstand», erwiderte Cecilia gelassen. Und da Sophy nichts äußerte, fügte sie nach einer kleinen Weile hinzu: «Es war mir zwar nicht möglich, Lord Charlburys Gefühle zu erwidern, aber ich bin nicht unempfindlich für seinen Zartsinn und für die außerordentliche Freundlichkeit, die er in dieser Lage gezeigt hat. Ich . . . ich wollte nur, du ließest es ihn entgelten, Sophy! Du bist hier oben und weißt darum nicht, wie viele Stunden er bei Mutter verbracht, geduldig mit ihr Karten gespielt hat, nur, davon bin ich überzeugt, um uns zu entlasten.»

Sophy konnte nicht umhin zu lächeln. «Zu meiner Entlastung ist es wohl nicht geschehen, Cecy, denn er weiß doch, daß die Sorge für meine Tante nicht auf mich fällt. Wenn hier ein Kompliment beabsichtigt ist, so gilt es gewiß dir.»

«Nein, es ist bestimmt nur Herzensgüte! Ich will nicht glauben, daß er noch andere Motive oder Hintergedanken hat.» Sie lächelte und fügte spöttisch hinzu: «Ich wollte, dein anderer Beau benähme sich nur halb so gut.»

«Bromford? Behaupte nur nicht, daß er sich auf hundert Schritt an dieses Haus herangewagt hat! Ich würde es bestimmt nicht glauben.»

«Gewiß nicht! Und von Charles weiß ich, daß er sogar ihm ausweicht. Charles spottet darüber, aber über Eugenias Benehmen sagt er gar nichts.»

«Das hieße wohl zuviel von ihm verlangen.»

Eine Bewegung der Patientin setzte diesem Gespräch ein Ende, auch wurde der Gegenstand später zwischen den Kusinen nicht mehr erwähnt. Amabels Krankheit, die jetzt in die Krise eintrat, verdrängte alle anderen Gedanken. Tagelang vermochten die Menschen, die der Patientin nahe waren, nichts anderes zu denken; die alte Amme, die hartnäckig ablehnte, an diese neumodischen Grillen der Ärzte zu glauben, versetzte Lady Ombersley in eine ihrer schwersten Nervenkrisen, indem sie ihr anvertraute, sie hätte die Krankheit vom ersten Augenblick an als Typhus erkannt. Es bedurfte aller Anstrengungen des Sohnes, der Tochter und des Arztes, um Lady Ombersley wieder davon abzubringen; Seine Lordschaft suchte Trost auf dem einzigen Weg, der ihm offenstand, mußte aber aus dem Klub heimgebracht werden und erlitt einen so schweren Gichtanfall, daß er tagelang sein Zimmer nicht verlassen konnte.

Doch Amabel überstand die Krankheit. Das Fieber sank; und obwohl sie erschöpft und abgemagert war, konnte Dr. Baillie der Mutter versichern, daß, wofern kein Rückfall eintrat, begründete Hoffnung auf volle Gesundung bestand. Er rühmte Sophys Verdienst, und Lady Ombersley erklärte unter Tränen, sie erschauere bei dem Gedanken, was man in dieser Lage ohne die Hilfe ihrer Nichte angefangen hätte.

«Nun, sie ist eine sehr tüchtige junge Dame, und auch Miss Rivenhall verdient alles Lob. Solange die beiden bei Miss Amabel sind, dürfen Sie unbesorgt sein.»

Mr. Fawnhope, der fünf Minuten später auftauchte, empfing als erster die frohe Botschaft und wurde auf der Stelle eines Gedichts auf Amabels Gesundung entbunden. Lady Ombersley fand es rührend und bat sich eine Abschrift aus; da aber darin mehr von Cecilia, die über das Krankenbett gebeugt stand, als von Amabel die Rede war, verfehlte das Gedicht seine Wirkung auf die Person, der es eigentlich galt. Mit viel mehr Dank nahm Cecilia ein wundervolles Blumenbukett entgegen, das Lord Charlbury ihrer kleinen Schwester sandte. Sie empfing ihn nur, um ihm zu danken. Er drängte sie auch nicht, länger in seiner Gesellschaft zu weilen, sondern sagte bloß, als sie sich sofort wieder entschuldigte: «Ich verstehe das nur zu gut. Ich hatte nicht einmal gehofft, daß mir eine Minute Ihrer Zeit gewährt würde. Das sah Ihnen wieder ähnlich, eigens die Treppe herunterzukommen! Hoffentlich habe ich Sie nicht in Ihrer schwerverdienten Ruhe gestört.»

«Durchaus nicht», sagte sie, fast außerstande, ihre Stimme zu meistern. «Ich saß gerade bei meiner Schwester, und als die Blumen heraufgebracht wurden, konnte ich einfach nicht anders, ich mußte hinunterlaufen und Ihnen sagen, wie sehr die Blumen das Kind gefreut haben. Verzeihen Sie, ich darf jetzt nicht länger bleiben.»

Man hatte gehofft, daß die stetige Obsorge der Schwester und Kusine weniger notwendig sein würde, wenn die Kranke sich zu erholen begann, aber bald stellte sich heraus, daß das Kind zu schwach war, um Geduld zu üben, und daß es zu quengeln begann, wenn man es zu lange mit der Amme oder mit Jane Storridge allein ließ. Als Mr. Rivenhall einmal kurz nach Mitternacht leise das Krankenzimmer betrat, fand er zu seinem Schrecken nicht die Amme, sondern Sophy neben dem Feuer sitzend, das im Kamin brannte. Sie nähte im Schein einiger Kerzen, blickte aber auf, als die Tür geöffnet wurde, und legte lächelnd den Finger an die Lippen. Ein Schirm war so aufgestellt, daß das Kerzenlicht nicht auf das Bett fiel, und so konnte Mr. Rivenhall seine Schwester kaum ausnehmen. Sie schien zu schlafen. Sacht schloß er die Tür, trat an den Kamin und flüsterte: «Hat man mir nicht gesagt, daß die Amme die Nachtwache hält? Das ist doch keine Aufgabe für dich, Sophy!»

Sie warf einen Blick nach der Uhr auf dem Kaminsims und begann ihre Arbeit zusammenzulegen. Mit einer Kopfbewegung nach der angelehnten Tür zum Wohnzimmer flüsterte sie: «Die Amme hat sich drinnen auf das Sofa gelegt. Das arme Ding, sie ist am Ende ihrer Kräfte! Amabel ist heute nacht sehr unruhig – sie war es schon den ganzen Tag über. Nicht gleich erschrecken! Es ist ein gutes Zeichen, wenn ein Patient launisch zu werden beginnt und schwer zu behandeln ist. Und die Kleine hat sich so sehr daran gewöhnt, bei der Amme ihren Willen durchzusetzen, daß sie sich schon gar nicht mehr von ihr lenken läßt. Setz dich. Ich wärme Milch, und wenn du magst, kannst du Amabel zureden, sie zu trinken, sobald sie aufwacht.»

«Du mußt ja todmüde sein», sagte er.

«Durchaus nicht, ich habe ja den ganzen Nachmittag geschlafen», erwiderte sie und setzte einen kleinen Topf auf den vorspringenden Kamineinsatz. «Ich bin wie Wellington, ich kann immer schlafen! Cecy kann den ganzen Tag über nicht einen Moment lang ein Auge zutun, so haben wir abgemacht, daß sie gar nicht versuchen soll, auch noch Nachtwachen zu halten.»

«Du meinst: du hast das so mit ihr abgemacht.»

Lächelnd schüttelte sie den Kopf. Er sagte nichts, ließ sie aber nicht aus den Augen, während sie neben dem Feuer kniete und die Milch beobachtete, die auf dem Kamineinsatz warm wurde. Nach ein paar

Minuten begann Amabel sich zu rühren. Der schwache, klagende Ruf «Sophy!» war noch kaum zu vernehmen, da war Sophy schon aufgestanden und ans Bett geeilt. Amabel war heiß, sie hatte Durst, fühlte sich unbehaglich und wollte nicht glauben, daß irgend etwas ihr guttun könne. Wenn sie sich aufrichten sollte, damit die Kissen zurechtgeschüttelt und umgedreht wurden, begann sie zu weinen; erst wollte sie, daß Sophy ihr die Stirn benetze, aber dann kam ihr das Lavendelwasser in die Augen und tat weh.

«Still, das wird deinen Besuch gar nicht freuen, wenn du weinst», sagte Sophy und strich ihr die Locken glatt. «Weißt du denn nicht, daß du Herrenbesuch hast?»

«Charles?» fragte Amabel und vergaß im Augenblick alle ihre Schmerzen.

«Ja, Charles, und darum mußt du es schon dulden, daß ich dich ein bißchen zurechtmache und das Bett in Ordnung bringe. So, Charles, jetzt ist Miss Rivenhall bereit, dich zu empfangen!»

Sie schob den Wandschirm beiseite, daß das Kerzenlicht voll auf das Bett fiel, und nickte Charles zu. Er setzte sich ans Bett, überließ seine Hand der Kleinen und sprach ihr begütigend zu; sein Geplauder vermochte sie abzulenken, bis Sophy mit der Tasse Milch kam. Der bloße Anblick machte sie wieder mürrisch. Sie wollte nicht trinken, ihr würde übel werden von der Milch – warum ließ Sophy sie nicht in Frieden?

«Du bist hoffentlich nicht so unfreundlich, die Milch zurückzuweisen, wenn ich doch eigens gekommen bin, dir die Tasse zu halten», sagte Charles und nahm die Tasse aus der Hand der Kusine. «Und schau nur, eine Schale mit Rosen darauf! Wo hast du denn die her? Die kenne ich ja noch gar nicht!»

«Cecilia hat sie mir geschenkt, ganz für mich allein. Aber Milch mag ich keine. Es ist mitten in der Nacht, da muß man nicht Milch trinken.»

«Hoffentlich hat Charles deine echten Rosen bewundert», sagte Sophy und setzte sich so ans Bett, daß Amabel sich an sie lehnen konnte. «Wir sind so eifersüchtig, Cecy und ich! Amabel hat einen Verehrer – wir sind ganz in den Schatten gestellt! Sieh nur das Bukett, das er ihr gebracht hat!»

«Charlbury?» fragte er lächelnd.

«Ja, aber ich mag deinen Strauß am liebsten.»

«Natürlich tust du das», sagte Sophy. «Darum mußt du auch den Schluck Milch trinken, den er dir anbietet. Damit du es gleich weißt, die Gefühle eines Gentleman sind sehr leicht verletzt, und das dürfen wir nie riskieren.»

«Stimmt», bestätigte Charles, «ich werde glauben, daß dir Charlbury lieber ist als ich, und da werde ich sehr traurig sein.»

Darüber mußte sie lachen, und so, zwischen Unsinn und Gespött, wurde sie schließlich bewogen, fast die ganze Tasse leerzutrinken. Dann mußte sie sich wieder zurücklegen, aber Charles und Sophy sollten unbedingt bei ihr bleiben.

«Ja, aber schwatzen darfst du nicht mehr», erklärte Sophy. «Ich erzähle dir wieder eines von meinen Abenteuern, und wenn du mich unterbrichst, verliere ich den Faden.»

«O ja, erzähle mir, wie du damals in den Pyrenäen den Weg verloren hast», bat Amabel schon schlaftrunken.

Sophy tat es, senkte aber die Stimme, als die Lider des kleinen Mädchens schwer wurden. Mr. Rivenhall saß schweigend am Bett und beobachtete seine Schwester. Nun verriet Amabels tieferer Atem bereits, daß sie eingeschlummert war. Sophys Stimme erlosch; sie blickte auf und begegnete Mr. Rivenhalls Augen. Er sah sie an, als ob ihm plötzlich ein ganz neuer, verblüffender Gedanke gekommen wäre. Ein wenig fragend erwiderte sie diesen Blick. Er stand unvermittelt auf, streckte seine Hand aus, ließ sie wieder fallen, machte kehrt und verließ rasch das Zimmer.

# XV

AM NÄCHSTEN TAG begegnete Sophy ihrem Cousin nicht. Seinen Besuch bei Amabel richtete er so ein, daß er zu einer Stunde kam, da Sophy ausruhte; zum Dinner kam er nicht nach Hause. Lady Ombersley fürchtete, es wäre ihm etwas in die Quere gekommen, denn sein Betragen war zwar von unerschütterlicher Geduld, auch zeigte er sich um ihr Befinden in Sorge, doch war seine Stirn umwölkt und auf viele Bemerkungen antwortete er nur flüchtig. Allerdings nahm er es auf sich, ein Spielchen Cribbage mit ihr zu spielen; und als dieses Spiel durch den Eintritt Mister Fawnhopes unterbrochen wurde, der Lady Ombersley eine Abschrift seines Gedichtes, für Cecilia aber ein Bukett Moosrosen überbrachte, war er genügend Herr seiner selbst, den Gast nicht mit Begeisterung, aber immerhin höflich zu begrüßen.

Mr. Fawnhope hatte am Vortag dreißig Verse seiner Tragödie zu Papier gebracht, mit denen er nicht unzufrieden war, und so befand er sich in guter Stimmung, war weder in Gedanken auf der Jagd nach einem treffsicheren, schmückenden Beiwort, noch brütete er über einem Vers, der nicht gelingen wollte. Er sprach ganz vernünftig, und als das Thema des Befindens der Patientin erschöpft war, äußerte er sich über verschiedene Gegenstände ganz wie ein vernünftiger Mensch; Mr. Rivenhall wandte ihm beinahe seine Sympathie zu und floh erst, als Lady Ombersley den Dichter aufforderte, seine Verse zu Amabels Errettung zum Vortrag zu bringen. Sogar diese schlimme Prüfung dämpfte die freundlicheren Gefühle nicht, die er jetzt für Mr. Fawnhope hegte; die häufigen Besuche brachten ihm eine bessere Meinung von dem Poeten bei, als dieser sie in Wirklichkeit verdiente. Cecilia hätte ihm sagen können, daß Mr. Fawnhopes Furchtlosigkeit mehr seiner sublimen Ahnungslosigkeit hinsichtlich der Gefahren einer Ansteckung als seinem bewußten Heldenmut entsprang; da es aber nicht ihre Gepflogenheit war, Mr. Fawnhope mit ihrem Bruder zu erörtern, blieb dieser in seiner wohltuenden Unkenntnis; er selbst war viel zu sehr ein praktischer Mensch, um sich von der Dichte des Schleiers eine Vorstellung zu machen, in den sich ein Poet zuweilen hüllen mochte.

Niemals besuchte er jetzt das Krankenzimmer, wenn er seine Kusine dort treffen konnte, und begegnete er ihr bei Tisch, so war sein Benehmen fast brüsk. Cecilia wußte, wie sehr er sich Sophy zu Dank verpflichtet fühlte, war darüber verwundert und drang in die Kusine, ihr zu sagen, ob sie sich wieder verzankt hätten. Doch Sophy schüttelte nur den Kopf und zeigte eine undurchdringliche Miene.

Amabels Befinden besserte sich, wenn auch nur langsam und mit vielen Rückfällen und all den vernunftwidrigen Umwegen, die zu einer Rekonvaleszenz gehören. Zwölf Stunden lang war sie mit nichts zu befriedigen und verlangte nur danach, daß Jacko ins Krankenzimmer gebracht wurde. Lediglich Sophys energische Einwendungen hinderten Mr. Rivenhall, einen Eilboten nach Ombersley zu senden und den unentbehrlichen Affen herbeizuholen – so sehr war er darauf aus, nichts zu unterlassen, was die Stimmung seiner Schwester verbessern konnte. Doch Tina, die bisher zu ihrem Mißbehagen nicht die Erlaubnis gehabt hatte, ihrer Herrin ins Krankenzimmer zu folgen, erwies sich als vollgültiger Ersatz für Jacko und war ihrerseits höchst zufrieden, sich unter Amabels schmeichelnder Hand auf einem Kissen ausstrecken zu dürfen.

Als die vierte Woche dieser Krankheit anbrach, begann Dr. Baillie davon zu sprechen, daß es ganz angemessen wäre, die Patientin aufs Land zu bringen. Doch hier stieß er auf einen unerwarteten und harten Widerstand von seiten Lady Ombersleys. Der Arzt hatte einmal die Möglichkeit eines Rückfalls erörtert, und dieser Gedanke hatte sich der Lady so sehr bemächtigt, daß sie um keinen Preis erlauben wollte, Amabel ihrer kundigen Fürsorge zu entziehen. Es sei ganz unvernünftig, Amabel in den Kreis ihrer Schwestern und ihres lärmenden Bruders zu bringen, der nun bald zu den Sommerferien nach Ombersley kommen würde. Die Kleine war noch überempfindlich, jeder Anstrengung abgeneigt und zuckte bei jedem plötzlichen Geräusch zusammen; da war sie in London unter den Augen des Arztes und in der Obhut ihrer Mama besser aufgehoben. Nun, da alle Gefahr vorüber war, kam Lady Ombersleys mütterlicher Instinkt wieder voll zur Geltung. Sie und nur sie allein könne verantwortungsbewußt die Genesung ihrer Tochter überwachen. Tatsächlich gefiel es Amabel in ihrer augenblicklichen Verfassung ganz gut, in Mamas Salon auf dem Sofa zu liegen oder gelegentlich in Mamas Landauer auszufahren; und nachdem dieser Beschluß gefaßt worden war, stritten auch Cecilia und Sophy jegliche Neigung ab, London zu verlassen und aufs Land zu fahren.

Die Stadt war fast menschenleer, doch war das Wetter nicht zu schwül, daß man die Straßen unerträglich gefunden hätte. Es gab häufig Regenschauer, und selbst die modischsten jungen Damen wagten sich kaum ohne Schal oder Umhang auf die Straße.

Aber nicht nur die Ombersleys blieben in diesem August in London. Lord Charlbury hauste in der Mount Street, Mr. Fawnhope bei St. James; Lord Bromford zeigte sich gegen alle Vorstellungen seiner Mutter taub und weigerte sich, nach Kent zu fahren; auch die Brinklows fanden treffliche Vorwände, in der Brook Street zu bleiben. Seit keine Ansteckungsgefahr mehr bestand, tauchte Miss Wraxton auf dem Berkeley Square auf, huldvoll zu jedermann, geradezu einschmeichelnd gegen Lady Ombersley und Amabel und voll von Plänen für ihre Hochzeit. Mister Rivenhall hatte dringende Geschäfte auf dem Gut zu erledigen; und wenn Miss Wraxton sich zu der Auffassung durchrang, seine häufige Abwesenheit von der Stadt wäre auf seinen Wunsch zurückzuführen, das Haus für ihren Empfang bereitzumachen, stand ihr das durchaus frei.

Cecilia war weniger robust als ihre Kusine und erholte sich nicht so schnell von den Aufregungen und Anstrengungen ihrer vierwöchigen Haft. Sie war abgemüdet und hatte ein wenig von ihrer blühenden Frische verloren. Auch neigte sie zu Schweigsamkeit, ein Umstand, der dem beobachtenden Blick ihres Bruders nicht entging. Er stellte ihr das vor, und als sie ausweichend antwortete und das Zimmer verlassen wollte, hielt er sie zurück: «Geh nicht, Cilly!»

Fragend sah sie ihn an. Nach einem kurzen Schweigen sagte er unvermittelt: «Bist du unglücklich?»

Röte stieg ihr in die Wangen, und Cecilia konnte nicht verhindern, daß ihre Lippen zitterten. Mit einer abwehrenden Gebärde wandte sie sich ab, denn es war ihr unmöglich, ihm von der Verwirrung ihres Herzens zu sprechen.

Zu ihrer Überraschung nahm er ihre Hand, drückte sie und sagte unbeholfen, aber mit sanftem Ton: «Bestimmt habe ich nie gewollt, daß du unglücklich wirst. Ich habe eben nicht gedacht . . . du bist ein so gutes Mädchen, Cilly . . . und wenn dein Poet sich herbeilassen will, eine respektable Beschäftigung auszuüben, muß ich meinen Widerstand wohl aufgeben . . .»

In ihrer Verwunderung stand sie regungslos da, ließ aber ihre Hand in der seinen, bis er sie selbst freigab und sich abwandte, als weiche er ihrem staunenden Blick aus.

«Du hast mich für grausam, für gefühllos gehalten! Ohne Zweifel mußte ich so erscheinen, aber ich habe immer nur dein Glück gewollt. Ich bin nicht von deiner Wahl beglückt, aber wenn dein Entschluß feststeht, dann sei Gott davor, daß meine Hand dich von dem Menschen trenne, den du aufrichtig liebst, oder gar, daß ich dich zu einer Ehe dränge, die du nicht wünschst.»

«Charles», murmelte sie.

Er wich ihrem Blick aus, als er sagte: «Ich bin zu der Einsicht gekommen, daß eine solche ungewollte Verbindung nur zu tiefstem Elend führen kann. Wenigstens du sollst nicht lebenslänglichem Bedauern überantwortet sein! Ich werde mit Vater sprechen. Du warst ärgerlich darüber, daß ich Einfluß auf meinen Vater habe. Diesmal wird dieser Einfluß wenigstens nicht zu deinen Ungunsten geltend gemacht werden.»

In jedem anderen Augenblick hätten solche Worte sie veranlassen müssen, das Unausgesprochene darin zu erraten, aber jetzt war sie so betreten, daß sie keiner Regung fähig schien. Sie brachte kein Wort hervor und konnte nur mit Mühe die Tränen unterdrücken. Mit einem Lächeln sagte er: «Für welch ein Ungeheuer mußt du mich gehalten haben, daß du jetzt gar kein Wort sprechen kannst, Cilly! Schau mich doch nicht so ungläubig an! Heirate nur deinen Poeten — du bekommst ihn, mein Wort darauf!»

Mechanisch hob sie ihre Hand, brachte ein «Danke» hervor und flüchtete aus dem Zimmer, unfähig, ihrer Gefühle Herr zu werden.

Sie suchte Zuflucht in ihrem Schlafzimmer, und ihre Gedanken waren so durcheinandergeraten, daß es geraume Zeit dauerte, bis sie sich zurechtfand.

Noch nie war ein Einspruch in einem so ungünstigen Moment zurückgezogen worden; noch nie war ein Sieg so schal und bedeutungslos erschienen! Fast unmerklich waren ihre Gefühle in den vergangenen Wochen einer Wandlung unterlegen. Jetzt, da ihr Bruder ihr erlaubte, den Mann ihrer Wahl zu heiraten, war sie sich darüber im klaren, daß ihr Gefühl für Augustus nur die flüchtige Laune gewesen war, für die Charles es immer gehalten hatte. Sein Widerstand hatte sie darin bestärkt, hatte sie sogar zu dem verhängnisvollen Fehler getrieben, fast öffentlich ihren Entschluß zu erklären, sie wolle Augustus heiraten oder keinen. Lord Charlbury, der Augustus in allem so unendlich überlegen war, hatte sich mit ihrer Zurückweisung abgefunden und seine Aufmerksamkeit auf ein anderes Ziel gerichtet; nun mußte sie eine noch so uneingestandene Hoffnung, seine Gefühle könnten sich ihr wieder zuwenden, begraben. Charles zu gestehen, daß er von Anfang an recht gehabt, sie jammervoll geirrt hatte, war unmöglich. Sie war zu weit gegangen. Jetzt blieb ihr nichts übrig, als sich in ein Schicksal zu fügen, das sie sich selbst bereitet hatte; aus purem Stolz mußte sie der Welt ein lächelndes Gesicht zeigen.

Und so zeigte sie es zuerst Sophy und bat die Kusine entschlossen, sie zu beglückwünschen. Sophy stand wie vom Blitz getroffen. «Du lieber Gott», rief sie erschrocken, «Charles will diese Heirat betreiben?»

«Er möchte nicht, daß ich unglücklich werde. Nie hat er das gewünscht. Seit er überzeugt ist, daß ich es ernst meine, stellt er mir keine Hindernisse in den Weg. Weißt du, er war sogar so lieb, zu versprechen, mit Papa darüber zu reden! Das muß die Entscheidung sein, denn Papa tut ja immer, was Charles will.» Sie fühlte, daß der Blick ihrer Kusine auf ihr ruhte, und fuhr hastig fort: «Noch nie habe ich Charles so freundlich gesehen! Und er hat von dem Elend gesprochen, gegen sein Gefühl zu einer Ehe gezwungen zu werden. Wenigstens ich, sagte er, sollte nicht ein Leben lang einen solchen Entschluß zu bedauern haben. Ach, Sophy, wäre es möglich, daß er sich nichts mehr aus Eugenia macht? Der Verdacht drängt sich einem doch geradezu auf!»

«Daß Gott erbarm', er hat sich nie etwas aus ihr gemacht», erwiderte Sophy zornig. «Und wenn ihm das erst jetzt klargeworden ist, dann ist das schließlich noch kein Grund, um . . .», sie unterbrach sich, streifte Cecilia mit einem raschen Blick und erriet weit mehr, als ihrer Kusine angenehm sein konnte. «Nun, heute geschehen Wunder», sagte sie. «Natürlich beglückwünsche ich dich, liebste Cecy. Wann wird deine Verlobung bekanntgegeben?»

«Ach, nicht bevor Augustus eine . . . eine respektable Beschäftigung gefunden hat. Aber das wird gewiß nicht lange dauern! Oder seine Tragödie hat Erfolg . . .»

Ohne Wimpernzucken fügte Sophy sich in diese Möglichkeit und lauschte mit Interesse den Zukunftsplänen Cecilias. Daß diese Phantasien nicht frei von einem melancholischen Unterton waren, überhörte sie, ohne darauf einzugehen, und wiederholte ihre Glückwünsche. Doch während sie diese trügerischen Reden führte, arbeitete ihr Gehirn angestrengt. Ihr war vollkommen klar, in welche verhängnisvolle Lage Cecilia da geraten war, aber sie dachte nicht daran, sich in Klagen zu ergehen. Hier tat Drastischeres not, denn von keinem jungen Mädchen, das eine Verlobung gegen den Widerstand seiner Verwandten durchgesetzt, konnte erwartet werden, daß es diese Verlobung in dem Augenblick löste, da die erkämpfte Einwilligung gegeben wurde. Gern hätte Sophy Mr. Rivenhall ein paar hinter die Ohren gegeben. Daß er den Dickschädel gespielt, als sein Widerstand die Schwester nur in ihre Halsstarrigkeit hineintreiben konnte, war schlimm genug; diesen Widerstand aber gerade in dem Augenblick aufzugeben, da Charlbury auf bestem Wege war, den Poeten aus ihrem Herzen zu verdrängen, das war so widersinnig, daß Sophy alle Geduld verlor. Dank Alfred Wraxtons Schwatzhaftigkeit war das geheime Verlöbnis Cecilias mit

Mr. Fawnhope zu aller Ohren gekommen. Wenn Mr. Rivenhall jetzt auf diese Ehe einging, stand nicht zu hoffen, daß die Verlobung lang hinausgezögert wurde; war sie einmal in der Gazette zu lesen, so würde nichts Cecilia dazu bringen, allen Regeln der Konvention hohnzusprechen und dem Verlobten öffentlich den Abschied zu geben. Es war sogar zweifelhaft, ob man sie noch vor der Veröffentlichung dazu bringen konnte, sich freizumachen, denn mutmaßlich würde sie sich mehr an Mr. Fawnhopes Gefühle gebunden halten, als es die wendigere Kusine getan hätte; und ihr Zartsinn würde ihr verbieten, jemandem schweren Kummer zu bereiten, der ihr ein getreuer Anbeter gewesen.

Mr. Rivenhalls verblüffende Sinnesänderung erschien Sophy vielleicht nicht so unerklärlich wie seiner Schwester; aber obwohl die Gefühle, die dazu geführt hatten, ihr gefielen, gab sie sich nicht der Selbsttäuschung hin, er dächte an einen offenen Bruch mit Miss Wraxton. Derlei war nicht von ihm zu erwarten. Er war vielleicht gleichgültig gegen äußeren Schein, aber ein Mann seiner Erziehung konnte keinen derartigen Affront gegen eine Lady wagen. Auch durfte Sophy nicht hoffen, daß Miss Wraxton, der dieser Stimmungswechsel nicht entgangen sein konnte, aus freien Stücken von einer Verbindung zurücktreten würde, die beiden Partnern so wenig Glückschancen bot. Miss Wraxton sprach ja nur mehr von der bevorstehenden Hochzeit, und selbst die Ehe mit einem Mann, dessen Ansichten sie nicht teilte, mußte ihr lieber sein als ein Leben als alte Jungfer.

So vergrub Sophy das Kinn in ihre Hände und überlegte, von einer Situation nicht eingeschüchtert, die wohl eine skrupellosere Frau aus der Fassung gebracht hätte. Wer Sophy kannte, mochte nun in Angst geraten, denn wenn sie einmal einen Entschluß faßte, würde kein Gedanke an gesellschaftliche Korrektheit sie zurückhalten, Pläne zu schmieden, die dann gewiß so ärgerniserregend wie originell waren.

«Die Überraschung ist die Seele des Angriffs.»

Diese Maxime, die einmal ein General in ihrer Gegenwart geäußert, kam ihr in den Sinn. Sie legte sie prüfend auf die Waagschale und fand sie gut. Nur eine Überraschung würde Charles oder Cecilia aus den Gleisen der Konvention bringen; nun, so sollten sie Überraschungen erleben, soviel sie nur ertrugen!

Das unmittelbare Ergebnis dieser Erwägungen war ein Gespräch mit Lord Ombersley, der bei seiner Rückkehr von den Rennen überrumpelt wurde. Seine Lordschaft witterte, als man ihn mit so viel Energie in sein Allerheiligstes führte, Gefahr und beeilte sich, seiner Nichte zu erklären, daß er in äußerster Hast sei und eine Verabredung zum Dinner pünktlich einhalten müsse.

«Vergiß das jetzt», sagte Sophy. «Hast du Charles heute schon gesehen?»

«Natürlich hab ich das», antwortete Seine Lordschaft gereizt. «Heute morgen.»

«Und seither noch nicht? Er hat dir nicht von Cecilias Angelegenheiten gesprochen?»

«Nein, das hat er nicht. Und ich will dir gleich eines sagen, Sophy: ich will von Cecilias Angelegenheiten nichts mehr hören! Mein Entschluß ist gefaßt! Ich lasse sie einfach diesen Verseschmied nicht heiraten!»

«Dabei sollst du bleiben», sagte Sophy und drückte ihm warm die Hand. «Charles will dir nämlich raten, deine Einwilligung zu dieser Verlobung zu geben, und das sollst du nicht.»

«Was? Das siehst du aber ganz falsch, Sophy! Charles will nichts davon wissen, und wenn er einmal im Leben recht hat, so jetzt. Was ist der kleinen Närrin denn in den Sinn gekommen, einen Mann zurückzuweisen, wie man keinen besseren findet — also ich war außer mir! Schlägt sie Charlbury mit seinem ganzen Vermögen in den Wind —»

Seine Nichte lotste ihn energisch zum Sofa und zwang ihn, sich zu ihr zu setzen. «Lieber Onkel Bernard, wenn du nur genau tust, was ich dir rate, so heiratet sie Charlbury! Nur mußt du mir heilig versprechen, daß Charles dich nicht wieder von deinem Entschluß abbringt.»

«Aber, Sophy, ich sage dir doch —»

«Charles hat Cecilia erklärt, daß er ihr seine Einwilligung nicht länger vorenthalten will.»

«Ist er denn auch nicht mehr bei Trost? Das kann nur ein Irrtum sein, Mädchen!»

«Durchaus nicht. Es ist das Dümmste, was mir je vorgekommen ist, und es wird alles verpfuschen, wenn du jetzt nicht fest bleibst. Kümmere dich nicht darum, lieber Onkel, was Charles zu dieser Idee gebracht hat! Verlaß dich auf mich! Wenn Charles davon spricht, lehne es einfach ab, auf diese Heirat Cecys einzugehen. Es wäre sogar taktisch richtig, wenn du erklärtest, daß du bei deinem Plan beharrst und sie mit Charlbury verheiraten willst.»

«Das wird viel nützen, nachdem Charlbury zurückgetreten ist . . .»

«Das spielt überhaupt keine Rolle. Charlbury brennt darauf, Cecilia zu heiraten, und wenn dir das recht ist, magst du es ihr auch sagen. Sie wird behaupten, daß sie ihren faden Augustus heiraten will, weil sie sich durch ein Wort gebunden fühlt. Schlage Krach, soviel du nur willst — mindestens ebensoviel wie damals, als du zum erstenmal davon hörtest. Hauptsache ist, daß du bei deinem Nein bleibst! Das übrige besorge ich.»

Er betrachtete sie argwöhnisch. «Nun, Sophy, da stimmt etwas nicht! Du warst es doch, die mitgeholfen hat, sie dem verdammten Verseschreiber in die Tasche zu stecken, Charles hat mir das selber gesagt.»

«Stimmt, und die Resultate sehen wir jetzt! Jetzt will sie ihn gar nicht mehr wirklich heiraten und hat begriffen, wie sehr Charlbury ihm überlegen ist. Hätte Charles sich jetzt nicht eingemischt, so wäre alles nach Wunsch gegangen.»

«Also ich begreife kein Wort von alldem», seufzte Seine Lordschaft.

«Vermutlich nicht. Es ist in weitestem Ausmaß auf die Krankheit der kleinen Amabel zurückzuführen.»

Mühselig versuchte der Onkel den Faden dieses Gedankens weiterzuspinnen. «Aber wenn sie jetzt auf Charlbury hören will, warum, in drei Teufels Namen, erneuert er seinen Antrag nicht?»

«Er täte es bestimmt, wenn ich ihn ließe. Aber es wäre ganz nutzlos. Überlege doch, Onkel, in welcher Lage die arme Cecy da ist! Sie hat Augustus' Huldigungen monatelang angenommen, hat feierlich erklärt, daß sie ihn oder keinen heiraten will! Jetzt brauchst du nur noch einzuwilligen, dann muß sie sich ja einfach verpflichtet fühlen, ihn zu heiraten! Um jeden Preis muß eine formelle Verlobung verhindert werden. Du kannst es! Laß dich nur nicht von Charles zu irgend etwas bereden!» Ihre ausdrucksvollen Augen lachten ihn an. «Sei so ekelhaft zu Cecilia wie nur je! Nichts könnte zweckmäßiger sein.»

Er kniff sie in die Wange. «Du bist mir ein Schelm! Aber wenn Charles seine Meinung geändert hat . . . du weißt, Sophy, ich habe da nicht viel zu sagen.»

«Dann sage eben nichts! Spiele nur den wilden Mann! Das kannst du doch, nicht wahr?»

Er sah offenbar in dieser Äußerung ein Kompliment und kicherte. «Ja, aber wenn die mich nicht in Ruhe lassen . . .»

«Dann suchst du eben deine Zuflucht bei White. Das übrige besorge ich schon. Wenn du nur deine Rolle spielst, verderbe ich schon die meine nicht. Und nun noch etwas! Auf keinen Fall darfst du durchblicken lassen, daß wir darüber gesprochen haben! Versprich mir das!»

«Nun, gut», sagte Seine Lordschaft, «aber eines will ich dir offen sagen: lieber sehe ich noch den jungen Fawnhope in meiner Familie als dieses säuerliche Geschöpf, das Charles uns da aufdrängt.»

«Aber gewiß», antwortete sie kühl. «Das kann nie gut ausgehen. Habe es gleich gemerkt, als ich nach London kam, und jetzt darf ich sogar hoffen, daß diese Geschichte zu Ende kommt. Spiele du nur deine Rolle richtig, dann wird alles Krumme gerade!»

«Sophy», brach der Onkel aus, «worauf, zum Teufel, willst du eigentlich hinaus?»

Aber da lachte sie nur und lief aus dem Zimmer.

Die Folgen dieses Gespräches stellten das ganze Haus auf den Kopf. Zum erstenmal gelang es Mr. Rivenhall nicht, dem Vater seinen Willen aufzuzwingen. Seine Vorstellungen, Cecilias Leidenschaft habe sich schließlich als echt erwiesen, trafen weit neben das Ziel und führten nur zu einem Wutausbruch, der Charles verblüffte. Lord Ombersley wußte, daß die Argumente seines ältesten Sohnes das Übergewicht erlangen würden, und scheute den Kampf gegen einen Willen, der dem seinen überlegen war; darum tat er nur selten den Mund auf. Diesmal aber erklärte er, Charles sei zwar ein guter Verwalter der Güter, aber vorläufig noch nicht der Vormund seiner Schwestern. Und er fügte hinzu, in seinen Augen sei Cecilia immer noch Charlbury so gut wie versprochen und zu einer anderen Heirat wolle er nie die Einwilligung geben.

«Unglücklicherweise wirbt Charlbury gar nicht mehr um sie», erwiderte Charles. «Sein Blick ist auf ein anderes Ziel gerichtet.»

«Ach, Unsinn! Der Bursche kommt doch immer noch ins Haus.»

«Gewiß – von meiner Kusine ermutigt.»

«Glaube kein Wort davon!» brummte Seine Lordschaft. «Sophy möchte ihn gar nicht.» Und als Charles kurz auflachte, fuhr er fort: «Und selbst wenn Charlbury um Sophy anhält, erlaube ich Cecilia immer noch nicht, diese läppische Zierpuppe zu heiraten, das magst du ihr sagen.»

Mr. Rivenhall berichtete ihr davon, aber als er tröstend hinzufügte, er werde seinen Vater schon noch zu seiner Ansicht bekehren, nahm sie diese Versicherung überraschend kühl auf. Sogar die Reden, in denen Lord Ombersley sich bei Tisch erging, erschütterten sie kaum, obwohl ihr ärgerliche Stimmen höchst unerträglich waren und sie ein wenig die Farbe wechselte.

Am wenigsten von diesem väterlichen Machtwort erschüttert zeigte sich Mr. Fawnhope. Als ihm kundgetan wurde, daß im Augenblick an eine Aussendung der Verlobungsnachricht an die Gesellschaftsblätter nicht zu denken war, sagte er verwundert: «Wollten wir sie denn aussenden? So, davon war schon die Rede? Ich muß das überhört haben! Ich bin gerade in der größten Sorge wegen Lepanto. Es läßt sich einfach nicht bestreiten, daß Seeschlachten auf der Bühne nicht gut herauskommen, aber wie soll man sie hier umgehen? Bin die halbe Nacht im Zimmer auf und ab gelaufen und der Lösung des Problems um keinen Schritt näher gekommen.»

«Ich muß dir sagen, Augustus, daß eine Heirat in diesem Jahr recht unwahrscheinlich ist», gestand Cecilia.

«Ach ja, höchst unwahrscheinlich! Ich darf auch meine Gedanken nicht auf die Heirat richten, solange nicht der letzte Strich unter meine Tragödie gezogen ist.»

«Nein, und schließlich hat ja auch Charles ausbedungen, daß du eine respektable Stellung finden mußt, ehe das Verlöbnis veröffentlicht wird.»

«Das klärt alles», sagte Mr. Fawnhope. «Die Frage ist jetzt zunächst, ob die Schwierigkeit nicht mit den Methoden der griechischen Dramaturgie zu lösen ist.»

«Augustus», rief Cecilia mit verzweifelter Stimme, «gilt dir denn die Tragödie mehr als ich?»

Er betrachtete sie verwundert, merkte, daß sie es ernst meinte, ergriff alsogleich ihre Hand, drückte einen Kuß darauf und sagte lächelnd: «Wie absurd von dir, mein schöner Engel! Wie könnte irgend etwas mir mehr bedeuten als meine heilige Cecilia? Ich schreibe doch dieses Stück nur dir zu Ehren. Also dir wäre ein Chor, wie die alten Griechen ihn verwendeten, mißfällig?»

Als Lord Charlbury feststellte, daß sein Nebenbuhler auch nun, da der Vorwand der Erkundigung nach Amabels Befinden fortgefallen war, die Besuche auf Berkeley Square fortsetzte, wurde er unsicher und forderte von seiner Ratgeberin eine Erklärung. Er brachte sie gerade in seiner Karriole nach Merton, und als sie ihm offen sagte, was geschehen war, hielt er den Blick lange auf die Straße gerichtet und sprach nicht. Schließlich raffte er sich auf und sagte: «Ich verstehe. Wann ist also mit der Verlobung zu rechnen?»

«Überhaupt nicht», erwiderte Sophy. «Machen Sie kein so unglückliches Gesicht, mein lieber Charlbury. Dazu haben Sie gar keine Veranlassung. Die arme Cecy hat in all diesen Wochen endgültig begriffen, daß sie ihr Herz mißverstanden hat.»

Mit einem Ruck wandte er sich ihr zu und starrte sie an. «Wirklich? Sophy, treiben Sie kein Spiel mit mir! Zugegeben, ich dachte . . . ich hoffte bereits . . . nun, dann will ich mein Glück noch einmal versuchen, bevor es zu spät ist.»

«Charlbury, für einen vernünftigen Menschen reden Sie ziemlich ungereimtes Zeug. Was stellen Sie sich wohl vor? Was soll die Arme, bitte, in ihrer Lage antworten?»

«Aber wenn sie Fawnhope nicht liebt – wenn sie vielleicht bedauert, mich abgewiesen zu haben –?»

«Das tut sie natürlich, aber solche Dinge scheinen einem nur einfach, solange man sie oberflächlich betrachtet. Blicken Sie tiefer! Wenn die Positionen umgekehrt wären – Sie der arme Poet, Augustus der Glücklichere –, vielleicht ließe sie sich dazu bringen, auf Sie zu hören. Aber dem ist nicht so! Auf der einen Seite der Poet, dem sie erklärt hat, daß sie ihn gegen den Willen der Familie heiraten will . . . und Sie müssen schließlich zugeben, daß er ihr eine ganz ungewöhnliche Treue bewahrt!»

«Der –! Wenn der überhaupt einen anderen Gedanken hat als seine gestelzten Verse, dann weiß ich nichts mehr!»

«Hat er nicht, aber Sie dürfen doch nicht erwarten, daß meine Kusine das begreift! Seit ich nach England gekommen bin, hängt er ihr an, gönnt keiner anderen Frau einen Blick, und das muß in den Augen der Welt als eine ganz ungewöhnliche Ergebenheit erscheinen! Sie dagegen, mein armer Charlbury, leiden an zwei Nachteilen – an Ihrem Rang und Ihrem Reichtum! Wie herzlos müßte Cecilia sein, den Poeten fortzuschicken und Sie zu heiraten! Verlassen Sie sich darauf, daß solche Dinge in ihrem Herzen Gewicht haben. Ihr Wesen ist der reine Zartsinn: ohne ernste Gründe wird sie nicht jemandem Schmerz zufügen, von dem sie glaubt, daß er mit seinem ganzen Herzen an ihr hängt. Da hilft nur etwas: wir müssen ihr ernste Gründe dazu liefern.»

Er begriff sie gut genug, um sich unbehaglich zu fühlen. «Wie sollen wir das anstellen, Sophy?»

«Nun, Cecy muß eben fühlen, daß gerade Sie des Mitleids würdig sind.»

Sein Unbehagen wurde zu düsterster Ahnung. «Du lieber Gott, aber wie?»

Sie lachte. «Ich glaube, es ist besser für Sie, wenn Sie das nicht wissen, Charlbury.»

«Nun hören Sie aber, Sophy –»

«Nein, warum sollte ich das? Sie äußern sich zu dieser Frage nicht, und überdies sind wir gerade am Ziel, es bleibt uns gar keine Zeit, sie zu erörtern. Sie müssen mir einfach vertrauen, das ist alles, bitte!»

Die Karriole bog eben in die Auffahrt ein. «Gott sei mein Zeuge», rief er, «ich vertraue Ihnen nicht und hab es nie getan!»

Sie fanden die Marquesa allein und überraschend wach. Sie begrüßte Sophy herzlich, aber ein wenig gezwungen, und alsbald kam heraus, daß sie erst vor zwei Tagen aus Brighton zurückgekehrt war, wo sie zwei Wochen verbracht hatte.

«Brighton?» rief Sophy. «Davon hast du mir doch gar nichts gesagt, Sancia! Was hat dich plötzlich so dahin gezogen?»

«Aber, Sophy, wie hätte ich es dir denn sagen können, wenn du dich in ein Krankenzimmer einsperrst und mich gar nicht mehr besuchst? Immer auf einem Platz hocken – majadero!»

«Schön und gut, aber es war doch deine Absicht, bis zur Rückkehr Sir Horaces zurückgezogen zu leben! Hast du etwa Nachrichten von ihm bekommen –»

«Nein, bestimmt nicht! Kein Wort.»

«Oh», sagte Sophy, ein wenig aus dem Konzept gebracht. «Nun, seine Reise war von Erfolg begleitet, und jetzt können wir ihn jeden Augenblick zurückerwarten. Es ist auch kaum wahrscheinlich, daß zu dieser Jahreszeit ungünstiges Reisewetter einsetzt. Hatte der Herzog von York den Besuch seines Bruders?»

Die Marquesa schlug weit die Augen auf. «Wie soll ich das wissen, Sophy? Die sehen einander alle gleich, die königlichen Prinzen: dick und – wie sagt man doch? – embotado! Ich kann den einen nicht vom andern unterscheiden.»

Sophy mußte sich damit zufriedengeben. Als sie wieder zurückfuhren, fragte ihr Begleiter ärgerlich: «Warum waren Sie so außer sich, Sophy? Darf die Marquesa nicht nach Brighton fahren, wenn alle Welt hinfährt?»

Sie seufzte. «Nicht, wenn Sir Vincent Talgarth gerade dort ist, und eben das befürchte ich. Ich sah sie nie so animiert!»

«Ein höchst enttäuschender Anblick! Sie hat mein Herz damit gewonnen, daß sie unter meinen Augen einschlief.»

Sie lachte, äußerte nichts dazu und blieb zerstreut, bis sie am Berkeley Square abgesetzt wurde, wo Mr. Rivenhall sie bereits in beträchtlicher Mißlaune erwartete. Dies belebte sie wieder, und ohne Zögern beantwortete sie seine Frage, wo sie gewesen sei.

«Du bist doch nicht allein gefahren?»

«Keineswegs. Charlbury brachte mich hin.»

«Ich verstehe! Erst bringst du dich mit Talgarth ins Gerede, und jetzt mit Charlbury! Prächtig!»

«Ich verstehe dich nicht ganz», sagte Sophy, die reinste Unschuld, nur darauf bedacht, klar zu sehen. «Ich dachte immer, dein Einwand gegen Sir Vincent wäre, daß er für einen Schürzenjäger gilt. Dieser Argwohn kann doch Charlbury nicht treffen? Es hat doch sogar eine Zeit gegeben, da du deine Schwester mit ihm verheiraten wolltest!»

«Was ich noch mehr wollte, wäre, daß meine Kusine nicht in den Ruf der Leichtfertigkeit gerät!»

«Warum?» fragte Sophy und sah ihn scharf an. Da er nicht antwortete, fragte sie nach einer Pause: «Welches Recht hast du, Charles, Einspruch zu erheben gegen etwas, was mir zu tun beliebt?»

«Wenn der gute Geschmack dir nicht –»

«Welches Recht, Charles?»

«Gar keines! Tu, was du willst! Mir kann es gleich sein! An Everard hast du eine leichte Eroberung! Hätte ihn nicht für so flatterhaft gehalten. Aber gib acht, daß du nicht deinen anderen Anbeter verlierst, wenn du diesen Flirt zu weit treibst – denn mehr ist das doch wohl nicht!»

«Bromford? Wie skandalös das doch wäre! Du hast recht, mich zu warnen. Charlbury hat bereits Angst, von ihm gefordert zu werden.»

«Ich hätte mir denken können, daß ich von dir nur leichtfertige Antworten zu hören bekomme!»

«Das war nur die Antwort auf lächerlichen Tadel. Ich bin nicht immer so.»

«Sophy –», er tat einen hastigen Schritt vor, hob die Hand, ließ sie aber sofort wieder fallen. «Wenn du doch nie zu uns gekommen wärst!» Er wandte sich ab, stützte den Arm auf den Kaminsims und starrte auf die leere Feuerstelle.

«Das ist unfreundlich, Charles!»

Er schwieg.

«Nun, du wirst mich jetzt ja bald los sein. Sir Horace kann jeden Augenblick eintreffen. Dann wirst du froh sein.»

«Ich muß froh sein.» Er sprach diese Worte fast unhörbar, hob auch nicht den Kopf oder versuchte sie zurückzuhalten, als sie das Zimmer verließ.

Dieser Wortwechsel hatte in der Bibliothek stattgefunden. Sophy trat in die Halle, eben als Dassett das Haustor öffnete und Mr. Wychbold einließ, der in seinem Radmantel mit unzähligen Pelerinen, seinen glänzenden Reitstiefeln und dem Sträußchen im Knopfloch über die Maßen schmuck aussah. Er war eben im Begriff, seinen hohen Biberhut auf das Marmortischchen zu legen, griff aber bei Sophys Anblick wieder danach, um seiner Reverenz Nachdruck zu verleihen. «Miss Stanton-Lacy! Ihr gehorsamster Diener!»

Sie war überrascht, ihn zu sehen, denn er war seit Wochen von London fern gewesen. «Was für eine Freude! Ich wußte gar nicht, daß Sie in London sind.»

«Eben heute eingetroffen, Gnädigste. Hörte von Charlbury, wie schlimm es Ihnen ergangen ist: war zeitlebens nicht so außer mir! Sofort hierher geeilt!»

«Das sieht Ihnen ähnlich! Danke, es geht ihr wieder gut, nur ist sie schrecklich mager, die arme Kleine, und abgezehrt! Gerade Sie habe ich mir gewünscht! Kutschieren Sie selbst? Müssen Sie meine Kusine gleich sehen oder fahren Sie mich eine Runde durch den Park?»

Er fuhr seinen Phaeton, und so gab es auf ihre Bitte nur eine Antwort. Galant komplimentierte er sie aus dem Hause, äußerte aber die Warnung, zu dieser Jahreszeit werde es im Park nur Volk zu sehen geben.

«Und was befehlen Sie, Sir, daß ich Mr. Rivenhall bestelle?» fragte Dassett und richtete sein mißbilligendes Auge auf einen Punkt über Mr. Wychbolds linker Schulter.

«Ach, sagen Sie ihm, daß ich dagewesen bin und bedauert habe, ihn nicht anzutreffen», erwiderte Mr. Wychbold mit einem Gleichmut, den der Kammerdiener verletzend fand.

«Sie sind in Ihrem Phaeton ausgefahren?» erkundigte sich Mr. Wychbold, als er Sophy in den Wagen hob. «Wie sind Sie mit Ihren Pferden zufrieden?»

«Recht gut. Ich habe sie heute nicht kutschiert, sondern bin mit Charlbury in Merton gewesen.»

«Oh – ah!» Er hustete und gab ihr einen Seitenblick.

«Ja, ich mache mich zum Gerede der Stadt», sagte Sophy vergnügt. «Wer hat Ihnen das nur gesagt? Die Erzfeindin?»

Er setzte sein Gespann in Gang und nickte mürrisch. «Bin ihr auf dem Wege hierher in der Bond Street begegnet. Mußte wohl halten, konnte nicht anders. Sie hat den Trauerflor abgelegt.»

«Und gedenkt Charles nächsten Monat zu heiraten», sagte Sophy, die sich daran gewöhnt hatte, mit Mr. Wychbold harmlos zu plaudern und keine Umstände zu machen.

«Hab es Ihnen vorausgesagt», bemerkte er mit melancholischer Befriedigung.

«Das taten Sie, und ich habe Ihnen darauf geantwortet, daß ich vielleicht einmal auf Ihre Hilfe angewiesen sein werde. Bleiben Sie länger in der Stadt? Oder reisen Sie sogleich wieder ab?»

«Nächste Woche. Nur ist da nichts mehr zu machen. Leider.»

«Wir wollen sehen. Was würde wohl geschehen, wenn Sie Charles eines Tages sagten, daß Sie mich mit Charlbury in einer Postkutsche ausrücken gesehen haben?»

«Er würde mir ins Gesicht schlagen, und ich nähme es ihm nicht einmal übel.»

«Oh! Nun, so weit möchte ich es allerdings nicht treiben. Aber wenn es wahr wäre?»

«Er würde mir nicht glauben. Sie haben es doch nicht nötig, mit Charlbury auszurücken. Und er ist keinesfalls der Mann, der solchen Launen nachgibt.»

«Ich weiß, aber man könnte doch etwas dergleichen inszenieren. Und er würde Ihnen doch nicht ins Gesicht schlagen, wenn Sie ihn bloß fragten, warum ich gerade in Charlburys Begleitung die Stadt verlasse.»

Nach kurzer Überlegung gab Mr. Wychbold zu, daß die Ohrfeige unter diesen Umständen vielleicht zu vermeiden wäre.

«Wollen Sie es also tun?» fragte Sophy. «Wenn ich Ihnen eine Nachricht zukommen lasse, bürgen Sie mir dafür, daß Charles davon erfährt? Ist er nicht immer nachmittags bei White?»

«Ja, gewöhnlich ist er dort zu finden, aber nicht immer», erwiderte Mr. Wychbold vorsichtig. «Aber ich werde doch gar nicht sehen, wie Sie durchbrennen!»

«Sie können es, wenn Sie sich der Mühe unterziehen, unermüdlich rund um den Berkeley Square zu wandern. Immerhin, wenn ich Ihnen die Nachricht sende, dann wissen Sie doch, daß es wahr ist, und Sie werden es Charles mit reinem Gewissen hinterbringen können. Ich kann dafür sorgen, daß er es weiß, wenn er heimkommt, aber manchmal kommt er nicht zum Essen, und das könnte alle meine Pläne durchkreuzen! Eigentlich nein, vielleicht nicht gerade alle, aber ich habe immer gefunden, daß es am besten ist, nach Möglichkeit zwei Fliegen auf einen Schlag zu treffen.»

Mr. Wychbold sann ernsthaft nach. Nachdem er alle Andeutungen Sophys überdacht hatte, sagte er plötzlich: «Wissen Sie, was ich meine?»

«Nein, sagen Sie es mir!»

«Mag eigentlich nicht gern einen Bremsklotz einlegen. Kein besonderer Freund von mir, Charlbury. Ganz feiner Bursche, glaube ich. Hab aber nicht viel mit ihm zu tun gehabt.»

«Also was denken Sie?» fragte Sophy, deren Geduld diese Abschweifung auf eine harte Probe gestellt hatte.

«Denke, Charles wird ihn fordern», sagte Mr. Wychbold. «Richtig bedacht, er muß wohl. Verdammt guter Schütze, Charles! Mußte das wohl erwähnen», fügte er entschuldigend hinzu.

«Da haben Sie recht, und ich bin Ihnen sehr dankbar, daß Sie mich auf diese Möglichkeit aufmerksam machen», sagte Sophy warm. «Ich möchte um keinen Preis von der Welt Charlbury in eine solche Gefahr bringen. Natürlich wäre ein derartiger Schritt gänzlich unnötig, das verstehen Sie doch?»

«Nun ja», sagte Mr. Wychbold beruhigt. «Genau bedacht, er wird ihn nur ein paarmal um die Erde hauen. Bißchen Blut aus der Nase, meine ich.»

«Faustkampf? Nicht doch! Das tut er doch nicht!»

«Und ob!» sagte Mr. Wychbold ohne Zögern. «Als ich Charles das letzte Mal sah, hatte er, unter uns gesagt, solchen Pick auf Charlbury, meinte selbst, es sollte ihn wundern, wenn er ihm nicht demnächst eins hinters Ohr gäbe. Verdammter Bursche, wenn er zuhaut, Charles! Weiß nicht, wie Charlbury sich hält. Kaum ein guter Partner für Charles.» Mit zunehmender Begeisterung fügte er hinzu: «Der prachtvollste Amateur, den ich je sah! Tadellose Technik, prächtiges Material. Kein Herumspielen, kein Ausweichen. Keine falsche Schwenkung. Kaum je ein Fehlschlag.» Plötzlich besann er sich, wurde verlegen und bat um Verzeihung.

«Nun ja, denken Sie nicht mehr daran», sagte Sophy. «Ich muß es mir überlegen, denn das wäre nicht das Richtige. Wenn Charles wütend wird, und das war offen gesagt gerade meine Absicht —»

«Mühelos zu erreichen», unterbrach Mr. Wychbold ermutigend. «Rasches Temperament! Immer gehabt.»

Sie nickte. «Und vielleicht wäre es ihm nur lieb, wenn er eine Ausrede fände, sich an jemand auszutoben. Natürlich weiß ich, wie ich ihn hindern könnte, Charlbury etwas zuzufügen.» Sie schöpfte tief Atem. «Jetzt kommt es auf den klaren Entschluß an! Man sollte nie davor zurückschrecken, auch Unangenehmes zu tun, um ein löbliches Ziel zu erreichen. Mr. Wychbold, ich bin Ihnen sehr zu Dank verpflichtet. Jetzt weiß ich wenigstens, was ich tun muß, und es sollte mich nicht wundern, wenn dieser Weg aufs wunderbarste zu beiden Zielen führt.»

## XVI

Die Nachricht, daß Mr. Rivenhall in die Ehe seiner Schwester mit Mr. Fawnhope gewilligt hatte, war für Miss Wraxton eine so peinliche Überraschung, daß sie es sich nicht versagen konnte, ihm Vorhaltungen zu machen. Sie brachte alle gangbaren Vernunftgründe bei, ihm die üblen Folgen einer solchen Verbindung vor Augen zu führen, und bat ihn, es sich wohl zu überlegen, bevor er Cecilias Narrheit unterstützte. Schweigend hörte er sie an, aber als sie alle ihre Argumente verbraucht hatte, erklärte er unumwunden: «Ich habe mein Wort gegeben. In vielem, was du vorbringst, kann ich dir nur recht geben. Ich billige diese Heirat nicht, aber ich gebe mich nicht dazu her, meine Schwester zu einer Heirat zu drängen, die ihr unerwünscht ist. Ich habe geglaubt, daß sie bald über etwas hinwegkommen würde, was ich nur für eine flüchtige Verliebtheit hielt. Es ist anders gekommen, ich habe mich überzeugen müssen, daß ihr Herz im Spiel ist — nicht nur ihre Laune.» Miss Wraxton zog die Brauen hoch, das war der übliche Ausdruck leiser Mißbilligung. «Mein lieber Charles, das bist nicht du, der so spricht. Ich brauche wohl nicht weit zu suchen, um den Einfluß zu finden, der hinter solchen Reden steht. Aber ich muß zugeben, daß ich gerade von dir nicht erwartet hätte, du würdest Auffassungen nachsprechen, die doch so gar nicht zu deinem Wesen und — das muß ich hinzufügen — zu deiner Lebensart passen.»

«Wahrhaftig? Du wirst mir deine Auffassung klarer darlegen müssen, Eugenia, denn ich kenne mich jetzt gar nicht mehr aus.»

«Aber wie denn?» fragte sie sanft. «Wir haben doch so oft darüber gesprochen! Waren wir nicht völlig einig, daß es für eine Tochter ganz und gar ungeziemend ist, sich zu den Auffassungen ihrer Familie in Widerspruch zu setzen?»

«Im allgemeinen wohl.»

«Und im besonderen erst recht, Charles, und gar in der Heiratssache. Die Eltern können doch wohl am besten beurteilen, welche Wahl sich für ein junges Mädchen schickt. Darum ist etwas so sehr Peinliches und Vorlautes, Dreistes darin, daß ein Mädchen sich, wie das in der gewöhnlichen Ausdrucksweise so heißt, verliebt. Ich bezweifle nicht, daß Personen geringen Standes derlei praktizieren, aber ich stelle mir vor, daß ein Mann von Geburt und Erziehung bei der Dame seiner Wahl etwas mehr Zurückhaltung vorzieht. Die Sprache, deren du dich da befleißigst — verzeih, mein lieber Charles —, paßt wohl mehr auf die Bühne als in den Salon deiner Mama.»

«Ernstlich? Sag, Eugenia — wenn ich um dich angehalten hätte, ohne die Erlaubnis deines Vaters einzuholen —, hättest du meine Werbung dann nicht angenommen?»

Sie lächelte nachsichtig. «Wir brauchen doch keine Absurditäten in

Betracht zu ziehen? Gerade du hättest das doch bestimmt nicht getan.»

«Aber wenn ich es hätte?»

«Dann hätte ich gewiß abgelehnt», erwiderte sie mit Haltung.

«Na, danke schön», erwiderte er spöttisch.

«Das sollst du mir danken. Denn du kannst doch unmöglich wünschen, daß die künftige Lady Ombersley ein Geschöpf ohne Zurückhaltung oder töchterlichen Gehorsam ist.»

Der Ausdruck seiner Augen war jetzt sehr hart. «Ich beginne dich erst richtig zu verstehen», sagte er.

«Ich wußte, daß du das tun würdest, denn du bist ja ein einsichtiger Mensch. Ich brauche wohl nicht zu sagen, daß ich keineswegs der Fürsprecher einer Ehe bin, die nicht auf gegenseitige Wertschätzung gegründet ist. Solche Ehe könnte wohl schwerlich gut gedeihen! Wenn Cecilia eine Abneigung gegen Charlbury empfindet, wäre es gewiß falsch gewesen, ihr eine solche Heirat aufzunötigen.»

«Wie großmütig!»

«Ich hoffe wohl», sagte sie ernst. «Es wäre mir nicht lieb, wenn man mir Engherzigkeit gegenüber deinen Schwestern – gegenüber irgendeiner Person deiner Familie vorwerfen wollte! Um ihr Wohlergehen besorgt zu sein, muß wohl eines meiner Hauptziele sein, und ich werde es bestimmt nicht aus den Augen verlieren.»

«Danke», sagte er tonlos.

Sie spielte nervös mit ihrem Armband. «Du bist geneigt, Miss Stanton-Lacy nachsichtig zu beurteilen, ich weiß, aber du wirst doch wohl zugeben müssen, daß ihr Einfluß sich in diesem Hause nicht immer günstig ausgewirkt hat. Ohne solche Ermutigung hätte sich Cecilia doch wohl anders betragen.»

«Das weiß ich nicht. Du würdest gewiß nicht von einem ungünstigen Einfluß sprechen, wenn du gesehen hättest, wie sie Amabel pflegte und beiden, meiner Mutter und Cecilia, in ihrer Bedrängnis beistand. Das kann ich ihr nicht vergessen.»

«Gewiß wird das auch niemand von dir verlangen. Ihr Verhalten in dieser Notlage will ich gern und vorbehaltlos anerkennen.»

«Ich bin ihr auch dankbar, daß ich jetzt mit Hubert so vertraut stehe. Auch darin hat sie Gutes getan.»

«Nun, in diesem Punkt waren wir doch immer verschiedener Meinung, nicht wahr?» sagte sie mit leisem Spott. «Ich möchte diesen Gegenstand nicht wieder mit dir erörtern und kann nur hoffen, daß Hubert sich weiterhin gut bewährt.»

«Na also! Ich finde sogar, daß er sich für meinen Geschmack zu gut bewährt, denn jetzt hält sich der komische Bursche gar für verpflichtet, in den Ferien Versäumnisse des Semesters nachzuholen. Er hat sich zu diesem Zweck mit einigen Studenten zusammengetan.» Plötzlich lachte er laut auf. «Hoffentlich wird er mir bei soviel Fleiß nicht noch melancholisch und gerät bei nächster Gelegenheit in irgendwelche neue Verlegenheit.»

«Ich teile diese Befürchtung», erwiderte sie ernst. «Bei solcher Ungleichmäßigkeit der Vorsätze mußt du ständig in Sorge sein.»

Er sah sie verständnislos an, aber bevor er antworten konnte, trat Lord Bromford, von Dassett geleitet, ein. Freundlicher als gewöhnlich begrüßte er den neuen Besucher, bemerkte aber: «Ich fürchte, Sie haben kein Glück – meine Kusine ist ausgefahren.»

«Ich habe es schon am Eingang erfahren – Verehrung, Gnädigste –, aber ich fand es geziemend, einzutreten und Sie zur Genesung Ihrer kleinen Schwester zu beglückwünschen», antwortete Seine Lordschaft. «Hatte Gelegenheit, unseren guten Baillie – tadelloser Arzt – zu sprechen, und er hat mir auf Ehre und Gewissen versichert, daß nicht die leiseste Ansteckungsgefahr mehr besteht.»

Miss Wraxton erriet aus der Art, wie Mr. Rivenhall seine Lippen schürzte, daß er eine spöttische Antwort geben wollte, und so beeilte sie sich einzuwerfen: «Sind Sie unpäßlich gewesen, Lord Bromford? Das höre ich ungern. Doch hoffentlich nichts Ernstes?»

«Baillie meint nicht. Das Wetter ist eben besonders ungünstig: es fördert Halsinfektionen, zu denen ich besonders neige. Meine Mama ist, wie Sie sich denken können, wegen meiner zarten Gesundheit gleich in Sorge gewesen – man kann ja leider nicht bestreiten, daß sie zart ist! Darum mußte ich eine Woche lang das Zimmer hüten.»

Mr. Rivenhall lehnte sich breitschultrig an den Kaminsims, schob die Hände in die Hosentaschen und zeigte die Miene eines Mannes, dem eine Sache Spaß zu machen beginnt. Lord Bromford bemerkte diese Anzeichen nicht, Miss Wraxton aber war von schlimmen Ahnungen beunruhigt. So beeilte sie sich zu sagen: «Man hört überall von Halsbeschwerden. Kein Wunder, daß Lady Bromford besorgt war. Gewiß hatten Sie ausgezeichnete Pflege.»

«Ja, da hatte ich gewiß nichts zu entbehren . . . jedenfalls war auch Mama gerührt über die Hingabe, mit der Miss Stanton-Lacy ihre kleine Kusine pflegte.» Er verneigte sich vor Mr. Rivenhall, der diese Anerkennung mit einem Kopfnicken quittierte, dabei aber ein spöttisches Lächeln nicht unterdrückte. «Mir sind dabei einige Verse aus Marmian, die gut dazu passen, in den Sinn gekommen.»

Miss Wraxton, die es müde war, Sophys Krankenpflegertugenden rühmen zu hören, war Mr. Rivenhall dafür dankbar, daß er abwehrend einwarf: «Ja, wir kennen die Verse.»

Lord Bromford, der sich eben angeschickt hatte, «O Frau, in diesem Heime des Behagens» aufzusagen, geriet dadurch ein wenig aus dem Konzept, er fing sich wieder und erklärte: «Wer da an der echten Weiblichkeit Miss Stanton-Lacys gezweifelt haben mag, muß nun, das darf ich wohl sagen, eines Besseren belehrt sein.»

In diesem Augenblick meldete Dassett, daß Lady Brinklows Wagen vorgefahren wäre. Miss Wraxton, die sich nur auf dem Berkeley Square hatte absetzen lassen, während ihre Mutter Besorgungen in der Bond Street erledigte, mußte sich verabschieden. Auch Lord Bromford bemerkte, daß er, sintemalen weder Lady Ombersley noch ihre Nichte zu Hause seien, nicht länger stören wolle, und so war Mr. Rivenhall binnen weniger Minuten in der Lage, laut herauszulachen. Lord Bromford, der sich der besonderen Gunst Lady Brinklows erfreute, wurde eingeladen, in dem Landauer Platz zu nehmen, und er würzte den kurzen Weg bis zur Brook Street mit einer genauen Darlegung aller Symptome seines Unwohlseins.

Zwar war Mr. Rivenhall entschlossen, sich seiner Kusine nicht unnötig zu nähern, aber er konnte der Versuchung doch kaum widerstehen, ihr die kleine Szene zu schildern. Sie fand daran, wie er erwartet hatte, Vergnügen, wurde aber plötzlich ernst und ließ sich die Worte entschlüpfen: «Wie gut er und Miss Wraxton zusammenpassen! Daß mir das nie aufgefallen ist!»

«Vermutlich ist dir dabei bewußt gewesen», bemerkte Mr. Rivenhall frostig, «daß Miss Wraxton mit mir verlobt ist.»

«Glaube kaum, daß mich das gehindert hat», meinte Sophy, das Argument erwägend. Dann betrachtete sie ihn aufmerksam. «Beleidigt, Charles?»

«Ja.»

«Ach, Charles, ich muß mich über dich wundern», sagte sie, und wieder war ihre Heiterkeit unbezwingbar. «So unwahr gegen dich selbst!» Und gleichzeitig trat sie ihren strategischen Rückzug an. Sein vorwurfsvoller Blick traf nur die stumme Tür.

Seiner Mutter erklärte er nachher rund heraus, Sophys Betragen werde von Tag zu Tag schlechter; wie weit sie es aber trieb, das erfuhr er erst zwei Tage später, als er seinem Groom den Auftrag erteilte, die Neuerwerbung, den Braunen, vor den Tilbury zu spannen, und erfahren mußte, daß Miss Stanton-Lacy vor einer halben Stunde in diesem Wagen ausgefahren war.

«In meinem Tilbury ausgefahren?» wiederholte er. Seine Stimme wurde scharf. «Und mit welchem Pferd?»

Der Groom war sichtlich betreten. «Das . . . das neue, Sir.»

«Sie – Sie haben Miss Stanton-Lacy das neue Pferd eingespannt?» Mr. Rivenhall gab seinen Worten solches Gewicht, daß dem Stallburschen der Atem wegblieb.

«Die Miss sagte . . . Miss meinte, Sie würden nichts dagegen haben, Sir», stammelte der Unglückliche. «Und weil ich doch weiß, daß sie zweimal mit den Grauen ausgefahren ist, Sir . . . und ich hatte doch keinen Gegenbefehl . . . und weil sie sagte, es wäre alles in Ordnung . . . darum habe ich gedacht, die Miss hätte Ihre Erlaubnis, Sir.»

Mr. Rivenhall raubte ihm mit einigen scharfen Worten diese Illusion und machte für alle Zukunft mit der Vorstellung seines Grooms Schluß, daß Denken eine ihm zukommende Befugnis wäre. Der Groom erlaubte sich keine weitere Bemerkung, sondern wartete schweigend, daß er aus dem Verhör entlassen würde. Doch dies trat nicht ein. Mr. Rivenhall war ein gestrenger, aber zugleich gerechter Herr, und selbst in seinem Zorn machte er sich eine ziemlich klare Vorstellung von den Mitteln, die seine prinzipienlose Kusine gebraucht haben mochte, um ihren Willen durchzusetzen. So beruhigte er sich plötzlich und fragte: «Wohin ist sie gefahren? Nach Richmond? Antworten Sie!»

Lord Ombersleys Groom sah wohl, daß der Unglücksbursche keiner Antwort fähig war, und bemerkte geschmeidig: «O nein, Sir, das ist ausgeschlossen! Meine Lady und Miss Cecilia sind vor einer Stunde in dem Landauer nach Richmond gefahren! Mit Miss Amabel, Sir.»

Mr. Rivenhall wußte, daß ein Besuch bei einer Kusine in Richmond verabredet war, und starrte ihn mit zusammengezogenen Brauen an. Gewiß war geplant gewesen, daß Sophy ihre Tante und Kusinen begleitete, und er konnte sich kaum vorstellen, was diese Programmänderung verursacht haben konnte. Aber das war jetzt ein nebensächliches Problem. Der junge Braune, den zu entleihen sie die Vermessenheit gehabt, war ein eigenwilliges Tier, noch gar nicht an städtischen Verkehr gewöhnt und gewiß nicht für die Hand einer Dame bestimmt. Mr. Rivenhall konnte den Braunen zügeln, aber selbst ein so geübter Fahrer wie Mr. Wychbold mußte zugeben, daß das ungefügige Tier den Lenker vor schwere Aufgaben stellte. Wenn Mr. Rivenhall überdachte, welche Tücken der Braune in letzter Zeit gezeigt, so trat ihm der Angstschweiß auf die Stirn. Jetzt bot seine Angst seinem Ärger Schach. Daß man sein Pferd ohne seine Erlaubnis entliehen hatte, mochte ihn erzürnen, aber sein Zorn war nichts gegen die mörderische Wut, die ihn nun überkam. Sophy hatte unverzeihlich gehandelt – daß ihr Betragen eigentlich nicht zu ihr paßte, konnte er in diesem Augenblick nicht ruhig erwägen –, und jetzt lag sie vielleicht bereits mit gebrochenem Genick auf dem Pflaster.

«Satteln Sie Thunderer und das braune Hilfspferd», befahl er.

Die beiden Grooms beeilten sich, seinen Befehl auszuführen, und wechselten dabei Blicke, die Bände sprachen. Kein Stallknecht der Poststation, der darauf eingeschult ist, Pferde in vierzig Sekunden auszuwechseln, hätte flinker arbeiten können; und während das übrige Stallpersonal noch mit offenem Munde dastand, ritt Mr. Rivenhall bereits, in wohlabgemessenem Abstand von seinem Groom gefolgt, in vollem Galopp zum Hydepark.

Er hatte richtig geraten, aber es war vielleicht ein Mißgeschick, daß er gerade in dem Augenblick seiner Kusine begegnete, als der junge Braune, eben erst vor einem Knaben zurückscheuend, der ein Kätzchen über den Weg jagte, einen temperamentvollen Versuch unternahm, mit der Hinterhand gegen den Wagenboden zu feuern. Mr. Rivenhall hatte beinahe geglaubt, er wäre bereit, alles zu verzeihen, wenn er die Kusine unverletzt fände – aber das war ein Irrtum gewesen. Blaß vor Zorn sprang er vom Pferd, warf die Zügel über Thunderers Kopf hinweg dem Groom zu, gab diesem die Anweisung, das Pferd heimzuleiten, schwang sich in den Tilbury und riß die Zügel an sich. Eine ganze Weile war er mit dem Pferd beschäftigt, und Sophy hatte Muße, sein Geschick zu bewundern. Sie hatte ihre Sache nicht schlecht gemacht, aber der Braune wollte sich nicht fügen; Mr. Rivenhalls Meisterschaft, ein temperamentvolles, noch halbwildes Tier zu bezwingen, konnte sie nicht für sich in Anspruch nehmen. Es war gewiß nicht ihr Plan, Mr. Rivenhalls Zorn zu besänftigen, und fast gegen ihren Willen rief sie aus: «Du bist wirklich kapital; wie kapital du bist, das habe ich bis heute noch nicht gewußt!»

«Dazu brauche ich dein Lob nicht!» fuhr er sie an, und seine Miene und Stimme standen in sonderbarem Gegensatz zur ruhigen Festigkeit seiner Hände. «Wie konntest du dir das erlauben?! Wenn du dir das Genick gebrochen hättest – es wäre nur verdient gewesen! Daß mein Pferd dabei nicht zu Schaden gekommen ist, kann als Wunder gelten.»

«Pah», sagte Sophy und machte den bereits begangenen Fehler noch schlimmer, indem sie diese Lunte ins Feuer schob.

Das Ergebnis entsprach durchaus ihren Erwartungen. Die Rückfahrt nach dem Berkeley Square nahm nur wenige Minuten in Anspruch, aber Mr. Rivenhall packte alle Erbitterung in diese Minuten hinein, die er seit Wochen aufgespeichert hatte. Das charakterliche Bild seiner Kusine ging dabei völlig in Fetzen; er rechnete mit ihren Manieren ab, ihrer Moral, ihrer Erziehung; er bedauerte, daß er sie nicht rechtzeitig in die Hände bekommen hatte, um ihr Benehmen beizubringen, und sprach mit dem gleichen Atemzug dem Mann sein Mitleid aus, der närrisch genug wäre, ein solches Frauenzimmer zu heiraten; und er sehnte den Tag herbei, an dem er von ihrer unwillkommenen Gegenwart befreit sein würde.

Es war fraglich, ob es Sophy gelingen würde, die Fluten dieser Beredsamkeit einzudämmen. Tatsächlich versuchte sie es gar nicht, sondern saß, die Hände in den Schoß gelegt, mit niedergeschlagenen Augen neben ihrem Ankläger. Daß seine Wut, gegen alle Vernunft, durch ihre Ruhe zur Weißglut angefacht wurde, war ihr klar. Es hatte während dieser Eskapade Momente gegeben, in denen sie selbst im Zweifel gewesen war, ob sie sich und das Pferd heil heimbringen würde. Gewiß war ihr der Cousin noch nie so willkommen gewesen wie in dem Augenblick, da sie seiner ansichtig wurde; und ein Blick auf sein Gesicht hatte ihr die Gewißheit verschafft, daß seine Aufregung in keinem Verhältnis zu der Sorge stand, die selbst der leidenschaftlichste Sportler für sein Pferd empfinden konnte. Jetzt mochte er sagen, was er wollte: sie ließ sich nicht täuschen.

Er hielt vor dem Haus am Berkeley Square und hieß sie aussteigen, ohne ihr hilfreich die Hand zu bieten. Sie gehorchte seinem groben Befehl, und er lenkte den Wagen, ohne sich durch einen Blick zu überzeugen, daß sie in das Haus eingelassen wurde, zu den Stallungen.

Es war kurz nach Mittag. Mr. Rivenhall kam ihr nicht ins Haus nach, und nachdem sie sich dessen versichert hatte, rief sie erst einen Lakaien zu sich und sandte ihn zu Besorgungen in den nächsten Mietstall; dann setzte sie sich an den Schreibtisch und begann zu schreiben. Gegen zwei Uhr machte sich John Potton, verwundert, aber ohne Arg, mit einem der Briefe nach Merton auf den Weg. Hätte er den Inhalt des Schreibens gekannt, so wäre er auf dem Wege minder guter Laune gewesen.

«Liebe Sancia», schrieb Sophy, «ich sehe mich in einer äußerst bedrängten Lage und muß Dich sehr dringend bitten, unverzüglich nach Lacy Manor zu kommen. Laß mich nicht im Stich, sonst gerate ich in die verhängnisvollste Situation. Ashtead ist nur zehn Meilen von Merton entfernt, Du wirst Dich nicht überanstrengen. Ich fahre in einer Stunde von London weg und bin in dieser Sache ganz auf Dich angewiesen. Deine ewig getreue Sophy.»

Der Lakai, der aus dem Mietstall zurückkam, sah sich durch eine Halbguinea für seine Mühe belohnt; mit solchermaßen angefachtem Eifer machte er sich auf den Weg, zwei versiegelte Briefe zu befördern. Den einen ließ er in Mr. Wychbolds Wohnung, den anderen brachte er von Lord Charlburys Haus zu Mantons Schießstätte und von dort in Brooks' Klub — erst da erreichte er sein Ziel. Lord Charlbury, in die Halle herausgebeten, das Billett persönlich entgegenzunehmen, las es mit sichtlichem Erstaunen, gab dem Empfänger aber ein schönes Trinkgeld und beauftragte ihn, Miss Stanton-Lacy zu bestellen, daß er ganz zur Verfügung stehe.

Inzwischen hatte Miss Stanton-Lacy ihrer allzu eifrigen Zofe einen freien Nachmittag gegeben und hatte einer erstaunten Hausmagd Auftrag erteilt, ihr Nachtzeug in einen Reisesack zu packen; dann hatte sie sich wieder an den Schreibtisch gesetzt und zwei weitere Briefe geschrieben. Damit war sie noch beschäftigt, als Lord Charlbury in den Salon geführt wurde. Sie blickte auf und lächelte. «Ich wußte doch, daß ich mich auf Sie verlassen konnte. Danke! Lassen Sie mich nur rasch diesen Brief beenden.»

Er wartete, bis sich die Tür hinter Dassett geschlossen hatte, und fragte dann: «Was ist denn passiert, um Himmels willen, Sophy? Warum müssen Sie nach Ashtead?»

«Ich bin dort zu Hause. Es ist Sir Horaces Haus.»

«Aber ich wußte nicht — so plötzlich! — hat Ihre Tante — Ihr Vetter —?»

«Quälen Sie mich jetzt nicht», bat sie. «Ich erkläre Ihnen alles unterwegs, wenn Sie so lieb sein wollen, mich zu begleiten! Weit ist es nicht — wir fahren ohne Aufenthalt durch!»

«Natürlich begleite ich Sie», erwiderte er. «Ist Rivenhall nicht zu Hause?»

«Ich kann ihn unmöglich bitten, mich zu begleiten. Lassen Sie mich doch diesen Brief für Cecilia beenden!»

Er bat um Verzeihung, rückte sich einen Stuhl ans Fenster und setzte sich. Seine gute Erziehung verbot ihm, eine Erklärung zu fordern, die man ihm offenbar nicht willig gab, aber er war zutiefst erstaunt. Der schelmische Blick war ganz aus Sophys Augen verschwunden; sie schien ungewöhnlich ernst — ein Umstand, der ihn aus der Fassung brachte, zugleich aber seinen Wunsch verstärkte, ihr dienlich zu sein.

Der Brief an Cecilia war bald beendet und mit einer Oblate versiegelt. Sophy erhob sich vom Schreibtisch, und nun fragte Charlbury, ob er sie in seiner Karriole nach Ashtead bringen solle.

«Nein, ich habe einen Mietwagen genommen. Er muß jeden Augenblick hier sein. Sind Sie in Ihrer Karriole gekommen?»

«Nein, ich bin die paar Schritte von Brooks herübergegangen. Bleiben Sie länger auf dem Land?»

«Ich weiß es selber kaum. Wollen Sie warten, während ich Hut und Mantel nehme?»

Sie kam gleich darauf mit Tina zurück, die ihre freudige Erregung darüber zeigte, daß sie auf einen Spaziergang mitgenommen werden sollte. Die Mietkutsche stand schon vor dem Tor, und Dassett, der vor einem Rätsel stand wie Lord Charlbury, gab dem Lakaien die Anweisung, Miss Stanton-Lacys Reisesack in den Gepäckkorb zu legen. Sophy reichte ihm die beiden Briefe und wies ihn an, streng darauf zu achten, daß Mr. und Miss Rivenhall sie gleich nach ihrer Rückkehr erhielten. Fünf Minuten später saß sie neben Lord Charlbury in der Chaise und sprach ihre Hoffnung aus, daß das drohende Gewitter erst ausbrechen würde, wenn sie Lacy Manor erreicht hatten. Tina sprang auf ihren Schoß, und so ergab sich die Gelegenheit, Seiner Lordschaft zu berichten, daß Tina im Green Park einem anderen italienischen Windspiel begegnet war, der aus seiner Bewunderung für sie kein Hehl gemacht. So kam die Rede auf Tinas kokette Künste; das leitete zu einem amüsanten Bericht von der Eifersucht des Spaniels über, den Mr. Rivenhall unlängst vom Land mitgebracht hatte; und alsbald sah sich Lord Charlbury in ein harmloses Gespräch über Fasanenjagd, Fuchsjagd und andere sportliche Vergnügungen verwickelt. Mit solchem Geplauder kam man bis Kensington, und erst als man in die Chaussee einbog, gewann Seine Lordschaft die Fassung, die er verloren, wieder. Er bemerkte jetzt, daß der muntere Spott wieder in Sophys Augen stand. In Lower Tooting warf er einen Blick auf den sonderbaren Kirchturm, auf dessen rundem Sockel ein quadratisches Holzgebilde saß, das in einem Schindeldach gipfelte; und als Sophy sich nun in die Ecke zurücklehnte, sah er ihr prüfend ins Gesicht: «Wie ist das nun, Sophy, brennen wir eigentlich miteinander durch?»

Sie lachte hell auf. «Nein, nein, ganz so schlimm ist es nicht! Muß ich Ihnen alles sagen?»

«Jedenfalls ist mir klar, daß Sie einen furchtbaren Plan ausgeheckt haben. Beichten Sie!»

Sie gab ihm einen Seitenblick, der ihn der letzten Zweifel überhob, ob der Schelm wieder in ihren Augen säße. «Nun, die volle Wahrheit ist, daß ich Sie entführt habe, Charlbury.»

Einen Moment lang war er betroffen, dann begann er zu lachen. Sie stimmte ein, und als er die erste Verblüffung überwunden hatte, sagte er: «Ich hätte mir denken können, daß irgendeine Teufelei im Werk war, als ich sah, daß Ihr getreuer Potton nicht da war. Aber erklären Sie mir das doch, Sophy – warum werde ich entführt? Was ist der Zweck des Ganzen?»

«Sie müssen mich so kompromittieren, daß Sie hernach gezwungen sind, mich zu heiraten, das liegt doch klar auf der Hand», erwiderte Sophy gelassen.

Diese freundliche Erklärung ließ ihn auffahren. «Sophy!»

«Keine Angst! Ich habe Potton mit einem Brief zu Sancia geschickt und sie gebeten, sofort nach Lacy Manor zu kommen.»

«Du lieber Gott, verlassen Sie sich wirklich darauf, daß sie das auch tut?»

«Aber gewiß. Sie hat ein gutes Herz, und wenn ich wirklich an ihre Hilfsbereitschaft appelliere, wird sie mich nicht im Stich lassen.»

Er ließ sich in die Polsterung zurückfallen und sagte: «Jetzt weiß ich wirklich nicht, was ich von Ihnen halten soll. Ich stehe vor einem Rätsel. Worauf wollen Sie eigentlich hinaus?»

«Wie, das verstehen Sie nicht? Ich habe Cecilia einen Brief hinterlassen, in dem ich ihr erkläre, daß ich im Begriff bin, mich selbst zu opfern –»

«Schönen Dank!» unterbrach Seine Lordschaft.

«Mich und Sie», fuhr sie heiter fort, «so daß mein Onkel endlich zum Schweigen gebracht wird. Ich habe Ihnen doch gesagt, daß ich ihn dazu gebracht habe, der armen Cecy seinen unbeirrbaren Entschluß kundzutun, daß sie Sie zu heiraten hat. Wenn ich Cecy nur etwas kenne, so kommt sie Hals über Kopf nach Ashtead, und wenn Sie aus dieser Situation nichts herausholen, mein lieber Charlbury, dann wasche ich meine Hände in Unschuld.»

«Ungeheuerlich, Sophy», war seine undankbare Antwort. «Einfach ungeheuerlich! Und wenn weder die Marquesa noch Cecilia nach Lacy Manor kommen? Ich muß Ihnen aufrichtig sagen, daß ich mich durch nichts dazu bringen lassen werde, Sie zu kompromittieren.»

«Nein, natürlich nicht! Es wäre mir höchst unangenehm. Wenn dieser Fall einträte, würde ich Sie nötigen müssen, die Nacht in Leatherhead zu verbringen. Es ist nicht weit von Lacy Manor entfernt, Sie werden im ‹Schwan› einigermaßen erträglich unterkommen. Andernfalls müssen Sie sich einen Mietwagen besorgen, der Sie nach London zurückbringt. Aber Sancia wenigstens wird mich nicht im Stich lassen.»

«Haben Sie Cecilia gesagt, daß Sie mich entführt haben?» fragte er. Und als sie nickte, rief er: «Ich könnte Sie ermorden! Was für Tricks! Und die Figur, die ich dabei spiele!»

«Daran wird sie gar nicht denken. Erinnern Sie sich, daß ich Ihnen erst vor ein paar Tagen sagte, man müsse Cecy dazu bringen, mit Ihnen Mitleid zu haben, und nicht mit Augustus? Übrigens wird sie, davon bin ich überzeugt, von wahren Stürmen der Eifersucht durchtobt sein. Überlegen Sie nur! Ich wußte selbst nicht weiter, bis mir einfiel, was da einmal in meiner Gegenwart ein sehr bedeutender Kriegsmann geäußert hat. ‹Die Überraschung ist die Seele des Angriffs!› Ein Glück, daß mir das im richtigen Augenblick einfiel!»

«Ein unerhörtes Glück», sagte er sarkastisch. «Ich hätte die größte Lust, an der nächsten Mautstelle auszusteigen.»

«Damit würden Sie alles verpfuschen.»

«Aber das ist doch entsetzlich, Sophy!»

«Es wäre entsetzlich, wenn die Motive nicht die reinsten wären.»

Darauf wußte er nichts zu erwidern, und sie verharrte einige Minuten in Schweigen. Nachdem er alles gründlich durchdacht hatte, sagte er: «Sie sollten mir lieber die ganze Wahrheit sagen! Gewiß weiß ich erst die Hälfte. Welche Rolle spielt Charles Rivenhall in dieser Geschichte?»

Sie strich über Tinas Rücken. «Ach, ich habe einen so schrecklichen Streit mit Charles gehabt, daß ich jetzt gezwungen bin, Zuflucht in Lacy Manor zu suchen», klagte sie.

«Und Sie haben zweifellos einen Brief hinterlassen, um ihm das mitzuteilen?»

«Natürlich.»

«Auf diese Begegnung freue ich mich schon», sagte er voll Bitterkeit.

«Das Wiedersehen wird schwierig», gestand sie. «Aber ich habe das Gefühl, daß ich darüber hinwegkommen werde. Und ich verspreche Ihnen, Charlbury, daß Sie mit heiler Haut aus dieser Sache herauskommen — nun ja, wenn nicht ganz, so doch einigermaßen.»

«Sie ahnen nicht, wie Sie meine Laune verbessern! Ich bin zwar weder mit Pistolen noch mit Fäusten für Rivenhall ein würdiger Partner, aber Sie werden mir anderseits glauben, daß ich nicht so feig bin, einer Begegnung mit ihm auszuweichen.»

«Natürlich halte ich Sie nicht für feig», beruhigte sie ihn, «aber es kann doch unmöglich Charles' Zwecken entsprechen, Sie zu zerklopfen – ist der Ausdruck stilgerecht?»

«Völlig stilgerecht.»

«– oder zu durchlöchern», fügte sie mit ungeminderter Heiterkeit hinzu.

Er mußte lachen. «Ich sehe wohl, Rivenhall ist noch mehr zu bedauern als ich. Warum haben Sie sich eigentlich mit ihm gezankt?»

«Mußte ich doch! Irgendeinen Vorwand mußte ich finden, um aus dem Haus zu fliehen. Das müssen Sie doch einsehen! Schließlich ist mir nichts Besseres eingefallen, als den jungen Braunen aus seinem Stall zu holen, den er neulich gekauft hat. Ein schönes Tier, wunderbar in der Gangart, aber noch gar nicht auf Londoner Verkehr trainiert und viel zu stark für eine Frauenhand.»

«Hab das Pferd gesehen. Wollen Sie ernstlich behaupten, Sophy, daß Sie damit ausgefahren sind?»

«Bin ich . . . schändlich, nicht? Auf mein Wort, ich hatte selber Gewissensbisse! Übrigens ist nichts passiert! Er hat nicht umgeworfen, und Charles kam mir zu Hilfe, bevor ich in wirkliche Ungelegenheiten geriet. Na, er hat mir schöne Sachen gesagt –! Noch nie habe ich ihn in solcher Wut gesehen! Wenn ich mir nur die Hälfte der Beleidigungen gemerkt hätte, die er mir an den Kopf geworfen hat! Übrigens spielt das keine Rolle. Schon die Hälfte reichte aus, um aus seiner Nähe zu flüchten.»

Er schloß die Augen. «Sie haben ihn doch ohne Zweifel informiert, daß Sie meinen Schutz erbeten haben?»

«Nein, das war nicht nötig. Cecy wird es ihm schon sagen.»

«Ein glücklicher Umstand! Sie wollen mir doch, wenn ich begraben werde, einen schönen Kranz spenden?»

«Gewiß. Wie die Dinge liegen, spricht einiges dafür, daß Sie vor mir sterben.»

«Wenn ich dieses Abenteuer überlebe, dann wohl nicht. Ihr Schicksal steht mir klar vor Augen: man wird Sie ermorden. Es ist mir schwer verständlich, wieso Sie noch nicht ermordet worden sind.»

«Wie sonderbar! Charles hat das auch einmal zu mir gesagt, oder etwas Ähnliches.»

«Das ist gar nicht sonderbar. Jeder vernünftige Mann muß das sagen.»

Sie lachte: «Sie sind ungerecht. Ich habe noch nie irgend jemandem den geringsten Harm zugefügt. Mag sein, daß meine Strategie in bezug auf Charles versagt – in Ihrem Fall, davon bin ich überzeugt, muß sie richtig sein. Geben wir uns damit zufrieden. Die arme Cecy! Stellen Sie sich bloß vor, wie entsetzlich es sein muß, wenn sie sich gezwungen sieht, Augustus zu heiraten und den Rest ihres Lebens damit zu verbringen, sich seine Gedichte anzuhören!»

Dieser Ausblick auf die Situation machte auf Lord Charlbury einen so tiefen Eindruck, daß er in Schweigen versank. Als sie am nächsten Mauthaus vorbeikamen, äußerte er keine Absicht, Sophy zu verlassen, sondern schien sich mit seinem Schicksal abgefunden zu haben.

Lacy Manor, das etwas abseits von der großen Chaussee lag, war ein elisabethanischer Bau, zu dem spätere Generationen mancherlei beigetragen, der aber doch seine ursprüngliche Schönheit behalten hatte. Man gelangte durch eine schöne Allee edler Bäume zu der Auffahrt; früher war das Haus von wohlgepflegten Gärten umgeben gewesen. Durch den Umstand, daß Sir Horace abwesend und überdies ein recht unbekümmerter Besitzer war, hatte es geschehen können, daß diese Gärten in den letzten Jahren verwilderten, das Gesträuch war von wucherndem Buschwerk kaum zu unterscheiden, und unbeschnittene Rosenbüsche machten sich auf Blumenbeeten, in denen das Unkraut gedieh, breit. Der Himmel war den ganzen Tag über bedeckt gewesen, aber jetzt zeigte ein Sonnenstrahl, der durch die niedrigen Wolken brach, daß die altmodischen Fenster mit ihren Mittelpfosten seit langem nicht gereinigt worden waren. Ein dünner Faden Rauch stieg von einem Kamin auf, das einzige Zeichen, daß jemand im Hause wohnte. Sophy, die aus dem Wagen gestiegen war, sah sich kritisch um, während Charlbury an dem eisernen Glockenzug am Haupteingang zerrte.

«Scheint ja alles in schändlicher Unordnung», bemerkte sie. «Ich muß Sir Horace schreiben, daß es so nicht geht. Er dürfte das Haus nicht derartig vernachlässigen. Arbeit gäbe es hier für eine kleine Armee von Gärtnern! Er hat das Haus nie leiden mögen. Vielleicht, weil meine Mutter hier gestorben ist.» Lord Charlbury wollte etwas Mitfühlendes äußern, aber Sophy fuhr unbekümmert fort: «Ich glaube aber, nur seine schändliche Indolenz ist schuld. Läuten Sie noch einmal, Charlbury!»

Nach einer geraumen Weile hörten sie schlurfende Schritte im Haus, dann wurden Riegel zurückgeschoben, und eine Türkette klirrte.

«Bin schon halbwegs versöhnt, Sophy», sagte Charlbury. «Hätte nie gehofft, eines Tages persönlich zwischen die Buchdeckel eines Romans zu geraten! Wird es hier Spinnweben geben? Liegt ein Skelett unter der Treppe?»

«Ich fürchte, nein. Aber denken Sie nur, wie hübsch das wäre!» Und als die Tür jetzt aufging und ein erstauntes Gesicht sichtbar wurde, sagte sie: «Guten Tag, Clavering! Ja, ich bin es wirklich, ich bin gekommen, um nach Ihnen und Mathilda zu sehen.»

Der Verwalter, ein gebrechlicher Mann mit ergrauten Locken und einem gebeugten Rücken, starrte sie einen Moment lang an, bevor er hervorbrachte: «Miss Sophy! Du lieber Gott, wenn wir geahnt hätten, daß Sie kommen –! Ich bin so erschrocken, als die Glocke läutete. Matty, komm! Matty! Es ist Miss Sophy!»

Eine Frauengestalt, so beleibt wie er dürr, tauchte im Hintergrund auf, stammelte unverständliche Laute und suchte sich aus der Umschlingung einer schmutzigen Schürze zu befreien. Rot übergossen bat Mrs. Clavering ihre junge Herrin, einzutreten und die Unordnung, die ihr überall begegnete, zu entschuldigen. Niemand hatte ja ihr Kommen angekündigt; der Herr hatte ausdrücklich geschrieben, er würde sich anmelden, bevor er aus dem Auslande zurückkehrte: jetzt sei sie nicht einmal sicher, ob Tee im Hause wäre: und wenn sie nur geahnt, daß Miss Sophy auf den Gedanken kommen könnte, das Haus zu besuchen, so wäre der Kamin natürlich ausgeräumt, der beste Salon instand gesetzt und die Bezüge wären von den Möbeln genommen worden.

Sophy beschwichtigte Mathildas Erregung, indem sie versicherte, sie wäre durchaus gefaßt gewesen, das Haus in diesem Zustand anzutreffen; damit betrat sie die Halle. Von dem getäfelten, niedrigen Raum führte eine hübsche Eichentreppe, bequem gestuft, in die oberen Stockwerke. Die Stühle staken in Leinenüberzügen, und eine dicke Staubschicht lag auf dem dünnbeinigen Tisch in der Mitte des Raumes. Die Luft, die ihnen entgegenschlug, war dumpf, und ein feuchter Fleck an der Wand trug dazu bei, die Muffigkeit der Atmosphäre verständlich zu machen.

«Wir müssen alle Fenster öffnen und Feuer anmachen», erklärte Sophy lebhaft. «Ist die Marquesa – hat eine spanische Dame sich hier gezeigt?»

Man versicherte ihr, daß sich keine spanische Dame im Manor gezeigt hatte, ein Umstand, zu dem sich die Claverings zu beglückwünschen schienen.

«Schön», sagte Sophy, «dann muß sie jeden Augenblick eintreffen, und wir müssen uns beeilen, einige Behaglichkeit zu ihrem Empfang vorzubereiten. Sorgen Sie für Holz, Clavering, und machen Sie ein Feuer an; Sie aber, Matty, nehmen die Überzüge ab! Wenn schon kein Tee im Hause ist, so wird es doch sicher Bier geben! Bringen Sie Bier für Lord Charlbury, bitte! Charlbury, ich bitte Sie um Verzeihung, daß ich Sie in eine solche Höhle gelockt habe. Einen Moment, Clavering! Sind die Ställe in Ordnung? Ich möchte den Wagen nicht wegschicken, die Pferde müssen getränkt, gefüttert und abgerieben werden, und die Postknechte müssen zu essen bekommen!»

Lord Charlbury, der seine Bedenken überwunden und zum Genuß der Situation durchgefunden hatte, sagte: «Erlauben Sie, daß ich das übernehme? Wenn Clavering mir den Weg zu den Ställen weisen will –?»

«Ja, tun Sie so», erwiderte Sophy dankbar. «Ich sehe mich hier inzwischen um, stelle fest, welche Räume am ehesten einigermaßen benützbar sind, und bevor ein wärmendes Feuer angemacht ist, werden Sie es ja doch hier ungemütlich finden.»

Seine Lordschaft, der aus dieser Äußerung richtig heraushörte, daß er jetzt hier nur im Wege stand, machte sich mit Clavering auf, die Postknechte zu den Ställen zu führen, die sich glücklicherweise wasserdicht erwiesen; sie standen unter der Aufsicht eines bejahrten Mannes, der hier sein Gnadenbrot verzehrte; seine trüben Augen leuchteten sogar beim Anblick so bescheidener Pferde, wie sie zu dem Mietwagen gehörten, auf. Ein dickes, kurzbeiniges Pony und ein paar Bauernpferdchen waren die einzigen Bewohner der Stallung, aber der Alte versicherte, daß an Futter und Stroh kein Mangel wäre; auch übernahm er es, die Postknechte in seinem Häuschen, das an den Stall stieß, zu bewirten.

Lord Charlbury unternahm einen kleinen Rundgang in den Gärten, bis die ersten Regentropfen ihn in das Haus zurücktrieben. Hier waren inzwischen die Überzüge von den Stühlen entfernt, ein Staubwedel hatte das Seine getan, und in dem mächtigen Kamin brannte ein prasselndes Feuer.

«Es ist nicht wirklich kalt», meinte Sophy, «aber ein Kaminfeuer macht sofort alles gemütlicher.»

Seine Lordschaft betrachtete die Rauchwolken, die von dem Kamin in den Raum drangen, und billigte Sophys Äußerungen nur mit halbem Herzen, wärmte sich aber dann über den blauen Flammen, die zwischen den Kohlen züngelten, die Hände. Ein kräftiger Rauchstoß bewog ihn, sich zurückzuziehen, und reizte ihn zu einem Hustenanfall. Sophy kniete neben dem Feuer nieder, schürte mit dem Eisen in der schwarzen Masse und sorgte für Zug. «Ich stelle mir vor», meinte sie, «daß im Rauchfang Stare nisten. Mathilda allerdings meint, daß Kamine immer eine Weile rauchen, wenn sie ausgekühlt sind. Wir werden ja sehen! Ich habe in einem der Regale in der Küche Tee gefunden, Mathilda wird gleich welchen bringen. Sie wußte gar nicht, daß er da war. Ich frage mich nur, wie lange er schon in der Schublade steckt.»

«Das frage ich mich auch», bestätigte Seine Lordschaft, den der Gedanke zu bezaubern schien, dieser Tee wäre eine Reliquie aus längst vergangenen Tagen.

«Glücklicherweise wird Tee nicht schlechter, wenn man ihn lang aufbewahrt», sagte Sophy. «Oder doch?»

«Ich habe keine Ahnung, aber auch das werden wir sehen», erwiderte Charlbury. Er wanderte jetzt in der Halle auf und ab, besah die Bilder und Zierstücke. «Eine Schande, daß ein solches Haus verfallen soll», bemerkte er. «Sehen Sie nur diese bezaubernde Meißener Gruppe! Und an diesen Harlekin da drüben habe ich mein Herz verloren!

Ich frage mich, ob Ihr Vater nicht bereit wäre, für die Dauer seiner Abwesenheit dieses Haus anständigen Leuten zu vermieten, statt es verfallen zu lassen.»

«Viele Jahre lang ließ er meine Tante Clara hier wohnen», antwortete Sophy. «Sie war höchst exzentrisch, hatte nur Umgang mit Katzen und ist dann vor zwei Jahren gestorben.»

«Sehr scheint sie sich nicht um das Haus gekümmert zu haben», bemerkte Charlbury und hob sein Lorgnon, um eine Landschaft in einem schweren Goldrahmen zu besichtigen.

«Nein, das hat sie wohl nicht getan. Na, gleichgültig, Sir Horace wird das schon in Ordnung bringen! Fürs erste räumt Mathilda das Frühstückszimmer auf, dort können wir es uns gemütlich machen.» Sie zog ihre Stirn in Falten. «Meine einzige Sorge ist das Dinner. Ich habe nicht den Eindruck, daß Mathilda etwas vom Kochen versteht, und ich bin ihr darin, das muß ich zugeben, kaum überlegen. Vielleicht erscheint Ihnen das gleichgültig, aber —»

«Nein», antwortete Seine Lordschaft mit großer Festigkeit, «es fällt mir gar nicht ein, etwas dergleichen zu äußern! Sollen wir hier speisen? Muß das sein?»

«Ich glaube, wir müssen unsere Gedanken auf diese Möglichkeit richten. Es läßt sich nicht mit Bestimmtheit sagen, wann Cecilia kommen wird, aber ich nehme kaum an, daß sie vor sieben eintrifft, denn sie war mit meiner Tante in Richmond und wird den Nachmittag dort verbracht haben. Interessieren Sie sich eigentlich für Bilder? Soll ich Sie hinaufführen und Ihnen unsere Galerie zeigen? Die besten Stücke hängen oben.»

«Ja, ich möchte sie gern sehen. Nehmen Sie an, daß Rivenhall seine Schwester begleitet?»

«Doch, ich stelle mir das so vor. Schließlich wird sie sich kaum allein auf den Weg machen, und er ist die nächste Person, an die sie sich in einer solchen Lage wenden kann. Behaupten kann man das nicht, aber auf eines können Sie sich verlassen: wenn Charles nicht mit Cecy kommt, dann folgt er ihr auf dem Fuß. Sehen wir uns jetzt die Galerie an, bis der Tee bereit ist?»

Sie führte ihn zu der Treppe und nahm im Vorbeigehen von einem Stuhl ihr Reiseretikül. Die Galerie, die sich an der Nordseite des Hauses hinzog, lag in Grabesdunkel, denn die großen Fenster waren mit schweren Portieren verhangen. Sophy schickte sich an, sie zurückzuziehen, und sagte: «Es sind zwei Van Dycks da, und ein Bild, das von Holbein sein soll — Sir Horace glaubt es aber nicht. Das hier ist das Bild meiner Mutter, Hoppner hat es gemalt. Ich selbst habe keine Erinnerung an meine Mutter, Sir Horace aber findet es nicht sonderlich gut getroffen. Sie hat auf dem Porträt ein geziertes, einfältiges Lächeln, das sie im Leben nie gezeigt haben soll.»

«Sie sehen ihr nicht sehr ähnlich», bemerkte Charlbury, in den Anblick des Porträts versunken.

«Bestimmt nicht! Sie hat für eine große Schönheit gegolten.»

Er lächelte, äußerte aber nichts. Sie gingen von Bild zu Bild, bis Sophy meinte, Mathilda werde jetzt mit dem Teebrett bereitstehen. Da sie es für nötig hielt, die Vorhänge wieder zuzuziehen, trat Charlbury an die Fenster und übernahm diese Aufgabe. Schon hatte er zwei verhängt und streckte die Hand gerade aus, den dritten Vorhang vorzuziehen, als Sophy, die hinter ihm stand, sagte: «Einen Augenblick, Charlbury! Können Sie von Ihrem Platz aus das Sommerhaus sehen?»

Er stand still, den Arm am Fenstergriff, und sagte eben: «Ich sehe da etwas zwischen den Bäumen durchschimmern, aber –», als er einen lauten Krach hörte und, zur Seite springend, mit der Hand nach seinem Arm griff, in dem er ein Gefühl hatte, als wäre er von einem rotglühenden Draht durchbohrt. Einen Augenblick lang stand er völlig fassungslos; dann begriff er, daß sein Ärmel versengt war und daß Blut ihm zwischen den Fingern herablief; und gleichzeitig bemerkte er, daß Sophy eine elegante kleine Pistole weglegte.

Sie war ein wenig blaß, lächelte ihm aber ermutigend zu und sagte, als sie auf ihn zutrat: «Ich muß Sie sehr um Verzeihung bitten! Es war natürlich schändlich, was ich da getan habe, aber ich dachte eben ... nun, es hätte die Sache für Sie noch schlimmer gemacht, wenn ich Sie gewarnt hätte.»

«Sophy, sind Sie total wahnsinnig?» fragte er wütend, während er sein Taschentuch um den Arm band. «Was, zum Teufel, soll das?»

«Kommen Sie ins Schlafzimmer, ich verbinde Sie. Habe alles dort bereit. Ich hatte Angst, Sie könnten es mir übelnehmen – Sie müssen ja arg erschrocken sein! Auch mich hat es einige Entschlußkraft gekostet», sagte sie, während sie ihn zur Tür geleitete.

«Aber was soll das nur? Was habe ich denn getan, daß Sie es nötig haben, mich anzuschießen?»

«Oh, nicht das geringste. Diese Tür hier, bitte, und legen Sie Ihren Rock ab. Ich hatte solche Angst, daß meine Hand zittern würde. Ich hätte ja den Knochen treffen können, aber ich habe es doch nicht getan, nicht wahr?»

«Nein, das haben Sie doch wohl nicht. Es ist kaum mehr als ein Kratzer, aber ich verstehe noch immer nicht, warum –»

Sie half ihm, aus dem Rock zu schlüpfen und den Hemdärmel aufzurollen. «Nein, es ist nur eine leichte Fleischwunde. Ich bin so froh!»

«Und ich erst!» sagte Seine Lordschaft grimmig. «Ich darf mir wohl dazu gratulieren, daß ich nicht tot bin?»

Sie lachte. «Unsinn! Auf diese Entfernung? Trotzdem wäre Sir Horace wohl auf mich stolz, ich habe so ruhig gezielt wie beim Scheibenschießen, und es wäre gar nicht gut gewesen, wenn meine Hand gezittert hätte. Setzen Sie sich, damit ich Ihre Wunde spülen kann.»

Er gehorchte und hielt seinen Arm über das Becken, das sie vorsorglich bereitgestellt hatte. Sein lebhafter Sinn für Humor war wieder erwacht, aber nachdem der erste Schreck vorüber war, konnte er doch ein leises Zittern seiner Lippen nicht unterdrücken. «Na», meinte er, «man kann sich die Freude eines Vaters bei einer solchen Entdeckung vorstellen! Ruhige Entschlußkraft ist kaum das richtige Wort: Sie sind wohl nicht besorgt, Sophy, beim Anblick von Blut ohnmächtig zu werden?»

Sie blickte von der Wunde, die sie gerade mit dem Schwamm berührt hatte, auf: «Das wohl nicht! Ich bin nicht zimperlich, auch nicht kleinmädchenhaft, das wissen Sie.»

Er brach in schallendes Gelächter aus. «Nein, Sophy, das sind Sie nun wirklich nicht! Die Grand Sophy – ein kleines Mädchen!»

«Sie sollten lieber stillhalten», sagte sie streng, während sie ein weiches Tuch auf die Wunde legte. «Sehen Sie nur, es kommt kaum mehr Blut! Jetzt noch Basilikumpuder, dann kommt der Verband darauf, und alles ist in bester Ordnung. Gleich fühlen Sie sich wieder wohl!»

«Ich fühle mich nicht im geringsten wohl, und wahrscheinlich werde ich gleich Fieber bekommen. Warum haben Sie das getan, Sophy?»

«Nun ja», sagte sie ernst, «Mr. Wychbold meinte, Charles würde Sie entweder fordern oder einfach auf Sie losgehen, und ich wünsche mir keines von beiden für Sie.»

Diese Bemerkung setzte seiner Belustigung ein jähes Ende. Seine gesunde Hand griff nach ihrem Gelenk. «Ist das die Wahrheit? Bei Gott, ich möchte Ihnen ein paar hinter die Ohren geben! Bilden Sie sich etwa ein, daß ich vor Charles Rivenhall Angst habe?»

«Nein, gewiß nicht, aber stellen Sie sich vor, was das für ein Aufsehen gäbe, wenn Charles Sie gar tötete – alles durch meine Schuld!»

«Unsinn!» sagte er zornig. «Wenn einer von uns beiden töricht genug wäre, es zu so etwas kommen zu lassen, und auf mein Wort, das sind wir nicht –»

«Nein, Sie haben wohl recht, aber auch Mr. Wychbold kann recht haben, und er meinte, Charles würde ... wie sagte er doch? – Ihnen ins Gesicht schlagen.»

«Sehr wohl möglich. Aber wenn ich auch kein gleichwertiger Partner für Rivenhall bin, so kann ich doch immer noch einigermaßen für mich einstehen.»

Sie begann eine Zupfleinwand um seinen Unterarm zu schlingen. «Es wäre nicht das richtige», sagte sie. «Wenn Sie Charles zu Boden schlagen, würde Cecy keine rechte Freude daran haben; und wenn Sie meinen, mein lieber Charlbury, daß ein blaues Auge und eine blutende

Nase Ihrer Sache bei Cecy förderlich wären, so sind Sie ein arger Schwachkopf.»

«Und ich dachte doch», fragte er sarkastisch, «daß sie dazu gebracht werden soll, mich zu bemitleiden?»

«Eben das – gerade darum habe ich mich ja entschlossen, auf Sie zu schießen», sagte Sophy triumphierend.

Wieder konnte er ein Lachen nicht unterdrücken. Dann aber wies er sie darauf hin, daß er über den dicken Verband, den sie ihm angelegt, keinen Rockärmel ziehen könne.

«Nun, der Ärmel ist ja doch verdorben, also spielt es keine große Rolle», meinte sie. «Sie können den Rock zuknöpfen, und für Ihren Arm mache ich Ihnen eine Schlinge. Es ist zwar nur eine Fleischwunde, aber wenn Sie den Arm nicht hochhalten, kann sie noch einmal zu bluten beginnen. So, und jetzt wollen wir hinuntergehen und nachsehen, ob Mathilda den Tee für uns bereit hat.»

Die geplagte Mrs. Clavering hatte nicht nur Tee bereitet, sondern auch den Jungen des Gärtners ins Dorf geschickt, um ein pralles, rotbackiges Mädchen herbeizuholen, das sie Sophy stolz als die Älteste ihrer Schwester vorstellte. Das junge Ding, das einen Knicks exekutierte, stellte sich vor – ihr Name war Clementina. Da Sophy mit der Möglichkeit rechnete, daß Lacy Manor für diese Nacht Einquartierung bekommen könne, wies sie Clementina an, Bettzeug vorzubereiten und am Küchenfeuer anzuwärmen. Mrs. Clavering, immer noch bemüht, den Frühstückssalon bewohnbar zu machen, hatte das Teetablett in die Halle gebracht, in der nun ein ruhigeres Feuer brannte. Zwar stieß der Kamin immer noch Rauchwolken in den Raum, aber Lord Charlbury, der in einen tiefen Stuhl gesetzt worden war und ein Kissen bekommen hatte, um seinen verletzten Arm daraufzulegen, hätte es ungezogen gefunden, diesem Umstand Beachtung beizumessen. Zu dem Tee, der durch seine lange Verwahrung in der Schublade einiges von seinem Aroma eingebüßt hatte, gab es Butterbrote und einen großen, massiven Pflaumenkuchen, an dem Sophy sich herzhaft ergötzte. Draußen ging jetzt ein starker Regen nieder, und der Himmel war so bleigrau, daß nur wenig Licht in die niedrigen Räume des Landhauses drang. Trotz lebhaftem Suchen fanden sich nur ein Paar Talgkerzen, aber Mrs. Clavering brachte eine Lampe in die Halle, die, nachdem man die Fenstervorhänge zugezogen, eine Atmosphäre der Gemütlichkeit verbreitete.

Es dauerte nicht lang, als das Geräusch eines vorfahrenden Wagens an ihre Ohren drang. Schon war Sophy aufgesprungen. «Sancia!» rief sie und warf ihrem Gast ein mutwilliges Lächeln zu. «Nun werden Sie sich gleich wohler fühlen!» Sie nahm die Lampe auf, trug sie zur Tür, die sie weit öffnete, um, auf der Schwelle stehend, mit der hochgehaltenen Lampe in die Nacht hinauszublicken. Im strömenden Regen gewahrte sie den Landauer der Marquesa und Sir Vincent Talgarth, der aus dem Wagen sprang, um der Marquesa behilflich zu sein. Im nächsten Augenblick wurde Mr. Fawnhope sichtbar, der verständnislos herüberblickte, während der Regen ungehindert auf seinen bloßen Kopf herabströmte.

«Ach, Sophy, was soll das nur?» jammerte die Marquesa, als sie sich unter das Vordach des Einganges geflüchtet hatte. «Dieser Regen! Mein Dinner! Das ist wirklich zu schlecht von dir!»

Sophy ging auf diese Klagen nicht ein, sondern wandte sich an Sir Vincent.

«Was zum Teufel, soll das? Wieso haben Sie Sancia begleitet, und warum in drei Teufels Namen, bringen Sie Augustus Fawnhope angeschleppt?»

Das Lachen drohte ihn zu ersticken. «Teuerste Juno, lassen Sie mich erst einmal aus der Nässe herauskommen! Und was Fawnhope betrifft, so haben Sie doch selber Erfahrung mit ihm – ihn bringt man nicht mit, er kommt! Als Ihre Botschaft eintraf, las er gerade Sancia die ersten zwei Akte seiner Tragödie vor. Auch auf der Fahrt hat er weitergelesen, bis es einfach zu dunkel wurde.» Er erhob seine Stimme und rief: «Ins Haus mit Euch, hingerissener Poet! Ihr werdet durchnäßt, wenn Ihr dort länger steht!»

Mr. Fawnhope erwachte aus seiner Versunkenheit und kam näher.

«Nun gut», sagte Sophy, bereit, sich mit allem abzufinden, «herein muß ich ihn wohl lassen, aber es ist ein grausames Mißgeschick.»

«Also Sie sind es!» rief Mr. Fawnhope und starrte sie an. «Einen Moment lang glaubte ich, wie Sie so dastanden, die Lampe über Ihrem Haupt, eine Gottheit zu erschauen. Eine Gottheit! Oder eine jungfräuliche Vestalin.»

«Nun, an Ihrer Stelle», unterbrach ihn Sir Vincent nüchtern, «würde ich erst einmal aus dem Regen hereinkommen und hier die Verwechslungen berichtigen.»

## XVII

Als Lady Ombersley mit ihren Töchtern am späten Nachmittag heimkam, fand sie Miss Wraxton im Hause wartend vor. Nachdem Miss Wraxton Lady Ombersley innig begrüßt hatte, erklärte sie, sie habe Platz genommen und gewartet, denn sie sei die Überbringerin einer Nachricht von Mama. Lady Ombersley war um Amabel besorgt, die müde aussah und auf dem Heimweg über leichte Kopfschmerzen geklagt hatte; so sagte sie nur geistesabwesend: «Dann bitte ich, der Frau Mama meinen Dank zu überbringen. Amabel, komm in den Salon hinauf, ich will dir die Stirn mit Essig einreiben! Du wirst sehen, Liebes, gleich wird dir besser!»

«Die liebe Kleine!» sagte Miss Wraxton. «Sie sieht noch recht angegriffen aus. Nun, um zu meiner Sache zu kommen, wir haben die schwarzen Handschuhe ausgezogen, und Mama möchte, da die Trauerzeit um ist, zu Ehren des bevorstehenden Ereignisses, einen Empfang geben — nur in engem Rahmen, keine große Affäre, denn es sind ja nicht viele Leute von Bedeutung in der Stadt — auf jeden Fall möchte sie das Datum so festlegen, daß es mit den Arrangements dieses Hauses in Einklang steht. Das ist also mein diplomatischer Auftrag.»

«Sehr lieb von ihr», murmelte Ihre Ladyschaft. «Wir kommen natürlich sehr gern — jeder Tag ist uns recht, wir haben ja im Augenblick fast keine Verpflichtungen. Jetzt bitte ich aber um Entschuldigung, ich kann nicht bleiben, Amabel fühlt sich gar nicht wohl. Cecilia wird alles arrangieren. Komm, Liebste!»

Noch im Sprechen geleitete sie bereits die jüngste Tochter die Treppe hinauf und bemerkte dabei nicht, daß Cecilia, der Dassett wortlos Sophys Brief überreicht hatte, gar nicht zuhörte. Unter den gespannten Blicken des Kammerdieners las Cecilia mit fassungslosem Staunen den Brief, tödlich erblaßt. Nun blickte sie auf, trat einen Schritt vor und bewegte die Lippen, als wollte sie die Mutter zurückrufen. Dann faßte sie sich aber wieder und suchte sich zu beruhigen. Die Hände, die Sophys zusammengefalteten Brief hielten, zitterten, der ganze Anblick war der eines Menschen, der eine schwere Erschütterung erfahren hat. Miss Wraxton bemerkte es, trat näher und sagte teilnahmsvoll: «Auch dir ist nicht gut, fürchte ich! Hast du etwa schlimme Nachrichten erhalten?»

Dassett, den es stundenlang in den Fingern gejuckt hatte, die Oblate zu lösen, die Sophys Brief verschloß, hüstelte und fragte mit betontem Gleichmut: «Ist Miss Stanton-Lacy für heute abend zurückzuerwarten, Miss? Ihre Zofe ist einigermaßen in Sorge, denn sie war gar nicht darauf vorbereitet, daß ihre Herrin aufs Land fahren wollte.»

Cecilia sah ihn verstört an, gewann aber die Herrschaft über sich so weit wieder, daß sie leidlich gefaßt sagen konnte: «Ja, ich denke wohl. Nun ja, gewiß kommt sie heute abend zurück.»

Diese Antwort befriedigte zwar Dassetts Wissensdurst nicht, ließ aber Miss Wraxton die Ohren spitzen. Sie nahm Cecilias Arm, geleitete sie in die Bibliothek und sagte mit wohlabgetönter Stimme: «Die Ausfahrt hat dich sehr angestrengt. Seien Sie so gut, Dassett, und bringen Sie ein Glas Wasser und etwas Riechsalz in die Bibliothek. Miss Rivenhall fühlt sich nicht ganz gut.»

Cecilia war in der Tat einer Ohnmacht nahe und konnte nur dafür dankbar sein, daß man sie auf das Sofa bettete. Miss Wraxton löste geschickt die Bänder, die das Hütchen hielten, und begann Cecilias

Hände zu reiben; dabei bekam sie den Brief zu fassen, den Cecilia nur schwach festhielt. In diesem Augenblick trat Dassett mit den bestellten Erfrischungen ein, Miss Wraxton nahm sie aus seiner Hand und nickte ihm zum Zeichen des Dankes zu, er könne sich zurückziehen. Die Schwäche, eine vorübergehende, ließ bereits nach, und Cecilia vermochte sich aufzusetzen, von dem Wasser zu nippen und das Riechfläschchen an die Nase zu führen. Inzwischen hatte Miss Wraxton mit der unbefangensten Miene den Brief entfaltet und machte sich ganz ungebeten mit seinem Inhalt vertraut.

«Du hast dich gewiß gewundert, liebste Cecy, warum ich so gar nicht mit Euch nach Richmond fahren wollte. Mag dieser Brief Dir die Erklärung liefern! Ich habe über die mißliche Lage, in die Du da geraten bist, nachgedacht; und ich sehe einen einzigen Weg, Dir aus dem Jammer herauszuhelfen, der durch den unerbittlichen Entschluß meines Onkels entstanden ist, Dich mit C. zu verheiraten. Ich habe den Eindruck, daß er in diesem Entschluß von C. selbst bestärkt worden ist, möchte Dich aber nicht quälen, indem ich mehr über diesen Gegenstand schreibe. Wäre C. aus dem Wege geschafft, dann muß mein Onkel, scheint mir, seine Haltung gegen F. ändern.

Charles wird gesagt haben, daß wir einen argen Streit hatten. Wenn auch die Schuld bei mir lag, ich bestreite das nicht, so macht es mir doch seine heftige und unbeherrschte Sprechweise unmöglich, länger unter diesem Dach zu verbleiben. Ich ziehe mich daher nach Lacy Manor zurück, und ich habe C. gebeten, mich hinzubringen. Verlaß Dich darauf, ich werde es ihm unmöglich machen, Lacy Manor noch heute abend wieder zu verlassen! Er ist ein Gentleman, und wenn auch sein Herz nie mir gehören kann, wird er mir doch gewiß seine Hand bieten müssen, und damit ist der Weg für Dich frei.

Hab keine Angst um mich! Du weißt, daß ich mich irgendwie unterbringen will, und obwohl meine Gefühle da ebensowenig im Spiele sind wie die C.s, und obwohl ich vor den Mitteln zurückschrecke, die sein Gleichmut mir aufzwingt, meine ich doch, daß wir einigermaßen miteinander auskommen können. Wenn ich Dir dabei Hilfe geleistet habe, liebste Kusine, so wird das mein Lohn sein. Deine immer getreue Sophy.»

«Großer Gott!» schrie Miss Wraxton auf. «Ist so etwas möglich? Ihr Betragen habe ich nie gebilligt, aber daß sie es zu so etwas kommen lassen würde, nein, das hätte ich nicht gedacht! Dies Unglücksgeschöpf! Und nicht ein Wort der Reue, der Zerknirschung! Nicht eine Spur von Schamgefühl! Ärmste Cecilia, ich kann mich nicht wundern, daß du aus der Fassung gekommen bist! Man hat dich schändlich getäuscht!»

«Wovon sprichst du?» rief Cecilia und sprang auf. «Eugenia, du hattest kein Recht, den Brief, der an mich gerichtet war, zu lesen. Gib ihn mir sofort, und wage es nicht, auch nur einer einzigen lebendigen Seele etwas von seinem Inhalt zu verraten!»

Miss Wraxton reichte ihr den Brief und sagte: «Hätte ich Lady Ombersley herbeirufen sollen? Ich dachte, du würdest es vorziehen, mich ins Vertrauen zu ziehen und mir zu sagen, was dich so aus der Fassung gebracht hat. Nur aus Teilnahme habe ich den Brief gelesen, und was deine Sorge betrifft, den Inhalt geheimzuhalten, so glaube ich, daß morgen ganz London davon sprechen wird! Ich glaube, daß ich so etwas noch nie erlebt habe!»

«Ganz London! Nein, das wird nicht geschehen! Sophy — und Charlbury! Das kann, das darf nicht geschehen! Ich muß sofort nach Ashtead fahren. Wie konnte sie nur so etwas tun?! Wie war das möglich? An allem ist nur ihre Güte schuld — sie will mir helfen, aber wie konnte sie es wagen, mit Charlbury durchzubrennen?» Noch einmal versuchte sie, den Brief zu überfliegen, zerknitterte aber bebend das Blatt. «Ein Zank mit Charles! Sie kennt ihn doch, sie weiß, daß er nicht meint, was er sagt, wenn er in Wut ist! Sie kennt ihn doch! Er muß mit mir kommen und sie zurückbringen! Wo ist er? Jemand muß ihn sofort von White holen!»

Miss Wraxton, die inzwischen überlegt hatte, versuchte sie zurückzuhalten: «Beruhige dich doch, Cecilia! Überlege ein wenig! Wenn deine unselige Kusine sich so bitter mit Charles gezankt hat, könnte sein Mitkommen im Augenblick wohl eher Schaden anrichten als nützen. In einer Beziehung hast du gewiß recht, man darf die Dinge nicht einfach ihren Lauf nehmen lassen. Der Skandal, der daraus folgen würde, könnte keinem von uns anders als entsetzlich sein. Vor allem fürchte ich, daß er die liebe Lady Ombersley schwer treffen würde. Das verhexte Mädchen muß davor bewahrt werden, weiteres Unheil anzurichten.»

«Und Charlbury!» stöhnte Cecilia, die Hände ringend. «An allem ist meine Narrheit schuld! Ich muß sofort hinfahren!»

«Das sollst du, und ich werde mit dir kommen», sagte Miss Wraxton edel. «Laß mir nur so viel Zeit, daß ich, während du den Wagen deines Papas anspannen läßt, eine kurze Nachricht an meine Mutter schreibe. Einer der Diener mag sie nach der Brook Street hinüberbringen. Ich will ihr nur schreiben, daß ich den Abend hier bei euch verbringe, sie wird nichts Auffälliges daran finden.»

«Du!» rief Cecilia und starrte sie an. «Nein, nein, nein! Ich will sagen, es ist natürlich schrecklich lieb von dir, Eugenia, aber ich möchte nicht, daß du mitkommst.»

«Du kannst wohl kaum allein fahren», erinnerte sie Miss Wraxton.

«Sophys Zofe kann mich ja begleiten. An dich habe ich nur die eine Bitte: laß kein Wort darüber verlauten!»

«Teuerste Cecilia, du wirst doch nicht eine Dienerin ins Vertrauen ziehen? Da kannst du es ja gleich selbst in der Stadt ausschreien! Wenn dir meine Gesellschaft nicht recht ist, dann muß ich wohl alles Lady Ombersley zur Entscheidung vorlegen, das ist meine Pflicht. Ich halte es für meine Aufgabe, dich zu begleiten, und gewiß würde Charles nichts anderes von mir erwarten. Wenn ich nach Lacy Manor komme, erscheint alles in einem besseren Licht; eine Frau, die bereits verlobt ist, kann manches tun, was einem jungen Mädchen verboten ist.»

«Ich weiß gar nicht, was ich sagen soll. Wenn du doch Sophys Brief nicht gelesen hättest!»

«Und mir scheint, daß es für uns alle nur gut war», erwiderte Miss Wraxton lächelnd. «Du bist jetzt kaum imstande, liebe Cecilia, diese heikle Angelegenheit einigermaßen mit Haltung zu regeln, das muß ich dir sagen. Und gerade darauf kommt es an! Soll ich also mit dir fahren oder ziehst du vor, daß ich die Angelegenheit deiner Mama zur Entscheidung unterbreite?»

«Gut also, dann komm», sagte Cecilia verdrießlich. «Warum du es wünschst, du, die Sophy doch verabscheut, werde ich nie verstehen.»

«Welches immer meine Gefühle für deine Kusine sein mögen», erwiderte Miss Wraxton mit frommem Augenaufschlag, «meine Christenpflicht werde ich nie außer acht lassen.»

Die Röte des Zorns war aus Cecilias Wangen gewichen. Sie war ein sanftes Mädchen, aber jetzt war sie so erbittert, daß sie, aufs höchste gereizt, sagte: «Sophy wird es schon zuwege bringen, daß du als Närrin dastehst, und das wird dir durchaus recht geschehen, Eugenia, als Strafe dafür, daß du dich in Dinge einmischst, die dich nichts angehen.»

Miss Wraxton wußte, daß die Stunde ihres Triumphs gekommen war; so lächelte sie nur überlegen und erinnerte Cecilia daran, daß es zu erwägen galt, was man der Mama sagen sollte.

Darauf erwiderte Cecilia mit Würde, das wisse sie genau, und ging zur Tür, doch bevor sie sie noch erreicht hatte, wurde sie geöffnet, Dassett trat ein und meldete, Lord Bromford habe vorgesprochen und bitte um die Gunst einer kurzen Unterredung.

«Warum haben Sie mich nicht verleugnet?» rief Cecilia. «Ich kann Lord Bromford jetzt nicht empfangen.»

«Zu Befehl, Miss, doch Seine Lordschaft drängt, entweder zu Ihnen oder zu Ihrer Ladyschaft vorgelassen zu werden, und Ihre Ladyschaft ist bei Miss Amabel und darf nicht gestört werden.» Er ließ sein mißbilligendes Hüsteln vernehmen. «Vielleicht sollte ich erwähnen, daß Seine Lordschaft von Miss Sophys Abreise weiß und dringend verlangt zu erfahren, wohin Miss Sophy sich gewandt hat.»

«Wer hat ihm gesagt, daß Miss Sophy weggefahren ist?» fuhr Cecy ihn an.

«Ich konnte nicht vermeiden, Miss, es ihm zu sagen. Ich hatte keinen ausdrücklichen Gegenbefehl, und so kam es mir wohl nicht zu, die

Tatsache abzustreiten, als Seine Lordschaft sich herbeiließ, an mich die Frage zu richten, ob es wahr wäre.»

Cecilia warf Miss Wraxton einen hilflosen Blick zu, die sofort die Führung dieser Angelegenheit in ihre gewandten Hände nahm.

«Bitten Sie Seine Lordschaft, hier einzutreten», befahl sie.

Dassett zog sich mit einer Verneigung zurück.

«Eugenia! Sieh dich vor! Was willst du ihm denn sagen?»

«Das wird von den Umständen abhängen», erwiderte Miss Wraxton ernst. «Wir haben keinen Begriff davon, wieviel er bereits weiß, und wir dürfen auch nicht vergessen, daß er schließlich ebenso an deiner Kusine interessiert ist wie eine von uns.»

«Nichts dergleichen!» rief Cecilia. «Sophy wird ihn nie heiraten!»

«Sie hat sich zweifellos seiner Ergebenheit gänzlich unwürdig erwiesen. Hoffentlich kommt sie nicht noch einmal in die Lage, irgendeinem respektablen Mann, der sich um sie bewirbt, dankbar sein zu müssen.»

Da Lord Bromford in diesem Augenblick in den Salon geführt wurde, sah sich Cecilia der Nötigung überhoben, Miss Wraxton zu antworten.

Seine Lordschaft sah höchst verstört aus, doch keine noch so große Beklemmung konnte ihn dazu bringen, auf die Förmlichkeit der Begrüßung zu verzichten. Sie wurde mit größter Exaktheit eingehalten, ja, Lord Bromford vergaß nicht einmal die Höflichkeitspflicht, sich vorerst nach Amabels Befinden zu erkundigen. Erst dann bat er um Vergebung, daß er Miss Rivenhall seinen Besuch aufgedrängt habe, und nach dieser kleinen Umschreibung kam er zum Gegenstand seines Besuches. Er hatte Miss Stanton-Lacy in einem vierspännigen Mietwagen die Piccadilly entlangfahren sehen, Lord Charlbury war an ihrer Seite gewesen, und ein Reisesack war im Gepäckkorb gelegen.

«Meine Kusine ist plötzlich abberufen worden», antwortete Cecilia in einem kühlen Ton, der nicht zu weiteren Fragen ermutigen sollte.

«Mit diesem Menschen als einzigem Begleiter!» rief Lord Bromford empört. «Und nebenbei bemerkt – das ist ein Umstand, der den ganzen Vorfall besonders merkwürdig erscheinen läßt –, ich war verabredet, heute nachmittag mit ihr auszufahren.»

«Sie muß es vergessen haben», antwortete Cecilia. «Gewiß wird es ihr leid tun Sie müssen ihr verzeihen.»

Einen Moment lang betrachtete er sie aufmerksam, und was er in ihrer Miene las, veranlaßte ihn, sich Miss Wraxton zuzuwenden und zu rufen: «Miss Wraxton, ich wende mich an Sie! Es hat keinen Sinn, mir zu sagen, daß Miss Stanton-Lacy London nicht heimlich verlassen hat! Wie hätte Rivenhall ihr erlauben sollen, auf solche Weise davonzufahren? Verzeihen Sie mir, aber Charlsburys Huldigungen – Huldigungen, die alles Maß des Geziemenden überschritten! – haben in mir den schrecklichsten Verdacht geweckt. Es kann Ihnen nicht unbekannt sein, daß ich selbst interessiert bin. Ich hatte mir geschmeichelt, bei Sir Horaces Rückkehr nach England ... und nun dieser jähe Aufbruch ... mit einem Reisesack im Gepäcknetz, auch das noch!» Sichtlich überwältigt, versank er in Schweigen.

«Miss Stanton-Lacy unterwirft sich nicht geduldig den üblichen Formen», antwortete Miss Wraxton geschmeidig. «Sie ist nach Ashtead gefahren, in das Haus ihres Vaters, aber ich bin überzeugt, daß es Miss Rivenhalls und meinem Einfluß gelingen wird, sie noch heute abend nach London zurückzubringen. Wir sind im Begriff, nach Ashtead aufzubrechen.»

«Das sieht Ihnen wieder ähnlich! Darin erkenne ich Sie! Und ich glaube Sie zu verstehen! Diesen Burschen aber habe ich längst schon als einen Libertin und liederlichen Menschen durchschaut! Verlassen Sie sich auf mein Urteil, er hat sie zu dieser Flucht beredet! Begleitet Rivenhall Sie?»

«Wir fahren allein», erwiderte Miss Wraxton. «Sie haben die Wahrheit erraten, und gewiß würdigen Sie die Tatsache, daß es unser besonderes Streben sein muß, diesen unseligen Vorfall nicht an die große Glocke zu hängen.»

«Ja, ganz richtig», rief er eifrig. «Aber daran ist gar nicht zu denken, daß zwei zarte junge Frauen sich einer solchen Aufgabe unterziehen, ohne sich auf die Festigkeit eines Mannes zu stützen! Ich glaube, ich sollte Sie begleiten. Ja, das sollte ich wohl. Ich werde Charlbury zur Verantwortung ziehen. Sein Betragen in dieser Sache hat eindeutig gezeigt, was für eine Sorte Mensch er ist. Er hat Miss Stanton-Lacy schändlich getäuscht, und dafür soll er mir Rede stehen!»

Cecilia wollte protestieren, aber Miss Wraxton legte sich sofort ins Mittel: «Ihre Gefühle gereichen Ihnen nur zur Ehre, und ich für mein Teil kann bloß sagen, daß ich Ihnen für Ihren Schutz dankbar wäre. Nur die zwingendste Notwendigkeit könnte mich veranlassen, etwas dergleichen ohne die Hilfe eines verantwortungsbewußten Gentleman zu unternehmen.»

«Ich lasse sofort mein Pferd satteln!» verkündete er entschlossen. «Und das sage ich Ihnen, das soll nicht mit rechten Dingen zugehen, wenn ich nicht Charlbury fordere! Ich bin im allgemeinen kein Fürsprecher des barbarischen Duellbrauches, aber die Umstände, das verstehen Sie, modifizieren jeglichen Fall, und ein derartiges Betragen darf nicht unbestraft hingenommen werden! Ich eile nach Hause und kehre, so rasch es nur irgend geht, zu Ihnen zurück.»

Er nahm sich knapp die Zeit, ihnen die Hände zu drücken, dann stürzte er hinaus. Cecilia weinte beinahe vor Erbitterung, Miss Wraxton aber hatte die Fassung nicht verloren und erklärte: «Es war ein peinliches Mißgeschick, daß er von Miss Stanton-Lacys Flucht Kenntnis erhielt, aber es hätte keinen Sinn gehabt, ihn in diesem Verdacht zu lassen. Ich will auch offen zugeben, daß mir die Gegenwart eines Mannes eher beruhigend ist, und wenn seine Ritterlichkeit ihn dazu bringen sollte, die Werbung um die Hand deiner Kusine zu erneuern, so wäre es eine wundervolle Lösung – geradeheraus gesagt: eine weit bessere, als sie verdient.»

«Dieser langweilige Tropf!» seufzte Cecilia.

«Ich sehe wohl, daß Lord Bromfords Eigenschaften in diesem Hause nie die rechte Anerkennung gefunden haben. Ich für mein Teil halte ihn für einen vernünftigen Menschen, der in allen ernsten Fragen ein gesundes Urteil zeigt und jedem, der nicht zu leichtfertig ist, ihm geduldig zuzuhören, viel Interessantes zu sagen hat.»

Unfähig, die Gefühle zu zähmen, die in ihr aufstiegen, lief Cecilia aus dem Zimmer, nun schon beinahe entschlossen, ihre Mutter ins Vertrauen zu ziehen.

Lady Ombersley aber hatte inzwischen festgestellt, daß Amabels Puls beschleunigt war; so war sie viel zu sehr mit der Kranken beschäftigt, um ihre Aufmerksamkeit einem anderen Gegenstand zuzuwenden. Cecilia wußte, wie empfindlich die Nerven ihrer Mutter waren, und so wollte sie ihnen keine weitere Belastung zumuten. Sie erwähnte nur, daß Sophy durch eine Botschaft nach Lacy Manor gerufen worden war; sie selbst fände es unrichtig, daß ihre Kusine in dem verlassenen Haus allein bleibe, und so fahre sie ihr nach, um ihr Gesellschaft zu leisten oder sie nach London zurückzubringen. Als Lady Ombersley nun doch ein gewisses Erstaunen zeigte, deutete Cecilia an, daß es zwischen Sophy und Charles zu einem Streit gekommen war. Das betrübte Lady Ombersley, kam ihr aber nicht überraschend. Sie kannte die scharfe Zunge ihres Sohnes nur zu gut! Gewiß wäre ihr ein derartiges Zerwürfnis höchst unlieb, und sie hätte sich, so sagte sie, selbst zu Sophy auf den Weg gemacht, wäre Amabel nicht in einem so beklagenswerten Zustand. Es mißfiel ihr, daß ihre Tochter allein fahren wollte, aber als sie hörte, daß Miss Wraxton mitkommen sollte, beruhigte sie sich sofort und gab ihre Erlaubnis zu der Fahrt.

Inzwischen hatte Miss Wraxton, die in der Bibliothek saß und Briefe schrieb, der Versuchung nicht widerstehen können, außer der Mama auch dem Verlobten ein Billett zu senden. Mochte Charles doch endlich die ganze Schändlichkeit seiner Kusine und ihre eigene Großmut erkennen! Die beiden Briefe übergab sie Dassett mit dem Auftrag, sie sofort zu bestellen; und nun war sie in der Lage, im frohen Bewußtsein peinlich erfüllter Pflicht den Reisewagen der Ombersleys zu besteigen. Nicht einmal Cecilias Verdrießlichkeit konnte sie aus diesem frohen Zustand der Selbstzufriedenheit aufschrecken. Und noch nie hatte Cecilia sich so ungebärdig gezeigt! Auf die moralischen Betrachtungen, die ihre Begleiterin anstellte, antwortete sie nur einsilbig, und sie war, als es zu regnen begann, so gefühllos, Lord Bromford, der trübselig hinter dem Wagen herritt, den dritten Platz in der Chaise zu verweigern; der einsame Reiter hatte sich in seine Pelerine gewickelt und schnitt ein wahrhaft verzweifeltes Gesicht. Miss Wraxton stellte ihr vor, daß es geziemender wäre, den Reitknecht das Pferd Seiner Lordschaft lenken zu lassen, während dieser sich des Komforts des Wagens erfreue; doch Cecilia antwortete nur darauf, es wäre ihre Hoffnung, der abscheuliche Mensch werde sich eine Lungenentzündung holen und daran sterben.

Kaum eine Stunde später geriet Dassett, soweit das bei einer Person von seiner Würde und Erfahrung möglich war, gänzlich aus der Fassung, als eine zweite Postkutsche vor dem Hause am Berkeley Square anhielt. Auch diese Kutsche war von vier schweißüberströmten Pferden gezogen, und die Räder waren bis zu den Achsen hinauf mit Kot bespritzt. Eine Menge Koffer und Reisesäcke waren auf dem Dach und im Gepäcknetz verstaut. Das nächste war, daß eine bescheiden gekleidete Person vom Wagen kletterte und die Stufen heraufgelaufen kam, um an der Glockenschnur zu ziehen. Nun hatte der Lakai geöffnet, und Dassett stand bereit, einen etwaigen Gast auf der Schwelle in Empfang zu nehmen. Eine hochgewachsene Gestalt löste sich jetzt aus dem Fond des Wagens, warf den Postknechten ein paar Guineen zu, bot ihnen einen jovialen Gruß und kam ohne Hast die Stufen heraufgestiegen.

Dassett, der später seine Fassungslosigkeit der Haushälterin eindrucksvoll beschrieb, brachte nur mühsam ein Gestammel hervor: «Guten Abend, Sir! Wir ... wir waren nicht auf Ihren Besuch gefaßt, Sir!»

«Ich auch nicht», sagte Sir Horace, während er die Handschuhe abstreifte. «Verdammt flotte Reise gehabt! Nicht einen Tag länger als zwei Monate auf See! Sagen Sie Ihren Leuten, daß sie meinen Plunder da ins Haus schaffen sollen! Ist Ihre Ladyschaft wohlauf?»

Dassett erwiderte, während er ihm aus dem Kragenmantel half, daß Ihre Ladyschaft sich nicht schlechter befinde, als man erwarten durfte.

«Das ist schön», sagte Sir Horace, trat vor den Spiegel und richtete sein Halstuch mit geübtem Griff. «Na, und wie geht es meiner Tochter?»

«Miss Sophy ist ... soviel mir bekannt ist, erfreut sie sich der besten Gesundheit.»

«Die ist nie krank. Wo steckt sie denn?»

«Ich muß zu meinem Bedauern melden, Sir, daß Miss Sophy nicht in London ist», erwiderte Dassett, der mit jeder anderen Person als Sir Horace nur zu gern über das Geheimnis von Sophys Verschwinden geplaudert hätte.

«Wirklich? Nun, jetzt möchte ich Ihre Ladyschaft sehen», meinte Sir Horace und bewies dabei in den Augen des Kammerdieners einen höchst unnatürlichen Mangel an Interesse für den Verbleib seines einzigen Kindes.

Dassett geleitete ihn in den Salon hinauf und bat ihn, dort zu warten, während er sich auf die Suche nach der Zofe machte. Da Amabel inzwischen eingeschlummert war, dauerte es nur wenige Minuten, und Lady Ombersley kam in den Salon gelaufen, um sich dem Bruder an die Brust zu werfen. «Ach, mein lieber Horace!» rief sie. «Wie froh bin ich, daß du da bist! Wie ärgerlich, daß ... aber nun bist du ja daheim und heil und gesund!»

«Das ist keineswegs ein Grund, mein Halstuch zu derangieren, Lizzie», sagte der allen übertriebenen Gesten abholde Bruder und entzog sich ihrer Umarmung. «Ich war ja meines Wissens gar nicht in Gefahr! Aber du siehst nicht besonders gut aus! Ein bißchen mitgenommen! Wo fehlt's? Wenn es Magenbeschwerden sind, kann ich dir nur sagen, daß ein Mensch, der schon weit schlimmer daran war als du, mit Magnetismus und warmem Bier völlig ausgeheilt wurde.»

Lady Ombersley beeilte sich, ihm die Ursachen ihres schlechten Aussehens zu erklären. Sie brachte die Rede auf Amabels Krankheit und rühmte Sophys Verhalten in herzlichen Worten.

«Oh, Sophy weiß mit Kranken umzugehen! Wie kommst du übrigens mit ihr aus? Wo steckt das Mädel?»

Diese Frage setzte Lady Ombersley in die gleiche Verlegenheit wie zuvor Dassett. Stammelnd erklärte sie, Sophy werde untröstlich sein! Wenn sie nur im entferntesten geahnt hätte, daß ihr Papa auf dem Wege nach London war, hätte sie es sich gewiß nicht beifallen lassen, wegzufahren.

«Ja, Dassett sagte schon, daß sie nicht in London ist», erwiderte Sir Horace, machte es sich im Lehnstuhl bequem und legte ein wohlgeformtes Bein über das andere. «Ich habe übrigens gar nicht damit gerechnet, jemanden von euch zu dieser Jahreszeit in London anzutreffen, aber wenn eines der Kinder krank ist, nun, das erklärt natürlich alles. Wo ist denn Sophy hingefahren?»

«Ich glaube ... ich hatte gerade mit Amabel zu tun, als Cecilia mir davon sprach, aber wenn ich mich nicht täusche, so ist die liebe Sophy nach Lacy Manor gefahren.»

Er sah sie überrascht an. «Was, zum Teufel, sucht sie denn dort? Gänzlich unbewohnbares Haus! Sophy kann doch nicht auf die Idee gekommen sein, es einzurichten, denn ich bin doch noch gar nicht entschlossen ... na, es ist ja weiter gleichgültig.»

«Nein, ich glaube nicht, daß sie eine solche Idee hatte! Eher ... ach, Horace, ich weiß nicht, was du mir jetzt sagen wirst, aber ich fürchte, Sophy ist infolge gewisser Ereignisse des heutigen Tages von hier ausgerückt.»

«Kommt mir nicht sehr wahrscheinlich vor», erwiderte Horace kühl. «Es sieht meiner kleinen Sophy nicht ähnlich, eine Theatertragödie aufzuführen. Was ist denn passiert?»

«Genau weiß ich es nicht: ich war nämlich nicht zu Hause. Aber Cecilia hat wohl angenommen, daß . . . daß Sophy sich mit Charles gezankt hat. Er hat ein schreckliches Temperament, gewiß, eine sehr ausfallende Art, aber ich kann nicht glauben, daß er es wirklich ernst gemeint hat . . . Sophy schien es vorher auch nicht übelzunehmen, wenn er . . . es war nämlich keineswegs das erstemal, daß sie miteinander zankten.»

«Rede dich nicht in Aufregung, Lizzie», empfahl Sir Horace, der seine Fassung mühelos bewahrte. «Mit Charles verzankt, sagst du? Nun, darauf war ich gefaßt. Ich möchte sogar sagen: es wird ihm guttun. Und wie geht es Ombersley?»

«Wahrhaftig, Horace», erwiderte seine Schwester verletzt, «wenn man dich so sprechen hört, möchte man meinen, daß dir überhaupt nichts an der guten Sophy liegt.»

«Da bist du ganz im Irrtum, alte Dame, ich habe sie verteufelt gern», erwiderte er. «Nur bedeutet das nicht, daß ich auf ihre Tricks hereinfalle. Sie würde es mir auch nicht hoch anrechnen. Verlaß dich darauf, dies ist wieder nur einer ihrer üblichen Streiche.»

Da Dassett in diesem Augenblick eintrat, um dem Ankömmling die schicklichen Erfrischungen anzubieten, mußten sie das Gespräch unterbrechen. Erst als er sich zurückgezogen hatte, sagte Lady Ombersley zusammenfassend: «Auf jeden Fall wirst du Sophy heute abend noch sehen, denn Cecilia ist ihr mit Miss Wraxton nachgefahren, um sie zurückzuholen.»

«Wer ist Miss Wraxton?» erkundigte sich Sir Horace und goß sich ein Glas Madeira ein.

«Wenn du einem jemals zuhören wolltest, wenn man spricht, dann wüßtest du, Horace, daß Miss Wraxton die Dame ist, die Charles zu heiraten beabsichtigt.»

«Warum sagst du das nicht gleich?» sagte Sir Horace und nahm einen Schluck Wein. «Du kannst doch nicht erwarten, daß ich alle diese Namen in meinem Kopf herumschleppe. Aber ich erinnere mich jetzt! Das ist das Mädchen, von dem du gesagt hast, daß sie eine fade Gans ist.»

«Etwas Derartiges habe ich nie gesagt», bestritt Lady Ombersley. «Ich kann so etwas nicht ausgesprochen haben, aber dir mag es so geklungen haben.»

«Wenn ich etwas sage, kannst du dich immer auf mein Gedächtnis verlassen. Ganz anständiger Madeira, das. Jetzt erinnere ich mich, daß du sagtest, auch Cecilia werde demnächst heiraten. Charlbury, nicht?»

Lady Ombersley seufzte. «Ach, das ist nicht zustande gekommen. Cecilia war nicht dazu zu bringen, ihn anzunehmen. Und jetzt hat Charles nicht mehr soviel gegen Augustus Fawnhope einzuwenden.

Ombersley sagt zwar, daß er das nie zugeben wird, aber ich möchte behaupten, daß er sich doch damit abfinden wird. Du magst ruhig wissen, Horace, daß Lord Charlbury deiner Sophy besondere Aufmerksamkeit schenkt.»

«Ach nein, tut er das? Bei Jupiter!»

Sie wurden durch das Geräusch ungeduldiger Schritte unterbrochen, und gleich darauf kam Mr. Rivenhall, ein offenes Blatt in der Hand, hereingestürmt; er hatte sich nicht einmal die Zeit genommen, den Mantel abzulegen, bevor er die Treppe heraufeilte.

Mr. Rivenhall sah äußerst erregt und sogar ein wenig blaß aus. Nachdem er am frühen Nachmittag den Braunen in den Stall gebracht, war er zunächst in die Bond Street geeilt, um sich in Jacksons Boxklub einen Teil seiner Wut herunterzuarbeiten; dann hatte er bei White eine Stunde lang Billard gespielt, andauernd im Konflikt mit der Versuchung, auf den Berkeley Square zurückzukehren und der Kusine zu sagen, daß er kein Wort von alledem, was er geäußert, ernst gemeint hatte. Beim Verlassen des Billardsaales war er seinem Freund Mr. Wychbold begegnet. Der Verabredung gemäß hatte Mr. Wychbold ihn gefragt, wohin Miss Stanton-Lacy gereist sei. Und als Mr. Rivenhall darauf kurz antwortete: «Nirgendshin, soviel mir bekannt ist», hatte Wychbold gesagt: «Doch, mein lieber Junge, sie ist verreist! Ich sah sie in einer vierspännigen Postkutsche fahren, und Charlbury war bei ihr.»

Mr. Rivenhall starrte ihn an. «In einer vierspännigen Postkutsche? Du mußt dich geirrt haben!»

«Ausgeschlossen!» versicherte Mr. Wychbold, der nicht aus der Rolle fiel.

«Vermutlich bist du betrunken. Meine Kusine ist zu Hause.» Und als sein Freund Neigung zeigte, das Thema weiterzuspinnen, fügte er hinzu: «Ich wäre dir verpflichtet, wenn du solches Gerede nicht gerade aussprengtest!»

«Nein, das würde ich mir nicht im Traum einfallen lassen», beeilte sich Mr. Wychbold zu versichern.

Mr. Rivenhall begab sich nun in das Spielzimmer, um einen Rubber Whist zu spielen. Alle Tische waren besetzt, und während er hinter einem Stuhl stand und zusah, begannen seine Gedanken zu arbeiten und Mr. Wychbolds lächerliche Behauptung zu verdauen. Gerade in diesem Augenblick wurde ihm Miss Wraxtons Brief gebracht. Ihn überfliegen und alle Absichten auf eine Partie Whist aufgeben, war die Sache eines Augenblicks. Ohne ein Wort der Entschuldigung an die Gesellschaft, die ihn zum nächsten Rubber eingeladen hatte, stürmte er davon. Er raste nach Hause, fand Sophys Brief auf dem Tisch in der Halle, las ihn und nahm, als er zu Lady Ombersley hinauflief, immer zwei Stufen mit einem Schritt.

«Vielleicht bist du in der Lage, Mama, mir zu erklären —», platzte er heraus, unterbrach sich aber dann, als er bemerkte, daß sie nicht allein war. «Bitte um Vergebung! Ich wußte nicht —» Sir Horace hob sein Lorgnon, um ihn aufmerksam zu betrachten. «Oh, Sie sind es, Sir! Das trifft sich ja gut! Sie konnten in keinem günstigeren Augenblick kommen!»

Betroffen von dem respektlosen Ton, den er angeschlagen, versuchte Lady Ombersley einen schwächlichen Protest. «Aber, Charles, ich muß doch bitten —»

Er achtete nicht darauf. «Vielleicht interessiert es Sie zu erfahren, daß Ihre bezaubernde Tochter eben mit Everard Charlbury durchgebrannt ist?» verkündete er unheildrohend.

«Wirklich? Wozu nur, frage ich mich? Ich habe weiter nichts dagegen, daß sie Charlbury heiratet! Einwandfreie Familie, hübsches Vermögen . . .»

«Sie hat das getan, um mich außer Rand und Band zu bringen! Um Charlbury zu heiraten, brauchte sie das nicht zu tun.»

«Nein?» fragte Sir Horace und betrachtete den Neffen noch aufmerksamer durch das Glas. «Wer sagt das?»

«Ich sage das!» schrie Mr. Rivenhall. «Ich sage sogar noch mehr! Sie hat gar nicht die Absicht, ihn zu heiraten. Wenn Sie Ihre Tochter nicht kennen, ich kenne sie!»

Lady Ombersley, die diesem Auftritt mit höchstem Unbehagen gelauscht hatte, fand jetzt die Kraft zu sagen: «Nein, es würde ihr gar nicht einfallen, mit Charlbury durchzubrennen! Da mußt du im Irrtum sein! Ach, Charles, ich fürchte, daran bist du wieder schuld! Gewiß warst du schrecklich unfreundlich zu der armen Sophy!»

«Oho, unfreundlich! Ich war so brutal, ihr Vorhaltungen zu machen, weil sie meinen jungen Braunen aus dem Stall nahm und damit, ohne mir ein Wort zu sagen, in den Park fuhr! Daß sie in diesem Augenblick nicht mit gebrochenem Hals liegt, ist wahrhaftig nicht ihr Verdienst.»

«Das war aber nicht in Ordnung», bemerkte Sir Horace mit seinem ausgeprägten Sinn für Gerechtigkeit. «Ich muß mich wundern, daß sie so etwas Ungeziemendes getan hat, es paßt gar nicht zu ihr. Was mag denn nur in sie gefahren sein, daß sie so etwas anstellt?»

«Gewiß war es nur ihr verteufelter Wunsch, einen Streit mit mir vom Zaun zu brechen», sagte Mr. Rivenhall voll Bitterkeit. «Ich sehe das jetzt ganz klar, und wenn sie sich nicht besser vorsieht, wird sie finden, daß sie nur zu gut erreicht hat, was sie im Sinne hatte.»

«Es tut mir leid, mein Junge», sagte sein Onkel mit einem freundlichen Augenzwinkern, «daß du meine kleine Sophy nicht leiden kannst.»

«Ihre kleine Sophy, Sir, hat mir — hat uns! — keine Atempause, keinen friedlichen Moment gewährt, seit sie in dieses Haus gekommen ist.»

«Charles, so etwas kannst du nicht aussprechen!» rief seine Mutter errötend. «Das ist ungerecht! Wie kannst du – ach, wie kannst du all ihre Güte, die Hingabe, mit der sie –»

Ihre Stimme versagte. Sie griff nach dem Taschentuch.

Röte stieg in Mr. Rivenhalls Wangen. «Ich vergesse das nicht, aber dieser Streit –»

«Ich weiß nicht, wie du nur auf einen solchen Gedanken kommen konntest! Es ist doch gar nicht wahr! Sophy ist weggelaufen, weil du sie mit deiner ungeziemenden Redeweise verletzt hast, und sich einzubilden, daß Charlbury –»

«Ich weiß, daß er bei ihr ist! Und wenn ich einen Beweis brauchte, so wäre es dieser Brief, den sie mir freundlicherweise hinterlassen hat! Sie macht gar kein Hehl daraus.»

«In diesem Fall», sagte Sir Horace und füllte sein Glas nach, «führt sie gewiß einen Streich im Schilde. Versuch diesen Madeira, mein Junge: der spricht für deinen Vater. Dein Vater versteht etwas vom Wein!»

«Aber, Charles, das ist doch entsetzlich!» stöhnte Lady Ombersley. «Gottlob habe ich Cecilia nicht verboten, ihr nachzufahren! Nicht auszudenken, solch ein Skandal! Horace, du mußt mir glauben, ich hatte keine Ahnung –»

«Du lieber Gott, ich mache dir doch keine Vorwürfe, Elizabeth! Ich habe dir sogar ausdrücklich gesagt, daß du dir über Sophy keine Gedanken machen sollst! Die paßt schon auf sich selber auf. Hat sie von klein auf getan.»

«Also, ich sage dir, Horace, das geht über alle Grenzen! Es macht dir also gar nichts aus, daß deine Tochter auf dem besten Weg ist, sich ihre Zukunft zu verpfuschen?»

«Zukunft verpfuschen!» sagte Mr. Rivenhall geringschätzig. «Glaubst du an solche Ammenmärchen? Hast du wirklich sechs Monate meine Kusine im Haus gehabt und weißt nicht, wer sie ist? Wenn diese Spanierin nicht in diesem Augenblick in Lacy Manor ist, so darfst du mich einen Tölpel nennen!»

Sir Horace begann sein Lorgnon mit einiger Beharrlichkeit zu säubern. «Sancia? Ich wollte dich schon nach ihr fragen, Lizzie. Ist sie noch in Merton?»

«Wo sollte sie denn sonst sein, Horace?»

«Darüber denke ich eben nach», sagte er und prüfte das Ergebnis seines Tuns. «Sophy hat dir doch wohl von meinen Absichten gesprochen . . .?»

«Natürlich hat sie das, und ich habe die Marquesa besucht, wie es wohl dein Wunsch war. Wenn du mich aber fragst, mein lieber Horace, so muß ich dir sagen, daß ich nicht recht begreife, wie du auf den Gedanken gekommen bist, dich um sie zu bewerben.»

«Ja, das ist die Sache», erwiderte er. «Man läßt sich eben hinreißen, Lizzie. Und niemand darf leugnen, daß sie ein verteufelt feiner Kerl ist. Es sollte mich nicht wundern, wenn ich hörte, daß jemand hinter ihr her ist. Ein Jammer, daß ich sie nach Merton verbannt habe! Aber so ist das schon, man tut solche Dinge, folgt einer plötzlichen Regung, und erst wenn man dann Ruhe hat, darüber nachzudenken . . . nun ja, ich beklage mich nicht.»

«Es gibt wohl viele Schönheiten in Brasilien, Sir?» fragte sein Neffe spöttisch.

«Sei nicht vorlaut, mein Junge», erwiderte Sir Horace gutlaunig. «Tatsache ist, daß mir Zweifel gekommen sind, ob ich eigentlich zur Ehe tauge.»

«Nun, wenn Ihnen das ein Trost ist», sagte Mr. Rivenhall, «so möchte ich bemerken, daß meine Kusine alles getan hat, was in ihrer Macht stand, um Talgarth von der Marquesa fernzuhalten.»

«Was, zum Teufel, braucht Sophy sich da einzumischen?» fragte Sir Horace gereizt. «Talgarth? Ich wußte gar nicht, daß er in England ist! Gut, gut, er ist ein geschickter Bursche, unser Vincent, und wahrscheinlich hat er ein Auge auf Sancias Vermögen geworfen.»

Nun konnte Lady Ombersley nicht mehr an sich halten. «Ich finde dich geradezu schamlos! Und was hat das alles mit der Eskapade unserer armen Sophy zu tun? Du sitzt hier, als ginge dich das gar nichts an, während sie in ihr Unglück hineinrennt. Und du, Charles, magst sagen, was du willst, wenn es wahr ist, daß sie mit Charlbury durchgebrannt ist, so ist das äußerst anstößig, und sie muß sofort heimgebracht werden.»

«Das wird sie», sagte Mr. Rivenhall. «Oder bezweifelst du es, da du doch Cecilia und Eugenia wie in einer Romanze ausgesandt hast, ihr zu Hilfe zu eilen?»

«Ich habe nichts dergleichen getan! Ich wußte überhaupt nichts davon, aber ich wollte natürlich nicht zulassen, daß deine Schwester allein fuhr, und als sie mir sagte, daß Eugenia ihr angeboten hatte, sie zu begleiten, wie sollte ich da anders als dankbar sein?» Sie unterbrach sich, von einem Gedanken beirrt, dem sie jedoch nicht Ausdruck verlieh. «Woraus schließt du übrigens, daß sie ihr zu Hilfe geeilt sind, Charles? Wenn Dassett so völlig von Sinnen ist, dir auszuplaudern —»

«Nichts dergleichen! Ich verdanke meine Information Eugenia. Und mit deiner Erlaubnis will ich sagen, daß mir ein verteufelt impertinenter Brief Eugenias erspart geblieben wäre, wenn du oder meine Schwester, eine von euch, es richtig gefunden hätte, mich beizeiten zu informieren. Was in euch gefahren ist, sie in einer solchen Sache ins Vertrauen zu ziehen, werde ich nie begreifen. Großer Gott, bist du dir nicht darüber im klaren, was sie tun wird? Sie wird in der ganzen Stadt aussprengen, daß meine Kusine sich schändlich betragen hat.»

«Aber ich habe ihr gar nichts gesagt», klagte seine Mutter. «Ich war es bestimmt nicht, Charles!»

«Eine von euch muß es ja gewesen sein», sagte er ungeduldig und wandte sich dem Onkel zu. «Nun, Sir, gedenken Sie hierzubleiben und meines Vaters Weinverstand nachzuprüfen, oder ist es Ihre Absicht, mich nach Ashtead zu begleiten?»

«Ich soll um diese Zeit nach Ashtead fahren, ich, der ich seit zwei Monaten unterwegs bin? Nein, mein Junge! Sei doch ein bißchen vernünftig! Warum sollte ich das?»

«Ihr väterliches Gefühl müßte Ihnen die Antwort selbst liefern. Wenn es das nicht tut, bitte schön! Ich breche sofort auf!»

«Und was gedenkst du in Lacy Manor eigentlich zu tun?» fragte Sir Horace und betrachtete ihn belustigt.

«Sophy den Hals umdrehen!» sagte Mr. Rivenhall wütend.

«Nun, dazu brauchst du meine Hilfe doch nicht, lieber Junge!» meinte Sir Horace und setzte sich bequem in seinem Sessel zurück.

## XVIII

Die ersten Minuten nach dem Eintreffen der Marquesa aus Merton waren mit ihren bitteren Klagen über die Lage, in die sie sich versetzt fand, ausgefüllt. Der Luftzug, der vom Haupteingang kam, hatte das Feuer im Kamin frische Wolken beizenden Rauchs in die Halle treiben lassen, und alle Bemühungen Mrs. Claverings waren vergeblich gewesen, den Eindruck zu verwischen, den der vernachlässigte Raum erweckte. Nun stand Mrs. Clavering, von der pompösen Kleidung der Marquesa beeindruckt, vor der fremden Dame und knickste; die Marquesa aber, dadurch keineswegs besänftigt, murrte: «Madre de Dios! Hätte ich wenigstens Gaston mitgenommen! Dann wäre es hier erträglich! Und noch besser, ich hätte gleich den Koch mitgeschleppt! Warum rufst du mich in dieses Haus, Sophie? Schickst ganz plötzlich zu mir, und noch dazu bei Regen! Su conducta es perversa!»

Sophy erklärte ihr unverzüglich, daß sie ihr die Rolle einer Duenna zugedacht habe, und eine solche Begründung mußte auf jemanden Eindruck machen, in dessen Adern reinstes kastilisches Blut floß. Die Marquesa zeigte sich so befriedigt, daß sie sogar zu fragen vergaß, warum Sophy sich in eine Lage gebracht habe, in der sie außer ihrer Tante noch einer zweiten Duenna bedürfte. Erst jetzt bemerkte sie Charlburys Gegenwart, und mit einiger Anstrengung ihres Gedächtnisses gelang es ihr sogar, sich seines Namens zu entsinnen.

«Wie, sind Sie verletzt?» fragte Sir Vincent und deutete auf die Armschlinge. «Wie ist das nur passiert?»

«Machen Sie sich keine Gedanken darüber», warf Sophy ein und überhob Charlbury damit der Notwendigkeit, eine Antwort zu finden. «Wieso kommen Sie hierher, Sir Vincent?»

«Das, meine teuerste Juno», sagte er und seine Augen blitzten, «ist eine lange und heikle Geschichte. Ich könnte übrigens dieselbe Frage an Sie richten. Ich werde es natürlich nicht tun, denn Erklärungen können lästig sein, und außerdem scheint mir die Frage unseres Abendessens jetzt weit bedeutsamer. Ich muß befürchten, daß Sie sich nicht auf eine so große Gesellschaft vorbereitet haben.»

«Nein, das habe ich nicht, und der Himmel weiß, wo wir etwas zu essen auftreiben sollen», gestand Sophy. «Ich glaube, ich muß wohl in die Küche gehen und nachsehen, was es in der Vorratskammer gibt. Es ist nämlich höchst wahrscheinlich, daß auch meine Kusine Cecilia zu Tisch kommt. Und vermutlich auch Charles!»

«Ach, Miss Sophy», rief Mrs. Clavering ratlos, «Sie hätten uns doch verständigen sollen! Jetzt habe ich keine Ahnung, wo ich etwas zu essen hernehmen soll, und noch gar für Leute wie Sie, Miss, denn wir sind an dergleichen nicht gewöhnt, und außer einer Schweinsbacke, die Clavering sich zum Abendessen gewünscht hat, ist nichts im Hause.»

«Es liegt auf der Hand», sagte die Marquesa, löste den gefiederten Hut von ihren üppigen Locken und legte ihn auf einen Stuhl, «daß diese moza de cocina nicht weiter weiß. Ich werde die Sache in meine Hände nehmen müssen. Das ist schlimm, aber schlimmer, infinitamente schlimmer wäre es, wenn wir verhungern müßten. Nur mußt du es dir merken, Sophie, und mir dankbar sein, statt mit mir zu zanken! Denn ich will dir jetzt gleich, de una vez, erklären, daß ich nicht mehr daran denke, Sir Horace zu heiraten, er ist mir ein zu unruhiger Mensch, und für Brasilien habe ich gar nichts übrig, gedenke vielmehr in England zu bleiben, nur — einen englischen Koch werde ich nie in meinem Hause dulden! Kurz heraus gesagt, ich habe Sir Vincent geheiratet, ich bin nicht mehr die Marquesa de Villacañas, sondern Lady Talgarth, und wenn ich auch meinen neuen Namen nicht convenientemente aussprechen kann, das schadet nichts, man muß sich daran gewöhnen.»

Diese Eröffnung verschlug ihren Zuhörern eine Weile lang die Rede. Sir Vincent zog seine Schnupftabaksdose hervor und nahm mit spitzen Fingern eine Prise seiner Lieblingsmischung. Er war es dann, der das Schweigen brach. «Jetzt ist es heraus!» bemerkte er. «Machen Sie doch keine so entsetzten Augen, Sophy! Bedenken Sie, daß die gute Sancia uns das Abendessen bereiten wird!»

«Dieses Haus», erklärte Mr. Fawnhope, der bisher den Gesprächen nicht gefolgt war, unvermittelt, «ist von einzigartiger Schönheit! Ich will es ganz besehen!»

Damit nahm er die Lampe vom Tisch und schritt zu einer der Türen, die zur Halle führten. Sir Vincent nahm ihm gelassen die Lampe wieder ab, stellte sie an ihren Platz und sagte freundlich: «Das sollen Sie tun, lieber junger Freund, aber nehmen Sie, bitte, diese Kerze!»

«Sir Vincent», sagte Sophy, und in ihren Augen brannte ein kriegerisches Feuer, «wenn ich ein Mann wäre, dann würde ich Sie für Ihre Verräterei zur Rechenschaft ziehen.»

«Liebe Sophy, Sie schießen weit besser als neun Zehntel der Männer meiner Bekanntschaft. Wenn also einer von uns weitblickend genug war, ein Paar Duellpistolen mitzubringen —»

«Niemand soll hier mit Pistolen schießen!» erklärte die Marquesa entschieden, «schießen gehört zu den widerwärtigsten Dingen, und jetzt ist es viel wichtiger, daß wir ein Abendessen zustande bringen.»

«Daran ist viel Wahres», meinte Sophy bedauernd. «Essen muß man. Aber jetzt sehe ich erst, wie recht mein Cousin Charles hatte, als er mir sagte, ich sollte mich nicht mit Ihnen einlassen, Sir Vincent! Dann wären Sie Sir Horace nicht in den Rücken gefallen.»

«Im Krieg und in der Liebe, liebste Sophy, ist alles erlaubt», erwiderte er sentenziös.

Sie mußte die Antwort, die sich auf ihre Lippen drängte, verschlukken. Er lächelte nur verständnisvoll, trat zu ihr, nahm ihre Hand und sagte leise: «Bedenken Sie doch, Juno! Ich hab es weit nötiger als Sir Horace, wie hätte ich da widerstehen sollen?»

«Amor ch'a null'amato amar perdona», bemerkte träumerisch Mr. Fawnhope, der auf seiner Wanderung gerade wieder in Hörweite gekommen war.

«Stimmt aufs Wort, Poet», bestätigte Sir Vincent herzlich.

«Ich brauchte Miss Wraxton, um mir das zu übersetzen», sagte Sophy, «aber wenn es bedeutet, was ich meine, dann halte ich es für sehr falsch! Trotzdem scheint es mir närrisch, über Dinge Lärm zu schlagen, gegen die es keine Abhilfe mehr gibt, und so will ich kein Wort verlieren. Übrigens gibt es wichtigere Dinge zu bedenken.»

«Ganz bestimmt», bestätigte die Marquesa. «Man kann ganz frischgeschlachtete Hühner tadellos zubereiten, und darum meine ich, Vincent soll sofort ein Paar Hühnern den Hals umdrehen, denn davon soll es, wie diese Frau hier sagt, eine Menge im Hof geben. Das Weitere besorge ich dann.»

Damit entschritt sie zusammen mit Mrs. Clavering nach der Küche, die lange Schleppe aus Musselinmull hinter sich herziehend, die eine breite Bahn in die Staubdecke zog. Sophy und Sir Vincent folgten ihr; und da Mr. Fawnhope inzwischen die Bibliothek entdeckt und sich darangemacht hatte, die Bücher im Schein seiner Talgkerze zu inspizieren, sah Lord Charlbury sich alleingelassen. Bald aber kehrte Sir Vincent mit einer verstaubten Bouteille und einigen Gläsern zurück.

*Im Krieg und in der Liebe . . .*

... sei alles erlaubt, meint Sir Vincent. Offenbar findet der Dolchstoß-Freier noch mehr Analogien zwischen diesen beiden Arten von Auseinandersetzung: Die Heirat scheint ihm das zu sein, was dem erfolgreichen Krieger das Friedensdiktat ist: ein Mittel zur Vermehrung des Besitzes.

Da die friedliche Eroberung eines Vermögens über das Standesamt in der Regel für alle Beteiligten weniger gefährlich ist als die Annexion durch Waffengewalt, sollte es die Pflicht jedes Vaters sein, seine Töchter – notfalls durch Sparsamkeit – mit einer konvenablen Mitgift auszustatten.

«Sherry!» verkündete er und setzte die Gläser auf den Tisch. «Wenn mir schon das Hühnerschlachten zufällt, muß ich mich vorher stärken. Ich hoffe indessen, daß der Gärtnergehilfe für mich einspringen wird. Wie haben Sie sich den Arm verletzt?»

«Sophy hat mich angeschossen», erwiderte Seine Lordschaft.

«Allen Ernstes? Ein angsteinflößendes Frauenzimmer, was? Hatte wahrscheinlich gute Gründe?»

«Keineswegs jene, die Sie sich wohl vorstellen», fuhr Charlbury ihn an.

«Ich überlasse mich niemals vulgären Gedanken», sagte Sir Vincent, säuberte sorgsam den Flaschenhals und begann einzuschenken. «Und am wenigsten im Zusammenhang mit der Grand Sophy. Da, probieren wir einmal! Gott allein weiß, wie lang der im Keller gelegen hat! Wenn ich Sie richtig verstehe, darf ich also nicht darauf anstoßen, daß Sie mit ihr durchgebrannt sind?»

«Bei Gott, nein!» sagte Charlbury, schon allein von diesem Gedanken abgestoßen. «Ich bin Sophy treu ergeben – daran wird sich nie etwas ändern! –, aber der Himmel möge mich davor bewahren, daß ich sie heirate!»

«Wenn's der Himmel nicht tut, so wird es vermutlich Rivenhall besorgen», äußerte Sir Vincent. «Sehr erträglicher Wein! Trinken Sie die Flasche nicht aus, bevor ich zurückkomme, und verschwenden Sie das kostbare Getränk nicht auf den Poeten!»

Er zog sich zurück, offenbar um den Hühnermord zu überwachen, während Lord Charlbury sich ein zweites Glas Sherry bewilligte. Nach einer kurzen Weile tauchte Mr. Fawnhope, einen wurmstichigen Band in der Hand, aus der Bibliothek auf. Ehrfurchtsvoll legte er ihn vor Seiner Lordschaft nieder und sagte: «La Hermosura de Angelica! Man ahnt nichts, und plötzlich hat man einen Schatz in Händen. Muß das Buch der Marquesa zeigen. Wem gehört dieses Zauberschloß?»

«Sir Horace Stanton-Lacy», erwiderte Charlbury belustigt.

«Die Vorsehung muß mich hierher geführt haben, ich hatte keine Ahnung, wie ich in dieses Haus geriet, aber das bedeutet ja nichts. Als ich Sophy auf der Schwelle stehen sah, mit der Lampe, fielen mir die Schuppen von den Augen, und alle Zweifel waren behoben. Ich bin heute irgendwo zum Abendessen verabredet, aber jetzt bedeutet mir das nichts mehr.»

«Haben Sie nicht doch das Gefühl, daß Sie in die Stadt zurückreiten sollten, um Ihre Verabredung einzuhalten?» fragte Seine Lordschaft.

«Nein», erwiderte Mr. Fawnhope einfach. «Ich will lieber hierbleiben. Es gibt auch eine Galatea hier, aber es ist kein Erstdruck.» Damit setzte er sich an den Tisch, schlug das Buch auf und begann zu lesen, bis Sophy ihn unterbrach, die mit einem Bündel Kerzen und einer Holzschüssel hereinkam. Halb neugierig, halb eifersüchtig hüpfte ihr

Windspiel neben ihr her, sprang sie von Zeit zu Zeit an, um die Schüssel zu erwischen.

Mr. Fawnhope sprang auf, streckte die Hand aus und nahm ihr die Schüssel ab. «Es steht Ihnen an, eine Urne zu tragen, aber nicht solch schmutziges Gerät!»

«Mrs. Clavering wird bald kommen, es ist noch nicht Teezeit. Vorsicht! Die armen Dinger, sie haben keine Mutter!»

«Sophy, um Himmels willen», rief Charlbury, der jetzt bemerkte, daß eine Brut junger Entchen in der Schüssel saß, «es ist doch nicht Ihre Absicht, sie uns zum Abendessen vorzusetzen?»

«Großer Gott, nein! Mrs. Clavering zieht sie in der warmen Küche auf, und Sancia beklagt sich, daß sie ihr immer unter die Füße kommen. Setzen Sie die Schüssel dort in die Ecke, Augustus. Tina wird den Entlein nichts tun.»

Er gehorchte, und die piepsenden Entlein befreiten sich sofort aus ihrem Gefängnis; eines, wohl das abenteuerlichste, ging sofort auf Entdeckungsreisen. Sophy fing es und hielt es wärmend in ihren Händen, während Tina angewidert auf einen Stuhl sprang, sich niederlegte und affektiert wegsah. Mr. Fawnhope lächelte, denn ihm war ein passendes Zitat eingefallen: «Hoho, schon eilt die Hausfrau, sorglich zu ergreifen das Federvieh, das ihr entlaufen ist!»

«Ja», sagte Sophy, «aber wenn wir einen Deckel über die Schüssel stülpen, werden sie uns nicht mehr entlaufen. Was nehmen wir wohl? Charlburys Mantel wird es auch tun. Haben Sie etwas dagegen, Charlbury?»

«Ja, Sophy, ich habe etwas dagegen», sagte er mit Festigkeit und nahm ihr den Mantel aus den Händen.

«Nun, dann wollen wir —» Sie unterbrach sich, denn Tina hatte den Kopf gehoben, hatte die Ohren gespitzt und einmal kurz gebellt. Jetzt wurde Pferdegetrappel und das Geräusch von Wagenrädern vernehmbar. Sophy wandte sich an Mr. Fawnhope und sagte: «Augustus, wollen Sie so lieb sein, in die Küche zu laufen — sie ist am Ende dieses Ganges — und Mrs. Clavering um ein Tuch oder etwas dergleichen zu bitten? Sie brauchen sich nicht zu beeilen, falls Sancia von Ihnen verlangt, daß Sie ein Huhn rupfen.»

«Die Marquesa ist in der Küche?» fragte Mr. Fawnhope. «Was mag sie dort wohl tun? Ich möchte ihr das Buch zeigen, das ich in der Bibliothek gefunden habe.»

Sophy nahm das Buch und reichte es ihm. «Ja, zeigen Sie es ihr. Es wird sie ungemein interessieren. Wenn Sie an der Türe schellen hören, kümmern Sie sich nicht darum. Ich öffne.»

Damit geleitete sie ihn zur Tür, schob ihn hinaus, schloß die Tür hinter ihm und murmelte, als gälte es eine Verschwörung: «Das ist Cecilia! Passen Sie auf die Enten auf!»

Sie hielt eines der Tierchen noch in der Hand, als sie das Tor öffnete. Der Regen hatte ausgesetzt, und das Mondlicht brach zwischen den Wolken durch. Sophy hatte kaum geöffnet, als die Kusine ihr um den Hals fiel. «Sophy! Liebste Sophy! Nein, das war so gräßlich von dir! Du mußtest doch wissen, daß ich unmöglich wünschen konnte — Sophy, Sophy, wie konntest du so etwas tun?»

«Vorsicht, Cecy! Achtung auf das kleine Entlein! Du lieber Himmel! Miss Wraxton!»

«Allerdings, Miss Stanton-Lacy, ich bin es», sagte Miss Wraxton und trat näher. «Darauf waren Sie wohl nicht gefaßt, mich hier zu sehen?»

«Nein, und Sie werden uns sehr im Wege sein», erwiderte Sophy offen. «Geh hinein, Cecy!»

Damit gab sie ihrer Kusine einen sanften Stoß, schob sie über die Schwelle. Wie erstarrt blieb Cecilia stehen, als Charlbury sich von seinem Sitz neben dem Kamin erhob und näher trat, den Arm in der Schlinge. Betroffen ließ Cecilia Retikül und Federmuff fallen. «Oh!» rief sie. «Sie sind verletzt! Charlbury!»

Mit ausgestreckten Armen ging sie auf ihn zu, und Seine Lordschaft zog mit großer Geistesgegenwart seinen Arm aus der Schlinge, um Cecilia an sich zu ziehen. «Nein, teuerste Cecilia! Es ist ein unbedeutender Kratzer.»

Solches Heldentum trieb Cecilia die Tränen in die Augen. «Ich bin an allem schuld! Was war ich doch für eine unselige Närrin! Ich werde mir bis ans Ende meiner Tage Vorwürfe machen! Charlbury, können Sie mir vergeben?»

«Nie, solange Sie einen Hut tragen, der mich daran hindert, Sie zu küssen», sagte er mit unterdrücktem Lachen.

Durch Tränen lächelnd, hob sie den Kopf, und er küßte sie. Sophy, die breit im Eingang stand, beobachtete diesen Vorgang mit der Miene eines Menschen, der mit seinem Werk wohl zufrieden ist.

«Würden Sie uns gütigst erlauben, einzutreten?» fragte Miss Wraxton frostig.

«Uns?» fragte Sophy und wandte sich um. Erst jetzt gewahrte sie hinter Miss Wraxton eine Gestalt in durchnäßtem Mantel und ruppiger Bibermütze. Ungläubig sah sie den Fremden an, dann rief sie: «Du lieber Gott! Lord Bromford! Was, zum Teufel, soll das bedeuten?»

Cecilia, die Hut und Muff zu Boden geworfen hatte, hob ihren Kopf von der breiten Schulter, an die er gelehnt war, und sagte gepreßt: «Ach, Sophy, du darfst es mir nicht übelnehmen. Ich bin nicht schuld daran! Charlbury — was ist geschehen? Was bedeutet diese Verletzung?»

Seine Lordschaft warf Sophy einen vielsagenden Blick zu. Sofort kam sie ihm zu Hilfe. «Es ist nur eine unbedeutende Fleischwunde, liebste Cecilia! Banditen! Straßenräuber! Jawohl, richtige Straßenräuber! Ein kurzer Kugelwechsel, leider wurde der arme Charlbury getroffen! Aber die sind ausgerückt, die Burschen, das kannst du mir glauben! Charlbury hat erstaunliche Geistesgegenwart bewiesen — er blieb ganz kühl! Mit ihm anzubinden, das kann ich solchen Schurken nicht empfehlen!»

«Ach, Charlbury», seufzte Cecilia, von dem Gedanken an solch kühnes Betragen überwältigt.

Seine Lordschaft konnte es sich nicht versagen, Sophy zu fragen: «Wie viele von den Desperados habe ich zusammengeschossen?»

Sie antwortete ihm mit einem vorwurfsvollen Blick. «Das werden wir wohl nie erfahren», sagte sie.

Miss Wraxtons kühle Stimme ließ sich vernehmen. So angenehm es ihr sein mochte, Cecilias Konflikt mit Charlbury beigelegt zu sehen, duldete es ihr ausgeprägter Sinn für Korrektheit doch nicht, daß das junge Mädchen sich in den Arm Seiner Lordschaft schmiegte. «Nun, teure Cecilia, besinn dich doch!» sagte sie, errötete und wandte den Blick ab.

«Jetzt weiß ich wirklich nicht weiter», sagte Lord Bromford in klagendem Ton. «Ich bin mit dem Vorsatz hierhergekommen, jemand zum Duell zu fordern, aber ich glaube, ich habe mich erkältet.»

«Wenn das mir gilt», bemerkte Charlbury, «so ist ein Schnupfen das geringste Übel, das Sie treffen kann! Vorsicht! Treten Sie nicht auf die Entlein!»

«Nein, wirklich», rief Sophy und nahm ein Entchen auf, das mit knapper Not dem Fuß Bromfords entgangen war. «Was für ein unbeholfener Mensch Sie doch sind! Sehen Sie doch, wo Sie hintreten!»

«Es soll mich nicht wundern, wenn ich bereits fieberte», murmelte Bromford und betrachtete mißtrauisch die Enten. «Miss Wraxton, sind das Vögel? Seit wann hält man Vögel im Haus? Warum laufen sie hier auf dem Boden herum? Da, hier noch einer! Das gefällt mir nicht. Ich bin nicht daran gewöhnt.»

«Ich vermute, lieber Lord Bromford, daß nur weniges, was Ihnen im Lauf dieses Tages begegnet ist, im Bereich Ihrer Gewohnheiten liegt», erwiderte Miss Wraxton. «Soll ich Ihnen den Mantel abnehmen? Auf mein Wort, es war nicht mein Wunsch, daß Sie durch diesen Regen ritten! Wenn Sie sich eine langdauernde Krankheit zugezogen haben, so werde ich es mir nie verzeihen, Ihre Begleitung angenommen zu haben! Ihre Schuhe sind durch und durch naß! Nichts ist verhängnisvoller als kalte Füße. Miss Stanton-Lacy, wäre es zuviel verlangt, wenn ich bäte, einen Diener — es gibt doch in diesem Hause wohl Dienerschaft? — zu rufen, damit er Lord Bromford aus den Stiefeln hilft?»

«Ja, einen Diener gibt es wohl, aber der muß gerade Hühner

schlachten», erwiderte Sophy. «Cecy, hilf mir die Enten zusammenfangen und in die Schüssel tun! Wenn du so lieb sein wolltest, deinen Muff darüberzustülpen, die armen Waisen werden ihn für ihre Mutter halten und sich darunter wohlfühlen.»

Da Cecilia daran nichts auszusetzen fand, wurde es sofort ausgeführt. Miss Wraxton aber, die Lord Bromford zu einem Fauteuil am Kamin geleitet hatte, sagte: «Diese Art, die Dinge leichtzunehmen, wird nicht verfangen, Miss Stanton-Lacy. Sogar Sie werden wohl zugeben, daß Ihr Betragen einer Erklärung bedarf. Sind sie sich über die entsetzlichen Folgen im klaren, die diese . . . diese Eskapade gehabt hätte, wenn Ihre Kusine und ich nicht hierhergeeilt wären, Sie vor einem Unheil zu bewahren, das Sie allerdings nicht ernst zu nehmen scheinen?»

Lord Bromford nieste.

«Still doch, Eugenia», bat Cecilia. «Wie kannst du so sprechen? Ende gut, alles gut!»

«Du mußt allen weiblichen Zartsinn verloren haben, Cecilia, wenn du damit einverstanden bist, daß deine Kusine gleichmütig bleibt, und das in dem Augenblick, in dem ihre Ehre und ihr guter Ruf dahin sind!»

Jetzt ging die Tür zur Halle auf, und die Marquesa erschien, eine Küchenschürze umgebunden, mit einer Schöpfkelle in der Hand. «Ich muß unbedingt sofort Eier haben», verkündete sie. «Mit Lope de Vega ist mir gar nicht geholfen, er mag ein feiner Dichter sein, aber in der Küche bedeutet er gar nichts! Jemand muß zum Hühnerstall laufen und Vincent bitten, mir Eier zu bringen. Wer sind die Leute da?»

Man hätte annehmen mögen, daß das Auftauchen der Marquesa Miss Wraxtons puritanische Seele beruhigt hätte, aber nichts dergleichen trat ein, im Gegenteil, ein Ausdruck von jähem Schmerz erschien auf ihren Zügen. Sie brachte kein Wort hervor und konnte nicht einmal der Marquesa die Hand schütteln.

Lord Bromford dagegen, immer auf strenge Einhaltung der Formen bedacht, stand auf und verneigte sich. Sophy stellte ihn vor, und er bat um Entschuldigung, daß er infolge einer vermutlich nicht ungefährlichen Erkältung wenig repräsentabel war. Abwehrend streckte die Marquesa die Schöpfkelle nach ihm aus und sagte: «Wenn Sie erkältet sind, dann kommen Sie mir nur nicht nahe! Jetzt erkenne ich Sie, das ist Miss Rivenhall, der Typus einer englischen Schönheit; und die dort drüben ist die andere, auch in englischem Stil, aber weniger schön. Zwei Hühner reichen unmöglich aus, der Mann mit der Erkältung soll die Schweinsbacke bekommen, aber Eier müssen her!»

Nachdem sie dieses Ultimatum ausgesprochen, machte sie kehrt, schenkte dem lebhaften Protest Lord Bromfords, daß jegliche Art Schweinefleisch für ihn das reinste Gift wäre, keine Beachtung und kümmerte sich auch nicht um seine Versicherung, daß eine Schüssel Haferschleim das einzige wäre, was er herunterbringen würde. Er schien zu fühlen, daß Miss Wraxton in diesem Kreise die einzige Person war, die Sympathie für ihn empfinden konnte; so warf er ihr einen mitleiderregenden Blick zu, den sie sofort erwiderte. Auch versicherte sie ihm, daß ihm keineswegs der Genuß einer Schweinsbacke zugemutet werden könne. «Wenn es wenigstens möglich wäre, Sie aus dieser zugigen Halle hinauszubringen», bemerkte sie und warf Sophy einen ärgerlichen Blick zu. «Wenn ich geahnt hätte, daß wir in ein Haus kommen sollten, das ein Mittelding zwischen Vogelbauer und Irrenhaus zu sein scheint, so wäre ich in der Stadt geblieben.»

«Nun, ich muß sagen, es wäre mir lieber, Sie hätten das gewußt», antwortete Sophy offenherzig. «Wir hätten uns hier ganz bequem eingerichtet, wenn Sie und Lord Bromford sich um Ihre eigenen Angelegenheiten gekümmert hätten, und jetzt sollen wir wohl Haferschleim und Senfpflaster anrichten?»

«Ein Senfbad», äußerte Lord Bromford eifrig, «wäre wohl das richtige. Ich will nicht sagen, daß es der Erkältung völlig Einhalt gebieten wird: zu hohe Hoffnungen darf man nicht daran knüpfen. Wenn es uns aber gelingt zu verhüten, daß die Lunge mit angegriffen wird, ist das schon viel. Ich wäre Ihnen wirklich für ein Senfbad sehr dankbar!»

«Du lieber Gott, Sie absurder Mensch, ich habe es doch nicht ernst gemeint!» rief Sophy und brach in Gelächter aus.

«Nein», sagte Miss Wraxton, «das glauben wir Ihnen aufs Wort, daß Sie in Ihrem Herzen keine Spur weiblichen Mitgefühls haben, Miss Stanton-Lacy! Keine Sorge, Lord Bromford! Wenn ich etwas tun kann, Ihrer Krankheit vorzubeugen, so werde ich keine Mühe scheuen!»

Er drückte ihr vielsagend die Hand und ließ sich zu seinem Stuhl zurückgeleiten.

«Trotz allem dürfen wir die Eier nicht vergessen, die die Marquesa braucht», meinte Charlbury. «Ich muß mich auf die Suche nach Talgarth und dem Hühnerstall machen.»

Sophy, die in Nachdenken versunken war, sagte leise: «Ja. Und noch etwas — Charlbury, bringen Sie eine Kerze in den Frühstückssalon. Sehen Sie nach, ob es dort warm genug ist, wir könnten Lord Bromford in den Salon setzen.»

Er folgte ihr ins Nebenzimmer, und kaum hatte er die Tür durchschritten, als sie nach seiner Hand griff und mit drängender Stimme flüsterte: «Kümmern Sie sich nicht um die Eier! Laufen Sie zum Stall und sorgen Sie dafür, daß die Ombersley-Leute die Pferde wieder anspannen! Sie können sie zur Not im Dorf oder, wenn hier keine sind, in Epsom wechseln! Bringen Sie Cecilia nach London zurück! Stellen Sie sich vor, wie peinlich es ihr sein muß, Augustus hier zu treffen!

Es wird ihr gräßlich sein! Überdies ist es lächerlich, eine solche Menge Leute in diesem Haus zu versammeln und gewiß war das nicht meine Absicht.»

«Und wenn ich das tue, kommen Sie mit uns?»

«Um zwischen euch eingeklemmt zu sitzen? Schönen Dank!»

«Aber ich kann Sie doch nicht hier lassen?»

«Unsinn! Ich möchte jetzt gar nicht nach London.»

Er setzte den Kerzenleuchter ab, nahm ihre Hand in die seine und hielt sie fest. «Sophy, ich habe eine große Dankesschuld abzutragen. Sie können von mir alles verlangen. Alles. Soll ich Miss Wraxton zurückbringen?»

«Nein, ich habe meine Pläne mit ihr. Sie soll hierbleiben und Bromford pflegen. Vielleicht wird etwas daraus.»

Seine Schultern bebten. «Ach, Sophy, Sophy!»

«Nein, lachen Sie nicht! Ich habe das Gefühl, daß ich irgendwie für sie sorgen muß! Ich kann nicht erlauben, daß sie Charles heiratet und alle in Ombersley House unglücklich macht, aber es ist meine Überzeugung, daß sie wundervoll zu Bromford paßt. So, und jetzt keine kecken Reden mehr, laufen Sie in den Stall! Ich unterrichte Cecy.»

Sie geleitete ihn in die Halle zurück, und während er in den Garten hinauslief, trat sie zu der Gruppe am Kamin und sagte: «Im Salon ist es ganz gemütlich, und wenn es Ihnen recht ist, eine Weile dort Platz zu nehmen, Lord Bromford, so kann ich inzwischen eines der Schlafzimmer für Sie bereitmachen lassen. Ich will Ihnen Clavering schicken, damit er Ihnen aus den Stiefeln hilft. Bringen Sie ihn hinein, Miss Wraxton!»

«Ich hoffe, daß der Kamin drinnen nicht so raucht wie dieser hier», erwiderte Miss Wraxton. «Es ist so schädlich! Lord Bromford hat schon zweimal gehustet.»

«Wie schrecklich! Sie sollten ihn gleich hinüberbringen.»

Seine Lordschaft, armselig zusammengekauert, schauernd und niesend, dankte mit schwacher Stimme und erhob sich mit Miss Wraxtons freundlicher Hilfe von seinem Stuhl. Sie waren kaum hinausgegangen, als Mr. Fawnhope in die Halle kam und mit ernster Stimme verkündete: «Das Hühnerschlachten ist ein empörender Vorgang! Niemand dürfte gezwungen werden, Zeuge einer solchen Operation zu werden! Die Marquesa braucht Eier!»

Cecilia, die sich verfärbt hatte, rief: «Augustus!»

«Cecilia?» fragte Mr. Fawnhope verwundert. «Du warst doch eben erst noch nicht hier?»

«Nein», sagte sie und errötete tief. «Ich . . . ich bin mit Miss Wraxton gekommen.»

«Ach so!» atmete er auf. «Es war mir doch nicht, als ob ich dich schon gesehen hätte.»

Da sagte sie entschlossen, aber mit leisem Zittern in der Stimme: «Augustus, ich möchte nicht mit dir hadern. Aber ich muß dir etwas sagen. Ich glaube, es war ein großer Irrtum. Ich kann dich nicht heiraten.»

«Edles Mädchen!» sagte Mr. Fawnhope zutiefst gerührt. «Ich ehre den Freimut, und ich will mich immer glücklich preisen, daß es mir einmal verstattet war, dich anzubeten. Dieses Erlebnis hat mich reiner und stärker werden lassen: du hast mich zu einer poetischen Glut angefacht, die die Welt dir einst so danken wird, wie ich es jetzt tue. Doch die Ehe ist einem, wie ich es bin, nicht vom Schicksal bestimmt. Ich muß den Gedanken ein für allemal von mir weisen. Ich tue es somit. Du solltest Charlbury heiraten, aber meine Tragödie, das mußt du mir erlauben, meine Tragödie wird dir gewidmet sein!»

«Ich danke dir», stammelte Cecilia niedergeschmettert.

«Schön, sie wird also Charlbury heiraten», sagte Sophy entschieden. «Und da das nun geregelt ist, Augustus, könnten Sie, bitte, so lieb sein und die Eier für Sancia besorgen?»

«Auf Eier verstehe ich mich nicht», sagte er. «Ich habe Talgarth aus dem Keller geholt, er ist auf die Suche nach Eiern gegangen. Ich für mein Teil aber will mich hinsetzen und ein Gedicht zu Papier bringen, das sich in dieser Stunde in mir geformt hat. Würden Sie Einwände gegen den Titel erheben: ‹Sophia, eine Lampe haltend›?»

«Durchaus nicht. Nehmen Sie mit dieser Kerze vorlieb und gehen Sie in die Bibliothek! Soll ich Clavering sagen, daß er ein Feuer für Sie anmacht?»

«Das ist vollkommen gleichgültig, ich danke Ihnen», sagte er geistesabwesend, nahm den Kerzenleuchter aus ihrer Hand und schritt davon.

Er war kaum hinter der Türe verschwunden, als Cecilia betreten fragte: «Hat er mich begriffen? Warum hast du mir nicht gesagt, daß er hier ist, Sophy? Ich weiß nicht, wie ich ihm in die Augen schauen soll.»

«Nein, du wirst auch kaum mehr in die Lage kommen, teuerste Cecy! Charlbury läßt bereits anspannen: du mußt sofort nach dem Berkeley Square zurück! Stell dir doch vor, welche Ängste meine Tante aussteht!»

Cecilia, die nahe daran war, Einwendungen zu machen, unterwarf sich diesem Argument. Doch war ihr Entschluß noch nicht gefaßt, als Charlbury zurückkam und munter ankündigte, der Wagen würde binnen fünf Minuten vorfahren. Sofort nahm Sophy den Hut ihrer Kusine und drückte ihn ihr auf die goldenen Locken. So ließ sich Cecilia von ihr und Charlbury widerstandslos aus dem Hause geleiten und in die Kutsche heben. Seine Lordschaft hielt nur ein, um seiner Wohltäterin einen herzhaften Kuß zu geben, dann sprang er in den Wagen; das

Trittbrett wurde hochgezogen, der Schlag hinter dem glücklichen Paar geschlossen, und der Wagen setzte sich in Bewegung. Sophy winkte ihnen ein letztes Lebewohl nach, dann kehrte sie ins Haus zurück, in dem sie Miss Wraxton, zu Eis erstarrt, wartend fand.

Da von der Marquesa (so erklärte sie) keine Hilfe zu erwarten stand, wünschte sie in die Küche geführt zu werden, um eine Molkenbrühe anzurichten, wie sie sich in ihrer Familie seit Generationen bei Erkältungen bewährt hatte. Sophy führte sie in die Küche, kämpfte den Protest der Marquesa nieder und befahl den Claverings, Wasser für ein Senfbad aufzusetzen. Die unseligen Claverings hatten eine halbe Stunde lang alle Hände voll zu tun, um Kohlen und heißes Wasser heranzuschleppen: dann wurde Lord Bromford behutsam in das schönste Schlafzimmer geleitet, von seinen Stiefeln befreit, in einen Schlafrock gehüllt, den Sir Vincent in seinem Koffer mitgebracht hatte, und am Kamin in einen Ohrenstuhl gepackt. Sir Vincents Proteste, daß man ihm nicht nur den Schlafrock, sondern auch Nachthemd und Mütze entwunden habe, wurden von Sophy damit entkräftet, daß sie selbst Miss Wraxton ihren Reisesack mit all seinem Inhalt überließ. «Wenn ich mir vorstelle, wie jämmerlich Sie sich gegen mich benommen haben, Sir Vincent, muß ich sagen, daß es äußerst schäbig wäre, mir diesen geringfügigen Dienst zu verweigern», erklärte sie rund heraus.

Er betrachtete sie aufmerksam. «Und Sie selbst, Sophy? Sie bleiben heute nacht nicht hier?» Und als er sah, daß sie um eine Antwort verlegen war, sagte er: «In einem früheren Jahrhundert hätte man Sie auf dem Scheiterhaufen verbrannt, und mit Recht, Juno! Nun gut: ich gehe auf Ihr Spiel ein!»

Eine halbe Stunde später saß Sophy an dem Tisch, den sie in den Kaminwinkel gerückt hatte, und wärmte sich: da erst hörte sie das Geräusch, auf das sie die ganze Zeit gewartet hatte. Sie baute gerade mit Spielkarten, die sie in einer Schublade des Frühstückszimmers gefunden hatte, luftige Kartenhäuser und antwortete selbst auf das stürmische Schellen nicht. Clavering kam in die Halle gelaufen, blickte verstört um sich und eilte zum Tor. Jetzt drangen Mr. Rivenhalls unwirsche Worte wie reinster Wohlklang an Sophys Ohr. «Lacy Manor? Schön! Seien Sie so gut und führen Sie meinen Groom zu den Ställen. Sie brauchen mich nicht zu melden, ich besorge das selbst!»

Damit schob Mr. Rivenhall den bejahrten Diener hinaus, trat in die Halle und schüttelte zuerst die Regentropfen von seinem Biberhut. Sein Blick fiel auf Sophy, die in ihr architektonisches Werk versunken war, und er sagte mit aller Zärtlichkeit, deren er fähig war: «Guten Abend, Sophy! Ich fürchte, du hast mich schon nicht mehr erwartet, aber es war ein verteufelter Regen, die Wolken ließen das Mondlicht nicht durch.»

An dieser Stelle begann Tina, die ihm freudig entgegengesprungen war, zu bellen, so daß er erst sie begrüßen mußte, bevor er sich wieder zu Gehör bringen konnte. Sophy baute behutsam das Dach auf ihr Gebäude und sagte: «Charles, das ist zu nett von dir! Bist du wirklich gekommen, mich vor den schlimmen Folgen meines Schrittes zu bewahren?»

«Nein, ich bin gekommen, dir den Hals umzudrehen!»

Sie richtete ihre großen Augen auf ihn: «Charles, ist dir klar, daß mein guter Ruf vernichtet ist?»

Er schälte sich aus seinem Reisemantel, schüttelte ihn aus und warf ihn über eine Stuhllehne. «Wirklich? Das hätte ich nicht erwartet! Ich hätte beschworen, daß ich die Marquesa hier finden würde!»

Das Gelächter, das in ihren Augen gelauert hatte, sprang hervor. «Was bist du doch für ein abscheuliches Geschöpf! Wie konntest du das wieder erraten?»

«Ich kenn dich nur zu gut. Wo ist meine Schwester?»

Sophy wandte sich wieder ihrem Bauwerk zu. «Oh, die habe ich mit Charlbury nach London zurückgeschickt. Der Wagen müßte dir begegnet sein.»

«Sehr wohl möglich. Ich war nicht in der Lage, mir die Wappen an den Wagenschlägen anzusehen. Ist Miss Wraxton mit ihnen gefahren?»

Sie blickte auf. «Woher weißt du denn, daß Miss Wraxton mit Cecilia gekommen ist?»

«Sie war so gütig, mir einen Brief zu White zu schicken, in dem sie diese Absicht kundtat», erwiderte er grimmig. «Ist sie etwa noch hier?»

«Ja, das ist sie wohl, aber ich glaube, sie ist sehr beschäftigt», erwiderte Sophy. Sie bückte sich, um ein Entlein aufzunehmen, das, aus erfrischendem Schlummer erwacht, unter Cecilias Muff hervorkam und versuchte, sich in den Falten von Sophys Rock zu verkriechen. «Halte es so lange, Charles, ich gieße dir ein Glas Sherry ein!»

Automatisch streckte Mr. Rivenhall die Hand aus und ergriff den gelben Daunenball. Es war nicht recht klar, warum er das Entlein halten sollte, so setzte er es auf den Tisch, strich mit dem Finger darüber und blickte dabei nach der Kusine.

«Das erklärt natürlich», sagte Sophy heiter, «warum du gekommen bist.»

«Das erklärt nichts dergleichen, und das weißt du ganz genau!»

«Wie durchnäßt dein Mantel doch ist!» bemerkte Sophy und breitete ihn vor dem Feuer aus. «Hoffentlich hast du dich nicht erkältet!»

«Natürlich habe ich mich nicht erkältet», sagte er ungeduldig. «Übrigens hat es in der letzten halben Stunde kaum mehr geregnet.»

Sie reichte ihm ein Glas Sherry. «Ich bin so froh! Der arme Lord Bromford hat sich eine höchst anstößige Erkältung zugezogen! Es war eigentlich seine Absicht, Charlbury zu fordern, verstehst du, aber als er dann ankam, konnte er nur niesen.»

«Bromford? Du willst doch nicht sagen, daß er auch hier ist?»

«Aber gewiß, Miss Wraxton hat ihn mitgebracht. Vermutlich hoffte sie, er würde um mich anhalten und damit meinen Ruf retten, aber der arme Mensch war durch diese gräßliche Erkältung ganz niedergeschmettert – er fürchtet, sie könnte auf die Lunge übergreifen. Jetzt hat er für nichts anderes mehr Sinn, und darüber kann man sich eigentlich nicht wundern.»

«Sophy, willst du mich hinters Licht führen?» fragte Mr. Rivenhall argwöhnisch. «Sogar Eugenia konnte nicht so ungeschickt sein, diesen Schafskopf hierherzuschleppen.»

«Miss Wraxton hält ihn eben nicht für einen Schafskopf. Sie findet, daß er ein Mann von Verstand ist, einer, der –»

«Danke! Jetzt weiß ich genug! Da, nimm diesen Vogel! Wo ist Eugenia?»

Sie nahm das Entlein aus seiner Hand und schob es zu seinen Geschwistern in die Schüssel. «Wenn sie nicht mehr in der Küche ist und Molkenbrühe für den Patienten kocht, wirst du sie wohl bei Bromford im Schlafzimmer finden.»

«Was?»

«Sie muß ihm gut zureden, ein wenig Haferschleim zu schlucken», erwiderte Sophy, ein Bild der Unschuld. «Die zweite Tür links im oberen Stock, Charles!»

Mr. Rivenhall leerte das Glas Sherry, setzte es ab, erklärte seiner Kusine, daß er noch mit ihr abrechnen würde, und eilte, von Tina gefolgt, die munter nach seinen Fersen schnappte, die Treppe hinauf. Sophy ging in die Küche, um der Marquesa kundzutun, daß zwar zwei Gäste abgereist seien, aber ein neuer eingetroffen wäre.

Inzwischen war Mr. Rivenhall die Treppe hinaufgestiegen und hatte ganz unzeremoniell die Schlafzimmertür aufgerissen. Sein Blick fiel auf eine freundliche häusliche Szene. In einem Stuhl, der an das wohlige Feuer gerückt war, saß Lord Bromford, einen Schirm gegen das Fenster geschoben, um gegen Zugluft geschützt zu sein; seine Füße standen in einem dampfenden Schaff voll Senflösung; ein Laken, das um seine Schultern gelegt war, verstärkte die wärmende Wirkung von Sir Vincents Schlafrock; in den Händen hielt der Patient ein Schüsselchen mit Haferschleim und einen Löffel. Vor ihm saß Miss Wraxton auf einem Schemel, abwechselnd damit beschäftigt, aus einem Kessel heißes Wasser in das Schaff nachzugießen und Molkenbrühe zuzureichen.

«Alle Wetter!» rief Mr. Rivenhall.

«Es zieht!» stöhnte Seine Lordschaft. «Miss Wraxton, ich spüre Zugluft am Hals!»

«Bitte, schließ die Türe, Charles!» sagte Miss Wraxton scharf. «Kannst du nicht Rücksicht nehmen? Lord Bromford fühlt sich sehr unpäßlich.»

«Das sehe ich», erwiderte er und trat näher. «Möchtest du mir vielleicht erklären, Eugenia, was, zum Teufel, das alles bedeutet?»

Die Röte stieg ihr in die Wangen: «Dank der Unmenschlichkeit deiner Schwester – ich habe keinen anderen Ausdruck dafür – hat Lord Bromford, dem sie keinen Platz in unserem Wagen anbot, sich grausam erkältet, und ich kann nur hoffen, daß dies ohne Folgen für ihn bleibt!»

«Soviel Verstand hätte ich Cecilia nie zugetraut! Wenn sie überdies so klug gewesen wäre, dich von einer nutzlosen Einmischung in fremde Angelegenheiten zu bewahren, so wüßte ich ihr doppelt Dank. Diesmal warst du arg im Irrtum, Eugenia! Möge es dir eine Lehre sein, in Zukunft weniger eilfertig zu handeln!»

Wer Mr. Rivenhalls Fähigkeit, seine Gedanken zum Ausdruck zu bringen, kannte, mußte diese Worte für einen sehr sanften Tadel halten. Miss Wraxton, vor der er seine Zunge bisher im Zaum gehalten hatte, konnte ihren Ohren nicht trauen. «Charles!» rief sie beleidigt.

«Oder hast du dir eingebildet, du könntest mich mit deinem närrischen und boshaften Brief gegen Sophy aufbringen?» fragte er. «Von Anfang an hast du mich gegen sie gehetzt, aber heute bist du zu weit gegangen! Wie konntest du es wagen, solche Ausdrücke zu gebrauchen? Wie konntest du so über alle Maßen töricht sein, dir einzubilden, daß Sophy jemals auf dich angewiesen wäre, um ihre Ehre zu wahren? Wie konntest du hoffen, daß ich eine dieser Verdächtigungen glauben würde?»

«Sir», sagte Lord Bromford mit einer Würde, die kaum von einem Mann zu erwarten war, dessen beide Füße in einem Senfbad standen, «für diese Worte werden Sie einzustehen haben!»

«Gewiß! Wann und wo es beliebt!» erwiderte Mister Rivenhall prompt.

«Daran dürfen Sie nicht denken, Lord Bromford!» rief Miss Wraxton außer sich. «Er ist nicht bei Verstand! Wenn es zwischen Ihnen und ihm um meinetwillen zu einem Kampf käme – ich könnte nie wieder die Stirn hochtragen! Bewahren Sie doch die Ruhe! Ihr Puls geht schon wieder schneller! Wie soll ich es wagen, jemals wieder der lieben Lady Bromford unter die Augen zu treten?»

Er hielt ihre Hand fest und sagte mit bewegter Stimme: «Allzu gütiges, allzu treffliches Geschöpf, bei all Ihren Tugenden, all Ihrer Bildung haben Sie doch die Attribute Ihrer Weiblichkeit behalten! Da kann ich wirklich nur an die Verse des Dichters denken –»

«Vorsicht», sagte Mr. Rivenhall ärgerlich, «diese Verse sind Ihnen auch schon beim Anblick meiner Kusine eingefallen, es stünde Ihnen nicht an, sich zu wiederholen!»

«Sir!» rief Lord Bromford. «Ich wollte sagen, daß Miss Wraxton sich tatsächlich als ein –»

«Hilfreicher Engel! Ich weiß! Sie müssen sich nach einem anderen Dichter umsehen!»

«Ich muß Sie bitten, Sir», sagte Miss Wraxton eisig, «unverzüglich dieses Zimmer zu verlassen – und Miss Stanton-Lacys widerwärtigen Hund mitzunehmen! Ich kann nur von Glück sagen, daß mir die Augen für Ihren wahren Charakter geöffnet wurden, bevor es zu spät war! Ich wäre Ihnen zu Dank verpflichtet, wenn Sie der Gazette eine Meldung zugehen ließen, daß dieses Verlöbnis aufgehoben ist.»

«Wird sogleich besorgt», sagte Mr. Rivenhall mit einer Verneigung. «Empfangen Sie mein Bedauern und meine besten Wünsche für Ihr künftiges Glück!»

«Danke! Ich bin leider nicht in der Lage, Sie zu der Verbindung zu beglückwünschen, die Sie jetzt ohne Zweifel eingehen werden, aber ich kann beten, daß Sie nicht allzu schlimme Enttäuschungen erleben», sagte Miss Wraxton, und rote Flecken zeichneten sich auf ihren Wangen ab.

«Nein, daß ich enttäuscht werde, steht wohl nicht zu befürchten», erwiderte er mit einem traurigen Lächeln. «Schockiert, um den Verstand gebracht, verblüfft, in Bestürzung versetzt – das vielleicht, aber enttäuscht nicht. Komm, Tina!»

Als er wieder in die Halle hinabkam, saß Sophy auf dem Boden und war damit beschäftigt, den Fluchtversuchen der Entlein Einhalt zu gebieten. Ohne aufzublicken sagte sie: «Sir Vincent hat ein paar Bouteillen wunderbaren Burgunder im Keller gefunden, und Sancia meint, daß wir nicht Schweinsbacke essen müssen.»

«Talgarth?» rief Mr. Rivenhall in aufkeimender Feindseligkeit. «Wer hat denn den hergebracht?»

«Sancia. Es ist höchst anstößig, Charles, und ich weiß nicht, wie ich Sir Horace unter die Augen treten soll. Er hat Sancia geheiratet. Ich weiß gar nicht, was nun geschehen soll.»

«Überhaupt nichts! Dein Vater wird froh sein! Ich vergaß dir zu sagen, daß er, kurz bevor ich fortritt, auf dem Berkeley Square aufgetaucht ist und dort deine Rückkehr erwartet. Als er hörte, was du alles getan hast, um die Marquesa von Talgarth zu trennen, zeigte er sich recht ärgerlich.»

«Sir Horace in London?» Ihre Augen strahlten. «Ach, Charles, und ich war nicht da, ihn zu begrüßen! Warum hast du mir das nicht gleich gesagt?»

«Ich hatte an anderes zu denken. Steh auf!»

Sie duldete, daß er sie hochzog, fragte aber: «Charles, bist du von dieser Bindung befreit?»

«Ich bin es! Miss Wraxton hat unsere Verlobung aufgehoben.»

«Und Cecy die ihre mit Augustus! So kann ich jetzt —»

«Sophy, warum du das getan hast, versteh ich ebensowenig, wie mir einleuchtet, warum du gerade jetzt eine Entenzucht begonnen hast, aber ich kann mir im Augenblick nicht den Kopf darüber zerbrechen. Ich habe Wichtigeres mit dir zu besprechen!»

«Natürlich! Dein Pferd! Wahrhaftig, Charles, es tut mir leid, daß ich dir solchen Ärger bereitet habe.»

«Nein», schrie Mr. Rivenhall, packte ihre Schultern und schüttelte sie. «Sophy, du weißt ganz genau, daß es nicht meine Absicht war — du bist doch nicht deswegen aus London geflüchtet?»

«Aber nur deswegen, Charles! Eine Ausrede mußte ich mir doch besorgen! Siehst du das nicht ein?»

«Du Teufelsweib», sagte Mr. Rivenhall, riß sie in seine Arme und hielt sie fest, während Tina sie umsprang und wütend bellte. «Still!» befahl Mr. Rivenhall. Dann legte er seine Hände um Sophys Hals, drückte ihr Kinn hoch, daß sie ihm in die Augen schauen mußte. «Willst du mich heiraten, du abscheuliches Geschöpf?»

«Ja, aber daß du es gleich weißt, nur, damit du mir jetzt nicht den Hals umdrehst!»

Die Tür der Bibliothek ging auf, und über seine Schulter hinweg erblickte sie Mr. Fawnhope, der, ein Blatt in der Hand, gänzlich in seine Gedanken versunken, eintrat. «Tinte gibt's überhaupt keine hier», beklagte er sich. «Und mir ist die Spitze meines Bleistifts abgebrochen. Übrigens bin ich davon abgekommen, Sie als jungfräuliche Vestalin anzusprechen: irgendwie klappt es nie mit dem Versmaß. Die erste Zeile lautet jetzt: Göttin, geruhsam hielten deine Hände hoch — aber Tinte brauche ich dazu!»

Mit diesen Worten und ohne Mr. Rivenhall zu bemerken, schritt er durch die andere Tür und verschwand.

Mr. Rivenhall wandte sein Antlitz, in dem unverhohlenes Entsetzen stand, Sophy zu: «Du lieber Gott, du hättest mir wenigstens sagen können, daß der auch hier ist! Was bedeutete sein Gerede?»

«Anscheinend glaubt er jetzt mich zu lieben, Charles. Es gefällt ihm, wenn ich eine Lampe halte, und er möchte mich gern mit einer Urne sehen.»

«Nun, er wird dich nicht mit einer Urne sehen!» sagte Mr. Rivenhall empört, warf einen Blick um sich, gewahrte einen Umhang, der über einem Stuhl hing, und ergriff ihn. «Nimm dies! Wo ist dein Hut?»

«Aber, Charles, wir können doch die arme Sancia nicht mit all diesen gräßlichen Leuten im Haus allein lassen! Das wäre zu schändlich!»

«Doch, das können wir! Oder bildest du dir ein, daß ich jetzt mit Eugenia und diesem verdammten Poeten Hühner essen möchte? Ist das dein Muff? Müssen wir diese Enten unbedingt mitnehmen?»

«Nein, es ist Cecilias Muff, und die Enten werden gleich wieder alle herumlaufen! Charles, was du doch anrichtest!»

Jetzt kam Sir Vincent mit einigen Bouteillen unter dem Arm in die Halle, setzte sie auf den Kaminsims und sagte: «Guten Abend, Rivenhall! Sophy, gibt es hier irgendwo Tinte im Haus? Der Poet sucht sie in der Speisekammer und bringt meine arme Sancia ganz durcheinander.»

«Talgarth», antwortete Mr. Rivenhall, während seine Hand Sophys Gelenk umschloß, «wollen Sie so gütig sein, sich um diese höllischen Enten zu kümmern? Ich wünsche Ihnen einen vergnügten Abend! Sir Horace ist in London eingetroffen, ich muß seine Tochter sofort heimbringen.»

«Rivenhall», erwiderte Sir Vincent ernst, «ich verstehe Sie vollkommen und bewundere Ihre Geistesgegenwart. Darf ich Sie beglückwünschen? Keine Sorge, ich überbringe Ihre Entschuldigungen meiner Frau. Und wenn ich Ihnen einen Rat geben darf: fahren Sie sofort! Der Poet wird gleich wieder auftauchen.»

«Sir Vincent», rief Sophy, unwiderstehlich zum Haustor fortgezogen, «geben Sie Miss Wraxton meinen Reisesack und bitten Sie sie, nach Belieben über den Inhalt zu verfügen! Charles, das ist ja verrückt! Du bist in deiner Karriole gefahren? Und wenn es wieder zu regnen beginnt? Ich werde bis auf die Haut naß!»

«Das geschieht dir nur recht», erwiderte ihr unritterlicher Cousin.

«Charles! Du kannst mich nicht wirklich lieben!»

Mr. Rivenhall schlug die Tür zur, riß sie in seiner rauhen Art in die Arme und küßte sie: «Tu ich ja auch nicht! Ich verabscheue dich aus ganzem Herzen.»

Von dieser Liebeserklärung bezaubert, erwiderte Miss Stanton-Lacy seinen Kuß und duldete, daß er sie zu dem vor dem Stall wartenden Wagen führte.

# Rowohlt-Nachttisch-Büchlein zum Verlieben und Verschenken

CARL BRINITZER
*Amor's Gesammelte Werke*
*Liebeskunst – ganz prosaisch*
Variationen über ein Thema von Ovid

TRUMAN CAPOTE
*Frühstück bei Tiffany*
Silhouette eines Mädchens

HONORÉ DAUMIER
*Vereint in Freud und Leid*
Ein Ehespiegel. Mit 80 Lithograph.

GERALD DURRELL
*Die Geburtstagsparty*
Eine heitere Familiengeschichte unter griechischer Sonne

LAWRENCE DURRELL
*Esprit de Corps*
oder Diplomaten unter sich

JEAN EFFEL
*Adam und Eva im Paradies*
In 183 Bildern für die fröhlichen Nachkommen aufgezeichnet
*Heitere Schöpfungsgeschichte*
Für fröhliche Erdenbürger in 182 Bildern aufgezeichnet
*Der kleine Engel*
Heiteres zwischen Himmel und Erde
*Unter uns Tieren*
Abgelauscht in 153 Zeichnungen

GRAHAM GREENE
*Heirate nie in Monte Carlo*
Ein Flitterwochen-Roman

ROLF HOCHHUTH
Zwischenspiel in Baden-Baden

KURT KUSENBERG
*Lob des Bettes*
Bettgeschichten und Bettgedichte im Bett zu lesen

MANFRED KYBER
*Ambrosius Dauerspeck*
und Mariechen Knusperkorn

ERIC MALPASS
*Fortinbras ist entwischt*
Eine Gaylord-Geschichte

RAYMOND PEYNET
*Mit den Augen der Liebe*
182 Bilder für zärtliche Leute
*Zärtliche Welt*
Ein Bilderbuch für Liebende und andere Optimisten

FRANZISKA GRÄFIN ZU REVENTLOW
*Von Paul zu Pedro*
oder Von der Schwierigkeit, nur einen Mann zu lieben

ERNST VON SALOMON
*Glück in Frankreich*
Geschichte eines verliebten Sommers

JAMES THURBER
*75 Fabeln für Zeitgenossen*
Den unverbesserlichen Sündern gewidmet
*Der Hund, der die Leute biß*
und andere Geschichten für Freunde bellender Vierbeiner

RODOLPHE TÖPFFER
*Der kühle Bräutigam*
Die Abenteuer des Herrn Cryptogam zu Wasser und zu Lande

KURT TUCHOLSKY
*Schloß Gripsholm*
Eine Sommergeschichte
*Wenn die Igel in der Abendstunde*
Gedichte, Lieder und Chansons

HANSJÜRGEN WEIDLICH
*Liebesgeschichten für Schüchterne*

CARL ZUCKMAYER
*Der Seelenbräu*

274/21

# Gwen Bristow

rororo

## Tiefer Süden

Roman. rororo Band 804
Mit dieser großen Familiensaga aus der Zeit des amerikanischen Unabhängigkeitskrieges, einer Legende von Liebe und Haß im kolonialen Louisiana, hat die vielgelesene amerikanische Schriftstellerin ein Gegenstück zu «Vom Winde verweht» geschaffen.

## Die noble Straße

Ein Roman aus den Südstaaten. rororo Band 912
Auf der Suche nach Liebe und Geborgenheit erfahren zwei junge Frauen, die leichtlebige Ann und die aus Armut und Abhängigkeit aufstrebende Corrie May, wechselndes Lebensglück in den Wirren des amerikanischen Bürgerkriegs. Wie schon in «Tiefer Süden» fasziniert auch hier die Entfaltung dramatischer persönlicher Schicksale vor dem Hintergrund einer erregenden und entscheidenden Epoche der amerikanischen Geschichte.

## Am Ufer der Ruhmes

Roman. rororo Band 1129
In diesem erregenden Schlußband ihrer großen Louisiana-Trilogie erzählt die vielgelesene Schriftstellerin die Geschichte der Ehe zwischen der stolzen und willensstarken Eleanor Upjohn und dem aristokratischen Plantagenbesitzer Kester Larne. Beide bringen ihre Vergangenheit mit, beide tragen an ihrem Erbe, das sie nicht abzuschütteln vermögen. Aber beide müssen sich selbst überwinden, um Liebesglück und Wohlstand zu behaupten.

## Alles Gold der Erde

Roman. rororo Band 1590
Im wilden Taumel des kalifornischen Goldrausches um die Mitte des vorigen Jahrhunderts vollzieht sich das Schicksal Kendra Logans, eines jungen unerfahrenen Mädchens. Die weltberühmte amerikanische Autorin schildert in diesem schnell zum Bestseller gewordenen Roman eines der abenteuerlichsten Kapitel aus der Geschichte der Vereinigten Staaten und die dramatische Lebensgeschichte einer ungewöhnlichen Frau.

288/12

rororo

# GEORGETTE HEYER

*Die bezaubernde Arabella* [357]
*Die Vernunftehe* [477]
*Die drei Ehen der Grand Sophy* [531]
*Geliebte Hasardeurin* [569]
*Der Page und die Herzogin* [643]
*Die spanische Braut* [698]
*Venetia und der Wüstling* [728]
*Penelope und der Dandy* [736]
*Die widerspenstige Witwe* [757]
*Frühlingsluft* [790]
*April Lady* [854]
*Falsches Spiel* [881]
*Serena und das Ungeheuer* [892]
*Lord «Sherry»* [910]
*Ehevertrag* [949]
*Liebe unverzollt* [979]
*Barbara und die Schlacht von Waterloo* [1003]
*Der schweigsame Gentleman* [1053]
*Heiratsmarkt* [1104]
*Die galante Entführung* [1170]
*Verführung zur Ehe* [1212]
*Die Jungfernfalle* [1289]
*Brautjagd* [1370]
*Verlobung zu dritt* [1416]
*Damenwahl* [1480]
*Die Liebesschule* [1515]
*Skandal im Ballsaal* [1618]
*Mord mit stumpfer Waffe* [1627]
*Der schwarze Falter* [1689]

Gesamtauflage der Werke von Georgette Heyer in den rororo Taschenbüchern: über 3,5 Millionen Exemplare

66/24

707/2